Fairy tale
2

페어리 테일 2

Fairy tale

스티븐 킹

이은선 옮김

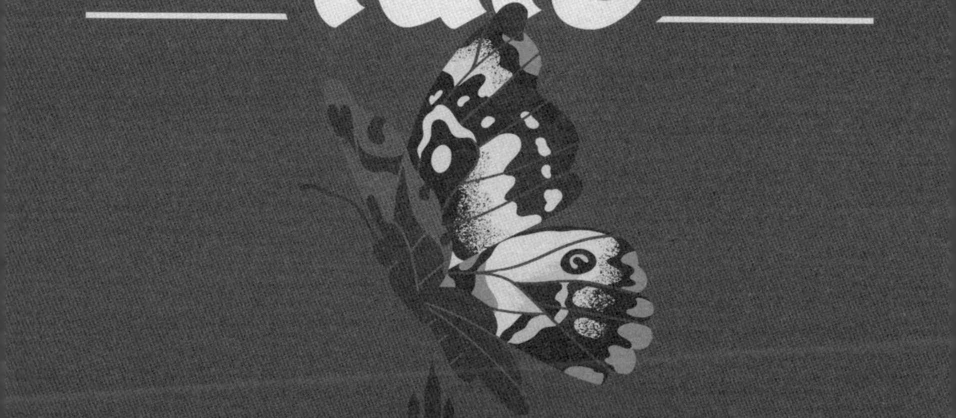

황금가지

Stephen King

차례

17장.

클로디아와의 작별. 제니와의 추억.
차고에서 보낸 하룻밤. 성문. 버려진 도시.

1

레이더는 플리스가 깔린 바구니 안으로 기꺼이 들어가 앉았지만 불길하게도 발작적으로 기침을 했다. 클로디아와 나는 기침이 잦아 들다가 완전히 멈출 때까지 기다렸다. 클로디아는 치맛단으로 레이 더의 눈곱과 주둥이 양옆을 닦아 주고는 심각한 표정으로 나를 봤다.

"얘를 살리려면 꾸물거리지 말고 움직여야겠다, 샬리!"

고개를 끄덕였다. 그녀는 나를 끌어안았다가 놓고는 내 어깨를 붙잡았다.

"조심해! 쟤를 못 데리고 돌아오면 슬프겠지만 너희 둘 모두를 아예 못 보면 그게 더 슬플 거야! 내가 얘기한 지시 사항 적은 거 잘 챙겼지?"

양쪽 엄지손가락을 들어 보이고 배낭을 토닥였다.

"도시 안에서건 그 근처에서건 총은 쓰지 마!"

고개를 끄덕이고 한 손가락을 입술에 갖다 댔다. 쉿.

그녀는 손을 들어 내 머리칼을 헝클어뜨리고 미소를 지었다.

"잘 가라, 젊은 왕자 샬리!"

나는 세발자전거의 안장에 올라탔다. 내 자전거와 비교하니 탑 꼭대기에 앉은 느낌이었다. 페달을 움직이느라 힘이 좀 들었지만 일단 바퀴가 굴러가기 시작하자 수월해졌다. 나는 딱 한 번 뒤를 돌아보고 손 키스를 날렸다. 클로디아는 어서 가라고 손을 흔들고 이어서 손 키스를 날렸다.

버려진 트램 앞에 다다랐을 때 잠깐 자전거를 멈췄다. 바퀴 하나가 빠져서 삐딱하게 기울어져 있었다. 제일 가까운 쪽 나무 벽면에 오래된 할퀸 자국이 남았는데, 옛날 옛적에 이 위로 쏟아진 피가 말라서 굳어 있었다. 늑대들 소행이로군.

안을 들여다보지는 않았다.

2

길이 평탄해서 제법 빠른 속도로 달렸다. 해가 떨어지기 한참 전에 클로디아가 말한 차고에 도착할 수 있을 것 같았다. 하늘이 다시 구름으로 덮였다. 낮게 드리워진 구름 아래로 이어지는 땅에는 인적도 그림자도 없었다. 제왕나비들은 낮 동안 어딘지 모를 곳으로 사라졌다. 나비들이 도시 밖의 보금자리로 돌아오는 모습을 나 혼자서도 볼 수 있을지 궁금했다. 해가 지면 늑대들이 도시 밖의 집과 건물들을 멀찌감치 피해 다닐 수도 있지만 내 목숨이나 레이더의 목숨을 걸면서까지 그걸 확인할 생각은 없었다.

오전 나절로 접어들었을 때 집과 오두막이 보이기 시작했다. 거기서 조금 더 가자 킹덤 로드를 가로지르는 샛길이 처음으로 등장하는 지점에서 단단히 다져진 흙길이 으스러진 돌이 깔린 길로 바뀌었다. 선택의 여지가 있었다면 흙길을 골랐을 것이다. 그쪽이 비교적 평탄했다. 내가 지나야 하는 길에는 군데군데 파인 구멍이 있었다. 직선 구간에서는 높은 세발자전거를 안정적으로 탈 수 있었지만 구불구불한 길에서는 힘들었다. 방향을 틀 때 뒷바퀴가 들리는 것을 느낀 적이 한두 번이 아니었다. 내 자전거로 코너를 돌 때 그러듯이 몸을 최대한 앞으로 숙이며 균형을 잡았지만 커브가 조금만 급해져도 자전거가 옆으로 쓰러질 수 있었다. 나야 넘어져도 상관없었지만 레이더도 그럴지는 장담할 수 없었다.

집들마다 사람이 없었다. 창문들은 눈구멍 같았다. 거대하다고 할 정도는 아니래도 엄청 큰 까마귀들이 방치된 앞마당의 텃밭을 활보하며 씨앗 내지는 바닥에 떨어진 반짝이는 뭔가를 쪼아 먹었다. 꽃들이 피어 있었지만 색이 흐릿하고 어딘지 모르게 이상했다. 주저앉은 오두막 벽면은 갈퀴 같은 덩굴로 뒤덮였다. 나는 남은 회반죽 외장 사이로 바스러져 가는 석회석이 고개를 내밀고 있는, 묘하게 기운 건물 앞을 지났다. 여닫이문이 열려 있어서 입구가 시체의 입 같았다. 여닫이문 위쪽 상인방에 맥주잔이 그려져 있는데, 하도 빛이 바래서 맥주가 오줌 같아 보였다. 그 맥주잔 위에 빛바랜 고동색으로 구불구불하게 **주의**라고 적혀 있었다. 그 옆은 무슨 가게였을 성싶은 곳이었다. 박살 난 유리 조각이 전면의 길 위에 쏟아져 있었다. 자전거의 타이어에 유리가 닿지 않게 멀찌감치 거리를 두고 지났다.

이제는 양옆으로 건물이 이어졌다. 좁고 어두컴컴한 통로를 사이에 두고 건물들이 다닥다닥 붙어 있었다. 이런 길을 조금 더 지나자 구역질이 나서 숨을 참아야 할 만큼 심한 하수구 비슷한 냄새가 코를 찔렀다. 레이더도 이 냄새가 싫은지 불안스레 낑낑대며 꼼지락거렸다. 자전거가 살짝 흔들렸다. 잠깐 쉬면서 뭘 좀 먹을까 고민하던 찰나였지만 악취 때문에 생각이 바뀌었다. 살이 썩는 냄새는 아니었지만 뭔가가 완전히, 그것도 지독하게 상한 냄새였다.

악취를 풍기는 제멋대로 자란 목초. 이 구절이 떠오르자 제니 슈스터와의 추억이 생각났다. 그때 우리 둘은 얼룩덜룩한 그늘을 드리운 나무에 기대고 앉아 있었고, 제니는 트레이드마크와 같은 너덜너덜한 조끼를 입고 무릎에 책을 올려놓고 있었다. 그 책은 『H. P. 러브크래프트 선집』이었는데 그녀는 내게 「유고스에서 온 균사체」를 읽어 주었다. 그 시의 도입부는 이랬다. *그곳은 어두컴컴하고 칙칙하며 이리저리 얽힌 부둣가의 좁은 골목길에 반쯤 묻혀서.* 문득 이곳이 섬뜩하게 느껴지는 이유가 선명해졌다. 피난길에서 만난 남자아이가 악마가 산다고 했던 릴리마르까지는 아직 한참 남았지만, 나는 벌써 여기가 어떤 식으로 이상한지 인식할 수 있었다. 너무 어리고 감수성이 풍부하지 않아 그 끔찍함을 이해할 수 없었던 6학년 때 러브크래프트를 맛보게 한 제니 덕분이었다.

아빠의 금주가 시작된 해에 제니와 나는 책 친구가 되었다. 제니는 '여자친구'가 아니었다. 그와는 의미가 전혀 다른 '여자인 친구'였다.

"네가 왜 걔랑 노는지 죽었다 깨도 모르겠다."

버티가 이렇게 말한 적도 있었다. 질투가 나서 그랬겠지만 한편으로는 정말이지 영문을 몰랐을 것이다.

"너 걔랑 부비적부비적 하냐? 얼굴 빨고 침을 섞고 그러면서?"

우리는 그런 사이가 아니었고 버티에게도 그렇게 얘기했다. 제니는 내게 그런 식으로 관심이 있는 게 아니라고 말이다. 버티는 히죽거리며 물었다.

"그럼 어떤 식으로 관심이 있는데?"

설명할 수는 있었지만 그래 봤자 버티는 아리송해했을 것이다.

사실 제니는 버드 맨의 표현대로 '탐험해 보고 싶은 몸매'의 소유자는 아니었다. 여자아이들 대부분은 11살이나 12살부터 희미하게나마 몸매의 윤곽이 드러나기 시작했지만 제니는 앞이 널빤지처럼 납작한, 그냥 일자였다. 얼굴은 앙상했고 칙칙한 갈색 머리는 항상 헝클어져 있었으며 황새처럼 걸어 다녔다. 두말하면 잔소리지만 다른 여자애들은 제니를 놀림거리로 삼았다. 제니는 치어리더나 홈 커밍 파티 퀸이나 연극 주인공이 될 가능성이 없었고, 그런 걸 하고 싶거나 화장을 하고 다니는 좀 노는 여자애들에게 인정을 받고 싶은 마음이 있었다 한들 티를 낸 적이 없었다. 또래압력이라는 것을 눈곱만큼이라도 느낀 적이 있나 모르겠다. 제니는 고스족처럼 입고 다니지는 않았지만(스웨터 위에 그 파격적인 조끼를 입고 한 솔로 도시락통을 들고 다녔다) 마인드만큼은 고스족이었다. 데드 케네디스라는 펑크 밴드의 열렬한 팬이었고 「택시 드라이버」의 대사를 인용했고 H. P. 러브크래프트의 소설과 시를 좋아했다.

내가 버티 버드와 한심한 짓을 저지르고 다녔던 암울했던 시기의 마지막을 장식한 것이 그녀와 H. P. 러브크래프트였다. 6학년 영어 수업 시간에 R. L. 스타인의 작품이 화두로 오른 적이 있었다. 『비밀을 지킬 수 있겠니?』라는 그의 작품을 읽은 적이 있는데 내가 생각하기에는 엄청 허접했다. 나는 의견을 말하며 무서운 척하는 소설 말고 진짜 무서운 소설을 읽고 싶다고 했다.

수업이 끝난 뒤에 제니가 나를 붙잡았다.

"리드. 너 어려운 단어 싫어해?"

나는 아니라고 했다. 책을 보다가 모르는 단어가 나오면 휴대전화로 검색하면 된다고 했다. 그녀는 내 대답이 마음에 든 것 같았다.

"이거 읽어 봐."

그녀는 스카치테이프로 붙여 놓은 너덜너덜한 페이퍼백을 내밀었다.

"너는 어떨지 궁금하다. 나는 보고 무서워서 죽는 줄 알았거든."

그 책이 『크툴루의 부름』이었는데 그 안에 수록된 단편소설들은 내 혼을 쏙 빼놓았다. 특히 「벽 속의 쥐」가 압권이었다. 괴기하다는 둥 악취가 진동한다(내가 그 술집 앞에서 맡은 냄새를 표현하기에 완벽한 단어였다)는 둥 검색해야 뜻을 알 수 있는 어려운 단어들도 많았다. 제니와 나는 공포를 매개로 하나가 되었는데, 러브크래프트의 산문이라는 복잡한 덤불을 기꺼이 그리고 즐겁게 헤쳐 나갈 자세를 갖춘 6학년이었기에 가능한 얘기였다. 제니의 부모님이 이혼하고 그녀가 엄마와 디모인으로 이사하기 전까지 1년이 넘게 우리는 서로에게 소설과 시를 읽어 주었다. 그의 작품을 원작으로 한 영화도 두어 편 같이 봤지만 하나같이 구렸다. 그의 상상의 세계가 얼마나 어마어마한지 제대로 담아내지 못했다. 얼마나 빌어먹게 암울한지도.

나는 릴리마르라는, 성벽으로 둘러싸인 도시를 향해 페달을 밟으며 이 고요한 성벽 외곽이 러브크래프트의 음울한 작품 속 아컴이나 더니치와 흡사하다는 사실을 깨달았다. 거기에 여타 다른 세계를 다룬 공포소설을 더하면(제니와 나는 클라크 애슈턴 스미스, 헨리 커트너, 어거스트 덜레스로 넘어갔다) 텅 빈 길거리와 집들이 왜 그렇게 무섭고 이상하리만치 비관적으로 느껴지는지 알 것만 같았다. 러브크래프트가 애용했던 단어로 표현하자면 왜 그렇게 '섬뜩'하게 느껴졌는지 말이다.

쓰이지 않는 운하 위로 놓인 돌다리를 건넜다. 커다란 쥐들이 원래 뭐였는지 알 수 없을 만큼 오래된 쓰레기 사이를 헤집고 다녔다. 돌로 만들어진 비스듬한 운하 옆면에는 거무스름한 갈색의 똥 자국이 죽죽 그어져 있었다. 러브크래프트였다면 분명 '배설물'이라고 했을 것이다. 그리고 쩍쩍 갈라진 시커먼 진창에서 스멀스멀 올라오는 냄새는 '유독성 악취'라고 했을 것이다.

그런 단어들이 기억 속에서 되살아났다. 이 공간이 그런 단어들을 불러냈다.

운하 반대편은 건물들 사이의 간격이 더 좁아져서 그 사이의 공간이 골목길이나 통로라기보다 게걸음을 쳐야 사람 하나 간신히 지나갈 수 있을 만한 틈새에 가까웠고…… 어떤 것이 거기 숨어서 나를 기다리고 있을지 아무도 알 수 없었다. 우뚝한 텅 빈 건물들은 하얀 하늘만 지그재그 모양으로 남겨 놓고 사방을 뒤덮으며 세발자전거를 위협하는 것처럼 느껴졌다. 유리 없는 그 시커먼 창문 너머에서 누군가가 나를 지켜보는 것이 아니라 그 창문들 자체가 나를 지켜보는 느낌이라 더 기분이 나빴다. 뭔가 끔찍한 일이 여기서 벌어졌다는 것을 확신할 수 있었다. 잔혹하고 '섬뜩한' 일이. 회색의 근원은 도시 안에 있을지 몰라도 나를 에워싼 이 버려진 공간에서도 그것이 강력하게 느껴졌다.

뭔가가 나를 지켜보고 있을 뿐 아니라 뒤를 밟고 있는 듯한 느낌이 살갗을 간질였다. 나는 누가 아니면 뭐가(어떤 '끔찍한 악귀'가) 따라오는지 알아내려고 여러 번 휙 고개를 돌렸다. 하지만 둥지나 그 진흙으로 덮인 운하의 그늘 속에 숨겨져 있는 보금자리로 돌아가는 듯한 까마귀나 쥐만 가끔 보일 뿐이었다.

레이더도 그걸 느꼈는지 여러 번 으르렁거렸고, 고개를 돌려 보니 앞발을 바구니 입구에 얹고 일어나 앉아서 지나온 길을 바라보고 있던 적도 있었다.

아무것도 아니야. 이 좁은 길과 쓰러져 가는 집에는 아무도 없어. 그냥 불안해서 그래. 레이더도 마찬가지고.

황량한 운하를 지나는 다리가 또다시 등장했다. 한쪽 기둥을 보고 나는 기운을 얻었다. 아직 누르스름한 초록색의 역겨운 이끼에 덮이지 않은 곳에 A.B.라는 이니셜이 적혀 있었던 것이다. 빽빽한 건물들 때문에 한두 시간 정도 성벽을 보지 못했는데, 다리에 오르자 높이가 아무리 못해도 12미터는 되어 보이는 회색의 반질반질한 성벽이 선명하게 눈에 들어왔다. 그중앙에 초록색의 부연 유리 같아 보이는 두툼한 버팀대가 열십자로 교차하는 거대한 성문이 달려 있었다. 성벽과 성문이 한눈에 보인 이유는 그 사이의 건물들이 대부분 폭격을 맞은 것처럼 폭삭 주저앉았기 때문이었다. 꼭 폭격이 아니더라도 일종의 대재앙인 건 분명했다. 검게 그은 굴뚝 몇 개가 하늘을 가리키는 손가락처럼 우뚝 솟아 있었고 돌무더기 신세를 면한 건물이 몇 개 있었다. 교회처럼 보이는 건물이 그중 하나였다. 또 하나는 나무 벽에 양철 지붕을 얹은 길쭉한 건물이었다. 그 앞에 바퀴 없는 빨간색 마차가 희끄무레한 잡초밭에 놓여 있었다.

정오(*헤나의 식사 시간*)를 알리는 두 번의 종소리가 들린 지 2시간도 지나지 않았으니 클로디아의 예상보다 훨씬 일찍 도착한 셈이었다. 날이 아직 충분히 환했지만 오늘 성문 앞으로 진격할 생각은 조금도 없었다. 쉬면서 생각을 정리해야 했다. 가능할지 모르겠지만.

나는 레이더에게 말했다.

"목적지에 도착한 것 같아. 호텔은 아니지만 저 정도면 충분하겠지."

버려진 마차를 지나 차고까지 페달을 밟았다. 한때는 기분 좋은 빨간색이었다가 지금은 토 나오는 분홍색으로 변한 커다란 셔터가 달린 문 옆에 사람 하나 드나들 만한 크기의 더 조그만 문이 있었다. 페인트 위에 A.B.라는 이니셜이 새겨져 있었다. 다리를 지날 때처럼 그걸 보고 기분이 좋아졌다. 실은 그 이상이었다. 파멸이 점점 다가오는 듯한 느낌이 가신 것이다. 건물들이 사라져 주변과 하늘을 다시 볼 수 있게 되어서도 있지만 그게 다가 아니었다. 러브크래프트였다면 '태곳적 악귀'라고 표현했음 직한 존재가 도사리고 있는 듯한 느낌이 사라졌던 것이다. 나중에 저녁을 알리는 세 번의 종소리가 들리고 얼마 지나지 않았을 때 나는 이유를 알아차렸다.

3

그 사람 하나 크기의 문은 어깨로 아무리 밀어도 꿈쩍하지 않다가 갑자기 열렸다. 그 바람에 하마터면 안으로 넘어질 뻔했다. 레이더가 바구니 안에서 짖었다. 차고는 어둑어둑하고 퀴퀴한 냄새가 났지만 '악취가 진동'하거나 '유독성 악취'를 풍기지는 않았다. 각각 빨간색과 파란색으로 칠해진 트램 2대가 어두침침한 그곳에서 육중한 몸을 웅크리고 있었다. 누가 봐도 차고에 한참 방치돼 있었지만 비바람에 칠이 벗겨지지 않은 덕에 거의 멀쩡해 보였다. 지붕에 삐죽한 막대가 달린 걸 보아하니 전선에 연결되어 운행되었던 적이 있었던 것 같았다. 하지만 그 전선은 오래전에 사라졌는지 여기까지 오는 동안 한 번도 본 적이 없었다. 한 트램의 전면에는 고풍스러운 글씨체로 **시프런트**라고 적혀 있었다. 다른 트램에는 **릴리마르**라고 적혀 있었다. 두툼한 나무 살을 달고 쇠를 씌운 바퀴와 녹슨 공구가 담긴 상자들이 쌓여 있었다. 입구에서 가장 먼 벽면 앞 테이블 위에는 어뢰 모양의 램프가 일렬로 세워져 있었다.

레이더가 다시 짖었다. 나는 돌아가 녀석을 바구니에서 꺼내 주었다. 녀석은 잠시 비틀거리다 절뚝절뚝 문 앞으로 걸어갔다. 그러고는 킁킁 냄새를 맡더니 더 주저하지 않고 안으로 들어갔다.

트램이 들고 날 때 쓰였을 것이 분명한 셔터를 올려 보려고 했지만 꿈쩍도 하지 않았다. 햇빛이 들어오도록 작은 문을 열어 놓고 램프를 확인했다. 기름이 오래전에 바닥났으니 샬리 왕자와 그의 충복 레이더는 어둠 속에서 밤을 지새우는 수밖에 없었다. 작은 문이 너무 좁아서 들여다 놓을 수가 없었으니 클로디아의 세발자전거도 밖에 세워 놓아야 했다.

여분의 트램 바퀴에 달린 나무 살들은 바짝 말라서 금세 쪼개지게 생겼다. 나무 살을 떼어내면 불을 피우기에 충분했고 아빠가 파이프 담배에 불을 붙일 때 쓰는 지포 라이터도 들고 왔지만 이 안에서 모닥불을 지필 일은 없었다. 불똥이 튀어서 오래된 트램으로 불이 옮겨붙는 광경이 눈앞에 그려졌다. 그러면 남은 피난처가 교회처럼 생긴 건물밖에 없는데, 그 건물은 금방이라도 쓰러질 것 같았다.

정어리 통조림 2개와 도라가 싸 준 고기를 꺼냈다. 그걸 먹고 콜라를 마셨다. 레이더는 고기는 거부하고 정어리는 먹어 보려고 하다가 먼지가 굴러다니는 나무 바닥에 떨어뜨렸다. 전에 도라가 준 당밀 쿠키를 잘 먹은 기억이 나길래 그 쿠키를 내밀어 보았다. 녀석은 냄새를 맡더니 고개를 돌렸다. 퍼키 저키 육포도 소용없었다.

나는 녀석의 옆얼굴을 쓰다듬었다.

"널 어쩌면 좋을까, 공주님?"

고쳐 줘야지. 그럴 수만 있다면.

도시를 감싼 성벽을 다시 보고 싶어서 출입문 쪽으로 걸음을 옮기는데, 퍼뜩 기발한 생각이 떠올랐다. 나는 다시 안으로 돌아가 배낭을 뒤진 끝에 쓸모없어진 휴대전화 아래에서 피칸 쿠키가 담긴 지퍼백을 꺼냈다. 레이더에게 쿠키를 하나 내밀었다. 녀석은 조심스럽게 냄새를 맡더니 입 안으로 넣어서 먹었다. 거기서 3개를 더 먹고는 고개를 돌렸다.

그거라도 먹으니 다행이었다.

4

나는 열린 문 사이로 들어오는 햇빛을 지켜보다가 어쩌다 한 번씩 밖으로 나가 주위를 둘러보았다. 온 사방이 고요했다. 이 일대는 쥐와 까마귀마저 피해 다녔다. 레이더에게 원숭이 장난감을 던져 주었다. 녀석은 한 번 덥석 물고 형식적으로 몇 번 찍찍거리는 소리를 냈지만 내게 물고 오지는 않았다. 앞발 사이에 놓고 그 장난감에 코를 대고 잠이 들었다. 클로디아의 습포제가 도움이 됐지만 약효가 다했고, 수의사 보조에게 받은 마지막 알약 3개는 레이더가 먹으려 하지 않았다. 그 나선형 계단을 내려오고 도라를 향해 달려가느라 남은 기운을 소진한 게 아닐까 싶었다. 조만간 해시계로 데려가지 못

하면 잠을 자는 게 아니라 죽게 생겼다.

평소 같으면 휴대전화로 게임을 하며 시간을 보냈겠지만 여기에서는 휴대전화가 직사각형의 시커먼 유리에 불과했다. 다시 켜 보려고 했지만 애플 로고조차 뜨지 않았다. 내가 사는 세상은 동화에 나오는 마법이 없는 곳이었고, 이 세상에서는 내 세상의 마법이 통하지 않았다. 휴대전화를 다시 배낭에 넣고 열린 문 틈새로 흐린 하늘의 하얀 빛이 점점 침침해지는 것을 지켜보았다. 저녁을 알리는 세 번의 종소리가 들리자 문을 거의 닫아 두긴 했지만, 아빠의 라이터 말고는 아무것도 없는 어둠 속에 갇히는 순간을 최대한 늦추고 싶었다. 길 건너편의 교회(교회인지는 알 수 없었지만)에 시선을 고정하고 그 건물이 보이지 않으면 문을 완전히 닫기로 마음먹었다. 새나 쥐가 없다고 해서 늑대나 다른 포식자들도 없다는 뜻은 아니었다. 클로디아가 문을 단단히 걸어 잠그라고 했으니 그럴 작정이었다.

교회가 점점 어두워지는 공간 속에 자리 잡은 흐릿한 형체로 전락할 때쯤 문을 완전히 닫기로 했다. 레이더가 고개를 들더니 귀를 쫑긋 세우고는 나지막이 컹 하고 짖었다. 내가 일어나서 그런 줄 알았더니 그게 아니었다. 그렇게 늙었어도 귀가 나보다 훨씬 좋았다. 나는 그 소리를 몇 초 뒤에 들었다. 선풍기 안에 종이가 걸린 것처럼 나지막이 퍼덕거리는 소리였다. 급속도로 다가오며 볼륨이 점점 커지더니 거세어지는 바람 소리 정도 크기가 됐다. 아는 소리였던지라 한 손을 세발자전거 안장에 얹고 출입문 입구에 섰다. 레이더도 내 옆으로 왔다. 둘이서 같이 하늘을 보았다.

제왕나비 떼가 내가 임의로 남쪽이라고 결론을 내린 방향, 내가 온 방향에서 날아왔다. 나비 떼가 점점 어두워져 가는 하늘을 구름 아래의 구름처럼 시커멓게 덮었다. 나비들이 도로 맞은편의 교회 같은 건물, 몇 개 안 남은 굴뚝, 레이더와 내가 피난처 삼은 차고 지붕에 내려앉았다. 수천 마리는 됨직한 나비 떼가 그렇게 자리를 잡을 때 나는 소리는 펄럭거림보다 긴 한숨 소리에 더 가까웠다.

이제 폭격당한 황무지의 이 일대가 황량하기보다 안전하게 느껴졌던 이유를 알 것 같았다. 실제로 안전하기 때문이었다. 제왕나비들이 이 일대를 지금보다 훌륭했던 세상, 왕족들이 암살당하거나 쫓겨나기 이전 세상의 전초기지로 지키고 있었다.

저쪽 세상에서 나는 왕족이라고 하면 「내셔널 인콰이어러」나 「인사이드 뷰」와 같은 타블로이드 잡지에나 소개되는 헛소리라고 생각했다. 나 혼자만 그렇게 생각하는 것도 아니었다. 왕과 여왕, 왕자와 공주는 유전자 조합에서 운 좋게 로또를 맞았을 뿐, 남들과 똑같았다. 그들도 똥을 쌀 때는 가장 미천한 사람들처럼 바지를 내려야 하지 않는가 말이다.

하지만 이쪽 세상에서는 그렇지가 않았다. 이곳은 엠피스였고 규칙이 달랐다.

여긴 정말로 다른 세상이었다.

구름과도 같은 제왕나비 떼가 귀환을 마치자 점점 짙어지는 어둠만 남았다. 한숨과 같은 날갯짓 소리도 잦아들었다. 클로디아가 그러라고 했으니 문을 잠글 테지만 나는 안전하다고 느꼈다. 보호받는 기분이었다.

나는 나지막이 중얼거렸다.

"엠피스 만세. 갤리언 만세, 그들이 다시 그리고 영원히 다스리길."

그러면 안 될 이유도 없었다. 젠장, 그러면 안 될 이유도 없었다.

무엇이든 이 황량함보다는 나았다.

나는 문을 닫고 빗장을 질렀다.

5

어둠이 덮이자 자는 것 말고는 할 일이 아무것도 없었다. 나는 양쪽 트램 사이, 레이더가 웅크리고 엎드린 곳 옆에 배낭을 놓고 머리를 대자마자 거의 곧바로 잠이 들었다. 마지막으로 한 생각은 알람시계가 없으니 늦잠을 자서 출발이 늦어지면 치명적일 수 있다는 것이었다. 알고 보니 그런 걱정을 할 필요가 없었다. 레이더가 쉴 새 없는 기침 소리로 나를 깨웠다. 물을 먹이자 기침이 좀 가라앉았다.

시계라고 할 것이 방광밖에 없었다. 방광이 제법 꽉 찼지만 터지기 직전은 아니었다. 그냥 한쪽 모퉁이에서 볼일을 해결할까 고민하다가 안전한 피난처에 그런 짓을 저지르는 건 예의가 아니라는 생각이 들었다. 빗장을 풀어서 문을 살짝 열고 밖을 빼꼼 내다보았다. 낮게 깔린 구름 사이로 별빛도 달빛도 보이지 않았다. 도로 건너편의 교회도 흐릿해 보였다. 눈을 비비고 다시 보아도 여전히 흐릿했다. 눈이 잘못된 게 아니라 아직 깨어나지 않은 나비 떼 때문이었다. 내가 알기로 저쪽 세상에서는 나비의 수명이 길지 않아서 기껏해야 몇 주에서 몇 개월이었다. 이쪽 세상에서는 어떨지 아무도 모를 일이었다.

시야 끝에서 뭔가가 움직였다. 그쪽으로 고개를 돌렸지만 착각한 거였든지 거기 있었던 뭔지 모를 것이 이미 사라졌든지 둘 중 하나였다. 나는 (어깨 너머를 흘끗거리며) 볼일을 보고 안으로 돌아갔다. 빗장을 지르고 레이더에게 다가갔다. 아빠의 라이터를 쓸 필요도 없었다. 숨소리가 거칠고 요란했다. 다시 한 시간에서 두 시간 동안 깜빡 졸았다. 꿈속에서 나는 시카모어가의 내 침대에 누워 있었다. 일어나 앉아서 하품을 하려고 했는데 할 수가 없었다. 입이 사라져 버렸다.

번쩍 눈을 떠보니 개의 기침 소리가 들렸다. 레이더는 한쪽 눈을 뜨고 있었지만 다른 쪽 눈은 끈적거리는 눈곱 때문에 감겨서 불행하게도 해적 같은 인상을 풍겼다. 나는 눈곱을 닦아 주고 출입문으로 갔다. 제왕나비들은 여전히 쉬고 있었지만 희미한 햇살이 칙칙한 하늘을 물들이고 있었다. 이제 뭘 좀 챙겨 먹고 출발할 시간이었다.

정어리 통조림을 따서 레이더의 코 아래로 들이밀자 녀석은 냄새만으로도 속이 뒤틀리는지 당장 고개를 돌렸다. 남은 피칸 쿠키가 2개였다. 레이더는 하나를 먹고 또 하나를 먹으려고 하다가 기침하며 토해 내고는 나를 쳐다봤다.

나는 녀석의 얼굴을 두 손으로 잡고 녀석이 좋아하는 스타일로 가볍게 좌우로 흔들었다. 울고 싶어졌다.

"버티고 있어, 공주님. 알았지? 부탁할게."

나는 레이더를 안고 문밖으로 나가서 조심스럽게 내려놓았다. 녀석은 늙은 개답게 살얼음판을 걷듯 조심조심 출입문 왼쪽으로 걸어가 내가 방금 전 볼일을 본 지점을 찾아서 자기 오줌을 더했다. 내가 안아서 옮겨 주려고 허리를 숙였지만 녀석은 나를 뱅 돌아서 도로와 가장 가까이 있는 자전거의 오른쪽 뒷바퀴 쪽으로 다가갔다. 킁킁대며 냄새를 맡더니 털썩 주저앉아서 다시 오줌을 쌌다. 그러며 나지막이 으르렁대는 소리를 냈다.

나는 뒷바퀴 쪽으로 가서 허리를 숙였다. 아무것도 없었지만 내가 새벽에 보았던 뭔지 모를 것이 내가 창고 안으로 돌아간 뒤에 여기까지 접근했었다고 장담할 수 있었다. 접근한 정도가 아니라 여기는 내 영역이라고 선포라도 하는 듯 오줌까지 싸 놓았다. 배낭을 쌌지만 더 들고 가고 싶은 게 생겼다. 나는 다시 안으로 들어갔다. 레이더는 가만히 앉아서 나를 지켜보았다. 이리저리 뒤진 끝에 한쪽 구석에서 썩어 가는 담요 더미를 발견했다. 오래전에 날이 추워지면 트램 승객들이 이 담요를 썼을 것이다. 내가 어제 밖으로 나가서 볼일을 보기로 마음먹지 않았다면 이 위에다 오줌을 쌌을 수도 있었다. 하나를 꺼내서 흔들어 보았다. 죽은 나방들이 커다란 눈송이처럼 바닥으로 후두둑 떨어졌다. 담요를 접어서 세발자전거로 들고 갔다.

"좋아, 레이더, 이제 얼른 해치우자. 어때?"

나는 녀석을 안아서 바구니에 태우고 접은 담요를 옆으로 쑤셔 넣었다. 클로디아는 첫 번째 종소리가 들리면 출발하라고 했지만 제왕나비들이 온 사방에서 훼를 틀고 있으니 걱정할 필요가 없을 것 같았다. 나는 자전거에 올라타 성문 쪽으로 천천히 페달을 밟기 시작했다. 1시간 정도 지났을 때 아침 종이 울렸다. 도시와 이 정도로 가까이서 들으니 아주 요란했다. 제왕나비들이 검은색과 금색으로 이루어진 거대한 파도를 일으키며 남쪽으로 날아갔다. 나는 그들을 지켜보며 나도 그쪽으로 가고 있었으면 좋겠다는 생각을 했다. 도라의 집과 터널 입구를 지나, 컴퓨터가 있고 신비로운 강철 새가 하늘을 나는 내 세상으로. 하지만 시의 한 구절처럼 나에게는 가야 할 길과 지켜야 할 약속이 있었다.

그래도 밤의 병사들은 사라졌네. 지하실과 능묘 안으로. 그런 것들은 그런 곳에서 잠을 청할 테니까. 확신할 방법이 없었지만 그래도 확신했다.

6

1시간도 못 돼서 성문에 도착했다. 자전거에서 내렸다. 하늘을 덮은 구름이 그 어느 때보다 낮고 시커메서 머지않아 비가 내릴 것 같았다. 회색 성벽의 높이를 12미터 정도라고 했던 내 눈대중은 영판 틀렸다. 아무리 못해도 20미터는 됐고 성문은 그야말로 거대했다. 전면에 금을 씌웠고(색칠한 게 아니라 진짜 금이었다) 길이가 미식축구 경기장에 육박했다. 문에 달린 여러 개의 버팀대는 이쪽저쪽으로 비뚜름했지만 오래됐거나 썩어서 그런 게 아니라 묘한 각도를 만들기 위한 의도적인 배치였다. 다시금 러브크래프트와, 기를 쓰고 우리를 압도하려 드는 괴물들이 사는 미친 비유클리드적인 세계를 떠올릴 수밖에 없는 대목이었다.

찜찜한 부분은 각도뿐만이 아니었다. 그 버팀대도 금속 유리처럼 보이는 칙칙한 초록색의 재료로 만들어져 있었다. 시커먼 수증기 같은 뭔가가 그 안에서 움직이는 듯했다. 보고 있으면 속이 뒤집혔다. 고개를 돌렸다가 다시 돌려보면 시커먼 뭔가가 사라지고 없는 듯했다. 그러다가도 고개를 돌려서 곁눈으로 버팀대를 보면 그 시커먼 뭔가가 다시 등장한 것 같았다. 현기증이 나를 관통했다.

얼마 먹지도 않은 아침을 전부 게우고 싶지는 않았기 때문에 발치를 내려다보았다. 그러자 한 자갈 위에 적힌 A.B.라는 이니셜이 눈에 들어왔다. 처음에는 파란색이었을 것 같은데 지금은 빛이 바래서 회색이 됐다. 정신이 맑아졌다. 다시 고개를 들자 그 초록색 버팀대가 X자로 박힌 성문만 보였다. 성문이 어찌나 거대한지 대서사극에 쓰이는 CG 같았다. 하지만 이건 분명히 특수 효과가 아니었다. 나는 확인하는 차원에서 칙칙한 초록색 버팀대를 손마디로 두드려 보았다.

클로디아나 스티븐 우드리의 이름을 대면 어떤 일이 벌어질지 궁금해졌다. 그들도 왕족이지 않은가. 그렇긴 하지만 내가 이해한 게 맞는다면(촌수를 따지는 데 젬병이었기 때문에 자신은 없었다) 엠피스 왕가의 적법한 후계자는 리아 공주뿐이었다. 갤리언 왕가일 수도 있었지만, 안으로 들어갈 수만 있다면 어느 쪽이든 나로서는 상관없었다. 그 이름이 효과가 없으면 나는 여기서 오도 가도 못 하게 될 테고 레이더는 죽을 것이다.

바보 같은 찰리는 아파트 공동 현관문에 달려 있음 직한 인터컴을 찾았다. 당연히 그런 게 있을 리 없었다. X자로 박힌 그 묘한 버팀대만 있을 따름이고, 버팀대와 버팀대 사이는 뚫을 수 없는 칠흑이었다.

나는 중얼거렸다.

"갤리언의 리아."

아무 일도 벌어지지 않았다.

좀 더 크게 외쳐야 하나? 이런 생각이 들었지만 정적이 흐르는 성벽 앞 이 자리에서 소리를 지르는 것은 교회 제단에 침을 뱉는 것에 버금가는 못된 짓처럼 느껴졌다. *그래도 크게 외쳐 봐. 도시 밖이니까 괜찮을지 모르잖아. 레이더를 위해서 용기를 내.*

차마 소리를 지를 수는 없었지만 헛기침을 하며 언성을 높이기는 했다.

"갤리언의 리아의 이름으로 열려라!"

대답 대신 인간의 것이라고 할 수 없는 비명이 들렸다. 나는 뒷걸음질 치다가 하마터면 자전거에 걸려서 넘어질 뻔했다. 심장이 튀어나올 것 같다는 표현이 있지 않은가. 심장이 튀어나오는 정도가 아니라 아예 멀찌감치 도망쳐 그 자리에서 쓰러져 죽을 수도 있을 것 같았다. 비명 소리는 그칠 줄 몰랐고, 나는 그것이 거대한 기계가 몇 년 아니면 몇십 년 만에 가동되는 소리라는 것을 뒤늦게 알아차렸다. 어쩌면 보디치 씨가 이 세상의 '열려라 참깨'에 해당하는 주문을 외운 아래 처음으로 가동되는 것일 수도 있었다.

성문이 흔들렸다. 초록색의 비스듬한 버팀대 안에서 시커먼 덩굴이 뒤틀리고 솟구쳤다. 이번에는 틀림 없었다. 흔들린 병 안에서 요동치는 침전물을 보는 느낌이었다. 끼익거리던 기계 소리가 덜컹거리는 천둥소리로 바뀌었고, 안 보이는 곳에 숨겨져 있을 게 분명한 레일을 따라 성문이 왼쪽으로 열리기 시작했다. 미끄러지듯 움직이는 성문을 쳐다보고 있자니 그 어느 때보다 심한 현기증이 나를 강타했다. 나는 고개를 돌리고 취객처럼 비틀비틀 네 발짝을 걸어가 클로디아의 자전거 안장에 얼굴을 얹었다. 가슴과 목과 심지어 얼굴 옆면으로까지 쿵쾅거리는 심장이 느껴졌다. 성문이 열리는 동안 계속 달라지는 각도를 보고 있을 수가 없었다. 그랬다가는 기절할 것 같았다. 아니, 그렇게 끔찍한 것을 보았다가는 죽어 가는 개를 두고 왔던 길을 되짚어 달아날 것 같았다. 나는 눈을 질끈 감고 손을 내밀어 레이더의 털을 한 움큼 쥐었다.

버티자. 나는 생각했다. *버티자, 버티자, 버티자.*

7

마침내 요란하게 덜커덩거리던 소리가 멎었다. 반항하는 듯한 비명 소리가 또 들리다 정적이 다시 찾아왔다. 아니, 다시 찾아온 게 아니라 벼락처럼 들이닥쳤다. 눈을 떴다. 레이더가 나를 쳐다보고 있었다. 손을 펼쳐 보니 내가 털을 한 움큼 뽑아 놓았는데도 녀석이 아무 소리도 내지 않았다. 더 심한 고통에 시달리고 있었기 때문일 수도 있지만 그게 다는 아니었다고 본다. 나한테 자기가 필요하다는 걸 알았던 것이다.

"좋았어. 이제 뭐가 나오는지 보자."

성문 안쪽으로 타일이 깔린 광활한 안마당이 나타났다. 양쪽으로 거대한 나비 석상의 잔해가 줄줄이 이어졌다. 받침대에 놓여 있고 높이가 6미터였다. 다 부서진 날개들이 마당에 쌓여서 통로같은 역할을 했다. 옛날 옛적 좋았던 시절에는 이 제왕나비(당연히 제왕나비 석상이었다)들이 저마다 역대 갤리언의 왕이나 여왕을 상징했을까?

비명 소리가 다시 들리기 시작했다. 성문이 닫히려는 것이었다. 리아의 이름을 대면 그 문이 다시 열릴 수도 있고 그렇지 않을 수도 있었다. 어느 쪽인지 알아볼 생각은 없었다. 나는 자전거에 올라타 덜커덩거리며 문이 닫히는 동안 안으로 들어갔다.

고무바퀴가 한때는 알록달록했을, 빛이 바랜 타일 위를 조용히 달렸다. *모든 게 회색으로 바뀌어 가고 있는 거야. 회색 아니면 그 토나오는 칙칙한 초록색.* 예전에는 다채로운 색이었겠지만 지금은 다른 모든 것처럼 회색으로 변한 나비 석상이 우리가 그 밑을 헤치는 모습을 굽어보았다. 석상의 몸통은 멀쩡했지만 얼굴은 날개처럼 떨어져나왔다. 남은 거라고는 '리'라는 글자뿐이었다. 처음에는 이 도시 이름인 '릴리마르'의 흔적인가 싶었지만 '갤리언'일 수도 있었다.

아치를 지나기 전에 레이더를 확인하느라 뒤를 돌아보았다. 소리를 내면 안 된다고 만나는 사람마다 강조했는데, 걱정할 필요가 없을 듯했다. 녀석이 다시 잠을 자고 있었다. 한편으로는 다행이었고 또 한편으로는 걱정스러웠다.

아치는 축축했고 아주 오래된 썩은 내가 났다. 그 건너편에 동그란 석조 연못이 있는데, 돌이 이끼로 뒤덮였다. 예전에는 연못 물이 쨍한 파란색이었을 것이다. 예전에는 사람들이 갓돌 위에 앉아서 점심을 먹으며 활주하는 엠피스의 오리나 백조를 구경했을 것이다. 엄마들은 발로 물장구를 칠 수 있게 아이들을 연못 위로 들고 있었을 것이다. 이제는 새도 없고 사람도 없었다. 있다 하더라도 그 연못이 독극물이라도 되는 듯 피해 다닐 것이다. 아니, 실제로 독극물 같았다. 물이 불투명하고 끈적끈적한 초록색이고 거의 고체에 가까워 보였다. 수면에서 피어오르는 수증기는 '유독성 악취'로 진동했다. 썩어 가는 시신으로 가득한 무덤에서 이런 냄새가 나지 않을까 싶었다. 그 주변을 둥그스름하게 에워싼 보도는 세발자전거가 간신히 지나갈 수 있을 만한 넓이였다. 오른쪽의 어느 타일 위에 보디치 씨의 이니셜이 있었다. 나는 그쪽으로 출발했다가 멈추고 뒤를 돌아보았다. 무슨 소리가 들린 것 같았다. 발소리 아니면 속삭임.

무슨 목소리가 들리더라도 신경 쓰지 마. 클로디아는 이렇게 말했다. 이제는 아무 소리도 들리지 않았고 내가 지나온 아치 그늘 안에서 아무것도 움직이지 않았다.

나는 냄새가 코를 찌르는 연못 오른편의 둥그스름한 보도를 따라 천천히 페달을 밟았다. 저쪽에 나비 아치가 하나 더 있었다. 그쪽으로 다가가는데, 빗방울이 한 방울, 또 한 방울 내 뒷덜미를 때렸다. 빗방울이 연못 위로 점점이 떨어지자 수면 위로 잠깐씩 구멍이 생겼다. 내가 그쪽을 쳐다보고 있었을 때 시커먼 뭔가가 연못에서 일이 초 등장했다가 사라졌다. 제대로 보지는 못했지만 잠깐 이빨이 번뜩거렸다고 확신할 수 있었다.

빗줄기가 점점 굵어지기 시작했다. 조만간 마구 퍼부을 태세였다. 두 번째 아치 아래로 피신해 자전거에서 내려 졸고 있는 내 반려견에게 담요를 덮어 주었다. 퀴퀴한 냄새가 나고 좀이 슬긴 했지만 들고 오길 정말 잘했다는 생각이 들었다.

8

시간적으로 여유가 있었기 때문에 비가 좀 그칠 때까지 아치 아래에서 조금 쉬어도 될 것 같았다. 담요를 덮어 주긴 했지만 이 빗속으로 레이더를 데리고 나가고 싶지 않았다. 하지만 조금의 기준이 어느 정도일까? 15분? 20분? 시간이 얼마나 지났는지 무슨 수로 알 수 있을까? 휴대전화로 시간을 체크하는 데 인이 박여서 보디치 씨의 시계를 들고 오지 않은 것이 뼈저리게 후회가 됐다. 전면을 초록색으로 칠한 상점들이 꽉 들어찬, 아무도 없는 상점가처럼 보이는 이 길 위로 쏟아지는 빗줄기를 멍하니 바라보는데, 내가 휴대전화에 너무 중독이 됐었다는 생각이 들었다. 아빠는 목발을 짚고 걷는 데 익숙해져 버린 사람은 목발이 없으면 걷지 못하는 법이라며 컴퓨터로 작동되는 기기의 폐단을 거기에 비유했다.

상점들은 마른 도랑의 저쪽 편에 있었다. 로데오 드라이브나 시카고에 있는 오크가(街)의 고풍스러운 버전이랄까, 돈 많은 사람들을 상대하는 상점가 같았다. **국왕 폐하의 제화점**이라고 적힌 도금(설마 순금은 아니겠지) 간판이 보였다. 쇼윈도는 유리가 이미 오래전에 박살

났다. 유리 조각이 퍼붓는 비에 쓸려 배수로로 들어갔다. 도로 한복판에는 트램 전선일 수밖에 없는 것이 끝을 알 수 없는 뱀처럼 똬리를 틀고 있었다.

우리가 비를 피하고 있는 아치 바로 앞 보도블록에 뭔가가 새겨져 있었다. 나는 무릎을 꿇고 좀 더 자세히 들여다보았다. 나비 석상의 날개와 얼굴처럼 이 글씨도 대부분 떨어져 나갔지만 맨 처음과 맨 끝을 손끝으로 더듬어보니 GA와 AD인 것 같았다. 그 사이에는 어떤 글자든 들어올 수 있겠지만 여기가 성벽 밖의 킹덤 로드에 해당하는, 성벽 안에서 가장 넓은 대로라면 갤리언 로드일 확률이 컸다. 뭐가 됐든 도시 중심부의 우뚝한 빌딩과 초록색 탑을 향해 이어지는 직선 도로였다. 남들보다 높은 3개의 첨탑은 유리 느낌의 꼭대기가 구름에 덮여 보이지 않았다. 보도블록에 적혀 있던 글씨가 갤리언 로드였는지 알 수 없는 것처럼 거기가 예전에는 왕궁이었는지 알 길이 없었지만 그랬을 가능성이 커 보였다.

비를 쫄딱 맞더라도 이제 그만 다시 출발해야겠다는 생각이 들었을 때 빗줄기가 조금 가늘어졌다. 나는 레이더가 담요를 잘 덮고 있는지 확인한 다음(주둥이 끝과 뒷발 말고는 담요 밖으로 삐져나온 부분이 없었다) 자전거에 올라타 마른 도랑을 천천히 건너기 시작했다. 우디가 얘기한 럼파 다리가 혹시 여기일까 하는 생각이 들었다.

9

상점들은 근사했지만 어딘지 모르게 이상했다. 단순히 인적이 없거나 먼 옛날에, 아마도 회색 병이 들이닥쳤을 때 피난길에 오른 릴리마르 주민들에 의해 약탈을 당했기 때문만은 아니었다. 좀 더 미묘하고…… 아직 남아 있기 때문에, 아직 현재 진행형이기 때문에 좀 더 섬뜩한 뭔가가 있었다. 건물들은 약탈을 당했거나 말거나 충분히 튼튼해 보였지만, 엄청난 충격으로 어그러졌다가 제자리로 완전히 돌아가지 못한 것처럼 어딘지 모르게 일그러져 있었다. **국왕 폐하의 제화점, 요리는 즐거워, 신기한 보물, 를 위한 양복점**('를'의 앞부분은 불경스러운 단어라도 되는 듯 뭉개져 보이지 않았다), **바퀴와 바퀴살** 모두 정면에서 보면 아무 문제 없어 보였다. 비현실적인 이 세상 안에서 충분히 정상적으로 보였다. 하지만 내가 다시 대로로 시선을 돌리면 곁눈으로 어떤 변화가 감지됐다. 뻥 뚫린 창문이 나를 좀 더 유심히 들여다보려고 실눈을 뜨는 건가 싶게 움직이는 것 같다든지. 글자들이 룬 문자로 바뀐다든지. 흥분해서 헛것을 본 거라고 생각하고 싶었지만 잘 되지 않았다. 그래도 분명한 게 하나 있었다. 해가 지기 전에 여기서 빠져나가고 싶다는 것.

어느 교차로에서는 길바닥으로 굴러떨어진 거대한 괴물 석상이 쭉 찢어진 입을 벌리고 아래에서 위로 나를 응시했다. 파충류 같은 송곳니와 작은 구멍이 송송 난 회색 혓바닥을 드러낸 모습이었다. 나는 멀찌감치 돌아가 섬뜩한 시선에서 벗어난 뒤 안도의 한숨을 내쉬었다. 하지만 금세 나지막하게 쿵 하는 소리가 들렸다. 뒤를 돌아보니 그 석상이 뒤집혀 있었다. 자전거 뒷바퀴가 살짝 스치고 지나가는 바람에 오랜 세월 동안 아슬아슬하게 유지되고 있던 균형이 무너지기라도 한 걸까? 그건 아닐 텐데.

어찌 됐건 간에 그것이 나를 다시 빤히 쳐다보고 있었다.

10

왕궁(왕궁이 맞는지는 모르겠지만)이 점점 눈앞으로 다가왔다. 양쪽으로 이어지는 건물은 연립주택 같았다. 예전에는 고급 주택이었겠지만 지금은 폐허가 되었다. 발코니는 주저앉았다. 멋진 돌길을 비추던 캐리지 램프는 나동그라졌거나 와장창 깨졌다. 돌길에서는 갈색이 도는 회색의 보기 싫은 잡초가 자라났다. 석조 주택들의 사이 공간은 쐐기풀로 빽빽하게 덮여서 그 사이로 지나가려고 했다가는 살갗이 갈기갈기 찢기게 생겼다.

더 으리으리한 저택 단지에 다다랐을 때 비가 다시 퍼붓기 시작했다. 대리석과 유리로 이루어진 저택의 넓은 계단은 멀쩡했지만 포르티코(기둥으로 받쳐진 지붕이 있는 현관—옮긴이)는 대부분 박살이 났다. 나는 레이더에게 조금만 참으라고, 거의 다 왔다고 조그맣게 속삭였다. 폭우가 내리고 있었지만 입 안이 바짝 말랐다. 그래도 고개를 들어서 빗물을 받아 마실 생각은 절대 하지 않았다. 그 안에 뭐가 들어 있을지, 그걸 마시면 어떻게 될지 누가 알겠는가. 여긴 끔찍한 곳이었다. 전염병이 창궐한 이 도시의 어떤 것도 입에 대고 싶지 않았다.

그래도 다행스러운 부분이 하나 있었다. 클로디아는 길을 잃을 수도 있다고 했지만 아직까지 직선 구간이었다. 해나의 노란 집과 해시계가 3개의 첨탑에서 내려다보이는 으리으리한 저택 단지 근처에 있다면, 갤리언 로드를 따라 곧바로 거기에 다다를 수 있었다. 이제는 웅장한 첨탑에 달린 거대한 창문이 보였다. 대성당처럼 스테인드글라스는 아니었지만 희미하게 빛나는 짙은 초록색이라 성문에 달린 버팀대가 생각났다. 그리고 그 구역질 나는 연못도.

그걸 보느라 돌기둥 중간쯤에 적힌 보디치 씨의 이니셜을 하마터면 못 보고 지나칠 뻔했다. 꼭대기에 링 볼트가 달려 있는 것을 보니 말을 묶어 놓는 기둥인 듯했다. 이런 기둥들이 뭉툭한 이빨처럼 어느 거대한 회색 건물 앞에 한 줄로 박혀 있는데, 이 건물의 가파른 계단 꼭대기에는 문이 10개 넘게 달려 있지만 창문은 하나도 없었다. A.B.라고 적힌 맨 마지막 기둥의 왼쪽으로 좀 더 좁은 갈림길이 시작됐다. A의 가로획이 화살표로 바뀌어 그 좁은 길을 가리키고 있었고, 바스러진 8층 또는 10층짜리 석조 건물들이 길을 따라 줄줄이 이어졌다. 엠피스의 관료들이 북적거리며 왕국의 업무를 처리했을 광경이 눈에 선했다. 디킨스 소설의 삽화 속 남자들처럼(전부 남자들이 아닐까 싶었다) 검은색 롱코트와 하이칼라 셔츠를 입고 바삐 드나들었을 모습이 그려지는 듯했다. 이 중에 왕립 교도소도 있을지는 모르겠지만, 어떤 면에서는 그 건물들이 전부 교도소처럼 보였다.

나는 자전거를 멈추고 화살표로 바뀐 A의 가로획을 응시했다. 왕궁이 코앞인데, 화살표는 그와 반대 방향을 가리키고 있었다. 문제는 이거였다. 계속 직진할 것인가, 화살표를 따라갈 것인가? 바구니에 앉아 조만간 흠뻑 젖게 생긴 담요를 덮고 있는 레이더가 뒤에서 또다시 기침 발작을 일으켰다. 나는 길이 막혔으면 다시 돌아오면 된다는 결론을 내린 뒤 화살표를 무시하고 직진하려다가 클로디아가 지시한 두 가지 사항을 떠올렸다. 첫째, 그녀는 보디치 씨가 남긴 표시를 따라가면 별일 없을 거라고 했다('아마' 별일 없을 거라고 했지만 굳이 걸고 넘어질 필요는 없었다). 둘째, 그녀의 말에 따르면 나는 앞으로 갈 길이 빌어먹게 멀었다. 그런데 지금까지 온 길로 계속 직진하면 갈 길이 우라지게 짧았다.

나는 결국 클로디아와 보디치 씨를 믿기로 했다. 화살표가 가리키는 방향으로 핸들을 돌려서 페달을 밟았다.

거기 길이 미로거든. 클로디아의 말이 맞았다. 보디치 씨의 이니셜이, 그가 남긴 표시가 나를 그 미로 속으로 더욱 깊숙이 인도했다. 뉴욕은 납득이 되는 도시였다. 시카고는 조금 납득이 되는 도시였다. 릴리마르는 전혀 납득이 되지 않는 도시였다. 셜록 홈즈와 잭 더 리퍼 시절의 런던이 이러지 않았을까 싶었다(내가 알기로는 지금도 마찬가지다). 어떤 길은 넓고, 잎이 져서 비를 피하는 데 아무 도움이 되지 않는 가로수가 줄줄이 이어져 있는가 하면 또 어떤 길은 좁았다. 세발자전거가 간신히 지나갈 수 있을 만큼 좁은 길도 있었다. 그래도 그 길은 손을 내밀면 닿을 만한 높이에서 복층 건물들이 도로 위로 몸을 내밀고 있어서 폭우를 조금이나마 피할 수 있었다. 트램 전선이 축 늘어진 채 대롱대롱 매달려 있는 곳도 있었지만 대부분 길바닥에 떨어져 있었다.

피에로 모자를 쓰고 목에 방울을 달고 양쪽 젖가슴 사이에 칼을 꽂은, 머리 없는 마네킹이 어느 건물 창문 너머로 보였다. 누가 장난삼아 그렇게 해 놓은 건지 몰라도 재미없는 장난이었다. 1시간 정도 지나자 내가 몇 번이나 우회전과 좌회전을 했는지 알 수가 없어졌다. 중간에 물이 뚝뚝 떨어지는 굴다리를 통과했을 때는 자전거 바퀴가 고여 있는 물을 가르는 소리가 뒤로 메아리치며 속삭이는 웃음소리처럼 들렸다. *하… 하아… 하아아.*

보디치 씨가 남긴 표시가 비바람을 맞고 너무 희미해져서 잘 보이지 않는 경우도 있었다. 그걸 놓치면 왔던 길을 되짚어 가든지 왕궁이 아닐까 싶은 3개의 첨탑을 보며 방향을 짐작해야 하는데, 그게 과

연 가능할까 싶었다. 사방에서 압박해 오는 건물들 때문에 첨탑이 한참 동안 전혀 보이지 않았다. 이 복잡한 길거리를 헤매고 다니다 종이 두 번 울리고…… 세 번 울리고…… 밤의 병사들을 걱정해야 하는 신세로 전락하는 내 모습이 너무 쉽게 그려졌다. 이렇게 비를 맞으며 뒤에서 계속 기침을 하고 있으니 해가 떨어질 때쯤이면 레이더가 죽을 수도 있었다.

시커먼 지하로 비스듬히 뚫린 커다란 구멍을 두 번 지나쳤다. 그곳에서 지독한 냄새가 스멀스멀 올라왔고 클로디아가 경고한 속삭임 비슷한 소리가 들렸다. 두 번째 구멍에서 풍기는 냄새는 더 지독했고 속삭이는 소리도 더 컸다. 공포에 휩싸인 주민들이 거대한 지하 벙커로 피신해 거기에서 죽어 가고 있을지 모른다는 상상이 그러기 싫었는데도 자꾸 들었다. 그러지 않기가 불가능했다. 이 속삭임이 주민들의 혼령이 내는 소리는 아닐 거라고 생각하는 것도.

여기에서 벗어나고 싶었다. 육체와 분리된 목소리라고는 에어팟에서 들리는 소리가 전부인 내 멀쩡한 세상, 내 집으로 돌아가고 싶었다.

길모퉁이 가로등 기둥에 보디치 씨의 이니셜인지 그냥 오래된 핏자국인지 모를 것이 있었다. 나는 자전거에서 내려 자세히 들여다보았다. 그가 남긴 표시가 맞았지만 거의 보이지 않았다. 나는 혹시라도 완전히 지워질까 봐 그 위에 묻은 빗물과 먼지를 닦아 내지도 못한 채 코가 거의 닿을 정도로 바짝 얼굴을 들이댔다. A의 가로획이 오른쪽을 가리키고 있었다. (거의) 확실했다. 내가 자전거로 돌아가자 레이더가 담요 밖으로 고개를 내밀고 낑낑거렸다. 눈곱 때문에 한쪽 눈을 뜨지 못했다. 다른 쪽 눈은 반쯤 감고서 우리 뒤편을 쳐다보고 있었다. 나는 그쪽을 보았다. 발소리가 들렸다. 이번에는 분명했다. 그리고 소리의 주인공이 몇 블록 뒤에서 다시 모퉁이를 돌자 망토인가 싶은 옷자락이 펄럭이는 것도 보였다.

"거기 누구야?"

나는 큰소리로 외쳤다가 양손으로 입을 막았다. 소리를 *내면 안 돼, 절대.* 지금까지 만난 모든 이가 이렇게 신신당부했다. 나는 아까보다 훨씬 언성을 낮춰서, 내지르는 속삭임에 가깝게 덧붙였다.

"숨지 말고 나와. 당신이 친구로 대하겠다고 하면 나도 그렇게 대할 수 있어."

아무도 모습을 드러내지 않았다. 나도 사실 기대는 하지 않았다. 나는 손을 내려 보디치 씨의 리볼버에 갖다 댔다.

"친구가 아니라면 경고하는데 나 총 있어. 써야 하는 상황이 되면 이 총을 쓸 거야."

개뻥이었다. 나는 총에 대해서도 경고를 들은 바 있었다. 그것도 아주 강력하게.

"알아들었지? 나그네, 너를 위해서 하는 말인데, 알아들었길 바란다."

이건 내 평소 말투가 아니었다. 내가 책이나 영화 속 등장인물 같은 말투를 쓰는 것이 이번이 처음도 아니었다. 이러다 조만간 "내 이름은 이니고 몬토. 네가 우리 아버지를 죽였지. 죽을 준비를 해라." 이런 말이 내 입에서 튀어나오는 건 아닌가 싶었다(영화 「프린세스 브라이드」의 등장인물 이니고 몬토야의 대사다 ─ 옮긴이).

레이더가 다시 기침을 하면서 몸을 떨기 시작했다. 자전거로 돌아가 좀 전에 확인한 화살표가 가리킨 방향으로 페달을 밟았다. 그러자 바닥에 자갈이 깔렸고 무슨 이유에서인지 나무통이 일렬로 놓인 지그재그 길이 나왔다. 나무통은 대부분 쓰러져 있었다.

11

계속 이니셜을 따라갔다. 보디치 씨가 맨 처음 빨간색 페인트로 칠한 그 상태 그대로 또렷하게 남아 있는 것도 있었지만 대부분 희미한 흔적에 불과했다. 좌회전 그리고 우회전, 우회전 그리고 좌회전. 오래전에 세상을 떠난 시신이나 해골은 보이지 않았지만 거의 모든 곳에서 썩은 내가 났고 가끔 건물들이 능청스럽게 형태를 바꾸는 듯한 느낌이 들 때도 있었다.

곳곳에 고인 물웅덩이를 지났다. 길 자체가 완전히 침수돼 자전거의 커다란 바퀴가 거의 휠캡까지 잠기는 시커먼 구정물을 가르며 질주한 적도 있었다. 비가 보슬비로 바뀌었다가 완전히 그쳤다. 해나의 노란 집까지 얼마나 남았는지 전혀 알 수가 없었다. 휴대전화로 알아볼 수도 없고 하늘에 해도 없으니 방향 감각이 완전히 사라졌다. 나는 정오를 알리는 2번의 종소리만 계속 기다렸다.

길을 잃었어. 완전히 길을 잃었어. GPS도 없으니 절대 제때 거기 도착하지 못할 거야. 해가 떨어지기 전에 이 미친 도시에서 빠져나갈 수나 있으면 다행일 거야.

하지만 잠시 후 한복판에 석상(머리가 떨어져 나간 여자 석상이었다)이 서 있는 조그만 광장을 지나자 3개의 첨탑이 다시 보였다. 전과 달라진 게 있다면 이제는 옆면이 보인다는 것이었다. 이때 야구뿐 아니라 농구까지 가르쳤던 하크니스 감독님의 목소리와 함께(황당하지만 진짜였다) 어떤 생각 하나가 퍼뜩 떠올랐다. 그는 경기가 있는 날이면 항상 입는 흰색 티셔츠의 겨드랑이가 땀으로 흠뻑 젖을 때까지 우리 팀 선수들이 이동하는 방향을 따라 사이드라인을 왔다 갔다 하며 이렇게 외치곤 했다.

"야 이 씨, 백 도어, 백 도어 플레이(볼을 가지고 있지 않은 2명의 선수가 스크린플레이로 2대1 상황을 만들어 득점과 연결하는 플레이 ― 옮긴이) *하라고!*"

뒷문.

보디치 씨의 이니셜은 뒷문을 가리키고 있었다. 갤리언 로드의 종착지인 그 거대한 가운데 건물의 정문이 아니라 뒷문을. 나는 왼쪽으로 광장을 건너며 거기서 뻗어 나오는 3개의 길 중 한 곳에 그의 이니셜이 적혀 있을 거라고 짐작했고, 짐작한 대로 예전에는 온실이 있나 싶은 깨진 유리 건물 옆면에 적힌 이니셜을 발견했다. 이제는 왕궁 옆면이 오른쪽으로 보였고, 이니셜이 나를 점점 더 뒤편으로 인도했다. 널찍하게 퍼진 주요 건물 뒤편의 높고 둥그스름한 석조 견각이 보이기 시작했다.

좀 더 빠르게 페달을 밟았다. 다음 이니셜은 오른쪽을 가리키며 호시절에는 널찍한 대로였을 곳을 따라가라고 했다. 그 당시에는 으리으리했겠지만 지금은 길의 노면이 다 갈라졌고 포장이 군데군데 잘게 으스러졌다. 한복판의 중앙분리대는 웃자란 잡초로 덮였다. 잡초들 사이로 꽃잎은 노랗고 가운데는 짙은 초록색인 거대한 꽃이 피어 있었다. 대로 위로 드리워질 만큼 줄기가 긴 꽃이 보이길래 속도를 늦추고 손을 내밀었지만 손가락 바로 앞에서 탁 하고 꽃잎이 오므라졌다. 하얀 수액 같은 것이 흘러나왔다. 온기를 느낄 수 있었다. 나는 얼른 손을 뒤로 뺐다.

400미터쯤 더 가자 지붕 꼭대기 3개가 어렴풋이 등장했다. 그중

2개는 지금 내가 달리고 있는 대로의 양옆에 자리 잡았고 나머지 하나는 대로 바로 위에 있는 것처럼 보였다. 좀 전의 굶주린 꽃과 같은 노란색이었다. 바로 앞에서 대로가 넓어지며 마른 분수대가 있는 또다른 광장이 등장했다. 바닥이 흑요석처럼 제멋대로 갈라진, 거대한 초록색 분수대였다. 클로디아가 무슨 경전의 문구처럼 반복했던 *'받아 적어, 샬리 왕자'*라는 말을 떠올리며 나는 확인차 쪽지를 꺼냈다. 마른 분수대, 체크. 도로 양옆으로 걸쳐진 거대한 노란 집, 체크. 숨을 것, 더블 체크. 젖지 않게 쪽지를 다시 배낭 옆 주머니에 쑤셔 넣었다. 그때는 몰랐지만 나중에 쪽지를 주머니가 아니라 거기 넣었다는 데 감사함을 느끼는 순간이 찾아왔다. 휴대전화도 마찬가지고.

광장까지는 천천히 가다가 분수대가 가까워지자 좀 더 속도를 높였다. 받침대의 높이가 2.5미터는 거뜬히 넘었고 두껍기가 나무 몸통 수준이었다. 숨기 딱 좋았다. 나는 자전거에서 내려 받침대 뒤편을 흘끗 돌아보았다. 분수대에서 50미터도 안 되는 곳에 해나의 집 또는 집들이 있었다. 노란색 통로가 미니애폴리스 전역에서 볼 수 있는 고가도로처럼 중앙 통로 위로 집과 집을 연결하고 있었다. 어마어마한 거처였다.

그리고 해나가 밖에 나와 있었다.

18장.

해나. 바람개비 도안. 연못 속의 흉측한 것.
드디어 해시계. 반갑지 않은 만남.

1

비가 그치자 화창해진 하늘을 감상하기 위해 밖으로 나왔는지, 해나는 빨간색과 파란색 줄무늬 차양 아래에 놓인 거대한 금색 왕좌에 앉아 있었다. 단순한 도금은 아닌 것 같았고 왕좌의 등판과 팔걸이를 감싼 보석도 인조 보석이 아닌 게 거의 확실했다. 엠피스의 왕이나 여왕이 거기 앉아 있었다면 우스꽝스러우리만치 작아 보였겠지만, 해나는 그 왕좌를 꽉 채웠을 뿐 아니라 거대한 엉덩이가 양옆의 황금 팔걸이와 파란색이 섞인 자주색 쿠션 사이로 삐져나왔다.

그 왕좌를 훔친(훔친 거라는 데 의심의 여지가 없었다) 여자는 꿈에 나올까 봐 무서울 정도로 추악했다. 마른 분수대 뒤에 숨어 있어서 정확한 체구를 가늠할 수는 없었지만 내 키가 193센티미터인데도 그녀의 앉은키가 나보다 1.5미터는 클 것 같았다. 그러니까 일어나면 최소 6미터는 된다는 거였다.

명실상부한 거인이라는 뜻이었다.

그녀는 깔고 앉은 쿠션과 같은 색의 서커스 천막 같은 원피스를 입고 있었다. 나무 몸통만 한 종아리까지 내려오는 길이였다. (하나하나가 거의 내 손만 해 보이는) 손가락에는 반지를 여러 개 꼈다. 햇빛이 그리 환하지 않은데도 반지들이 희미하게 반짝거렸다. 이보다 화창한 날이었다면 요란하게 번쩍거렸을 것이다. 헝클어져 여기저기 뭉친 밤색 머리칼은 어깨를 지나 그녀의 가슴이 그리는 거대한 굴곡 위로 쏟아졌다.

원피스를 입었으니 여자겠지만 옷이 아니었다면 성별을 분간하기가 쉽지 않았다. 얼굴은 혹과 큼지막하게 곪은 종기로 뒤덮였다. 빨간색 금이 이마 정중앙을 가로질렀다. 한쪽 눈은 사시였고 다른 쪽 눈은 툭 튀어나왔다. 윗입술이 울퉁불퉁한 코까지 들려서 송곳니처럼 뾰족한 이빨이 드러났다. 그중에서도 최악은 인간의 것일 게 거의 분명한 뼈들이 반원형으로 왕좌를 에워싸고 있다는 것이었다.

레이더가 기침을 하기 시작했다. 나는 고개를 돌려 그 녀석 옆으로 머리를 숙이고 눈을 들여다보며 조그맣게 속삭였다.

"쉿, 아무 소리도 내면 안 돼."

레이더는 다시 기침을 하고 잠잠해졌다. 계속 몸을 부들부들 떨고 있었다. 내가 고개를 돌리자 그 어느 때보다 우렁차게 기침이 시작됐다. 해나가 마침 노래를 부르기 시작했기 망정이지, 그러지 않았다면 들통 났을 것이다.

"몽둥이를 꽂아 줘, 내 사랑 조
있어야 할 그곳에, 내 사랑 그대
몽둥이를 꽂아 줘, 밤새도록
그대의 방망이를 꽂아 줘

방망이, 방망이

그대의 방망이를 꽂아 줘."

그림 형제 동화집에 나오는 노래는 아니겠다는 생각이 들었다.

그녀의 노래는 계속 이어졌지만(가사가 몇 백 줄 되는 「맥주병 100개」 비슷한 노래인 모양이었다) 전혀 상관없었다. 레이더가 계속 기침을 하고 있었던 것이다. 해나가 사랑하는 조에게 걱정할 필요 없다고 고래고래 외치는 동안("궁둥이에 꽂아 줘"가 나오는 건 아닐까 살짝 기대했건만) 나는 레이더의 가슴과 배를 쓰다듬으며 기침을 진정시켜 보려고 했다. 나는 계속 레이더를 쓰다듬고 해나는 계속 고래고래 노래를 부르고 있었을 때 정오를 알리는 종소리가 들렸다. 왕궁 바로 옆에서 들었더니 귀청이 떨어지는 줄 알았다.

종소리가 멀리멀리 퍼졌다. 나는 해나가 일어나 부엌으로 들어가길 기다렸다. 그녀는 일어나지 않고 삽만큼 널찍한 턱에 난 종기를 두 손가락으로 눌러서 짰다. 누르스름한 고름이 찍 나왔다. 그녀는 손바닥으로 고름을 닦아서 살핀 다음 길바닥에 대고 손을 털었다. 그러고는 의자에 몸을 묻었다. 나는 레이더의 기침이 다시 시작될 거라고 생각했다. 예상은 빗나갔지만 조만간 시작될 것이었다. 시간 문제였다.

노래해. 노래하라고, 이 못난이 떡대야. 내 개가 이제 기침하면 게으른 네년이 버려 놓은 그 뼈다귀들 속에 우리 유골이 섞일 테니…….

하지만 그녀는 노래를 부르는 대신 자리에서 몸을 일으켰다. 마치 산이 일어나는 광경을 목도하는 느낌이었다. 나는 수학 시간에 배운 단순한 비율로 그녀의 키를 계산했지만 다리 길이를 과소평가하는 우를 범했다. 그녀의 양쪽 집 사이 통로의 높이가 6미터는 될 텐데,

해나는 허리를 숙여야 그 아래를 통과할 수 있을 것 같아 보였다.

완전히 일어선 그녀가 볼기 사이에 낀 치맛단을 끄집어내더니 방귀를 뀌는데, 쩌렁쩌렁한 소리가 끊길 줄 몰랐다. 아빠가 좋아하는 연주곡 「미드나이트 인 모스코」에 나오는 트롬본 독주 구간이 생각나는 대목이었다. 요란한 폭소가 터지지 않게 양손으로 입을 틀어막아야 했다. 나 때문에 기침 발작이 시작되거나 말거나 레이더의 축축한 옆구리에 얼굴을 묻고 나지막이 숨을 토했다. 후, 후, 후. 레이더의 기침이 다시 시작되거나 해나의 거대한 손이 내 목을 감싸고서 비틀어 따는 순간을 예상하며 눈을 감았다.

그런 일은 벌어지지 않았다. 분수대 받침대 저편을 슬그머니 내다보니 해나가 오른쪽 집을 향해 쿵쿵 걸어가고 있었다. 덩치가 믿기지 않는 수준이었다. 2층 창문도 아무 문제 없이 들여다볼 수 있었다. 그녀가 초대형 문을 열자 고기 굽는 냄새가 흘러나왔다. 냄새로는 돼지구이 같았지만 돼지고기가 아닐 것 같은 끔찍한 예감이 들었다. 해나는 허리를 숙이고 안으로 들어갔다.

그녀가 쩌렁쩌렁 외치는 소리가 들렸다.

"점심 내놔라, 고자 새끼야! 배고파!"

그때 움직여야 해. 클로디아는 이렇게 말했다. 아무튼 그 비슷하게 말했다.

나는 세발자전거에 올라타 투르 드 프랑스(프랑스에서 개최되는 세계 최고 권위의 로드 사이클 투어 ─ 옮긴이)에서 마지막 1킬로미터를 남겨둔 선수처럼 핸들 바 위로 몸을 숙이고 통로를 향해 달렸다. 통로로 진입하기 직전에 왕좌가 있는 왼쪽을 흘끗 쳐다봤다. 버려진 뼈들은 크기를 보아하니 어린애들의 것인 게 거의 확실했다. 어떤 뼈에는 연골이, 또 어떤 뼈에는 머리칼이 달려 있었다. 그걸 쳐다보다니 그 럴 수만 있다면 주워 담고 싶은 실수였지만 가끔(가끔이라기에는 너무 자주이긴 하지만) 어쩔 수 없을 때도 있다. 그렇지 않은가.

2

통로는 길이가 25미터 정도 됐고 차갑고 축축하며 이끼 낀 돌이 깔려 있었다. 반대편에서 눈부신 빛이 비치고 있었으니 광장으로 들 어서면 태양을 볼 수 있을 것 같았다.

하지만 아니었다. 핸들 위로 몸을 숙인 채 통로를 빠져나오자 씩 씩하게 버티던 한 줌의 파란색을 구름이 삼켜 버렸고 칙칙한 회색이 돌아왔다. 눈 앞에 펼쳐진 광경을 보고 나는 그대로 얼어붙었다. 발 이 페달에서 떨어져 나왔고 세발자전거는 스르르 멈추어 섰다. 내가 있는 곳은 뻥 뚫린 거대한 광장의 가장자리였다. 8개의 각기 다른 방 향에서 8개의 길이 구불구불 연결됐다. 보도블록은 원래 여러 색으 로 색칠돼 있었다. 초록색, 파란색, 자홍색, 남색, 빨간색, 분홍색, 노 란색, 주황색. 이제는 그 빛깔이 희미해져 가고 있었다. 결국에는 릴 리마르의 다른 모든 것, 그걸 넘어 엠피스의 많은 것들처럼 회색으 로 변하지 않을까 싶었다. 구불구불한 길들을 보고 있자니 한때 신 나게 돌아갔던 바람개비를 보는 느낌이었다. 그 구불구불한 길가에 는 삼각 깃발로 꾸며진 기둥이 있었다. 예전에는(얼마나 예전일까) 그 깃발들이 썩은 내로 오염되지 않은 바람을 맞으며 매섭게 펄럭였을 것이다. 지금은 축 늘어진 채 빗물을 뚝뚝 흘리고 있었다.

이 거대한 바람개비의 중심에는 날개와 머리가 부서진 또 다른 나비 석상이 세워져 있었다. 박살 난 잔재가 받침대 주변에 쌓여 있었다. 짙은 초록색의 첨탑 3개로 이루어진 왕궁의 뒤편으로 가는, 좀 더 넓은 길이 그 너머로 보였다. 한때 삼삼오오 한 줄로 이 구불구불한 길을 가득 메웠을 엠피스 주민들이 그려졌다. 웃고 장난스럽게 옆 사람을 밀치며 앞으로 펼쳐질 쇼를 기다렸을 것이다. 더러는 광주리나 바구니에 점심을 싸 가지고 왔을 테고, 더러는 그들의 지갑을 노리는 가게에서 사 먹었을 것이다. 어린애들을 위한 기념품? 응원용 깃발? 그야 당연한 말씀! 그 자리에 있기라도 했던 듯이 상상이 되었다. 그럴 수밖에 없었다. 화이트 삭스 경기를 보러 갔던 특별한 날들, 그리고 시카고 베어스 경기를 보러 갔던 평생 잊을 수 없는 일요일에는 나도 그런 인파 속에 섞여 있었다.

왕궁 뒤편(왕궁의 이쪽 편은 온 사방으로 얼기설기 뻗어 있었다) 위쪽으로 붉은 돌을 둥그스름하게 쌓은 육중한 성곽이 보였다. 우뚝한 기둥이 성곽의 안쪽을 따라 줄줄이 이어지는데, 기둥마다 꼭대기에 쟁반처럼 생긴 길쭉한 장치가 얹혀 있었다. 여기서 수많은 관중의 열띤 응원 아래 경기가 진행됐다고 장담할 수 있었다. 환호성이 지축을 흔들었을 것이다. 이제는 이 악마가 사는 도시의 다른 곳들처럼 둥그스름한 통로와 정문도 인적이 없고 으스스했다.

5학년 때 역사 수업 시간에 레고로 성을 만든 적이 있었다. 당시에는 수업이라기보다 놀이처럼 느껴졌지만 이제 와 생각해 보면 수업이었다. 나는 그때 배운 다양한 건축적인 요소들을 아직도 대부분 기억하고 있었다. 성곽 앞으로 다가가 보니 그중 몇 개가 눈에 띄었다. 공중 부벽(건물이 무너지지 않게 외벽을 지탱하는 독립된 벽 — 옮긴이), 망루, 총안이 있는 흉벽, 난간, 심지어 후문으로 보이는 것까지. 하지만 릴리마르의 다른 모든 것들이 그렇듯 어딘지 모르게 이상했다. 유리창 없이 실금처럼 나 있는 창문이 달려 있는 두꺼비 모양의 돌출부에는 계단이 어지럽게 (그리고 내가 보기에는 무의미하게) 안과 주변으로 연결됐다. 돌출부의 정체는 경계 초소일 수도 있고 아무도 모를 다른 무엇일 수도 있었다. 열십자로 교차하는 일부 계단은 착시 현상을 유발하는 에셔의 작품을 연상시켰다. 내가 눈을 깜빡이면 계단이 거꾸로 뒤집혀 보였다. 다시 눈을 깜빡이면 제대로 보였다.

이보다 더 끔찍했던 게 있다면 대칭이라고는 찾아볼 수 없는 이 성이 하울의 성처럼 움직이는 것 같았다는 점이다. 움직이는 것을 실제로 목격한 건 아니었다. 이 모든 것을 한꺼번에 눈에…… 또는 머리에 담기가 쉽지 않았다. 계단의 색깔이 퀼트의 바람개비 도안처럼 알록달록했으니 유쾌한 분위기를 풍겼어야 맞는데, 그게 아니라 전체적으로 정체불명의 느낌을 풍겼다. 왕궁이 아니라 이질적인 사고 체계를 갖춘, 생각하는 생명체 같았다. 내 상상력이 걷잡을 수 없는 방향으로 흘러가고 있다는 건 알았지만(아니다, 실은 몰랐다) 보디치 씨의 이니셜이 스타디움 쪽을 가리키고 있어서, 그래서 대성당 창문이 나를 똑바로 내려다볼 수 없어서 다행이었다.

나는 입구의 넓은 통로를 따라 천천히 페달을 밟았다. 자전거 바퀴가 가끔 비뚤게 놓인 보도블록에 세게 부딪쳤다. 왕궁 뒤편은 창문이 없었고 대부분 돌이었다. 8개에서 9개쯤 되는 빨간색의 커다란 문이 줄줄이 이어졌고, 여러 개는 엎어지고 두어 개는 완전히 박살 난 마차들이 아주 오래전부터 정체 현상을 빚고 있었다. 해나가 화가 났든지 그냥 장난삼아 그랬을 거라고 쉽게 짐작할 수 있었다. 이쪽은 부유층과 왕족은 거의 볼 일이 없었던 보급로가 아니었을까 싶었다. 평민들이 오가던 곳 말이다.

하역장 근처의 한 석조 블록 위에 희미해진 보디치 씨의 이니셜이 남아 있었다. 왕궁이 움직이는 것이, 벌떡거리는 것이 거의 보이는 것 같아 창문이 없는 쪽이라 해도 멀찌감치 떨어져 있고 싶었다. A의 가로획이 왼쪽을 가리키고 있어서 큰길에서 벗어나 화살표를 따라 갔다. 레이더가 다시 기침을 심하게 하고 있었다. 내가 웃음을 참으려고 얼굴을 갖다 댔을 때 녀석의 털은 축축하고 차갑고 뭉쳐 있었다. 개도 폐렴에 걸릴 수 있을까? 그건 바보 같은 질문이었다. 폐가 있는 동물이라면 어떤 종이든 폐렴에 걸릴 수 있을 것이다.

이니셜을 따라가자 줄줄이 늘어선 6개인지 8개인지 모를 공중 부벽이 나왔다. 그 아래로 지나갈 수도 있었지만 그러지 않기로 했다. 부벽은 첨탑의 창문처럼 초록색이었고 돌이 아니라 일종의 유리인 듯했다. 유리가 그렇게 거대하고 우뚝한 건물의 어마어마한 하중을 지탱할 수 있다니 믿기 힘들었지만 보기에는 그랬다. 그리고 안에서 서로 나른하게 뒤엉킨 채로 천천히 올라갔다 내려오는 시커먼 덩굴이 또 보였다. 부벽을 보고 있자니 초록색과 검은색의 이상한 라바 램프(유색 액체가 담긴 장식용 전기 램프 — 옮긴이)가 일렬로 놓여 있는 것 같다는 생각이 들었다. 꿈틀거리는 시커먼 덩굴 때문에 「에일리언」이나 「피라냐」 같은 공포 영화가 떠올랐고 그런 영화를 본 게 후회스러워졌다.

이러다 왕궁을 한 바퀴 도는 게 아닌가 하는 생각이 들기 시작했을 때(그러면 세 개나 되는 첨탑의 시선 아래에 놓이게 된다는 뜻이었다) 움푹 들어간 공터가 등장했다. 창문이 없고 V자 모양으로 서로 마주 보는 2개의 부속 건물 사이에 있었다. 야자수(황당하게 들리겠지만 진짜였다)

그늘이 드리워진 조그만 연못을 감싸고 벤치들이 놓여 있었다. 야자수에 가려서 공터 안쪽 깊숙한 곳은 보이지 않았지만, 야자수 위로 최소 30미터 높이의 기둥과 그 꼭대기에 놓인 인공 태양은 보였다. 그 인공 태양에는 얼굴이 달렸고 눈이 고양이 벽시계의 똑딱거리는 눈처럼 좌우로 왔다 갔다 했다. 연못 오른쪽의 석조 블록에 보디치 씨가 이니셜을 써 놓았다. 이번에는 A의 가로획이 화살표가 아니었다. A의 꼭지점에 화살표가 달려 있었다. *직진해라, 찰리, 시간 지체하지 말고,* 라고 하는 보디치 씨의 목소리가 들릴 것만 같았다.

"조금만 참아, 레이드. 거의 다 왔어."

화살표가 가리키는 쪽으로 페달을 밟았다. 그러자 조그맣고 예쁜 연못의 우측이 나왔다. 목적지가 코앞인 지금, 그럴 필요가 없었는데도 나는 자전거를 멈추고 야자수 사이로 거길 들여다보았다. 끔찍한 광경이 기다리고 있었지만 다행스러운 선택이었다. 그 순간이 얼마나 결정적이었는지는 훨씬 나중에서야 완전히 이해했지만, 이로써 모든 게 달라졌던 것이다. 가끔 우리는 기억에 담기 위해 일부러 눈길을 줄 때가 있다. 가끔은 가장 끔찍한 것이 우리에게 힘을 부여할 때도 있다. 이제는 그걸 알지만 그 당시에는 할 수 있는 생각이 *'하느님 맙소사, 에리얼이잖아.'* 뿐이었다.

원래는 푸른색이었겠지만 썩어서 탁한 흙색이 된 연못 안에 인어의 잔해가 있었다. 하지만 디즈니 애니메이션에서 트라이튼 왕과 아테나 왕비의 딸로 태어난 에리얼 공주는 아니었다. 그렇다, 그건 아니었다. 절대 아니었다. 반짝이는 초록색 꼬리도 파란색 눈도 굽이치는 빨간 머리도 없었다. 보라색의 조그맣고 깜찍한 브라톱도 없었다. 이 인어의 머리는 금발이었던 것 같았지만 대부분 빠져서 연못 위에 둥둥 떠 있었다. 꼬리는 초록색이었을지 모르겠지만 지금은 피부처럼 생기 없고 칙칙한 회색이었다. 입술이 사라져 입 안을 뱅 두른 조그만 치아가 고스란히 드러나 보였다. 눈은 빈 구멍이었다.

하지만 전에는 아름다웠을 것이다. 예전에는 관중들이 여기서 즐겁게 경기나 공연을 관람했을 거라고 확신하는 것처럼 그녀가 그랬을 거라고 확신할 수 있었다. 아름답고 생기발랄하며 행복하고 순수한 매력으로 가득했을 것이다. 여기서 헤엄을 쳤을 것이다. 여기가 그녀의 집이었고, 사람들이 이 조그만 오아시스로 구경 오면 그녀도 사람들을 구경했을 것이다. 그러면 양쪽 모두 기분이 좋아졌을 것이다. 이제 그녀는 꼬리가 인간의 몸통으로 바뀌는 지점에 쇠창살이 꽂혀진 채로 죽었고, 그 구멍에서 회색 내장이 튀어나왔다. 미모와 기품은 흔적만 남았다. 이제 그녀는 수족관에서 죽어 생생한 빛깔을 모조리 잃은 채 둥둥 떠다니는 물고기와 다를 바 없었다. 차가운 물이 부패를 조금이나마 막고 있는 추악한 시신이 되었다. 진짜로 추악한 해나는 여전히 살아서 노래를 부르고 방귀를 뀌고 소름 끼치는 음식을 먹고 있는데.

저주야. 모두 저주를 받은 거야. 이 불운한 땅에 악령이 깃든 거야. 이건 찰리 리드가 할 만한 생각이 아니었지만 진짜로 그런 생각이 들었다.

내 안에서 해나를 향한 증오가 스멀스멀 올라오는 것이 느껴졌다. 이 조그만 인어를 죽인 범인이라서가 아니라(그 거인이 범인이었다면 그녀를 그냥 갈기갈기 찢어 놓았을 것이다) 그녀는, 그러니까 해나는 살아 있기 때문이었다. 그리고 나의 귀환길에 걸림돌이 될 것이기 때문이었다.

레이더가 뒤에서 바구니 삐걱대는 소리가 들릴 만큼 심하게 다시 기침을 하기 시작했다. 나는 그 가엾은 시신의 주문에서 깨어나 연 못을 뱅 돌아서 꼭대기에 태양이 놓인 기둥을 향해 갔다.

3

V자로 놓인 2개의 부속 건물 사이가 좁아지는 공간을 해시계가 꽉 채우고 있었다. 쇠기둥에 달린 팻말이 그 앞에 놓여 있었다. 글씨가 희미해졌지만 아직은 읽을 수 있었다. **출입 금지.** 해시계는 지름이 6미터 정도 되는 듯해 보였고 그 말은 곧, 암산이 맞는다면 둘레가 약 18미터라는 뜻이었다. 저쪽 편에 적혀 있는 보디치 씨의 이니셜 이 보였다. 다가가 제대로 확인하고 싶었다. 그 이니셜을 길잡이 삼 아 여기까지 왔으니 그 마지막 이니셜을 보면 해시계를 어느 쪽으로 돌려야 하는지 알 수 있을지 몰랐다. 약 1미터 높이의 검은색과 흰색 말뚝 울타리가 해시계의 가장자리를 두르고 있어서 클로디아의 세 발자전거를 타고 들어갈 수는 없었다.

레이더가 기침을 했다가 캑캑거렸다가 다시 기침을 했다. 한쪽 눈 은 끈적끈적하게 들러붙었고 남은 눈으로 나를 쳐다보며 숨을 헐떡 이고 몸을 부르르 떨었다. 엉긴 털이 몸에 들러붙어서 외면하려 해 도 얼마나 피골이 상접했는지 모를 수가 없었다. 나는 자전거에서 내려 레이더를 바구니에서 꺼냈다. 녀석은 내 몸에 대고 경련을 일 으켰다. 몸을 부르르 떨었다가 한숨 돌렸다가 다시 부르르 떨었다가 다시 한숨 돌렸다.

"조금만 참으면 돼, 공주님. 조금만."

내 말이 맞길 바랄 따름이었다. 이 아이에게는 이번이 유일한 기회인데…… 보디치 씨에게는 효과가 있지 않았나. 하지만 거인과 인어를 보고 난 후에도 쉽사리 믿기지가 않았다.

울타리를 넘어 해시계를 가로질렀다. 돌이었고 14개의 부채꼴로 이루어져 있었다. *여기는 하루가 몇 시간인지 알 것 같네.* 닳았지만 알아볼 수 있는 단순한 상징이 각 부채꼴마다 한가운데에 새겨져 있었다. 2개의 달, 태양, 물고기, 새, 돼지, 소, 나비, 벌, 볏단, 베리 한 묶음, 물 한 방울, 나무, 알몸인 남자, 알몸인 임신부였다. 생명의 상징이었고, 정중앙의 기둥 옆을 지나자 태양의 얼굴에 달린 눈이 *째깍째깍째깍째깍* 좌우로 움직이며 시간을 재는 소리가 들렸다.

나는 레이더를 안은 채 반대편 말뚝 울타리를 넘었다. 녀석은 혀를 힘없이 늘어뜨리고 끈질기게 기침했다. 정말이지 남은 시간이 얼마 되지 않았다.

해시계와 보디치 씨의 이니셜을 마주 보고 섰다. 보디치 씨는 오른쪽으로 뻗어 있는 A의 가로획을 살짝 구부려 놓고 반대 방향으로 끝에 화살표 모양을 그렸다. 그러니까 해시계를 돌릴 수 있겠거든 시계 반대 방향으로 돌리라는 뜻이었다. 그런 것 같았다. 내 추측이 맞기만을 바랄 따름이었다. 틀렸다면 여기까지 와서 내 개의 수명을 앞당겨 죽이는 결과를 낳을 것이었다.

속삭이는 목소리가 들렸지만 한 귀로 듣고 한 귀로 흘렸다. 머릿속에는 레이더 생각뿐이었고 나는 어떻게 해야 하는지 알았다. 허리를 숙여 볏단이 새겨진 부채꼴 위에 레이더를 조심스럽게 내려놓았다. 녀석은 머리를 들려고 했지만 들지 못했다. 앞발 사이에 머리를 옆으로 놓고 성한 한쪽 눈으로 나를 보았다. 이제는 힘이 없어서 기침도 하지 못하고 쌕쌕거리기만 했다.

제 추측이 맞게 해 주세요. 하느님, 이 방법이 효과가 있게 해 주세요.

무릎을 꿇고 해시계의 가장자리를 에워싼 짧은 말뚝을 잡았다. 처음에는 한 손으로, 그다음에는 양손으로 잡아당겼다. 아무 일도 벌어지지 않았다. 레이더는 이제 숨을 헐떡이며 캑캑거렸다. 옆구리가 풀무처럼 위로 부풀었다가 아래로 꺼졌다. 더 힘껏 잡아당겼다. 아무 변화도 없었다. 나는 미식축구 연습 시간을 생각했다. 우리 팀에서 태클 더미를 움직이는 것을 넘어 쓰러뜨릴 수 있었던 선수는 나밖에 없었다.

당겨, 이 새끼야. 레이더를 위해서 당겨!

다리, 허리, 팔, 어깨 모든 곳을 동원했다. 뻣뻣해진 목을 거쳐 머리로 피가 쏠리는 게 느껴졌다. 릴리마르에서는 아무 소리도 내지 말아야 했지만 힘을 주느라 나지막이 으르렁거리는 소리가 나왔다. 보디치 씨가 이걸 돌렸다고? 상상이 되지 않았다.

꿈쩍도 안 하려나 보나는 생각이 들었을 때 막대가 오른쪽으로 눈곱만큼 움직이는 것이 느껴졌다. 그보다 더 힘껏 당길 수는 없을 줄 알았는데 그게 가능했다. 팔과 허리와 목의 모든 근육이 부풀어 올랐다. 해시계가 움직이기 시작했다. 레이더가 내 바로 앞이 아니라 이제는 살짝 오른쪽에 있었다. 나는 체중을 반대편으로 옮겨서 온 힘을 다해 밀기 시작했다. 똥꼬에 힘을 주라던 클로디아의 조언을 떠올렸다. 나는 지금 확실히 그 부위에 힘을 주고 있었다. 어쩌면 그 불쌍한 것이 찢어지기 직전일 수도 있었다.

일단 시동이 걸리자 바퀴가 좀 수월하게 돌아갔다. 첫 번째 말뚝이 지나가자 다음 말뚝을 잡고 다시 체중을 옮기고 있는 힘껏 당겼다. 그 말뚝이 스르르 지나가자 다른 말뚝을 잡았다. 케버너 공원의

뺑뺑이가 생각났다. 버티와 내가 예전에 그걸 하도 세게 돌려서 꼬맹이들이 공포와 흥분이 뒤섞인 비명을 지르고, 아이 엄마들이 그러다 누구 하나 날아가기 전에 그만하라고 소리를 질렀던 것도 생각났다.

레이더가 3분의 1을 지나고…… 절반을 지나…… 다시 내게로 돌아왔다. 이제는 해시계가 수월하게 돌아갔다. 그 아래 기계 장치에 끼어 있던 해묵은 기름 찌꺼기가 떨어져 나와서 그랬을 수도 있지만 나도 줄을 타고 오르듯 계속 손을 바꿔 가며 돌리고 있었다. 레이더에게서 변화가 나타나는 것 같아 보여도 희망 사항이겠거니 했는데, 해시계에 실려 다시 내게로 돌아온 녀석이 양쪽 눈을 다 뜨고 있었다. 기침은 여전했지만 그 끔찍했던 가쁜 숨소리는 사라졌고 머리를 들고 있었다.

해시계의 회전 속도가 더 빨라졌고 나는 더 이상 말뚝을 당기지 않았다. 두 바퀴째 돌기 시작한 레이더가 앞발을 딛고 일어서려고 하는 것을 지켜보았다. 이제는 귀가 힘없이 나풀거리지 않고 쫑긋 서 있었다. 나는 티셔츠가 가슴과 옆구리에 축축하게 들러붙어도 쪼그리고 앉아서 숨을 몰아쉬며 몇 바퀴면 될지 열심히 머리를 굴렸다. 문득 생각해 보니 레이더가 몇 살인지도 몰랐다. 14살인가? 15살인가? 한 바퀴가 1년에 해당한다면 4바퀴면 충분할 것이었다. 6바퀴면 전성기 때로 돌아갈 것이었다.

레이더가 내 앞을 지나갈 때 보니 이제는 앞다리로 몸을 받치는 게 아니라 일어나 있었다. 세 번째 바퀴를 돌았을 때는 믿기 힘든 현상이 벌어졌다. 레이더가 점점 살이 찌기 시작했다. 앤디 첸을 무서워서 벌벌 떨게 했던 그때 그 모습은 아니지만 비슷해지고 있었다.

딱 한 가지 걱정되는 부분이 있었다. 내가 기둥에서 손을 뗐는데도 해시계의 속도가 점점 빨라지고 있었다. 네 번째 바퀴가 시작되자 레이더가 불안해하는 것 같았다. 다섯 번째 바퀴가 시작되자 무서워하는 것 같았고, 녀석이 지나가면서 일으킨 바람을 맞고 땀에 절어서 내 이마에 들러붙어 있던 머리카락이 날렸다. 레이더를 내리게 해야 했다. 그렇지 않으면 녀석이 강아지로 돌아갔다가…… 아무것도 남지 않게 될 것이었다. 머리 위에서 시계 얼굴에 달린 눈이 움직이는 소리가 *째깍 째깍 째깍 째깍*이었다가 *째깍째깍째깍째깍*으로 바뀌었고, 고개를 들어보면 그 눈이 좌우로 움직이는 속도가 점점 빨라지다가 나중에는 제대로 보이지도 않겠다는 생각이 들었다.

극심한 스트레스 상황일 때는 별 희한한 것들이 머릿속을 스치고 지나간다. 아빠가 술독에 빠져 지내던 시절에 같이 보았던 터너 클래식 서부극이 퍼뜩 떠올랐다. 제목은 「미즈리 대평원」이었다. 찰턴 헤스턴이 고리에 우편 행낭이 매달려 있는 어느 외딴 벽지를 향해 죽어라 말을 달리던 광경이 생각났다. 말을 타고 전속력으로 달리던 찰턴은 그 속도 그대로 행낭을 낚아챘다. 나도 그런 식으로 레이더를 낚아채야 했다. 소리를 지를 수는 없었기에 쭈그리고 앉아서 팔을 벌리며 녀석이 무슨 뜻인지 알아주길 바랐다.

해시계가 다시 한 바퀴를 거의 다 돌았을 때 레이더가 나를 보고 일어섰다. 바람 때문에 보이지 않는 손이 쓰다듬어 주고 있기라도 한 것처럼 녀석의 털에서 물결이 일었다. 만약 내가 녀석을 놓치면 (찰턴 헤스턴은 행낭을 놓치지 않았지만 그건 영화였으니까) 뛰어 올라가서 녀석을 잡고 뛰어내려야 했다. 그러느라 17살에서 1살을 까먹을 수도 있지만 극단적인 조치 말고는 방법이 없을 때도 있었다.

하지만 내가 잡을 필요도 없었다. 내가 해시계에 올려놓았을 때 레이더는 혼자서 걷지도 못했다. 그런데 해시계를 타고 5바퀴(6바퀴째로 넘어가려는 찰나였다)를 돌고 난 뒤에는 전혀 다른 개가 되었다. 엉덩이로 주저앉아서 새롭게 힘이 생긴 뒷다리를 구부린 다음 내 품 안으로 펄쩍 뛰어들었다. 날아오는 콘크리트 주머니에 맞은 느낌이었다. 나는 뒤로 넘어졌고 레이더는 양쪽 어깨 옆에 앞발을 널찍하게 얹고서 미친 듯이 꼬리를 흔들며 얼굴을 핥았다.

"그만!"

나는 속삭였지만 웃고 있었기 때문에 명령에 별 효과가 없었다. 레이더는 멈출 줄 모르고 계속 핥았다.

한참 만에 일어나 앉아서 레이더를 제대로 살폈다. 원래 녀석은 몸무게가 25킬로그램, 어쩌면 그 이하로 빠졌었다. 그런데 지금은 35에서 40킬로그램은 되어 보았다. 가쁜 숨소리와 기침 소리도 사라졌다. 주둥이에 들러붙어 말라 가던 분비물도 언제 그런 게 있었냐는 듯이 사라졌다. 희끗희끗했던 주둥이와 등의 까만 반점도 원래 색을 되찾았다. 너덜너덜한 깃발 같았던 꼬리는 탐스럽고 북슬북슬하게 좌우로 획획 움직였다. 가장 좋았던 부분은(해시계가 어떤 변화를 유발했는지 가장 확실한 지표였다) 눈이었다. 전처럼 자기 몸 안에서 또는 주변에서 무슨 일이 벌어지고 있는지 잘 모르겠다는 듯이 눈빛이 흐리고 멍하지 않았다.

"멋지다."

나는 속삭였다. 눈물을 훔쳐야 했다.

"너 멋지다."

4

레이더를 끌어안은 다음 자리에서 일어났다. 금을 찾아야겠다는 생각은 아예 하지도 않았다. 운명을 향한 도발은 이 정도면 충분했다. 충분하고도 남았다.

새롭게 업그레이드된 레이더가 세발자전거 뒷자리의 바구니에 들어갈 리 없었다. 그렇다는 걸 한눈에 알 수 있었다. 목줄도 없었다. 도라의 리어카에 담아서 클로디아의 집에 두고 왔다. 마음속 한구석에서는 그런 걸 두 번 다시 쓸 일이 없다고 믿었던 것 같다.

나는 허리를 숙여서 레이더의 옆얼굴을 양손으로 잡고 밤색 눈을 들여다보았다.

"잘 따라와. 그리고 소리를 내면 안 돼, 레이더. 쉿."

우리는 왔던 길을 되짚어갔다. 나는 자전거를 타고 레이더는 옆에서 조용히 걸었다. 연못은 절대 들여다보지 않았다. 돌이 깔린 통로 앞에 도착했을 때 다시 비가 내리기 시작했다. 통로를 반쯤 지났을 때 자전거에서 내렸다. 레이더에게 앉아서 기다리라고 했다. 이끼로 뒤덮인 벽을 등지고 살금살금 끝까지 갔다. 레이더는 나를 지켜보며 꼼짝하지 않았다. 역시 충견이었다. 나는 그 기괴하고 요란하게 치장한 왕좌의 황금 팔걸이가 보이자 걸음을 멈췄다. 한발 다가가 목을 길게 빼고 보니 아무도 없었다. 빗방울이 줄무늬 차양을 두드렸다.

해나는 어디 갔을까? 어느 쪽 집에 있을까? 뭘 하고 있을까?

나로서는 답을 알 수 없었다. 냄새로는 돼지고기 같지만 사실은 아닐 수도 있는 것으로 아직까지 점심을 먹고 있을 수도 있었고, 벌써 낮잠을 자러 집으로 들어갔을 수도 있었다. 그녀가 점심을 다 먹었을 만큼 오랜 시간이 흐른 것 같지는 않았지만 어디까지나 내 느낌이었다. 마지막 순간(먼저는 인어, 그다음은 해시계)이 워낙 강렬했다.

마른 분수대가 코앞이었다. 숨기 좋은 곳이었지만 거기까지 들키지 않고 가는 게 관건이었다. 50미터 밖에 되지 않았지만 탁 트인 공간에서 들켰을 때 벌어질 일을 상상하면 훨씬 멀게 느껴졌다. 클로디아보다 더 쩌렁쩌렁하게 울리는 해나의 목소리가 들리는지 귀를 기울여 보았지만 들리지 않았다. '방망이를 꽂아 줘' 몇 소절이면 위치를 파악하는 데 도움이 될 텐데 내가 릴리마르라는 악마가 사는 도시에서 배운 게 있다면 이거였다. 거인들은 노래를 불러 줬으면 할 때는 절대 부르지 않는다는 거.

그래도 결정은 내려야 했으니 분수대까지 가 보기로 했다. 레이더 옆으로 돌아가 자전거에 올라타려고 했을 때 통로의 왼쪽 끝에서 쿵 하는 요란한 소리가 들렸다. 레이더가 움찔하고는 가슴속 깊은 곳에서 나지막이 으르렁거리는 소리를 내며 그쪽으로 고개를 돌렸다. 나는 그 소리가 따발총 같이 짖는 소리로 발전하기 전에 녀석을 붙잡고 허리를 숙였다.

"조용히, 레이더. 쉿."

해나가 중얼거리는 소리에 이어(뭐라고 하는지는 알아들을 수 없었다) 다시 그 허공을 쪼개는 방귀 소리가 들렸다. 이번에는 그 소리가 들려도 웃음이 나지 않았다. 그녀가 통로 입구를 천천히 가로지르고 있었던 것이다. 해나가 왼쪽으로 고개를 돌려도 레이더와 나는 벽에 바짝 붙어서 그늘 속으로 몸을 숨길 수 있었지만 그녀가 눈이 안 좋다 한들 클로디아의 세발자전거는 워낙 커서 못 볼 수가 없을 터였다.

나는 보디치 씨의 리볼버를 꺼내 옆구리 쪽으로 들었다. 그녀가 우리 쪽으로 고개를 돌리면 방아쇠를 당길 것이었다. 어디를 겨냥해야 하는지는 정확히 알았다. 이마 정중앙을 가로지르는 그 빨간색 실금이었다. 나는 보디치 씨의 총을 가지고(그 어떤 총을 가지고도) 사격 연습은 한 적 없었지만 눈이 좋았다. 첫 발이 빗나가더라도 4번의 기회가 더 있었다. 소음은 어쩔 거냐고? 나는 왕좌 주변에 흩뿌려져 있었던 뼈를 떠올리며 생각했다. 염병, 배째라 그래.

해나는 우리 쪽도 분수대 쪽도 돌아보지 않고 자기 발치만 쳐다보며 계속 웅얼거렸다. 아빠가 오버랜드 보험사 송년 파티에서 올해의 지부 최우수 직원상을 받게 됐을 때 수상 소감을 준비하던 모습이 생각났다. 해나는 왼손에 뭔가를 들고 있었다. 엉덩이에 가려서 잘 보이지 않다가 그녀가 입 쪽으로 가져가는 순간에 드러났고, 그녀가 그걸 입에 넣기 전에 시야에서 사라졌다. 다행이었다. 분명히 발이었고 발목 아래에 초승달 모양으로 베어 먹은 자국이 이미 남아 있었다.

그녀가 다시 왕좌에 앉아서 후식을 마저 먹으면 어쩌나 싶어 걱정이 됐지만, 위에 차양이 있긴 해도 비가 오고 있으니 그럴 마음이 사라진 듯했다. 그냥 낮잠을 자고 싶었을 수도 있었다. 아무튼 이번에는 오른쪽 문이 쾅 닫혔고 이후로 정적이 이어졌다. 나는 총을 총집에 넣고 레이더 옆으로 앉았다. 그 어두침침한 데에서도 레이더가 얼마나 건강해 보이는지, 얼마나 젊고 튼튼해 보이는지 알 수 있었다. 그래서 기뻤다. 이 단어가 여러분에게는 식상하게 들릴지 몰라도 내게는 그렇지가 않다. 내가 생각하기에 기쁘다는 것은 아주, 아주 엄청난 일이다. 나는 녀석의 털을 계속 쓰다듬으며 이렇게 빽빽하다는 데 감탄을 금치 못했다.

5

더는 참을 수 없었다. 다시 태어난 레이더를 지금 당장 릴리마르 밖의 그 차고로 데려가 양껏 먹이고 싶었다. 엄청 먹지 않을까 싶었다. 원하면 오리젠 사료 한 통을 통째로 먹이고 그 위에 퍼키 저키 육포를 두어 개 얹어 주고 싶었다. 그런 다음 제왕나비 떼가 보금자리로 귀환하는 광경을 같이 구경하는 것이다.

좀이 쑤셨지만 해나가 완전히 퇴장할 때까지 참고 기다렸다. 처음에는 10씩, 그다음에는 5씩, 그다음에는 2씩 더해 가며 500까지 셌다. 그 정도면 그 떡대가 충분히 잠이 들었을지 알 수 없었지만 더는 기다릴 수 없었다. 그녀의 주변에서 벗어나는 것도 중요했지만 해가 지기 전에 이 도시를 빠져나가야 했다. 밤의 병사들 때문만은 아니었다. 보디치 씨가 남긴 이니셜 일부는 아주 희미했다. 그의 자취를 잃어버렸다가는 아주 골치 아파질 것이었다.

나는 레이더에게 말했다.

"이제 가자. 하지만 쉿 해야 해, 공주님. 쉿."

나는 해나가 어디에선가 느닷없이 등장해 공격하면 자전거를 던질 작정을 하고 자전거를 끌며 출발했다. 그녀가 자전거를 치우는 동안 총을 꺼내 발사하는 시간을 벌 수 있을지 몰랐다. 게다가 이제는 원래 체급으로 돌아간 레이더도 있었다. 해나가 녀석을 건드렸다가는 살점이 떨어져 나갈 수도 있었다. 즐거운 상상이었다. 하지만 해나가 그 어마어마한 손으로 단박에 레이더의 목을 부러뜨리는 상상은 전혀 즐겁지 않았다.

나는 통로 입구에서 잠시 걸음을 멈췄다가 레이더를 옆에 거느리고 분수대를 향해 출발했다. 예전에 유난히 길게 느껴지는 경기를 치러 본 적도 있지만(숙명의 라이벌 세인트존스를 상대할 때 특히 심했다) 해나의 집에서 광장의 마른 분수대까지 50미터야말로 평생을 통틀어 가장 긴 50미터였다. 엠피스 버전의 피, 파이, 포, 펌이 지축을 뒤흔들며 우리를 쫓아오는 소리가 당장이라도 들릴 것만 같았다.

까마귀인지 독수리인지 모를 새 한 마리가 악을 쓰며 울었지만 그게 전부였다. 분수대에 도착하자 나는 거기 기대 땀과 빗물이 뒤범벅된 얼굴을 닦았다. 레이더가 나를 올려다보고 있었다. 이제는 몸을 흔들지도 떨지도 기침을 하지도 않았다. 씩 웃고 있었다. 모험을 즐기고 있는 것이었다.

나는 해나의 기척을 다시 한번 살핀 뒤에 자전거에 올라타, 옛날 옛적에는 엘리트들이 서로 만나 샌드위치를 먹으며 왕실의 최근 소식을 공유했을 근사한 양 갈래 대로를 향해 페달을 밟기 시작했다. 지금은 뒷마당이 웃자란 잡초와 엉겅퀴와 위험한 꽃으로 뒤덮였지만 옛날에는 거기서 저녁때 엠피스식 바비큐 파티나 댄스 파티가 벌어졌을 수도 있었다.

제법 속도를 냈지만 레이더는 한쪽 입 밖으로 늘어뜨린 혓바닥을 경쾌하게 펄럭이며 아무 문제 없이 따라왔다. 비가 사납게 퍼붓고 있었지만 그런 줄도 몰랐다. 왔던 길을 되짚어 이 도시에서 탈출하고 싶은 생각뿐이었다. 몸은 그때 가서 말리면 될 테고 감기에 걸리더라도 클로디아의 닭고기 수프를 든든히 먹고 우디의 집과…… 도라의 집을 거쳐…… 우리 집으로 돌아가면 될 것이었다. 아버지는 잔소리를 퍼붓겠지만 레이더를 보면…….

레이더를 보면 어떤 반응을 보일까?

그 걱정은 나중에 하기로 했다. 지금은 이 불쾌한 도시에서 탈출하는 것이 관건이었다. 이 도시에는 누군가 있었다. 그리고 이 도시는 가만히 있지 못하는 곳이었다.

6

어려울 게 없어야 했다. 성문이 나올 때까지 보디치 씨의 화살표가 가리키는 곳과 반대 방향으로 계속 가기만 하면 되는 거였다. 하지만 널찍한 대로가 시작되는 지점에 도착하고 보니 그의 이니셜이 없었다. 지저분하고 둥그스름한 유리 지붕을 얹고 제멋대로 뻗은 건물 앞 자갈 위에서 분명히 본 기억이 나는데 흔적조차 남아 있지 않았다. 빗물에 씻긴 걸까? 그럴 리는 없었다. 그 많은 세월 동안 비가 수도 없이 내렸을 테고 여기 적힌 이니셜은 비교적 선명했었다. 내가 착각했을 가능성이 더 컸다.

대로를 따라 달리며 A.B.를 찾았다. 골목길을 3개 더 지나도 보이지 않자 핸들을 돌려서 둥근 지붕이 얹힌, 은행 같아 보이는 건물로 돌아갔다.

"분명히 여기 있었어."

나는 죽은 나무가 심긴 옹기 화분이 엎어져 있는 구부러진 길을 가리키며 말했다.

"기억 나. 그런데 빗물에 씻겼나 봐. 가자, 레이더."

나는 천천히 페달을 밟으며 다음 이니셜을 열심히 찾았지만 불길했다. 이건 연결된 사슬이었다. 그 빌어먹을 다리에서 엄마가 당한 끔찍한 사고에서 시작돼 보디치 씨의 창고로 이어진 그 사슬과도 비슷했다. 고리 하나가 망가지면 길을 잃게 될 가능성이 컸다. 클로디아가 말했던 것처럼. *해가 진 뒤에까지 그 지옥굴에서 헤매게 될 거야!*

이 좁은 길을 따라가자 인적 없는 오래된 상점가가 나왔다. 그쪽을 지나온 게 분명한데, 여기에도 이니셜이 없었다. 이쪽의 약국인가 싶은 건물은 봤던 것 같은데 저쪽의 구부정하고 창문이 뚫린 건물은 생소했다. 그걸 기준으로 위치를 파악하려고 두리번거리며 왕궁을 찾았지만 퍼붓는 빗줄기 때문에 거의 보이지 않았다.

나는 모퉁이를 가리키며 물었다.

"레이더. 무슨 냄새 맡아지니?"

레이더는 내가 가리킨 방향으로 다가가 바스러진 인도를 쿵쿵거리다 나를 올려다보며 추가적인 지시를 기다렸다. 나는 줄 수 있는 지시가 없었고 녀석을 탓할 수도 없었다. 우리는 세발자전거를 타고 왔고, 걸어왔다 한들 폭우 때문에 남은 냄새가 모두 씻겨 내려갔을 것이다.

"가자."

우리는 그 길을 따라갔다. 그 약국을 본 기억이 있기 때문이기도 했지만 *어딘가로* 움직여야 했다. 내가 보기에는 왕궁을 계속 기준점으로 삼고 갤리언 로드로 되돌아갈 방법을 찾는 것이 최선이었다. 가장 큰 대로로 가면 위험할지 몰라도(보디치 씨의 이니셜이 그 길을 우회했던 걸 보면 알 수 있었다) 그 방향으로 따라가면 될지 몰랐다. 앞서 얘기했다시피 그 길은 직선 도로였다.

문제는 어느 길로 가든 왕궁과 가까워지는 것이 아니라 멀어지고 있다는 것이었다. 비가 좀 그쳐서 그 3개의 첨탑이 다시 보이기 시작했는데도 점점 멀어지는 것처럼 느껴졌다. 왕궁은 왼쪽에 있었고 그쪽으로 가는 길이 많았지만 모두 끝이 막히거나 다시 오른쪽으로 구부러지는 듯했다. 속삭이는 소리가 더 커졌다. 바람 소리로 간주하고 싶었지만 그럴 수도 없었던 것이, 바람이 불지 않았다. 2층짜리 건물이 3층으로 높아지는 것이 곁눈으로 보이는 것 같아서 고개를 돌려보면 여전히 2층이었다. 네모반듯한 건물은 나를 향해 점점 부풀어 오르는 것 같았다. 그리핀(사자 몸통에 독수리의 머리와 날개가 달린 신화 속의 동물 ─ 옮긴이)인가 싶은 괴물 석상은 고개를 돌려 우리를 지켜보는 것 같았다.

레이더는 이상한 낌새를 보았거나 느꼈더라도 다시금 솟아난 기운을 만끽하느라 신경 쓰지 않는 눈치였지만 나는 심란하기 그지없었다. 시간이 가면 갈수록 릴리마르가 우리를 놓아주지 않기로 작정한, 어느 정도 지각이 있는 살아 있는 생명체라는 생각이 점점 더 강하게 들었다.

길이 또다시 경사가 가파른 도랑으로 가로막혔다. 그 안이 잡석과 고인 물로 가득했다. 나는 자전거의 뒷바퀴에 긁혀 벽돌에서 녹 가루가 떨어져 나올 만큼 좁은 골목길을 충동적으로 선택했다. 앞에서 걸어가던 레이더가 갑자기 걸음을 멈추더니 짖기 시작했다. 폐가 건강해졌다 보니 소리가 요란하고 쩌렁쩌렁했다.

"왜 그래?"

레이더는 다시 짖다가 앉아서 귀를 쫑긋 세우고 비가 내리는 골목길을 응시했다. 잠시 후 골목길과 큰길이 만나는 모퉁이에서 내가 아는 고음의 목소리가 들렸다.

"안녕, 벌레들의 구세주! 너 아직도 짜증 나는 아이니? 아니면 엄마한테 달려가고 싶은데 길을 못 찾고 헤매는 겁에 질린 아이니?"

그 뒤로 비명 같은 웃음소리가 이어졌다.

"내가 잿물로 그 표시를 지우지 않았겠어? 밤이 되면 병사들이 나와서 활동하기 시작할 텐데, 그 전에 네가 릴리를 빼져나갈 수 있겠는지 두고 볼게! 나야 아무 문제 없지. 이 몸은 이 동네가 손바닥 보듯 훤하거든!"

피터킨이었지만 내 상상 속에서는 크리스토퍼 폴리로 보였다. 적어도 폴리는 내게 복수할 이유가 있었다. 나 때문에 손목이 부러졌으니. 그런데 빨간색의 커다란 귀뚜라미를 괴롭히지 못하게 저지한 것 말고는 내가 피터킨에게 무슨 짓을 저질렀단 말인가.

그에게 무안을 주었다. 내가 생각하기로는 그게 다였다. 하지만 그는 모를 가능성이 큰, 나만 아는 것이 있었다. 그가 킹덤 로드에서 만났던 개는 시름시름 앓고 있었을지 모르지만 지금은 아니라는 것. 레이더가 나를 돌아보고 있었다. 나는 골목길을 가리켰다.

"가서 잡아!"

두 번 얘기할 필요가 없었다. 레이더는 벽돌색으로 물든 빗물을 앞발로 튀겨 가며 그 불쾌한 소리가 들리는 모퉁이를 향해 질주했다. 피터킨이 놀라서 비명을 지르는 소리와 일제 사격을 퍼붓듯 짖는 소리에 이어(예전에 앤디 첸을 기겁하게 했던 바로 그 소리였다) 아파서 울부짖는 소리가 들렸다.

피터킨이 악을 썼다.

"후회하게 될 거야! 너랑 이 빌어먹을 개랑 둘 다!"

너 죽었어, 이 꼬맹아. 나는 속으로 생각하며 좁은 골목길을 달렸다. 뒷바큇살이 계속 벽에 긁혔기 때문에 욕심만큼 빠르게 질주할 수가 없었다. 너랑 네 그 보잘것없는 연장이랑 다 죽었어.

"잡아! 꼭 잡아, 레이더!"

그럴 수만 있다면 피터킨을 앞장세워 여기서 빠져나갈 수 있을지 몰랐다. 폴리한테 그랬던 것처럼 그를 설득할 수 있을지 몰랐다.

하지만 거의 골목길 끝에 다다랐을 때 레이더가 모퉁이를 돌아 나왔다. 개들도 민망한 표정을 지을 수가 있는데(개를 키워 본 사람이라면 다들 알 것이다) 그 순간 녀석이 그런 표정을 짓고 있었다. 피터킨을 놓친 것이었다. 하지만 멀쩡하게 도망친 건 아니었다. 레이더가 피터킨의 반바지에서 떨어져 나온 것일 수밖에 없는 밝은 초록색의 큼지막한 천을 입에 물고 있었다. 게다가 피가 두 군데 묻어 있었다.

골목길의 끝에 다다라 오른쪽을 보니 그가 20, 30미터 앞에 있는 석조 건물의 2층 처마 돌림띠에 매달려 있었다. 마치 인간 파리 같았다. 레이더를 피하느라(하지만 완전히 피하지는 못했다. 하, 하) 밟고 올라갔을 게 분명한 양철 홈통이 보였다. 그가 낑낑대며 창문 아래 선반으로 올라가 거기에 쪼그리고 앉았다. 선반이 퍼석퍼석해 보이길래 무너지길 바랐건만 그런 행운은 따르지 않았다. 그의 키가 웬만했으면 내 소원대로 됐을지 모르겠지만.

피터킨이 나를 향해 주먹을 흔들며 악을 썼다.

"너는 대가를 치를 거다! 밤의 병사들이 그 빌어먹을 개부터 죽일 거야! 너는 죽이지 말았으면 좋겠다! 레드 몰리가 페어 원에서 네 배를 가르고 내장을 끄집어내는 걸 보고 싶거든!"

나는 45구경을 꺼냈지만 방아쇠를 당기기도 전에(아마 당겼더라도 거리가 있어서 빗나갔을 것이다) 그가 다시 그 듣기 싫은 비명을 지르며 그 짧은 팔로 짧은 다리를 끌어안고서 창문 안으로 뒤구르기를 해 시야에서 사라졌다.

나는 레이더에게 물었다.

"아까 재밌었지? 이제 그만 여기서 나갈까?"

레이더는 한 번 짖었다.

"그 바지 조각은 뱉어. 널 오염시키기 전에."

레이더는 내가 시킨 대로 했고, 우리는 다시 길을 나섰다. 피터킨이 사라진 창문 앞을 지났을 때 그가 사격 연습장의 타깃처럼 다시 등장하길 바랐지만 그런 행운도 따르지 않았다. 그 새끼 같은 겁쟁이들은 두 번째 기회를 허락하지 않겠지만 (운명이 내 편이라면) 세 번째 기회는 생길지 몰랐다.

나는 희망을 버리지 않기로 했다.

19장.

개의 문제점. 받침대. 공동묘지. 성문.

1

개의 문제점이 있다면 (물론 물거나 발길질을 하지 않는다는 전제 아래) 주인을 철석같이 믿는다는 것이다. 주인은 밥을 주고 쉼터를 제공하는 존재다. 손가락이 다섯 개 달린 기발한 앞발로 소파 아래에서 찍찍 소리 나는 원숭이를 끄집어낼 수 있는 존재다. 그런가 하면 애정을 쏟아 주는 존재이기도 하다. 이런 무조건적인 신뢰의 문제점이 있다면 책임감이 따른다는 것이다. 대개는 그래도 괜찮다. 하지만 지금 우리 상황에서는 절대 그렇지가 않았다.

레이더는 내 옆에서 사실상 껑충껑충 뛰어다니며 아주 즐거운 시간을 보내고 있었다. 왜 아니겠는가. 이제 녀석은 처음에는 도라의 리어카에, 그다음은 클로디아의 자전거에 실려 다니던, 앞도 제대로 보지 못하던 늙은 저먼 셰퍼드가 아니었다. 다시 젊어지고 힘이 세졌고 심지어 못된 난쟁이의 바지 궁둥이를 뜯어 내는 성과까지 거두었다. 몸만 편한 게 아니라 마음도 편했다. 밥과 쉼터와 애정을 제공하는 사람이 곁에 있지 않은가. 모든 게 대박이었다.

반면에 나는 공포와 싸우고 있었다. 대도시에서 길을 잃어 본 사람이라면 내 심정을 이해할 것이다. 다만 여기에는 붙잡고 길을 물어볼 친절한 이방인이 없었다. 그리고 이 도시 자체가 내게 등을 돌렸다. 길이 꼬리에 꼬리를 물고 이어졌지만 어느 길이든 끝이 막혀 있었고, 좀 전에 피터킨이 몰래 따라오고 있는지 체크하느라 고개를 돌렸을 때만 해도 분명히 없었던, 앞 못 보는 거대한 건물 위에서 괴물 석상이 음흉하게 나를 내려다봤다. 빗줄기가 가늘어졌지만 고개를 돌리는 순간 커지는 듯한 건물들에 가려서 왕궁이 보이지 않을 때가 많았다.

그리고 이보다 더 심각한 문제가 있었다. 왕궁이 언뜻 시야에 들어오더라도 내가 예상했던 방향과 다른 데서 등장했다. 그것 역시 움직이기라도 하는 것 같았다. 공포로 인한 착각일 수도 있었지만 (그런 거라고 속으로 몇 번을 중얼거렸는지 모른다) 과연 그럴까 싶었다. 오후가 지나가고 있었고 길을 잘못 들 때마다 어둠이 다가오고 있다는 생각이 들었다. 현실은 단순하고 냉혹했다. 피터킨 덕분에 내가 길을 잃었다는 것. 이러다 과자로 만든 집이 등장하고 마녀가 나와 레이더에게 (내가 헨젤이고 녀석이 그레텔이었다) 들어오라고 하는 건 아닌가 싶었다.

한편 레이더는 계속 나란히 달리며 *재밌다, 그치?* 라고 외치는 거나 다름없는 웃는 얼굴로 나를 올려다보았다.

우리는 계속 달렸다. 달리고 또 달렸다.

어쩌다 한 번씩 하늘이 개면 안장 위로 올라가 성벽이 보이는지 살폈다. 왕궁에 딸린 3개의 첨탑 말고는 성벽이 이 안에서 가장 큰 건축물인데도 보이지 않았다. 이제 그 첨탑은 내 오른쪽에 있었다. 있을 수 없는 일이었다. 왕궁 앞에서 길을 건넜다면 갤리언 로드로 질러갈 수 있었을 텐데 그러지 않은 게 후회스러웠다. 소리를 지르고 싶었다. 두 손으로 머리를 감싸고 몸을 동그랗게 말고 싶었다. 경찰을 찾아 나서고 싶었다. 엄마는 어린애가 길을 잃으면 경찰을 찾아야 된다고 했다.

그런데 레이더는 줄곧 나를 보며 웃고 있었다. *끝내주지 않아? 이보다 더 신나는 일은 없지 않겠어?*

"우리 큰일 났어, 공주님."

나는 페달을 밟았다. 이제는 하늘에 파란색이 한 점도 없었고 태양을 나침반 삼을 수도 없었다. 건물들만 나를 에워싸고 있을 뿐이었다. 더러는 박살 났고 더러는 그저 비어 있을 뿐이었지만 하나같이 왠지 모르게 배고파 보였다. 들리는 소리라고는 희미하고 둔탁한 속삭임뿐이었다. 그 소리가 계속 들렸다면 익숙해졌을 수도 있었겠지만 그렇지가 않았다. 내가 보이지 않는 망자들의 집합소를 지나고 있기라도 한 것처럼 갑작스럽게 터져 나오곤 했다.

그 끔찍했던 오후는(얼마나 끔찍했는지 제대로 전달할 방법은 결코 없을 것이다) 끝이 날 것 같지 않았지만 마침내 빛이 사그라지는 기미가 처음으로 느껴지기 시작했다. 살짝 울었던 것도 같지만 확실하지는 않다. 만약 그랬다면 나만큼이나 레이더를 위해 흘린 눈물이기도 했다. 녀석을 여기까지 데려와서 소기의 목적을 달성했지만 결국에는 모두 헛수고로 전락하게 생겼지 않은가. 그 빌어먹을 난쟁이 때문에. 레이더가 그자의 바지 궁둥이가 아니라 목을 물어뜯지 못한 게 안타까울 따름이었다.

무엇보다 끔찍했던 것은 레이더가 나를 올려다볼 때마다 신뢰하는 눈빛을 보내고 있다는 점이었다.

나는 생각했다. *이런 바보를 믿다니. 너도 참 안됐다.*

2

텅 빈 발코니가 층층이 달린 회색 건물로 3면이 에워싸였고 웃자란 풀로 덮인 공원이 앞에 등장했다. 시카고의 골드 코스트에 일렬로 늘어선 고급 아파트와 감옥의 독방을 한데 합쳐 놓은 것 같았다. 공원 한복판에 높은 받침대에 올려놓은 거대한 석상이 있었다. 남자와 여자가 거대한 나비의 양옆을 지키고 있는 석상인 것 같았지만, 내가 릴리마르에서 본 다른 모든 예술 작품처럼(살해당한 그 딱한 인어는 말할 나위도 없고) 대부분 파괴되고 남은 게 거의 없었다. 나비의 머리와 한쪽 날개는 완전히 부서졌다. 그 신세를 모면한 다른 쪽 날개를 보니(원래는 색칠이 됐을지 몰라도 이제는 아니었다) 분명 제왕나비였다. 남자와 여자는 그 옛날의 왕과 왕비였을지 모르지만 둘 다 무릎 아래만 남았으니 알 방법이 없었다.

내가 앉아서 이 훼손된 작품을 쳐다보고 있었을 때 악마가 사는 이 도시 전역으로 종소리가 일정한 간격을 두고 엄숙하게 3번 울려 퍼졌다. *종이 세 번 울리기 전에 성문을 통과하지 않아도 되지만 최대한 빨리 릴리마르에서 빠져나와야 해! 해가 지기 전에!* 클로디아는 이렇게 당부했었다.

조만간 해가 질 것이었다.

나는 페달을 돌리기 시작했다가(소용없는 짓이라는 건, 피터킨이 릴리라고 부른 거미줄에 걸려들었다는 건 알고 있었다. 이 상황에서 밤의 병사들이 들이닥치면 또 어떤 끔찍한 사태가 새롭게 벌어질지 궁금했다) 얼토당토않은 동시에 더할 나위 없이 그럴듯한 생각이 퍼뜩 떠오르자 멈추어 섰다.

핸들을 180도 돌려 공원으로 돌아갔다. 자전거에서 내리려다가 파괴된 석상이 세워져 있는 받침대의 높이를 감안해 생각을 바꾸었다. 이 추잡한 노란색 꽃 때문에 피부가 화끈거릴 일은 없길 바라며 웃자란 풀 사이로 자전거를 타고 들어갔다. 내린 비 때문에 질척질척해진 땅바닥에 자전거 바퀴가 박히는 일도 없길 바랐다. 전력을 다해 페달을 밟았다. 레이더는 옆에서 걷거나 심지어 달리는 것도 아니고 깡충깡충 뛰었다. 이런 상황에서도 보고 있으면 경이로웠다.

석상 주변에는 물이 고여 있었다. 나는 그 안에 자전거를 세우고 핸들에 배낭을 걸고 안장 위에 서서 손을 위로 뻗었다. 발끝을 딛고 서자 거칠거칠한 받침대에 손이 닿았다. 다행히 아직 근력이 웬만큼 남아 있어서 돌 부스러기가 흩뿌려진 받침대 윗면에 팔을 한쪽씩 올려놓고 끙끙대며 하체를 끌어 올릴 수 있었다. 이러다 자전거 위로 떨어져 어디 한 군데 부러지겠다 싶은 순간도 있었지만 마지막으로 몸을 쑥 내밀어 여자의 발을 붙잡았다. 끝까지 올라가는 동안 돌 부스러기에 배가 몇 군데 쓸렸지만 심하게 다친 곳은 없었다.

레이더가 나를 올려다보며 짖었다. 내가 조용히 하라고 하자 녀석은 짖기를 멈췄지만 꼬리를 계속 흔들었다. *우리 주인님 멋지지 않아? 얼마나 높이 올라갔는지 봐!*

나는 일어나 나비의 남은 쪽 날개를 붙잡았다. 그 안에 마법(좋은 마법)이 조금 남아 있었는지 공포가 살짝 가라앉았다. 날개를 먼저 한 손으로, 그다음에는 양손으로 쥐고 한 바퀴 돌았다. 점점 어두워지는 하늘을 배경으로 왕궁의 첨탑 3개가 보였다. 이제는 첨탑의 위치가 얼마 남지 않은 내 방향 감각과 얼추 들어맞았다. 성벽은 보이지 않았고 사실 보일 거라고 기대하지도 않았다. 내가 서 있는 받침대가 높긴 했지만 여기와 성벽 사이를 가로막고 있는 건물이 너무 많았다. 작정하고 가로막고 있는 거라고 장담할 수 있을 정도였다.

"잠깐만 기다려, 레이더. 금방 끝날 거야."

이 말이 맞기만을 바랄 따름이었다. 나는 허리를 숙여서 끝이 뾰족한 돌 조각을 골라 느슨하게 손에 쥐었다.

째깍째깍 시간이 지났다. 나는 처음에는 10씩, 그다음에는 5씩 더해 가며 500까지 숫자를 세다가 도중에 어디까지 셌는지 잊어버렸다. 점점 어두워지는 하늘에 정신이 팔린 탓이었다. 심하게 베인 곳에서 피가 흐르듯 햇빛이 빠져나가는 것이 느껴지는 것만도 같았다. 여기까지 올라온 것이 헛수고였다는 생각이 들기 시작할 무렵, 마침내 내가 남쪽이라 부르기로 결정한 곳에서 어둠이 번지기 시작하는 것이 눈에 들어왔다. 그 어둠은 나를 향해 다가왔다. 제왕나비들이 오늘 밤을 나기 위해 돌아오는 것이었다. 나는 한쪽 팔을 내밀고 다가오는 나비 떼를 향해 소총처럼 겨누었다. 다시 무릎을 꿇고 앉자 나비 구름이 시야에서 사라졌지만 내민 팔을 거두지 않았다. 주워 놓은 뾰족한 돌로 받침대 옆면을 긁어 표시를 남긴 다음 공원 저편의 두 건물 사이 공간을 내민 손으로 조준했다. 거기가 출발점이었다. 그 사이 공간이 사라지지 않는다면.

무릎을 딛고 몸의 방향을 바꿔 다리를 내리기 시작했다. 받침대 옆면을 잡고 끝까지 매달리는 게 원래 계획이었지만 손이 미끄러지는 바람에 떨어지고 말았다. 레이더가 놀라서 한 번 짖었다. 그래도 잊지 않고 착지하는 순간 무릎을 구부리고 몸을 굴렸다. 내린 비로 땅이 물러서 다행이었다. 머리끝에서 발끝까지 흙탕물을 뒤집어쓴 건 다행이 아니었지만 나는 일어나(그러다 하마터면 쪼르르 달려온 레이더 위로 넘어질 뻔했다) 얼굴을 훔치고 내가 표시한 지점을 찾았다. 그걸 따라 손을 겨누어 보니 다행히 두 건물 사이 공간이 사라지지 않고 남아 있었다. 그 두 건물은 돌이 아니라 나무였고, 공원의 대각선 맞은편에 있었다. 군데군데 고인 물을 보니 자전거를 타고 가면 바퀴가 빠질 게 분명했다. 자전거를 두고 와서 미안하다고 클로디아에게 사과를 해야겠지만 나중에 걱정할 문제였다. 그녀를 만난 다음에.

"가자, 공주님."

나는 배낭을 짊어지고 달리기 시작했다.

3

우리는 널찍하게 고인 물웅덩이를 첨벙첨벙 가로질렀다. 얕은 웅덩이도 있었지만 거의 내 무릎까지 오는 경우도 있었고 내 운동화를 벗기려 드는 진흙이 느껴졌다. 레이더는 혓바닥을 나풀거리고 눈을 반짝거리며 아무 문제 없이 따라왔다. 털이 흠뻑 젖어서 다시금 근육질로 변신한 몸에 들러 붙었지만 녀석은 아랑곳하지 않는 눈치였다. 우리는 신나는 모험을 펼치는 중이었다!

두 건물은 물류 창고 같았다. 그 앞에 다다랐을 때 나는 달리기를 멈추고, 한쪽 운동화를 제대로 신은 뒤 끈을 다시 묶었다. 받침대를 돌아보았다. 거기까지 거리가 최소 100미터라 내가 남긴 표시를 더는 볼 수 없었지만 위치는 알고 있었다. 나는 양팔을 벌려 앞뒤를 겨냥한 다음 두 건물 사이로 달려갔다. 레이더가 뒤를 바짝 쫓아왔다. 그 건물들은 진짜로 물류 창고였다. 오래전에 그 안에 저장돼 있었던 생선 냄새가 환영처럼 희미하게 느껴졌다. 내 친구는 이리저리 깡충거렸다. 거길 지나자 물류 창고가 좀 더 늘어선 좁은 길이 나왔다. 하나같이 옛날 옛적에 털린 것처럼 보였다. 우리 바로 맞은편의 두 건물은 간격이 너무 좁아서 지나갈 수가 없었다. 오른쪽으로 돌아가 보니 골목이 나오길래 달려서 통과했다. 그러자 웃자란 풀로 덮인 어느 집 텃밭이 나왔다. 거기서 왼쪽으로 방향을 틀어 예전의 그 일직선상으로 복귀했길 바라며 다시 달렸다. 아직은 땅거미가 지지 않았다고, 아직은 아니라고 속으로 계속 중얼거렸다. 하지만 당연히 그건 거짓말이었다.

앞을 가로막는 건물들 때문에 수도 없이 우회해야 했고, 나비 떼가 날아온 그곳과 일직선을 유지하려고 수도 없이 애를 썼다. 일직선이 유지되고 있는지 더는 자신이 없었지만 그래도 포기하지 말아야 했다. 할 수 있는 게 그것뿐이었다.

으리으리한 석조 주택 사이를 지났다. 간격이 너무 좁아서 게걸음을 쳐야 했다(레이더는 그럴 필요가 없었다). 거길 통과하자 예전에 대형 박물관이었나 싶은 건물과 옆면이 유리로 된 온실 사이 길이 나왔고 오른쪽으로 성벽이 보였다. 길 저편의 건물들 사이로 우뚝 솟았는데, 어스름이 점점 짙어지는 가운데 워낙 낮게 깔린 구름에 성벽 꼭대기가 그 속에 묻혔다.

"레이더! 가자!"

그 어스름 때문에 해가 완전히 졌는지 확실하게 알 수가 없었지만 그랬을 것 같은 끔찍한 예감이 들었다. 우리는 눈앞에 펼쳐진 도로를 달렸다. 맞는 길은 아니었지만 갤리언 로드에 거의 다 왔다고 확신할 수 있었다. 앞에서 건물들이 옆으로 물러나며 도로 저편으로 공동묘지가 보였다. 삐딱해진 묘비, 위패 그리고 지하 묘소일 수밖에 없는 건물들로 가득했다. 어둠이 깔린 뒤에 가장 맞닥뜨리고 싶지 않은 곳이었지만 내 짐작이 맞는다면(하느님, 제발 맞게 해 주세요, 라고 기도했다) 이쪽으로 가야 했다.

나는 입을 벌리고 있는 우뚝한 철문 사이로 질주했다. 레이더가 앞발은 바스러져 가는 콘크리트 블록에, 뒷발은 도로에 얹고 처음으로 머뭇거렸다. 나는 같이 달리기를 멈추고 숨을 골랐다.

"나도 여기 지나기 싫지만 어쩔 수 없어. 그러니까 가자!"

레이더가 따라왔다. 우리는 삐딱해진 묘비 사이를 구불구불 지났다. 웃자란 풀과 엉겅퀴에서 저녁 안개가 피어오르기 시작했다. 40미터 앞에 철제 울타리가 있었다. 레이더가 옆에 없다 해도 타고 넘기에는 너무 높아 보였는데, 문이 있었다.

나는 비석에 발이 걸려서 대자로 넘어졌다. 일어나려다 그대로 얼어붙었다. 내 눈을 믿을 수가 없었다. 레이더가 미친 듯이 짖고 있었다. 찢어진 피부 사이로 누레진 뼈가 보이는 말라비틀어진 손이 땅바닥을 뚫고 나오더니 주먹을 폈다 쥐었다 하면서 젖은 흙을 움켰다 뿌렸다 했다. 공포 영화에서 이런 장면을 봤을 때는 깔깔대며 친구들과 콧방귀를 뀌고 팝콘을 먹었었다. 지금은 웃음이 나오지 않았다. 비명이 나왔고…… 그 손이 내 소리를 들었다. 염병할 접시 안테나처럼 내 쪽으로 방향을 틀더니 점점 어두워지는 허공을 덥석거렸다.

나는 벌떡 일어나 달렸다. 레이더도 짖고 으르렁거리고 어깨 너머를 돌아보며 내 옆에서 달렸다. 묘지 입구가 나왔다. 문이 잠겨 있었다. 나는 뒤로 물러나 한쪽 어깨를 낮추고 예전에 상대편 라인맨에게 그랬듯이 몸을 날려 부딪쳤다. 문은 덜커덩거렸지만 열리지 않았다. 레이더의 짖는 소리가 점점 거세져 마치 비명이라도 지르려는 듯이 이제는 **왈왈왈**이 아니라 **왁왁왁** 하고 짖었다.

뒤를 돌아보니 꽃잎 대신 손가락이 달린 유령 꽃이라도 되는 듯 땅바닥을 뚫고 올라온 손들이 더 많아졌다. 처음에는 몇 개였다가 수십 개, 수백 개로 늘었다. 그리고 그보다 더 끔찍한 일이 벌어졌다. 녹슨 경첩이 악을 썼다. 지하 묘지에서 시체가 풀려나려는 것이었다. 무단 침입자를 처벌하려는 건 이해가 되지만 이건 도무지 말이 안 된다는 생각이 들었던 기억이 난다.

나는 온 힘을 다해 몸을 날렸다. 자물쇠가 끊어졌다. 문이 벌컥 열리자 나는 두 팔을 마구 휘저으며 넘어지지 않으려고 기를 썼다. 거의 성공할 뻔했지만 연석인가 싶은 것에 발이 걸리는 바람에 무릎을 꿇고 말았다.

고개를 들어보니 내가 넘어진 곳이 갤리언 로드였다.

나는 일어나 섰다. 무릎은 따끔거리고 바지는 찢어졌다. 묘지를 돌아보았다. 아무도 우리를 따라오지 않았지만 펄럭이던 손들만 해도 충분히 끔찍했다. 얼마나 힘이 세면 관 뚜껑을 벌컥 열고 흙을 헤치며 올라올 수 있었을까 싶었다. 엠피스 사람들은 관까지 마련하지는 않고 그냥 수의로 둘둘 감싸고 이거면 됐다고 할지도 몰랐다. 바닥에 깔린 안개가 전기가 흐르기라도 하는 것처럼 파란색으로 빛났다.

"뛰어!"

나는 레이더에게 외쳤다.

"뛰어!"

우리는 성문을 향해 달렸다. 죽을 둥 살 둥 달렸다.

4

보디치 씨가 남긴 이니셜을 따라 빠져나갔던 지점보다 훨씬 먼 데서 갤리언 로드로 진입했지만 짙어지는 어둠 사이로 성문이 보였다. 거기까지는 거리가 800미터 아니면 그보다 조금 못 되어 보였다. 나는 숨이 찼고 다리가 천근만근이었다. 받침대에서 떨어졌을 때 바지가 진흙과 물로 흠뻑 젖은 탓도 있었지만 그보다는 단순히 기운이 소진된 탓이었다. 나는 학교에 다니는 내내 운동선수로 뛰었지만 농구는 건너뛰었다. 하크니스 감독님을 좋아하지 않아서도 있지만 내 몸집과 체중을 감안했을 때 달리기는 내 주특기가 아니었다. 야구 시즌 때 1루수를 맡은 데에도 이유가 있었다. 수비수 중에서 스피드가 가장 떨어져도 되는 포지션이기 때문이었다. 나는 조깅하는 수준으로 속도를 늦춰야 했다. 성문이 좀처럼 가까워지지 않는 것 같긴 했지만 쥐가 나서 아예 멈춰 서는 사태를 막으려면 그게 최선이었다.

잠시 후에 레이더가 어깨 너머를 돌아보더니 다시 겁에 질린 고음으로 짖기 시작했다. 나도 돌아보았다. 왕궁이 있는 방향에서 우리 쪽으로 눈부시게 파란빛의 무리가 다가오고 있었다. 밤의 병사들인 게 분명했다. 아닐지 모른다고 나 자신을 설득하느라 시간 낭비하지 않고 달리는 속도를 높였다.

숨이 들고 날 때마다 점점 더 뜨거워졌다. 심장이 쿵쾅거렸다. 눈앞에서 별이 커졌다 작아졌다 하기 시작했다. 다시 뒤를 돌아보니 파란빛이 더 가까워졌다. 그리고 다리가 생겼다. 각자 눈부신 파란색 오라로 둘러싸인 남자들이었다. 아직 얼굴은 보이지 않았고 보고 싶지도 않았다.

나는 바보처럼 내 발에 걸려서 휘청거렸다가 다시 중심을 잡고 계속 달렸다. 완전한 어둠이 찾아왔지만 성문은 성벽보다 옅은 회색이었고 아까보다 가까워진 것을 느낄 수 있었다. 계속 달리면 승산이 있을 것 같았다.

옆구리가 결리기 시작했다. 처음에는 심하지 않았지만 점점 고통이 스며들었다. 흉곽을 타고 올라와 겨드랑이 속으로 파고들었다. 흙 범벅인 축축한 머리칼이 이마께에서 위아래로 나풀거렸다. 배낭이 바닥짐처럼 등을 때렸다. 나는 배낭을 벗어서 빨간색과 하얀색 줄무늬 기둥을 좌우로 거느리고 돌을 깎아 만든 나비들로 위를 덮은, 망루가 달린 건물 옆 가시덤불 속으로 던졌다. 그 나비들은 아직 멀쩡했다. 사다리가 없으면 닿지 않을 만큼 높은 데 있어서 그런 모양이었다.

바닥에 떨어져 헝클어진 트램 전선에 발이 걸려서 다시 비틀거렸다가 중심을 잡고 계속 달렸다. 그들이 점점 가까이 다가왔다. 보디치 씨의 45구경 총이 떠올랐지만 그 유령들을 상대로 효과가 있다 한들 수가 너무 많았다.

그때 놀라운 일이 벌어졌다. 갑자기 허파가 더 깊어진 것처럼 느껴지고 옆구리의 결림이 사라진 것이었다. 나는 세컨드 윈드(운동 초반에 그만두고 싶을 만큼 괴로웠던 순간을 지나면 고통이 점차 줄어들고 호흡이 안정되는 시점 —옮긴이)를 느낄 수 있을 만큼 오래 달려 본 적이 없었지만 자전거를 타고 장거리를 갈 때는 몇 번 느낀 적이 있었다. 이 상태는 길게 지속되지 않는다는 건 알았지만 상관없었다. 성문까지 이제 겨우 100미터였다. 위험을 무릅쓰고 어깨 너머를 다시 한번 흘끗 쳐다보니 반짝이는 밤의 병사들의 부대가 더는 거리를 좁히지 못했다. 나는 고개를 뒤로 젖히고 불끈 쥔 주먹을 위아래로 흔들고 전보다 더 깊게 숨을 쉬며 앞으로 돌진했다. 한 30미터 동안은 레이더까지 추월했다. 잠시 후에 나를 다시 따라잡은 녀석이 나를 쏙 쳐다보았다. 이제는 재밌지 않느냐는 듯이 웃고 있지 않았다. 두 눈은 움푹 꺼졌고 갈색 눈동자를 에워싼 흰자위가 번뜩거렸다. 겁에 질린 듯했다.

마침내 성문이 등장했다.

나는 마지막으로 숨을 깊게 들이마시고 악을 썼다.

"갤리언의 리아의 이름으로 열려라!"

성문을 떠받치고 있는 오래된 기계 장치가 비명을 지르며 깨어났고 부드러운 저음의 덜커덩거리는 소리로 바뀌었다. 성문이 덜덜 떨리며 보이지 않는 레일을 따라 스르르 열리기 시작했다. 하지만 느렸다. 너무 느렸다. 우리가 빠져나가면 밤의 병사들이 성문 밖까지 쫓아올 수도 있을까? 그러지는 못할 것 같았다. 그 눈부신 파란색 오라가 꺼지며 바스라지거나…… 서쪽의 사악한 마녀처럼 녹아 버릴 것 같았다.

3센티미터.

5센티미터.

바깥세상이 손톱만큼 보였다. 늑대는 있을지 몰라도 파란색으로 반짝이는 남자들과 묘지 바닥을 뚫고 올라오는 썩은 손은 없는 그곳이.

나는 뒤를 돌아보았다. 그때 처음으로 그들을 제대로 보았다. 입술은 말라붙은 피와 비슷한 고동색이고 얼굴은 백지장처럼 하얀 남자가 20여 명이었다. 희한하게도 전투복을 닮은 헐렁한 바지와 셔츠를 입고 있었다. 그 파란빛은 눈에서 아래로 쏟아져 온몸을 덮었다. 이목구비는 일반인과 비슷한데 피부가 마치 거즈 같았다. 이목구비 아래로 해골이 언뜻 보였다.

그들은 파란색 빛을 등 뒤로 흩뿌리며(이 빛은 희미해지다가 사라졌다) 우리를 향해 질주해 오고 있었지만 내가 보기에는 제때 도착하지 못할 것 같았다. 아슬아슬하겠지만 도망칠 수 있을 것 같았다.

8센티미터.

10센티미터.

맙소사, *이렇게까지 느릴 줄이야.*

잠시 후에 옛날식 화재 경보가 **우엥우엥** 하고 울리자 파란색의 해골 인간들이 반으로 나뉘어 열댓 명은 왼쪽으로, 그 나머지는 오른쪽으로 흩어졌다. 초대형 골프 카트나 땅딸막한 오픈 톱 버스를 닮은 전기차처럼 생긴 것이 갤리언 로드를 질주해 달려왔다. 소름 끼치게 생긴 반투명한 얼굴 양옆으로 희끗희끗해지는 머리칼을 늘어뜨린 남자가 앞자리에서 조종 레버 비슷한 것을 앞뒤로 움직이고 있었다. 피골이 상접했고 키가 컸다. 다른 병사들은 그 뒤로 옹기종기 모였다. 그러자 서로 겹쳐진 그들의 파란색 오라가 신기한 피처럼 축축한 인도 위로 뚝뚝 떨어졌다. 운전석에 앉은 남자는 나를 향해 곧장 달려왔다. 나를 성문에 대고 으스러뜨릴 속셈이었다. 나는 도망치지 못할지 몰라도…… 레이더는 아니었다.

"레이더! 클로디아한테 가!"

녀석은 꿈쩍하지 않고 공포에 질린 눈빛으로 나를 올려다보고만 있었다.

"가, 레이더! 제발 가!"

젖어서 무거워진 배낭은 달리는 데 방해가 되자 내버렸다. 하지만 보디치 씨의 총은 얘기가 달랐다. 그걸로 밤의 병사들을 처치하고 그들의 접근을 차단할 수는 없겠지만 그렇다고 그들 손에 넘겨줄 수는 없었다. 나는 징이 박힌 벨트를 풀어 어둠 속으로 던졌다. 그들이 45구경 리볼버를 가지고 싶으면 성문 밖으로 나가야 할 것이었다. 나는 레이더의 궁둥이를 세게 때렸다. 파란색 빛이 위로 쏟아졌다. 나는 인간이 죽음을 앞두고 체념할 수 있다는 걸 안다. 바로 그 순간 내가 그랬으니까.

"클로디아한테 가, 도라한테 가, 얼른!"

래이더는 마음 아파하는 눈빛으로(그 눈빛은 절대 잊지 못할 것이다) 마지막으로 나를 쳐다보고는 점점 넓어지는 문 틈새로 빠져나갔다.

뭔가가 계속 움직이고 있는 문을 향해 나를 세게 들이받았지만 곧 죽이 될 정도로 세게는 아니었다. 머리칼이 희끗희끗한 밤의 병사가 조종 레버 위로 몸을 날리는 것이 보였다. 앞으로 내민 그의 두 손이 보였다. 반짝이는 창백한 피부 아래로 손가락뼈가 보였다. 영원히 미소를 짓고 있는 이빨과 아래턱이 보였다. 그의 눈에서 파란색으로 계속 쏟아져 나오는 섬뜩한 에너지의 물결이 보였다.

이제 성문이 나도 통과할 수 있을 만큼 열렸다. 나는 그것의 손가락을 피해 고개를 숙이고 성문을 향해 몸을 굴렸다. 어두컴컴한 킹덤 로드 맨 끝에 서서 나를 돌아보고 있는 레이더가 언뜻 보였다. 희망 어린 표정이 언뜻 보였다. 나는 한 손을 내밀고 녀석을 향해 몸을 날렸다. 하지만 그 끔찍한 손가락이 목을 움켜쥐었다.

"안 되지, 꼬맹아."

걸어 다니는 시체와 같은 밤의 병사가 속삭였다.

"안 되지, 온전한 인간아. 너는 겁도 없이 릴리로 들어왔으니 여기 남아 있어야 한다."

팽팽하게 당겨진 거즈처럼 창백한 피부로 덮인, 씩 웃는 표정의 해골이 내 위로 고개를 숙였다. 걸어 다니는 해골이었다. 다른 병사들도 내 쪽으로 다가왔다. 그중 하나가 뭐라고 말을 내뱉었는데, 나는 그 말이 엠피스와 릴리마르를 합쳐 '엘리마르'라는 줄 알았지만 이제는 그게 아니었다는 걸 안다. 성문이 닫히기 시작했다. 시체의 손이 내 숨통을 더욱 세게 조였다.

가, 레이더. 가서 무사히 피해.

이 생각을 끝으로 나는 정신을 잃었다.

20장
불법 감금. 헤이미. 먹이 주는 시간. 사령관. 심문.

1

레이더는 새로운 주인에게 돌아가고 싶지만, 성문 앞으로 돌아가 펄쩍거리며 앞발로 문을 긁고 싶지만 그러지 않는다. 주인이 명령한 대로 달린다. 밤새도록 달릴 수도 있을 것 같지만 안전한 도피처가 있으니 그럴 필요가 없다. 그 안으로 들어가는 게 문제이긴 하지만.

철썩철썩.

레이더는 몸을 낮춘 상태로 천천히 달리고 또 달린다. 아직은 달이 뜨지 않아서 늑대 울음소리가 들리지 않지만 녀석들이 가까이에 있는 것이 느껴진다. 달이 뜨면 녀석들이 공격해 올 텐데, 달이 뜨려는 것이 느껴진다. 달이 뜨고 녀석들이 공격을 감행하면 레이더는 싸울 것이다. 수적으로 밀리겠지만 그래도 끝까지 싸울 것이다.

철썩철썩.

"꼬맹아, 일어나!"

흐트러진 구름 사이로 큰 달과 그 달을 계속 쫓아다니는 작은 달이 스르르 고개를 내밀자 늑대들의 첫 울음소리가 들린다. 하지만 저 앞에 빨간색 마차가 보인다. 골골대던 시절에 찰리와 함께 하룻밤을 지낸 피신처가 거기 있다. 거기 문이 열려 있으면 안으로 피할 수 있을 것이다. 찰리가 문을 완전히 닫지 않은 것 같은데, 확실하지는 않다. 하도 오래전의 일이라! 문이 열려 있다면 안으로 들어가 뒷발을 딛고 서서 앞발로 닫으면 된다. 문이 닫혀 있다면 거길 등지고 마지막 힘이 다할 때까지 싸울 것이다.

철썩철썩.

"너 또 밥때 놓치고 싶니? 안 되지, 안 돼!"

문이 열려 있다. 레이더는 문을 밀고 안으로 들어가······.

철썩!

2

마지막 그 한 방이 내가 꾸고 있던 꿈을 산산조각 냈다. 눈을 떠 보니 깜빡이는 어두침침한 불빛을 등지고 어떤 사람이 무릎을 꿇고 앉아서 나를 내려다보고 있었다. 덥수룩한 머리칼은 어깨를 덮었고 얼굴이 하도 창백해서 순간 그 조그만 전기버스를 몰던 밤의 병사인가 했다. 나는 벌떡 일어나 앉았다. 찌릿한 통증이 머리를 강타했고 이어서 현기증이 파도처럼 들이닥쳤다. 나는 주먹을 들었다. 남자는 눈을 동그랗게 뜨며 뒤로 물러났다. 그는 눈에서 쏟아지는 파란색 빛으로 둘러싸인 창백한 시체가 아니라 *진짜* 남자였다. 눈이 퀭하고 멍이 든 것 같아 보였지만 인간의 눈이었고, 머리칼도 회색이 아니라 검은색에 가까운 밤색이었다.

누군가가 외쳤다.

"그냥 죽게 내버려 둬, 헤이미! 빌어먹을 31번이잖아! 저들은 절대 64번까지 기다리지 않을 거야, 그런 시절은 갔어! 한 명 더 추가되면 출전이야!"

헤이미는(그게 그의 이름인지 모르겠지만) 소리가 들린 쪽을 돌아보았다. 그가 씩 웃자 지저분한 얼굴 위로 하얀 이가 드러났다. 꼭 고독한 족제비 같았다.

"그냥 내 영혼을 보오하려는 거야, 아이! 남한테 잘하면 어쩌고 그거 있잖아! 죽을 날이 얼마 안 남았으니 저세상을 생각하지 않을 수가 있어야 말이지!"

"저세상은 무슨, 지랄하고 자빠졌네. 이 세상이 있으면 그다음은 폭죽이야. 그러고 나면 그걸로 끝이지."

나는 차갑고 축축한 돌 위에 앉아 있었다. 헤이미의 앙상한 어깨 너머로 물이 스며 나오는 돌벽이 보였고 위에는 창살 달린 창문이 있었다. 창살 사이는 오직 암흑뿐이었다. 여긴 감방이었다. 불법 감금. 어디서 그 단어가 떠올랐는지, 내가 그 뜻을 제대로 알고 있기는 한지 알쏭달쏭했다. 확실한 게 있다면 머리가 끔찍하게 아프다는 것과, 나를 때려서 깨운 남자의 입 냄새가 어찌나 지독한지 그 안에서 뭐가 죽었나 싶다는 것이었다. 아, 그리고 내가 바지에 실례를 한 것 같다는 것도.

헤이미가 내 쪽으로 몸을 숙였다. 나는 물러나려고 했지만 뒤에도 철창이 있었다.

"너 튼튼해 보인다, 꼬맹아."

까칠하게 자란 수염으로 동그랗게 에워싸인 헤이미의 입이 귀를 간질였다. 끔찍한 동시에 왠지 모르게 불쌍했다.

"내가 너를 보오했던 것처럼 너도 나중에 나를 보오해 줄래?"

여기가 어디냐고 묻고 싶었지만 껙껙대는 단편적인 소리밖에 낼 수가 없었다. 나는 입술을 핥았다. 바짝 말랐고 퉁퉁 부어 있었다.

"목말라요."

"그건 내가 해결해 줄 수 있지."

그는 구석에 놓인 양동이 앞으로 쪼르르 달려갔다. 이제는 확실히 알 수 있었다. 여긴 감방이고…… 헤이미는 내 감방 동기였다. 그는 잡지 만화에 등장하는 조난 당한 사람처럼 발목에서 댕강 끊기는 너덜너덜한 바지를 입고 있었다. 윗도리는 러닝셔츠에 가까웠다. 맨팔이 깜빡이는 불빛을 받고 희미하게 번들거렸다. 보기 안쓰러울 정도로 말랐지만 회색은 아닌 것 같았다. 불빛이 하도 어두침침해서 장담할 수는 없었지만.

"이 멍청한 새끼야!"

헤이미가 아이라고 부른 사람 말고 다른 사람이 외쳤다.

"왜 일을 더 꼬이게 만들어? 어렸을 때 네 엄마가 안아 주다가 머리로 떨어뜨렸냐? 그놈은 숨만 간신히 쉬고 있었잖아! 가슴 위에 걸터앉아서 끝장을 내 버릴 수도 있었는데! 그럼 간단하게 30명으로 돌아갈 수 있었는데!"

헤이미는 듣는 척도 하지 않았다. 그의 돗짚자리인가 싶은 것 위에 설치된 선반에서 양철 컵을 꺼내 양동이에 담갔다. 그러고는 한 손가락(나머지 9개처럼 더러웠다)으로 컵 바닥을 누르고서 들고 왔다.

"여기 구멍이 뚫려서."

상관없었다. 그 구멍으로 뭘 많이 흘릴 겨를도 없을 것 같았다. 나는 컵을 낚아채 벌컥벌컥 마셨다. 안에 모래가 섞여 있었지만 그것도 상관없었다. 이제 살 것 같았다.

"하는 김에 한번 빨아 주지 그래?"

또 다른 사람이 이렇게 물었다.

"헤임스, 네가 제대로 쪽쪽 빨아 주면 번쩍 정신을 차릴 텐데!"

"여긴 어디예요?"

헤이미가 남들은 듣지 못하게 하려고 내 쪽으로 다시 몸을 숙였다. 그의 입 냄새를 맡으면 두통이 심해져서 끔찍했지만 그래도 여기가 어딘지 알아내야 했기에 참았다. 레이더가 등장하는 희망적인 꿈에서 깨어나 이제 정신을 좀 차리고 보니 내가 아직 살아 있다는데 놀라워졌다.

그가 조그맣게 속삭였다.

"말린이야. 딥 말린. 왕궁 아래로 10……."

그 뒤로 이어진 단어는 내가 모르는 단어였다.

아이가 외쳤다.

"20이지! 그리고 신참, 너는 두 번 다시 햇빛을 보지 못할 거다. 우리 모두 마찬가지야. 그러니까 적응하도록 해!"

나는 헤이미에게서 컵을 받아 들고, 가장 늙고 가장 힘이 없던 순간의 레이더가 된 듯한 심정을 달래며 감방을 가로질렀다. 물을 가득 떠서 바닥의 조그만 구멍을 손가락으로 막고 다시 마셨다. TCM에서 영화를 즐겨 보고 아마존에서 인터넷 주문을 했던 아이가 이제 지하 감옥에 갇혔다. 누가 봐도 여긴 지하 감옥이었다. 눅눅한 복도를 따라 양옆으로 감방이 이어졌다. 감방 사이에서 군데군데 삐죽하게 고개를 내민 가스등이 푸르스름하니 누런빛을 우물우물 토했다.

돌을 대충 깎아 만든 천장에서 물이 뚝뚝 떨어졌다. 가운데 통로 곳곳에 물이 고여 있었다. 찢어진 트렁크 팬티 같은 것을 걸치고 내 맞은편에 앉아 있던 덩치 큰 남자는 나와 눈이 마주치자 위로 점프해 철창을 잡고 흔들며 원숭이 소리를 냈다. 털이 북슬북슬하고 떡 벌어진 웃통에는 아무것도 입지 않았다. 얼굴은 넓고 이마는 납작하며 뭣같이 못생겼지만…… 이 매력적인 거주지로 오는 동안 만났던 사람들과 다르게 모든 곳이 멀쩡했고 목소리도 잘 알아들을 수 있었다.

"환영한다, 신참!"

이름은 아이였는데…… 알고 보니 아이는 아이오타의 줄임말이었다.

"지옥으로 온 걸 환영한다! 페어 원이 열리면…… 만약 그게 열리면…… 내가 네 간을 뜯어내 모자로 써 주마. 내 1라운드 상대는 너고, 2라운드 때는 아무하고나 맞붙는 대로 싸워 주겠어! 그때까지 여기서 즐겁게 지내길 바란다!"

통로 맨 끝에 달린, 쇠띠를 두른 나무 문 근처에서 이번에는 여자 수감자가 외쳤다.

"꼬맹아, 시타델에 그냥 있지 그랬어!"

그러고는 조그맣게 중얼거렸다.

"나도 거기 그냥 있을걸. 굶어 죽는 편이 차라리 나았을 텐데."

헤이미가 물 양동이 맞은편 모서리로 걸어가 바지를 내리고 바닥에 뚫린 구멍 위로 쪼그리고 앉았다.

"배탈이 났어. 들버섯을 먹은 게 안 좋았나 봐."

아이가 물었다.

"뭐야, 뭘 먹은 지 1년도 더 지났는데? 배탈이 난 건 그렇다 치지만 들버섯하고는 아무 상관 없다고."

나는 눈을 감았다.

3

시간이 지났다. 얼마나 지났는지는 모르겠지만 예전의 나로 조금씩 돌아가는 것이 느껴졌다. 이제는 흙과 습기와 이곳에 불빛 비슷한 것을 비추는 가스등 냄새를 맡을 수 있었다. 물방울 떨어지는 소리, 죄수들이 이리저리 움직이고 가끔 대화를 나누거나 아니면 혼잣말을 하는 소리도 들렸다. 나와 한 감방을 쓰는 동기는 물 양동이 옆에 앉아서 시무룩하게 자기 손을 쳐다보고 있었다.

"헤이미?"

그가 고개를 들었다.

"온전한 인간이 뭐예요?"

헤이미는 코웃음을 터뜨렸다가 인상을 쓰며 자기 배를 움켜쥐었다.

"우리잖아. 너 바보냐? 아니면 하늘에서 떨어졌어?"

"그랬다 치고 설명해 줘요."

"이리 와서 앉아 봐."

내가 머뭇거리자 그가 말했다.

"아냐, 아냐, 불안해할 것 없어. 네 거시기는 건드리지도 않을 거야, 그걸 걱정하는지 모르겠다만. 벼룩이나 한두 마리 옮기면 모를까, 그게 다야. 나는 한 6개월 동안 선 적도 없어. 배가 아프면 그렇게 돼."

내가 옆에 가서 앉자 그는 내 무릎을 한 대 쳤다.

"이제 좀 낫네. 남들 듣는 데서 얘기하고 싶지 않아서 그래. 다 같이 한 양동이에 잡힌 물고기 신세라 들어도 상관없긴 하지만 나는 시끄럽게 떠들지 않는 편이야. 그렇게 배웠거든."

헤이미는 한숨을 쉬었다.

"속을 끓이는 게 내 위장에 전혀 도움은 안 되겠다만. 숫자가 계속 늘어나는 거 알지? 끔찍해! 25…… 26…… 이제는 31이야. 아이 말마따나 64를 넘기지는 않을 거야. 전에는 우리 온전한 인간들이 부대 자루에 가득 든 설탕처럼 많았는데, 이제는 알갱이 몇 톨 남지 않았어."

이 사람이 방금 알갱이라고 했나? 아니면 내가 잘못 들었나? 머리가 다시 지끈거리려고 했다. 걷고 페달을 밟고 달렸던 것 때문에 다리가 욱신거렸고, 피곤했다. 탈탈 털린 느낌이었다.

헤이미가 다시 한번 내뱉은 한숨이 기침 발작으로 돌변했다. 그는 기침이 멎을 때까지 자기 배를 붙잡고 있었다.

"하지만 플라이트 킬러와 그의……."

무슨 뜻인지 내 머리로는 해석이 안 되는 단어가 이어졌다. 루가 뭉카스인가 그랬다.

"그 부대 자루를 계속 흔들고 있어. 우리를 마지막 한 명까지 탈탈 털어 내야 직성이 풀릴 거야. 하지만…… 64명씩이나? 글쎄. 이번이 마지막 페어 원이 될 테고 내 순서는 초반일 거야. 어쩌면 맨 처음일 수도 있지. 보다시피 부실하니까. 속이 안 좋아서 뭘 먹어도 바로 아래로 나와 버리거든."

그는 신참인 내가 옆에 있다는 걸 이제 기억해 낸 눈치를 보였다.

"하지만 *너는*……. 아이도 봤지, 너 덩치 큰 거. 그리고 기운을 차리면 빠를 수도 있고."

나는 뭐 그렇게 빠르지는 않다고 얘기할까 하다가 관두기로 했다.

그가 원하는 대로 생각하게 내버려 두기로 했다.

"그 친구는 너를 무서워하지 않아, 아이오타는 아무도 무서워하지 않아. 레드 몰리하고 성질 더러운 그 엄마라면 모를까. 하지만 필요 이상으로 애를 쓰는 건 그 친구도 원하는 바가 아니거든. 너 이름이 뭐냐?"

"찰리요."

그는 목소리를 한층 더 낮췄다.

"그런데 여기가 어딘지 모르겠어? 진짜로?"

불법 감금 현장이죠.

"음, 감옥…… 지하 감옥이고…… 왕궁 지하인 것 같긴 한데…… 그것 말고는 아무것도 몰라요."

내가 어디에서 왔고 그동안 누굴 만났는지 그에게 밝힐 생각은 없었다. 피곤하긴 해도 이제는 정신이 조금씩 돌아오고 있었기 때문에 제대로 생각할 수 있었다. 헤이미가 나를 유도 심문하는 것일 수도 있었다. 특권과 맞바꿀 수 있는 정보를 알아내려고. 딥 말린이 무슨 특권이 있을 만한 곳은 아니었고, 말하자면 삶의 종착지에 가까운 곳이긴 했지만 모험을 감행하고 싶지는 않았다. 그들이 일리노이 주 센트리에서 건너온 저먼 셰퍼드 한 마리가 탈출한 것에 대해서는 신경을 쓰지 않을 수도 있지만…… 아무도 모를 일이었다.

"너 시타델 출신 아니지, 그렇지?"

나는 고개를 끄덕였다.

"거기가 어딘지도 모르지?"

"네."

"그린 아일스? 디스크? 테이보스 중 한 군데 출신인가?"

"다 아니에요."

"그럼 어디 출신이니, 찰리?"

나는 아무 말도 하지 않았다.

헤이미는 열띤 목소리로 속삭였다.

"말하지 마. 잘 생각했어. 여기 사람 아무한테도 말하지 마. 나도 입 다물고 있을게, 네가 날 보오해 주면. 그러는 게 좋을 거야. 딥 말린보다 더 처참한 운명도 있거든. 너는 안 믿을지 모르지만 나는 알아. 사령관도 끔찍하지만 내가 아는 바로는 플라이트 킬러가 더 끔찍해."

"플라이트 킬러가 누군데요? 그리고 사령관은 또 누구고요?"

"밤의 병사들을 통솔하는 켈린을 우리끼리 사령관이라고 불러. 그자가 너를 직접 데리고 왔더라. 나는 한쪽 구석에 처박혀 있었지. 그 눈을 보면……."

그때 우리 쪽 통로 끝에 달린, 쇠띠를 두른 나무 문 뒤편에서 둔탁한 종소리가 들리기 시작했다.

"퍼시!"

아이오타가 펄쩍 뛰어올라 철창을 잡고 다시 흔들기 시작했다.

"염병, 시간을 아주 딱 맞춰 왔네! 들어와, 퍼시, 내 친구. 얼굴이 얼마나 남았는지 보자!"

빗장이 풀리는 소리에 이어(세어 보니 4개였다) 문이 열렸다. 쇼핑 카트처럼 생겼지만 나무로 만들어진 카트가 먼저 등장했다. 뒤를 이어 얼굴이 녹아내린 것처럼 생긴 회색 남자가 등장했다. 멀쩡하게 남은 건 한쪽 눈뿐이고 코는 튀어나온 살점에 불과했다. 입은 눈물 모양으로 뚫린 왼쪽 입가의 구멍 말고는 봉인됐다. 손은 손가락이 다 녹아서 오리발처럼 붙어 버렸다. 헐렁한 바지에 헐렁한 블라우스처럼 생긴 윗도리를 입고 생가죽에 매달린 종을 목에 걸고 있었다.

그는 안으로 들어오자마자 걸음을 멈추고 종을 잡아서 흔들었다. 그와 동시에 한쪽 눈으로 좌우를 살폈다.

"비오! 비오! 비오, 이 새이이야!"

이 남자에 비하면 도라는 셰익스피어를 청산유수로 읊는 로런스 올리비에였다.

헤이미가 내 어깨를 잡고 뒤로 당겼다. 우리 맞은편에 있던 아이도 뒤로 물러났다. 모든 죄수들이 그랬다. 퍼시는 우리가 그의 멱살을 잡을 수 없을 만큼 뒤로 물러날 때까지 계속 종을 울렸다. 하지만 내가 보기에는 여기 있는 누구도 그의 멱살을 잡을 이유가 없었다. 그는 교도소 영화로 치면 모범수였고 모범수는 열쇠를 들고 다니지 않았다.

헤이미와 내가 있는 감방이 제일 가까웠다. 퍼시는 카트 안에서 제법 큼지막한 고기를 두 덩이 꺼내 창살 너머로 던졌다. 나는 내 몫을 잽싸게 잡았다. 헤이미는 잡았다 놓치는 바람에 고기가 바닥에 철퍼덕 떨어졌다.

이제 죄수들이 그에게 소리를 지르기 시작했다. 한 명은(나중에 알고 보니 이름이 프레미였다) 퍼시에게 똥구멍은 아직 안 막혔느냐고, 막혔으면 입으로 똥을 누느냐고 했다. 그들은 먹이 주는 시간을 맞이한 동물원 사자 같았다. 아니다, 하이에나 같았다. 아이오타는 예외일지 몰라도 이들은 사자가 아니었다.

퍼시는 샌들로 바닥을 때리며 (발가락도 서로 들러붙었다) 천천히 카트를 밀고 앞으로 걸어가 좌우로 고기를 던졌다. 눈이 한쪽밖에 안 남았어도 조준은 정확했다. 철창에 맞거나 복도 물 웅덩이에 떨어진 고기가 없었다.

나는 고기를 코에 갖다 대고 냄새를 맡았다. 고약한 썩은 내가 나고 어쩌면 구더기가 득시글거릴 수도 있다고 생각했는데 그때까지만 해도 아직 동화 모드였는지 위생 랩만 없을 뿐 센트리 하이비 마켓에서 파는 비프스테이크와 다를 게 없었다. 불에 갖다 대나 마나 한 상태였지만(아빠가 식당에서 스테이크를 주문할 때면 웨이터에게 따뜻한 방을 한 바퀴 돌고 나온 정도로 구워 달라고 했던 게 생각났다) 냄새만으로도 침이 고이고 배 속에서 천둥소리가 났다. 클로디아의 나무 집을 끝으로 이후에 아무것도 먹은 게 없었다.

맞은편에서 아이가 책상 다리를 하고 자기 돗짚자리 위에 앉아서 스테이크를 갉아먹었다. 벌건 육즙이 엉겨 붙은 수염 위로 흘렀다. 그는 나와 눈이 마주치자 씩 웃었다.

"얼른 먹어라, 꼬맹아. 아직 이가 남아 있을 때 실컷 먹어. 조만간 내가 다 부러뜨려 버릴 테니까."

마지막 감방에 다다른 퍼시는 안으로 고기를 던져 주고 갔던 길을 되짚어 왔다. 한 오리발로 종을 울리고 다른 오리발로는 카트를 밀며 "비오! 비오!"라고 외쳤다. "비오! 비오!"가 '뒤로, 뒤로'인 것 같았다. 이제는 아무도 그에게 달려들기는커녕 야유조차 보내지 않았다. 사방에서 쩝쩝대며 우적우적 씹는 소리만 들렸다.

나는 살코기를 에워싼 비계와 연골만 남겨 놓았다가 나중에 그것까지 먹어 치웠다. 반면에 헤이미는 몇 입 먹고는 자기 돗짚자리로 들고 가 뼈만 앙상한 무릎 위에 올려놓았다. 그는 왜 먹고 싶은 생각이 들지 않는지 영문을 몰라 하는 듯한 표정으로 고기를 물끄러미 바라보았다. 그는 나와 시선이 마주치자 고기를 내밀었다.

"먹을래? 애네들도 나를 싫어하고 나도 애네들이 싫네. 예전에 목재소에서 일하던 시절에는 온갖 맛있는 걸 엄청나게 먹었는데. 분명 그 버섯 때문일 거야. 버섯을 잘못 먹으면 속이 그냥 뒤집혀 버리거든. 내가 그렇게 됐어."

나는 그 고기를 먹고 싶었고 배 속에서는 여전히 천둥소리가 났지만 진심이냐고 묻는 예의를 갖췄다. 그는 진심이라고 했다. 나는 그의 생각이 바뀌기 전에 잽싸게 건네받았다.

퍼시가 우리 감방 앞에 서 있었다. 그가 녹아서 붙은 한쪽 손으로 나를 가리켰다.

"헬리니 누 브그시프 판더."

"뭐라고요?"

나는 날것이나 다름없는 스테이크를 입에 물고 물었지만 퍼시는 이미 다시 걸음을 옮기기 시작해 문밖으로 빠져나갔다. 그는 종을 한 번 더 울린 다음 빗장을 질렀다. 한 개, 두 개, 세 개 그리고 네 개.

헤이미가 말했다.

"켈린이 너 보고 싶어 한다고. 그럴 만도 하지. 너는 온전하지만 우리하고는 다르거든. 심지어 억양도……."

무슨 생각이 떠오른 듯 그는 하던 말을 멈추고 눈을 동그랗게 떴다.

"켈린한테 울룸에서 왔다 그래! 그럼 될 거야! 시타델 저 북쪽!"

"울룸이 뭔데요?"

"독실한 신자들이 사는 곳! 그 사람들은 억양이 남들과 전혀 달라! 너는 독살을 모면했다고 해!"

"그게 도대체 무슨 뜻인지 모르겠어요."

누군가가 고함을 질렀다.

"헤이미, 말 같지 않은 소리는 하지도 마! 이 *뮈친늄아*!"

헤이미가 외쳤다.

"시*끄*러워, 스툭스! 이 아이는 나를 보오해 줄 거라고!"

통로 저편에서 아이가 일어나 번들번들한 손으로 철창을 잡았다. 표정을 보니 웃고 있었다.

"네가 미친놈은 아닐지 몰라도 너를 보호해 줄 사람은 없어, 헤이미. 우리를 보호할 방법은 없거든."

4

내 몫의 돗짚자리는 없었다. 나는 헤이미의 돗짚자리를 뺏을까 했다가(그가 나를 저지할 방법은 없었다) 정신을 퍼뜩 차리고 내가 도대체 무슨 생각을 하는 건가, 어떤 인간이 되어 가고 있는 건가 했다. 이미 그의 음식에 손을 대긴 했지만, 그건 그쪽에서 내준 것이었다. 게다가 내 느낌상으로는 축축한 바닥 때문에 잠을 설칠 것 같지도 않았다. 나는 정신을 차린 지 얼마 되지 않았고 그 전에 얼마나 오랫동안 기절해 있었는지 아무도 모를 일이었지만 엄청난 피로가 밀려왔다. 나는 양동이에 담긴 물을 한 잔 마신 다음 내 쪽인가 싶은 곳에 누웠다.

옆 감방에는 프레미와 스툭스, 이렇게 두 남자가 있었다. 그들은 젊고 튼튼해 보였다. 아이오타처럼 덩치가 크지는 않지만 튼튼했다.

프레미: "애기야, 코자장하냐?"

스툭스: "피곤해서 주우우욱겠냐?"

딥 말린의 애컷과 코스텔로(미국의 유명한 코미디언 듀오 — 옮긴이)네.

그런 인간들이 바로 옆방이라니 우라지게 운이 좋기도 하지.

헤이미가 말했다.

"저 둘은 신경 쓰지 마, 찰리. 그냥 자. 야간 경비병을 거치고 나면 다들 그렇게 돼. 그들에게 그걸 빼앗겨서. 그게 뭔가 하면…… 음……."

"기력이요?"

나는 물었다. 눈꺼풀이 시멘트에 빠지기라도 했던 것처럼 무거웠다.

"응, 그거! 바로 그거야. 그들에게 그걸 빼앗기지! 켈린이 직접 너를 데리고 온 걸 보면 네가 튼튼하다는 거야. 안 그랬으면 그 새끼가 너를 달걀프라이로 만들어 버렸을 테니까. 전에 그런 거 본 적 있어, 봤고 말고!"

나는 그에게 여기서 갇혀 지낸 지 얼마나 됐느냐고 묻고 싶었지만 말이 잘 나오지 않았다. 내 몸이 아래로 점점 가라앉았다. 나를 여기로 인도한 나선형 계단이 생각났다. 내가 레이더를 쫓아서 그 계단을 다시 달려 내려가는 느낌이었다. *바퀴벌레 조심해. 그리고 박쥐도.*

"울룸, 시타델 북쪽!"

이 시궁창에서 맨 처음 눈을 떴을 때처럼 헤이미가 무릎을 꿇고 위에서 나를 내려다보고 있었다.

"그거 잊어버리지 마! 그리고 너 나 보오해 주겠다고 약속했다. 그 것도 잊어버리면 안 돼!"

나는 그런 약속을 한 기억이 없었지만 뭐라고 반박할 겨를도 없이 정신을 잃었다.

5

나는 헤이미가 흔들어 깨우는 통에 잠에서 깨어났다. 그래도 뺨을 맞는 것보다는 나았다. 숙취가 사라졌다. 그건 분명 숙취였다. 아빠가 술을 마시던 시절에 매일 아침마다 그걸 무슨 수로 견뎠는지 도저히 이해할 수가 없었다. 왼쪽 어깨가 욱신거렸다. 받침대에서 떨어졌을 때 삐끗한 모양이지만, 통증이 있었던 다른 곳들은 어제보다 훨씬 괜찮아졌다.

"무슨 일…… 제가 얼마나……."

"일어나! 저들이 왔어! 회초리 막대 조심하고!"

나는 일어났다. 우리 쪽 통로 끝에 달린 문이 열리면서 파란색 빛이 가득 찼다. 키가 크고 창백한 밤의 병사 세 명이 각자 오라를 발산하며 그 빛을 따라 들어왔다. 구름이 휙휙 지나가는 날 너풀거리는 그림자처럼 몸속의 골격이 보였다 사라졌다 했다. 그들은 옛날에 자동차에 달려 있던 안테나 비슷하게 생긴 막대를 들고 있었다.

그들 중 한 명이 외쳤다.

"일어나라! 일어나, 플레이할 시간이다!"

두 명이 부흥회에 온 성도들을 맞이하는 전도사처럼 두 팔을 내밀고 나머지 한 명보다 앞서 걸었다. 그들이 통로를 지나가자 감방 문들이 녹 가루를 후두둑 떨어뜨리며 끼이익 하는 소리와 함께 열렸다. 뒤에서 걷던 남자가 걸음을 멈추고 나를 가리켰다.

"너는 열외다."

30명의 죄수들이 통로로 나왔다. 헤이미가 꺼질 줄 모르는 밤의 병사들의 오라를 피해 몸을 움츠리고 밖으로 나가며 나를 향해 체념의 미소를 지었다. 아이는 씩 웃으며 양손을 들어 엄지와 집게손가락으로 동그라미를 만들었다가 가운뎃손가락으로 나를 가리켰다. 미국의 퍽큐와 스타일은 달랐지만 의미는 같다고 장담할 수 있었다. 밤의 병사들 두 명을 따라 통로를 걸어가는 죄수들을 보니 여자가 둘, 흑인이 둘 있었다. 흑인 중 한 명은 아이오타보다 덩치가 더 커서 어깨가 떡 벌어지고 엉덩이가 미식축구에서 태클을 맡는 프로선수처럼 거대했지만 고개를 숙이고 느릿느릿 걸었고, 통로 끝에 달린 문을 통과하며 휘청거렸다. 그가 도미였다. 두 여자는 자야와 에리스였다.

기다리고 있던 밤의 병사가 창백한 손가락을 내 쪽으로 내밀었다가 동그랗게 구부렸다. 표정이 엄숙했지만 살갗 아래로 보였다 사라지기를 반복하는 해골은 계속해서 웃고 있었다. 그가 앞장서서 문밖으로 나가라고 나를 향해 막대를 흔들었다. 하지만 내가 아직 문지방도 넘지 못했을 때 "가만히."라고 하더니 "염병."이라고 했다.

나는 걸음을 멈췄다. 우리 오른쪽 벽에 달려 있던 가스등 하나가 떨어져 나왔다. 금속 호스에 연결된 채 벌린 입처럼 생긴 구멍 아래에 삐딱하게 매달려 계속 불을 비추며 돌덩이 하나를 검댕으로 시커멓게 그슬리고 있었다. 그가 가스등을 다시 끼우려고 움직이느라 오라가 나를 스치고 지나갔다. 순간 온몸에서 힘이 풀렸고 나는 헤이미가 그 파란색 장막을 기를 쓰고 피하는 이유를 알 것 같았다. 마치 피복이 벗겨진 스탠드 코드에 감전되는 느낌이었다. 나는 옆으로 비켜섰다.

"가만히, 이 새끼야, 가만히 있으라고 했다!"

밤의 병사는 놋쇠로 만든 것처럼 보이는 등을 붙잡았다. 지옥불보다 뜨거울 텐데 그는 조금도 괴로워하지 않고 등을 구멍에 다시 끼웠다. 등은 거기 잠깐 매달려 있다가 다시 떨어졌다.

"염병!"

비현실감이 파도처럼 나를 덮쳤다. 나는 지금 지하 감옥에 갇혔고, 어렸을 때 가지고 놀았던 스켈렉터 액션 피겨와 비슷하게 생긴 언데드에 의해 어딘지 모를 곳으로 끌려가고 있었는데…… 그 언데드가 시설 관리 때문에 골머리를 앓고 있다니.

그는 다시 등을 잡고 한손으로 불꽃을 덮어서 껐다. 그가 손을 놓자 꺼진 등이 벽에 부딪치며 조그맣게 쨍그랑거렸다.

"가! 걸어, 이 새끼야!"

그가 막대로 내 다친 쪽 어깨를 때렸다. 불에 덴 듯이 아팠다. 채찍질당하는 것은 수치스러운 동시에 부아가 치미는 일이었지만 그의 오라가 스치고 지나갔을 때 온몸이 무기력해졌던 것에 비하면 이쪽이 나았다.

나는 걸음을 옮겼다.

6

그는 가깝긴 하지만 오라가 나를 건드릴 만큼 가깝지는 않게 간격을 유지해 가며 돌을 쌓아서 만든 긴 통로로 나를 앞장세웠다. 상하 2단식 문 앞을 지날 때는 열어 놓은 윗문을 통해 맛있는 냄새가 흘러나왔다. 양동이 2개를 든 남자와 김이 모락모락 나는 나무 쟁반을 든 여자가 보였다. 둘 다 하얀 옷을 입었지만 피부가 회색이었고 얼굴이 무너져 가고 있었다.

"걸어!"

회초리 막대가 이번에는 내 다른 쪽 어깨를 때렸다.

"그렇게 때릴 것까지는 없잖아요. 내가 말도 아닌데."

"너는 말이다."

그는 목소리가 이상했다. 성대 안에 벌레가 가득 들어 있는 것 같은 목소리였다.

"너는 *내* 말이다. 전속력으로 달리라고 하지 않는 게 다행인 줄 알아!"

어떤 도구들로 가득한 방을 지났다. 그 도구들 이름을 알고 싶지 않았지만 알았다. 고문대, 아이언 메이든(여자 모양으로 만든 상자 안쪽에 못을 박아놓은 중세의 고문 기구—옮긴이), 스파이더(여성의 가슴을 찢는 데 쓰인 고문 기구—옮긴이), 스트레처(사지를 묶고 잡아당긴 고문 기구—옮긴이)였다. 널빤지로 된 바닥에 시커먼 얼룩이 묻어 있었다. 덩치가 강아지만 한 쥐가 앞다리를 들고 고문대 옆에 서서 나를 보며 비웃었다.

나는 생각했다. 오, 주여. 오, 주여. 오, 하느님.

나를 데리고 가는 간수가 말했다.

"네가 온전한 인간이라 좋지? 응? 페어 원이 시작돼도 좋아 죽겠는지 어디 한 번 두고 보자."

"그게 뭔데요?"

그는 대답 대신 이번에는 내 뒷덜미를 향해 막대를 길게 휘둘렀다. 거기 손을 댔다가 떼어 보니 피가 묻어 나왔다.

"왼쪽으로 가라, 꼬맹아, 왼쪽으로! 망설일 것 없어, 열려 있으니까."

나는 왼쪽에 달린 문을 열고 가파르고 좁은 계단을 올라가기 시작했다. 어찌나 끝도 없이 이어지는지 400까지 세다가 중간에 잊어버렸다. 다리가 다시 욱신거리기 시작했고 막대에 맞아서 좁게 벌어진 뒷덜미가 화끈거렸다.

"걸음이 느려지고 있어, 꼬맹아. 차가운 불기운을 느끼고 싶지 않으면 속도를 좀 내는 게 좋을 거다."

그를 에워싼 오라를 말하는 거라면 절대로 느끼고 싶지 않았다. 나는 계속 걸었고 허벅지에 쥐가 나서 더는 한 발짝도 못 움직일 것 같다는 생각이 들었을 때 문이 달린 꼭대기가 나왔다. 그즈음에 나는 숨을 헐떡이고 있었다. 내 뒤를 따라오던 그것은 멀쩡했다. 이미 죽은 시체였으니 그럴 만도 했다.

이쪽 통로는 더 넓었고 빨간색, 보라색, 파란색 벨벳 태피스트리가 걸려 있었다. 가스등은 고급스러운 유리 등피 안에 들어가 있었다. *여기가 생활관이겠네.* 거의 비어 있는 조그만 벽감들을 지났다. 전에는 그 안에 나비 조각상이 전시돼 있었을지 궁금해졌다. 몇 군데에는 나신인 남자와 여자의 대리석상이 있었는데, 그중 한 석상은 구름 같은 촉수로 머리를 가리고 있는 어마어마하게 끔찍한 *뭔가*를 들고 있었다. 그걸 보자 H. P. 러브크래프트의 총아였던 크툴루를 내게 소개한 제니 슈스터가 생각났다. '해저에서 기다리는 자'라고도 불렸던 그것.

이렇듯 으리으리하게 꾸며진 통로를 800미터쯤 지나자 거의 막판에 금장 거울이 나왔다. 거울이 서로 마주 보고 있어서 내 모습이 끝도 없이 비쳤다. 릴리마르에서 탈출하려고 막판에 미친 듯이 발버둥 쳤던 여파로 얼굴과 머리가 꾀죄죄했다. 목에서는 피가 났다. 그리고 혼자 있는 것처럼 보였다. 나를 감시하는 밤의 병사는 거울에 모습이 비치지 않았다. 그가 있어야 할 자리에 파란색의 희미한 아지랑이뿐이었고…… 회초리 막대는 혼자 허공에 떠 있었다. 그가 아직 뒤에 있는지 확인하려고 내가 흘끗 돌아보자 막대가 좀 전과 똑같은 자리로 날아왔다. 목덜미가 당장 화끈거렸다.

"걸어! 걸으라고, 이 새끼야!"

나는 계속 걸었다. 통로가 끝나는 곳에 튼튼한 문이 버티고 있었다. 금띠를 둘렀고 마호가니 원목 같았다. 밤의 병사가 그 가증스러운 막대로 먼저 내 손을, 그다음에는 문을 두드렸다. 나는 무슨 뜻인지 파악하고 문을 두드렸다. 막대가 날아와 내 티셔츠 어깻죽지를 찢었다.

"더 세게!"

나는 손 옆면으로 문을 두드렸다. 핏줄기가 위 팔뚝을 타고 뒷덜미로 흘러내렸다. 땀이 섞여서 따끔거렸다. *이 불쌍한 파랑이 새끼야, 네가 죽을 수도 있는지는 모르겠지만 죽을 수도 있다면, 기회가 생기는 대로 똥구멍을 찢어서 죽여 주마.*

문이 열리자 사령관이라고도 불리는 켈린이 등장했다.

그는 하고 많은 옷들 중에서 빨간색 벨벳으로 만든 스모킹 재킷을 입고 있었다.

7

비현실감이 또다시 나를 강타했다. 탈출 직전에 나를 체포한 그것은 그 옛날 공포 만화에 나오는 어떤 것처럼 생겼었다. 어떻게 보면 뱀파이어, 어떻게 보면 해골, 또 어떻게 보면 「워킹 데드」의 좀비였다. 그런데 지금은 한데 엉켜서 창백한 뺨을 덮고 있었던 백발을 깔끔하게 뒤로 빗어 넘겨 나이가 많기는 하지만 혈색이 좋은 남자의 얼굴을 드러냈다. 입술은 도톰했다. 온화한 잔주름을 눈가에 매달고 있는 두 눈은 덥수룩하니 숱이 많고 희끗희끗한 눈썹 아래에서 앞을 응시했다. 누군가를 닮았는데 누군지 생각이 나지 않았다.

그가 미소를 지으며 말했다.

"아. 새로 온 손님이로군. 들어오게. 애런, 너는 나가도 좋아."

나를 여기까지 데려온 애런이라는 밤의 병사는 머뭇거렸다. 켈린이 그를 향해 서글서글하게 손을 흔들었다. 그는 살짝 묵례를 하고 뒤로 물러나 문을 닫았다.

나는 주위를 둘러보았다. 그곳은 나무로 벽을 댄 현관이었다. 안쪽으로 보이는 거실은 셜록 홈즈의 작품에 나오는 신사용 클럽을 연상시켰다. 벽은 짙은색 나무였고 의자들은 등받이가 높았고 길쭉한 소파에는 짙은 파란색 벨벳 커버가 씌워져 있었다. 은은하게 주변을 비추는 대여섯 개의 램프는 가스등 같아 보이지 않았다. 적어도 왕궁의 이 일대는 전력이 공급되는 모양이었다. 생각해 보면 밤의 병사들 사이를 가르며 달려왔던 버스도 있었다. 이것이 몰고 왔던 버스 말이다.

"이쪽으로."

그는 공격을 당할까 봐 걱정이 되지도 않는지 나를 등지고, 내가 깨어났을 때 맞닥뜨린 축축한 감방과 180도 다른 거실로 앞장섰다. 그때 비현실감의 파도가 세 번째로 나를 덮쳤다. 그가 공격을 걱정하지 않은 이유는 어쩌면 뒤통수에도 달린 눈 때문일지 몰랐다. 그 눈이 조심스럽게 빗질한 목덜미 길이의 백발 사이로 앞을 빤히 쳐다보고 있었다. 뭐 그리 놀랍지는 않았다. 그즈음에는 어떤 것도 그리

놀랍지 않았다.

깡충거리는 유니콘 모양의 타일이 깔린 조그만 테이블을 사이에 두고 신사용 클럽 의자 2개가 서로 마주 보고 있었다. 유니콘의 엉덩이 위에 찻주전자, 작은 유리병 안에 든 설탕(비소가 아니라 설탕이기만을 바랄 따름이었다), 조그만 숟가락, 테두리에 장미꽃이 그려진 잔 2개가 담긴 조그만 쟁반이 놓여 있었다.

"앉게, 앉게. 차 들겠나?"

"네, 감사합니다."

"설탕은? 미안하지만 크림은 없네. 내가 크림을 먹으면 속이 더부룩해서. 사실 뭐든 먹으면 속이 더부룩하지."

그는 먼저 내 잔에, 그런 다음 자기 잔에 차를 따랐다. 통째 와르르 쏟고 싶은 걸 참으며 유리병을 반쯤 기울였다. 갑자기 단 게 미치도록 당겼다. 나는 잔을 들어 입으로 가져가다 말고 머뭇거렸다.

"독을 탔을까 봐?"

켈린은 계속 웃고 있었다.

"내가 자네를 해치울 요량이었으면 저 아래 말린으로 명령을 내렸겠지. 아니면 다른 여러 방식으로 직접 제거했을 테고."

내가 독약을 의심한 건 맞지만 머뭇거린 이유가 그 때문은 아니었다. 잔의 테두리에 그려진 것이 장미꽃이 아니라 양귀비꽃이라 도라가 생각났기 때문이었다. 나는 레이더가 그 마음이 따뜻한 아주머니에게로 돌아갈 수 있길 온 마음을 다해 소망했다. 그럴 가능성이 희박하다는 건 알고 있었지만 희망은 날개가 달린 것이라는 말도 있지 않은가(에밀리 디킨슨의 시 제목이다 — 옮긴이). 그러니 감옥에 갇힌 사람들을 위해서 날아오를 수 있을지 모른다. 아니, 특히 그런 사람들을 위해 날아오를 수 있을지 모른다.

나는 켈린을 향해 잔을 들어 보였다.

"기나긴 나날과 즐거운 밤들을 누리시길(스티븐 킹의 『다크 타워』 시리즈에 나오는 인사말이다 — 옮긴이)."

차를 마셨다. 달짝지근하고 맛있었다.

"재밌는 건배사로군. 처음 들어 보는데."

"아버지한테 배웠어요."

진짜였다. 으리으리하게 꾸며진 이 거실 안에서 내가 진실을 이야기하는 일은 거의 없겠지만 이것만큼은 진짜였다. 아버지도 그걸 책이나 다른 데서 접했겠지만 그 부분에 대해서는 함구할 작정이었다. 어쩌면 나는 글을 읽을 줄 모르는 척해야 할지 몰랐다.

"자네를 계속 손님이라고 부를 수는 없을 테고. 이름이 뭔가?"

"찰리요."

나는 그가 성도 물을지 모른다고 생각했지만 그건 아니었다.

"찰리? *찰리.*"

그는 내 이름을 음미했다.

"그런 이름도 처음 들어보는데."

그는 이국적인 이름(내가 살던 곳에서는 발에 차일 정도로 흔한 이름이건만)에 대한 설명이 이어지길 기다렸지만 내가 아무 말도 하지 않자 나에게 어디 출신이냐고 물었다.

"자네 억양이 특이해서 말이지."

"울룸이요."

"아! 그 멀리서? 그렇게나 멀리서 왔단 말이지?"

"거기가 그렇게 먼 곳이군요."

그가 미간을 찌푸리자 나는 2가지 사실을 깨달았다. 하나는 알고 보니 그의 안색이 전처럼 창백하다는 것이었다. 뺨과 입술에 혈색이 돌았던 것은 화장 덕분이었다. 다른 하나는 그를 보고 떠올렸던 인물이 도널드 서덜랜드라는 것이었다. 「M*A*S*H」에서부터 「헝거 게임」에 이르기까지 TCM에서 점점 근사하게 나이를 먹어 가던 배우. 그리고 하나 더. 희미하기는 해도 파란색 오라가 여전했다. 양쪽 콧구멍 깊숙한 데서 가늘고 투명한 기운이 소용돌이치며 피어올랐고, 양쪽 눈 밑에서도 보일락 말락 하게 간질거렸다.

"울룸에서는 상대방을 빤히 쳐다보는 것이 예의 바른 행동으로 간주되나, 찰리? 심지어 존경의 표시인가? 궁금한데."

"죄송합니다."

나는 말하고 잔을 마저 비웠다. 잔 밑바닥에 얇게 설탕이 깔려 있었다. 꾀죄죄한 손가락으로 싹싹 긁어서 먹고 싶었지만 참았다.

"모든 게 낯설어서요. 제 앞에 앉아 계신 분도 그렇고요."

"그렇겠지, 그렇겠지. 차 좀 더 들겠나? 마음껏 마시게, 설탕도 아끼지 말고. 나는 설탕도 넣지 않지만 보아하니 자네는 더 먹고 싶은 눈치로군. 나는 눈치가 빨라. 슬픈 일을 겪고 난 뒤 눈치를 습득하게 되는 경우도 있지."

찻주전자를 언제 가져다 놓았는지 몰라도 아직까지 차가 뜨끈뜨끈하고 김이 모락모락 났다. 이것도 마법일지 몰랐다. 상관없었다. 마법이라면 지긋지긋했다. 내 개와 함께 집으로 돌아가고 싶을 따름이었다. 하지만…… 인어가 마음에 걸렸다. 그건 잘못된 일이었다. 그리고 가증스러운 일이었다. 아름다운 것을 파괴하는 행위는 모두 그랬다.

"울룸을 떠난 이유가 뭔가, 찰리?"

질문 안에는 덫이 있었다. 나는 헤이미 덕분에 그 덫을 피할 수 있을 것 같았다.

"죽고 싶지 않아서요."

"아하."

"독살을 모면했어요."

"아주 현명하게 처신했군그래. 여기로 온 건 어리석은 선택이었지만. 안 그런가?"

"거의 빠져나갈 수 있었어요."

나는 대답하고 아빠가 입버릇처럼 했던 말을 떠올렸다. *크게 실패하나 작게 실패하나 실패는 마찬가지지.* 켈린의 모든 질문이 지뢰처럼 느껴졌다. 제대로 피하지 못하면 끝장이었다.

"'독살을 모면한' 사람들이 얼마나 되지? 그리고 그들이 모두 온전한 인간들인가?"

나는 어깨를 으쓱했다. 켈린은 미간을 찌푸리며 들고 있던 잔(차를 거의 마시지도 않았다)을 탁 내려놓았다.

"내 앞에서 건방지게 굴지 마, 찰리. 그건 현명한 태도가 되지 못해."

"얼마나 되는지 몰라요."

나는 회색으로 변하고 목소리를 잃고 장기가 녹고 기도가 막혀서 죽는 사람이 아니라는 것 말고는 온전한 인간에 대해서 아는 것이 없었으니 이것이 가장 안전한 대답이었다. 젠장, 그것조차도 내가 제대로 알고 있는 건지 알 수 없었다.

"내가 모시는 플라이트 킬러 님이 32번째 때문에 마음이 급하시거든. 그분은 아주 현명하지만 그 점에 있어서는 조금 어린애 같은 구석이 있어서."

켈린은 손가락을 하나 들어 보였다. 손톱이 길고 포악해 보였다.

"문제는 뭔가 하면 내가 31번을 찾았다는 걸 그분은 아직 모른다는 거야. 그 말인즉 내가 마음만 먹으면 얼마든지 너를 처단할 수 있다는 거지. 그러니까 내가 묻는 말에 신중을 기해서 정직하게 대답해 주기 바란다."

나는 주눅이 든 것처럼 보이길 바라며 고개를 끄덕였다. 실제로도 주눅이 들었기 때문에 신중에 신중을 기해야겠다는 생각이 들었다. 이 괴물이 묻는 말에 정직하게 대답할 생각은…… 없었지만.

"막판에는 정말 혼란스러웠어요."

나는 존스타운의 집단 음독 사건(짐 존스가 창시한 인민사원이라는 사이비 종교 단체가 집단으로 음독 자살한 사건을 말한다 ― 옮긴이)을 떠올리며 울룸에서 벌어졌던 일도 그와 비슷했길 바랐다. 섬뜩하게 들릴지 몰라도 나는 환하게 불을 밝힌 그 쾌적한 거실에서 여차하면 목숨이 날아갈 수도 있다는 걸 알았다. 사실상 확신했다.

"그랬겠지. 기도로 그 회색 병을 없애려고 했는데 소용이 없으니까…… 왜 웃고 있지? 내 말이 우스운가?"

내가 사는 세상에도 기도로 동성애를 없앨 수 있다고 생각하는 근본주의 기독교인들이 있다는(아마 울룸보다 훨씬 숫자가 많을 것이다) 얘기를 할 수는 없었다.

"바보 같은 짓이었으니까요. 저는 바보 같은 짓을 보면 우스워요."

그가 내 말을 듣고 씩 웃자 이빨 사이에 숨어 있던 파란색 불덩이가 드러났다. *이빨 한번 큼지막하네, 켈린 씨.*

"냉정하군. 냉정한 성격인가? 두고 보면 알겠지만."

아무 대꾸도 하지 않았다.

"그러니까 그들이 벨라도나(자주색 꽃이 피고 까만 열매가 열리는 독초—옮긴이) 칵테일을 입 안으로 털어 넣기 전에 거기서 탈출했다?"

그는 칵테일이라고 하지 않았지만…… 내 머리가 뉘앙스를 간파하고 알맞은 단어로 대체했다.

"네."

"개랑 같이."

"두고 가면 그들 손에 죽임을 당할 테니까요."

나는 대답하고, 켈린이 이렇게 받아치지 않을지 조마조마한 마음을 달랬다. 너는 울룸 출신이 아니야. 거기에서는 개가 살지 않아. 전부 닥치는 대로 지어낸 거짓말이지?

하지만 그는 고개를 끄덕였다.

"그래, 그랬겠지. 그들이 말, 소, 양까지 죽였다고 들었다."

켈린은 생각에 잠긴 표정으로 자기 찻잔을 내려다보다가 고개를 획 들었다. 눈이 선명한 파란색으로 변했다. 그 눈에서 쭈글쭈글한 뺨 위로 번개 모양의 눈물이 흘러나오다 도중에 증발했고, 순간 그의 살갗 아래에서 어른거리는 뼈가 언뜻 보였다.

"여기로 온 이유가 뭐지? 여기 이 릴리로 온 이유가. 솔직하게 대답하지 않으면 그 염병할 목에 달린 그 염병할 머리를 비틀어 버릴 테다! 너는 이 방 안으로 들어온 걸 후회하고 그 문을 똑바로 쳐다보며 죽게 될 거야!"

머리가 다만 얼마 동안이라도 제자리에 좀 더 붙어 있었으면 하는 것이 솔직한 나의 바람이었다.

"개가 많이 늙었는데 어떤 동그란 돌 위에 올려놓으면……."

나는 손가락으로 허공에 원을 그렸다.

"다시 젊어진다고 해서요."

"그런데 정말 효과가 있었다?"

켈린은 효과가 있었다는 걸 알았다. 그가 그 깜찍한 트램을 몰고 밤의 병사들의 행렬을 가르느라 레이더가 도망치는 걸 직접 보지 못했다 하더라도 다른 목격자가 있었다.

"네."

"운이 좋았군. 해시계는 위험한데. 그 연못에 사는 엘사를 죽이면 효력이 사라질 줄 알았더니 오래된 마법은 고집이 세단 말이지."

엘사. 인어공주의 이름이 이 세계에서는 엘사라는 뜻이었다.

"회색 인간들을 몇 명 보내서 망치로 부수면 되는데, 플라이트 킬러한테서 아직 승인이 떨어지지 않았단 말이지. 페트라가 옆에서 속닥거리고 있는 게 분명해. 그 해시계를 좋아하거든. 마법이 어떤 역할을 하는지 아나?"

나는 어디 한두 가지겠느냐는 생각이 들었지만(예를 들면 나처럼 기구한 순례자를 다른 세상으로 건너가게도 하고) 고개를 저었다.

"마법은 사람들에게 희망을 심어 주는데, 희망은 위험한 것이거든. 그렇지 않나?"

나는 희망은 날개가 달린 것이라고 대답할까 하다가 그건 나만 알고 있기로 했다.

"저는 잘 모르겠어요."

그가 미소를 짓자 턱뼈가 입술 아래에서 아주 잠깐 무방비 상태로 어른거렸다.

"하지만 *나는* 알아. 알다마다. 너희 그 따한 지역의 주민들이 기도로는 회색 병을 없애지 못했을 때 음독하고 동물들마저 독살한 이유가 저세상에서는 행복하게 살 수 있다는 희망이 아니면 뭐였겠나? 하지만 너는 세속적인 희망이 있었기에 도망쳤지. 그러다 너 같은 인간들에게 희망이라고는 전혀 찾을 수 없는 이곳으로 오게 됐다만. 지금은 그렇다는 걸 못 믿더라도 믿게 될 거야. 해나의 옆은 무슨 수로 무사히 통과했지?"

"기회가 보일 때까지 기다렸어요."

"냉정할 뿐 아니라 용감하기까지! 맙소사!"

그가 앞으로 몸을 숙이자 나는 그의 체취를 느낄 수 있었다. 오래된 썩은 내였다.

"오로지 개를 살리기 위해 감히 릴리마르를 찾은 건 아니겠지?"

그는 기다란 손톱을 드러내며 한쪽 손을 들었다.

"솔직히 말해라. 내 손에 목이 날아가기 싫으면."

나는 불쑥 내뱉었다.

"금이요."

켈린은 됐다는 듯이 손을 흔들었다.

"릴리의 온 사방에 굴러다니는 게 금인걸. 해나가 앉아서 방귀를 뀌고 조는 왕좌만 해도 그렇고."

"하지만 왕좌를 들고 갈 수는 없잖아요. 아닌가요?"

이 말에 그는 웃음을 터뜨렸다. 마른 뼈가 덜거덕거리는 것처럼 흉측한 소리였다. 그는 갑자기 웃음을 터뜨렸던 것처럼 갑자기 뚝 그쳤다.

"제가…… 헛소문일 수도 있지만…… 조그만 황금 알갱이가 있다는 얘기를 들었거든요……."

"금고에, 맞아. 그런데 그걸 직접 본 적은 없다?"

"네."

"경기를 보러 왔을 때 유리창 너머로 넋 놓고 쳐다본 적도 없고?"

"네."

나는 그가 무슨 말을 하는 건지 제대로 알지 못했기 때문에 조심스럽게 반응을 보여야 했다. 이것이 함정일 수도 있었다.

"어둠의 우물은? 울룸에서도 사람들이 그 우물 얘기를 하나?"

"음…… 네."

나는 진땀을 흘리고 있었다. 심문이 이런 식으로 계속되면 지뢰를 피할 길이 없었다. 알 수 있었다.

"그런데 너는 해시계까지 갔다가 그냥 다시 왔어. 왜 그랬지?"

"해가 떨어지기 전에 여기서 빠져나가고 싶었어요."

나는 허리를 꼿꼿하게 펴고 애써 반항적인 표정과 말투를 동원했다.

"거의 성공할 뻔했는데."

그는 다시 미소를 지었다. 허상과도 같은 살갗 아래에서 그의 해골이 씩 웃었다. 그도, 그리고 다른 병사들도 예전에는 인간이었을까? 아마 그랬을 것이다.

"그 단어에서는 고통이 느껴지지 않니? *거의*라는 단어에는 항상 고통이 따르지."

그는 끔찍하리만치 긴 손톱으로 화장한 자기 입술을 톡톡 두드리며 나를 유심히 관찰했다.

"나는 네가 마음에 들지 않는다, 찰리. 네 말을 믿지도 않고. 전혀, 한 마디도. 마음 같아서는 널 벨츠로 보내고 싶지만 플라이트 킬러가 허락하지 않을 거야. 32명을 얼른 채우고 싶어 하는데, 네가 말린에 있으면 이제 한 명만 더 있으면 되거든. 그러니까 말린으로 돌아가라."

그가 언성을 높여서 비정상적으로 크게 소리를 지르자 나는 귀를 막고 싶어졌다. 순간 빨간색 벨벳 스모킹 재킷이라는 허울 위로 드러난 해골이 파란 불길에 휩싸였다.

"애애런!"

문이 열렸고 애런이 다시 들어왔다.

"네, 사령관님."

"이 아이를 다시 데려가되 가는 길에 벨츠를 보여 줘라. 그 이름이 얼른 잊혀야 할 잰 왕이 다스렸던 이 왕궁에 말린보다 더 처참한 곳이 있다는 걸 알 수 있게. 그리고 찰리야?"

"네?"

"여기서 보낸 시간이 즐거웠길 바란다. 설탕을 넣은 차도."

이번에는 허상과도 같은 얼굴이 실체인 해골과 함께 씩 웃었다.

"다시는 그런 대접을 받지 못할 테니까. 너는 네가 똑똑한 줄 알지만 나는 네 속이 훤히 들여다보이거든. 너는 네가 단단한 줄 알겠지만 무너질 거다. 이 아이를 데려가도록."

애런은 회초리 막대를 들었지만 사람을 무기력하게 만드는 오라가 내 몸에 닿지 않게 옆으로 비켜섰다. 내가 문 앞까지 걸어가 이 끔찍한 공간에서의 탈출을 목전에 두고 있었을 때 켈린이 말했다.

"아 이런, 하마터면 깜빡할 뻔했네. 다시 이리 와 봐라, 찰리."

나는 일요일 오후에 아버지와 함께 「형사 콜롬보」 재방송을 수도 없기 봤기 때문에 "마지막으로 하나만 더 묻겠습니다." 수법을 알 만큼 알았지만 그래도 심장이 철렁했다.

나는 아까 그 자리로 돌아가 앉았던 의자 옆에 섰다. 켈린이 티 테이블에 달린 조그만 서랍에서 뭔가를 꺼냈다. 지갑인데…… *내* 지갑은 아니었다. 내 것은 14살 생일 때 아빠에게 선물 받은 코도반 가죽의 로드 벅스턴이었다. 이건 흐물흐물하고 여기저기가 긁힌 검은색이었다.

"이게 뭐지? 궁금해서 말이다."

"저도 모르겠는데요."

하지만 놀랐던 마음이 가라앉자 뭔지 알겠다는 생각이 들었다. 도라가 가죽 신발 모양의 교환권을 건네며 리아의 집에 갈 때 배낭을 두고 가라고 손짓했던 것이 기억났다. 그때 나는 기계적으로 배낭을 열고 지갑을 뒷주머니에 넣었다. 신경을 쓰지도 않았고 시선을 두지도 않았다. 레이더만 쳐다보며 도라에게 맡기고 가도 될지만 고민했다. 그렇게 해서 지금까지 크리스토퍼 폴리의 지갑을 들고 다니게된 것이었다.

"길을 가다가 보이길래 주웠어요. 돈이 될까 싶어서 주머니에 넣고는 잊어버렸어요."

그는 지갑을 열고 그 안에 딱 한 장 들어 있던 10달러짜리 지폐를 꺼냈다.

"이게 돈일 수도 있겠는데, 이런 돈은 본 적이 없단 말이지."

알렉산더 해밀턴(미국의 초대 재무장관으로 10달러짜리 지폐 모델이다―옮긴이)은 엠피스 주민을 넘어 심지어 왕족처럼 보일 수도 있었을지 모르지만, 지폐에 말이 되는 단어는 하나도 없고 눈이 아플 정도로 한데 뒤엉킨 글자들뿐이었다. 그리고 한쪽 구석에 숫자 10 대

신 이런 기호가 있었다. ㄴ ㄱ

"이게 뭔지 아니?"

나는 고개를 저었다. 지폐에 적힌 단어와 숫자가 영어로도 엠피스어로도 전환이 될 수 없었는지 의미 없는 언어로 바뀌어 버렸다.

켈린이 이번에는 만료가 된 폴리의 운전 면허증을 꺼냈다. 그의 이름은 해독이 가능했지만 그 나머지는 뭔지 알 수 있는 글자가 간간이 섞인 룬 문자였다.

"이 폴리라는 자는 누구고 이 그림은 뭐지? 이런 그림은 본 적이 없는데."

"저도 몰라요."

내가 아는 게 한 가지 있었다. 더 빨리 뛰려고 배낭을 벗어 던진 게 천운이었다는 것이었다. 내 지갑과 휴대전화뿐 아니라(그가 휴대전화를 보았다면 얼마나 정체를 궁금해했을까) 클로디아가 받아 적으라고 한 지시 사항까지 그 안에 들어 있었다. 그 쪽지에 내가 적은 글씨도 10달러짜리 지폐나 폴리의 운전면허증처럼 뭔지 모를 룬 문자로 바뀌었을 것 같지는 않았다. 엠피스어로 바뀌었을 것이다.

"네 말 못 믿겠다, 찰리."

"진짜예요. 길가 도랑에서 주웠어요."

나는 쉰 목소리로 꺽꺽거렸다.

"그럼 이건?"

그가 이번에는 내 지저분한 운동화를 가리켰다.

"그것도 길가에서 주웠니? 도랑에서?"

"네. 저거랑 같이요."

나는 지갑을 가리키고, 그가 이번에는 보디치 씨의 리볼버를 꺼낼까 봐 조마조마한 마음을 달랬다. *그럼 이건 뭐냐, 찰리? 성문 밖의 우거진 풀밭 속에서 주웠는데.* 나는 그럴 거라고 거의 확신했다.

하지만 아니었다. 켈린은 모자에서 토끼를 꺼내는 마술사처럼 총을 내미는 대신 거실 맞은편으로 지갑을 집어 던졌다.

"데리고 나가!"

그가 애런을 향해 비명을 질렀다.

"더러운 놈! 내 카펫, 의자, 심지어 저놈이 썼던 잔까지 저놈의 땟국이 묻었어! *저 추잡한 거짓말쟁이를 내 집에서 끌고 나가!*"

나는 그 방에서 나올 수 있어서 이보다 더 기쁠 수가 없었다.

21장.

벨츠. 융그. 회색의 흔적조차 없는.
지하 감옥에서 보낸 날들.

1

애런은 왔던 길을 되짚어간 것이 아니라 뒤에서 가끔 막대로 나를 두드려 가며 다른 계단을 3개 내려가게 했다. 우리로 내몰리는 소가 된 느낌이라 불쾌하고 굴욕적이었지만 도살장으로 내몰리는 느낌은 아니라 그나마 다행이었다. 나는 이러니저러니 해도 31번이었기 때문에 쓸모가 있었다. 이유는 모르겠지만 어떤 생각 하나가 스멀스멀 고개를 들기 시작했다. 31은 1과 자기 자신으로만 나누어지는 소수였다. 하지만 32는…… 아주 작은 숫자로 나눌 수 있었다.

걸어가는 동안 문을 여러 개 지났다. 대부분 닫혀 있었고 빼꼼 아니면 활짝 열려 있는 문도 몇 개 있었다. 안에서 사람 소리는 들리지 않았다. 내가 그곳을 걸어가며 느낀 분위기는 방치와 쇠퇴였다. 밤의 병사들이 있긴 하지만 왕궁 안에 수가 많지 않을 듯한 예감이 들었다. 목적지가 어디인지는 알 수 없었지만 마침내 기계가 요란하게 덜커덩거리는 소리와 북이 심장 박동처럼 일정하게 쿵쿵거리는 소리가 들렸다. 그 무렵 나는 거기가 딥 말린보다 더 깊숙한 지하라는 것을 확신할 수 있었다. 벽에 달린 가스등의 간격이 점점 더 넓어졌고 대다수가 깜빡거렸다. 세 번째 계단의 끝에 다다랐을 때는 북소리가 귀청을 때렸고 기계 소리는 그보다 더 요란했고, 애런의 몸에서 나는 파란색 오라 말고는 빛이 거의 없다시피 했다. 나는 계단 발치에 달린 문을 세게 두드릴 준비를 하며 주먹을 들었다. 그 지긋지긋한 막대로 다시 얻어맞고 싶은 생각은 없었다.

애런이 특유의 벌레 같은 이상한 목소리로 말했다.

"아냐. 아냐. 그냥 열면 돼."

쇠 빗장을 풀고 문을 밀어서 열자 소음과 열기의 장막이 나를 덮쳤다. 애런이 들어가라고 쿡쿡 찔렀다. 얼굴과 팔에서 거의 곧바로 땀이 스며 나왔다. 허리까지 오는 철제 난간이 나를 에워쌌다. 발아래로 보이는 동그란 공간은 지옥의 헬스클럽이었다. 못해도 20명은 되어 보이는 회색 남자와 여자들이 각자 목에 올가미를 걸고 러닝머신 위에서 빠르게 걷고 있었다. 밤의 병사 3명이 회초리 막대를 들고 돌벽에 느긋하게 기대고서 지켜보고 있었다. 또 다른 한 명은 지휘대 같은 데 서서 콩가 드럼처럼 생긴 길쭉한 원통 모양의 나무를 두드리고 있었다. 북 위에는 피를 흘리는 제왕나비가 그려져 있었는데, 내가 보기에는 오류였다. 나비가 피를 흘린다는 얘기는 금시초문이다. 바로 맞은편, 러닝머신 너머에서 팬벨트와 피스톤이 잔뜩 달린 기계가 덜커덩거리며 돌아가고 있었다. 그 기세에 받침대가 흔들렸다. 자동차 정비소에서 수리하려는 차량의 보닛을 열고 들여다볼 때 쓰는 것처럼 생긴 전등이 그 위에 한 대 달려 있었다.

이런 광경을 맞닥뜨리자 내가 좋아했던 TCM 영화 「벤허」의 전투선이 생각났다. 러닝머신 위에서 걷는 남자와 여자들은 전투선에서 노를 젓는 노예였다. 내 눈앞에서 한 여자가 비틀거렸다가 밧줄이 목을 파고들자 그걸 잡아당기며 어찌어찌 다시 잰걸음을 옮기기 시작했다. 그녀를 지켜보던 밤의 병사 둘이 서로 쳐다보며 웃음을 터뜨렸다.

"저 아래 내려가고 싶지는 않겠지, 꼬맹아?"

애런이 뒤에서 물었다.

"네."

달리기에 가까운 속도로 걷고 있는 죄수들과 여자가 발을 헛디뎌 목이 졸리자 웃음을 터뜨린 해골 인간들, 둘 중 어느 쪽이 더 끔찍한지 나로서는 알 수가 없었다.

저 러닝머신으로부터 동력을 공급받아 덜커덩덜커덩 돌아가는 발전기가 전력을 어느 정도 만들어 낼 수 있는지 궁금해졌다. 많지는 않을 것이었다. 사령관이 사는 집에서는 전기가 쓰였지만 다른 데서는 본 적이 없었다. 오로지 가스등뿐이었고 그마저도 상태가 별로 좋지 않았다.

"얼마나 저렇게 걸어야……."

"12시간 교대다."

그는 *시간*이라고 말하지 않았지만 머릿속에서 자동적으로 번역이 이루어졌다. 나는 엠피스어로 듣고 엠피스어로 말하는 중이었고 양쪽 모두 점점 실력이 늘고 있었다. *대박*에 해당하는 비속어는 아직 쓰지 못했지만 결국에는 가능하게 될지 몰랐다.

"목이 졸려서 죽을 때까지. 그런 사태가 벌어지는 경우에 대비해서 몇 명을 대기시켜 놓고 있지. 가자, 꼬맹아. 볼 만큼 봤으니 이제

가야지."

나는 나갈 수 있어서 기뻤다. 진심이다. 하지만 몸을 돌리기 전에, 비틀거렸던 여자가 나를 올려다보았다. 머리칼은 땀에 절어서 떡이 졌다. 얼굴은 울퉁불퉁하게 뭉친 회색 살덩이였지만 남아 있는 이목구비에서 절망의 표정을 읽을 수 있었다.

그 표정을 보고 난자당한 인어를 봤을 때만큼 화가 났을까? 잘은 모르겠다. 양쪽 모두 화가 치밀었다. 멀쩡했던 땅이 오염됐고 그 결과 이렇게 됐다. 온전한 인간들은 지하 감옥에 갇혔고 전염된 사람들은 목에 올가미를 걸고 러닝머신 위에서 뛰어야 했다. 사령관과 운이 좋은 소수에게 전력을 공급하기 위해. 그 소수 중 한 명은 플라이트 킬러라는 우두머리일 것이었다.

애런이 말했다.

"너는 온전한 인간인 게 다행인 줄 알아. 적어도 지금 당장은. 나중에는 후회가 될지 모르겠지만."

그는 자기 말을 강조하는 차원에서 막대로 내 목덜미를 후려쳐 아물고 있던 상처를 다시 벌려 놓았다.

2

누군가가, 아마도 감독관 겸 간수인 퍼시겠지만, 나와 헤이미가 같이 쓰는 감방에 더러운 담요를 던져 놓았다. 나는 담요를 흔들어 이를 제법 여러 마리 털어 내고 그 위에 앉았다. 헤이미는 누워서 천장을 물끄러미 쳐다보고 있었다. 이마에 긁힌 자국이, 코 아래에는 피딱지가 있었고, 무릎이 양쪽 다 까졌다. 한 상처에서 왼쪽 정강이 위로 피가 줄줄 흘렀다.

"몸이 왜 그래요?"

내가 물었다.

"플레이타임 때문에."

그가 멍하니 말했다.

"그 친구는 요령이 없거든."

옆방에서 프레미가 말했다. 그는 눈에 멍이 들었다.

"있어 본 적이 없지."

스툭스가 말했다. 그는 관자놀이에 멍이 들었지만 그것 말고는 멀쩡해 보였다.

아이가 우리 맞은편에서 외쳤다.

"둘 다 입 닥쳐! 저 친구를 뽑으면 그때 가서 잡아먹고, 그전에는 건드리지 마."

프레미와 스툭스는 잠잠해졌다. 아이는 감방 벽에 등을 기대고 앉아서 뚱한 표정으로 자기 무릎 사이 바닥을 내려다보았다. 그는 한쪽 눈 위에 홈이 파였다. 다른 감방에서 신음 소리와 가끔 나지막이 끙끙대며 앓는 소리가 들렸다. 여자들 중에서 한 명은 조용히 울고 있었다.

문이 열렸고 퍼시가 한쪽 구부린 팔에 매단 양동이를 흔들며 들어왔다. 그는 잠깐 걸음을 멈추고 벽에서 떨어져 나온 가스등을 보았다. 양동이를 내려놓고 울퉁불퉁한 구멍 안으로 가스등을 다시 넣었다. 이번에는 가스등이 그 자리에 가만히 있었다. 그는 작업복 주머니에서 성냥을 꺼내 돌덩이에 대고 그어서 가스등의 조그만 놋쇠 꼭지에 갖다 댔다. 화르륵 불이 붙었다. 프레미가 뭐라고 한마디 할 줄 알았더니 지금은 그 잘난 인간이 재미난 말을 할 기분이 아닌 모양이었다.

"융그."

퍼시가 입이었던 자리에 생긴 눈물 모양의 구멍 사이로 말했다.

"융그. 융그 휘요안 샤얌?"

"나 좀 줘."

아이가 말했다. 퍼시가 양동이에 담아 가지고 온, 조그맣고 납작하고 동그란 케이스를 그에게 주었다.

"그리고 신입한테도 좀 줘. 걔가 안 쓰면 식충이가 쓰면 되니까."

"연고예요?"

내가 물었다.

"씨부럴, 그게 아니면 뭐겠냐?"

아이오타는 널찍한 뒷덜미에 연고를 펴서 바르기 시작했다.

"슌."

퍼시가 내게 말했다.

"슌. 시니."

신입에게 손 내밀라고 하는 말인 것 같길래 나는 철창 사이로 손을 내밀었다. 그가 5센트짜리 동전 크기의 나무 케이스를 하나 내 손에 떨어뜨렸다.

"고마워요, 퍼시."

나는 말했다.

그는 나를 돌아보았다. 놀란 표정을 짓고 있는 것 같았다. 전에는, 적어도 딥 말린에서는 고맙다는 인사를 들어 본 적 없는 모양이었다.

나무 케이스 안에는 냄새 고약한 뭔가가 두툼하게 덜어져 있었다.

나는 헤이미 옆에 쭈그리고 앉아 어디가 아프냐고 물었다.

"전부 다."

그는 말하고 웃어 보이려고 했다.

"어기다 제일 아픈데요?"

그동안 퍼시는 양동이를 돌고 감방 사이 통로를 걸으며 계속 "융 그 휘요안 샤얌?"이라고 웅얼거렸다.

"무릎. 어깨. 배 속이 제일 아프지만 거긴 아무 연고도 소용이 없을 테니까."

내가 까진 무릎에 연고를 발라 주자 그는 헉 소리를 냈지만 무릎 뒤편과 어깨에 발라 줬을 때는 안도의 한숨을 내쉬었다. 나는 미식 축구 시즌에 경기 후 마사지를 받아 봤기 때문에(그리고 해 줘 봤기 때문에) 어디를 공략해야 하는지 알았다.

그가 말했다.

"시원하네. 고맙다."

그는 더럽지 않았다. 적어도 나만큼 더럽지는 않았다. 켈린이 뭐라고 비명을 질렀는지 떠올리지 않을 수가 없었다. *저 추잡한 거짓 말쟁이를 내 집에서 끌고 나가!* 내가 추잡하기는 했다. 엠피스에서 보낸 시간이 워낙 파란만장하기도 했고 묘지 진흙탕 위에 대자로 넘어졌는가 하면 좀 전에 사우나처럼 후끈후끈한 벨츠까지 다녀오지 않았던가.

"여기 샤워실은 없겠죠?"

"없지, 없지. 예전에는 실제 경기가 벌어지는 클럽하우스에서 수돗물을 쓸 수 있었지만 지금은 양동이 찬물뿐이긴 해도…… 으악!"

"죄송해요. 뒷목 여기가 뭉쳤어요."

"다음 번 플레이타임(우리끼리는 그 시간을 그렇게 부르지)이 끝난 다음에 대충 씻을 수 있지만 당분간은 그걸로 버텨야 해."

"아저씨 상태와 다른 사람들 하는 얘기를 들어보니까 플레이를 터프하게들 하시나 봐요. 심지어 아이마저 다친 걸 보면."

"두고 보면 알 거다."

스툭스가 말했다.

"하지만 마음에 들지는 않을 거야."

프레미가 덧붙였다.

통로 저 끝에서 누군가가 기침을 하기 시작했다.

"입 가리고 해!"

한 여자가 외쳤다.

"너한테 그 병 옮고 싶은 사람 없거든, 도미!"

기침 소리는 계속됐다.

3

잠시 후에 퍼시가 덜 익은 닭고기를 카트 가득 담고 와서 감방 안으로 던져 주었다. 나는 내 몫과 헤이미 몫의 절반을 먹었다. 맞은편에서 아이가 똥통에 뼈를 버리며 고함을 질렀다.

"입 다물어, 너희들! 잠 좀 자자!"

그의 칙령에도 불구하고 감방과 감방 사이에서 식후 수다가 좀 더 이어지다가 웅얼거리는 소리로 잦아들었다가 마침내 끊겼다. 그러니까 닭고기가 저녁이었고 지금이 밤인 모양이었다. 맞는지 확인할 방법은 없었다. 철창이 박힌 창문으로는 칠흑 같은 어둠 말고는 아무엇도 보이지 않았다. 우리는 어떨 때는 스테이크, 어떨 때는 닭고기, 어쩌다 한 번씩은 가시가 많은 생선을 먹었다. 항상은 아니지만 대개 당근이 곁들여졌다. 디저트는 없었다. 그러니까 퍼시가 철창 사이로 던져 줄 수 있는 것만 주어졌다. 고기는 지하 감옥 하면 떠오르는 구더기 득시글한 찌꺼기가 아니라 상태가 훌륭했고 당근도 아삭아삭했다. 저들은 우리가 건강하길 바랐고 우리는 모두 건강했지만, 도미는 폐에 문제가 있었고 헤이미는 뭐든 먹으면 배가 아프다며 잘 먹지 않으려고 했다.

아침이건 낮이건 밤이건 가스등이 이글거렸지만 워낙 몇 개 없었기 때문에 딥 말린은 시간 감각을 없애고 인간을 우울하게 만드는 어스름 비슷한 것으로 항상 덮여 있었다. 거기 들어갔을 때 시간 감각이 있었다 한들(없었다) 하루나 하루 반나절 만에 잃어버렸을 것이다.

애런의 막대에 맞은 곳들이 따끔거리고 욱신거렸다. 마지막 남은 연고를 발랐더니 조금 괜찮아졌다. 얼굴과 목을 문질렀다. 흙이 덩어리로 떨어져 나왔다. 나는 어느 순간에 잠이 들었고 레이더 꿈을 꿨다. 젊고 튼튼해진 녀석이 주황색과 검은색 나비 떼 안에서 깡충깡충 뛰어다녔다. 내가 몇 시간 동안 잠을 자는지 모르겠지만 눈을 떠보니 줄줄이 이어지는 감방들은 여전히 고요했고, 누가 코를 고는 소리, 어쩌다 한 번씩 방귀를 뀌는 소리, 도미가 기침하는 소리가 전부였다. 나는 일어나 양철 컵 바닥에 뚫린 구멍을 손가락으로 조심스럽게 막고 양동이의 물을 떠서 마셨다. 담요를 깔아 놓은 곳으로 돌아가 보니 헤이미가 나를 빤히 쳐다보고 있었다. 눈 아래의 불룩한 다크서클이 꼭 멍 같았다.

"나 보오해 주지 않아도 돼. 그 부탁 취소할게. 나는 무슨 수를 써도 그 신세를 피하지 못할 거야. 그냥 플레이타임 때도 무슨 부대 자루인 것처럼 이리저리 굴려지는데 페어 원 때는 어떻겠니?"

"글쎄요."

나는 그에게 페어 원이 뭐냐고 물어볼까 했지만 종합격투기 같은 유혈 스포츠 토너먼트가 아닐까 싶었다. 나도 이미 깨달았다시피 32는 아주 작은 수로 나눌 수 있는 숫자였다. 그리고 '플레이타임'은? 연습 시간이었다. 메인 이벤트를 준비하는 시간. 나는 그보다 더 궁금한 다른 게 있었다.

"제가 릴리마르로 오는 길에 만난 남자애랑 아저씨가 있었거든요. 둘 다 회색 인간이었어요."

"대부분이 그렇지. 어둠의 우물에서 플라이트 킬러가 돌아온 이후에는."

그는 씁쓸한 미소를 지었다.

그 한 문장을 설명하는 데 필요한 뒷이야기가 한 트럭이었고 나는 그게 궁금했지만 지금 당장은 목발을 짚고 뛰면서 왔던 회색 남자에 집중해야 했다.

"시프런트에서 오는 길이라고 했는데……."

"그런데?"

헤이미는 별로 관심 없는 투로 속삭였다.

"그 아저씨가 저한테 한 얘기가 있어요. 맨 먼저 저를 보고 온전한 인간이라고 하더니……."

"온전한 인간 맞지. 너는 회색의 흔적조차 없잖아. 흙투성이긴 해도 회색은 아니지."

"그러더니 이렇게 말했어요. '그쪽 어머니는 누구 앞에서 궁둥이를 흔들었길래 얼굴이 멀쩡한 거야?' 그게 무슨 뜻인지 아시겠어요?"

헤이미는 일어나 앉아서 눈을 동그랗게 뜨고 나를 빤히 쳐다봤다.

"주황색 나비를 걸고 묻겠는데, 너 도대체 *어디* 출신이니?"

우리 맞은편에서 아이가 툴툴대며 몸을 돌렸다.

"그게 무슨 뜻인지 아세요, 모르세요?"

그는 한숨을 쉬었다.

"갤리언 집안은 옛날 옛적부터 엠피스를 다스렸어. 그건 알지?"

나는 얘기 계속하라는 뜻에서 손을 펄럭거렸다.

"수천 년 동안요."

또다시 내 머릿속에서 두 개의 언어가 거의 하나로 완벽하게 맞물리는 듯한 현상이 벌어졌다.

헤이미가 말했다.

"어떻게 보면 아직도 그들이 다스리고 있는 셈이야. 플라이트 킬러가…… 우물에서 나왔을 때 어떤 존재로 변신하지 않고 원래의 모습을 유지하고 있다면…… 하지만…… 씨부럴, 내가 무슨 얘기를 하고 있었지?"

"갤리언 집안이요."

"그 집안은 이제 사라졌지. 대가 끊겨서……. 아직 몇 명이 살아 있다고 말하는 사람들도 있지만……."

나는 몇 명이 아직 살아 있다는 걸 알았다. 그중 셋을 만난 적이 있으니까. 하지만 헤이미에게는 함구할 생각이었다.

"하지만 우리 아버지의 아버지가 아직 살아 계셨을 때, 그때는 갤리언 집안 사람들이 많았어. 남자건 여자건 얼마나 멋있었다고. 플라이트 킬러가 싹을 없앤 그 제왕나비들처럼."

나는 제왕나비도 완전히 없어지지는 않았다는 것을 알았지만 그
것도 헤이미에게는 함구할 생각이었다.

"그리고 그들은 음탕했지."

헤이미가 씩 웃자 그 초췌한 얼굴과 전혀 어울리지 않게 하얗고
건강한 이빨이 보였다.

"그게 무슨 뜻인지 알지?"

"네."

"남자들이 온 사방에 씨를 뿌리고 다녔거든. 여기 이 릴리마르나
시타델뿐만 아니라 시프런트…… 디스크…… 울룸…… 심지어 울
룸 너머의 그린 아일스까지 그랬댔어."

그는 음흉하게 웃었다.

"그리고 여자들도 문을 닫아걸고 즐기는 짜릿한 순간을 마다하지
않았다고 해. 음탕한 남자들, 음탕한 여자들. 일방적인 폭행은 거의
일어나지 않았어. 왕족이라면 기꺼이 몸을 내어 주는 평민들이 많으
니까. 그런 식으로 놀면 뭐가 생기는지 알지?"

"아이요."

"그렇지, 아이가 생기지. 우리를 회색 병으로부터 보오해 주는 것
이 그들의 피야. 어느 왕자나 대신이나 심지어 왕 본인이 우리 할머
니나 증조할머니나 심지어 엄마하고 동침했을지 누가 알겠니? 아
무튼 여기 나는 이렇게 회색 반점 하나 없어. 저 고릴라 같은 아이도
그렇고, 도미하고 블랙 톰도 반점 하나 없고…… 스툭스하고 프레
미…… 자야하고 에리스…… 더블…… 벌트…… 닥터 프리드……
기타 등등…… 그리고 *너*. 쥐뿔 아무것도 모르는 너. 나는 어떤 생각
이 드는가 하면……."

나는 소곤소곤 물었다.

"뭐요? 어떤 생각이 드는데요?"

"아니다."

그는 자리에 누워서 앙상한 팔로 멍든 것처럼 보이는 눈을 덮었다.

"그 흙을 씻기 전에 다시 한번 생각해 보는 게 좋을지도 몰라."

통로 저쪽에서 걸리라고 불리는 죄수가 고래고래 소리를 질렀다.

"*잠 좀 자자!*"

헤이미는 눈을 감았다.

4

나는 뜬눈으로 누워서 생각했다. 이른바 온전한 인간들이 회색 인간들과 분리돼 보호를 받고 있다는 발상이 처음에는 인종차별적으로 느껴졌다. 백인이 선천적으로 흑인보다 똑똑하다고 말하는 편협한 바보 천치의 발상처럼 말이다. 나는 앞에서도 이미 이야기했다시피 이른바 왕족이나 사령관이나 전력을 공급하기 위해 벨츠에서 땀을 흘리고 있는 그 불운한 인간들이나 다를 게 없다고 생각했다.

그런데 유전학적인 측면을 감안해야 하지 않겠는가. 엠피스 사람들은 유전학을 모를지 몰라도 나는 알았다. 열성 유전자를 퍼뜨리면 유감스러운 결과가 초래될 수도 있는데, 왕족들은 열성 유전자 퍼뜨리기 전문가였다. 혈우병이 그랬고, 합스부르크 턱이라고 불리는 안면 기형이 그랬다. 나는 다름 아닌 8학년 성교육 시간에 이런 것에 대해 배웠다. 기형을 유발하는 회색 병에 면역을 제공하는 유전자 코드가 있을 수도 있지 않을까?

일반적인 세상이라면 최고 책임자가 그런 사람들을 살리고 싶어 할 것이다. 이 세상에서는 최고 책임자(이름부터 안전하거나 안심할 수 있게 느껴지지 않는 플라이트 킬러였다)가 그들을 죽이고 싶어 했다. 그리고 회색 인간들도 아마 수명이 길지 않을 것이다. 저주인지 병인지 몰라도 진행성이었다. 결국에는 누가 남을까? 밤의 병사들이 남겠지만 또 누가 있을까? 플라이트 킬러는 보호를 받는 핵심 추종자들에게 에워싸여 있을까? 그렇다면 온전한 인간들은 숙청당하고 회색 인간들은 죽으면 그들이 누굴 다스리게 될까? 막판에는 어떻게 될까? 막판이라는 게 있기는 할까?

그리고 또 하나. 헤이미는 갤리언 집안이 옛날 옛적부터 엠피스를 다스렸지만 *대가 끊겼다*고 했다. 그래 놓고는 앞뒤가 안 맞는 말을 했다. *어떻게 보면 아직도 그들이 다스리고 있는 셈이야.* 그렇다면 플라이트 킬러가…? 갤리언 집안사람이라는 건가……? 왕족을 중심으로 전개되는 조지 R. R. 마틴의 『왕좌의 게임』에서처럼? 그건 아닌 것 같았다. 리아가 내게 말하길 (물론 백마를 통해서 전달하기는 했지만) 자기 언니 넷과 오빠 둘이 죽었다고 하지 않았던가. 그리고 왕과 왕비였을 자기 아버지와 엄마도. 그럼 누가 남을까? 『왕좌의 게임』의 존 스노우 같은 서자? 숲속 어딘가에서 지내는 정상이 아닌 은둔자?

나는 일어나 감방 창살 앞으로 갔다. 통로 저쪽에서 자야가 자기 감방 창살 앞에 서 있었다. 이마에 삐딱하게 붕대를 감고 있는데, 왼쪽 눈 위에서 피가 꽃처럼 피었다. 나는 조그맣게 물었다.

"괜찮아요?"

"응. 우리 얘기하면 안 돼, 찰리. 지금은 자는 시간이야."

"알아요. 하지만…… 회색 병이 언제 시작됐어요? 플라이트 킬러가 여길 다스리기 시작한 지 얼마나 됐어요?"

그녀는 곰곰이 생각하다가 한참 만에 말했다.

"모르겠어. 그 사태가 벌어졌을 때 나는 시타델에서 사는 어린애 였거든."

별로 도움이 되지 않았다. 어린애라는 게 6살일 수도, 12살일 수도 심지어 18살일 수도 있었다. 나는 이 회색 병이 시작되고 플라이트 킬러가 권력을 잡은 것이 12년이나 14년 전이지 않을까 생각하고 있었다. 보디치 씨가 한 말이 있기 때문이었다. *겁쟁이는 선물만 가 져다주고 그만이지만.* 마치 그런 사태가 벌어지는 걸 보고 친구들에 게 선물을 몇 개 하고 황금 알갱이를 잔뜩 챙기고서는 도망친 것 같 은 뉘앙스였다. 그리고 도라가 한 말도 있었다. 보디치 씨가 마지막 으로 왔을 때 레이더가 강아지나 다름없었다고 했던 것 말이다. 그 때부터 저주가 번지고 있었다. 어쩌면. 아마도. 엠피스에서의 1년이 내가 아는 1년과 동일한지조차 알 수는 없다는 것이 재미를 더하는 대목이긴 하지만.

"얼른 자, 찰리. 우리의 유일한 탈출구가 잠이야."

그녀는 몸을 돌리려고 했다.

"자야, 잠깐만요!"

맞은편에서 아이오타가 툴툴대고 콧방귀를 뀌더니 몸을 반대편으 로 돌렸다.

"그 사람 정체가 뭐였어요? 플라이트 킬러가 되기 전에 그 사람 정 체가 뭐였어요? 알아요?"

"엘든. 갤리언의 엘든."

나는 다시 담요로 돌아가 그 위에 누웠다. 엘든. 내가 아는 이름이었다. 백마 팔라다가 자기 여주인을 대변했을 때 리아에게 언니가 넷, 오빠가 둘 있었다고 했다. 리아는 로버트의 으스러진 시신을 보았다. 다른 오빠도 죽었다고 했지만 어떤 식으로 죽었는지, 그의 시신을 보았는지는 밝히지 않았다. 팔라다 말로는 그 오빠가 늘 잘해주었다고 했다. 사실 그건 리아가 한 말이었다.

그 다른 오빠가 엘든이었다.

5

사흘이 지났다. 퍼시가 설익은 고기가 담긴 카트를 밀며 9번 등장했기 때문에 사흘이라고 하는 거지만 그보다 더 지났을 수도 있었다. 딥 말린의 어둑어둑한 가스등 아래에서는 알 길이 없었다. 그동안 나는 엠피스의 몰락 또는 플라이트 킬러의 부흥 또는 저주의 도래라고 할 만한 역사의 퍼즐을 맞추는 데 주력했다. 아는 정보도 몇 개 되지 않았으니 부질없는 짓이었지만 조금이나마 시간을 때우기에는 좋았다. 그리고 빈약하긴 해도 아는 정보가 있다는 게 어딘가.

그중 하나: 보디치 씨는 *2개의 달이 뜬다*고 했지만 나는 달이 뜨는 걸 본 적이 없었다. 달 자체를 거의 본 적이 없었다. 그는 지구의 천문학자들은 본 적 없는 별자리도 있다고 했지만 별도 어쩌다 한 번씩 언뜻 본 게 전부였다. 해시계 근처에서 아주 잠깐 손바닥만 한 파란색을 본 것 말고는 구름 외에는 거의 본 게 없었다. 엠피스에서는 하늘이 귀했다. 적어도 지금으로서는 그랬다.

그리고 또 하나: 보디치 씨는 해나의 존재에 대해 언급한 적이 없었는데, 알았더라면 얘기를 했을 것이다. 나도 '구거르'를 만나러 가

기 전에는 그 거인의 이름을 들은 적이 없었다.

가장 흥미진진한 것은 *시사하는* 바가 가장 큰 세 번째 정보였다. 보디치 씨는 묻혀 있는 자원이 넘쳐나는(금은 그중 하나에 불과했다) 이 세상과 연결된 통로를 우리 세상 사람들이 알게 되면 어떤 사태가 벌어지겠느냐고 한 적이 있었다. 심장마비가 왔다는 것을 깨닫기 직전에 이렇게 말했다. *그들*(우리 세상에 사는 미래의 약탈자였다)*이 그곳에서 섬기는 무시무시한 신의 긴 잠을 깨우는 것을 두려워할까?*

녹음 테이프에 따르면 보디치 씨가 마지막으로 찾아왔을 때는, 아직 해나가 지금 자리를 차지하지 않았을지는 몰라도 엠피스는 상황이 이미 좋지 않았다. 사람들은 릴리마르를 버렸고 *특히 밤이면 아주 위험한 곳*이 되었다. 금을 좀 더 가지러 마지막으로 방문했을 때 개인적으로 겪은 일을 통해 그렇다는 걸 알았을까 아니면 믿음직한 정보원에게 들었을까? 들었다면 아마도 우디에게 들었을 것이다. 보디치 씨가 마지막으로 여길 찾은 목적은 금이었고 그때는 해나가 없었을 것이라는 생각이 들었다.

이 미덥지 못한 성냥개비 같은 토대 위에 나는 가설의 마천루를 쌓았다. 보디치 씨가 마지막으로 건너왔을 때 (이름이 아마도 잰이었을) 갤리언의 왕과 (이름을 알 수 없는) 왕비는 이미 폐위됐다. 7명의 아이들 중에 최소 5명이 죽임을 당했다. 리아는 클로디아 고모와 삼촌인지 사촌인지 모를 (기억이 나지 않았다) 우디와 함께 탈출했다. 리아는 자기 오빠 엘든도 죽었다고 했지만 그를 가장 사랑했던 건 분명했다 (말에게 직접 들은 말이다, 하-하). 리아는 엘든이 플라이트 킬러가 됐다고 믿기보다 죽었다고 믿는 쪽을 선택했을 수도 있지 않을까? 사랑하는 오빠가 괴물이 됐다고 믿고 싶은 여동생이 어디 있을까?

엘든이 숙청을 모면하고(숙청이 맞는지 모르겠지만) *무시무시한 신의 긴 잠을 깨웠을 수도 있을까?* 헤이미가 했던 말을 감안하면 그것이 가장 그럴듯한 가정이었다. *어둠의 우물에서 플라이트 킬러가 돌아온 이후에는.*

황당한 전설일 수도 있지만 아니라면 어쩔 건가? 리아의 오빠가 숙청을 피하기 위해 아니면 일부러 (내가 다른 어둠의 우물을 거쳐 여기로 왔듯이) 어둠의 우물 속으로 들어갔었다면? 내려갔을 때는 엘든이었지만 플라이트 킬러가 돼서 돌아왔다면? 어둠의 우물에 있는 신이 그에게 지시를 내리고 있는 것일지 몰랐다. 아니면 엘든이 그 신에게 씌었거나 그가 그 신일 수도 있었다. 끔찍한 발상이었지만 어느 정도 일리가 있는 것이, 회색 인간이건 온전한 인간이건 대다수가 천천히, 고통스럽게 말살당하고 있지 않은가 말이다.

들어맞지 않는 부분들도 있지만 대부분 들어맞았다. 그리고 앞에서도 얘기했다시피 시간 때우기에 좋았다.

답을 알 수 없는 한 가지 질문이 있었다. 그래서 앞으로 어떻게 하면 좋을까?

6

주변의 죄수들과 조금 가까워지기는 했지만 각자 감방에 갇혀 지냈기 때문에 이른바 의미 있는 관계를 쌓기는 불가능했다. 프레미와 스툭스는 코미디 듀오였지만 남들을 웃기기보다 (웃긴지도 잘 모르겠지만) 자기들끼리 재밌어하는 쪽에 더 가까웠다. 도미는 덩치가 컸지만 죽을 날을 받아 놓은 사람처럼 기침을 했고 누워 있으면 더 심해졌다. 또 다른 흑인인 톰은 그보다 덩치가 한참 작았다. 노래를 환상적으로 잘 불렀지만 에리스가 살살 구슬려야 그걸 들을 수 있었다. 그가 나도 아는 어떤 이야기를 노래로 부른 적이 있었다. 할머니네 집에 갔다가 할머니의 잠옷을 입고 있는 늑대를 만난 여자아이 이야기였다. 내가 아는 『빨간 두건』은 해피 엔딩이었지만 톰의 노래는 암울하게 끝났다. 그 아이는 도망쳤지만 잡혔고 아무리 발버둥 쳐도 소용이 없었지.

딥 말린에서는 해피 엔딩도 귀한 듯했다.

사흘째 되던 날부터 답답해 미칠 것 같다는 말의 진정한 의미를 깨닫기 시작했다. 감방 동료들은 온전한 인간일지는 몰라도 멘사 후보는 아니었다. 자야는 똑똑해 보였고 재카라는 사람은 아는 수수께끼가 한도 끝도 없는 것 같았지만 그 나머지 대화는 지리멸렬한 수다였다.

나는 혈액 순환을 위해 팔굽혀 펴기와 버피와 제자리 뛰기를 했다.

"저 어린 왕자 놈이 잘난 체하는 것 못 봐주겠네."

한 번은 아이가 이렇게 말한 적이 있었다. 그는 꼴통이었지만 그래도 나는 그를 좋아하게 됐다. 오래전에 헤어진 버티 버드와 닮은 구석이 있었다. 버드맨처럼 아이오타도 자신의 꼴통스러움을 감추지 않는데, 나는 전부터 욕을 찰지게 잘하는 사람을 보면 존경스러웠다. 내가 아는 중에서 아이오타가 최고는 아니었지만 나름 괜찮았고, 나는 기본적으로 단기 복역수였지만 그의 약을 올리며 재밌어 했다.

"아이, 이것도 보여 줄까요?"

나는 손바닥을 아래로 하고 양손을 들어서 무릎으로 손바닥을 쳤다.

"이렇게 할 수 있어요?"

"그러다 어디 한 군데 삐라고? 담이 결리라고? 어디 한 군데 찢어지라고? 그랬으면 좋겠지? 그래야 페어 원이 열릴 때 나한테서 도망칠 수 있을 테니까."

"페어 원은 열리지 않을 거예요. 31번으로 끝일 테니까. 온전한 인간들이 바닥이 났거든요. 당신도 이렇게 할 수 있는지 어디 한번 보자고요!"

나는 거의 턱까지 올린 손바닥을 무릎으로 계속 때렸다. 지치긴 했지만 엔돌핀이 솟구쳐서 감당할 수 있었다. 아주 조금은.

"계속 그러다가는 똥구멍이 양쪽으로 찢어질걸?"

번트가 말했다. 그는 우리 중에서 가장 나이가 많았고 거의 대머리였다. 몇 가닥 안 남은 머리는 희끗희끗했다.

그 말에 나는 웃음이 터지는 바람에 하던 동작을 멈춰야 했다. 자기 돗짚자리에 누워 있던 헤이미마저 낄낄거렸다.

아이가 말했다.

"32번이 생길 거야. 좀 더 기다려도 나타나지 않으면 레드 몰리를 데려다가 32명을 채우겠지. 그녀가 32번이 될 거야. 그년이 크래치에서 조만간 돌아올 텐데 플라이트 킬러가 경기가 열릴 때까지 오래 기다릴 리 없거든."

"그녀는 안 돼!"

프레미가 말했다.

"절대 안 돼!"

스툭스도 외쳤다. 둘은 똑같이 화들짝 놀란 표정을 짓고 있었다.

"내 말이."

아이가 다시 펄쩍 점프해 철장을 붙잡고 흔들기 시작했다. 그는 그런 식으로 운동하는 것을 더 좋아했다.

"그런데 온전하잖아. 그 덩치 큰 어미는 어마어마한 나무에서 떨어져서 그 염병할 얼굴을 다 갈아 먹었지만."

"잠깐만요."

나는 말했다. 섬뜩한 생각이 떠올랐다.

"그 어미가 설마……"

헤이미가 말했다.

"해나야. 해시계랑 금고를 지키는. 네가 해시계에 다녀왔다면 해나가 일을 제대로 하지 않았다는 뜻이네. 플라이트 킬러가 못마땅해하겠어."

나는 그 말을 듣는 둥 마는 둥 했다. 해나에게 딸이 있다니 믿기지가 않았다. 그녀와 동침해 아이를 낳을 생각을 한 자가 있었을 줄이야.

"레드 몰리도…… 음, 거인이에요?"

통로 저편에서 애밋이 말했다.

"엄마만큼은 아니야. 그래도 덩치가 크긴 해. 지금은 자기 친척들 만나러 크래치에 갔어. 거인들의 땅 말이야. 레드 몰리가 돌아오거든 조심해. 붙잡히면 불쏘시개처럼 두 동강 날 테니. 난 아니지. 난 빠르거든. 레드 몰리는 느리고. 재카도 모르는 수수께끼 하나 내가 아는데. 젊었을 때는 키가 크고 나이를 먹으면 키가 작아지는 게 뭐게?"

재카가 말했다.

"양초. 바보야, 그걸 모르는 사람도 있냐?"

나는 아무 생각 없이 불쑥 내뱉었다.

"침대까지 네 앞을 밝힐 촛불이 등장하고. 네 목을 댕강 자를 도끼도 등장하고(「오렌지와 레몬」이라는 동요 가사다 — 옮긴이)."

정적이 흐르고 잠시 후에 아이가 물었다.

"환장하겠네. 그런 건 어디서 들었냐?"

"모르겠어요. 어렸을 때 엄마한테 들었나 봐요."

"그럼 너희 엄마가 이상한 분이었네. 다시는 그런 말 하지 마, 기분 나쁘잖아."

물이 뚝뚝 떨어지는 딥 말린의 축축한 통로 저편에서 도미가 기침을 하기 시작했다. 콜록. 콜록.

7

그로부터 이틀인가 사흘 뒤에(지하 감옥에서는 시간을 알 방법이 없으니 그냥 내 짐작이다) 퍼시가 아침을 들고 왔는데, 이번에는 명실상부한 아침이었다. 줄줄이 소시지를 창살 사이로 던져 주었던 것이다. 소시지가 9개에서 10개 정도 달려 있었다. 나는 날아오는 소시지를 받았다. 헤이미는 지저분한 바닥에 떨어지도록 내버려 두었다가 주워서 힘없이 먼지를 털었다. 그러고는 잠깐 쳐다보다가 다시 바닥으로 떨어뜨렸다. 끔찍하게도 레이더가 늙어서 살날이 얼마 남지 않았을 때 보인 태도와 비슷한 구석이 있었다. 그는 다시 돗짚자리로 가서 무릎을 끌어안고 벽 쪽으로 돌아누웠다. 맞은편에서는 아이가 철창 앞에 쪼그리고 앉아서 옥수수를 먹듯 가운데에서부터 양옆을 왔다 갔다 하며 소시지를 해치웠다. 입가에 묻은 기름에 수염이 번들거렸다.

내가 말했다.

"헤이미, 그러지 말고 하나만이라도 먹어 봐요."

"안 먹겠다고 하면 여기로 던져 줘."

스툭스가 말했다.

"우리가 잽싸게 해치워 줄게."

프레미가 말했다.

헤이미는 다시 돌아눕더니 일어나 앉아서 소시지를 무릎에 얹고 나를 쳐다봤다.

"꼭 먹어야 할까?"

"당연하지, 똥항아리야."

아이가 말했다. 벌써 소시지를 다 먹어서 양 끝의 2개밖에 남지 않았다.

"이 소시지가 나오면 무슨 뜻인지 알잖아."

소시지가 처음에는 따뜻했을지 몰라도 다 식어 버렸고 가운데는 익지도 않았다. 인터넷 기사에서 읽은 어떤 사람 얘기가 생각났다. 배가 아파서 병원에 가서 엑스레이를 찍어 보니 배 속에 거대한 촌충이 있었다는데, 제대로 익히지 않은 고기를 먹은 것이 원인이었다고 했다. 나는 그 기사를 잊어버리려고 애를 쓰며(잘 되지는 않았다) 소시지를 먹기 시작했다. 아침으로 나온 소시지가 무얼 의미하는지 알 것 같았다. 플레이타임이 코앞으로 다가왔다는 것이다.

퍼시가 통로를 되짚어 왔다. 나는 그에게 다시 고맙다고 인사했다. 그는 걸음을 멈추더니 녹아서 붙은 손으로 나를 불렀다. 나는 철창 앞으로 다가갔다. 그가 입이었던 자리에 생긴 눈물 모양의 구멍 사이로 거칠게 속삭였다.

"므리 금비 므."

나는 고개를 저었다.

"무슨 말씀인지……."

"므리 금비 므!"

그는 빈 카트를 끌며 뒷걸음쳐서 나갔다. 문이 닫혔다. 빗장이 요란하게 질러졌다. 나는 헤이미를 돌아보았다. 그는 소시지 하나를 어찌어찌 먹고 두 번째 소시지를 베어 물었다가 캑캑거리며 손바닥에 뱉었다. 그는 자리에서 일어나 뱉은 소시지를 똥통에 버렸다.

"퍼시가 뭐라 그랬는지 모르겠어요."

헤이미는 양철 컵을 집어서 사과를 닦는 것처럼 자기 셔츠에 대고 문질렀다. 그러더니 다시 돗짚자리에 앉았다.

"이리 와."

그가 담요를 토닥였다. 나는 그의 옆으로 가서 앉았다.

"이제 가만히 있어라."

그는 좌우를 두리번거렸다. 프레미와 스툭스는 꾀죄죄한 자기들 아파트의 반대편 끝에 틀어박혔다. 아이오타는 마지막 소시지를 천천히 삼키고 있었다. 다른 감방에서도 씹는 소리, 트림 소리, 쩝쩝대는 소리가 들렸다. 보는 사람이 아무도 없다는 확신이 들자 헤이미는 손가락을 펼쳐서(오리발이 아니라 손이 제대로 달린 온전한 인간이라 손가락을 펼칠 수가 있었다) 내 머리칼을 쓸어올렸다. 나는 움찔했다.

"아냐, 아냐, 찰리. 가만히 있어."

그는 내 두피를 지그시 누르고 머리칼을 잡아당겼다. 흙가루가 구름처럼 떨어졌다. 창피하지는 않았지만(바닥에 뚫린 구멍에 대고 대소변을 봐 가며 감방에서 며칠 지내다 보면 무감각해진다) 그래도 그 정도로 지저분했다니 끔찍하긴 했다. 찰리 브라운의 친구 픽펜이 된 것 같았다.

헤이미는 거기 흐릿하게 비친 내 얼굴을 볼 수 있게 양철 컵을 들었다. 꼭 머리를 자르고 보여 주는 이발사 같았다. 하지만 그 컵이 찌그러진 데다가 둥그스름하기까지 해서 유령의 집 거울을 들여다보는 거나 다름없었다. 얼굴이 한쪽은 크게 다른 쪽은 작게 보였다.

"보여?"

"뭐가요?"

그가 컵을 기울이자 나는 헤이미가 흙을 털어 낸 앞부분의 머리칼이 이제는 갈색이 아니라는 걸 알아차렸다. 금색이었다. 여기는 해가 비치지 않아서 탈색될 일도 없었을 텐데 금색으로 변해 있었다. 나는 컵을 쥐고 얼굴 앞에 갖다 댔다. 확실치는 않지만 눈동자 색도 달라진 것 같았다. 전에는 짙은 밤색이었는데 이제는 적갈색이었다.

헤이미는 내 목덜미를 감싸쥐고 나를 자기 입 쪽으로 끌어당겼다.

"퍼시가 한 말은 이거야. '머리 감지 마.'"

나는 뒤로 몸을 뺐다. 헤이미는 눈(내 예전 눈처럼 갈색이었다)을 동그랗게 뜨고 나를 빤히 쳐다봤다. 그러더니 나를 재차 끌어당겼다.

"너 진짜 왕자님이니? 우리를 구하러 온 왕자님?"

8

뭐라고 대답할 겨를도 없이 문의 빗장이 열렸다. 이번에 등장한 사람은 퍼시가 아니었다. 회초리 막대로 무장한 밤의 병사 4명이었다. 두 명이 팔을 내밀고 앞장서 걷자 감방 문이 양쪽에서 비명을 지르며 열렸다.

"플레이할 시간이다!"

그중 한 명이 윙윙거리는 벌레 같은 목소리로 외쳤다.

"모두 나와서 경기에 참여하도록!"

우리는 감방을 나섰다. 전에 나를 오른쪽으로 데리고 갔던 애런은 그 자리에 없었다. 우리 31명은 현장 체험 학습을 가는 학생처럼 2줄로 서서 왼쪽으로 갔다. 나는 맨 끝에서 걸었고 유일하게 짝이 없었다. 남은 밤의 병사 2명이 뒤에서 걸었다. 약한 전기가 흐르듯이 나지막이 탁탁거리는 소리가 들렸는데 처음에는 잘못 들었겠거니 생각했다. 이 흉측한 괴물들을 감싸는, 목숨 줄과 같은 오라에 닿았던 경험이 떠올랐던 것이다. 그런데 아니었다. 이 밤의 병사 두 명은 헤비메탈 그룹 이름으로 아주 찰떡이겠다 싶은 일렉트릭 좀비였다.

아이오타는 헤이미와 같이 걸으며 비쩍 마른 내 같은 방 친구를 어깨로 계속 들이받아 비틀거리게 했다. 나는 *그만하라*고 말하려고 했는데 내 입에서 나온 말은 "멈춰요."였다.

아이는 웃는 얼굴로 나를 돌아보았다.

"네가 무슨 자격으로 이래라저래라 간섭이야?"

"멈춰요. 이 변변치 못한 곳에서 함께 지내는 친구를 괴롭히는 이유가 뭐예요?"

이건 찰리 리드가 했음 직하지 않은 말이었다. 찰리 리드라면 이렇게 얘기하기보다 *꼴값 좀 그만 떨라*고 했을 것이다. 하지만 그건 내 입에서 나온 말이 맞았고 아이오타는 어리둥절해하며 곰곰이 생각하는 표정으로 바뀌었다. 잠시 후에 그가 손등을 납작한 이마에 대고 영국식으로 경례하며 말했다.

"넵, 알겠습니다. 입 안에 흙을 가득 물고서도 얼마만큼 명령을 내릴 수 있는지 두고 보겠습니다."

그러고는 전면을 향해 고개를 돌렸다.

22장.

경기장. 애밋. 목욕. 케이크. 가스등.

1

우리는 계단을 올라갔다. 당연한 수순이었다. 딥 말린에 붙들린 죄수라면 계단이 삶의 일부일 수밖에 없었다. 계단을 10분 올라가자 헤이미는 숨을 헐떡거렸다. 아이가 그의 팔을 잡고 끌고 갔다.

"가자, 가자, 가자! 힘내라, 식충이. 안 그러면 아빠한테 혼난다!"

넓은 계단 꼭대기와 쌍여닫이문이 나왔다. 이 오합지졸을 인도하던 밤의 병사 두 명 중 하나가 위로 손을 뻗자 문이 탁 열렸다. 문 저편 세상은 다르고 좀 더 깨끗했다. 흰색 타일이 깔렸고 가스등은 잘 닦여서 아주 환하게 반짝거렸다. 통로는 오르막인 경사로였는데 유난히 밝은 불빛을 받으며 걷는 동안 (눈이 부셔서 실눈을 뜬 사람이 나 말고도 여럿이었다) 수많은 라커룸에서 익히 맡았던 냄새가 코를 간질이기 시작했다. 소변기나 족욕기 소독제에 쓰이는 염소 냄새였다.

내가 그 무렵 '플레이타임'이 어떤 건지 알고 있었을까? 물론이다. 이른바 페어 원이 뭔지도 눈치챘을까? 이것 역시 물론이다. 감방에서는 먹고 자고 수다를 떠는 것 말고는 할 일이 없었다. 나는 울룸이라는 신앙촌 출신이라는 거짓말이 들통 나지 않게 질문을 가려서 했고 말을 하기보다 듣는 데 주력했다. 운동부에 목숨을 거는 여러 대학교의 깔끔한 최신식 경기장과 (거의) 비슷하게 생긴 오르막 경사로는 그래도 인상적이었다. 릴리마르는 무너졌지만 아니, 엠피스 전역이 무너졌지만 이 통로는 근사했고 이 통로 끝에 나오는 공간도 그 못지않게 근사할 것 같은 예감이 들었다. 어쩌면 더 근사할 수도 있었다. 내 예감은 틀리지 않았다.

차례대로 문을 지났다. 각 문마다 갓등을 씌운 가스등이 달려 있었다. 처음 3개의 문에는 **클럽하우스**라고 적혀 있었다. 그다음은 **장비**였다. 다섯 번째 문에는 **경기운영위원**이라고 적혀 있었다. 다만 내가 그 앞을 지나면서 곁눈으로 흘끗 쳐다보자 (나는 여전히 맨 꽁지였다) 켈린이 내게 보여 준 폴리의 운전면허증처럼 **경기운영위원**이라는 단어가 복잡하게 뒤엉킨 룬문자처럼 변해 있었다. 나는 고개를 돌려서 **경기운영위원**이라고 적힌 것을 분명히 확인했지만 잠시 후에 어깨로 막대가 날아왔다. 세게는 아니었지만 정신을 번쩍 차리기에는 충분했다.

"걸어라, 꼬맹아."

앞쪽으로 통로가 끝나는 곳에서 밝은 빛이 쏟아졌다. 사람들을 따라 경기장으로 들어서 보니…… 그야말로 어마어마했다. 나는 진짜 울룸의 촌뜨기인 것처럼 좌우를 두리번거렸다. 내가 살던 세상과 엠피스를 연결하는 터널을 통과한 뒤로 숱하게 충격을 받았지만 *이건 꿈이야*, 라는 생각이 든 건 그때가 처음이었다.

밖에서 본 쟁반 모양의 받침대에 놓인 초대형 가스등이 트리플 A

야구단의 구장으로 손색이 없을 만한 우묵한 경기장의 가장자리를 뺑 둘렀다. 여기서 하늘로 발사된 푸르스름하고 눈이 부신 하얀색 불빛은 도처를 덮고 있는 구름에 바로 반사됐다.

하늘. 우리가 밖으로 나왔다.

그뿐 아니라 우리 입장에서는 하루가 이제 막 시작됐는데도 여긴 밤이었다. 우리를 감시하는 해골들이 햇빛과 공존할 수 없다고 하면 이해가 됐지만 그래도 내 평소 수면 리듬이 완전히 거꾸로였다니 기분이 묘했다.

우리는 흙길을 지나 탱탱한 뗏장으로 이루어진 파릇파릇한 잔디밭으로 올라갔다. 지금까지 이와 비슷한 야구와 미식축구 경기장을 숱하게 접했지만 이토록 완벽한 원형은 본 적 없었다. 여기에서 어떤 경기가 펼쳐졌을까? 알 길은 없었지만, 들어오는 방사형 통로와 경기장을 감싸고 스타디움의 동그란 가장자리까지 이어지는 관람석이 수천 명을 수용할 수 있는 규모인 것을 보면 어마어마하게 인기가 많았을 게 분명했다.

구름 사이로 솟은 3개의 첨탑이 눈앞에 보였다. 왼쪽과 오른쪽에 석조 망루가 있었다. 망루를 연결하는 몇몇 흉벽 위에서 이글거리는 파란색으로 몸을 감싼 밤의 병사 몇 명이 우리를 내려다보고 있었다. 스타디움은 왕궁 뒤편의 낮은 지대에 있었기 때문에 해시계로 걸어가는 동안에 나는 둥그스름한 꼭대기밖에 보지 못했다.

어딘가에 편전과 내전이 있을 것이었다. 초록색 유리로 만들어진 저 3개의 첨탑의 기단에 있을 수도 있었다. 널찍한 갤리언 로드의 양옆에 즐비했던 상점처럼 거기도 높으신 분들을 위한 곳이었다. 여기는 일반인들에게 의미 있는 공간이었을 것 같았다. 경기가 열리는 날이면 시프런트와 디스크에서, 심지어 울룸과 그린 아일스에서까지 광주리에 먹을 것을 담아 가지고 응원가를 부르거나 팀명을 외치며 알록달록한 통로로 쏟아져 들어왔을 관중들이 그려지는 듯했다.

회초리 막대가 아까보다 세게 내 팔을 후려쳤다. 고개를 돌려 보니 인상을 쓰고 있는 반투명한 껍데기 아래에서 히죽거리고 있는 해골이 보였다.

"세상에 둘도 없는 바보 천치처럼 그만 좀 두리번거려라! 이제 달릴 시간이다, 꼬맹아! 힘차게 뛸 시간이라고!"

아이오타가 동그랗고 미칠 듯이 파란 경기장을 뱅 두른 트랙으로 앞장섰다. 나머지도 삼삼오오 따라갔다. 헤이미가 맨 꼴찌였다. 놀랄 일은 아니었지만. 경기장 전면으로 추정되는 곳의 돌출부에 널찍한 야외 거실인가 싶은 것이 설치되어 있었다. 없는 게 있다면 으리으리한 샹들리에뿐이었다. 개런티드 레이트 필드(시카고 화이트삭스의 홈구장 ― 옮긴이)의 전면에 설치된 것과 비슷한 푹신한 의자들이 한눈에 알 수 있는 상석의 좌우에 배치되어 있었다. 상석은 왕궁 뒷문을 지키는 (밥을 먹거나 잠을 자는 동안은 예외였지만) 해나의 왕좌만큼 거대하지는 않았지만 아주 널찍했고, 그 자리를 차지하고 앉는 영광의 주인공이 누군지는 몰라도 스테로이드 주사로 상반신을 키운 떡대인지 팔걸이가 밖으로 비스듬히 향해 있었다. 그 자리는 비어 있었지만, 양쪽 푹신한 의자에는 대여섯 명이 앉아서 자기들 앞으로 지나가는 우리를 구경했다. 누더기를 걸친 우리와 다르게 대부분 번듯하게 차려입은 온전한 인간들이었다. 그중 한 명은 여자였고 얼굴이 새하얀 건 화장 때문인 것 같았다. 러플 칼라가 달린 긴 드레스를 입고 있었다. 손가락과 머리핀이 보석으로 반짝거렸다. 이쪽 블록에

146

앉은 사람들은 모두 길쭉한 잔에 담긴 맥주나 에일인 것 같은 음료를 마시고 있었다. 한 남자가 나와 시선이 만나자 건배라도 하는 듯 나를 향해 잔을 들어 보였다. 다들 권태에 가벼운 관심을 양념처럼 살짝 섞은 표정을 짓고 있었다. 나는 한눈에 그들에게 적개심을 느꼈다. 회초리 막대로 채찍질 당하고 있는 죄수가 잘 차려입고 하릴 없이 앉아서 시간을 때우고 있는 사람들에게 느낄 법한 감정이었다.

여긴 저런 쓰레기들을 위해 만들어진 곳이 아니야. 내가 어떻게 그걸 아는지 모르겠지만 아무튼 알아.

막대가 날아와 이번에는 점점 더러워지는 바지 엉덩이를 후려쳤다. 불에 덴 듯 화끈거렸다.

"높으신 분들을 똑바로 쳐다보면 버릇없는 짓인 거 몰라?"

나는 이 웅웅거리는 벌레 같은 목소리도 질색하게 됐다. 꼭 다스베이더 한 소대가 말하는 것을 듣는 느낌이었다. 나는 속도를 높여 스툭스를 제쳤다. 그는 지나가는 나를 향해 엠피스식 픽큐를 날렸다. 나도 곧바로 되받아쳤다.

내가 딥 말린의 동료들 사이를 헤집으며 치고 나가자 톰은 장난스럽게 나를 들이받았고, 애밋이라는 살짝 안짱다리인 덩치는 그보다 더 진심을 담아서 더 세게 부딪쳤다.

"조심해라, 울리. 여기에서는 어떤 신도 너를 보호해 주지 않아. 모두 버려졌거든."

나는 그를 버리고 멀어졌고 그래서 좋았다. 성질 더러운 감방 동기가 불난 집에 부채질하지 않아도 이미 사는 게 팍팍했다.

리틀 리그 미식축구와 하키 선수 시절부터 여러 종목의 연습 시간에 익히 보았던 물건들이 경기장 한가운데에 있었다. 선로 침목처럼 생긴 것이 2줄로 놓여 있었다. 공일 수밖에 없는 동그랗고 불룩한 것이 가득 든 커다란 천 주머니도 있었다. 마대 천으로 감싼 장대가 일렬로 꽂혀 있는데, 꼭대기마다 조잡하게 그린 험상궂은 얼굴이 달려 있었다. 엠피스 식 태클링 더미였다. 양쪽 끝에 고리가 달린 밧줄이 T바에 걸려 있었고, 넓은 널빤지가 놓인 높다란 톱질 모탕 한쪽에는 네모반듯하게 묶인 건초 더미가 있었다. 그리고 도끼자루인가 싶은 것이 가득 담긴 고리버들 바구니도 있었다. 어째 분위기가 찜찜했다. 하크니스 감독님이 가학적으로 보일 수도 있는 훈련을 시킨 적은 있지만 막대로 서로 후려치게 한 적은 없었다.

러닝 트랙을 돌다가 VIP석이 똑바로 마주 보이는 지점에 다다랐을 때 선두로 치고 나갔다. 고개를 뒤로 젖히고 가슴을 내밀고 손으로 옆구리를 때리며 달리고 있는 아이오타와 속도를 맞췄다. 그는 거기에 아령만 들면 동네에서 몸을 만드는 중년 아저씨와 똑같았다. 아, 그리고 추리닝까지 걸치면.

"시합할래요?"

"뭐? 페트라 저년하고 다른 인간들이 누가 이기는지 내기 걸게 하려고?"

그는 음료로 목을 축이며 노닥거리고 있는, 잘 차려입은 온전한 인간들을 엄지손가락으로 휙 가리켰다. 이제 거기에 새로운 얼굴이 두어 명 추가됐다. 맙소사, 거의 칵테일파티 분위기였다. 밤의 병사 둘이 좌우에서 이들을 호위하고 있었다.

"굳이 그러지 않아도 걱정거리는 차고 넘치지 않냐?"

"하긴."

"찰리, 너 씨발, 어디 출신이냐? 아무리 봐도 울룸 사람은 아닌데."

헤이미가 트랙에서 빠져나가는 광경을 본 덕분에 나는 대답을 피할 수 있었다. 그는 고개를 숙이고 야윈 가슴을 들썩이며 각종 연습 장비가 모여 있는 곳을 향해 터벅터벅 걸어갔다. 대전용 막대(아무리 봐도 대전용 막대일 수밖에 없었다)가 담긴 고리버들 바구니와 접시에 험상궂은 얼굴이 그려진 태클링 더미 사이에 벤치와 사기 컵으로 뒤덮인 테이블이 있었다. 컵은 크기가 작은 커피 잔만 했다. 헤이미는 그걸 집어서 마시고 다시 테이블에 내려놓은 다음 벤치에 앉아서 팔을 무릎에 얹고 고개를 숙였다. 테이블을 지키고(아니면 '챙기고') 있던 밤의 병사는 헤이미를 보기만 할 뿐 때리려 들지는 않았다.

아이가 숨을 헐떡이며 말했다.

"너는 저럴 생각하지도 마. 피가 나도록 맞고 싶지 않으면."

"*헤이미는* 왜 맞지 않아요?"

"그야 저 친구는 이 짓거리를 감당할 수 없다는 걸 저들도 알기 때문이지. 똥항아리잖아. 하지만 온전한 인간이기는 하고 저 친구가 없으면 우리 숫자가 다시 30이 되니까."

"아니 아무리 생각해도…… 페어 원이 시작되면…… 열릴 수나 있을지 모르겠지만…… 헤이미가 무슨 수로…… 싸울 수 있겠어요?"

"못 싸우지."

나는 아이의 목소리에서 묘한 느낌을 감지했다. 그건 연민일 수도 있었다. 아니면 동지애일 수도 있었다. 그가 헤이미를 좋아하는 건 아니었다. 우리가 처한 이 상황이 싫은 거였다.

"꼬맹이 넌 숨도 안 차냐? 난 한 바퀴만 더 돌면 똥항아리랑 같이 벤치에 앉아서 쟤네가 인정사정없이 휘두르는 막대에 맞게 생겼는데."

예전에 이런저런 종목의 선수로 뛰었다고 얘기할까 고민했지만,

그러면 아이가 무슨 종목이었느냐고 했느냐고 물을 수도 있는데 나는 이 파릇파릇하고 거대한 동그라미 안에서 어떤 경기가 펼쳐졌는지조차 알지 못했다.

"계속 운동했어요. 여기 오기 전까지. 그리고 꼬맹이 말고 찰리라고 불러 주세요, 네? 꼬맹이는 저들이 우리를 부를 때 쓰는 단어잖아요."

"알았다, 찰리."

아이는 낙심한 인간의 전형처럼 벤치에 앉아 있는 헤이미를 엄지손가락으로 가리켰다.

"저 딱한 등신은 그냥 물렁이야. 총알받이."

다만 그는 등신이라고도 총알받이라고도 하지 않았다. 그가 쓴 단어를 내 머릿속에서 자동적으로 그렇게 해석했을 뿐이다.

"저들은 금세 승부가 나는 경기가 하나쯤은 있는 걸 좋아하거든."

NCAA 빅 댄스(미국 대학 농구 토너먼트 ─ 옮긴이)에서 1위와 16위를 붙여 놓는 것처럼 말이지. 나는 생각했다.

다시 VIP석 앞을 돌 때 내가 우리를 구경하고 있는 잘 차려입은 사람들을 엄지손가락으로 가리켰다. 물론 그들은 우리를 구경할 때보다 자기들끼리 대화를 나눌 때가 더 많았다. 누가 봐도 그들에게는 아래에서 누더기를 걸치고 숨을 헐떡이며 달리는 꾀죄죄한 인간들보다 자기들끼리 나누는 대화가 훨씬 중요했다. 우리는 그들을 이자리에 모으는 핑계에 불과했다. 내가 살던 마을에서 미식축구 연습을 보러 오던 남자들과 비슷하다고 할까. 뒤에서 다들 헉헉댔고, 더블과 야노라는 남자는 헤이미 곁으로 가서 벤치에 앉았다.

"몇 명이나 될까요?"

"뭐가?"

이제는 아이오타도 숨을 헐떡이고 있었다. 나는 아직 여유가 있었다.

"엘든의 부하들?"

그는 따옴표로 강조하기라도 하듯 부하들이라는 단어를 조금 힘 주어 말했다.

"글쎄? 20명? 아니면 30명? 거기서 몇 명 더 추가될 수도 있고. 저년이 왕비 행세를 하고 있지. 플라이트 킬러가 제일 예뻐하거든."

"페트라요?"

"응."

"그게 다예요?"

그가 미처 대답할 겨를도 없이, 친구를 가장한 나의 숙적 애런이 이제 막 첫 곡을 시작하려는 오케스트라 지휘자처럼 막대를 흔들며 VIP석 아래 통로에서 성큼성큼 걸어 나왔다. 그가 외쳤다.

"안으로! 모두 안으로!"

아이오타가 경기장 한가운데에 놓인 장비 쪽으로 가볍게 달려갔고 나도 뒤따라갔다. 죄수들이 대부분 숨을 헐떡이며 헉헉대고 있었다. 자야와 에리스는 허리를 숙여서 무릎에 손을 얹고 숨을 고른 다음 조그만 컵이 놓인 테이블로 합류했다. 나도 한 잔 마셨다. 물이었지만 시큼한 뭔가가 입 안을 톡 쏘았다. 별로 숨이 차진 않았지만 그걸 한 잔 마시고 났더니 더 마시고 싶어졌다.

애런을 포함해 5명의 밤의 병사들이 우리 앞에 반원으로 서 있었다. VIP석의 보디가드는 2명이었다. 흉벽에서 우리를 지켜보는 병사들은 새파란 오라 덕분에 숫자를 파악하기가 수월했다. 12명이었다. 그럼 도합 19명인데, 나와 레이더가 성문을 향해 달리는 동안 우리를 쫓아온 병사들 숫자가 그 정도였다. 켈린까지 합하면 20명인데,

그는 여기에도 흙벽에도 없었다. 이 인원이 전부일까? 그렇다면 죄수가 간수보다 더 많았다. 아이에게 물어볼 수는 없었다. 애런이 나를 주시하고 있는 것 같았다.

"달렸더니 기분이 좋네!"

스툭스가 말했다.

"섹스보다 낫네!"

프레미가 말했다.

"너랑 하는 섹스는 빼고."

스툭스가 말했다.

"그렇지. 내가 섹스를 좀 잘하긴 하지."

프레미가 맞장구를 쳤다.

내가 컵을 집으려고 손을 내밀자 간수 하나가 막대로 나를 겨누었다.

"아냐, 아냐. 고객 한 명당 하나씩이다, 꼬맹아."

물론 그가 *고객 한 명당 하나씩*이라고 말하지는 않았다.

2

이후에 이어진 플레이타임은 대체로 미식축구 연습보다 덜 잔인했다. 막판이 되자 얘기가 달라졌지만.

맨 처음은 공이었다. 3개의 주머니에 공이 16개씩 들어 있었다. 비치볼처럼 생겼지만 은색의 뭔가로 감싸여져 있어서 무거웠다. 잘은 모르겠지만 진짜 은인 것 같았다. 공 옆면에 일그러지게 비친 내 모습이 보였다. 얼굴도 더러웠고 머리칼도 더러웠다. 나는 아무리 찜찜해도 머리를 감지 않기로 마음먹었다. 내가 '그들을 구하러 온 진짜 왕자님'이라서가 아니라(그렇다고 하기에는 나 자신조차 구하지 못하는 신세였다) 튀기 싫어서였다. 한 번 본 적도 있는 왕궁의 고문실로 초대되고 싶지 않았다.

우리는 15명씩 2줄로 섰다. 열외된 헤이미에게 밤의 병사 하나가 공을 혼자 위로 던졌다가 받으라고 회초리 막대로 지시를 내렸다. 헤이미는 설렁설렁 그의 지시에 따랐다. 오르막 경사로를 지나 트랙을 달리느라 격해진 호흡이 아직 진정되지 않았다. 그는 나와 시선이 마주치자 웃어 보였지만 눈빛은 황량했다. 이마에 **맨 처음 탈락할 사람**이라고 문신으로 새겨진 거나 다름없었다.

남은 우리 30명은 2.5킬로그램 정도 되는 듯한 묵직한 공을 주거니 받거니 던졌다. 별거 아닌 팔과 상체 워밍업이었지만 내 감방 친구들은 예전에 운동을 별로 좋아하지 않았는지 많이들 공을 놓쳤다. 대부분 제왕나비의 나라가 전복되기 전에는 시타델이라 불린 이곳에서 사무직에 해당하는 일을 했나 싶었다. 더러는 체력이 좋았고 아이를 비롯해서 에리스, 그리고 톰과 애밋 등 몇 명은 운동 신경이 있었지만 그 나머지는 아주 형편없었다. 하크니스 감독님이 봤더라면 저질 몸땡이(절대 몸뚱이가 아니라 몸땡이다)라고 했을 것이다. 프레미와 스툭스도 저질 몸땡이었다. 자야와 더블도 마찬가지였다. 도미는 덩치가 컸지만 기침이 심했다. 그리고 헤이미는 아이오타의 표현을 빌자면 똥항아리였다.

나는 아이오타와 짝을 먹었다. 그는 투포환을 하듯 손바닥의 두툼한 곳으로 공을 잡고 연달아 가볍게 던졌고 나도 똑같이 했다. 그들은 공을 서로 한 번씩 주고받을 때마다 뒤로 한 걸음 물러나게 했다. 10분 정도 이렇게 하고 나서 다시 트랙을 달리게 했다. 헤이미는 최선을 다했지만 이내 천천히 걸었다. 나는 이번에는 게으름을 부리며 가볍게 달렸다. 애밋이 나를 금세 따라잡았지만 안짱다리라 잔잔한 파도를 타는 보트처럼 좌우로 몸이 흔들렸다. VIP석 앞을 지났을 때 그가 방향을 틀어 내게 다시 몸을 부딪쳤는데, 이번에는 그냥 부딪친 게 아니라 고전적인 어깨빵이었다. 나는 미처 예상하지 못했기 때문에 대자로 넘어지고 말았다. 자야가 내게 발이 걸려서 투덜거리며 무릎으로 주저앉았다. 나머지는 우리를 뱅 돌아서 갔다.

마침내 박스석의 관심이 우리에게 집중됐다. 그들이 자야와 나를 손가락질하며 깔깔대고 웃고 있었다. 앤디와 버티와 내가 영화에서 슬랩스틱 코미디 루틴을 보고 아마 그런 식으로 웃었을 것이다.

나는 자야의 손을 잡고 일으켜 주었다. 그녀의 한쪽 팔꿈치에서 피가 나고 있었다. 나는 괜찮으냐고 물었다. 그녀는 괜찮다고 하고는, 밤의 병사 중 한 명이 막대를 들고 다가오자 다시 달리기 시작했다.

"신체 접촉 금지다, 꼬맹아! 안 돼, 안 돼, 안 돼!"

나는 알겠다는 뜻에서, 그리고 그가 내 얼굴을 향해 막대를 휘두를 경우에 대비해 한 손을 들었다.

밤의 병사는 뒤로 한 발 물러났다. 나는 애밋을 따라잡았다.

"아까 왜 그랬어요?"

그는 내가 여러 해 동안 운동장에서 상대해 본 적이 있는, 일짱이되고 싶은 돌대가리들과 같은 대답을 했다. 세상에는 그런 인간들로차고 넘친다. 특히 고등학교 때 운동을 해 본 사람이라면 알 것이다. 20대, 30대가 되어서 철책에 붙어 연습을 구경하고, 맥주 때문에 생긴 올챙이배를 내밀고 과거의 좋았던 시절을 운운하는 남자들이 그들이다.

"그러고 싶어서."

이 말은 곧 애밋에게 교육이 필요하다는 뜻이었다. 교육을 받지 못하면 계속 누군가를 들이받고 떠밀고 발을 걸어서 넘어뜨릴 테니까.

트랙을 한 바퀴 돌자 링 안으로 들어가 턱걸이를 하라고 했다. 절반이 5개를 했다. 예닐곱 명은 1개에서 2개를 했다. 나는 12개를 하고 바보처럼 내 능력을 과시하기로 마음먹고는 아이와 헤이미에게 외쳤다.

"잘 봐요!"

나는 철봉에 매달린 채 다리를 머리 뒤로 넘겨서 완벽하게 360도 회전을 했다. 그러고는 착지하자마자 허리의 오목한 부분을 세게 얻어맞았다. 처음에는 아프더니 이내 화끈거림이 살을 파고들었다.

"묘기 부리지 마!"

애런이 소리를 질렀다. 분노로 오라가 더 환해졌고 처음부터 아슬아슬하게 유지됐던 인간의 껍데기가 거의 사라지다시피 했다. 여기서 한 가지 사소한 정보를 밝히겠다. 살아 움직이는 시체들에게 죄수로 붙들려 지내다 보면 결국에는 그들에게 익숙해질 것 같지만 절대 그렇지가 않다.

"묘기 부리지 마! 그러다 손목이나 다리가 부러지면 *거죽이 벗겨지도록* 맞을 줄 알아!"

나는 왼손으로 땅바닥을 딛고 쭈그려 앉은 채 으르렁거리며 그를 노려보았다. 애런은 한 발 물러났지만 무서워서 그런 게 아니었다. 그 염병할 막대를 휘두를 수 있는 공간을 확보하기 위해서였다.

"한판 붙고 싶나? 덤벼! 교육이 필요하면 가르쳐 줄 테니까!"

나는 더러운 머리칼을 이마 위로 펄럭이며 고개를 젓고 아주 천천히 자리에서 일어났다. 내가 덩치가 훨씬 커서 체중이 족히 45킬로 그램은 더 나갈 테지만, 그는 해골일지언정 오라의 보호를 받고 있었다. 전기 맛을 보고 싶지는 않았다.

"죄송합니다!"

내가 고맙다고 인사했을 때 퍼시가 그랬던 것처럼 애런도 잠깐 놀란 듯했다. 그는 대열에 합류하라고 손짓하고, 우리에게 고함을 질렀다.

"뛰어! 뛰어라, 이 원숭이들아!"

실제로 원숭이라고 한 건 아니었지만 내 머릿속에서 다시 번역이 이루어졌다. 우리는 트랙을 돌고 (헤이미는 이번에는 시도조차 하지 않았다) 파워 음료를 다시 마시고 지시에 따라 태클링 더미 쪽으로 이동했다.

애런은 뒤로 물러났다. 다른 밤의 병사가 그를 대체했다.

"적을 맨 먼저 죽이면 케이크를 먹을 수 있다! 1등 부상이 케이크! 앞으로 나와서 장대를 집도록!"

우리는 31명인데 태클링 더미 역할을 하는 장대는 12개뿐이었다. 아이가 내 손목을 잡고 으르렁거렸다.

"어떻게 하면 되는지 먼저 잘 봐."

나는 그가 충고를 했다는 데 놀랐지만 얼마든지 충고에 따를 용의가 있었다. 케이크가 부상으로 걸렸으니만큼 죄수 12명이 잽싸게 앞으로 나서 마대 천으로 감싼 장대를 선점했다. 그중에 에리스, 프레미와 스툭스, 더블 그리고 애밋이 있었다.

"전원 뒤로!"

그들은 테이블이 있는 데까지 물러났다.

"적을 죽여라!"

그들은 앞으로 돌진했다. 그중 절반도 넘는 인원이 충격 때문에 뒤로 살짝 휘청거렸다. 티가 아주 많이 나지는 않았지만 나는 알 수 있었다. 세 명이 전속력으로 장대에 달려들었다. 에리스는 있는 힘껏 부딪혔지만 말랐기 때문에 장대 꼭대기에 달린 음흉한 표정의 접시가 떨리고 그만이었다. 움찔하지 않은 또 다른 남자도 마찬가지였다. 그의 이름은 머프였다. 애밋의 공격은 누가 봐도 홈런이었다. 그의 장대에 달려 있던 접시가 3미터 멀리 날아갔다.

애런이 선포했다.

"케이크 당첨! 이자가 케이크를 받는다!"

VIP석의 구경꾼들이 얼굴이 하얀 여자의 주도 아래 환호성을 질렀다. 애밋은 주먹 쥔 양손을 들고 그들에게 고개를 숙였다. 누가 들어도 빈정대는 뉘앙스의 환호성이었는데, 알아차리지 못한 눈치였다. 그는 이른바 똘똘이나 꾀돌이 과가 아니었다.

12명이 다른 12명으로 교체됐지만 아이가 다시 손목을 잡길래 가만히 있었다. 이 조에서는 아무도 접시를 떨어뜨리지 못했다. 아이, 헤이미, 자야 그리고 내가 맨 마지막 조에 속했다.

"전원 뒤로!"

우리는 뒤로 물러났다.

"적을 죽여라!"

나는 본능적으로 오른쪽 어깨를 내리고(힘이 센 쪽 어깨였다) 기둥을 향해 달려들었다. 어깨 패딩이 없어도 인상을 쓰고 있는 저 접시 얼굴을 날릴 수 있을 거라고 자신했는데, 아까 보았던 다른 사람들처럼 뒤로 튕겨 나왔다. 내 접시는 거의 움직이지도 않았지만 아이오타의 접시는 애밋의 접시만큼 멀리 날아갔다. 이번에는 VIP들이 굳이 환호성을 지르지도 않았다. 자기들끼리 대화를 나누느라 바빴다.

VIP석 아래 통로로 다시 들어가 있던 애런이 켈린을 영접했다. 오늘 사령관은 스모킹 재킷이 아니라 몸에 꼭 달라붙는 능직 반바지에 윗단추를 푼 흰색 셔츠를 입고 있었다. 그들이 함께 우리 쪽으로 걸어오자 연습 장비와 음료가 놓인 테이블을 보았을 때처럼 데자뷰가 느껴졌다. 켈린과 애런이 감독과 코치 같았다. 이건 단순한 훈련 시간이 아니라 중차대한 일이었다. 페어 원을 앞두고 행사에 차질이 없도록 준비하는 책임자가 켈린과 애런인 듯한 예감이 들었다.

애런이 외쳤다.

"막대! 이제 막대를 집어라!"

이 말에 박스석의 모든 사람이 관심을 보였다. 심지어 흉벽을 지키던 밤의 병사들까지 차려 자세를 취했다.

우리는 대전용 막대가 담긴 고리버들 바구니 앞으로 갔다. 목검 비슷하게 생겼지만 자루가 없었고 길이는 약 90센티미터였고 양쪽 끝으로 갈수록 점점 가늘어졌다. 나무는 하얗고 반질반질하고 단단했다. *물푸레나무네.* 메이저리그에서 쓰는 야구 방망이와 같은 재질이었다.

켈린이 에리스를 지목했다. 그녀는 앞으로 나가서 막대를 집었다. 켈린이 그다음 차례로 헤이미를 지목하자 심장이 살짝 내려앉았다. 헤이미는 막대를 집어서 양쪽 끝을 잡았다. 에리스는 한쪽 끝만 잡았다. *수비와 공격이로군.* 둘 다 신나지는 않았고 헤이미 혼자 겁을 먹은 표정을 짓고 있었다. 내가 보기에는 그럴 만도 했다.

"적을 죽여라!"

애런이 그 어느 때보다 웅웅거리는 목소리로 외쳤다.

에리스가 막대를 휘둘렀다. 헤이미는 쳐서 막았다. 에리스가 옆에서 달려들자 헤이미가 이번에도 막았지만 기운이 없었다. 그녀가 있는 힘껏 막대를 휘둘렀다면 (힘을 다 쓰지 않았다) 그를 쓰러뜨릴 수도 있었을 것 같았다.

켈린이 악을 썼다.

"쓰러뜨려! 쓰러뜨려라, 이 한심한 년아! 내 손에 쓰러지기 싫으면!"

에리스가 낮게 막대를 휘둘렀다. 헤이미는 이번에는 막으려는 시도조차 하지 않았다. 그녀의 공격에 다리가 꺾이자 그는 헉 하는 소리와 함께 쿵 하고 풀밭 위로 주저앉았다. 박스석의 사람들이 아까보다 활기차게 환호성을 질렀다. 에리스가 그들에게 인사했다. 나는 거리가 멀어서 그들 눈에는 역겨워하는 그녀의 표정이 보이지 않기만을 바랐다.

애런이 회초리 막대로 헤이미의 엉덩이와 다리를 후려쳤다.

"일어나! 일어나, 이 똥바가지야! 일어나!"

헤이미는 비틀비틀 일어섰다. 눈물이 뺨을 타고 흘렀고 콧물이 두 줄기로 흘렀다. 애런이 다시 내리치려고 회초리 막대를 들었지만 켈린이 고개를 한 번 저어 중단시켰다. 최소한 시합이 시작되기 전까지는 헤이미의 상태를 온전하게 유지해야 했다.

에리스는 그 자리에 남아서 다른 상대와 싸웠다. 둘은 서로 슬하게 공격을 막았지만, 온 힘을 다해서 강타하지는 않았다. 그들이 물러나고 다음 조가 올라갔다. 그런 식으로 다들 연이어 찌르고 휘두르고 막았지만, '쓰러뜨려'와 '적을 죽여라'라는 함성은 더 이상 없었다. 하지만 스툭스와 프레미는 꾀를 부린다고 다른 밤의 병사에게 맞았다. 맞는 품새를 보아하니 이번이 처음도 아닌 것 같았다.

아이는 톰과, 번트는 볼트와 겨루었고 결국에는 나와 애밋만 남았다. 애밋이 러닝 트랙에서 나를 어깨로 들이받는 것을 보고 애런이 조를 그렇게 짠 것 같았다. 아니면 켈린이 경기장으로 나오기 전에 그걸 봤을 수도 있었다.

"막대!"

애런이 외쳤다. 으, 그 웅웅거리는 목소리는 정말 질색이었다.

"이제 너희 둘이다! 막대! 너희들 솜씨를 보자!"

애밋이 자기 막대를 한 손으로 잡았다. 공격을 하겠다는 뜻이었다. 그는 웃고 있었다. 나는 내 막대의 양쪽 끝을 잡고 가로로 들어 방어할 준비를 했다. 적어도 처음에는 그렇게 시작할 참이었다. 애밋은 전에도 이런 걸 해 본 깜냥이 있으니 신출내기쯤이야 손쉽게 해치울 수 있을 거라 생각했을 것이다. 그의 짐작이 맞을 수도 있고 아닐 수도 있었다. 두고 보면 알 것이었다.

"적을 죽여라!"

이번에는 켈린이 이렇게 외쳤다.

애밋이 서슴없이 안짱다리로 뒤뚱뒤뚱 달려들어 나를 음료수 테이블과 대전용 막대가 담긴 바구니 사이로 몰고 가려고 했다. 2인 1조로 대전을 끝낸 사람들이 다시 넣은 막대로 바구니가 그득했다. 그가 막대를 들어 내리쳤다. 휘두르는 데 일말의 주저함도 없었다. 뇌진탕이나 그보다 더 심한 부상을 입히려는 심산이었다. 나를 제거하려는 것도 어느 정도 일리가 있는 발상이었다. 처벌을 받겠지만 지하 감옥의 인구가 다시 30명으로 줄어들 테고, 그러면 온전한 인간을 2명 더 찾을 때까지 페어 원을 연기할 수 있었다. 그는 어쩌면 1명을 없애는 것이 모두를 위한 길이라고 생각했을 수도 있겠지만 내가 보기에 그건 아니었다. 이유가 뭔지 몰라도 애밋은 나를 미워하기로 작정한 것이었다.

나는 반쯤 쭈그린 자세로 몸을 낮추고 대전용 막대를 위로 들었다. 그의 막대는 내 머리가 아니라 막대를 가격했다. 나는 그대로 일어나 그의 막대를 밀어서 뒤로 물러나게 했다. VIP석에서 박수 소리가 드문드문 희미하게 들렸다. 나는 그를 밀치며 바구니와 테이블 사이에서 빠져나와 속도를 활용할 수 있는 넓은 공간으로 그를 물러나게 했다. 솔직히 나도 뭐 그리 빠른 건 아니었지만 애밋은 안짱다리라 사냥개처럼 달릴 수가 없었다.

그가 막대를 처음에는 내 왼쪽 옆구리를 향해, 그다음에는 오른쪽을 향해 휘둘렀다. 이제 널찍한 데로 나왔으니 쉽게 막을 수 있었다. 그리고 나는 화가 나 있었다. 그것도 엄청나게 화가 나 있었다. 크로스토퍼 폴리의 한쪽 손목을 부러뜨리고 두들겨 팬 다음 다른 쪽 손목까지 부러뜨렸을 때처럼. 엄마가 돌아가신 뒤에 아빠가 술독에 빠져 지냈을 때처럼. 나는 아빠를 그냥 내버려 두었고, 술을 마시는 문제에 대해 (별로) 싫은 소리를 하지 않았지만, 그 분노를 다른 방식으로 해소했다. 앞에서도 언급한 그런 방식 아니면 너무 창피해서 차마 밝힐 수 없는 그런 방식으로.

우리는 스텝을 밟고 허리를 숙이고 서로를 속이는 동작을 취하며 잔디밭 위를 빙글빙글 돌았다. 죄수들은 말없이 지켜보았다. 켈린과 애런과 다른 밤의 병사들도 우리를 지켜보고 있었다. VIP석에서는 칵테일파티 같던 재잘거림이 멎었다. 애밋은 숨을 헐떡이기 시작했고 막대를 휘두르는 속도가 전에 비해 느려졌다. 더는 웃지도 않았고 그래서 오히려 좋았다.

나는 말했다.

"덤벼. 덤벼, 이 한심한 새끼야. 얼마나 잘하는지 보자."

애밋이 머리 위로 막대를 들고 돌진해 왔다. 나는 한 손으로 막대 끝을 잡고 그의 사타구니 바로 위쪽을 찔렀다. 그의 막대에 강타당한 어깨가 얼얼했지만 뒤로 물러나지 않았다. 내 막대를 던지고 왼손을 가로로 내밀어 애밋의 막대를 낚아챘다. 그걸로 그의 허벅지를 때리고 뒤로 물러났다가, 우중간 깊숙한 곳으로 라인 드라이브(야구에서 타자가 높고 일직선으로 공을 때리는 것 —옮긴이)를 날리려는 것처럼 체중을 실어서 그의 둔부를 때렸다.

애밋은 아파서 비명을 질렀다.

"항복! 항복할게!"

그렇게 외치거나 말거나 상관하지 않았다. 다시 막대를 휘둘러 이번에는 팔을 때렸다. 그는 몸을 돌려서 도망치려고 했지만 숨을 헐떡거렸다. 게다가 안짱다리이지 않은가. 나는 켈린을 쳐다보았다. 그는 어깨를 으쓱하더니 *마음대로 하라*는 듯이 내 숙적을 향해 손을 흔들었다. 아무튼 내가 보기에는 그랬다. 나는 애밋을 쫓아갔다. 그에게 어깨빵을 당해 넘어졌을 때 VIP석 사람들이 어떤 식으로 깔깔대고 웃었는지 생각이 났다고 이유를 댈 수도 있을 것이다. 아니면 자야가 나한테 발이 걸려서 대자로 넘어졌던 게 생각이 났다고. 아니면 신입을 건드리지 말라고 모두에게 못을 박고 싶었다고. 하지만 그건 아니었다. 아이 말고는 아무도 내게 눈곱만큼이라도 적의를 보인 적이 없었고, 그마저도 나와 조금 가까워진 뒤로는 달라졌다.

나는 그냥 그 자식을 조져 놓고 싶었을 뿐이다.

그의 엉덩이를 두 번 세게 때렸다. 에밋은 두 번째로 맞았을 때 무릎을 꿇으며 쓰러졌다.

"항복! 항복! 항복한다고!"

내가 머리 위로 대전용 막대를 들어올렸지만 사령관이 내 팔꿈치를 붙잡았다. 전기가 흐르는 전선에 닿은 듯한 그 끔찍한 느낌과 함께 모든 기운이 빠져나가는 기분이 들었다. 그가 계속 붙잡고 있었다면 나는 성문 앞에서처럼 정신을 잃었겠지만 캘런이 손을 놓았다.

"이제 그만."

나는 손을 풀어 막대를 떨어뜨렸다. 그런 다음 한쪽 무릎을 꿇었다. VIP들이 박수갈채와 함께 환호성을 질렀다. 눈앞에서 별이 왔다 갔다 했지만, 뺨에 흉터가 난 키 큰 남자가 얼굴이 하얀 여자에게 뭐라고 속삭이며 아무렇지 않게 한쪽 젖가슴을 움켜쥐는 것은 보였다.

"일어나라, 찰리."

나는 가까스로 몸을 일으켰다. 켈린이 애런에게 고개를 끄덕였다. 애런이 말했다.

"플레이타임은 이것으로 종료한다. 다들 음료 한 잔씩 더 마시도록."

다른 죄수들은 어땠는지 몰라도 나는 그 음료가 절실했다.

3

우리는 간수들을 따라 클럽하우스로 갔다. 감방에 비하면 넓고 호사스러웠다. 천장에 전등이 달려 있었지만 허접한 발전기와 연결이 되지 않았는지 가스등 여러 개로 대체되었다. 바닥과 벽에는 흰색 타일이 깔렸고 얼룩 하나 없이 깨끗했지만…… 대전을 벌이느라 피를 흘리고 흙을 뒤집어쓴 우리가 이런저런 얼룩을 남겼다. 회색 인간들이 청소를 하겠지만 지금은 안에 아무도 없었다. 물이 흐르는 배수로가 소변기였는데 남자들 몇 명이 여기에 볼일을 보았다. 배수로 양옆에는 한가운데 구멍이 뚫린 변기가 있었다. 여자용인 것 같았지만 자야도 에리스도 그걸 쓰지는 않았다. 하지만 그들도 남자들처럼 아무 거리낌 없이 윗도리를 벗었다. 자야는 막대로 몇 대 얻어맞아서 옆구리에 멍 꽃이 피었다.

방 한쪽에는 나무 보관함이 몇 개 있었다. 예전에는 선수들이 그곳에 장비를 보관했겠지만 당연히 우리에게는 넣을 게 아무것도 없었다. 다른 쪽에 있는 길쭉한 선반 위에 씻을 물이 담긴 양동이가 일렬로 놓여 있었다. 양동이마다 천 쪼가리가 한 개씩 떠다녔고 비누는 없었다.

여기저기가 욱신거리고 따끔거릴 때마다 움찔거리며 셔츠를 벗었다. 회초리 막대로 맞아서 생긴 상처들이 제일 심했다. 그중에서도 최악은 허리였다. 얼마나 심한지 볼 수는 없었지만 피가 아직 끈적끈적하게 덜 마른 것이 느껴졌다.

몇 명이 이미 양동이 앞에 가서 웃통을 씻고 있었고, 또 몇 명은 아랫도리를 씻느라 속바지까지 벗었다. 나는 그 정도로 목욕재계를 할 생각은 없었지만, 프랑스에서처럼(적어도 민요에 따르면 그랬다) 엠피스에서도 팬티를 입지 않는다니 흥미진진한 대목이었다.

애밋이 절뚝절뚝 다가왔다. 간수들은 같이 들어오지 않았으니 그가 재대결을 원한다면 뜯어말릴 사람이 없었다. 나로서는 상관없었다. 나는 며칠 (아니면 몇 주였을 수도 있었다) 동안 쌓인 흙이 딱딱하게 굳어 있었지만 웃통을 벗어던진 채 허리를 숙이고 주먹을 쥐었다.

그때 놀라운 일이 벌어졌다. 아이, 프레미, 스툭스 그리고 헤이미가 일렬로 내 앞을 가로막고 서서 애밋을 마주 보았다.

안짱다리인 애밋은 고개를 젓고 두통 환자처럼 손바닥의 불룩한 부분을 이마에 갖다 댔다.

"아냐, 아냐. 전에는 안 믿었지만 지금은 믿어. 아마도. 네가 정말······."

아이오타가 앞으로 나서 애밋의 입을 손으로 덮었다. 다른 손으로는 전성기 시절에 이 스타디움과 이 도시에 난방을 공급하는 데 쓰였을, 창살 달린 구멍을 가리켰다. 애밋은 그와 같은 곳을 바라보며 고개를 끄덕였다. 누가 봐도 아픈 걸 참아 가며 내 앞에 한쪽 무릎을 꿇고 손을 다시 이마에 갖다 댔다.

"사과할게, 찰리."

내가 하려던 말은 됐어요, 였는데 그 대신 이런 말이 나왔다.

"용서할게요. 이제 그만 일어나요, 애밋."

이제는 그들 모두가 나를 쳐다보고 있었고 이마에 손을 댄 사람이 몇 명 더 추가됐다(아이오타는 아직 아니었다). 모두 두통 환자일 리는 없었으니 경례일 수밖에 없었다. 그들은 전혀 말도 안 되는 발상을 믿고 있었다. 하지만······.

"씻어라, 찰리."

걸리가 한 양동이를 향해 손을 내밀었다. 왜 그러는지 몰라도 에리스는 선반을 따라서 그 밑을 손으로 훑으며 오리처럼 걷고 있었다.

"그래. 얼른 씻어."

"머리도 감고."

아이가 말했다. 내가 머뭇거리자 그가 다시 말했다.

"괜찮아. 저들도 보아야 해. 나도 그렇고."

그러고는 다시 덧붙였다.

"예전에 흙을 먹이겠다고 했던 거 사과할게."

나는 신경 쓸 것 없다고 했다. 그런 험한 말을 지금까지 한두 번 들은 게 아니라는 얘기는 굳이 덧붙이지 않았다. 스포츠의 세계가 그런 게 아니라 남자들 세계가 원래 그랬다.

나는 한 양동이 앞으로 가서 둥둥 떠다니던 천 쪼가리의 물기를 짰다. 그걸로 얼굴, 목, 겨드랑이, 배를 닦았다. 여럿이 지켜보고 있었으니 어마어마하게 신경이 쓰였다. 손이 닿는 곳을 모두 닦았을 때 자야가 몸을 돌리라고 하더니 등을 씻겨 주었다. 철봉에서 360도 회전을 했다가 애런에게 얻어맞아서 살이 벌어진 부위는 조심스럽게 건드렸지만 그래도 움찔했다.

그녀가 다정한 목소리로 말했다.

"아냐, 아냐. 가만히 있어, 찰리. 곪지 않게 여기 묻은 흙 잘 씻어야 해."

씻기는 것이 다 끝나자 그녀는 아무도 쓰지 않은 양동이를 가리켰다. 내 머리를 건드렸다가 금세 뜨거운 뭔가에 데기라도 한 것처럼 뒤로 물러났다.

확인하는 차원에서 아이오타를 쳐다봤다. 그는 고개를 끄덕였다. 더 이상 왈가왈부하지 않고 양동이를 집어서 머리 위로 물을 쏟아부었다. 물이 너무 차가워서 숨이 턱 막혔지만 그래도 기분이 좋았다. 나는 머리를 손으로 헤집으며 묵은 흙과 모래를 털어 냈다. 발치로 구정물이 고였다. 나는 최대한 깔끔하게 머리를 빗어넘겼다.

머리가 많이 길었네. 꼭 히피 같겠다.

30명 전원이 나를 빤히 쳐다보고 있었다. 그중 몇 명은 사실상 입을 떡 벌리고 있었다. 모두 눈이 동그랬다. 아이가 손바닥을 이마에 대고 무릎을 꿇었다. 나머지도 그를 따라 했다. 화들짝 놀랐다는 단어로는 그때 심정을 표현하기에 부족할 것이다.

"일어들 나세요. 저는 여러분이 생각하는 그런 사람이 아니에요."

하지만 나도 자신 있게 말할 수는 없었다.

그들은 일어섰다. 아이가 다가와 귀를 덮은 머리칼을 한 움큼 집더니 뽑아서(아야) 보여 주었다. 젖은 머리칼인데도 가스등 불빛 아래에서 환하게 반짝거렸다. 보디치 씨의 황금 알갱이에 버금갈 정도로 색이 밝았다.

나는 물었다.

"제 눈은요? 제 눈은 무슨 색이에요?"

아이오타는 실눈을 뜨고 거의 코가 맞닿을 정도로 가깝게 얼굴을 들이밀었다.

"아직 적갈색이야. 하지만 바뀌는 중일지 몰라. 최대한 눈을 내리깔고 있어야겠다."

"어차피 저 새끼들은 우리가 그러고 다니면 좋아해."

스툭스가 말했다.

"좋아서 껌뻑 죽지."

프레미가 거들었다.

에리스가 말했다.

"저들이 언제 들이닥칠지 몰라. 그러니까…… 미안, 찰리 왕자, 하지만……"

톰이 말했다.

"그렇게 부르지 마! 절대! 쟤 죽는 거 보고 싶어? 찰리, 계속 찰리라고 불러, 젠장!"

에리스가 조그맣게 속삭였다.

"미안. 그리고 이것도 미안. 하지만 어쩔 수가 없어."

그녀는 선반 아래에서 시커먼 뭔가를 잔뜩 모아 놓았다. 묵은 기름때와 먼지가 한데 섞인 찌꺼기였다.

"내 쪽으로 고개를 숙여 봐. 키가 너무 커서."

당연히 키가 클 수밖에. 키가 크고 백인에 이제는 금발, 조만간 파란 눈이 될 예정. 디즈니 애니메이션에서 튀어나온 늠름한 왕자님. 나는 내 자신이 전혀 늠름하게 느껴지지는 않았다. 이 모든 게 말이 안 됐다. 어느 디즈니 왕자님이 자동차 앞 유리창에 똥을 문대고 우편함에 체리 폭죽을 넣어서 터뜨릴까?

나는 고개를 숙였다. 에리스가 아주 조심스럽게 내 머리에 찌꺼기를 문대 색을 다시 진하게 만들었다. 그녀의 손가락이 두피를 주무를 때 아무 느낌이 없었다고 하지는 않겠다. 에리스의 뺨이 발개진 걸 보면 나 혼자만 그런 것도 아니었다.

주먹으로 문을 두드리는 소리가 들렸다. 밤의 병사가 고함을 질렀다.

"플레이타임 끝났다! 나와! 가자, 가자! 두 번 얘기하게 하지 마라, 꼬맹이들아!"

에리스가 뒤로 물러나 나를 올려다본 다음 아이, 자야, 헤이미를 쳐다보았다.

"그 정도면 된 것 같아."

자야가 나지막이 말했다. 그러길 바랄 따름이었다. 사령관의 집으로 다시 초대받고 싶은 생각은 없었다.

그리고 고문실도. 거기로 끌려가면 모두 실토하라고 고문을 당할 테고…… 결국에는 실토하는 수밖에 없게 될 것이다. 맨 먼저 내가 어디에서 왔는지. 여기까지 오는 동안 누구에게 도움을 받았고 그들이 어디에 사는지. 그리고 같은 감방에 갇힌 죄수들이 나를 누구라고 생각하는지. *뭐라고* 생각하는지.

염병할 구세주라고 생각하고 있지 않은가.

4

우리는 딥 말린으로 돌아갔다. 밤의 병사들이 팔을 길게 뻗어 감방 문을 거칠게 닫고 빗장을 질렀다. 기발한 수법이었다. 자유자재로 전기 충격을 줄 수 있는 것 말고 그들에게 또 어떤 능력이 있는지 궁금해졌다.

헤이미는 나와 최대한 거리를 두고 자기 자리에서 눈을 동그랗게 뜨고 나를 쳐다보고 있었다. 나는 그에게 그만 좀 쳐다보라고, 그러니까 불안하다고 했다. 그러자 그가 말했다.

"사과할게, 찰리 왕…… 찰리."

"아저씨도 그보다 더 잘할 수 있어요. 노력해 보겠다고 약속해요."

"약속할게."

"그리고 저를 누구라고 생각하는지도 입 밖에 내지 않게 좀 더 노력해 주시고요."

"전부터 의심하고 있었지만 아무한테도 얘기 안 했어."

내가 어깨 너머를 돌아보니 프레미와 스툭스가 자기들 감방에서 나란히 우리를 쳐다보고 있었다. 어떤 경로로 소문이 났는지 알 것 같았다. (여러분도 아마 알겠지만) 살다 보면 주변에 전하지 않고는 못

배길 만큼 엄청난 이야기도 있지 않은가.

내가 어디가 쑤시고 아픈지 아직 점검하고 있었을 때 4개의 빗장이 풀렸다. 퍼시가 양철 접시에 담긴 큼지막한 케이크를 들고 들어왔다. 보아하니 초콜릿 케이크였다. 내 배 속에서 천둥소리가 났다. 그는 케이크를 들고 애밋이 걸리와 함께 쓰는 감방으로 걸어갔다.

애밋이 철창 사이로 손을 내밀어 크게 한 덩이 떼어 입 안에 넣고는 (누가 들어도 아쉬워하는 목소리로) 말했다.

"나머지는 찰리 줘. 곤봉 대련에서 나를 이겼잖아. 내가 쪽도 못 쓰고 졌지."

그가 그렇게 말하진 않았지만 그렇게 들렸다. 엄마가 친구 헤다 아주머니와 진 러미 카드 게임을 하고 난 뒤에 종종 썼던 표현이었다. 어떨 때는 쪽도 못 쓰고 졌다고 했고, 또 어떨 때는 발렸다고 했고, 또 어떨 때는 털렸다고 했다. 그런 표현은 절대 잊지 못하는 법이다.

퍼시가 통로를 되짚어 왔다. 한 귀퉁이가 큼지막하게 날아가긴 했지만 접시에 케이크가 아직 남아 있었다. 아쉬워하는 눈빛들이 그 접시를 따라 움직였다. 케이크가 워낙 커서 접시를 비스듬히 기울여야 철창 사이를 통과할 수 있었다. 나는 케이크가 바닥에 떨어지지 않게 손으로 잘 눌러서 받고 손에 묻은 프로스팅을 핥아 먹었다. 아, 정말 환상적이었다. 아직까지도 그 맛이 기억에 남아 있을 정도다.

나는 (헤이미에게도, 어쩌면 옆방의 코미디 듀오에게도 주기로 다짐하며) 한 입 먹으려다 말고 머뭇거렸다. 퍼시가 계속 감방 앞에 서 있었다. 나와 시선이 마주치자 그는 녹아서 한데 뭉뚱그려진 가엾은 손바닥을 회색 이마에 갖다 댔다.

그러고는 한쪽 무릎을 꿇었다.

5

나는 잠이 들었고 레이더 꿈을 꾸었다.

녀석은 성벽 안으로 들어오기 전에 하룻밤 묵었던 차고를 향해 킹덤 로드를 총총히 걸어가고 있었다. 그러다 가끔 걸음을 멈추고 낑낑대며 나를 찾았다. 거의 돌아올 듯이 몸을 돌린 적도 한 번 있었지만, 계속 걸음을 옮겼다. *잘했어. 어떻게든 무사히 피해.*

구름 사이로 2개의 달이 고개를 내밀었다. 곧바로 늑대들이 울부짖기 시작했다. 레이더는 총총히 걸어가다 말고 달리기 시작했다. 울부짖는 소리가 점점 더 크게, 더 가깝게 들렸다. 꿈속에서 몸을 낮추고 킹덤 로드 양옆으로 살금살금 움직이는 그림자들이 보였다. 그 그림자에는 빨간 눈이 달려 있었다. *꿈이 악몽으로 바뀌려는 순간이네.* 나는 일어나라고 나 자신에게 말했다. 늑대 떼가(그것도 양쪽에 하나씩 두 패거리였다) 허물어진 근교의 도로와 골목길에서 달려 나와 내 친구를 공격하는 광경은 보고 싶지 않았다.

꿈이 점점 희미해졌다. 헤이미가 끙끙대는 소리가 들렸다. 옆방에서 프레미와 스툭스가 한목소리로 웅얼거렸다. 완전히 현실로 돌아오기 전에 놀라운 일이 벌어졌다. 밤보다 더 어두컴컴한 구름이 레이더를 향해 밀려왔다. 그 구름이 서로 쫓고 쫓기는 두 달을 가로지른 순간 레이스로 바뀌었다. 제왕나비 떼였다. 원래는 잠을 자느라 밤에 날아다닐 일이 없겠지만 꿈이 그런 식이지 않은가. 그 구름이 내 반려견에게로 다가가 달리는 녀석의 위에 머물렀다. 몇 마리는 실제로 녀석의 머리와 등과 새로 튼튼해진 엉덩이에 내려앉아서 천천히 날개를 펄럭였다. 늑대 울음소리가 그쳤고 나는 눈을 떴다.

헤이미가 너덜너덜한 바지를 발목까지 내리고 한쪽 구석의 똥통 위에 쪼그리고 앉아서 배를 움켜쥐고 있었다.

아이가 맞은편 감방에서 외쳤다.

"조용히 좀 해라, 응? 잠 좀 자자."

"댁이나 조용히 해요."

나는 나지막이 마주 외치고 헤이미에게로 갔다.

"많이 아파요?"

"아냐, 아냐, 많이 아프지는 않아."

하지만 땀으로 얼룩진 그의 얼굴을 보면 거짓말이라는 걸 알 수 있었다. 갑자기 요란한 방귀소리와 함께 풍덩 하는 소리가 들렸다.

"아우, 시원하다. 이제 살겠네."

냄새가 지독했지만 나는 그가 너덜너덜한 바지를 추켜올리다 넘어지지 않게 팔을 잡아 주었다.

"뭐야, 누가 죽었어?"

프레미가 물었다.

"헤이미 똥구멍이 드디어 빠졌나 봐."

스툭스가 거들었다.

내가 말했다.

"둘 다 그만 해요. 사람 아픈 게 웃을 일은 아니잖아요."

그들은 당장 잠잠해졌다. 스툭스는 손바닥을 이마에 갖다 대려고 했다.

"아니에요, 아니에요."

나는 말했다. 감옥살이를 하다 보면 그 바닥의 공용어를 금세 체득하게 된다.

"앞으로 그러지 말아요. 절대."

나는 헤이미를 부축해 돗짚자리로 데려갔다. 얼굴이 해쓱하고 창백했다. 이런 그가 이른바 페어 원에서 누군가와 대전을 벌인다는 것은, 상대가 아무리 폐병환자인 도미라도 말도 안 되는 발상이었다.

아니, 끔찍한 발상이었다. 앵무새더러 로트와일러 개와 싸우라고 하는 거나 다름없었다.

"뭘 먹으면 소화가 안 돼. 전에도 얘기했던 것처럼. 예전에는 브루키 목재소에서 하루 12시간씩, 어떤 날은 14시간씩 일하고도 쉬는 시간을 더 달라고 할 필요 없이 건강했는데. 지금은…… 왜 이렇게 됐는지 모르겠네. 버섯 때문인가? 아냐, 그건 아닐 거야. 나쁜 벌레가 배 속에 들어갔을 가능성이 크겠지. 아무튼 이제는 뭘 먹으면 소화가 안 돼. 처음에는 이렇게까지 심하진 않았는데. 이제는 심하네. 내 소원이 뭔지 아니?"

나는 고개를 저었다.

"페어 원이 열릴 때까지 목숨을 부지하는 거야. 그러면 이 염병할 감방에서 똥을 누려다 배가 터져서 죽는 게 아니라 밖에서 죽을 수 있잖아."

"여기서 병에 걸렸어요?"

분명 그랬을 거라고 생각했다. 독버섯 때문이라면 즉사했든지 아니면 결국에는 괜찮아졌지 않겠는가. 딥 말린이 멸균실도 아니었다. 하지만 헤이미는 고개를 저었다.

"시타델에서 오던 길에 걸린 것 같아. 회색 병이 시작된 이후에. 차라리 회색 병에 걸린 게 나을지 모르겠다는 생각이 들 때도 있어."

"그게 언제였는데요?"

헤이미는 고개를 저었다.

"모르겠어. 몇 년 됐지. 가끔 그 벌레가 이 안에서 윙윙거리는 게 느껴지는 것 같을 때도 있어."

그는 납작한 자기 배를 문질렀다.

"윙윙거리면서 나를 조금씩 갉아먹는 거지. 천천히. 아주 *처언천히*."

헤이미가 팔로 얼굴에서 땀을 닦았다.

"처음에 내가 재카랑 같이 끌려왔을 때는 여기에 5명밖에 없었어."

헤이미는 재카와 번트가 같이 쓰는 감방 쪽을 가리켰다.

"재카랑 내가 추가되면서 7명이 됐지. 인원이 늘어나다가…… 누가 죽으면 줄어들기도 했지만…… 계속 늘어나서 이제는 31명이 됐네. 벌트가 나보다 먼저 왔으니까 제일 오래됐지…… 살아 있는 사람 중에서 말이야…… 그런데 그 친구 말로는 그 당시에는 플라이트 킬러가 64명을 계획했대. 그래야 경기 수가 좀 더 많아지니까! 잔디밭 위로 피와 뇌수를 좀 더 많이 쏟을 수 있으니까! 켈린…… 분명 그자가 설득했을 거야…… 온전한 인간을 그 정도로 많이 찾지 못할 테니 32명으로 하자고. 아이 말로는 조만간 32명이 채워지지 않으면 플라이트 킬러가 막판까지 아껴 두려고 했던 레드 몰리를 끼워 넣을 거라는데."

그 얘기는 나도 들었다. 레드 몰리를 본 적 없었지만 그 엄마는 본 적 있었기 때문에 두려웠다. 하지만 내가 모르는 것도 하나 있었다. 나는 헤이미에게 몸을 바짝 기울이고서 말했다.

"엘든이 플라이트 킬러죠."

"그렇다고들 하지."

"그에게 다른 이름도 있어요? 그가 고그마고그예요?"

나는 그때 시간을 거꾸로 돌리는 해시계와 같은 동화 속에 등장하는 마법과 초자연적인 존재 간의 엄청난 차이, 그 깊은 틈, 그 심연을 느꼈다. *뭔가가 그 이름을 들은 것이다.*

평소처럼 퍼덕이며 아주 희미하게 주변을 비추던 가스등이 갑자기 새파란 화살처럼 화르륵 일어나 딥 말린을 플래시 전구처럼 환하게 비췄다. 몇몇 죄수들이 놀라서 공포의 비명을 질렀다. 아이오타는 한 손을 이마에 대고 철창이 달린 문 앞으로 나왔다. 기껏해야 일이 초 동안이었지만 아래에서 돌바닥이 솟구쳤다가 쿵 하고 다시 내려앉는 것을 느낄 수 있었다. 천장에서 돌가루가 떨어졌다. 벽에서 신음소리가 났다. 마치 감옥이 그 소리에 비명을 지른 것 같았다.

아니다.

같은 게 아니었다.

실제로 비명을 질렀다.

그러고는 잠잠해졌다.

헤이미가 야윈 팔을 내밀어 숨이 막힐 정도로 세게 내 목을 감싸 안더니 내 귀에 대고 속삭였다.

"다시는 그 이름 얘기하지 마! 어둠의 우물 속에 잠들어 있는 그것을 깨우고 싶지 않으면!"

23장.

템푸스 에스트 움브라 인 멘테.
애매모호한 역사. 클라. 쪽지. 씨 뿌리기.

1

나는 힐뷰 1학년 때 라틴어 I 수업을 들었다. 고어를 배운다는 것이 멋지게 느껴졌을 뿐 아니라 아빠가 엄마도 똑같은 학교에서 영이라는 똑같은 선생님에게 그 수업을 들었다고 했기 때문이었다. 아빠의 말에 따르면 엄마는 그 선생님을 멋있다고 생각했다. 내 차례가 됐을 때 라틴어와 프랑스어를 같이 가르쳤던 영 선생님은 더 이상 젊지 않았지만 멋지기는 여전했다. 그 수업을 들은 학생은 8명뿐이었고 2학년 때 라틴어 II는 개설되지 않았다. 영 선생님이 퇴직하면서 힐뷰고등학교에서 그 수업은 아예 폐강됐다.

수업 첫날에 영 선생님은 아는 라틴어 문구가 있느냐고 물었다. 칼라 요한슨이 손을 들고 현재를 잡으라는 뜻의 *카르페 디엠*을 말했다. 그 뒤로 아무도 답을 않길래 내가 손을 들고, 어디 갈 데가 있을 때 밥 삼촌이 썼던 구절을 말했다. 템푸스 푸지트, 시간은 빠르게 흐른다는 뜻이었다. 선생님은 고개를 끄덕였고, 다시 아무도 답을 하지 않자 몇 가지 구절을 알려 주셨다. 애드 호크('특별히'라는 뜻이다—옮긴이), *디 팩토*('사실상'이라는 뜻이다—옮긴이), *보나 피데*('진실되다'는 뜻이다—옮긴이). 수업이 끝나자 영 선생님이 나를 불러서 엄마를 기억한다며, 그렇게 젊은 나이에 세상을 떠나다니 안타깝다고 말했다. 나는 고맙다고 인사했다. 6년이 지났으니 눈물은 나지 않았지만 목이 메었다.

선생님이 말했다.

"*템푸스 푸지트*도 좋은 구절이긴 하지만 시간이 항상 빠르게 흐르지는 않지. 뭘 기다려 본 사람이라면 누구라도 알겠지만. *템푸스 에스트 움브라 인 멘테*가 더 맞지 않을까? 대충 번역하자면 시간은 마음속의 그림자라는 뜻이야."

나는 딥 말린에서 그 구절에 대해 종종 생각했다. 우리가 매장당한 그곳에서 낮과 밤을 구분하는 유일한 방법이 있다면 이 형편없는 감옥이 아닌 *다른 곳*에 해가 떠 있는 동안에는 밤의 병사들의 출입이 줄고, 찾아오더라도 파란색 오라가 희미하며, 인간의 얼굴이 좀 더 선명해진다는 것이었다. 그들은 대개 우거지상을 쓰고 다녔다. 피곤하고 초췌해 보였다. 아직 인간이었을 때 악마와 후회스러운 계약을 했는데, 엎질러진 물이라 무르지 못하는 건 아닌가 싶었다. 애런을 비롯해 다른 몇 명과 사령관은 분명 아니겠지만 다른 병사들은? 그럴 수도 있었다. 내가 보고 싶은 대로 보는 것일 수도 있었지만.

지하 감옥에서 처음 일주일은 시간 개념을 대충 챙겼지만 이후로는 놓쳐 버렸다. 닷새에서 엿새마다 위로 올라가서 플레이타임을 치렀던 것 같은데, 대부분 그냥 연습이었고 유혈이 낭자하지는 않았다. 한 번 예외가 있었다면 야노(계속 새로운 이름을 끄집어내서 미안하지만 나 말고도 죄수가 30명이었다는 사실을 기억해 주기 바란다)가 에리스에게 대련용 곤봉을 너무 세게 휘두른 적이 있었다. 에리스는 몸을 숙여서 잘 피했다. 그는 멀찌감치 헛방을 날리고 어깨가 빠졌다. 뜻밖의 일은 아니었다. 야노는 다른 죄수들 대다수처럼 애초부터 액션 배우 타입이 아니었고, 거의 대부분을 갇혀 지내다 보니 체력을 별로 키우지 못했다. 나는 감방에서 계속 운동을 했다. 그런 죄수가 거의 없었다.

클럽하우스로 돌아갈 때 프리드라는 죄수가 야노의 어깨를 맞췄다. 야노에게 가만히 있으라고 하고는 그의 팔꿈치를 휙 잡아당겼다. 야노의 어깨가 덜거덕하고 제자리를 찾아가는 소리가 들렸다.

"솜씨 좋으시던데요."

다시 말린으로 이동하는 길에 내가 말했다.

프리드는 어깨를 으쓱했다.

"내가 의사였거든. 시타델에서. 여러 해 전에."

다만 그가 여러 *해*라고 말하지는 않았다. 내가 전에도 이 부분을 짚고 넘어갔다는 건 나도 알고 여러분도 알겠지만 왜 모든 게 이상하게 느껴졌는지 설명을 해야겠다는, 적어도 시도는 해야겠다는 필요성을 느낀다. 내 귀에는 항상 *해*로 들렸지만, 내가 엠피스에 대해 물으며 해라는 단어를 쓰면 사람마다 각기 다르게 받아들이는 것 같았다. 나는 몇 주(심사숙고 끝에 선택한 단어다)에 걸쳐 엠피스의 역사를 어렴풋이 파악했지만 일관성 있는 연대표를 만들지는 못했다.

아빠가 참석하는 알코올중독자 모임에서는 신입들에게 귀를 틀어막고 있는 솜을 빼서 입에 넣으라고 했다. 듣는 법을 배워야 듣는 것을 통해 배울 수 있다고 했다. 나는 가끔 질문을 했지만 대개는 눈은 동그랗게 뜨고 입은 다물고 있었다. 그들은 대화를 나누었고 (왜냐하면 달리 할 일이 없었다), 어떤 일이 벌어진 시점을 두고 옥신각신했고 (심지어는 그런 일이 벌어졌는지 여부를 두고도 옥신각신했다) 부모님과 할아버지, 할머니에게 들은 얘기를 했다. 머릿속에서 그림이 그려지기 시작했다. 흐릿했지만 아무것도 없는 것보다는 나았다.

예전에, 아주 오래전에는 이 나라 왕정은 제대로 된 군대를 갖춘 제대로 된 군주제였다. 잘은 몰라도 해군까지 있었다고 했다. 제임스, 찰스, 그리고 부인이 많았던 헨리 왕 시절의 잉글랜드와 비슷하지 않았을까 싶었다. 그 옛날에는 엠피스의 왕들이(여왕도 있었는지는 잘 모르겠다. 내가 모르는 많은 것 중에 그것도 포함된다) 높으신 하느님의 선택을 받은 존재로 여겨졌다. 그들의 통치에 아무도 의문을 제기하지 않았다. 그들은 거의 신과 같은 존재였고 잘은 몰라도 진짜 그랬다. 인어와 거인이 사는 나라에서는 왕들이 (그리고 어쩌면 왕족들도) 공중 부양을 하거나 노려보는 것으로 적을 죽이거나 손을 대는 것으로 병을 고칠 수도 있지 않았을까?

어느 시점부터 갤리언 가문이 왕가가 되었다. 같은 감방 동지들에 따르면(여러분도 짐작했겠지만) *아주 여러 해 전* 얘기였다. 하지만 시간이 흐르면서, 내 생각에는 5에서 6세대쯤 지났을 때부터 갤리언 가문의 영향력이 미미해지기 시작했다. 회색 병이 창궐하기 직전까지 엠피스는 이름만 군주제였다. 왕실은 여전히 중요한 존재였지만 더는 궁극의 요체가 아니었다. 시타델만 해도 닥터 프리드의 설명에 따르면 7인의 의회가 다스렸고 의원은 선출직이었다. 그는 시타델이 중요한 대도시라도 되는 듯이 말했지만 느낌상으로는 시프런트와 릴리마르 사이에서 무역으로 먹고 사는 부유한 소도시인 것 같았다. 디스크나 울룸 같은 소도시나 공국들도 (적어도 울룸이 광신도로 물들기 전까지는) 이와 비슷하게 각자 주특기가 있고 주민들도 각자 본업에 전념했을 것이다.

거의 다 내 친구가 된 죄수들은(내가 마법의 왕자라고 아니면 마법의 왕자일지 모른다고 생각했기 때문에 상황이 복잡해졌지만) 릴리마르와 왕궁에 대해 아는 게 별로 없었다. 엄청난 비밀이라서가 아니라 각자 할 일이 있고 건사할 도시가 있었기 때문이었다. 그들은 잰 왕에게 세금을 바쳤지만 (더블은 잰이 아니라 잼 왕인 줄 알았다고 했다) 금액이 얼마 되지 않는 데다 군인들(그즈음에는 숫자가 많이 줄었고 이름도 근위대로 바뀌었다)이 도로와 다리 보수 공사를 책임졌기 때문이었다. 톰은 기마 보안관, 애밋은 민병대라고 지칭한 (내가 듣기로는 그랬다) 사람들에게도 세금을 바쳤다. 엠피스 국민들이 꼬박꼬박 세금을 바친 이유 중에는 잰이(다름 아닌!) 왕이었고 그것이 전통이기 때문인 것도 있었다. 세금을 낼 때면 다들 그렇듯 그들도 조금 투덜거렸다가 엠피스의 4월 15일(미국의 소득세 신고 마감일이다 — 옮긴이)에 해당하는 날이 다시 찾아올 때까지 잊어버리고 있었을 것이다.

마법의 정체를 궁금해하는 분도 있을지 모르겠다. 해시계는? 밤의 병사들은? 가끔 모양이 달라지는 것처럼 느껴지는 건물은? 그들은 그걸 아무렇지 않게 받아들였다. 어떻게 그럴 수 있느냐는 생각이 든다면 어떤 사람이 1910년에서 2010년대로 시간을 이동해 사람들이 쇠로 만든 거대한 새를 타고 하늘을 날아다니고, 차를 타고 시속 150킬로미터로 달리는 광경을 보았다고 상상해 보라. 모든 이가 주머니에 어마어마한 컴퓨터를 넣고 다니며 수시로 두드리는 광경을 보았다고 말이다. 아니면 무성 흑백영화만 몇 번 보았던 사람이 갑자기 아이맥스 영화관 맨 앞줄에 앉아서 「아바타」를 3D로 보았다고 상상해도 되겠다.

아무리 놀라운 것이라도 지나고 보면 익숙해지게 되어 있다, 그뿐이다. 인어와 아이맥스, 거인과 휴대전화. 자기가 사는 세상에 그런 게 있으면 그냥 받아들이게 되어 있다. 놀랍지 않은가. 다르게 생각하면 끔찍하기도 하다. 고그마고그가 무섭다고? 우리가 사는 세상은 온 세계를 끝장낼 수도 있는 핵무기를 깔고 앉아 있는데, 그게 흑마술이 아니라면 뭐가 흑마술인지 모르겠다.

2

엠피스의 왕은 계속 교체됐다. 잘은 모르겠지만 레이더와 내가 보디치 씨의 이니셜을 따라 해시계로 가는 동안 지나쳤던 거대한 회색 건물 안에 갤리언 왕가의 시신이 보관되어 있다고 한다. 잰 왕은 기존의 절차에 따라 즉위식을 거행했다. 벌트는 황금 성배가 동원됐다고 주장했다.

재카는 잰의 왕비의 이름이 클라라 아니면 카라였다고 했지만 다른 죄수들은 대부분 코라였다고, 그 둘은 팔촌지간인가 그랬다고 주장했다. 그들이 몇 명의 자녀를 낳았는지는 아무도 모르는 듯했다. 누구는 4명이라고, 누구는 8명이라고 했고, 애밋은 10명이라고 맹세했다. "그 둘은 왕실 토끼처럼 빠구리를 쳤을 거"라며. 내가 어느 공주의 백마에게 들은 바에 따르면 모두 틀렸다. 그들의 자녀는 7명이었다. 딸 다섯, 아들 둘. 그리고 아직까지도 여전히 미치도록 애매모호하기는 했지만, 내 입장에서는 이 시점에서부터 이야기가 흥미진진해지기 시작했다. 어쩌면 유의미해졌다고 볼 수도 있겠다.

잰 왕이 병에 걸렸다. 두 아들 중에서 형이자 그의 총애를 받았던 로버트가 성배를 들기 위해 대기 태세에 돌입했다. (성배 테두리에는 나비 무늬가 새겨져 있지 않았을까?) 동생인 엘든은 잊힌 거나 다름없었다. 그를 우상처럼 떠받들었던 리아에게만 예외였을 뿐.

어느 날 저녁에 도미가 말했다.

"들리는 소문에 따르면 엘든은 다리를 저는 못난이라고 했어. 한쪽이 아니라 양쪽 모두 발이 휘었다고 했고."

"나는 얼굴이 사마귀 밭이라는 소문도 들었어."

옥카가 말했다.

"곱사등이고."

프레미가 말했다.

다들 못생기고 다리를 절고 잊힌 거나 다름없었던 엘든 왕자와 플라이트 킬러가 별개의 인물인 것처럼 입방아를 찧다니 흥미진진한 대목이었다. 그게 아니라 나비로 변신한 애벌레 대하듯 했다고 해야 할까? 내가 보기에는 근위대도 일부 변신을 했다. 밤의 병사들로.

엘든은 자기 형을 질투했고 질투는 점점 자라나 증오가 되었다. 다른 죄수들도 이 부분에 대해서 동의하는 눈치였다. 왜 아니겠는가? 형제자매 간의 경쟁. 어느 동화에서나 볼 수 있는 전형적인 스토리였다. 나도 그럴듯한 이야기가 진실이 아닐 수도 있다는 것을, 거짓이 섞였을 수도 있다는 것을 알았지만, 인간의 본성을 감안했을 때 이 이야기는 충분히 설득력이 있었다. 엘든은 완력 또는 속임수를 동원해 왕위를 찬탈하고 가족들에게 원수를 갚기로 마음을 먹었다. 그러는 과정에서 온 엠피스가 고통을 겪게 된다 한들 상관없었다.

회색 병이 시작된 것은 엘든이 플라이트 킬러로 변신하기 전이었을까, 후였을까? 이전이었다고 말하는 죄수들도 몇 명 있었지만 내가 생각하기에는 이후였다. 그가 불러일으켰을 것이다. 또 한 가지 확신할 수 있는 게 있다면 그의 새로운 이름의 유래였다.(플라이트라는 단어에 새 떼라는 뜻이 있다—옮긴이)

닥터 프리드가 말했다.

"엠피스 사방에 나비들이 날아다녔어. 하늘을 새까맣게 덮었지."

그가 야노의 어깨를 맞춰 주고 난 후에 한 말이었다. 우리는 나란히 지하 감옥으로 돌아가던 길이었다. 프리드는 거의 속삭이는 수준으로 나지막이 말했다. 계단을 내려가는 길이라 대화를 나누기가 수월했고 다들 녹초가 됐기 때문에 걷는 속도가 더뎠다. 그의 애기를 듣자 예전에 여행비둘기 떼가 어떤 식으로 중서부 하늘을 새까맣게 덮었는지 생각이 났다. 여행비둘기 떼는 그러다 불법 포획으로 멸종됐지만 제왕나비 떼는 누가 포획할까?

"그 나비, 맛있어요?"

나는 물었다. 여행비둘기는 그 때문에 역사 속으로 사라졌다. 여행비둘기는 날개가 달린 값싼 양식이었다.

그는 코웃음을 쳤다.

"제왕나비는 독이 있어, 찰리. 한 마리 먹으면 속이 뒤집히고 그만일지 몰라도 한 움큼 먹으면 죽을 수도 있어. 아까 말했다시피 그 나비 떼는 사방을 날아다녔지만 릴리마르와 그 근교들엔 특히 많았지."

그가 근교라고 했을까, 촌락들이라고 했을까? 내 귀에는 둘 다 똑같이 들렸다.

"사람들은 유충들이 먹을 수 있게 마당에 박주가리를 키우고 나비가 부화하면 꿀을 먹을 수 있게 꽃을 키웠지. 행운의 상징이었거든."

나는 전에 보았던 석상들을 떠올렸다. 펼친 날개를 망치로 내리쳐 훼손시킨 석상들을.

"전해 내려오는 이야기에 따르면 가족들이 살해당하고 자기만 남자 엘든이 칼라에 새하얀 족제비 털이 달린 빨간색 예복을 입고 갤리언 왕가의 금색 왕관을 쓰고 길거리를 돌아다녔다고 해. 하늘은 늘 그렇듯 제왕나비 떼로 덮여서 새까맸고. 그런데 엘든이 양손을 들 때마다 수천 마리가 죽어서 땅바닥으로 떨어졌대. 도시에서 도망치던 사람들은(몇 명은 남아서 충성을 맹세하고 신하가 됐지) 이리저리 흩날리는 죽은 나비 떼를 헤치며 달려야 했지. 성벽 안쪽에 죽은 나비 떼가 3미터는 쌓였다고들 하더라. 색깔 선명하던 제왕나비 수백만 마리가 회색으로 변한 채 죽었다고."

"끔찍하네요."

그 무렵 우리는 지하 감옥에 거의 도착했다.

"그 얘기를 믿으세요?"

"시타델에서도 제왕나비가 죽었어. 하늘에서 떨어지는 걸 내 눈으로 직접 봤어. 다른 사람들도 똑같이 얘기할 거야."

그는 눈을 비비고 나를 올려다보았다.

"그 경기장에 나갈 때 나비를 볼 수 있으면 좋겠다. 한 마리만이라도. 하지만 전부 죽었겠지?"

"아니에요. 제가 봤어요. 그것도 아주 많이."

그가 내 팔을 잡았다. 작은 키치고 힘이 의외로 셌다. 페어 원이 열리면 헤이미와 거의 비슷한 수준으로, 오래 버티지는 못하겠지만.

"진짜? 맹세할 수 있어?"

"네."

"네 엄마의 이름을 걸고?"

간수 하나가 인상을 쓰고 뒤를 돌아보며 회초리 막대를 협박조로 들었다가 다시 앞으로 고개를 돌렸다.

"엄마의 이름을 걸고 맹세할게요."

나는 조그맣게 대답했다.

제왕나비는 사라지지 않았고 갤리언 왕가도 마찬가지였다. 적어도 전부 몰살당하지는 않았다. 엘든에게 생긴 뭔지 모를 능력이 내린 저주를 받긴 했지만(그 능력으로 근교도 폐허로 만들었을 것이다) 그래도 살아 있었다. 하지만 프리드에게 그 사실을 알려 주지는 않았다. 그랬다가는 우리 둘 다 위험해질 수 있었다.

해나가 성문까지 그의 남은 가족을 쫓아와 조카 알로이시어스의 머리를 쳐서 날렸다고 했던 우디의 얘기가 생각났다.

"해나는 언제 왔어요? 거인들은 북쪽에 사는데 여기로 온 이유가 뭐예요?"

그는 고개를 저었다.

"나도 몰라."

보디치 씨가 마지막으로 금을 가지러 왔을 때 해나가 마침 크래치에 사는 친척을 만나러 가느라 자리를 비웠을 수도 있지만 알 방법은 없었다. 그는 죽었고 말했다시피 엠피스의 역사는 애매모호했다.

그날 밤에 나는 한참 깨어 있었다. 엠피스나 나비나 플라이트 킬러가 아니라 아빠 생각을 했다. 아빠를 그리워하고 걱정했다. 잘은 모르겠지만 아빠는 내가 엄마처럼 죽었다고 생각할 수도 있었다.

3

아무도 세지 않는 시간이 흔적도 없이 흘렀다. 나는 정보의 부스러기들을 수집했지만 수집하는 목적이 뭔지는 알 수 없었다. 그러던 어느 날 평소보다 조금 고된 연습을 마치고 돌아와 보니 나나 도미나 아이오타보다 덩치가 훨씬 큰, 수염 기른 남자가 아이오타의 감방에 있었다. 진흙을 뒤집어쓴 짧은 바지와 똑같이 진흙을 뒤집어쓴 줄무늬 티셔츠를 입었는데, 소매를 잘라서 두툼한 근육이 드러나 보였다. 그는 같은 감방 안에 있는 파란 존재와 최대한 거리를 유지하며 무릎을 귀에 대고 한쪽 구석에 쭈그리고 앉아 있었다. 그 파란 존재는 바로 사령관이었다.

켈린이 손을 들었다. 심드렁하다시피 한 동작이었지만 우리를 인도하던 2명의 밤의 병사들은 당장 걸음을 멈추고 차렷 자세를 취했다. 우리도 걸음을 멈췄다. 그날은 자야가 내 옆에서 걷고 있었는데, 슬그머니 내 손을 잡았다. 그 손이 얼음장처럼 차가웠다.

켈린이 아이의 감방에서 나와 우리를 쓱 훑어보았다.

"친애하는 친구들, 새로운 동지를 소개하겠네. 이름은 클라. 레믈라 호숫가에서 발견이 됐지. 타고 있던 보트에 구멍이 나는 바람에 하마터면 물에 빠져서 죽을 뻔한 상태로. 그렇지, 클라?"

클라는 아무 말도 하지 않고 켈린을 쳐다보기만 했다.

"대답해!"

"네, 하마터면 물에 빠져서 죽을 뻔했죠."

"다시. 사령관님이라는 호칭을 붙여야지."

"네, 사령관님. 하마터면 물에 빠져서 죽을 뻔했습니다."

켈린이 다시 우리를 돌아보았다.

"하지만 친구들, 이자는 구조됐고 너희들도 보면 알 수 있겠지만 어딘가에 회색 꽃이 피지 않았어. 흙먼지만 있을 뿐."

켈린은 킥킥거렸다. 그 소리에 소름이 끼쳤다. 자야가 더욱 세게 내 손을 잡았다.

"너희들도 알다시피 딥 말린에서는 서로 소개를 잘 해 주지 않지만 친애하는 내 새로운 친구 클라는 소개를 받을 자격이 있는 것 같아서. 왜냐하면 32번째 손님이니까. 끝내주지 않나?"

아무도 대꾸를 하지 않았다.

켈린은 선두에서 우리의 후줄근한 행렬을 인도하던 밤의 병사 중 한 명을 가리켰다가 애밋의 옆에 서 있던 번트를 가리켰다. 밤의 병사가 막대로 번트의 목을 쳤다. 번트는 비명을 지르며 무릎을 꿇고 스며 나오는 피를 손으로 눌렀다. 켈린은 그의 위로 허리를 숙였다.

"이름이 뭐냐? 잊어버려서 미안하다고 사과하지는 않겠어. 너희들이 좀 많아야 말이지."

번트는 꺽꺽대며 대답했다.

"번트입니다. 시타……."

"시타델이라는 곳은 없어. 지금도 그렇고 앞으로도 영원히. 그냥 번트라고 하면 돼. 대답해 봐, 어디 출신인지 몰라도 되는 번트. 플라이트 킬러이신 엘든 폐하께 32번이 생겼다는 게 끝내주지 않나? 우렁찬 목소리로 당당하게 대답해 봐!"

"네."

번트는 말했다. 꽉 쥔 손가락 사이로 피가 뚝뚝 흘렀다.

"네라니 *뭐가*?"

켈린은 이렇게 되묻고는 어린아이에게 글을 가르치듯 천천히 말했다.

"자, 끝, 끝, 끝……. 우렁찬 목소리로 당당하게 대답해 봐!"

"끝내줍니다."

번트는 통로에 깔린 젖은 돌을 내려다보며 말했다.

"여자!"

켈린이 외쳤다.

"너, 에린! 에린 맞지?"

"네, 사령관님."

에리스가 말했다. 그에게 이름을 잘못 불렀다고 지적할 일은 없었다.

"클라가 합류해서 끝내주지?"

"네, 사령관님."

"얼마나 끝내주는데?"

"아주 끝내줍니다, 사령관님."

"냄새가 코를 찌르는 건 네 보지냐 아니면 똥구멍이냐, 에린?"

에리스의 얼굴은 무표정했지만 두 눈은 이글거렸다. 그녀는 현명하게 시선을 떨어뜨렸다.

"아마 양쪽 모두일 겁니다, 사령관님."

"그래, 내가 보기에도 그렇다. 이제 너…… 아이오타. 이리 와 봐."

아이가 켈린을 감싼 파란색 화염에 거의 닿을 정도로 다가갔다.

"한 감방을 쓰는 동기가 생겨서 기쁜가?"

"네, 사령관님."

"끝, 끝……?"

켈린이 하얀 손을 펄럭이는 것을 보고 나는 그가 기뻐하고 있다는 것을 깨달았다. 기뻐하는 정도가 아니라 마치 달 위로 둥실둥실 떠다니는 것처럼 좋아서 어쩔 줄 몰랐다. 여기 상황을 감안했을 때 '두 달 위로 떠다니는 것처럼'이라고 해야 할까? 왜 아니겠는가. 그에게 맡겨졌던 인원 모집이라는 임무가 이제 완수됐지 않은가. 나는 내가 그를 얼마나 증오하는지 깨달았다. 아직 만난 적 없는 플라이트 킬러도 증오했다.

"끝내줍니다."

켈린은 아이오타를 향해 천천히 손을 내밀었다. 아이오타는 꿈쩍 않고 버티려 했지만 그 손이 얼굴에서 2센티미터도 안 되는 곳까지 다가오자 뒤로 움찔했다. 허공에서 탁탁거리는 소리가 났고, 켈린의 목숨 줄 역할을 하는 뭔지 모를 기운에 반응해 아이의 털이 흔들렸다.

"끝내준다는 걸로 끝인가, 아이오타?"

"끝내줍니다, 사령관님."

켈린은 흥미를 잃었다. 짜증을 내며 우리 사이를 성큼성큼 걸었다. 다들 피하려고 했지만 그중 몇 명은 그만큼 빠르지 못해서 그의 오라에 강타당했다. 몇 명은 소리 없이, 몇 명은 아파서 흐느끼며 무릎을 꿇었다. 자야를 밖으로 밀치느라 내 팔이 그를 감싼 파란색 장막 안으로 들어가자 불에 데인 것 같은 고통이 어깨로 솟구치며 모든 근육을 마비시켰다. 2분이라는 긴 시간이 흐른 다음에서야 마비가 풀렸다.

회색 노예들은 풀어 주고 저걸로 발전기를 돌리면 되겠네. 문 앞에 도착하자 켈린은 우리 쪽으로 몸을 홱 돌리고는 프로이센의 훈련 교관처럼 발을 한 번 굴렀다.

"내 말 잘 들어, 친애하는 친구들. 별 볼 일 없는 망명객과 플라이트 킬러의 정권 초기에 도망친 몇 명을 제외하면 너희가 마지막 왕족이다. 난봉꾼, 악당, 성폭행범의 피가 희석된 후손. 너희는 플라이트 킬러의 노리개로 쓰일 거다, 그것도 조만간. 플레이타임은 끝났다. 다음번에 너희가 엘든 경기장, 과거에는 황제 경기장이라고 불렸던 그곳에 서는 순간은 페어 윈 1라운드가 될 것이다."

"저 사람은요, 사령관님?"

나는 멀쩡한 쪽 팔로 클라를 가리키며 물었다.

"저 사람에게는 연습할 기회도 주지 않고요?"

켈린은 옅은 미소를 지으며 나를 물끄러미 응시했다. 그의 눈 뒤로 해골에 뚫린 눈구멍이 보였다.

"네가 저 친구의 연습 상대가 될 거다, 꼬맹아. 저 친구는 레믈라 호수도 이겼으니 너도 이기겠지. 덩치를 봐! 아니, 아니, 너는 2라운드에 출전하지 못할 거다, 건방진 친구야. 나는 네가 제거됐다는 데 기뻐할 테고."

위로가 되는 말을 끝으로 그는 떠났다.

4

그날 저녁은 스테이크였다. '플레이타임'이 있는 날은 거의 그랬다. 퍼시가 카트를 밀고 통로를 지나며 반쯤 익힌 고기를 감방 안으로 던져 주었다. 이제 16개 감방에 죄수가 2명씩이었다. 퍼시는 내고기를 던져 주며 한데 뭉뚱그려진 손을 다시 이마로 올렸다. 얼른, 슬쩍 올리긴 했어도 착각의 여지가 없었다. 클라는 자기 몫을 떨어뜨리지 않고 받아서 한쪽 구석에 앉아 설익은 고기를 두 손으로 들고 덥석덥석 먹어 치웠다. *이빨이 참 크기도 하네요, 클라.*

헤이미는 몇 입 먹는 둥 마는 둥 하고 남은 걸 내게 주려고 했다. 나는 사양했다.

"좀 더 먹어 봐요."

"뭐 하러? 먹으면 배만 아프고 어차피 죽는 건 마찬가진데."

나는 아버지가 터득한 지혜를 동원했다.

"한 번에 하루씩만 생각해요."

말린에 여러 날이라도 있는 것처럼. 그는 나를 안심시키려고 몇 입 더 먹었다. 이러니저러니 해도 나는 예언 속의 왕자님, 전설 속의 그런 존재였다. 나와 연관이 있는 마법이라고 해 봐야 머리와 눈동자 색이 신기하게 달라진 것뿐이고, 내가 어떻게 할 수도 별 쓸모도 없긴 했지만.

아이가 클라에게 어쩌다 하마터면 물에 빠져 죽을 뻔했느냐고 물었다. 클라는 대꾸를 하지 않았다. 프레미와 스툭스는 그가 어디 출신이고 어디로 가는 길이었는지 궁금해했다. 어딘가에 안전한 피난처가 있었는지. 클라는 대꾸를 하지 않았다. 고기를 먹고 기름 범벅이 된 손가락을 줄무늬 티셔츠에 닦기만 했다.

"사령관 앞이 아니면 할 말이 별로 없는 모양이지?"

더블이 번트와 함께 쓰는 자기 감방 철창 앞에 서서 물었다. 내 감방에서 몇 칸 옆이었다. 그는 한 입 남은 스테이크를 들고 있었다. 나중에 밤중에 깨면 먹으려고 남겨 둔 것이었다. 감옥의 루틴은 서글프지만 단순했다.

클라는 구석 자리에서 일어나지도 고개를 들지도 않고 대답했다.

"조만간 죽을 인간들과 말을 섞을 이유가 없잖아. 무슨 시합이 열린

다며? 좋아. 내가 우승을 하겠어. 상이 있다면 받아서 갈 길 가겠어."

우리는 벼락과도 같은 정적으로 반응했다.

한참 만에 프레미가 말했다.

"저 친구는 이해를 못 하네."

스툭스가 말했다.

"어디서 엉뚱한 정보를 입수했나 봐. 아니면 귀에 아직 물이 차서 잘 듣질 못하든지."

아이오타가 양동이에서 물을 떠 마시고는 어제까지만 해도 혼자 썼던 감방의 철창에 펄쩍 매달려 평소 습관대로 철창을 잡고 흔들다 손을 놓고, 구석에 구부정하게 앉아 있는 덩치 큰 신참을 돌아보았다.

"뭐 하나 설명을 해 줄게, 클라. *분명하게* 짚고 넘어가겠다고 할까. 페어 원은 토너먼트야. 갤리언 왕정 시대에는 황제 경기장에서 그런 토너먼트가 자주 열렸고, 수천 명씩 구경을 하러 왔지. 온 사방에서, 심지어 크래치에 사는 거인들까지. 참가자는 대개 근위병이었지만 자기 머리가 얼마나 단단한지 시험해 보고 싶으면 일반인도 참가할 수 있었어. 피가 튀겼고 참가자들은 종종 기절해서 실려 나갔어. 하지만 이번 대회는 옛날 방식이야. 갤리언 왕정 한참 이전, 릴리마르가 디스크와 다를 바 없는 조그만 마을에 불과했던 시절의 방식."

대부분 아는 얘기였지만 여기서 몇 주를 보낸 지금까지도 모르는 부분들이 더러 있었다. 나는 열심히 귀를 기울였다. 다른 동기들도 마찬가지였다. 우리는 불법 감금 생활을 하는 동안 페어 원에 대해서 얘기한 적이 거의 없었다. 과거의 전기의자, 요즘의 독극물 주사처럼 금기 사안이었다.

"우리는 16명씩 나뉘어서 1대1로 싸울 거야. 죽을 때까지. 쉬는 시간도 항복도 없어. 싸움을 거부하는 사람은 누구든 고문대 위로 올라가거나 아이언 메이든 안에 들어가거나 스트레처에 묶여서 엿가락처럼 잡아 당겨질 거야. 알겠냐?"

클라는 구석 자리에서 곰곰이 생각하는 눈치를 보이더니 마침내 이렇게 말했다.

"나는 싸움 잘해."

아이는 고개를 끄덕였다.

"그래, 잘하게 생겼어. 사령관을 상대하거나 호숫물을 게울 때 말고는. 16명이 남으면 8명이 남을 때까지 다시 싸우겠지. 8명은 4명이 남을 때까지. 4명은 2명이 남을 때까지."

클라는 고개를 끄덕였다.

"내가 그 안에 들 거야. 상대방이 내 발치에 쓰러져 죽으면 상을 달라고 할 거야."

"그래, 잘 생각했어."

어느덧 내 옆에 선 헤이미가 말했다.

"옛날에는 상이 금 한 자루였다고 하더군. 그리고 평생 세금을 면제받는 것. 하지만 그건 옛날 얘기지. *네가* 받을 상은 레드 몰리와의 싸움이 될 거야. 레드 몰리는 거인이라 너무 덩치가 커서 플라이트 킬러의 아첨꾼들이 앉는 특별석에는 들어가지도 못하지만 그 아래 서 있는 걸 여러 번 봤어. 너도 덩치가 커서 키가 2미터도 넘는 것 같지만 빨간 머리 그년이 훨씬 크다고."

대시가 말했다.

"레드 몰리는 나 못 잡아. 느리거든. 나는 빠르고. 다들 나를 대시라고 부르는 데에는 이유가 있지."

빠르거나 말거나 거죽만 남은 대시는 레드 몰리를 상대하기 한참 전에 죽고 없겠지만, 아무도 그 빤한 사실을 짚고 넘어가지는 않았다.

클라는 그 자리에 가만히 앉아서 이 말에 대해서도 곰곰이 생각했다. 그러다 마침내 나무옹이가 불 속에서 튀기는 소리를 무릎에서 내며 일어나 물이 담긴 양동이 앞으로 갔다.

"그 여자도 내가 이길 거야. 뇌가 터져서 입 밖으로 흘러나올 때까지 두들겨 팰 거야."

"그럴 수 있다 쳐요."

내가 말했다.

그는 나를 돌아보았다.

"그게 끝이 아니에요. 딸은 죽인다 해도(아마 안 되겠지만 그럴 수 있다고 치자고요) 그 엄마를 상대로는 가망이 없어요. 내가 그 엄마를 봤거든요? 염병할, 고질라예요."

물론 내 입에서 딱 이런 말이 나온 건 아니었지만 여기저기서 웅얼웅얼 맞장구쳤다.

"다들 하도 얻어맞아서 자기 그림자도 무서워할 지경이 됐군."

클라가 말했다. 자기도 켈린이 사령관이라는 경칭을 붙이라고 했을 때 냉큼 그렇게 해 놓고서는 잊어버린 모양이었다. 물론 켈린과 다른 밤의 병사들은 다르긴 했다. 그들에게는 오라가 있었다. 켈린이 나를 건드렸을 때 근육이 어떻게 뻣뻣하게 굳었는지 생각이 났다.

클라가 물이 담긴 양동이를 집어 들었다. 아이오타가 울뚝불뚝한 그의 팔을 잡았다.

"아냐, 아냐! 컵을 써, 이 바보야! 퍼시가 마실 물을 가져다주는 게……."

클라처럼 덩치가 크면서 그렇게 빠른 사람은 내 평생 처음이었다. ESPN 클래식에서 샤킬 오닐이 루이지애나 주립대학교에서 활약하던 시절의 하이라이트를 보았을 때 키 2.1미터에 몸무게 145킬로그램이 어쩌면 그렇게 움직임이 절묘할 수 있을까 하는 생각이 들었었는데, 그보다도 더 빨랐다.

방금까지만 해도 클라가 양동이를 입에 대고 기울이고 있었는데, 눈 깜빡할 새 양동이가 돌바닥 위로 내팽개쳐지고 물이 쏟아졌다. 클라가 고개를 돌려서 양동이를 쳐다봤다. 아이가 한 손을 딛고 바닥에 쓰러져 있었다. 다른 손으로는 자기 목을 감싸고서 캑캑거렸다. 눈이 당장이라도 튀어나올 것 같았다.

"그 친구를 죽이면 혹독한 대가를 치르게 될 거야."

야노가 말하고는 누가 들어도 안도하는 투로 이렇게 덧붙였다.

"그럼 페어 원도 열리지 않을 테고."

헤이미가 처량하게 말했다.

"그래도 열릴걸? 플라이트 킬러가 더는 기다리지 못할 테니까. 아이 대신 레드 몰리가 그 자리에 들어가겠지."

하지만 아이는 죽지 않았다. 한참 만에 일어나 휘청거리며 자기 돗짚자리로 가서 드러누웠다. 그 뒤로 이틀 동안 목소리를 제대로 내지 못했다. 클라가 등장하기 전까지는 그가 우리 중에서 가장 덩치가 크고 가장 힘이 셌다. 누가 봐도 페어 원이라는 유혈 스포츠에서 마지막으로 살아남을 생존자였다. 하지만 나는 그를 쓰러뜨린 일격을 보지도 못했다.

대회 1라운드에서 그런 기술을 선보일 수도 있는 남자를 누가 상대하게 될까?

켈린의 주장에 따르면 영광의 주인공은 내가 될 예정이었다.

5

여태껏 레이더 꿈은 종종 꾸었지만 클라가 아이오타를 쓰러뜨린 날 밤에는 리아 공주 꿈을 꾸었다. 그녀는 보디스가 몸에 딱 맞는 엠파이어 웨이스트라인의 빨간색 드레스를 입고 있었다. 치맛단 아래로 똑같은 빨간색의 구두가 빼꼼 고개를 내밀었는데, 버클에 다이아몬드가 박혀 있었다. 머리는 뒤로 묶어서 복잡하게 꼰 진주 끈으로 장식했다. 봉긋한 가슴에 나비 모양의 금색 로켓을 달고 있었다. 나는 병에 걸려서 죽어 가는 개와 함께 엠피스로 건너왔을 때 걸치고 있던 누더기 같은 옷이 아니라 검은색 양복에 흰색 셔츠를 입고 그녀의 옆에 앉아 있었다. 양복은 벨벳이었다. 셔츠는 실크였다. 신발은 위가 접힌 스웨이드 부츠였다. 하워드 파일이 그린 삽화에서 뒤마의 삼총사가 신었을 듯한 신발이었다. 분명 도라의 집에서 신고 나왔을 것이다. 팔라다가 만족스러워하는 표정으로 근처에서 풀을 뜯었고, 피부가 회색으로 변한 리아의 하녀가 빗으로 털을 빗겼다.

리아와 나는 손을 잡고 고요한 연못에 비친 우리를 쳐다보고 있었다. 내 머리는 길고 금색이었다. 군데군데 여드름 자국이 있던 게 사라졌다. 나는 잘생겼고 리아는 아름다웠다. 입이 돌아와서 특히 그랬다. 입꼬리를 올려서 살짝 미소를 짓고 있었다. 입가에 보조개가 파여 있을 뿐 상처는 없었다. 깨지 않는다면 조만간 그 빨간 입술에 입을 맞출 것이었다. 나는 꿈속에서조차 이게 뭔지 정체를 간파했다. 디즈니 애니메이션의 결말이었다. 당장이라도 꽃잎이 연못으로 떨어져 물결을 일으키면 거기에 비친 우리의 모습이 일렁이고, 배경 음악이 점점 커지는 가운데 다시 만난 왕자와 공주가 입을 맞출 수 있었다. 그 어떤 어둠도 동화 같은 완벽한 결말을 망칠 수 없었다.

하지만 이상한 부분이 하나 있었다. 리아 공주는 빨간색 드레스 무릎에 대고 자주색 헤어드라이어를 들고 있었다. 엄마가 돌아가셨을 때 나는 7살밖에 되지 않았지만 그래도 그걸 기억하고 있었다. 그 헤어드라이어를 비롯해 엄마가 쓰던 물건 중에 쓸 만한 것들은 모두 굿윌 스토어에 기증됐다. '여성용품'이라고 불렸던 엄마의 소지품을 볼 때마다 아빠의 심장이 다시금 무너졌기 때문이었다. 나는 그래도 상관없지만 엄마가 썼던 소나무 향주머니와 손거울은 남겼으면 좋겠다고 했다. 아빠는 알겠다고 했다. 그 둘은 아직까지도 내 방 서랍장 안에 들어 있었다.

엄마는 자기 헤어드라이어를 자주색 광선총이라고 불렀다.

나는 리아에게 엄마의 헤어드라이어를 들고 있는 이유가 뭐냐고 물으려고 했지만 그 전에 하녀가 말했다.

"그분을 도와주세요."

"방법을 모르겠어요."

나는 말했다.

리아는 새롭게 등장한 완벽한 입술로 미소를 지으며 내 뺨을 어루만졌다.

"너는 네가 생각하는 것보다 빨라, 찰리 왕자."

나는 빠르지 않다고, 미식축구에서는 라인맨을, 야구에서는 1루수를 맡았던 이유가 그 때문이라고 대답하려고 했다. 스탠퍼드를 상대로 치른 터키 볼 경기에서 어느 정도 스피드를 자랑하긴 했지만 단거리였고 아드레날린이 기폭제가 된 예외적인 경우였다. 하지만 나는 뭐라고 말을 꺼낼 겨를도 없이 뭔가에 얼굴을 맞고 번쩍 눈을 떴다.

한 동강에 불과한 조그만 스테이크 조각이었다. 퍼시가 "나웅 거, 나웅 거."라고 말하며, 통로를 지나 다른 감방에도 조그만 덩어리를 몇 개 더 던져주고 있었다. 남은 거라는 뜻일 것이었다.

헤이미는 '플레이타임'과 평소처럼 저녁식사를 마친 뒤에 장을 비우느라 진이 다 빠져서 드르렁드르렁 코를 골고 있었다. 나는 고기를 들고 벽에 등을 대고 앉아서 한 입 베어 물었다. 뭔가가 앞니에 부딪혔다. 포춘 쿠키 안에 들어 있는 점괘 크기만 한 종잇조각이 고기 사이에 끼워져 있었다. 나는 그 종잇조각을 꺼냈다. 고등 교육을 받은 사람의 단정하고 조그만 필기체로 이렇게 적혀 있었다.

기회를 봐서 도울게요, 나의 양자님. 경기운영위원실을 통해 여기서 빠져나갈 방법이 있어요. 위험하긴 하지만, 내 목숨을 소중히 여기신다면 이걸 보는 즉시 파기해 주세요. 양자님의 충복, 퍼시벌.

퍼시벌이라. 퍼시가 아니라 퍼시벌이었네. 회색으로 변한 노예가 아니라 본명이 따로 있는 실제 인간이었어.

나는 종이를 씹어 삼켰다.

6

다음 날 아침에는 소시지가 나왔다. 그게 무슨 뜻인지 우리 모두 알았다. 헤이미가 황량한 눈빛으로 나를 보며 미소를 지었다.

"복통에 시달리는 건 오늘로 끝이겠네. 똥을 누느라 고생하는 것도 그렇고. 내 것 먹을래?"

나는 입맛이 별로 없었지만 그래도 그의 몫으로 배식된 4줄의 소시지를 건네받았다. 그걸 먹고 좀 더 기운을 내고 싶었는데, 납덩이처럼 배 속에 얹혔다. 통로 맞은편 감방에서 클라가 나를 쳐다보고 있었다. 아니다. 눈으로 '야리고' 있었다. 아이오타가 *어쩔 생각이냐*고 묻는 듯이 어깨를 으쓱했다. 나도 똑같이 야려 보았다. 어쩌라고.

기다림이 시작됐다. 시간을 잴 방법은 없었지만 전보다 천천히 흘렀다. 프레미와 스툭스는 자기들 감방에 나란히 앉아 있었다. 프레미가 말했다.

"우리 둘이 서로 붙지만 않으면 좋겠다, 친구."

나는 어쩌면 그럴 수도 있겠다는 생각이 들었다. 그래야 잔인하지 않겠는가. 적어도 그 부분에 있어서만큼은 내 짐작이 틀린 것으로 밝혀졌지만.

오늘은 아닌가 보다는 생각이 들기 시작했을 무렵 밤의 병사 넷이 등장했다. 애런이 대장이었다. 그는 '플레이타임' 시간에는 항상 경기장으로 나와서 지휘봉처럼 회초리 막대를 흔들어 댔지만, 나를 사령관에게 데려갔을 때(물론 그 참에 고문실도 보여 주는 것이 목적이었을 테지만) 이후로 딥 말린으로 내려온 건 처음이었다.

감방 문들이 덜커덩거리며 녹슨 레일 위를 움직였다.

"나와! 나와라, 꼬맹이들아! 너희들 절반에게는 좋은 날이, 그 나머지에게는 궂은 날이 될 거다!"

우리는 모두 감방에서 나왔지만…… 왜소하고 머리가 벗어져 가는 해처라는 남자는 예외였다.

"나는 못 나가겠어요. 아파요."

밤의 병사 중 한 명이 다가가려고 하자 애런이 손을 흔들어 물리쳤다. 그가 해처의 감방 앞으로 가서 섰다. 해처가 그보다 훨씬 덩치가 큰, 디스크에서 온 퀼리라는 동기와 함께 쓰는 감방이었다. 퀼리는 뒤로 몸을 움츠렸지만 그래도 애런의 오라가 스치고 지나가자 조그맣게 비명을 지르며 팔을 움켜쥐었다.

"너는 한때 시타델이라고 불렀던 도시에서 살았던 해처지, 맞지?"

해처는 우울하게 고개를 끄덕였다.

"몸이 아프다고. 소시지 때문인가?"

"아마도요."

해처는 한데 부둥켜 잡고 벌벌 떨고 있는 손에 시선을 고정한 채 고개를 들지 않았다.

"아무래도 그럴 거예요."

"그런데 보니까 줄만 빼고 다 먹었네?"

해처는 아무 대꾸도 하지 않았다.

"내 말 잘 들어라, 꼬맹아. 페어 원 아니면 아이언 메이든이야. 그 아가씨를 만나는 자리는 내가 직접 관여를 할 텐데, 긴 시간이 될 거다. 문을 천천히 닫을 거거든. 못이 눈꺼풀에 아주 살짝 닿는 것이 느껴질 테고…… 그런 다음 눈을 관통할 거다. 배도 마찬가지지! 눈만큼은 아니지만 그래도 충분히 부드럽게. 네가 비명을 지르는 동안 소화되고 남은 소시지가 질질 흘러나올 테지. 어때, 위안이 되나?"

해처는 끙끙대며 감방에서 비틀비틀 걸어 나왔다.

애런이 외쳤다.

"잘 생각했어! 이제 다 모였군! 이제 경기하러 가야지! 가자, 꼬맹이들아! 가자, 가자, 가자! 엄청 재밌는 시간이 기다리고 있어!"

우리는 행진했다.

전까지 숱하게 지나다닌 오르막 통로를 걸어가는 동안(하지만 그전에는 우리 중 절반만 이 길로 돌아올 수 있다는 생각을 하지 못했다) 나는 간밤에 꾸었던 꿈을 떠올렸다. 리아가 '너는 네가 생각하는 것보다 빨라, 찰리 왕자.'라고 했던 것을 떠올렸다.

나는 내가 빠르게 느껴지지 않았다.

7

우리는 곧장 경기장으로 나서는 것이 아니라 연습 후에 이용했던 클럽하우스로 이동했다. 이번에는 오라 때문에 푸르스름한 검은색으로 보이는 제복을 휘황찬란하게 갖춰 입은 사령관이 우리를 맞았다. 그는 오늘 이 자리를 앞두고 완벽하게 충전이 되어 있었다. 그 오라를 충전하는 에너지의 출처가 어디인지 궁금했지만 그날 중요한 문제는 그게 아니었다.

항상 '플레이타임' 이후에 쓸 물 양동이가 31개 놓여 있었던 선반에는 이제 16개만 있었다. 그날 행사가 끝난 뒤에 16명은 씻을 필요가 없었다. 맨 꼭대기에 **페어 원 1라운드**라고 적힌 큼지막한 포스터 보드가 이젤에 얹혀서 선반 앞에 놓여 있었다. 대진표였다. 나는 그 대진표를 완벽하게 기억한다. 인간은 그런 끔찍한 상황에 놓이면 모든 걸 기억하든지 아무것도 기억하지 못하든지 둘 중 하나인 것 같다. 새로운 이름들을 추가하게 돼서 미안하게 생각하지만, 함께 감금당했던 동지들을 잠깐이나마 추억하기 위해서라도 언급해야겠다.

켈린이 말했다.

"여기 대진 순서가 있다. 다들 엘든 폐하를 위해 최선을 다해 주도록. 알겠나?"

아무도 대답이 없었다.

"친구처럼 지낸 자와 맞붙게 될 수도 있지만 우정은 이제 접어 두도록. 모든 경기는 한쪽이 죽을 때까지 계속된다. *죽을 때까지.* 상대를 쓰러뜨리기만 하고 죽이지 않으면 양쪽 모두에게 훨씬 고통스러운 죽음만 야기될 뿐이다. 알겠나?"

이번에는 클라가 대답했다. "엡."이라는 대답과 함께 나를 쳐다보며 엄지손가락으로 그 거대한 목을 긋고 씩 웃었다.

"1조의 대결이 조만간 시작될 거다. 준비하도록."

그는 이 말을 끝으로 나갔다. 다른 밤의 병사들도 따라 나갔다. 우리는 말없이 포스터 보드를 살폈다.

페어 원 1라운드

1조
프레미 대 머프
자야 대 헤이미
애밋 대 웨일

2조
야노 대 프리드
재카 대 아이오타

메슬 대 샘

3조
톰 대 벌트

도미 대 캐밋

벤도 대 대시

중식

4조
더블 대 에바

스툭스 대 해처

패그 대 퀼리

5조
번트 대 걸리

힐트 대 옥카

에리스 대 비즈

6조
클라 대 찰리

나는 이 비슷한 시드 배정을 접한 적 있었다. NCAA(전미 대학 체육 협회 — 옮긴이)의 셀렉션 선데이(대학 농구 68강 토너먼트 진출팀의 대진이 결정되는 날 — 옮긴이)를 텔레비전 중계로 보았을 뿐 아니라, 봄마다 모든 참가팀의 경기장에 내걸리는 아카디아 베이브 루스 토너먼트 대진 포스터를 직접 본 적도 여러 번이었다. 그 대진표 자체만으로도 묘했지만 가장 비현실적인 대목은 한가운데에 적힌 단어였다. **중식.** 플라이트 킬러와 그의 수행단은 9명의 죄수들이 대전에서 죽어 나가는 것을 관람한 뒤에…… 맛있게 점심식사를 한다는 뜻이었다.

"우리가 전부 출전을 거부하면 어떻게 될까?"

애밋이 곰곰이 생각하는 투로 물었다. 비협조적으로 나오는 말이 있으면 때려눕히던 전직 편자공답지 않은 말투였다.

"그냥 물어보는 거야."

덩치가 크고 근시라 실눈을 뜨고 다니는 옥카가 웃음을 터뜨렸다.

"파업을 하자고? 우리 아버지 시대에 제분소 일꾼들처럼? 이날의 경기만 손꼽아 기다리던 플라이트 킬러에게 물을 먹여 가며? 미안하지만 나는 아파서 비명을 지르며 오늘을 보내느니 내일까지 목숨을 부지하는 쪽을 선택하겠어."

내가 보기에 옥카는 고관절이 안 좋고 키가 작고 비쩍 마른 힐트와 상대할 예정이었으니 내일까지 목숨을 부지할 가능성이 컸다. 2라운드에서 쓰러지겠지만 오늘은 경기 후에 몸을 씻고 저녁을 먹을 수 있을 것이었다. 둘러보니 이렇게 단순하게 생각하는 표정을 짓는 사람이 여럿이었다. 하지만 헤미는 아니었다. 그는 대진표를 한번 본 다음 벤치로 가 고개를 숙이고 앉았다. 나는 그의 그런 모습이 싫었지만 우리를 이렇게 끔찍한 상황으로 내모는 자들이 더 싫었다.

다시 대진표를 확인했다. 프레미와 스툭스를 붙여 놓고, 자야와 에리스를 붙여 놓을 줄 알았더니(여자들 싸움이 더 재밌지 않나?) 아니었다. 아무 생각 없이 시드 배정을 한 것 같았다. 제비뽑기를 했을 수도 있었다. 하지만 마지막 대전은 아니었다. 경기장에서 그날의 피날레를 장식할 사람은 딱 2명이었다.

클라 대 찰리.

24장.

1라운드. 마지막 조. 왕자님.
"네가 생각하기에는 어떨 것 같은데?"

1

　자야가 헤이미 옆으로 가서 앉아 그의 손을 잡았다. 그의 손이 힘없이 그녀의 손에 붙들렸다.

　"정말 싫다."

　헤이미는 그녀를 쳐다보지 않고 대답했다.

　"나도 알아. 괜찮아."

　"네가 날 이길 수도 있어. 내가 뭐 그리 힘이 세지도 않잖아. 에리스라면 모를까."

　"그러게."

　문이 열렸고 밤의 병사 둘이 들어왔다. 그들은 살아 있는 시체답지 않게 흥분 상태였다. 숨이 끊긴 심장이 몸속에서 계속 뛰고 있기라도 한 것처럼 오라가 펄떡거렸다.

　"1조 준비! 가자, 가자! 꼬맹이들아, 폐하를 기다리게 하면 안 되지! 벌써 착석하셨는데!"

아무도 움직이지 않았다. 나는 순간 애밋이 말한 파업이 실현되는 건 아닌가 하는 어처구니없는 생각을 했지만…… 그것도 파업 참가자들이 치러야 하는 대가를 떠올리기 전까지였다. 포스터 보드를 보고 대진표가 바뀌는 기적은 벌어지지 않았다는 것을 확인한 1조의 6명이 자리에서 일어났다. 프레미와 머프, 애밋과 키가 작고 투실투실한 웨일, 그리고 헤이미와 자야였다. 자야는 바로 옆에 서 있는 밤의 병사의 오라를 피하느라 몸을 오므리고, 헤이미의 손을 잡고 나갔다.

갤리언 왕정 시절에는 등장하는 참가자들을 보고 스타디움에서 만원 관중이 지르는 기대에 찬 함성 소리가 우리에게도 들렸을 것이다. 나는 열심히 귀를 기울였다. 박수 소리가 드문드문 희미하게 들리는 것도 같았지만 착각일 수도 있었다. 아마 그랬을 것이다. 그도 그럴 것이, (과거에는 황제 경기장이라고 불렸던) 엘든 경기장의 관람석에 거의 아무도 없었다. 내가 여기로 오는 길에 만난 남자아이의 말이 맞았다. 릴리마르는 악마가 사는 도시였다. 시체, 그러니까 살아 있는 시체와 아첨꾼 몇 명만 남은 곳이었다.

여기에 나비는 없었다.

밤의 병사들만 없으면 도망칠 수도 있겠다는 생각이 들었다. 하지만 다시 생각해 보니 거인 모녀와…… 플라이트 킬러가 있었다. 현재는 그의 정체가 무엇인지, 그가 어떻게 변신했는지 알 수 없었지만 한 가지 사실만큼은 분명했다. 이제 그는 발이 휘었고, 등뼈가 고부라졌거나 목에 혹이 달린 리아의 막내 오빠가 아니었다.

시간이 흘렀다. 얼마나 흘렀는지는 알 수 없었다. 나를 비롯해 몇 명이 배수로에 볼일을 보았다. 죽음에 대한 공포만큼 방광을 자극하는 건 없었다. 마침내 문이 열렸고 애밋이 들어왔다. 털이 북슬북슬한 왼손 등에 조그맣게 베인 자국이 있었다. 거기 말고는 상처가 전혀 없었다.

애밋을 데리고 들어온 언데드가 뒤로 물러나자마자 메슬이 득달같이 그에게 달려갔다.

"어떻게 됐어? 정말로 웨일이……."

애밋이 하도 거칠게 밀치는 바람에 메슬이 타일에 대자로 넘어졌다.

"나는 돌아왔고 그는 돌아오지 못했어. 내가 할 수 있는 말은, 네가 들을 필요가 있는 말은 그게 전부야. 나 건드리지 마."

그는 벤치 끝으로 가서 앉더니 머리를 숙이고 옆통수에 두 손을 갖다 댔다. 야구경기에서 투수가 결정타를 맞고 강판당했을 때 종종 취하는 자세였다. 승자가 아니라 패자의 자세였다. 하지만 어떤 변화가 벌어지지 않는 한 우리는 모두 패자가 될 운명이었다.

그분을 구해 주세요. 회색으로 변한 리아의 하녀가 내게 속삭였다. 이제 내가 그들 모두를 구해야 하는 걸까? 겹겹이 바른 흙 아래에 금발이 숨겨져 있다는 이유 하나만으로? 말도 안 됐다. 클라가 계속 나를 야려 보고 있었다. 저녁 먹는 시간까지 목숨을 부지할 작정인 것이었다.

그날 마지막 대결이 시작되면 나 자신조차 구할 수 없을지 몰랐다.

그다음으로 돌아온 사람은 머프였다. 부어서 한쪽 눈을 뜨지 못했고 티셔츠 오른쪽 어깨가 피로 축축했다. 스툭스가 보더니 그의 개 그 파트너가 사라졌다는 사실을 깨닫고 나지막이 흐느끼며 눈을 가렸다.

우리는 문을 보며 기다렸다. 마침내 문이 열렸고 자야가 들어왔다. 얼굴이 새하얗게 질렸지만 다친 데는 없어 보였다. 눈물이 뺨을 타고 줄줄 흘러내렸다.

"어쩔 수 없었어."

그녀가 말했다. 나뿐만 아니라 우리 모두에게 하는 말이었다.

"어쩔 수 없었어. 안 그러면 우리 둘 다 저들 손에 죽었을 거야."

2

2조가 불려 갔다. 야노 대 닥터 프리드, 아이오타 대 재카, 메슬 대 샘이었다. 그들이 나가자 나는 자야 옆으로 가서 앉았다. 그녀는 나를 쳐다보지 않았지만 말을 줄줄 쏟아 냈다. 그걸 담아 두면 안에서 뭔가가 터지기라도 할 것처럼 그랬다.

"헤이미는 사실 싸울 수가 없었어. 어떤 상태인지, 아니 어떤 상태였는지 너도 알잖아. 하지만 싸우는 척 연극을 했어. 나를 위해서 그랬을 거야. 그들이 피를 보여 달라고 소리를 질렀거든. 네 차례가 되면 너도 들릴 거야. 헤이미한테는 저년을 쓰러뜨리라고 하고, 나한테는 뒤로 돌아가서 목을 찌르라고 하고……."

"거기 칼이 있어요?"

"아니, 자루가 짧은 창이 있어. 손마디에 못이 박힌 장갑도 있고. 우리가 연습할 때 음료를 놓아뒀던 테이블에 그것들을 늘어놓았어. 저들은 육탄전을 원해. 서로 최대한 찌르고 때리다가 한쪽이 쓰러지는 그런 싸움. 하지만 나는 곤봉을 집어서 그냥……."

자야는 곤봉을 휘두르는 흉내를 냈다.

"대련용 곤봉 말이죠?"

"응. 우리는 계속 돌고 돌았어. 프레미가 목이 잘려서 죽는 바람에 헤이미가 하마터면 그 피를 밟고 미끄러져서 넘어질 뻔했지. 웨일은 트랙 위에 쓰러져 있었고."

애밋이 고개를 들지 않고 대답했다.

"맞아. 그 바보가 도망치려다 그렇게 됐지."

"우리가 마지막까지 남았거든. 그때 애런이 그랬어, 5분 안으로 끝내지 않으면 우리 둘 다 처단하겠다고. 우리 둘이 최선을 다하지 않는 걸 알겠다고. 헤이미가 자기 창을 바보처럼 한쪽 옆으로 휘두르며 달려들길래 곤봉 끝으로 배를 때렸더니 비명을 지르면서 잔디밭 위로 창을 떨어뜨리고 계속 비명을 지르더라고."

헤이미의 배. 끊임없이 그를 괴롭혔던 배.

"그 소리를 견딜 수가 없었어. 저들은 박수를 치고 깔깔대면서 *제대로 한 방 맞았다*는 둥, *저런 계집애한테 맞아서 쓰러지다니 쪽팔리겠다*는 둥 하는데 헤이미는 계속 비명만 지르잖아. 그래서 창을 집어 들었어. 누굴 죽여 본 적은 없지만 그 비명소리를 견딜 수가 없어서 그래서…… 그래서……"

"그만 얘기해도 돼요."

그녀는 눈물로 얼룩진 뺨을 하고 눈물이 가득 고인 눈으로 나를 보았다.

"어떻게 좀 해 봐, 찰리. 네가 정말 예언 속의 왕자님이라면 어떻게 좀 해 봐."

나는 찰리 왕자의 첫 번째 임무가 클라에게 죽임을 당하지 않는 거라고 얘기할 수도 있었지만 그런 얘기를 듣지 않아도 자야는 충분히 힘든 상황이었으니 그저 잠깐 안아 주었다.

"그자, 밖에 있어요? 플라이트 킬러?"

그녀는 몸서리를 치며 고개를 끄덕였다.

"어떻게 생겼어요?"

나는 어마어마하게 뚱뚱하거나 덩치가 어지간한 사람이 그 자리의 주인이라도 되는 듯 팔걸이가 밖으로 비스듬히 놓여 있던 귀빈석을 떠올렸다.

"흉측해. *흉측해.* 얼굴은 속에 문제가 있는 사람처럼 푸르뎅뎅해. 왕관 아래로 긴 백발이 뺨을 덮었고. 눈은 삶은 달걀처럼 커. 얼굴은 인간이라기엔 너무 *넓어.* 입술은 딸기를 먹고 있었던 것처럼 두툼하고 빨개. 내가 볼 수 있었던 건 거기까지야. 턱 아래는 자주색 가운으로 단단히 감싸고 있었는데, 그게 움직이는 게 보였어. 그 아래로 애완동물을 안고 있기라도 한 것처럼. 흉측해. 괴물 같아. 그리고 깔깔대고 웃어. 내가…… 헤이미가 죽었을 때 남들은 박수를 쳤지만 그는 그냥 웃기만 했어. 양쪽 입가에서 침이 흐르는 게 가스등 불빛에 비쳐 보였어. 옆에 키가 크고 예쁜 여자가 있는데, 입술 아래에 조그만 점이 있었고……."

"페트라예요. 내가 애밋을 쓰러뜨렸을 때 어떤 남자가 그 여자의 젖가슴을 움켜쥐고 목에 입을 맞추더라고요."

"그 여자가…… 그 여자가……."

자야는 다시 몸서리를 쳤다.

"그 여자가 침이 흐르는 곳에 입을 맞추더니 그 푸르뎅뎅한 얼굴을 *핥지 뭐야.*"

아이오타가 밤의 병사의 호송을 받으며 들어왔다. 그는 나를 보고 고개를 끄덕였다. 재카가 떠난 거였다.

3

문이 닫히자 나는 아이오타에게 다가갔다. 그는 몸에 상처 하나 없었다.

"그년이 밖에 있어. 레드 몰리 말이야. 거물들이 앉아 있는 박스석 아래 트랙에서 구경하고 있어. 머리가 빨간색이 아니라 주황색이야. 당근색. 머리에 빙 둘러서 깃털을 꽂은 것처럼 머리칼이 뾰족뾰족하게 서 있어. 머리끝에서 발끝까지 4.5미터야. 가죽 치마를 입었고 젖통이가 바위만 해. 한쪽 젖통이 무게가 5살짜리 애만큼은 될 거야. 허리춤에 칼집을 차고 있는데, 그 안에 꽂힌 칼이 우리더러 싸우라고 주는 창만큼 길어. 승자들이 어떤 작전을 쓰는지 지켜보는 것 같아. 나중을 대비해서."

그 말을 듣자 하크니스 감독님과 금요일 야간 경기를 앞두고 목요일에 했던 연습이 생각났다. 그런 날이면 우리는 여기만큼 으리으리하지는 않지만 이 비슷한 클럽하우스에 20분 일찍 모였다. 감독님이 준비한 영상을 텔레비전으로 보며 상대 팀의 작전과 플레이를 파악했다. 특히 쿼터백에 주목했다. 감독님은 상대팀 쿼터백의 단독 샷을 20번, 30번 보여주며 모든 페이크와 턴과 스터터 스텝을 파악하게 했다. 한번은 내가 밥 삼촌에게 그 얘기를 하자 삼촌은 웃으며 고개를 끄덕였다.

"감독님 생각이 맞아, 찰리. 적의 머리를 자르면 몸통은 그냥 죽게 되어 있지."

아이가 말했다.

"레드 몰리가 그런 식으로 구경하고 있는 게 영 못마땅해. 그녀가 나를 만만하게 보면 실제로 맞붙었을 때 창으로 찌르거나 머리를 내리칠 방법이 있을지 모른다고 생각했거든. 그런데 그녀는 내가 어떤 식으로 싸우는지 4번을 볼 수 있는데, 나는 *그녀가* 어떤 식으로 싸우는지 전혀 볼 수가 없단 말이지."

내가 예언 속의 왕자님이거나 말거나 그 전에 죽었다는 걸 전제로 하는 말 아니냐고 굳이 짚고 넘어가지는 않았다.

"클라는 그 최후의 1인이 자기가 될 거라고 생각하는데요."

아이는 말린에서 가장 오랫동안 알고 지낸 친구를 방금 전에 죽인 사람답지 않게 웃음을 터뜨렸다.

"최후의 대결이 분명 클라와 나의 일전이 되겠지. 내가 찰리, 너를 좋아하게 된 했지만 너는 그 친구 몸에 손도 대지 못할 거야. 하지만 나는 그 친구의 약점을 알아."

"그게 뭔데요?"

"내가 그의 공격에 한 번 쓰러진 적이 있었잖아. 목을 하도 세게 찔려서 목소리를 잃지 않은 게 기적이지만, 그때 터득했지."

내 질문에 대한 대답은 아니었다.

다음 차례로 메슬이 들어왔다. 그러니까 샘이 끝장난 거였다. 몇 분 뒤에 문이 열렸고 놀랍게도 닥터 프리드가 들어왔지만 제 발로 걸어오지는 못했다. 퍼시가 오리발 같은 손으로 그의 겨드랑이를 받치고서 부축하고 있었다. 오른쪽 허벅지를 임시로 동여맨 붕대가 피로 흠뻑 젖었고 얼굴을 섬뜩하게 얻어 맞았지만 그는 살아남았고 야노는 아니었다.

나는 더블과 에리스와 함께 앉아 있었다.

"닥터는 다시는 싸우지 못하겠어요. 2라운드가 6개월 뒤에 열리지 않는 한. 그리고 6개월 뒤에 열리더라도 장담 못해요."

에리스가 말했다.

"6개월 뒤 아니야. 심지어 엿새 뒤도 아니야. 그리고 싸우지 못하면 죽어."

이건 분명 고등학교 미식축구가 아니었다.

4

3조에서는 벌트와 벤도가 살아남았다. 캐밋도 마찬가지였다. 돌아왔을 때 보니 그는 여러 군데에 베인 상처가 있었고 자기도 이대로 끝장나는 줄 알았다고 했다. 그런데 가엾은 도미의 기침 발작이 시작됐다. 허리를 숙여야 할 정도로 심했다. 캐밋이 그 틈을 타서 도미의 뒷덜미에 짧은 창을 내리꽂았다.

닥터는 바닥에 누워 있었다. 잠이 들었거나 기절했거나 둘 중 하나였다. 부상의 정도로 보았을 때 잠이 든 것 같지는 않았다. 남은 참가자들이 3라운드가 끝나길 기다리는 동안 클라는 계속 씩 웃으며 나를 뚫어져라 쳐다보았다. 그 시선에서 벗어날 수 있는 때는 양동이 앞으로 가서 손으로 물을 떠 마실 때뿐이었다. 하지만 그러고 나서 고개를 돌리면 그가 나를 계속 야려 보고 있었다.

나는 그 친구의 약점을 알아. 아이오타는 이렇게 말했다. *그의 공격에 한 번 쓰러진 적이 있었지만, 그때 터득했지.*

뭘 터득했을까?

나는 아이의 감방에서 벌어졌던 싸움(싸움이라고 할 수 있을지 모르겠지만)을 머릿속에서 재생해 보았다. 빛의 속도로 아이의 목을 강타한

214

클라의 래빗 펀치(목이나 뒤통수를 가격하는 펀치. 생명을 위협할 수 있기에 격투 스포츠에서 금지하고 있다 — 옮긴이), 바닥을 데굴데굴 구르던 양동이, 고개를 돌려서 그걸 보던 클라, "그 친구를 죽이면 혹독한 대가를 치르게 될 거야."라고 했던, 이제는 저세상 사람이 된 야노, 몸을 일으켜 자기 돗짚자리로 간 아이와 허리를 숙여 양동이를 집은 클라. 아이가 다시 덤비려고 하면 그걸로 그의 머리를 후려칠 생각이었을 것이다.

이 안에 뭔가 있을지는 몰라도 내 눈에는 보이지 않았다.

3조의 경기가 끝나자 퍼시가 카트를 밀면서 들어왔다. 애런이 동행했다. 구운 닭고기 냄새가 났다. 다른 때 같았으면 군침이 돌았겠지만 지상에서의 마지막 식사가 될 수도 있으니 그렇지가 않았다.

애런이 외쳤다.

"마음껏 먹어라, 꼬맹이들아! 우리가 너희를 굶긴다고는 못 하겠지!"

대전을 마친 승자들은 대부분 냉큼 카트에 담긴 닭고기를 집어 들었다. 아직 대전을 치르지 않은 사람들은 모두 사양했지만…… 한 명 예외가 있었다. 클라는 카트에서 설익은 닭고기를 집어서 우적우적 씹어 먹었고 그러는 동안에도 시선은 나를 떠날 줄 몰랐다.

타격.

감방 돌바닥에 쓰러진 아이오타.

데굴데굴 구른 양동이.

자기 목을 감싸 쥐고 돗짚자리로 기어간 아이.

양동이를 찾아서 집은 클라.

아이오타는 간파했지만 나는 놓치고 있는 부분이 뭘까?

카트가 내 앞으로 왔다. 애런이 퍼시를 지켜보고 있었으니 경례는 생략됐다. 잠시 후에 닥터 프리드가 신음소리를 내며 옆으로 몸을 돌려 바닥에 대고 토악질을 했다. 애런이 고개를 돌리더니 근처 벤치에 나란히 앉아 있던 캐밋과 벤도를 가리켰다.

"너 그리고 너! 저거 치워!"

나는 애런이 잠깐 딴 데 정신 팔린 틈을 타서 손을 들고 엄지와 검지를 맞붙였다. 손을 꿈틀거려 글씨를 쓰는 흉내를 냈다. 퍼시는 보일락 말락 하게 어깨를 으쓱했다. 알아들어서 그런 것일 수도 있었고, 애런이 보기 전에 나를 그만두게 하려고 그런 것일 수도 있었다. 애런이 다시 고개를 돌렸을 때 나는 이동식 뷔페에서 닭다리를 고르며, 그날의 마지막 대결에서 내가 클라 손에 죽으면 퍼시가 내 제스처를 이해했건 못했건 상관없게 된다는 생각을 하고 있었다.

그 떡대가 내게 말했다.

"마지막 식사다, 꼬맹아. 맛있게 먹어라."

공포감을 조성하려는 수작이야.

물론 이미 알고 있던 사실이지만 말로 표현하고 나니 분명하게 초점이 맞춰지고 구체화됐다. 말에는 그런 힘이 있다. 그리고 이와 더불어 내 안에서 뭔가가 생겼다. 구멍이 생겼다. 우물일 수도 있었다. 버티 버드와 함께 못된 장난을 치러 다녔을 때, 크리스토퍼 폴리와 난쟁이 피터킨을 상대했을 때 생긴 것과 같은 것이었다. 내가 왕자라면 영화 막판에 식상하게 예쁘장한 여자를 끌어안는, 식상하게 예쁘장한 금발 같은 부류가 아니었다. 흙으로 떡이 진 내 금발에는 예쁘장한 구석이 없었고, 클라와의 일전도 예쁘장하지 않을 것이었다. 짧을 수는 있지만 예쁘장하지는 않을 것이었다.

디즈니 왕자님은 되고 싶지 않아. 그런 왕자님은 집어치우라고

해. 왕자님이 되어야 한다면 어둠의 왕자가 될 거야.

"그만 좀 쳐다봐라, 좆밥아."

나는 말했다.

클라의 미소가 어리둥절하며 놀라는 표정으로 바뀌었고, 나는 닭다리를 그에게 던지기 전부터 이유를 알아차렸다. 좆밥이라는 단어가 그 우물에서 영어로 나왔기 때문에 그가 알아들을 수가 없었던 것이다. 닭다리는 클라와 한참 먼 곳으로 날아가 요란한 소리와 함께 양동이를 때리고 바닥으로 떨어졌지만 그래도 그는 놀라서 움찔하며 소리가 들린 곳으로 고개를 돌렸다. 에리스가 웃음을 터뜨렸다. 클라는 그녀에게로 홱 하니 고개를 돌리며 자리에서 일어났다. 계속 씩 웃고 있던 얼굴이 으르렁거리는 표정으로 바뀌었다.

애런이 외쳤다.

"아냐, 아냐, 아냐! 그건 경기를 위해 아껴 둬. 안 그러면 나한테 제대로 감전당해서 경기에 출전하지 못할 테고 찰리가 부전승을 거두게 될 거다. 그럼 플라이트 킬러의 심기가 불편해질 테고 너는 그보다 더 심기가 불편해질 거야!"

정세가 불리하게 돌아가자 클라는 툴툴거리고 씩씩대며 다시 자리에 앉아서 나를 노려보았다. 이번에는 내가 씩 웃을 차례였다. 기분이 음침하면서 좋았다. 나는 그를 손가락으로 가리켰다.

"허니, 내가 제대로 조져 줄게."

대담한 선언이었다. 나중에 후회하게 될 수도 있었지만 내뱉은 순간에는 기분이 괜찮았다.

5

'중식' 시간이 끝나고 잠시 후에 4조가 소집됐다. 다시 기다림이 시작됐고 한 명씩 돌아왔다. 맨 처음은 더블이었고 그다음은 스툭스, 마지막이 퀼리였다. 스툭스는 번뜩이는 이빨이 보일 정도로 뺨을 심하게 베어서 피를 흘리고 있었지만 제 발로 걸어 들어왔다. 자야가 제일 심한 곳을 지혈할 수 있게 수건을 건넸다. 그는 양동이 근처의 벤치에 앉았는데, 수건이 금세 빨간색으로 물들었다. 프리드가 그 근처 구석 자리에 몸을 기대고서 앉아 있었다. 스툭스가 그에게 베인 자기 얼굴을 어떻게 해 줄 수 있느냐고 물었다. 프리드는 쳐다보지도 않고 고개를 저었다. 이 부상자들이 한 번 더, 그것도 조만간 대전을 치러야 하다니 잔인한 것을 넘어 미친 짓이었지만 의심의 여지가 없는 현실이었다. 머프가 개그 듀오의 반쪽을 죽였다. 2라운드에서 남은 스툭스를 상대하게 되면 머프가 어깨에 부상을 당했거나 말거나 그를 손쉽게 제압할 수 있을 것이었다.

클라가 계속 나를 쳐다보고 있었지만 이제 미소는 사라졌다. 나를 쉬운 상대로 판단했던 것에 변화가 생겼을 수 있었다. 그렇다면 그가 방심하길 기대할 수 없다는 뜻이었다.

번개처럼 움직이겠지. 아이를 덮쳤을 때 그랬던 것처럼. 꿈속에서 리아는 "너는 네가 생각하는 것보다 빨라, 찰리 왕자."라고 했지만 그건 사실이 아니었다. 증오라는 엔진으로 오버드라이브 장치에 발동이 걸린다면 모를까.

5조가 소집됐다. 번트와 걸리, 왜소한 힐트와 덩치 큰 옥카, 에리스와 키가 작지만 근육질인 비즈였다. 자야는 출전하기 전에 에리스를 안아 주었다.

"아냐, 아냐, 그만! 가자, 가자!"

밤의 병사 하나가 듣기 싫은 메뚜기 같은 목소리로 외쳤다.

에리스는 맨 마지막으로 나섰지만 제일 먼저 돌아왔다. 한쪽 귀에서 피가 났지만 거기 말고는 다친 데가 없었다. 자야가 달려갔고 이번에는 아무도 그들의 포옹을 막지 않았다. 그 안에 우리뿐이었다. 다음 차례로 옥카가 돌아왔다. 이후로 감감무소식이다가 한참 만에 퍼시가 아닌 다른 회색 인간이 걸리를 업고 들어와 바닥에 내려놓았다. 그는 의식이 없었고 숨이 간신히 붙어 있었다. 한쪽 관자놀이 윗부분이 함몰된 것처럼 보였다.

"내 다음 상대가 저 친구였으면 좋겠네."

벌트가 말했다.

"나는 다음 상대가 너였으면 좋겠다. 입 닥치고 가만히 있어."

애밋이 으르렁거렸다.

시간이 좀 더 지났다. 걸리는 움찔거렸지만 눈을 뜨지는 않았다. 나는 배수구 앞으로 갔다. 소변이 마려운데 나오질 않았다. 나는 다시 자리에 앉아서 야구와 미식축구 시합 때 국가가 연주되기 전에 늘 그랬던 것처럼 다리 사이로 손깍지를 꼈다. 클라를 보지 않았지만 그 자체에 무게가 있기라도 한 것처럼 그의 시선이 느껴졌다.

문이 열렸다. 밤의 병사 둘이 문 양쪽으로 섰다. 애런과 사령관이 그들을 지나서 들어왔다. 애런이 말했다.

"오늘의 마지막 대전이다. 클라와 찰리. 자, 꼬맹이들아, 얼른 가자."

클라가 벌떡 일어나 내 앞을 지나면서 고개를 돌려 마지막으로 씩 웃어 보였다. 나도 뒤따라갔다. 아이오타가 나를 보고 있다가 한 손을 들어 이마가 아니라 얼굴 옆면에 대고 특이하게 경례를 했다.

나는 그 친구의 약점을 알아.

내가 그의 앞을 지나자 켈린이 말했다.

"너를 해치울 수 있게 돼서 기쁘다, 찰리. 32명이 필요하지 않았다면 내 손으로 진작 너를 처리했을 텐데."

밤의 병사 두 명이 앞장섰고, 클라가 고개를 살짝 숙이고 벌써부터 살짝 주먹을 쥔 손을 흔들어 가며 내 앞에서 걸었다. 사령관과 그의 부관인 애런은 내 뒤에서 걸었다. 심장이 천천히 하지만 강하게 뛰었다.

그의 공격에 한 번 쓰러진 적이 있었지만, 그때 터득했지.

우리는 가스등이 가장자리를 에워싸고 환하게 불을 밝힌 스타디움을 향해 오르막 통로를 올라갔다. 다른 클럽하우스 앞을 지났다. 장비실 앞을 지났다.

타격, 아이오타가 쓰러지고, 양동이가 데굴데굴 구르고, 아이오타가 자기 돗짚자리로 기어가고, 클라가 양동이를 찾으러 고개를 돌리고.

우리는 경기운영위원실 앞을 지났다. 퍼시의 쪽지에 따르면 그 방을 통해 탈출할 방법이 있다고 했다.

내가 닭다리를 던지고. 닭다리가 양동이를 때리고. 클라가 고개를 돌리고.

이윽고 파악이 되자 나는 통로에서 벗어나 경기장을 둘러싼 더트 트랙으로 나설 때 속도를 조금 높였다. 클라를 완전히 따라잡지는 않고 뒤에 바짝 붙었다. 그는 나를 쳐다보지 않았다. 그의 시선은 무기들이 일렬로 놓여 있는 경기장 정중앙에 꽂혀 있었다. 오늘은 고리가 달린 밧줄이 없었다. 연습 때는 음료가 놓여 있던 테이블에 오늘은 손마디 부분에 뾰족한 못이 박힌 가죽 장갑 2켤레가 있었다. 고리버들 바구니에 대련용 곤봉이 담겨 있었고, 다른 바구니에는 짧고 끝이 뾰족한 창이 2자루 담겨 있었다.

아이오타는 내가 물었을 때에는 답을 하지 않았지만 내가 클럽하우스를 나서는 순간에 답을 했을 수 있었다. 그 특이했던 경례가 실은 경례가 아니라 메시지였을 수 있었다.

우리가 밤의 병사들을 따라 VIP석으로 향하자 박수 소리가 조금 났지만 나는 거의 듣지 못했다. 처음에는 박스석 양옆의 관객들에게도, 심지어 플라이트 킬러 엘든에게도 관심을 두지 않았다. 아이오타와 같이 쓰던 감방 바닥 위를 양동이가 데굴데굴 굴렀을 때, 내가 클럽하우스에서 닭다리를 던졌을 때 돌아보았던 클라가 나의 관심사였다. 내가 바짝 따라붙었는데도 모르는 눈치인데, 이유가 뭘까?

나는 그 친구의 약점을 알아. 아이오타는 이렇게 말했고 이제는 나도 알 것 같았다. 아이는 내게 경례를 한 게 아니었다. 말이 쓰는 눈가리개를 흉내 낸 거였다.

클라는 주변부를 거의, 어쩌면 전혀 보지 못했다.

6

그들은 우리를 왕실 관람석 앞쪽 트랙으로 데려갔다. 아니, 거기로 몰고 갔다. 내가 옆에 가서 서자 클라는 눈만 돌린 게 아니라 머리 전체를 돌렸다. 켈린이 당장 회초리 막대로 그의 뒤통수를 내리치자 가느다랗게 피가 흘러나왔다.

"천하에 둘도 없는 바보야, 가짜 왕자를 쳐다볼 게 아니라 진짜 국왕 폐하께 주의를 기울여야지."

그러니까 켈린도 다른 죄수들이 어떻게 믿고 있는지 안다는 뜻이었다. 그래서 내가 놀랐는가 하면 별로 그렇지는 않았다. 흙으로는 머리 색의 극단적인 변화를 일시적으로 감출 수 있을 뿐이고 이제는 내 눈도 더는 적갈색이 아니었다. 회색을 거쳐 점점 더 파래져 가고 있었다. 엘든이 32명을 반드시 채워야 한다고 하지 않았다면 나는 몇 주 전에 죽은 목숨이었을 것이다.

"무릎을 꿇어라!"

애런이 특유의 웅웅거리는 듣기 싫은 목소리로 외쳤다.

"너희 구시대 혈통아, 무릎을 꿇어라! 새로운 혈통 앞에 무릎을 꿇어라! 너희 국왕 폐하 앞에 무릎을 꿇어라!"

키가 크고 검은 머리이며 입가에 애교점이 있고 초록색 실크 드레스를 입었고 피부색은 코티지 치즈처럼 하얀 페트라가 소리를 질렀다.

"구시대 혈통아, 무릎을 꿇어라! 구시대 혈통아, 무릎을 꿇어라!"

다른 참가자들에게도 이랬을까? 아니었을 것 같았다. 우리가 특별 케이스였다. 그날의 마지막 대결이고 메인 이벤트였으니까. 회초리 막대에 얻어맞고 싶지 않았으니, 그보다 더 심각하게는 오라에 감전되고 싶지 않았으니 우리 둘 다 무릎을 꿇었다.

플라이트 킬러, 엘든은 죽음을 목전에 둔 사람 같았다. 밥 삼촌이 봤다면 한쪽 발은 무덤 안에 넣고 다른 쪽 발은 바나나 껍질을 밟고 있다고 했을 것이다. 내가 맨 처음에 한 생각은 그거였다. 그리고 곧바로 떠오른 두 번째 생각은 그가 사람이 아니라는 것이었다. 예전에는 사람이었을지 몰라도 이제는 아니었다. 피부는 풋사과 색이었다. 파랗고 축축하며 내 손바닥만큼 커다란 눈은 쭈글쭈글한 살이 아래로 축 늘어진 눈구멍 밖으로 불룩 튀어나왔다. 빨개서 어째 여성스러워 보이는 입술은 너무 헐렁해서 늘어졌다. 가는 백발 위에 삐딱하게 얹힌 왕관은 섬뜩하도록 경쾌했다. 금실로 가늘고 구불구불하게 수를 놓은 자주색 가운이 거대한 카프탄(길고 헐렁한 아랍의 전통의상—옮긴이)처럼 불룩한 목 아래를 온통 감싸고 있었다. 그리고 맞았다, 그 옷이 움직였다. *자야는 그 아래로 애완동물을 안고 있기라도 한 것처럼 움직인다고 했지만* 여러 곳이 동시에 튀어나왔다가 가라앉았다.

왼쪽 트랙 위에 킬트처럼 생긴 짧은 가죽 치마를 입은 레드 몰리가 서 있었다. 허벅지가 근육으로 울뚝불뚝하고 어마어마했다. 긴 칼이 오른쪽 허리춤에 꽂혀 있었다. 펑크 록 가수처럼 짧은 주황색 머리칼이 삐죽삐죽 솟아 있었다. 넓은 멜빵이 치마를 지탱하고 아무것도 걸치지 않은 가슴을 가렸다. 그녀는 나와 시선이 마주치자 입술을 오므리고 키스를 날렸다.

플라이트 킬러가 벌레처럼 웅웅거리는 밤의 병사들과는 전혀 다른, 한데 엉겨 붙은 것처럼 들리는 목소리로 말을 꺼냈다. 목구멍이 끈적끈적한 액체로 꽉 막힌 것 같은 목소리였다. 그는 다른 참가자들 앞에서는 목소리를 낸 적이 없었다. 그랬다면 그들이 얘기했을 것이다. 잊어버리고 지나갈 수 없을 만큼 끔찍하고 비인간적인 목소리였다.

"과거에는 엠피스였던 이 회색 세상의 왕이 누구냐?"

박스석과 다른 자리의 관객들이 잽싸게 큰 소리로 외쳤다.

"엘든입니다!"

플라이트 킬러는 달걀처럼 생긴 그 커다란 눈으로 우리를 내려다보았다. 회초리 막대가 나와 클라의 목을 내리쳤다.

"대답해라."

켈린이 웅웅거렸다.

"엘든입니다."

우리는 말했다.

"지상의 군주와 하늘의 군주를 무너뜨린 사람이 누구냐?"

"엘든입니다!"

페트라가 남들보다 우렁찬 목소리로 외쳤다. 그녀는 손으로 엘든의 늘어진 초록색 턱살을 만지작거리고 있었다. 자주색 가운이 대여섯 군데씩 올라왔다 내려갔다 했다.

"엘든입니다."

클라와 나도 다시 얻어맞고 싶지 않았기 때문에 이렇게 대답했다.

"대전을 시작하라!"

박수와 환호성 말고는 어떤 응답도 요구하지 않는 듯한 외침이었다.

오라에 닿지 않을 만큼의 거리를 두고 우리 둘 사이에 서 있던 켈린이 말했다.

"일어나서 경기장을 마주 보아라."

우리는 그가 시킨 대로 했다. 오른쪽 곁눈으로 클라가 보였다. 그는 잽싸게 고개를 돌려 나를 흘끗 쳐다보고는 다시 앞으로 고개를 돌렸다. 60미터쯤 앞에 무기들이 있었다. 살인 게임 프로그램의 경품처럼 주도면밀하게 간격을 두고 놓여 있어서 어쩐지 비현실적으로 다가왔다.

누군가가(플라이트 킬러일 수도 있지만 나는 사령관 쪽에 돈을 걸겠다) 대놓고는 아닐지 몰라도 경기장을 클라에게 유리한 쪽으로 기울여 놓았다는 것을 한눈에 알 수 있었다. 누가 봐도 최고의 무기는 끝이 뾰족한 창인데, 그것이 담긴 바구니가 클라가 서 있는 오른쪽에 놓여 있었다. 거기서 왼쪽으로 20미터 옆에 못이 달린 가죽 장갑이 놓인 테이블이 있었다. 거기에서 다시 왼쪽으로 20미터 옆에, 나의 거의 맞은편에 대전용 곤봉이 담긴 바구니가 있었다. 곤봉은 두들겨 패기에는 좋을지 몰라도 살상용으로는 적합하지 않았다. 어느 누구도 이제 어떻게 해야 하는지 알려 주지 않았고 알려 줄 필요가 없었다. 우리는 무기를 향해 질주해야 했고, 내가 장갑이나 반도(필드하키와 비슷한 팀 스포츠 — 옮긴이) 스틱이 아니라 창을 쓰고 싶으면 클라보다 먼저 달려가 그의 앞을 가로질러야 했다.

너는 네가 생각하는 것보다 빨라. 리아는 이렇게 말했지만 그건 꿈속에서였고 지금 여긴 현실이었다.

여러분은 내가 겁에 질렸는지 궁금할 수도 있겠다. 나는 겁에 질렸다. 하지만 아버지가 좌충우돌하고 가산을 탕진하며 노숙자의 길을 향해 달려가는 것으로 자신의 아내를, 그러니까 내 엄마를 추모하기로 작정한 것처럼 보였을 때 발견한 그 어둠의 우물에서 나는 에너지를 얻고 있었다. 나는 그때 한동안 아버지를 증오했고 아버지를 미워하는 나 자신을 증오했다. 그래서 나쁜 짓을 저질렀다. 이제 내게는 증오하는 다른 것들이 생겼고 거기에 대해서는 죄책감을 느낄 필요가 없었다. 그러니까 맞다, 나는 겁에 질렸다. 하지만 마음속 한구석은 뜨겁게 끓어올랐다.

마음속 한구석에서는 대전을 치르고 싶었다.

플라이트 킬러가 그 부글거리는, 인간 같지 않은 목소리(이것도 증오의 대상이었다)로 외쳤다.

"시작하라!"

7

우리는 달렸다. 클라가 아이를 공격할 때는 번개 같은 속도로 움직였지만 그건 밀폐된 공간에서 순식간에 전속력을 낸 것이었다. 무기가 있는 곳까지는 60미터였다. 그는 체중이 130킬로그램이 넘었으니 하중의 부담이 커서 전력 질주하면 중간쯤에 그를 따라잡을 수 있을 것 같았다. 꿈속에서 리아가 한 말이 맞았다. 나는 생각보다 빨랐다. 그래도 그의 앞을 가로지르는 순간에는 클라의 시야에 정면으로 들어갈 것이었다. 그보다 더 위험하게는 등을 보이게 될 것이었다.

나는 왼쪽으로 방향을 틀어 창이 있는 쪽으로 그 혼자 달려가게 했다. 못이 달린 장갑 쪽은 쳐다보지도 않았다. 치명적일지는 몰라도 그걸 쓰려면 클라의 공격 반경 안으로 들어가야 했고, 나는 근접전에서 그가 얼마나 빠른지 이미 목격한 바 있었다. 내가 달려간 곳은 대련용 곤봉 앞이었다. 나는 '플레이타임'을 몇 번 거치는 동안 그 곤봉을 제법 잘 다룰 수 있게 됐다.

바구니에 담긴 곤봉을 하나 집어 들고 몸을 돌려 보니 클라가 벌써 창을 오른쪽 허리춤에 낮게 들고 돌진해 오고 있었다. 그가 창을 아래에서 위로 휘둘렀다. 내 몸을 고환에서 배까지 갈라 순식간에 경기를 끝낼 작정이었다. 나는 뒤로 물러났고 그 충격으로 창을 떨어뜨리기 바라며 곤봉으로 그의 팔을 내리쳤다. 클라는 고통과 분노로 비명을 질렀지만 창을 놓지는 않았다. 관람석에서 박수갈채가 터졌고, 페트라일 게 거의 분명한 어떤 여자가 소리를 질렀다.

"그놈 자지를 잘라서 여기로 들고 와!"

클라가 다시 돌진해 왔다. 이번에는 창을 어깨 위로 높이 들었다. 그에게는 세련미가 없었다. 앤디 첸과 아빠와 함께 보았던 그 옛날 비디오 속의 마이크 타이슨 같았다. 무자비한 전면 공격으로 상대를 쓰러뜨리는 싸움꾼의 정석이었다. 클라는 이런 공격으로 항상 재미를 보았으니 이제 훨씬 어린 녀석을 상대로 그러지 못할 이유가 없었다. 그는 체중과 팔 길이, 양쪽 모두에서 유리했다.

꿈속에서 리아는 내게 생각보다 빠르다고 했다. 내가 클라가 생각했던 것보다 더 빠른 건 분명했다. 나는 돌진하는 황소를 피하는 투우사처럼 옆으로 물러나 바람 소리를 내며 그의 팔꿈치 바로 위쪽을 때렸다. 클라의 손에서 창이 날아가 잔디밭 위로 떨어졌다. 관람석에서 우와아아아아 하는 함성이 들렸다. 페트라는 못마땅해하며 비명을 질렀다.

클라가 무기를 짚으려고 허리를 숙였다. 나는 곤봉을 두 손으로 잡고 있는 힘껏 그의 머리를 내리쳤다. 곤봉이 둘로 쪼개졌다. 클라의 두피를 찢고 뿜어져 나온 피가 뺨과 목 위로 홍수처럼 쏟아졌다. 아이나 애밋을 비롯해 다른 사람들 같으면 이 한 방으로 쓰러졌겠지만 클라는 고개를 젓더니 창을 집어 들고 나를 마주 보았다. 이제 그는 웃지 않았다. 시뻘게진 눈으로 으르렁거렸다.

"덤벼라, 이 쌍놈의 자식아!"

"지랄하고 자빠졌네. 솜씨 한번 보여 줘. 못생긴 줄만 알았더니 멍청하기까지 하네."

나는 남은 곤봉의 뾰족뾰족하게 부러진 쪽을 클라와 마주하고 앞

으로 내밀었다. 단단한 나무라 그와 부딪치더라도 부러지지 않을 것
이었다. 클라의 배 속으로 파고들 것이었다. 클라도 그걸 알았다. 나
는 곤봉을 휘두르는 척하다가 클라가 뒤로 물러나자 오른쪽으로 돌
아갔다. 클라가 나를 다시 시야 안에 두려면 고개를 돌리는 수밖에
없었다. 그가 달려오자 나는 살이 많은 아래팔을 때렸다. 살갗이 더
펄더펄 찢어지면서 초록색 잔디밭 위로 피가 쏟아졌다.

"끝장내!"

페트라가 비명을 질렀다. 나는 이제 그녀의 목소리를 알았고 증오
했다. 그녀와 그들 모두를 증오했다.

"끝장내, 이 덩치 큰 못난이야!"

클라가 나를 향해 돌진했다. 나는 이번에는 왼쪽으로 움직여 대련
용 장갑이 놓인 테이블 뒤편으로 후퇴했다. 클라는 속도를 늦추지
않았다. 이제는 숨을 빠르고 거칠게 몰아쉬고 있었다. 나는 옆으로
몸을 날렸다. 그의 창끝이 아슬아슬하게 내 목을 비껴갔다. 클라는
테이블에 부딪쳐 그걸 쓰러뜨리고 다리를 부러뜨려 가며 그 위로 넘
어졌다. 창을 계속 들고 있었지만 그래도 상관없었다. 나는 클라의
사각지대로 이동해 등 위로 올라타고 그가 몸을 일으키는 동안 허벅
지로 클라의 몸통을 조였다. 그가 벌떡 일어나려고 하자 남은 곤봉
을 목에 대고 눌렀다. 클라는 그 큼지막한 손으로 내 어깨를 후려치
며 뒤에서 할퀴었다.

그 뒤로 해괴한 어부바가 이어졌다. 나는 다리로 그의 두꺼운 허
리를 감싸 걸고, 조각나서 1미터가 된 곤봉으로 클라의 목을 졸랐다.
그가 침을 삼키려고 할 때마다 손에 느껴졌다. 클라의 목에서 꾸르
륵대는 소리가 나기 시작했다. 마침내 기절해 죽을 수밖에 없게 된

상황이 되자 클라가 나를 등에 업은 채 뒤로 넘어졌다.

예상했던 일이지만(그게 아니면 무슨 수가 남아 있겠는가) 그래도 숨이 턱 막혔다. 130킬로그램 밑에 깔리면 그럴 수밖에 없었다. 그는 몸을 좌우로 흔들며 내 손아귀에서 벗어나려고 했다. 나는 눈앞에서 검은 점이 왔다 갔다 하고 관람석의 환호성이 메아리치며 점점 멀어지기 시작해도 끝까지 버텼다. 플라이트 킬러의 배우자의 목소리만 그 사이를 선명하게 뚫고 바늘처럼 내 머릿속에 꽂혔다.

"일어나! 그 손을 풀어, 이 덩치 큰 짐승아! *일어나!*"

나는 그 덩치 큰 짐승 밑에 깔려서 으스러질지언정 손을 놓지 않을 작정이었다. 감방에서 수시로 팔굽혀 펴기를 했고 로프 링에 매달려 턱걸이도 많이 했다. 의식이 가물가물해지는 와중에도 그렇게 키운 근육을 활용했다. 내가 곤봉을 당기고…… 또 당기자…… 마침내 버둥거리던 클라의 몸에서 힘이 빠지기 시작했다. 나는 마지막 남은 힘을 그러모아 그의 상반신을 옆으로 밀치고 그 아래에서 꿈틀거리며 빠져나왔다. 쏟아진 머리칼로 눈을 덮은 채 숨을 크게 헐떡이며 잔디밭을 기어갔다. 아무리 애를 써도 숨이 잘 쉬어지지 않는 느낌, 눌렸던 폐의 저 밑바닥까지 공기가 닿지 않는 느낌이었다. 일어나 보려고 일차적으로 시도했지만 실패하곤 숨을 헉헉대고 콜록거리면서 계속 기어갔다. 염병할 클라가, 저 씨부럴 클라가 뒤에서 일어나고 있을 테고 내 어깨뼈 사이로 창이 꽂힐 게 분명했다.

나는 두 번째 시도 만에 일어나 취객처럼 비틀거리며 돌아서 상대를 마주 보았다. 클라 역시 기고 있었다. 아니, 기어 보려고 하고 있었다. 나한테 머리를 얻어맞고 흘린 피 때문에 얼굴이 거의 보이지 않았다. 목이 졸린 자리에 남은 자주색 자국이 눈에 들어왔다.

"끝내 버려!"

페트라가 비명을 질렀다. 새하얀 분칠을 뚫고 군데군데 홍조가 비쳤다. 이제 응원하는 쪽을 바꾼 모양이었다. 내가 그녀의 응원을 환영하는 건 아니었지만.

"*끝내 버려! 끝내 버려!*"

다른 관람객들까지 동조했다.

"**끝내 버려! 끝내 버려! 끝내 버려!**"

클라가 몸을 굴려서 나를 올려다보았다. 그가 자비를 바랐을지 몰라도 내가 그걸 베풀 수 있는 입장은 아니었다.

나는 그의 창을 들어서……

그는 손을 들어 손바닥의 두툼한 부분으로 이마를 건드렸다.

"왕자님."

……내리꽂았다.

막판에 정신을 차렸다고 할 수 있으면 좋겠다. 유감스러웠다고 할 수 있으면 좋겠다. 하지만 그러면 거짓말이다. 내가 생각하기에 모든 사람의 마음속에는 어둠의 우물이 있고 그 우물은 결코 마르지 않는다. 하지만 그 물을 마시면 자기만 손해다. 그 안에는 독이 들었다.

8

나는 엘든과 그 개 같은 년과 다른 중요한 수행원들 앞에서 무릎을 꿇어야 했다.

"잘했다, 잘했어."

엘든은 이렇게 말했지만 말투가 멍했다. 늘어진 입의 양옆으로 침을 흘리고 있었다. 왕방울 같은 눈가에서는 고름 같은 액체(눈물은 아니었다)가 스며 나왔다.

"가마! 가마를 대령해라! 피곤해서 저녁 먹기 전까지 쉬어야겠다!"

기형이지만 건장한 회색 인간 4인조가 가장자리에 금테를 두르고 자주색 벨벳 휘장을 드리운 가마를 들고 가파른 통로를 황급히 내려왔다.

나는 그가 가마에 올라타는 것을 보지 못했다. 누군가가 머리채를 잡고 일으켜 세웠기 때문이었다. 나도 키가 컸지만 레드 몰리는 한참 위에서 나를 내려다보았다. 그녀를 올려다보고 있자니 제왕나비들이 어느 방향에서 날아오는지 확인하려고 올라갔던 석상이 생각났다. 그녀의 얼굴은 밀가루를 뿌린 커다란 파이 틀처럼 창백하고 동그랗고 납작했다. 눈은 새까맸다.

"오늘은 네가 적과 싸웠지."

레드 몰리의 목소리는 저음이고 쩌렁쩌렁했다. 듣기 좋은 것과는 거리가 멀었지만 메뚜기처럼 귀를 찌르는 밤의 병사나 엘든의 흐물흐물한 목소리보다는 나았다.

"다음번에는 친구와 싸우게 될 거야. 거기서 살아남으면 *내가 네 자지를 잘라 주마.*"

그녀는 언성을 낮췄다.

"잘라서 페트라한테 주려고. 소장품으로 추가할 수 있게."

액션 영화의 주인공이라면 뭐라고 기발하게 받아쳤겠지만 나는 그 넓은 얼굴과 새까만 눈을 쳐다보는 동안 아무 말도 생각해 낼 수가 없었다.

9

사령관이 직접 나를 클럽하우스까지 호송했다. 통로 안으로 들어가기 직전에 뒤를 돌아보니 휘장을 내린 가마가 가파른 통로를 흔들흔들 이동하고 있었다. 애교점이 있는 페트라도 플라이트 킬러와 함께 그 안에 타고 있지 않을까 싶었다.

"놀랐다, 찰리."

켈린이 말했다. 행사 주관자라는 압박감이 해소돼서 그런지 이제는 편안하고 심지어 재미있어하는 말투였다.

"클라가 단박에 네 목을 딸 수 있을 줄 알았는데. 다음번에는 친구를 상대하게 될 거다. 아이오타는 아니야. 그 녀석은 아껴 두어야 하니까. 아담한 자야 어떨까? 자야의 목도 클라의 목처럼 즐겁게 조를 수 있을까?"

나는 대답을 하지 않고 그의 초강력 오라와 최대한 거리를 유지하며 앞장서서 경사진 통로를 걷기만 했다. 문 앞에 다다르자 켈린은 따라 들어오지 않고 내 뒤에서 문을 닫았다. 32명이 경기장으로 나섰다. 클라가 아니라 찰리가, 망가지기는 했지만 다른 부상 없이 들어온 것을 보고 놀란 표정을 지은 사람은 15명뿐이었다. 아니, 14명뿐이었다고 해야겠다. 걸리는 의식이 없었으니.

잠깐 동안 그들은 나를 쳐다보기만 했다. 잠시 후에 그중 13명이 무릎을 꿇고 손바닥을 이마에 갖다 댔다. 닥터 프리드는 무릎을 꿇을 수가 없었기에 벽에 기대고 앉은 채로 경례했다.

"왕자님."

자야가 말했다.

"왕자님."

다른 사람들도 따라 했다.

엠퍼스에는 CCTV가 없다는 것이 그때만큼 고마운 적이 없었다.

10

우리는 흙먼지와 핏자국을 씻었다. 그날의 충격은 그대로 남았다. 에리스는 프리드의 바지를 내리고 허벅지의 심한 상처를 최대한 깨끗하게 씻겼다. 그러다 가끔 한 번씩 나를 쳐다보았다. 다들 나를 쳐다보고 있었다. 결국 불편해진 내가 그만하라고 하자 그들이 이번에는 내 쪽을 쳐다보지 않으려고 기를 썼다. 그것도 불편하긴 마찬가지였다. 어쩌면 더 불편했다.

10분에서 15분 뒤에 밤의 병사가 4명 들어왔다. 대장이 회초리 막대를 움직여 이제 그만 나오라고 지시를 내렸다. 회색 인간들이 없었으니 우리가 걸리를 들어서 옮겨야 했다. 내가 그의 상반신을 들려고 하자 애밋이 어깨로 가볍게 밀쳤다.

"아냐, 아냐. 나랑 빅 보이가 할게."

다른 빅 보이는 이제 차갑게 식은 고깃덩이나 다름없었으니 아이오타를 두고 한 말이었을 것이다.

"괜찮으면 닥터나 부축해 줘."

하지만 내게는 그것조차 허용되지 않았다. 이러니저러니 해도 나는 예언 속의 왕자님이었다. 적어도 그들이 생각하기에는 그랬다. 머리와 눈동자 색은 어떨지 몰라도 내가 생각하기에 나는 어쩌다 보니 체격 조건이 훌륭하고, 운 좋게 주변 시야가 좁은 상대와 싸우게 됐고, 최악의 충동을 열심히 통제한 끝에 목숨을 부지한 17살짜리 고등학생에 불과했다. 게다가 내가 이 암울한 동화 속에서 왕자님의 역할을 맡고 싶은 생각이 있었을까? 없었다. 나는 반려견과 함께 집으로 돌아가고 싶은 마음뿐이었다. 그런데 집이 이보다 더 멀게 느껴질 수가 없었다.

우리는 딥 말린의 감방으로 천천히 돌아갔다. 어깨를 다친 머피, 자야와 에리스, 애밋, 아이오타, 닥터 프리드, 벌트, 벤도, 메슬, 캐밋, 더블, 얼굴을 심하게 베인 스툭스, 퀼리, 옥카, 의식이 없는 걸리…… 그리고 나. 이렇게 16명이었다. 닥터 프리드와 걸리는 다음 라운드에서 싸울 수 없을 테지만 그래도 면제될 리 없었다. 그걸 모를 만큼 내가 순진하지는 않았다. 그들은 엘든, 페트라, 플라이트 킬러의 몇 안 되는 종복들의 즐거운 관람을 위해 단박에 자신을 죽일 상대와 맞붙게 될 것이다. 다음 라운드에서 프리드와 걸리를 뽑는 사람은 사실상 부전승을 거두는 거나 다름없었다. 머프와 스툭스도 3월의 광란(미국 남자 대학 농구 토너먼트의 별칭 — 옮긴이)에서 이른바 최우수 8팀으로 뽑힐 가능성은 낮았다.

감옥 입구에 달린 문이 열려 있었다. 아이와 애밋이 걸리를 들고 안으로 들어갔다. 그다음은 퀼리와 프리드였다. 다친 쪽 다리를 디딜 필요가 없도록 퀼리가 닥터를 사실상 떠받치고 있었다. 프리드는 걸을 수 있는 상태도 아니었다. 정신이 오락가락해서 턱이 가슴 위로 계속 떨어졌다. 말린 안으로 들어가면서 그가 중얼거린, 너무나 처참하고 쓸쓸했던 그 말을 절대 잊지 못할 것이다.

"엄마 보고 싶다."

문 안쪽에 달린 가스등이 다시 구멍에서 떨어져 나와 금속 호스에 대롱대롱 매달려 있었다. 불도 꺼졌다. 간수 하나가 구멍에 다시 세게 끼우고 어디 떨어져 보라는 듯이 잠시 쳐다보았다. 가스등은 그 자리에 가만히 박혀 있었다.

다른 밤의 병사가 외쳤다.

"오늘 저녁에는 특식이 제공된다! 푸짐한 식사 그리고 디저트까지!"

우리는 감방으로 들어갔다. 아이와 스툭스와 나는 이제 독방을 쓰게 됐다. 그래서 좋은 건지는 모르겠지만. 퀼리는 프리드를 그의 방으로 데리고 들어가 돗짚자리 위에 조심스럽게 눕힌 다음 캐밋과 함께 쓰는 자기 감방으로 들어갔다. 우리는 밤의 병사들이 팔을 내밀어 감방 문을 쾅 닫게 만들 때까지 기다렸지만, 그들은 그냥 밖으로 나가서 외부와 통하는 문만 잠갔다. 한 개, 두 개, 세 개, 네 개. 빗장이 질러졌다. "푸짐한 식사"와 함께 적어도 잠깐은 서로 어울릴 수 있는 자유가 허락된 모양이었다.

에리스는 걸리의 감방으로 들어가 머리에 난 상처를 살폈다. (자세한 설명은 생략하겠지만) 끔찍했다. 숨소리가 거칠고 불규칙했다. 그녀가 피곤한 눈빛으로 나를 올려다보았다.

"앞으로 두 번 다시 햇빛을 못 볼 것 같아."

그러고는 씁쓸하게 웃음을 터뜨렸다.

"하긴 우리 모두 마찬가지지. 여긴 계속 밤이니까!"

나는 그녀의 어깨를 토닥이고 아이오타의 감방으로 갔다. 그는 그 안에 틀어박혀서 벽에 등을 대고 손목을 무릎에 올려놓고 손을 늘어뜨린 채 앉아 있었다. 나는 아이오타의 옆으로 가서 앉았다.

그가 물었다.

"왜, 어쩌려고? 나 좀 그냥 내버려 뒀으면 좋겠는데. 염병할 왕자님께서 그러기 싫다면 어쩔 수 없겠다만."

　나는 나지막이 속삭였다.

　"여기서 빠져나갈 방법이 있다면, 여기서 도망칠 방법이 있다면
같이 시도해 볼래요?"

　아이오타가 천천히 고개를 들고 나를 쳐다봤다. 그의 얼굴 위로
미소가 번지기 시작했다.

　"방법을 알려 주기만 해, 귀염둥이야. 알려 주기만 해."

　"다른 분들은 어떨 것 같아요? 몸을 움직일 수 있는 분들 말이에요."

　아이오타의 미소가 함박웃음으로 번졌다.

　"왕실의 피가 섞이면서 바보가 됐냐? 네가 생각하기에는 어떨 것
같은데?"

25장.
만찬. 손님 등장. 영감은 문을 두드리지 않는다.
"누가 천년만년 살고 싶겠어?"

1

그날 저녁 메뉴는 설익은 고깃덩이가 아니라 정식 만찬이었다. 얼룩이 묻은 흰색 튜닉을 입은 회색의 남자와 여자가 퍼시와 함께 카트를 하나도 아니고 세 개 끌고 왔다. 회초리 막대로 단단히 무장한 밤의 병사들이 그들을 앞뒤에서 지켰다. 첫 번째 카트에는 『헨젤과 그레텔』에 나오는 못된 마녀의 부엌을 떠올리게 하는 큼지막한 냄비가 담겼고 그 주변에 그릇이 쌓여 있었다. 두 번째 카트에는 길쭉한 사기로 된 용기와 조그만 컵이 담겨 있었다. 세 번째 카트에는 껍질이 황금빛 도는 갈색으로 구워진 파이가 6개 담겨 있었다. 이것들이 한데 어우러져 환상적인 냄새를 풍겼다. 우리는 이제 동지를 살해한 살인범이었지만 굶주린 영혼이기도 했다. 앞뒤에서 지키는 해골이 없었다면 카트를 향해 달려들었을 수도 있었을 것이다. 하지만 사정상 열려 있는 감방 문 앞으로 물러나 지켜볼 뿐이었다. 더블은 팔로 연신 입을 닦았다.

각자에게 그릇과 나무숟가락이 하나씩 주어졌다. 퍼시가 스튜를 떠서 그릇에 넘치도록 담아 주었다. 걸쭉하고 부드러웠고(진짜 크림이 들었던 것 같다) 큼지막한 닭고기에 완두콩, 당근, 옥수수가 잔뜩 들어 있었다. 식료품의 출처가 궁금한 적도 있었는데 그때는 먹고 싶다는 생각뿐이었다.

"네 간방에 너 나. 더 있어."

퍼시가 끊길 날이 멀지 않은 거친 목소리로 말했다.

사기로 된 용기에는 복숭아, 블루베리, 딸기로 만든 신선한 과일 샐러드가 담겨 있었다. 생과일의 존재와 냄새에 다급해진 나는 더 이상 기다리지 못하고 사기 컵에 담긴 과일을 입 안에 모조리 털어 넣고 턱으로 흐른 과즙을 닦아서 손가락을 핥았다. 고기와 당근, 고기와 당근, 다시 고기와 당근만 먹던 몸이 환호하는 것을 느낄 수 있었다. 파이는 15조각으로 나눴다. 걸리 몫은 없었다. 앞으로 그가 뭘 먹을 수 있는 날은 없었다. 파이를 담을 접시가 없었기 때문에 다들 손으로 받았다. 아이오타의 파이는 마지막 조각이 주인을 찾아가기 전에 이미 사라졌다. 그가 부스러기를 사방으로 튀기며 외쳤다.

"사과 파이야! 그리고 젠장맞게 맛있어!"

"맛있게 먹어라, 꼬맹이들아!"

밤의 병사 하나가 이렇게 외치고는 웃음을 터뜨렸다.

내일이면 우리가 죽을 거라 이거지? 내일은 아니길 바랐다. 모레도 글피도 아니길 바랐다. 퍼시가 경기운영위원실에서 도망칠 방법을 안다 치더라도 무슨 수로 여기서 빠져나갈 수 있을지 전혀 알 길이 없었다. 내가 아는 게 있다면 페어 원 2라운드가 시작되기 전에 도망치고 싶다는 것뿐이었다. 나는 2라운드에서 자야를 만날 가능

성이 매우 컸다. 그건 어느 모로 보나 불공평한 대전이었다.

간수와 주방 담당들이 나갔지만 감방 문은 아직까지 열려 있었다. 나는 닭고기 스튜에 코를 박았다. 맛있었다. 아아, 정말 맛있었다. 예전에 지프 마트 앞에 자전거를 세워 두고 거기 앉아서 트윙키나 슬림 짐을 먹었을 때 버드 맨이 중얼거렸던 말이 생각났다. *맛있게도 냠냠.* 옆방을 보니 스툭스가 닭고기 즙이 상처 밖으로 새어 나오지 않도록 얼굴 옆면을 손으로 누르고서 허겁지겁 먹고 있었다. 딥 말린에서 보낸 시간은 몇 가지 이미지로 내 머릿속에 박제되어 있는데, 그 광경도 그중 하나다.

그릇이 바닥을 드러내자 (국물 한 방울까지 깨끗하게 핥아 먹었다고 당당하게 밝히는 바다) 파이를 집어서 한 입 베어 먹었다. 내 것은 애플 파이가 아니라 커스터드 파이었다. 이빨이 뭔가 단단한 것에 부딪쳤다. 이제 보니 파이 안에 몽당연필이 들어 있었다. 조그만 쪽지가 연필을 감싸고 있었다.

내 쪽을 쳐다보는 사람은 없었다. 다들 평소와 수준이 다른 저녁을 먹느라 정신이 없었다. 나는 종이와 연필을 슬그머니 헤이미의 돗짚자리 아래로 넣었다. 그랬다고 헤이미가 언짢아하지는 않을 것이었다.

감방 문이 열려 있으니 만찬 후에 자유롭게 모여서 수다를 떨 수 있었다. 아이오타가 내 감방으로 건너왔다. 애밋도 따라왔다. 그 둘이 양옆에 있었지만 나는 두렵지 않았다. 왕자라는 지위 덕분에 괴롭힘 면제권을 부여받은 느낌이었다.

"무슨 수로 밤의 병사들을 따돌릴 심사야?"

아이오타가 물었다. 그가 '심사'라는 단어를 쓰지는 않았다. 내 귀에 그렇게 들렸을 따름이다.

"모르겠어요."

나는 솔직히 말했다.

애밋이 툴툴거렸다.

"아직은요. 밤의 병사나 몇 명이나 될 것 같아요? 켈린까지 포함해서."

딥 말린의 터줏대감 격인 아이오타는 곰곰이 생각했다.

"20명. 많아 봐야 25명. 엘든이 플라이트 킬러가 돼서 돌아왔을 때 그의 편에 선 근위병이 별로 없었어. 그 나머지는 전부 죽었지."

"그들도 죽은 건 마찬가지지."

애밋이 말했다. 밤의 병사들을 두고 한 말이었고 틀린 말은 아니었다.

아이오타가 말했다.

"맞아, 그런데 해가 떠 있는 동안에는(지상에 해가 떠 있는 동안에는) 힘이 약해져. 그들을 감싸고 있는 파란 오라가 희미해지거든. 찰리, 너도 봤겠지만."

나도 보았다. 하지만 그걸 건드렸다가는, 그 근처라도 갔다가는 충격으로 온몸이 마비될 수 있었다. 아이오타도 그렇다는 걸 알았다. 다른 죄수들도 마찬가지일 것이었다. 상황도 우리에게 불리했다. 1라운드 전에는 우리의 숫자가 더 많았는데, 지금은 아니었다. 2라운드가 끝날 때까지 기다렸다가는 우리가 8명밖에 남지 않을 것이었다. 프리드와 걸리처럼 심한 부상자가 생기면 8명도 안 될 수 있었다.

"염병할, 너도 별 뾰족한 수가 없는 거네?"

애밋은 이렇게 말하고 내가 반박해 주길 기다렸다. 아마 나름 기대하고 있었을 것이다.

나는 반박할 수 없었지만 그들이 모르는 것을 하나 알고 있었다.

"두 분, 제 말 잘 듣고 다른 분들에게도 전해 주세요. 빠져나갈 수 있는 통로가 있어요."

퍼시의 말이 맞는다면 있었다.

"밤의 병사들만 따돌릴 수 있으면 거기로 도망칠 수가 있어요."

"거기가 어딘데?"

아이오타가 물었다.

"지금 당장은 모르셔도 돼요."

"그런 통로가 있다 치자. 파랑이들은 무슨 수로 따돌릴 수 있겠어?"

다시 제자리였다.

"연구 중이에요."

애밋이 내 코와 위험할 정도로 가까운 곳을 손으로 휙 치고 지나 갔다.

"이제 보니 아는 게 아무것도 없구만."

비장의 카드를 아껴 두고 싶었지만 선택의 여지가 없었다. 나는 손가락을 머리카락 깊숙이 파묻고 들어서 금색으로 변한 뿌리를 보 여 주었다.

"내가 예언 속의 왕자님이잖아요, 아니에요?"

그 말에 그들은 아무 대답도 하지 않았다. 아이오타는 심지어 손 바닥을 이마에 갖다 댔다. 물론 배가 불러서 너그러워진 것일 수도 있었다.

2

그 직후에 퍼시와 주방 담당 2인조가 밤의 병사 둘과 함께 다시 왔다. 파란색 오라가 알 수 있을 만큼 희미해진 것을 보니(거의 남색에 가까웠는데 지금은 파스텔 색이었다) 지상에 해가 뜬 모양이었다. 아마도 평소처럼 구름 장막으로 덮였겠지만. 누가 닭고기 스튜를 한 그릇 더 먹는 것과 햇빛을 보는 것, 둘 중 하나를 고르라고 했으면 나는 햇빛을 선택했을 것이다.

배가 부르면 쉽게 그런 말이 나오지. 이런 생각이 들긴 했다.

우리는 그릇과 컵을 카트에 담았다. 하나같이 반짝거려서 레이더가 괜찮았던 시절에 그릇을 어떤 식으로 깨끗하게 핥아 먹었는지 생각이 났다. 감방 문이 쾅 닫혔다. 지상에서는 해가 떴을지 몰라도 이곳은 다시 밤이었다.

말린의 밤이 깊어 가는 동안 평소보다 많은 트림과 방귀 소리가 이어졌고, 결국에는 코 고는 소리가 더해졌다. 살인은 지치고 기운 빠지는 일이다. 누군가가 죽을지 살지 지켜보는 건 그보다 더 지치고 기운 빠지는 일이다. 헤이미의 돗짚자리와 내 돗짚자리를 합쳐 좀 더 푹신하게 잠을 청하고 싶은 유혹이 느껴졌지만 차마 그럴 수가 없었다. 나는 누워서 항상 어두컴컴한, 창살 달린 창문을 올려다보았다. 피곤했지만 눈을 감을 때마다 숨이 붙어 있던 마지막 순간에 클라가 지은 눈빛 아니면 스튜 국물이 흘러나오지 않도록 뺨에 손을 대고 있었던 스툭스가 떠올랐다.

마침내 나는 잠이 들었다. 그리고 리아 공주가 엄마의 파격적인 헤어드라이어(자주색 광선총)를 들고 연못가에 서 있는 꿈을 꾸었다.

엠피스의 마법이 됐건 무언가를 알리려는 무의식이 부리는 좀 더 평범한 마법이 됐건 그 꿈에는 어떤 의도가 있었지만, 그게 뭔지 파악하기도 전에 뭔가가 나를 깨웠다. 덜커덩거리는 소리와 뭔가가 돌을 긁는 소리였다.

나는 벌떡 일어나 주위를 둘러보았다. 꺼져 있던 가스등이 구멍에서 움직이고 있었다. 처음에는 시계 방향으로, 그다음에는 시계 반대 방향으로.

"아이씨……."

감방 맞은편에서 아이오타가 내는 소리였다. 나는 손가락을 입술에 갖다 댔다.

"쉬이잇!"

그냥 본능적인 반응이었다. 다른 사람들은 잠을 자고 있었고, 개중 두어 명은 악몽을 꾸는지 끙끙거렸고, 엠피스에는 도청 장치가 없었다.

우리는 가스등이 좌우로 흔들리다가 마침내 구멍에서 떨어져 나와 금속 호스에 대롱대롱 매달리는 것을 지켜보았다. 구멍 안에 뭔가가 있었다. 처음에는 덩치 큰 쥐인가 싶었지만 어두컴컴한 형체를 보니 쥐라고 하기에는 둥그스름하지 않았다. 그것이 구멍을 빠져나와 벽을 타고 물이 고인 돌바닥으로 종종거리며 잽싸게 내려왔다.

"씨발, 저게 뭐야?"

아이오타가 조그맣게 속삭였다.

나는 덩치가 수고양이만 한 빨간색 귀뚜라미가 근육질의 뒷다리를 딛고 폴짝폴짝 다가오는 것을 아무 말도 하지 못하고 멍하니 바라보기만 했다. 아직까지도 다리를 절었지만 거의 티가 나지 않았다. 녀석은 내 감방 창살 앞에 다다르자 까만 눈으로 나를 올려다보았다. 머리에 달린 길쭉한 더듬이를 보니 보디치 씨 집에 있었던 구닥다리 텔레비전의 토끼 귀가 생각났다. 사악하게 웃는 표정으로 굳어 버린 것처럼 보이는 입과 눈 사이에 각판이 달려 있었다. 그리고 아랫배에 쪽지 같은 게 매달려 있었다.

나는 한쪽 무릎을 꿇고 말했다.

"너 기억나. 다리는 좀 어떠니? 괜찮아진 것 같긴 한데."

귀뚜라미가 폴짝 감방 안으로 들어왔다. 내가 사는 세상 같았으면 식은 죽 먹기였겠지만 이 녀석은 덩치가 하도 크다 보니 낑낑대며 빠져나와야 했다. 녀석이 나를 쳐다봤다. 나를 기억했다. 나는 천천히 손을 내밀어 딱딱한 머리 꼭대기를 쓰다듬었다. 녀석은 내가 만져 주길 기다리기라도 했던 것처럼 옆으로 드러누웠다. 과연 딱딱한 껍데기로 덮인 배에 풀 같은 걸로 쪽지가 붙어 있었다. 나는 찢어지지 않도록 조심스럽게 쪽지를 떼어 냈다. 귀뚜라미는 다시 6개의 다리를 딛고 일어나(내가 보기에 4개는 걸을 때, 큼지막한 뒷다리 2개는 점프할 때 쓰이는 것 같았다) 헤이미의 돗짚자리 위로 폴짝 올라갔다. 거기서 계속 나를 쳐다봤다.

이것 역시 마법이었다. 이제 점점 익숙해지고 있었다.

쪽지를 펼쳤다. 글씨가 하도 작아서 눈앞에 갖다 대고 읽어야 했지만 쪽지의 내용보다 훨씬 중요해 보이는 게 있었다. 똑같이 끈적끈적한 뭔가로 털이 몇 가닥 붙어 있었던 것이다. 나는 쪽지를 들어 코에 대고 냄새를 맡았다. 냄새가 희미했지만 의심의 여지가 없었다.

레이더의 털이었다.

쪽지에는 이렇게 적혀 있었다. *살아 있니? 우리가 도울 방법이 있*

을까? 가능하다면 답장 부탁할게. 개는 안전해. C.

아이가 조그맣게 물었다.

"그게 뭐야? 쟤가 뭘 들고 왔어?"

내게는 퍼시가 준 종이 쪼가리와 몽당연필이 있었다. 그러니 답장을 할 수 있었지만 뭐라고 써야 할까?

"찰리! 그거 뭐냐……."

나는 나지막이 쏘아붙였다.

"조용히 좀 하세요! 생각할 게 있다고요!"

우리가 도울 방법이 있을까. 쪽지에는 이렇게 적혀 있었다.

여기서 관건은 대명사였다. 이 쪽지는 당연히 클로디아가 보낸 거였다. 레이더는 후각과 본능적인 방향 감각을 발휘해 나뭇가지로 만들어진 클로디아의 집을 잘 찾아간 모양이었다. 그건 다행이었다. 아주 다행이었다. 하지만 클로디아는 혼자 살았다. 그러니까 '우리'가 아니라 '내'가 되어야 했다. 우디가 합세한 걸까? 리아까지 충복팔라다를 타고 가세했을까? 왕족이거나 말거나 그들로는 부족했다. 하지만 그들이 회색 인간들을 소집했다면…… 그건 너무 지나친 바람일까? 그럴지 몰랐다. 하지만 나를 정말 예언 속의 왕자라고 믿는다면…….

머리를 써, 찰리. 머리를 써.

전에는 황제 경기장이었다가 지금은 엘든 경기장으로 이름이 바뀐 스타디움이 생각났다. 거기에는 전력이 공급되지 않았는데(예전에 애런이 보여 주었던, 그 노예들이 덜거덕덜거덕 열심히 돌리던 발전소가 여기에까지 전력을 공급하지는 않았다) 페어 원이 벌어지는 동안에는 스타디움의 가장자리를 동그랗게 감싼 초대형 가스등이 환하게 불을 밝혔다.

궁금한 게 수천 개는 되는데, 종이는 쪼가리 한 장뿐이었다. 질문의 대답을 들을 수 있는 가능성도 지극히 낮아서 바람직한 상황은 아니었다. 하지만 방법이 하나 생각났으니 아무것도 없는 것보다는 나았다. 문제는 밤의 병사들을 무장 해제시킬 방법을 찾지 못하면 그 방법도 거의 소용이 없다는 것이었지만.

만에 하나…… 전에 내게 신세를 진 적 있는, 하늘이 보내신 이 빨간색 귀뚜라미가 메시지를 클로디아에게 전해 줄 수 있다면…….

소중한 종이를 접어서 조심스럽게 반으로 나눴다. 거기다 아주 조그만 글씨로 또박또박 적었다.

살아 있어요. 다음번에 언제 황제 경기장에 불이 켜지는지 지켜보다가
그쪽 숫자가 많으면 쳐들어오세요. 적으면 말고요.

나는 그녀처럼 C라고 사인을 할까 하다가 생각을 바꿨다. 반으로 나눈 쪽지 맨 아래에 좀 더 작게 (민망함을 달래며) *샬리 왕자*라고 정자로 적었다.

"이리 와."

나는 귀뚜라미에게 속삭였다.

거대한 뒷다리를 구부린 팔꿈치처럼 위로 치켜들고 헤이미의 볏짚자리에 미동도 없이 앉아 있던 녀석은 내가 손가락을 튕기자 내 앞으로 폴짝 점프했다. 지난번에 봤을 때에 비해 훨씬 팔팔했다. 내가 손가락을 구부려 가볍게 밀자 녀석은 순순히 옆으로 드러누웠다. 배에 묻어 있던 풀 같은 것이 아직도 상당히 끈적끈적했다. 나는 쪽지를 붙이고 녀석에게 말했다.

"이제 가. 그걸 전해 줘."

귀뚜라미는 몸을 일으켰지만 움직이지 않았다. 아이오타가 녀석을 쳐다보는데 눈을 어찌나 휘둥그레 떴는지 저러다 튀어나오는 게 아닐까 싶을 정도였다.

"가."

나는 속삭이며 가스등이 매달려 있는 구멍을 가리켰다.

"클로디아에게 돌아가."

문득 정신을 차리고 보니 귀뚜라미에게 명령을 내리고 있었다. 내가 제정신이 아닌 게 분명하다는 생각이 들었다.

귀뚜라미는 그 진지한 까만 눈으로 나를 잠깐 쳐다보다가 몸을 돌려서 철창 사이로 빠져나갔다. 벽 앞으로 폴짝 이동해 테스트라도 하는 듯 앞다리로 돌을 더듬어 보다가 더할 나위 없이 깔끔하게 쌩하니 올라갔다.

"*염병, 저게 뭐야?*"

스툭스가 옆 감방에서 물었다.

나는 대답을 생략했다. 빨간색이고 커다랗긴 했지만 귀뚜라미라는 걸 모르면 장님인 거였다.

구멍이 감방 창살 사이보다 좁았지만 녀석은 내 쪽지를 매달고 어찌어찌 빠져나갔다. 쪽지가 바닥에 떨어졌다면 누가 읽게 됐을지를 감안했을 때 그것 역시 아주 다행스러운 일이었다. 물론 귀뚜라미가 어떤 경로일지 모르는 꼬불꼬불한 길을 되짚어 나가는 동안 그 쪽지를 떨어뜨리지 말라는 법은 없었다. 도중에 떨어뜨리지 않는다 하더라도 클로디아의 집까지 무사히 들고 갈 수 있을지 알 수 없었다. 클로디아의 집까지 갈 수 있을지조차 알 수 없었다. 하지만 내게는, 우리에게는 달리 선택의 여지가 없었다.

"스툭스. 아이. 내 말 잘 듣고 다른 사람들에게도 전해 줘요. 우리는 2라운드가 열리는 날까지 기다려야 하겠지만 2라운드가 시작되기 전에 이 염병할 감옥에서 탈출할 거예요."

스툭스가 눈을 반짝였다.

"무슨 수로?"

"그건 아직 고민 중이에요. 이제 저 건드리지 말아 주세요."

나는 생각을 좀 하고 싶었다. 그리고 클로디아가 보내 준 털을 쓰다듬으며, 그 털의 주인을 쓰다듬고 싶은 마음을 달래고 싶었다. 그래도 레이더가 무사하다는 걸 알고 났더니 그때까지 무거운 줄도 몰랐던 어깨가 가벼워졌다.

아이가 말했다.

"아까 그 빨간색 벌레가 너를 찾아온 이유를 모르겠네. 네가 왕자님이라 그런 거야?"

나는 고개를 저었다.

"사자의 앞발에 박힌 가시를 뽑아 준 생쥐 이야기 알아요?"

"아니."

"나중에 들려줄게요. 여기서 빠져나간 다음에."

3

다음 날에는 '플레이타임'도 만찬도 없었다. 하지만 아침 배식은 이루어졌고 퍼시 혼자 왔기 때문에 그에게 받은 종이에서 남은 반쪽을 건넬 수 있었다. 거기에 적힌 글은 딱 세 단어였다.

그는 그 쪽지를 읽지 않고 블라우스 비슷하게 생긴 헐렁한 셔츠 어딘가에 쑤셔 넣고는 계속 카트를 밀며 지나갔다.

소문이 번졌다. 찰리 왕자님에게 탈출 계획이 있대.

밤의 병사들이 우리를 확인하러 올 경우(낮이라 그럴 가능성이 낮긴 하지만 그런 적이 아예 없지는 않았다) 붙잡혀 있는 검투사들이 전과 다르게 생기가 넘치고 눈빛이 초롱초롱해진 것을 알아차리지 못하기만을 바라는 수밖에 없었다. 그럴 것 같지는 않았다. 그들은 대부분 멍청해 보였다. 하지만 애런은 그렇지 않았고 사령관도 마찬가지였다.

아무튼 주사위는 던져졌다. 지미니 크리켓(디즈니 애니메이션 「피노키오」에서 피노키오의 멘토 역할을 하는 귀뚜라미 — 옮긴이)이 내 쪽지를 클로디아에게 전달했을 거라는 가정 아래 움직여야 했다. 2라운드가 열리는 날, 갤리언의 마지막 후손들이 회색 인간들과 악마가 사는 도시의 성문 앞에 들이닥칠지 몰랐다. 우리가 여기서 탈출해 그들과 합세할 수 있다면 자유를 되찾을 수 있을지 몰랐다. 심지어 정권을 장악하고 살기 좋았던 이 엠피스 땅에 저주를 내린 세력을 타도할 수 있을지 몰랐다.

나는 자유를 되찾는 데 주력할 작정이었다. 이 축축한 감방이나 도살장에서 엘든과 아첨꾼들의 노리개로 죽고 싶지는 않았다. 그리고 내 감방 동지 중에서 사망자가 더 발생하는 것도 싫었다. 이제는 남은 인원이 15명뿐이었다. 걸리는 만찬이 열린 날 저녁에 죽었다. 만찬이 열리고 있던 도중에 죽었을 수도 있었다. 다음 날 아침 식사가 끝난 뒤에 이름이 레밀 아니면 래멀 아니면 레뮤얼인 밤의 병사한 명이 지켜보는 가운데 회색 남자 둘이 그를 밖으로 옮겼다. 그의 이름은 뭐가 됐건 상관없었다. 그냥 죽여 버리고 싶었다.

그들 모두를 죽여 버리고 싶었다.

걸리가 밖으로 옮겨진 뒤에 애밋이 말했다.

"밤의 병사들을 처리할 방법이 있으면 얼른 생각해 내는 게 좋겠어, 왕자님. 플라이트 킬러는 어떤지 몰라도, 그 옆에 붙어 있는 페트라 년은 얼른 또 혈투극을 보고 싶어서 안달을 낼 거거든. 신이 나서 정신을 못 차리더라고."

그가 정확히 신이 나서 정신을 못 차리더라고는 하지는 않았지만 틀린 말은 아니었다.

만찬 다음 날 저녁은 설익은 돼지고기 한 토막이었다. 보기만 해도 속이 뒤집혀서 하마터면 똥통에 던질 뻔했지만 그러지 않길 다행이었던 것이, 안에 또 퍼시의 쪽지가 들어 있었다. 이번에도 고등 교육을 받은 사람의 필체로 이렇게 적혀 있었다.

키 큰 장을 옮기면 문이 나와요. 잠글 수 있을 거예요. 이 쪽지는 파기해 주세요. 왕자님의 충복, 퍼시벌.

이게 전부라 아쉽기는 했지만 어쩔 수가 없었고 우선은 경기운영위원실로 들어갈 방법을 찾는 것이 관건이었다. 회초리 막대야 대처할 수 있다지만 그들을 에워싸고 있는 고압 전류가 문제였다. 그런데 그걸 어찌한다 치더라도.

이미 죽어 있는 그들을 우리가 과연 죽일 수 있을까?

4

다음 날 아침 식사 시간을 맞이하기가 두려웠다. 퍼시가 소시지를 들고 오면 2라운드가 열린다는 뜻인데, 파랑이들을 어떻게 하면 좋을지 전혀 방책을 마련하지 못했던 것이다. 하지만 산딸기 시럽 비슷한 걸로 범벅이 된 큼지막한 팬케이크가 나왔다. 나는 팬케이크를 잘 낚아채서 먹어 치우고 바닥에 구멍이 뚫린 컵으로 손에 묻은 시럽을 씻어 냈다. 아이오타가 창살 사이로 나를 쳐다보고 손가락을 핥으며 퍼시가 나가 주길 기다렸다.

퍼시가 나가자 그가 말했다.

"부상자가 조금 회복될 때까지 하루 더 여유가 주어지겠지만 내일 아니면 모레야. 길어야 사흘 뒤."

그의 말이 맞았고 모두 나만 바라보고 있었다. 고등학생에게 사활을 걸다니 어처구니가 없었지만 그들에게는 비를 내리게 할 주술사가 필요했고 그걸로 뽑힌 사람이 나였다.

머릿속에서 하크니스 감독님의 목소리가 들렸다. *엎드려뻗쳐서 팔 굽혀 펴기 20개 하자, 천하에 쓸모없는 식충이야.*

나는 뾰족한 수가 생각나지 않았고 천하에 쓸모없는 식충이로 전락한 기분이었기 때문에 그 목소리가 시키는 대로 했다. 양팔을 넓게 벌리고. 천천히 내려가 턱으로 돌바닥을 건드린 다음 다시 천천히 올라왔다.

"그건 왜 하는 거야?"

스툭스가 철창에 매달려 나를 구경하며 물었다.

"하면 마음이 편안해지거든요."

초반의 뻐근한 구간(그리고 힘을 쓰게 된 몸이 예상했던 대로 반항하는 구간)만 지나면 항상 그랬다. 나는 내려갔다가 올라오기를 반복하며 꿈에 대해 생각했다. 엄마의 자주색 헤어드라이어를 들고 있었던 리아. 내 문제(*우리의 문제*)에 대한 해답이 꿈 안에 들어 있다고 믿는 건 소설 같은 얘기였지만 여기가 소설 같은 공간이니 그러면 안 될 것도 없었다.

여담이지만 알고 보면 전혀 여담이 아닌 얘기를 하나 하자면, 나는 7학년으로 올라가기 전 여름에 『드라큘라』를 읽었다. 그것도 제니 슈스터가 아이오와로 이사 가기 직전에 강력하게 추천한 책이었다. 나는 도서관에서 빌린 『프랑켄슈타인』을 읽으려고 했지만, 제니가 그건 개똥철학과 조잡한 문장이 한데 어우러진 재미없고 개떡 같은 작품이라고 했다. 『드라큘라』가 100배 더 낫고 그렇게 근사한 뱀파이어 스토리는 없다고 했다.

그녀의 평가가 옳은지 그건 잘 모르겠지만(아무리 제니가 공포소설 전문가라도 12살짜리의 문학적인 평가를 진지하게 받아들이기는 어려울 수밖에 없다) 『드라큘라』는 훌륭했다. 그런데 흡혈이라는 행위, 심장에 박힌 말뚝, 마늘로 채워진 시체의 입 같은 장면이 내 머릿속에서 지워진 뒤에도 작중에서 반 헬싱이 폭소를 두고 했던 말은 오래도록 기억이 남았다. 그는 폭소를 '웃음의 왕'이라고 부르며 웃음의 왕은 문을 두드리지 않고 그냥 들이닥친다고 했다. 어떤 재밌는 걸 보고 웃음이 절로 터진 적이 있는 사람이라면 잠깐 공감하고 마는 게 아니라 매번 그 말을 떠올릴 때마다 그 말이 사실이라는 것을 실감할 수 있을 것이다. 진정한 영감도 그 비슷하지 않나 싶다. *아, 그래, 내가 이걸 생각하고 있다가 저걸로 이어졌어*, 라고 할 수 있는 연결고리가 없다. 영감도 문을 두드리지 않는다.

내가 20개를 지나고 30개에 다다라 이제 팔굽혀 펴기를 그만하려고 했을 때 번개가 나를 강타했다. 방금까지만 해도 없었던 아이디어가 순식간에 완벽하게 꽃을 피웠다. 나는 일어나 철창 앞으로 갔다.

"어떻게 하면 되는지 알겠어요. 효과가 있을지 모르겠지만 그 방법밖에 없어요."

"어떤 방법인데?"

아이오타가 물었다. 나는 엄마의 헤어드라이어에서부터 설명을 시작했지만 그는 그게 뭔지 전혀 이해하지 못했다. 그의 고향에서 머리가 긴 여자들은 머리를 감으면 그냥 햇볕에 말렸다. 하지만 나머지 부분은 아무 문제 없었다. 옆 감방에서 듣고 있던 스툭스도 마찬가지였다.

내가 말했다.

"얘기를 퍼뜨려 줘요. 두 분 다."

스툭스는 손바닥을 이마에 대고 허리를 숙였다. 누가 내 앞에서 허리를 숙이면 아직도 닭살이 돋았지만, 덕분에 저들의 단결을 도모할 수 있다면 평범한 아이로 돌아갈 때까지 참을 수 있었다. 하지만 내가 여기서 목숨을 부지하더라도 평범한 아이로 돌아갈 수 있을 것 같지는 않았다. 영구적인 변화라는 것도 있지 않은가.

5

다음 날 아침에 소시지가 나왔다.

퍼시는 대개 배식할 때 아무 말도 하지 않았지만 그날 아침에는 할 말이 있었다. 그가 한 말은 간단했다.

"므그, 므그."

먹어, 먹어인 것 같았다.

다른 죄수들은 3줄을 받았다. 나만 4줄을 받은 이유는 딥 말린의 왕자님이기 때문만은 아니었다. 줄마다 엉성한 유황 대가리가 달린 성냥개비가 감추어져 있었다. 지저분한 양말 이쪽에 2개, 저쪽에 2개를 숨겼다. 용도가 뭔지 알 것 같았다. 내 짐작이 맞기만을 바라는 수밖에 없었다.

6

또다시 괴로운 기다림의 시간이 시작됐다. 마침내 문이 열렸다. 애런이 렌밀인지 누군지 모를 밤의 병사와 다른 두 명과 함께 등장했다.

그기 팔을 벌려 감방 문을 열며 외쳤다.

"나와라, 꼬맹이들아! 8명에게는 좋은 날이, 그 나머지에게는 궂은 날이 될 거다! 가자, 가자!"

우리는 밖으로 나섰다. 오늘은 몸이 안 좋다고 칭얼대는 해처가 없었다. 스툭스의 손에 제거됐다. 그러느라 그의 얼굴도 다시는 예전으로 돌아갈 수 없게 됐지만. 아이오타가 어렴풋이 미소를 지으며 나를 보았다. 윙크인가 싶게 한쪽 눈을 찡긋거렸다. 나는 거기서 용기를 얻었다. 그리고 탈출 작전이 성공하거나 말거나 플라이트 킬러 엘든과 페트라와 아첨꾼들이 페어 원을 보지 못하게 될 거라는 데에서도 용기를 얻었다.

애런 옆을 지나려는데, 그가 뾰족한 회초리 끝으로 너덜너덜한 내 셔츠를 눌렀다. 해골 위에 덧입혀진 반투명한 얼굴이 미소를 짓고 있었다.

"너는 네가 특별한 줄 알지? 아니야. 다른 녀석들도 네가 특별한 줄 알지? 정신 차리게 될 거다."

나는 말했다.

"배신자. 충성을 맹세한 모든 사람을 등진 배신자."

인간성이 남아 있던 얼굴에서 미소가 사라졌다. 그 아래에서 해골은 계속 히죽거리고 있었다. 그가 내 얼굴을 이마에서 턱까지 찢어놓을 작정을 하고 회초리를 치켜들었다. 나는 얼굴을 살짝 들어서 맞을 준비를 하고 기다렸다. 나 아닌 다른 존재가 내 입을 통해 내뱉은 말이었는데, 그 말은 진실이었다.

애런은 회초리를 내렸다.

"아냐, 아냐, 네 몸에 흠집을 내지 않겠다. 그건 너를 처단할 자의 몫으로 남겨야지. 이제 가라. 내가 끌어안아서 바지에 똥 싸게 만들고 싶어지기 전에."

하지만 그럴 리 없었다. 그렇다는 것을 나도 알았고 그도 알았다. 2라운드 대전이 정해진 마당에 나를 기절시키거나 죽일 수도 있는 전기 충격으로 시드 배정을 어그러뜨릴 수는 없었다.

나는 다른 죄수들을 따라갔다. 그가 회초리로 내 허벅지를 내리쳐 바지를 찢었다. 처음에는 따끔거리다가 이내 불에 덴 듯한 통증과 함께 피가 줄줄 흘렀다. 아무 소리도 내지 않았다. 저 시체 새끼에게 만족감을 선사하지 않을 작정이었다.

7

우리는 예전의 그 클럽하우스로 갔다. 어쩌면, 정말 어쩌면 탈출 구가 될 수도 있는 경기운영위원실의 옆옆 방이었다. 1라운드 때처 럼 한복판에 포스터 보드가 세워져 있는데, 대전 수가 적어졌다.

페어 원 2라운드

1조

옥카 대 걸리 (사망)

찰리 대 자야

머프 대 프리드

2조

벤도 대 벌트

캐밋 대 스툭스

에리스 대 퀼리

더블 대 메슬

3조

애밋 대 아이오타

이번에는 덩치들을 마지막 대전으로 묶었다. 흥미진진한 대결이 됐겠지만 앞으로 몇 분이 어떤 식으로 전개될지 몰라도 그 대결이 벌어질 일은 없었다.

사령관이 1라운드 때처럼 그 멋들어진 제복을 갖춰 입고 우리를 기다리고 있었다. 내 눈에는 가난한 중앙아메리카의 독재자가 공식 행사장에서 입었음 직한 옷으로 보였다.

그가 웅웅거리는 목소리로 말했다.

"이렇게 다시 만났구나. 몇 명은 좀 다치긴 했다만 그래도 열띤 자세로 대전에 임할 준비가 됐겠지? 어때?"

"그렇습니다, 사령관님."

내가 말했다.

"그렇습니다, 사령관님."

다른 죄수들도 따라 했다.

그는 피가 나는 내 허벅지를 보았다.

"너는 이미 살짝 부상을 당했구나, 찰리 왕자."

나는 아무 말도 하지 않았다.

그는 다른 죄수들을 살폈다.

"너희들이 이 녀석을 그렇게 부르지 않나? 찰리 왕자님이라고."

애밋이 대답했다.

"아닙니다, 사령관님. 이 녀석은 그냥 잘난 척하기 좋아하는 쥐방울 같은 새끼죠."

켈린은 그 말이 마음에 드는지 인간의 거죽에 달린 입으로 살짝 미소를 지었다. 그 아래에서는 해골이 계속 히죽거리고 있었다. 그가 내게로 시선을 돌렸다.

"진짜 왕자는 공중 부양을 하고 자기 형체를 바꿀 수 있다던데. 공중 부양을 할 수 있나?"

"못 합니다, 사령관님."

"형체를 바꾸는 건?"

"못 합니다."

그는 부하들보다 더 두껍고 긴 회초리를 치켜들었다.

"못 합니다?"

"못 합니다, 사령관님."

"그래, 그래야지. 너희들에게 준비할 시간을 주겠다. 윗분들 보기 민망하지 않게 제발 몸 좀 깨끗이 씻고, 씻으면서 오늘의 대전 순서도 생각해 보도록. 머리에 물을 적셔서 뒤로 묶고. 윗분들이 너희 얼굴을 보고 싶어 하실 테니. 1라운드 때처럼 폐하를 위해 최선을 다해 주기 바란다. 알겠나?"

"알겠습니다, 사령관님."

우리는 말 잘 듣는 1학년 꼬맹이들처럼 한목소리로 외쳤다.

그는(그것은) 수상한 낌새를 느끼기라도 한 것처럼 바닥을 알 수 없는 눈으로 우리를 훑어보았다. 실제로 수상한 낌새를 느꼈을 수도 있지만 부하들을 거느리고 밖으로 나갔다.

옥카가 흐뭇한 목소리로 말했다.

"이것 좀 봐. 내 상대는 죽은 사람이야! 아무 문제 없이 이길 수 있겠네."

"오늘은 우리 모두 이기든지 지든지 둘 중 하나예요."

나는 말하고, 16개의 양동이가 일렬로 놓인 선반을 바라보았다. 그렇다, 그들은 심지어 걸리 몫까지 양동이를 가져다 놓았다.

"쓰펄, 두말하면 잔소리."

아이가 으르렁거렸다.

"자야하고 에리스, 문 양옆으로 가요. 저 양동이 2개 덜 차 있으면 물로 가득 채워 주고요. 나머지는 양동이 들고 엎드려요. 납작하게."

"왜 그래야 하는데?"

벤도가 물었다.

나는 그때 초등학생들 사이에서 역사와 전통을 자랑하는 재밌는 이야기를 떠올렸다. 아담과 이브가 처음으로 동침하게 됐을 때 아담이 이렇게 말했다는 이야기였다. '자기야, 뒤로 물러서 있어. 이게 얼마나 커질지 나도 모르거든.'

"왜냐하면 어떤 일이 일어날지 저도 모르겠거든요."

왜냐하면 샤워를 하는 도중에는 헤어드라이어를 쓰면 절대 안 되기 때문이죠. 엄마한테 배운 거예요.

하지만 입 밖으로는 이렇게 말했다.

"씻긴 할 건데 우리 몸을 씻지는 않을 거예요. 이 방법이 효과가 있을 거예요."

말은 그럴듯하게 했지만 확신은 없었다. 확신할 수 있는 게 딱 하나 있다면 내가 원하는 사태가 벌어진다면 눈 깜빡할 새 벌어지게 될 거라는 것이었다.

8

에리스가 속삭였다.

"발소리가 들려. 저들이 오고 있어."

나는 말했다.

"안으로 들어올 때까지 기다려요. 저들 눈에는 두 분이 보이지 않을 거예요. 똑바로 앞을 보고 있어서."

내가 바라기로는 그랬다.

두 여자가 양동이를 가슴 위로 들었다. 나머지는 물이 가득 든 양동이를 바로 옆에 두고 엎드렸다. 애밋과 아이오타가 양옆에서 나를 보호하듯 에워쌌다. 문이 열렸다. 며칠 전에 1라운드가 열렸을 때 1조를 데리고 나갔던 밤의 병사 2인조가 등장했다. 나는 켈린이나 애런이 등장하길 바랐지만 놀라지는 않았다. 그 둘은 경기장에서 행사를 진행할 준비를 하고 있을 것이었다.

밤의 병사들은 걸음을 멈추고 바닥에 일렬로 엎드려 있는 우리를 쳐다보았다. 그중 하나가 말문을 열었다.

"너희들⋯⋯."

내가 외쳤다.

"지금이에요!"

자야와 에리스가 그들에게 물을 들이부었다.

앞서 말했다시피 나는 어떤 현상이 벌어질지 알지 못했지만 이렇게까지일 줄은 상상도 하지 못했다. 그들이 폭발한 것이었다. 두 군데에서 눈부신 섬광이 터지자 눈앞이 잠시 하얘졌다. 뭔가가, 아니 뭔지 모를 여러 개가 머리 위로 날아가는 소리가 들렸고 위 팔뚝이 벌에 쏘인 듯 화끈거렸다. 카랑카랑한 비명 소리도 들렸다. 자야 아니면 에리스가 낸 소리였다. 나는 고개를 숙이고 있어서 둘 중 누군지 보지 못했다. 그 뒤를 이어 양옆에서 몇 명이 놀라고 아파하며 소리를 질렀다.

"일어나세요!"

나는 외쳤다.

그때까지도 뭐가 어떻게 됐는지 제대로 파악하지 못했지만 밖으로 나가야 된다는 것만큼은 확실히 알았다. 밤의 병사들이 폭발한 소리는 별로 크지 않아서 카펫 위로 묵직한 가구가 쿵 하고 떨어졌을 때 나는 소리와 비슷했을지 몰라도 여자가 지른 비명 소리는 상당히 컸다. 게다가 파편이 쏟아지는 소리도 있었다. 일어나면서 보니 아이오타의 왼쪽 눈 위쪽 이마에 뭔가가 꽂혀 있었다. 코 옆면을 타고 피가 줄줄 흐르고 있었다. 뼛조각이었다. 내 팔에도 뼛조각이 박혀 있었다. 나는 그걸 잡아 빼서 던졌다.

다른 몇 명도 부상을 당했지만 이미 상태가 많이 안 좋았던 프리드 말고는 다들 정상적으로 거동이 가능했다. 1조에서 그를 상대하기로 되어 있었던 머프가 프리드를 부축하고 있었다.

아이오타가 이마에서 뼛조각을 빼내 믿기지 않는 눈빛으로 이리저리 돌려 보았다. 온 사방이 뼛조각투성이었다. 깨진 그릇 같았다. 남은 건 대형 산탄이 장전된 산탄총으로 근거리 일제 사격을 당한 것처럼 너덜너덜해진 그들의 제복뿐이었다.

손 하나가 내 목을 감쌌고 아무 데도 다치지 않은 애밋이 거칠게 나를 끌어안았다.

"네가 엎드리라고 하지 않았으면 우리 모두 갈기갈기 찢길 뻔했어."

그러고는 내 뺨에 입을 맞췄다.

"어떻게 알았냐?"

"저도 몰랐어요."

내가 생각해 둔 게 있다면 미식축구의 프런트라인처럼 웅크리고 돌격 자세를 취하고 있자는 것뿐이었다.

"이제 다 같이 나가요. 각자 양동이 들고요. 아이와 애밋이 앞장서 줘요. 옆의 옆에 있는 경기운영위원실로 갈 거예요. 다른 밤의 병사가 보이면 물을 붓고 바닥에 엎드려요. 다들 엎드려요. 양동이 물은 웬만하면 쏟지 말고요. 이제 어떤 현상이 벌어지는지 아니까요."

모두 양동이를 챙겨 들고 밖으로 나갔다. 에리스는 너덜너덜해진 제복을 발로 차서 옆으로 치우고 그 위에 침을 뱉었다. 나는 뒤를 한 번 돌아보았다. 우리가 싸울 차례가 올 때까지 대기실로 쓰던 클럽 하우스가 이제는 묘지가 됐다.

그래서 좋았다.

9

애밋과 아이오타가 앞장섰다. 에리스는 자기 양동이 대신 죽은 걸리의 양동이를 챙겼다. 자기 양동이 물을 다 쓴 자야가 맨 뒤에서 따라왔다. 경기운영위원실 문 앞에 다다랐을 때 불을 환하게 밝힌 경기장에서 두 명의 밤의 병사가 황급히 통로를 걸어왔다.

"어이!"

둘 중 한 명이 외쳤다. (어이라고 했다고 나는 확신한다.)

"너희들 밖에서 뭐하는 거야? 1조만 나와야 하는데!"

애밋과 아이오타가 걸음을 멈췄다. 우리 모두 걸음을 멈췄다. 애밋이 누가 들어도 어리둥절해하는 투로 말했다.

"이번에는 다 같이 나가는 거 아닙니까? 폐하께 경례하러?"

그들이 좀 더 다가왔다. 둘 중 다른 한 명이 말했다.

"1조만이야, 이 바보 새끼야! 나머지는 다시 들어……."

애밋과 아이오타가 서로 흘끗 쳐다봤다. 아이가 고개를 끄덕였다. 그들은 미리 합을 맞추기라도 한 것처럼 완벽하게 동시에 한 발 앞으로 다가가 양동이의 물을 끼얹고 엎드렸다. 우리는 이미 엎드려 있었다. 이번에는 그냥 쭈그린 게 아니라 배를 대고 납작하게 누웠다. 아까는 어마어마하게 운이 좋았던 거고, 이번에는 그렇지 않을 수 있었다.

이 둘도 폭발했다. 섬광과 쿵 하는 소리뿐 아니라 소형 변압기가 과부하로 터지기 직전에 나는 탁탁거리는 소리도 들렸고, 바람도 훅 불었다. 구름 같은 뼛조각들이 우리 위를 날아가 벽을 때리고 바닥에 튀겼다.

애밋이 일어나 나를 돌아보며 이를 활짝 드러내고 씩 웃었다. 격한 정도를 넘어 사악한 미소를 지었다.

"다 같이 저기로 달려가자, 찰리! 양동이가 열몇 개 더 있잖아! 저 새끼들을 최대한 폭발시켜 버리자고!"

"안 돼요. 몇 명 해치울 수 있을지 몰라도 저쪽에 몰살당할 거예요. 우리의 목적은 싸우는 게 아니라 도망치는 거예요."

애밋은 흥분이 극에 달해서 내 말을 듣지 않을 태세였지만, 아이가 그의 목을 붙잡고 흔들었다.

"이놈아, 누가 왕자님이냐? 너야 아니면 찰리야?"

"찰리."

"그렇지. 그러니까 찰리가 하자는 대로 해."

내가 말했다.

"이제 가요. 벤도? 벌트? 양동이에 물 가득 들어 있어요?"

벌트가 말했다.

"반밖에 없어. 미안하지만 흘렸어, 왕자……."

"경기장 입구를 마주 보고 먼저 가요. 더블이랑 캐밋도요. 저들이 또 보이면……."

"목욕을 시켜 줄게, 그것도 제대로."

캐밋이 말했다.

나는 내 양동이를 흔들며 남은 죄수들을 이끌고 갔다. 나도 물을 좀 흘려서 바짓단이 젖었지만 그래도 4분의 3이 남아 있었다. 경기 운영위원실은 문이 잠겨 있었다.

"애밋. 아이. 방법 없겠는지 한번 봐 봐요."

그 둘이 함께 문을 들이받자 문이 왈칵 열렸다. 안은 어두컴컴했고 폭발의 잔상이 눈앞에 남아 있어서 설상가상이었다. 나는 큰소리로 물었다.

"앞이 보이는 분 있어요? 키 큰 장이 있을 텐……."

뒤를 지키던 누군가가 고함을 질렀다. 잠시 후에 눈부신 섬광이 터졌다. 대여섯 개의 나무 의자를 좌우에 거느린 장이 반대편 벽에 서 있는 것이 그 불빛에 비쳐 보였다. 고통에 겨운 울부짖음에 이어 두 번째 섬광이 터졌다.

벤도, 더블, 캐밋이 들어왔다. 캐밋의 얼굴과 팔에서 피가 콸콸 쏟아지고 있었다. 얼굴과 팔에 뼛조각들이 누르스름한 가시처럼 박혀 있었다. 벤도가 숨을 헐떡이며 말했다.

"두 명 더 잡았어. 하지만 두 번째 놈이 내 손에 날아가기 전에 벌트를 죽였어. 그 친구를 꽉 끌어안아서…… 그 친구의 몸이 부들부들 떨리기 시작했는데……."

그러니까 우리 측에서 1명의 사망자가 있었지만 벤도의 말이 맞는다면 밤의 병사 측은 6명을 잃었다. 괜찮은 스코어였지만 저들의 숫자가 아직도 많았다.

"아이, 이 장을 옮길 수 있게 도와줘요."

나는 도울 기회도 없었다. 아이가 우리 할머니의 웰시 드레서(상부는 선반, 하부는 서랍으로 이루어진 찬장 ─ 옮긴이)처럼 생긴 키 큰 장 앞으로 성큼성큼 걸어가 어깨를 대고 있는 힘껏 밀었다. 장은 1미터 넘게 미끄러져 가다가 휘청거리며 와장창 쓰러졌다. 퍼시가 쪽지에서 설명했던 것처럼 그 뒤편에 문이 있었다.

어딘가에서 고함소리가, 웅웅거리는 고함소리가 들렸다. 아직은 멀게 들렸지만 놀란 투였다. 죄수들이 탈출하는 중이라는 것을 사령관이 알아차렸는지는 모르겠지만, 그와 밤의 병사 간부진이 *이상한 낌새*를 느낀 것만큼은 분명했다.

스툭스가 걸쇠를 풀고 문을 열었다. 그걸 보고 나는 놀랐지만 희망이 생겼다. 퍼시의 쪽지에는 문을 잠글 수 있을 거예요, 라고 되어 있었다. *잠겼을 거예요*가 아니라 *잠글 수 있을 거예요* 였다. 그의 말뜻을 내가 제대로 해석한 것이길 바랐다.

나는 말했다.

"건너가세요. 모두."

그들은 북적거리며 안으로 들어갔다. 머프가 계속 프리드를 부축하고 있었다. 이제 앞을 조금 볼 수 있게 되자 한 나무 의자 위에 어뢰 모양의 램프가 놓여 있는 것이 눈에 들어왔다. 나는 속으로 퍼시(퍼시벌)에게 무한한 축복을 빌었다. 퍼시에게 도움을 받았다는 것을 저들이 알아차리면 우리가 탈출에 실패하는 경우 그가 고초를 당하게 될 것이었다. 성공하더라도 마찬가지일지 몰랐다.

아이오타가 다시 나왔다.

"저 안이 우라지게 컴컴해, 찰리. 아무래도……."

그는 램프를 보았다.

"우와! 저기에 불을 땡길 만한 것이 뭣이라도 있으면 좋겠는데."

나는 양동이를 내려놓고 양말 안에서 성냥개비를 꺼냈다. 아이는 그걸 빤히 쳐다보더니 놀란 눈빛으로 나를 보았다.

"너 정말 왕자님 맞구나."

나는 그에게 성냥개비를 주었다.

"그럴지도 모르지만 나는 이거 어떻게 쓰는지 몰라요. 한번 켜 봐요."

그가 램프에 불을 켜고 있었을 때(유리 통 안에 등유 아니면 그 비슷한 것이 가득 들어 있었다) 경기장에서 우리 쪽을 향해 달려오는 발소리가 들렸다.

"어이, 어이! 거기 무슨 일이야? 왜 저 문이 열려 있어?"

벌레처럼 웅웅거리거나 말거나, 내가 아는 목소리였다.

아이오타가 나를 보며 두 손을 들었다. 한 손에는 불이 켜진 램프를 들고 있었지만, 다른 손은 빈손이었다. 양동이가 없었다.

내가 말했다.

"안으로 들어가서 문을 닫아요. 걸쇠가 안에 있을 거예요."

"너 혼자 두고 갈 수는……."

"*가요!*"

그는 떠났다.

애런이 문 앞에 등장했다. 파란색 오라가 어찌나 환하게 펄떡거리는지 쳐다보기조차 힘들 정도였다. 그런데 나는 한손에 대롱대롱 양동이를 들고 서 있다니. 그는 눈앞에 펼쳐진 광경에 너무 놀라서 잠깐 멈칫했다.

걸음을 왜 멈추고 그래. 나는 생각하며 한 발 앞으로 다가가 그에

게 양동이에 담긴 물을 뿌렸다.

마치 슬로모션 같았다. 커다란 무정형의 결정체가 허공에 등장했다. 애런의 거죽 아래에서 해골은 계속 히죽거렸지만, 남은 인간의 얼굴은 놀라서 충격을 받은 표정을 짓고 있었다. *내 몸이 녹는다! 내 몸이 녹는다!* 하고 외친 서쪽의 사악한 마녀가 순간적으로 떠올랐다. 그는 빌어먹을 회초리를 떨어뜨리고 앞으로 닥칠 사태를 막으려는 듯 한쪽 팔을 들었다. 내가 바닥에 납작 엎드리자마자 펑 하는 소리와 함께 사방이 번쩍거렸다. 나는 이로써 애런이 지옥으로 날려갔길 진심으로 바랐다.

뼛조각들이 내 위로 날아갔지만…… 모두 무사히 지나간 건 아니었다. 이번에는 팔이 벌에 쏘인 것처럼 따끔거린 정도가 아니라 두피와 왼쪽 어깨가 길게 찌릿찌릿했다. 나는 비틀거리며 일어나 문 쪽으로 몸을 돌렸다. 또 누군가가 다가오는 소리가 들렸다. 물이 좀 더 있으면 얼마나 좋을까. 저쪽에 세면대가 설치돼 있긴 했지만 시간이 없었다.

걸쇠를 풀고 문을 당겨 보았다. 잠겨 있을 거라는 내 짐작과 다르게 열려 있었다. 나는 안으로 들어가 문을 닫고 램프의 나무 손잡이를 붙잡았다. 그걸로 아래를 비춰 보니 빗장이 2개 달려 있었다. 튼튼해 보였다. 나는 빗장이 튼튼하길 하느님께 빌었다. 내가 두 번째 빗장을 질렀을 때 안쪽의 걸쇠가 풀리면서 문짝이 덜커덩거리기 시작했다. 나는 뒤로 물러났다. 문이 금속이 아니라 나무이긴 했지만 감전당할 위험을 감수하고 싶지는 않았다.

"열려라! 플라이트 킬러 엘든의 이름으로 열려라!"

"플라이트 킬러 엘든의 이름으로 내 똥구멍이나 핥아라."

누군가가 내 뒤에서 말했다.

나는 고개를 돌렸다. 램프의 가물가물한 불빛에 13명 전원의 얼굴
이 비쳐 보였다. 이 안은 흰색 타일이 깔린 네모난 통로였다. 지하철
터널 비슷했다. 머리 높이에 달린 가스등이 꺼진 채로 어두컴컴한
안쪽을 향해 줄줄이 이어졌다. 내 감방 동지들이(이제는 *과거의 동지들*
이라고 해야겠다) 눈을 동그랗게 뜨고 나를 쳐다보고 있는데, 애밋과
아이오타를 제외하고는 모두 겁에 질린 표정이었다. 찰리 왕자가 앞
장서 주길 기다리고 있는 것이었다. 주여, 굽어 살피소서.

문을 두드리는 소리가 들렸다. 문의 옆과 아래 틈새로 눈부시게
파란빛이 보였다.

갈 수 있는 방향이 한 군데뿐이었으니 지금 당장은 앞장서는 것이
어려울 일도 없었다. 나는 횃불을 든 자유의 여신 같다는 생각을 하
며 램프를 들고 그들 사이를 헤치고 지나갔다. 문득, TCM 채널에서
본 전쟁 영화의 대사가 생각이 났다. 나도 모르게 그 대사가 튀어나
왔다. 아마 과도하게 흥분했거나 영감에 취해서 그랬을 것이다.

"가자, 쌍놈의 새끼들아! 천년만년 살 것도 아니잖아?(「스타십 트루
퍼스」에서 후안 리코가 습관적으로 하는 말이다 — 옮긴이)"

애밋이 폭소를 터뜨리며 내 등을 하도 세게 때리는 바람에 하마터
면 램프를 떨어뜨릴 뻔했다. 그랬더라면 우리는 그 옛날 공포소설에
서 '살아 있는 어둠'이라고 표현했던 공간에 갇혔을 것이다.

나는 걷기 시작했다. 그들도 나를 따라서 걸음을 옮겼다. 문을 두
드리는 소리가 점점 희미해지다가 멀어졌다. 켈린의 밤의 병사들도
그걸 부수려면 진땀깨나 흘려야 할 것이다. 문이 밖으로 열리는 데다
이제 우리도 알게 됐다시피 그들은…… 오라를 빼면 별게 없었다.

퍼시벌에게 하느님의 축복이 있기를! 내가 오해했던 것과 다르게 그의 쪽지는 소심하지 않았다. 그 안에는 권유가 담겨 있었다. 문을 잠글 수 있을 거예요. 이를테면 *밖에서.*

"우리, 천년만년 살 것도 아니잖아!"

아이오타가 고함을 지르자 그의 목소리가 타일을 맞고 밋밋하게 메아리쳤다.

"나는 그럴 수 있으면 좋겠는데."

자야가 대꾸하자…… 안 믿길지 모르겠지만 우리는 폭소를 터뜨렸다.

다 같이 폭소를 터뜨렸다.

26장.

터널과 역사. 서걱서걱. 트램 역.
레드 몰리. 환영단. 딸을 잃은 엄마.

1

경기운영위원실에서 출구까지 터널은 2킬로미터가 조금 넘었던 것 같지만 그 당시에는 램프 하나 앞세우고 가려니 한참을 가도 끝이 보이지 않는 느낌이었다. 계속 오르막길이 이어지다가 어쩌다 한 번씩 짧은 계단이 등장했다. 처음에는 6칸, 그다음은 8칸, 세 번째는 4칸이었다. 그러다 오른쪽으로 90도로 꺾였고 이번에는 좀 더 긴 계단이 나왔다. 그즈음에는 머프가 더는 프리드를 부축할 수 없었기 때문에 애밋이 업고 갔다. 꼭대기에 다다라 내가 숨을 돌리려고 걸음을 멈추었을 때 애밋이 나를 따라잡았다. 그는 전혀 숨이 가쁘지도 않았다, 젠장.

애밋이 말했다.

"프리드가 그러는데 여기로 가면 어디가 나오는지 안대. 애기해 봐."

프리드가 나를 올려다보았다. 어슴푸레한 램프 불빛에 비친 그의 얼굴은 혹과 멍과 찢어진 상처로 처참하게 뒤덮여 있었다. 그건 나을지 몰라도 다리는 이미 썩어 가고 있었다. 냄새가 풍겼다.

프리드가 말했다.

"예전에 가끔 경기운영위원들이랑 동행했거든. 주심이랑 부심들. 찢어지거나 부러지거나 머리 깨진 데 치료해 주러. 페어 원처럼 살인을 위한 살인은 아니었지만 (내가 알아들을 수 없는 단어였다)가 상당히 거칠었지."

이 명랑한 행렬의 다른 사람들이 우리 아래로 계단에 옹기종기 모였다. 이렇게 여유를 부릴 때가 아니었지만 그래도 (나는) 앞에 뭐가 기다리고 있는지 알아야했기에 주먹을 쥐고 크랭크처럼 돌리며 프리드에게 얘기를 마저 하되 간단하게 끝내 달라고 했다.

"황제 경기장에 올 때 말고 빠져나갈 때는 종종 이 터널을 이용했지. 심판 판정 때문에 엠피스가 지면 100퍼센트였고."

"심판 죽어라."

내가 말했다.

"응?"

"아니에요. 여기로 나가면 어디인데요?"

프리드는 엷은 미소를 지었다.

"트램 역이지, 당연히. 엠피스가 경기에서 지면 여길 최대한 빨리 뜨는 게 상책이었으니까."

"이 트램 역에서 성문까지는 거리가 얼마나 돼요?"

프리드는 내가 듣고 싶었지만 듣지 못할까 봐 걱정했던 대답을 했다.

"상당히 가까워."

"그럼 가요."

나는 하마터면 가자, 가자라고 덧붙일 뻔했지만 참았다. 그건 간수들이 쓰던 말이었고, 우리를 비하하던 단어를 들먹일 필요는 없었다. 우리가 그들 7명을 해치웠다. 이 터널의 끝에서 어떤 일이 벌어질지 몰라도 그 사실에는 변함이 없었다.

"물이 든 양동이 든 사람 있어요?"

내가 물었다.

6명이 대답했지만 꽉 찬 양동이는 없었다. 나는 그들에게 바로 뒤에서 따라오라고 했다. 뭐든 있는 걸 활용한 다음 할 수 있는 걸 해야 했다.

2

다시 계단이 이어졌다. 꼭대기에 다다르자 마침내 애밋이 숨을 헐떡이며 프리드를 아이오타에게 넘겼다. 프리드가 말했다.

"나 그냥 두고 가. 괜히 짐만 되는데."

"쓸데없는 소리하지 말고 이따가 포리지나 드셔."

아이가 으르렁거렸다. 골디락스와 곰 세 마리에 나오는 포리지라고 했을 수도 있고 수프라고 했을 수도 있다.

이제는 경기장으로 입장하는 길처럼 통로가 좀 더 가팔라졌다. 램프의 기름이 다 돼서 불빛이 점점 희미해지고 있던 터라 조만간 끝이 나오길 바랐다. 잠시 후에 오른쪽 타일 너머에서 뭔가를 서걱서걱 긁는 소리가 들리기 시작했다. 그것도 바로 옆에서. 비석에 걸려 넘어져 가며 성문을 향해 뛰었을 때가 생각이 나 뒷덜미 털이 쭈뼛섰다.

퀼리가 물었다.

"저게 무슨 소리지? 꼭……."

그는 말끝을 흐렸지만 우리 모두 그게 무슨 소리처럼 들리는지 알았다. 손가락이었다. 손가락이 흙을 할퀴며 우리 발소리가 들리는 쪽으로 다가오고 있었다.

"무슨 소린지 모르겠네요."

나는 말했다. 아마 거짓말이었을 것이다.

에리스가 말했다.

"그의 정신 상태가 불안해지면(엘든 말이야) 시체들도 들썩이거든. 내가 들은 바로는 그래. 어린애들 겁주려고 지어낸 얘기일 수도 있지만. 그게 진짜라 해도 설마…… 설마 이 안으로 들어오지는 못하겠지."

그 부분에 대해서는 자신할 수 없었다. 나는 손들이 땅바닥에서 기어 나오는 것을, 시체가 살아 있는 사람들의 세상으로 침범하는 것을 본 적 있었고, 지하 묘지와 무덤에서 *뭔가가* 나오는 것처럼 녹슨 경첩이 삐걱거리는 소리도 들은 적 있었다.

"생쥐들이 내는 소리야."

메슬이 말했다. 그는 목소리에 권위를 실으려고 애를 쓰고 있었다.

"들쥐일 수도 있고. 아니면 흰담비. 다른 건 애들 겁주려고 지어낸 얘기야. 에리스도 말했다시피."

나도 그 손들이 타일 벽을 뚫을 수 있을 거라고는 생각하지 않았지만 그래도 서걱서걱하는 소리에서 멀어질 수 있어서 감사했다. 거기가 묘지라면 여기가 어디쯤인지 대충이나마 알 것 같았고, 내 짐작이 맞는다면 우리는 정말로 성문 가까이 있었다.

다시 가파르고 긴 계단 앞에 다다랐을 때 램프가 깜빡이기 시작했다. 프리드가 끙끙댔다.

"날 두고 가, 날 두고 가. 나는 이미 가망이 없어."

"입 닥치지 않으면 내가 닥치게 해 준다."

아이는 숨을 헐떡이며 프리드를 업고 계단을 오르기 시작했다. 내가 그 뒤를 따랐고 나머지는 내 뒤를 따랐다. 계단 꼭대기에 다다르자 양쪽에 벤치가 놓였고 문이 달린 조그만 방이 나왔다. 잠겨 있었고 이번에는 안쪽에서 잠긴 게 아니었다. 그랬다면 일이 너무 수월했을 것이다. 손잡이는 녹슨 레버였다. 애밋이 그걸 잡고 돌려서 있는 힘껏 잡아당기자 떨어져나왔다.

"썅!"

그는 레버를 떨어뜨리고 피가 나는 자기 손을 살폈다.

"아이, 도와줘! 딱 붙어서 같이 열어 보자!"

아이는 프리드를 캐밋과 퀼리에게 넘기고 애밋 옆에 바짝 붙었다. 램프 안의 불꽃이 죽어 가는 남자가 마지막으로 숨을 헐떡이듯 마지막으로 화르륵 타올랐다. 흰색 타일에 비친 우리의 그림자가 잠시 보였다가 칠흑 같은 어둠이 우리를 덮쳤다. 자야가 투덜거렸다.

애밋이 으르렁거렸다.

"간다! 셋 하면 젖 먹던 힘까지 동원해서 몸을 던져! 하나…… 둘…… 셋!"

문이 잠깐 흔들리자 빛이 문 틈새로 잠깐 보였다가 다시 어둠으로 덮였다.

"야, 그것밖에 못 하냐, 이제 보니……."

계집년? 보자기? 두 단어가 겹쳐서 들렸다.

"셋에 가는 거다! 하나…… 둘…… 셋!"

문의 빗장은 워낙 튼튼했는지 꿈쩍하지 않았다. 빗장이 아니라 경첩이 뜯기며 문짝이 멀리 날아갔다. 아이오타와 애밋이 비틀비틀 밖으로 나갔다. 아이가 무릎을 꿇으며 주저앉자 애밋이 일으켜 세웠다. 우리도 따라서 나갔다.

"높으신 하느님, 감사합니다!"

옥카가 외쳤다. 그의 목소리가 거대한 공간 안에서 메아리쳤다. 님, 님, 님, 다, 다, 다, 이런 식이었다. 잠시 후에 가죽 같은 날개들이 구름처럼 우리를 덮었다.

3

에리스와 자야는 한목소리로 꺅 비명을 질렀다. 그 둘뿐만이 아니었다. 우리들 대부분이 무서워서 고함이나 비명을 질렀던 것 같다. 나도 그랬다. 머리를 막느라 램프를 떨어뜨리자 돌바닥에 부딪치며 박살 났다.

프리드가 쌕쌕거리며 말했다.

"박쥐야. 그냥 박쥐. 여기서……."

기침이 터지자 그는 말문을 맺지 못했지만 손가락을 위로 들어 짙은 그림자 속을 가리켰다.

애밋이 그 말을 듣고 우렁차게 외쳤다.

"박쥐래! 박쥐는 우리 해치지 못해! 그 자리에 서서 손을 휘저어!"

다 같이 팔을 휘둘렀다. 흡혈박쥐가 아니기만을 바라는 수밖에 없었다. 일리노이와 엠피스를 연결하는 그 터널 속의 박쥐처럼 크기가 어마어마했다. 높은 곳에 줄줄이 달린 조그만 창문을 통해 들어온 희미한 빛(아마 구름에 가린 달빛이었을 것이다) 덕분에 녀석들이 솟구치며 방향을 돌리는 것을 언뜻 볼 수 있었다. 두 팔을 미친 듯이 휘저어 대는 다른 동지들도 보였다. 캐밋과 퀼리는 프리드를 들고 있었기 때문에 손을 흔들 수 없었지만 닥터가 그 대신 기침 세례를 퍼부으며 힘없이 팔을 저었다.

박쥐들은 우리가 들어서게 된 거대한 공간의 천장으로 돌아갔다. 트램 역의 이편은 차고인 듯했다. 최소 20대는 되어 보이는 트램들이 깔끔하게 줄줄이 늘어서 있었다. 뭉툭한 코에 목적지가 적혀 있었다. **시프런트, 디스크, 울룸, 테이보 노스, 네이보 사이스, 그린 아일스.** 공중에 달린 전선과 연결해 전력을 공급받는 지붕 위의 집전기가 힘없이 늘어져 있었다. 트램 옆면에는 요즘 들어 엠피스에서는 누가 봐도 유행이 지나간 단어들이 금박으로 적혀 있었다. **우의, 친선, 친절** 그리고 **사랑.**

"여기서 어떻게 빠져나가지?"

스툭스가 묻자 에리스가 말했다.

"너 글 읽을 줄 몰라?"

"다른 시골 출신들만큼은 읽을 줄 알아."

스툭스가 심통 난 투로 대답했다. 뭘 먹다가 찍 하고 흘러나오지 않게 손으로 빰을 막아야 하는 신세가 되면 나라도 심통이 날 것이다.

"그럼 저거 읽어 봐."

에리스가 차고 저쪽의 한복판에 달린 높은 아치를 가리켰다.

그 위에 또박또박하게 **출구**라고 적혀 있었다.

13명의 탈옥수들이 아무것도 모르는 왕자의 뒤로 정렬해 아치를 통과했다. 그 너머 공간은 거의 차고만큼 넓었다. 한쪽에는 매표소일 게 분명한 것이 한 줄로 늘어섰고 다른 쪽에는 위에 목적지가 적힌, 아까보다 조그만 아치가 여러 개 있었다. 매표소는 유리창이 다 깨졌고 중앙에 놓인 거대한 나비 장식은 박살이 났고 나비 벽화 위에는 페인트가 끼얹어졌지만, 모든 나비가 훼손되지는 않았다. 제왕나비가 한 마리씩 그려진 밝은 노란색 타일이 저 위쪽에서 이 공간을 빙 두르고 있었다. 엘든의 부하들이 그것까지는 파괴하지 못한 것을 보자 위안이 되었고, 내 짐작이 맞는다면 근처에 쓸 만한 게 있을지 몰랐다.

"저기로요."

나는 한 줄로 늘어선 문들을 가리키고 달리기 시작했다.

4

우리는 바깥세상으로, 갤리언 로드로 내려가는 계단 꼭대기로 나섰다. 몇 명은 계속 양동이를 대롱대롱 들고 있었고 캐밋과 퀼리는 프리드를 둘이서 옮기느라 낑낑댔다. 사령관의 납작한 버스가 덜커덩거리는 소리가 들렸고, 넓은 대로에 산개한 밤의 병사 열몇 명이 그 앞에서 달리고 있는 것이 보였다. 릴리마르에 남은 자동차가 켈린의 그 조그만 버스 하나뿐일 줄 알았는데 아니었다. 밤의 병사들을 앞에서 인도하는 차가 한 대 있었고 버스와 다르게 전기를 쓰지 않았다. 요란한 소리와 함께 뒤로 불을 뿜으며 우리를 향해 달려왔다. 넓은 마차 앞에 거대한 핸들 바가 삐죽 달려 있었다. 쇠를 씌운 4대의 바퀴가 자갈과 부딪쳐 불똥을 튀겼다.

앞에서 레드 몰리가 높은 의자에 앉아 있는 힘껏 페달을 밟으며 마차에 동력을 더하고 있었다. 어마어마하게 커다란 무릎이 위아래로 휙휙 움직였다. 레드 몰리는 겁 없는 오토바이족처럼 핸들 바 위로 몸을 숙이고 있었다. 우리가 다른 밤의 병사들보다는 먼저 성문 앞에 도착할 수 있을지 몰라도 그녀는 달려오는 속도가 무시무시했다.

빨간색과 하얀색의 줄무늬 기둥, 바닥에 떨어져서 똬리를 틀고 있는 트램 전선(지난번에는 하마터면 여기에 발이 걸려서 넘어질 뻔했다), 달리는 속도를 높이려고 배낭을 던진 덤불 숲이 보였다. 그때는 탈출에 실패했는데, 이번에도 그렇게 생겼다. 배낭이 덤불 속에 없으면 우리 모두 실패하게 생겼다.

"저 망할 년은 내가 잡는다!"

아이오타가 주먹을 쥐며 으르렁거렸다.

애밋이 말했다.

"나도 같이 싸울게. 이쯤 되면 이판사판이지, 젠장."

"안 돼요."

나는 말했다. 레드 몰리의 엄마가 휘두른 손에 머리가 떨어져 나갔다는 우디의 조카 알로이시어스가 생각났다.

"아이, 잠깐만요."

"하지만 내가……."

나는 그의 어깨를 잡았다.

"저 여자는 아직 우리를 못 봤어요. 지금 앞만 보고 있잖아요. 저한테 좋은 수가 있어요. 진짜예요."

나는 다른 사람들에게로 고개를 돌렸다.

"다들 여기 가만히 있어요."

나는 몸을 낮게 웅크리고 계단을 달려 내려갔다. 모터 달린 마차의 요란한 트림 소리가 이제는 내 눈에 레드 몰리의 이목구비가 보일 만큼 가까워졌지만…… 그녀는 근시인지 실눈을 뜨고 계속 똑바로 앞만 쳐다보며 성문을 향해 달리는 패거리가 등장하길 기다렸다.

그녀를 기습할 수도 있었겠지만 엉덩이가 찢어진 초록색 반바지를 입은 조그만 인물이 팔을 저으며 도로로 뛰어들었다.

"그 녀석 저기 있어!"

피터킨이 나를 똑바로 가리키며 날카롭게 비명을 질렀다. 어떻게 우리를 봤을까? 기다리고 있었나? 나로서는 알 수 없는 일이었고 관심도 없었다. 그 코딱지 같은 새끼는 최악의 순간에 등장하는 재주가 있었다.

"그 녀석 저기 있어, 바로 저기!"

피터킨은 손가락질하며 흥분해서 깡충깡충 뛰었다.

*"안 보이냐, 이 떡대년아? 장님이야, 뭐야? **바로 저기 있다니**……"*

그녀는 그 속도 그대로 몸만 아래로 숙여 그를 후려쳤다. 피터킨이 허공으로 날아올랐다. 내가 흘끗 쳐다보았을 때 그는 놀라서 충격을 받은 표정을 짓고 있었고 그 표정을 끝으로 허리에서 몸이 두 동강 났다. 레드 몰리의 펀치가 그를 그야말로 두 동강 낼 만큼 강력했던 것이다. 그는 내장을 쏟으며 허공 위로 5미터는 날았을 것이다. 나는 또다시 럼펠스틸트스킨을 떠올렸다. 그러지 않을 재간이 없었다.

레드 몰리는 씩 웃고 있었다. 그런 표정을 짓자 뾰족하게 간 이빨이 드러났다.

다행히 저들이 보지 못했는지 배낭은 아직 가시덤불 사이에 있었다. 가방을 끄집어내자 맨살이 가시에 긁혔지만 그런 줄도 몰랐다.

배낭 입구를 오므린 끈 중에서 하나는 금세 풀렸지만 다른 하나는 엉켜 버렸다. 나는 끈을 뜯어 버리고 안에서 정어리 통조림, 지프 땅콩버터, 애견 사료가 든 스파게티 소스 병, 티셔츠, 칫솔, 팬티를 꺼냈다.

아이오타가 내 어깨를 붙잡았다. 우리 양동이 전사들이 내 명령을 어기고 그와 함께 계단을 내려온 것인데, 어찌 보면 그것이 최선이었다.

"아이, 저 사람들 데리고 뛰어요! 프리드는 당신이 업고. 양동이에 물이 남아 있는 사람들에게 후방을 맡기고요! 성문 앞에 도착하면 갤리언의 리아의 이름으로 열려라! 하고 외쳐요. 기억할 수 있겠어요?"

"응."

"너어어어 죽여 버리겠어!"

레드 몰리가 비명을 질렀다. 엄청난 폐활량이 뒷받침된 바리톤의 음성이었다.

"그럼 가요!"

아이가 다른 사람들을 향해 두툼한 팔을 흔들었다.

"가자! 죽고 싶지 않으면 뛰어!"

대부분 그의 명령에 따랐다. 애밋은 그러지 않았다. 내 수호자가 되기로 마음을 먹은 모양이었다.

그와 왈가왈부할 겨를이 없었다. 나는 폴리의 22구경을 찾아서 꺼내고, 정어리 통조림 몇 개와 넣은 기억도 나지 않는 나비스코 허니 그레이엄스 비스킷 통도 꺼냈다. 트램 역 계단과 10미터 거리를 두고 마차를 세운 레드 몰리는 피터킨의 피로 한쪽 팔을 팔꿈치까지 적신 채 높은 안장에서 내렸다. 애밋이 내 앞을 막아섰다. 그의 머리를 쏘려는 게 아닌 이상 그러면 골치 아파졌다. 나는 그를 옆으로 밀쳤다.

"나한테 맡기고 가요, 애밋!"

그는 들은 체도 하지 않고 분노의 고함을 지르며 레드 몰리에게 달려들었다. 덩치가 컸지만 거인 옆에 있으니 두 동강 난 시체로 길바닥에 쓰러져 있는 피터킨과 다를 게 없어 보였다. 그녀는 뜻밖의 공격에 놀라서 순간 아무 대처도 하지 못했다. 애밋은 이 기회를 놓치지 않았다. 그녀의 넓은 멜빵을 한 손으로 잡고 위로 올라가 팔꿈치 바로 윗부분을 깨물었다.

그녀는 아파서 비명을 지르며 떡이 진 그의 머리채를 잡고 머리를 떼어 냈다. 그러더니 주먹을 날려 그의 얼굴을 강타했다. 아니, 관통했다. 코와 입이 있었던 자리에 생긴 시뻘건 구멍을 보고 싶지 않은 듯 그의 눈이 서로 다른 방향으로 튀어나왔다. 그녀는 이번에도 한 손으로 그를 집어 들어 꼭두각시 인형이라도 되는 것처럼 앞뒤로 흔들었다. 그런 다음 묘지 쪽으로 그를 내동댕이치자 물린 팔에서 사방으로 피가 튀었다. 애밋은 체격이 건장하고 겁이 없었지만 레드 몰리 앞에서는 어린애나 다름없었다.

이제 그녀는 내 쪽으로 고개를 돌렸다.

나는 다리를 벌리고 폴리의 22구경 자동 권총을 두 손으로 잡고 자갈이 깔린 갤리언 로드의 인도 위에 앉아 있었다. 그 총구가 내 뒤통수를 눌렀을 때 어떤 기분이었는지 기억이 났다. 럼펠스틴트스킨이 다시금 떠올랐고, 폴리가 그 동화 속의 난쟁이와 얼마나 비슷했는지 생각이 났다. *내가 짚으로 금실을 자아 주면 너는 뭘 줄 거니?* 폴리는 보디치 씨의 보물을 손에 넣었으면 나를 죽이고 창고에 숨겨져 있는 마법의 우물 안으로 떨어뜨렸을 것이다.

다윗의 조그만 돌멩이가 골리앗을 막았던 것처럼 그 조그만 총으로 거인을 막을 수 있길 바랐던 것이 가장 선명하게 기억이 난다. 남은 총알이 있다면 가능할 수도 있었다. 이렇게 마법이 난무하지 않는 세상에서 이미 2번 쏜 적이 있었지만.

그녀가 씩 웃으며 다가왔다. 다친 팔에서 피가 쏟아지고 있는데 신경도 쓰지 않는 눈치였다. 내가 레드 몰리를 죽이지는 못하더라도 애밋에게 물린 곳이 곪기 시작해 죽을 수도 있을지 몰랐다.

레드 몰리가 그 쩌렁쩌렁한 바리톤의 음성으로 말했다.

"너는 왕자가 아니야. 벌레지. 그냥 *벌레*. 내 발에 밟히면 너는……."

방아쇠를 당겼다. 내가 6살 때 가지고 놀았던 데이지 공기총과 별반 다르지 않은, 점잖은 총성이 들렸다. 레드 몰리의 오른쪽 눈 위에 조그맣고 까만 구멍이 생겼다. 그녀가 뒤로 휘청거리자 다시 쏘았다. 이번에는 목에 구멍이 뚫렸고 그녀가 아파서 울부짖자 그 구멍에서 피가 뿜어져 나왔다. 좁은 구멍을 통과하느라 하도 압착이 돼서 액체가 아니라 고체 같았다. 빨간색 화살대 같았다. 내가 재차 방아쇠를 당기자 이번에는 콧잔등에 마침표와 크기가 비슷한 까만 구멍이 생겼다. 그럼에도 그녀는 멈출 줄 몰랐다.

"*너어어……*"

레드 몰리가 비명을 지르며 나를 향해 손을 뻗었다.

나는 뒤로 물러나지도 심지어 몸을 피하지도 않았다. 그랬다가는 조준이 어그러질 테고 어차피 도망치기에는 이미 늦었다. 도망쳐 봐야 그녀에게 크게 두 걸음 만에 잡혔을 것이다. 나는 레드 몰리에게 애밋처럼 머리채를 잡히기 직전에 5발을 연속으로 빠르게 날렸다. 5발 모두 비명을 질러 대는 그녀의 입 속으로 들어갔다. 처음 2발(어쩌면 3발이었을 수도 있다)에 그녀의 이빨이 대부분 날아갔다. 『우주전쟁』에서는 우리의 가장 정교한 무기로도 화성인의 광란극을 막지 못했다. 그들을 죽인 것은 지구상의 세균이었다. 나는 폴리의 조그만 총으로는 레드 몰리를 죽이지 못했을 거라고 생각한다. 탄창 안에 들어 있던 8발을 모두 써도 안 됐을 것이다.

아마 그녀는 부러진 이를 삼키다가…… 그게 목에 걸려서 죽었을 것이다.

5

레드 몰리가 내 위로 쓰러졌다면 나는 켈린와 밤의 병사들이 들이닥칠 때까지 꼼짝 못 하고 깔려 있든지 아니면 그 자리에서 즉사했을 것이다. 몸무게가 최소 230킬로그램은 됐을 테니. 하지만 그녀는 피가 나는 목을 붙잡고 켁켁거리며 먼저 무릎을 꿇었다. 눈알이 초점을 잃고 튀어나왔다. 나는 앉은 채로 잽싸게 뒤로 물러나 옆으로 몸을 굴렸다. 밤의 병사들이 코앞까지 들이닥친 상황이라 성문까지 무사히 도망칠 방법이 없었고 총은 무용지물이 되었다. 탄약을 다 써서 슬라이드가 뒤로 젖혀졌다.

레드 몰리가 최후의 발악으로 다친 쪽 팔을 휘둘러 내 뺨과 이마에 자기 피를 점점이 흩뿌리고는 앞으로 고꾸라졌다. 나는 일어나섰다. 달릴 수도 있었지만 그래 봐야 무슨 소용일까? 정면으로 부딪히고 장렬하게 최후를 맞이하는 편이 나았다.

그때 떠오른 생각은 아직까지도 나를 기다리고 있을 아버지였다.

아버지와 린디 프랭클린과 밥 삼촌이 센트리에서 시카고 사이의 모든 도시에 나와 레이더의 사진이 박힌 전단지를 뿌렸을 것이다. **이 아이나 이 개를 찾습니다.** 엠피스와 연결된 통로는 방치될 테고 어쩌면 그것이 아이를 잃은 아빠보다 더 중요한 문제일지 몰랐지만 밤이 병사들이 다가오고 있었을 때 내 머릿속에 떠오른 사람은 아빠였다. 아빠는 술을 끊었지만 무엇을 위한 선택이었을까? 아내는 죽고 아들은 흔적도 없이 사라져 버렸지 않은가.

하지만 아이오타가 다른 사람들을 데리고 성문 밖으로 빠져나갈 수 있다면, 거기는 밤의 병사들이 쫓아가지 못할 테니 자유의 몸이 될 수 있었다. 그런 희망이 남아 있었다.

"덤벼라, 이 개새끼들아!"

나는 고함을 질렀다.

쓸모없어진 권총은 내동댕이치고 두 팔을 넓게 벌렸다. 일렬로 늘어선 파란색 형체들 뒤에 켈린의 미니 버스가 멈추어 서 있었다. 처음에는 내가 죽임당하는 광경을 구경하는 데 만족하려는 건가 싶었는데, 그는 내 쪽을 보고 있지 않았다. 하늘을 보고 있었다. 밤의 병사들도 나와 60에서 70미터 거리를 두고 진격을 멈췄다. 그들도 해골을 덮은 반투명한 인간의 얼굴 위로 똑같이 놀란 표정을 지으며 하늘을 올려다보고 있었다.

서로 쫓고 쫓기는 2개의 달이 구름에 가려져 있었지만 그래도 완전히 캄캄하지는 않았다. 구름들 아래로 어떤 구름 하나가 성벽을 넘고 있었다. 그 구름이 갤러언 로드를 향해, 고급 상점과 아치, 초록색 유리로 된 3개의 첨탑이 경기장을 에워싼 불빛을 받고 반짝이는 그 너머의 왕궁을 향해 펼쳐졌다.

구름의 정체는 만화경 같은 제왕나비 떼였다. 그 나비 떼가 거침없이 머리 위를 지나갔다. 그들이 원하는 상대는 밤의 병사들이었다. 밤의 병사들 위에서 비행을 멈추고 빙빙 돌다가 집단으로 급강하 공격을 감행했다. 병사들은 플라이트 킬러가 쿠데타 이후 그랬다는 것처럼 팔을 들었지만 그들에게는 그와 같은 능력이 없었고 나비들은 죽지 않았다. 고압의 오라를 맨 처음 들이받은 나비들은 파란 장막에 부딪히자 눈부신 섬광을 터뜨렸다. 마치 보이지 않는 아이들이 떼거리로 모여 독립기념일 폭죽을 흔드는 것 같았다. 수백 마리가 타서 죽었지만 수천 마리가 추가돼 죽음의 오라를 덮거나 합선을 일으켰다. 구름은 밤의 병사들을 삼키며 단단해지는 것처럼 보였다.

하지만 사령관 켈린은 삼키지 못했다. 그는 전기 버스를 얼른 돌려서 번개처럼 왕궁으로 돌아갔다. 나비 떼 일부가 떨어져 나와 뒤쫓아 갔지만 버스의 속도가 너무 빨랐고 어차피 지붕이 그 개자식을 보호해 줄 것이었다. 우리를 쫓던 밤의 병사들은 끝장났다. 한 명도 남김없이. 그들이 있었던 자리에 남은 건 퍼덕이는 얇은 날개들뿐이었다. 뼈만 남은 손이 위로 올라왔다가…… 주홍색의 덩어리 안으로 다시 떨어졌다.

나는 성문을 향해 달렸다. 문이 열려 있었다. 내 감옥 동지들은 밖으로 이미 탈출했는데, 뭔가가 전속력으로 달려왔다. 뭔지 모를 시커먼 것이 바닥에 납작 엎드리고서 미친 듯이 짖었다. 나는 내 안에 릴리마르라는 이 유령의 도시에서 탈출하고 싶은 마음밖에 없는 줄 알았는데, 알고 보니 그게 다가 아니었다. 도라가 내 반려견을 보고 갈라진 목소리로 얼마나 반갑게 불렀는지 생각이 났다. 내 목소리도 갈라졌지만 퇴행성 저주 때문이 아니라 흐느끼느라 그런 거였다. 나는 무릎을 꿇고 두 팔을 벌렸다.

"레이더! 레이더! 레이즈!"

레이더가 나를 덮쳐서 쓰러뜨리고 낑낑대며 얼굴을 맨 위에서 맨 아래까지 핥았다. 나는 녀석을 있는 힘껏 끌어안고 울었다. 눈물이 나는 것을 막을 수가 없었다. 별로 왕자답지 않았겠지만 여러분도 이미 짐작했다시피 이건 그런 종류의 동화가 아니다.

6

내가 익히 아는 우렁찬 목소리가 우리의 행복한 재회의 순간을 깨뜨렸다.

"샬리! 샬리 왕자! 얼른 그 염병할 데서 나와, 그래야 성문을 닫지! 이쪽으로 건너와, 샬리!"

맞네. 나는 일어났다. 똥꼬에 힘을 줘, 샬리 왕자.

레이더가 짖으며 내 주변에서 춤을 췄다. 나는 성문을 향해 달렸다. 클로디아가 그 바로 앞에 서 있는데, 혼자가 아니었다. 우디와 함께였고 그 둘 사이에 팔라다를 타고 온 리아가 있었다. 그 뒤에는 딥 말린에서 탈출한 죄수들이 있었고, 그 뒤에는…… 누군지 모를 사람들이 떼로 서 있었다.

클로디아는 릴리마르 안으로 절대 발을 들여놓지 않았지만, 내가 성문을 통과하자마자 척추에서 소리가 날 정도로 세게 나를 끌어안았다.

우디가 물었다.

"그 친구 어디 있어? 개 짖는 소리는 들리는데 그 친구는……."

내가 말했다.

"여기 있어요. 바로 여기요."

이번에는 내가 끌어안을 차례였다.

내가 포옹을 풀자 우디는 손바닥을 이마에 대고 한쪽 무릎을 꿇었다.

"왕자님. 처음부터 당신이었고 전해 내려오는 이야기 그대로 와 주셨군요."

"일어나세요."

나는 말했다. 눈에서는 눈물이 계속 쏟아지고 (게다가 콧물까지 나서 손등으로 닦아야 했다) 온몸이 피투성이라 평생 왕자와 이렇게 거리가 멀게 느껴진 적도 없었다.

"제발요, 우디. 일어나세요. 얼른요."

그는 일어났다. 나는 경외감을 느끼며 모인 사람들을 보았다. 에리스와 자야는 서로 끌어안고 있었다. 아이는 프리드를 안아서 들고 있었다. 내 친구들 일부는, 어쩌면 모두는 이 세 사람이 누군지 정확하게 알았다. 그냥 온전한 인간이 아니라 진짜 순수한 혈통의 온전한 인간들이라는 것을 말이다. 그들은 추방당한 엠피스의 왕족이었고, 정신 이상을 일으킨 욜랜더와 은둔 생활을 하는 버턴 말고는 갤리언 가문의 마지막 남은 후손이었다.

지하 감옥 탈출자 뒤편에는 60명에서 70명쯤 되는 회색 인간들이 더러는 횃불을, 또 더러는 퍼시가 나를 위해 남겨 준 것과 비슷한 어뢰 모양의 램프를 들고 서 있었다. 그중에 내가 아는 얼굴이 있었다. 레이더가 이미 그 옆으로 달려가 있었다. 나는 엘든(또는 그를 꼭두각시처럼 조종하는 존재)에게 저주를 받아 기형이 된 사람들이 온 사방에서 무릎을 꿇고 손바닥을 이마에 대고 있는 것을 거의 알아차리지 못한 채 그녀에게로 다가갔다. 도라도 무릎을 꿇으려고 했다. 그건 용납할 수 없었다. 나는 그녀를 끌어안고 회색으로 변한 양쪽 뺨과 초승달이 되어 버린 입가에 입을 맞췄다.

나는 그녀를 우디, 클로디아, 리아가 있는 곳으로 데려갔다.

"갤리언의 리아의 이름으로 닫혀라!"

클로디아가 우렁차게 외쳤다.

성문이 괴로워하는 것처럼 신음 소리를 내며 덜커덩덜커덩 천천히 닫히기 시작했다. 그 사이로 중앙의 대로를 성큼성큼 달려오는 거대한 인물이 보였다. 나비 떼가 구름처럼 그 위와 주변에서 소용돌이치고 심지어 몇 마리는 그 넓은 어깨와 뭉툭한 머리에 내려앉았지만 이자는 밤의 병사가 아니었기에 나비 떼를 그대로 무시했다. 문이 보이지 않는 레일 위의 중간을 표시한 지점을 지났을 때 그녀가 어찌나 요란하고 끔찍하게 울부짖는지 클로디아를 제외한 모든 사람이 귀를 막을 정도였다.

"몰리! 오, 사랑하는 몰리! 사랑하는 내 딸, 어떻게 이렇게 가만히 누워 있니?"

해나는 죽은 딸 위로 허리를 숙였다가 몸을 일으켰다. 닫혀 가는 성문 앞에 수많은 사람들이 모여 있었지만 그녀의 시선이 향한 곳은 나였다.

그녀가 바위 같은 주먹을 들고 흔들었다.

"돌아와! 돌아와라, 이 겁쟁아! 내 딸을 이렇게 만들다니 죽여 버리겠어!"

잠시 후에 성문이 쿵 소리와 함께 닫히면서 딸을 잃은 레드 몰리의 엄마도 사라졌다.

7

나는 리아를 올려다보았다. 이날 저녁에는 파란색 드레스를 입지 않았다. 흰색 앞치마도 걸치지 않았다. 검은색 바지를 가죽 부츠 안에 집어넣고, 왼편의 심장 위에 갤리언 가문의 문장인 제왕나비를 새긴 파란색 누비 조끼를 입고 있었다. 허리에는 넓은 벨트를 찼다. 한쪽 허리춤에 단검이 매달려 있었다. 다른 쪽 허리춤에 찬 칼집 안에는 자루가 금색인 짧은 칼이 들어 있었다.

나는 갑자기 수줍어졌다.

"안녕하세요, 리아. 다시 만나서 정말 기뻐요."

그녀는 내 말을 들은 기색도 없이 반대편으로 고개를 돌렸다. 클로디아처럼 귀가 멀었나 싶을 정도였다. 입이 없는 얼굴은 마치 돌 같았다.

27장.

회의. 스냅. 디즈니 왕자님은 아니야. 왕자와 공주. 협정.

1

우리의 회의석상에서 아주 선명하게 기억이 나는 부분이 있다면 2가지다. 아무도 고그마고그의 이름을 언급하지 않았고 리아는 내 쪽을 단 한 번도 쳐다보지 않았다는 것.

2

그날 밤 레이더와 내가 릴리마르로 들어가기 전에 하룻밤 신세를 졌던 차고에는 6명의 사람과 2마리의 동물이 있었다. 우디와 클로디아와 나는 바닥에 같이 앉았다. 레이더는 두 번 다시 헤어지지 않겠다고 다짐이라도 하는 듯 주둥이를 내 다리 위에 단단히 얹고 옆에 엎드렸다. 리아는 우리와 거리를 두고 시프런트행 트램의 앞쪽 계단 위에 앉았다. 저쪽 구석에는 '구거르'의 집에서 나오려는 나를 붙잡고 그분을 도와 달라고 속삭였던 회색 여자, 프래나가 있었다. 팔라다는 아이오타가 들고 있는 사료 자루에 얼굴을 파묻고 있었고, 그런 팔라다의 머리를 프래나가 쓰다듬었다. 딥 말린에서 탈출한 다른 친구들은 밖을 지켰고, 찾아오는 회색 인간들의 숫자가 점점 늘어나고 있었다. 늑대 울음소리는 들리지 않았다. 늑대들은 사람이 많은 곳을 좋아하지 않는 모양이었다.

보디치 씨의 45구경이 내 허리춤으로 다시 돌아왔다. 클로디아가 귀는 멀었을지 몰라도 눈은 예리했다. 벨트에 박힌 파란색 보석이 성문 근처 외벽 옆의 점점 무성하게 자라나는 잡초 깊숙한 데서 반짝이는 것을 보았으니 말이다. 기름칠과 청소를 한 다음 작동이 되는지 여부를 살펴야겠지만 그건 나중에 처리할 문제였다. 이런저런 것들이 어지럽게 널려 있는 차고 뒤편의 작업대를 뒤져 보면 필요한 물건을 찾을 수 있을지 몰랐다. 이곳은 좀 더 좋았던 시절에는 정비소로 쓰였던 것 같았다.

우디가 말했다.

"그 뱀이 다쳤을지 몰라도 아직 살아 있어. 다시 독을 만들어 내기 전에 머리를 잘라 버려야 해. 그리고 찰리, 네가 선봉장으로 나서 주어야 하고."

그는 이렇게 말하는 동시에 외투 주머니에서 메모지와 근사한 깃펜을 꺼내 앞이 보이는 사람 못지않게 날렵하고 거침없이 글을 써서 클로디아에게 보여 주었다. 클로디아는 그걸 읽고 열심히 고개를 끄덕거렸다.

"네가 선봉장으로 나서야 해, 샬리! 네가 예언 속의 왕자님이니까! 마법의 세계에서 건너온 에이드리언의 후계자!"

리아는 잠깐 고개를 들고 클로디아를 보았다가 고개를 숙여 머리칼로 얼굴을 가렸다. 손끝으로 오돌토돌한 칼자루를 만지작거렸다.

나는 여태껏 어느 누구에게도 무엇이든 약속한 적이 없었다. 하지만 피곤하고 두려웠어도 이런 것들보다 더 중요한 것이 있었다.

"우디, 당신 말이 맞는다고 쳐요. 플라이트 킬러가 다시 독을 만들 수 있게 되면 우리뿐 아니라 엠피스 모두가 위험해진다고."

우디가 조용히 말했다.

"맞아. 그럴 거야."

"그렇다 하더라도 제가 대부분 무기도 없는 사람들을 이끌고 성벽 안으로 들어갈 일은 없어요. 밤의 병사들 절반이 죽었고 애초부터 그 숫자가 많지 않았다 해도……."

"맞아. 대부분 산송장으로 괴물을 섬기느니 진정한 죽음을 선택했지."

나는 이때 리아를 쳐다보고 있었는데(사실 그녀에게서 시선을 뗄 수가 없었다) 그녀가 이 말을 듣더니 우디에게 한 대 얻어맞기라도 한 것처럼 움찔했다.

"우리가 7명을 죽였고 제왕나비들이 더 여럿을 죽였지만 그래도 남은 인원이 있잖아요."

아이가 한쪽 구석에서 으르렁거리듯 말했다.

"열댓 명은 넘지 않을 거야. 어쩌면 그보다 더 적을 수도 있고. 내가 센 바로는 제왕나비의 공격으로 10명이 죽었는데, 켈린의 부하들이 애초에 30명도 안 됐거든."

"확실해요?"

그는 어깨를 으쓱했다.

"거기에 한도 끝도 없이 갇혀 지내는 동안 숫자를 세는 것 말고는 할 일이 없었거든. 밤의 병사들 아니면 천장에서 떨어지는 물이나 감방 바닥에 깔린 돌의 숫자를 셌지."

내 감방 바닥에 깔린 돌은 43개였다.

나는 말했다.

"그들이 우리를 건드리기만 해도 충격으로 정신을 잃을 테고 끌어안으면 죽을 수 있는데, 열댓 명도 많죠. 그리고 켈린이 남은 부하들을 통솔할 테고요."

우디가 메모장에 **켈린**이라고 적어 클로디아에게 보여 주려고 했다. 앞을 보지 못해서 엉뚱한 방향으로 들었길래 내가 위치를 바꿔 주었다.

클로디아가 외쳤다.

"켈린! 맞아! 그리고 해나도 빠뜨리면 안 되지!"

복수의 칼을 갈고 있을 해나를 빠뜨리면 안 될 일이었다.

우디가 한숨을 쉬고 얼굴을 손으로 문질렀다.

"우리 형이 다스리던 시절에는 켈린이 근위대장이었지. 영리하고 용감한. 그 당시에 누가 물었다면 여기에 충성스럽다는 단어도 추가했을 거야. 그가 잰을 배신할 줄은 상상도 하지 못했는데. 하긴 엘든이 이런 짓을 저지를 거라고도 상상도 하지 못했지만."

리아는 이 말을 듣더니 내가 인사를 건네려고 올려다보았을 때 그랬던 것처럼 반대편으로 고개를 돌렸다. 우디는 그것을 보지 못했지만 나는 보았다.

내가 말했다.

"제가 파악한 바로는 이래요. 플라이트 킬러가 다른 짓을 저지르기 전에 우리가 막아야 해요. 좀 더 끔찍한 짓을 저지르기 전에. 아니, 이미 저지른 짓을 보세요. 온 왕국을 회색으로 뒤덮고 *사람들까지* 회색으로 만들어 버렸잖아요. 몇 명의……."

나는 안타깝게도 뾰족귀를 물려받은 내 중학교 동창 스쿠터 맥린을 두고 아빠가 썼던 *사생아*라는 단어를 하마터면 내뱉을 뻔했지만 다른 단어로 어색하게 말문을 맺었다.

"온전한 인간들만 예외일 뿐. 그들마저 찾아내 뿌리를 뽑고 있는데, 그를 어떤 식으로 상대하면 좋을지 잘 모르겠어요. 알맞은 시점도 잘 모르겠고요."

"알맞은 시점을 찾는 건 간단하지."

팔라다에게 사료를 다 먹인 아이오타가 홀쭉해진 부대 자루를 팔라다의 등에 걸쳐진 짐바구니에 쑤셔 넣으며 말했다.

"낮. 낮 동안에는 파랑이들의 힘이 약해지고 햇빛이 비추는 데로아예 나가질 못하니까. 나갔다가는 펑 하고 뼈만 남게 되거든."

그는 우디를 보았다.

"적어도 저는 그렇다고 들었어요."

우디가 말했다.

"나도 그렇다고 들었지만 철석같이 믿지는 않겠어."

그는 메모지에 뭐라고 적어서 클로디아에게 보여 주었다. 내 쪽에서는 뭐라고 썼는지 보이지 않았지만 클로디아는 고개를 저으며 미소를 지었다.

"아냐, 아냐, 걔가 거기에 가지 않는 이상 더는 아무 짓도 저지르지 못하는데, 두 달이 서로 입을 맞추기 전에는 거기에 가지 못하거든! 전설에 따르면 그렇고 나는 그 전설을 믿어!"

이 말을 듣고 고개를 든 리아는 처음으로 화가 난 것 같은 표정을 짓고 있었다. 그녀가 팔라다 쪽으로 고개를 돌렸다. 팔라다가 말을 하기 시작하자 아이오타는 재밌는 반응을 보였다.

"제 주인님이 오늘 밤에 구름이 잠깐 걷혔을 때 봤는데, 벨라가 아라벨라를 거의 따라잡았더래요!"

우디가 클로디아 쪽으로 손을 내밀어 그녀의 팔을 툭툭 쳤다. 리아가 앉아 있는 쪽과 천장을 차례대로 가리킨 다음 클로디아의 앞에 대고 두 손가락을 움직여 서로 거의 맞붙였다. 클로디아의 눈이 휘둥그레지고 입가에서 미소가 사라졌다. 그녀는 리아를 바라보았다.

"네가 이걸 봤다고?"

리아는 고개를 끄덕였다.

클로디아는 내 쪽을 돌아보았다. 내가 지금까지 본 적 없는, 공포 어린 표정을 짓고 있었다.

"그렇다면 내일이야! 네가 걔를 막아야 해, 샬리! 그럴 수 있는 사람이 너밖에 없어! 아라벨라가 자기 동생과 만나기 전에 걔를 죽여야 해! 그 아이가 어둠의 우물을 다시 열면 안 돼!"

리아가 벌떡 일어나 팔라다의 굴레를 잡고 문 쪽으로 데려가기 시작했다. 레이더가 고개를 들고 낑낑거렸다. 프래나가 리아를 따라가 어깨에 손을 얹었다. 리아는 어깨를 들썩여 그 손을 떨쳐 냈다. 내가 자리에서 일어났다.

"내버려 둬, 내버려 둬, 속이 상해서 그걸 달랠 시간이 필요한 거야."

클로디아가 말했다. 좋은 뜻에서 한 말이었겠지만 목소리가 하도 쩌렁쩌렁 울리다 보니 그녀의 마음과 다르게 그 안에 담긴 연민이 전혀 느껴지지 않았다. 리아는 그 말을 듣고 몸을 움츠렸다.

나는 그래도 그녀에게 다가갔다.

"리아, 왜 그래요. 그러지 말고……."

그녀가 하도 세게 밀치는 바람에 하마터면 엉덩방아를 찧을 뻔했다. 그녀는 자기 목소리를 대신하는 말을 데리고 떠나 버렸다.

3

리아는 문을 열 필요도 없었다. 근처에서 얼씬거리는 늑대들이 없었으니 애초에 문을 닫아 놓을 이유가 없었다. 그 앞으로 모이는 회색 인간들의 숫자가 계속 늘어나고 있었다. 리아가 말을 끌고 나오자 서 있던 사람들이 무릎을 꿇고 일제히 손바닥을 이마에 갖다 댔다. 내 마음속에는 추호의 의심도 없었다. 리아나 살아남은 다른 두 왕족이 도시를 탈환하자고, 아니 탈환을 시도해 보자고 명령을 내리면 그들은 그 명령에 따를 것이었다.

이것은 나의 등장이 초래한 변화였다. 아무리 아니라고 부인해 보려 해도 한 가지 단순한 사실을 상기하면 수포로 돌아갔다. 그들은 나를 예언 속의 왕자님이라고 철석같이 믿고 있었다. 리아는 어떤지 몰라도 우디와 클로디아도 그렇게 생각했다. 이로 인해 도라를 비롯한 미래의 반군이 내 책임이 되었다.

나는 리아를 따라 나가려고 했지만 클로디아가 내 팔을 잡았다.

"아냐, 여기 있어! 쟤는 프래나가 보살필 거야."

우디가 말했다.

"우선은 편히 쉬어라, 찰리. 피곤할 텐데 눈이라도 붙일 수 있으면 붙이고."

나는 해가 뜨면 졸음이 쏟아질지 모르지만 아직은 우리 탈옥수들의 정신이 말똥말똥하다고 설명했다. 지하 감옥과 도살장에서 탈출했다는 믿기 힘든 기쁨과 흥분에 취해 있는 것도 나쁠 건 없었다.

우디는 내 말을 듣고 고개를 끄덕이더니 클로디아에게 보여 줄 메모를 썼다. 앞을 보지 못하는데도 글씨체가 어쩌나 깔끔하고 반듯한지 놀라울 정도였다. 메모에는 이렇게 적혀 있었다. *찰리하고 그 친구들은 밤에 일어나고 낮에 자는 생활을 했대.* 클로디아는 알겠다는 뜻에서 고개를 끄덕였다.

"리아가 화가 난 이유는 그를 사랑했기 때문이죠? 전에 만났을 때 팔라다를 통해서 얘기했거든요. 엘든이 자기한테는 항상 잘해 줬다고."

우디가 메모지에 글을 써서 클로디아에게 보여 주었다. *L과 E에 대해서 알고 싶대.* 그 아래에 물음표를 그려 놓았다.

클로디아가 쩌렁쩌렁하게 외쳤다.

"아는 대로 얘기해 줘. 앞으로 긴 밤이 기다리고 있잖아. 이야기를 나누기에 긴 밤만큼 좋은 것도 없지. 저 아이도 알 권리가 있잖아."

우디가 말했다.

"알았어. 찰리, 하나 알아 두어야 할 게 있는데, 리아가 엘든이 죽었다고 믿는 쪽을 선택한 이유는 그 애가 플라이트 킬러가 됐다는 사실을 믿고 싶지 않고, 믿을 수 없기 때문이야. 어렸을 때 그 둘은 이런 사이였거든."

그는 두 손을 맞잡고 깍지를 꼈다.

"태생적으로 그렇게 된 면도 있었지. 그 둘이 제일 어려서 무시당하거나 괴롭힘을 당했으니까. 다른 언니들(드루, 엘리, 조이 그리고 팔라)은 리아를 미워했어. 막내라 부모님의 사랑을 독차지한 데다 그 아이들은 평범하게 생겼는데 리아는 예뻤거든……."

클로디아가 쩌렁쩌렁하게 외쳤다. 아무래도 입술을 조금은 읽을 줄 아는 것 같았다.

"저이가 뭐래? 좋은 말로 포장하고 있니? 잰이 다스리던 시절에 그게 저이의 역할이었거든. 아냐, 아냐, 솔직히 얘기해. 스티븐 우드리! 리아는 한여름의 아침처럼 눈이 부셨고 나머지 넷은 돌덩이처럼 못생겼었잖아! 그넷은 아버지를 닮았지만 리아는 엄마를 빼다 박아서!"

그녀가 정확히 돌덩이처럼 *못생겼다고* 하지는 않았지만 내 귀에는 그렇게 들렸다. 굳이 짚고 넘어갈 필요도 없겠지만 내가 듣고 있는 이 이야기도 동화였다. 유리 구두만 없을 뿐이었다.

우디가 말했다.

"안 그래도 말이 곱지 않았던 그 아이들이 엘든에게는 더 심하게 독설을 퍼부었지. 몽당 빗자루라는 둥, 발이 썩었다는 둥, 사팔뜨기라는 둥, 얼굴이 회색이라는 둥……."

"얼굴이 회색이라고요? 진짜요?"

우디는 엷은 미소를 지었다.

"그 아이가 왜 이런 식으로 복수하는지 이제 조금 알겠지? 엘든 플라이트 킬러가 다스리기 시작한 뒤로 엠피스는 얼굴이 회색인 사람으로 거의 도배가 됐지. 그 저주의 영향을 받지 않는 사람들은 색출하고 제왕나비는 보이는 족족 죽이고. 자기 정원에 잡초라면 모를까 꽃은 두지 않아."

그는 한 손에 메모지를 쥔 채 무릎을 감싸며 몸을 앞으로 숙였다.

"그나마 누나들은 말로만 못되게 굴었지만, 형은 옆에 다른 사람은 없고 아첨을 일삼는 충복만 남으면 엘든을 주먹으로 때리고 발로 찼다네. 사실 그럴 것까지는 없었어. 로버트는 엘든이 못생긴 만큼 잘생겼고, 부모님이 엘든은 대체로 무시했다면 그 아이는 애지중지했거든. 맏아들이라 잰이 죽거나 물러나면 왕위를 물려받을 테니 그걸 두고 시샘할 필요도 없었고. 그냥 자기 동생이 싫고 혐오스러웠던 거야. 내가 생각하기에……."

그는 말을 잠깐 멈추고 미간을 찌푸렸다.

"사랑에는 항상 이유가 있지만 미움에는 이유가 없을 때도 있는 것 같아. 그냥 아무 데로나 흘러가는 나쁜 마음이라고 할까."

나는 아무 대답도 하지 않고 지금까지 만난 두 명의 럼펠스틸트스킨을 떠올렸다. 크리스토퍼 폴리와 피터킨. 내가 해가 지기 전에 그 도시에서 빠져나오지 못하게 그 난쟁이가 기를 쓰고 굳이 이니셜을 지운 이유가 뭐였을까? 자기 목숨을 걸면서까지(그러다 그 목숨을 잃으면서까지) 내 위치를 레드 몰리에게 알린 이유가 뭐였을까? 내가 빨간색 귀뚜라미를 두고 그의 심기를 건드렸기 때문에? 나는 키가 크고 그는 키가 작았기 때문에? 그건 절대 아니었다. 그가 그런 짓을 저지른 이유는 그럴 수 있기 때문이었다. 그리고 상황을 꼬이게 만들고 싶었기 때문이었다.

프래나가 다시 들어와 우디의 귀에 대고 뭐라고 속삭였다. 그는 고개를 끄덕였다.

"근처에 무너지지 않은 교회가 있다는군. 리아가 도라와(그 신발 고치는 여자 말이지) 다른 몇 명과 함께 거기로 자기로 했대."

나도 그 교회를 본 기억이 났다.

"다행이네요. 피곤할 텐데."

나는 클로디아를 위해 문 앞에 서 있는 프래나를 가리킨 다음 두 손을 모아서 거기에 머리를 얹었다.

"피곤하다고? 리아랑 우리들도 그래! 먼 길을 왔거든! 며칠에 걸쳐서 온 사람들도 있고!"

　나는 우디에게 말했다.

　"말씀 계속하세요. 언니들은 리아를 미워했고 로버트는 엘든을 미워했다는 것까지……."

　우디가 말했다.

　"모두가 엘든을 미워했어. 리아만 빼고 모두 다. 왕궁에서는 그 아이가 20살을 넘기지 못할 거라고들 했지."

　나는 안색은 회색을 지나 아파 보이는 초록색이 되었고 뒤룩뒤룩한 얼굴 위로 침을 흘리며 VIP석에 앉아 있던 그것을 떠올리며 엘든의 나이가 지금은 얼마나 됐을지 궁금해했다. 카프탄 같기도 하고 가운 같기도 한 자주색 옷 아래에서 꿈틀거리던 것은 뭐였는지도 궁금했지만…… 진심으로 알고 싶은가 하면 그건 또 아니었다.

　"두 막내가 똘똘 뭉친 건 다른 형제들에게 미움을 받았기 때문이지만 둘이 서로 진심으로 사랑하기도 했고…… 또…… 내가 보기에는 다른 형제들보다 똑똑한 것도 있었지. 두 아이는 왕궁의 거의 모든 곳을 구석구석 찾아보고 다녔어. 올라가면 안 되는 첨탑 꼭대기에서부터 저 아래까지."

　"딥 말린까지요?"

　"어쩌면. 그리고 그보다 더 깊은 데까지. 한참 동안 거의 아무도 이용하지 않은 오래된 지하 통로가 수도 없이 많거든. 엘든이 깊은 우물로 가는 길을 우연히 발견했을 때 리아도 같이 있었는지는 모르겠지만(둘이 어린애 티를 벗기 시작한 몇 년 동안에 대해서는 리아가 말을 하지 않으려고 하거든) 거의 어디든 둘이 함께 다녔으니까. 도서관만 빼고.

리아는 똑똑하긴 했어도 책은 좋아하지 않아서. 둘 중에서는 엘든이
책을 좋아했지."

"형이 그걸 가지고도 놀렸겠네요."

아이가 끼어들었다.

우디는 그가 있는 쪽으로 고개를 돌리며 미소를 지었다.

"그렇다네, 찰리의 친구. 로버트뿐 아니라 누나들까지 놀려 댔지."

"지금 무슨 얘기하고 있어?"

클로디아가 물었다. 우디가 짤막하게 메모지에 적어서 보여 주었
다. 그녀는 그걸 읽고 나서 이렇게 말했다.

"저 아이한테 엘사에 대해서도 들려 줘!"

나는 허리를 펴고 앉았다.

"그 언어요?"

우디가 말했다.

"응. 왕궁의 언어. 혹시 보았나?"

나는 고개를 끄덕였다. 어떤 상태가 되었는지는 얘기하지 않을 작
정이었다.

우디가 말했다.

"엘사는 잘 보이지 않는 건물 사이 틈새에서 살았어. 사실상 동굴
에 가까운 데서. 아직도 거기서 살고 있다고 믿고 싶지만 그럴 가능
성은 거의 없다고 봐. 아마 방치됐거나 굶어서 죽었을 거야. 그리고
아마도 상심 때문에."

그녀가 죽은 건 맞았지만 원인이 방치나 굶주림이나 상심은 아니
었다.

"엘든과 리아가 먹을 걸 가져다주었고 엘사는 두 아이에게 노래를

불러 주었지. 이상하지만 아름다운 노래를. 예전에는 리아도 그 노래를 부르곤 했는데."

그는 말을 하다 말고 잠깐 멈췄다.

"입이 있던 시절에는."

나는 레이더의 머리를 쓰다듬었다. 녀석이 졸린 눈으로 나를 올려다보았다. 우리의 여행은 나뿐 아니라 레이더에게도 힘든 여정이었지만, 이 녀석의 입장에서는 좋게 끝났다. 새로운 삶을 살게 되었고 자기를 사랑해 주는 사람들과 함께 있지 않은가. 녀석이 어떤 식으로 탈출했는지 기억이 떠오르자 무사하다는 소식을 들었을 때 내 심정이 어땠는지 생각이 났다.

나는 클로디아에게 말했다.

"귀뚜라미 얘기를 듣고 싶어요. 크기가 이만한 빨간색 귀뚜라미요."

나는 양손을 벌려 보였다.

"그 녀석이 어떤 경로로 클로디아를 찾아갔는지 궁금해서요. 레이더랑 같이 갔어요? 그리고 왜……."

그녀는 성난 표정으로 나를 보았다.

"나는 귀가 먹었다는 걸 잊어버렸니, 샬리?"

잊어버렸다. 오늘 밤에는 머리를 내려서 귀가 있던 자리를 덮고 있어서 그랬다고 변명할 수도 있겠지만 그건 아니었다. 그냥 깜빡한 거였다. 나는 피터킨에게 괴롭힘당하던 빨간색 귀뚜라미를 구해 주었더니 나중에 배에 쪽지를 매달고 벽에 뚫린 구멍을 통해 지하 감옥으로 찾아왔더라고 우디에게 설명했다. 그 쪽지에 레이더의 털이 들어 있었다고, 나도 녀석의 배에 쪽지를 붙여서 보냈지만 아버지의 격언처럼 *아무것도 기대하지 않되 희망의 끈을 놓지 않았다고* 말이다.

"훌륭한 충고네."

우디는 말하고 다시 메모지에 끼적이기 시작했다. 속도가 빨랐고 줄이 놀라우리만치 반듯했다. 문 밖에서는 회색으로 변한 사람들이 담요를 서로 공유하며 하룻밤 묵을 준비를 했다. 교회 앞 말뚝에 묶인 채 풀을 뜯고 있는 팔라다가 그 너머로 보였다.

우디가 메모지를 클로디아에게 건네자 그녀는 거기 적힌 글을 읽고 미소를 지었다. 그러자 얼굴이 아름답게 빛났다. 잠시 후에 그녀는 평소처럼 쩌렁쩌렁하게 외치는 것이 아니라 혼잣말처럼 훨씬 조용히 중얼거렸다.

"엘든이 자기가 모시는 존재를 위해 최선을 다하고 있을지 몰라도 (자기는 그렇게 생각하지 않을지 몰라도 분명 그것의 꼭두각시로 살고 있지) 마법은 사라지지 않아. 마법은 파괴하기 어렵거든. 너도 직접 경험해서 알겠지만, 안 그러니?"

나는 고개를 끄덕이고, 죽어가다가 해시계를 6바퀴 돌린 뒤에 다시 젊어진 레이더를 쓰다듬었다.

"맞아, 마법은 사라지지 않지. 그 아이는 이제 플라이트 킬러를 자처하고 있지만 너도 보았다시피 제왕나비들이 수천 마리, 아니 수백만 마리 남아 있잖니. 그리고 엘사는 죽었을지 몰라도 스냅은 아직 살아 있어. 샬리, 네 덕분에."

"스냅이요?"

아이오타가 허리를 똑바로 펴며 물었다. 그러더니 그 큰 손바닥으로 자기 이마를 찰싹 쳤다.

"높으신 하느님, 맙소사, 제가 왜 보고도 왜 몰랐을까요?"

"그가 나를 찾아왔을 때…… 아, 샬리야…… 그가 나를 찾아왔을 때……."

놀랍게도 그녀가 흐느껴 울기 시작했다.

"다시 **들을** 수 있었어, 샬리! 인간의 음성은 아니었지만 다시 **들을** 수 있게 됐을 때 아, 얼마나 **황홀**했던지……."

레이더가 일어나 터벅터벅 그녀에게 다가갔다. 클로디아는 레이더의 머리 옆에 잠깐 자기 머리를 갖다 대고 녀석의 옆구리를 목에서부터 꼬리까지 쓰다듬었다. 그러면서 위안을 얻었다. 우디가 한 팔로 그녀를 감싸 안았다. 나도 따라 할까 하다가 포기했다. 왕자님이거나 말거나 부끄러웠다.

그녀는 고개를 들고 손바닥으로 뺨에 흘린 눈물을 닦았다. 다시 평소와 볼륨이 비슷한 목소리로 이렇게 말했다.

"**엘사가 아이들에게 노래를 불러 주었는데, 스티븐이 그 얘기 했니?**"

"네."

나는 이렇게 대답했다가 그녀가 듣지 못한다는 걸 기억해 내고 고개를 끄덕였다.

"**엘사는 아무에게나 노래를 들려주었지만 머릿속을 완전히 비워야 그 노래를 들을 수 있었지. 로버트와 리아의 언니들은 그런 유치한 짓에 정신을 쏟을 여유가 없었지만 엘든과 리아는 달랐어. 노래들이 참 아름다웠는데. 그렇지 않아, 우디?**"

"그랬지."

우디는 이렇게 대답했지만, 표정을 보니 그도 엘사의 노래를 들을 만한 시간이 없었지 않았나 싶었다.

나는 내 이마를 톡톡 두드리고 몸을 앞으로 내밀어 그녀의 이마를 두드렸다. 그러고는 양손을 들어 묻는 제스처를 취했다.

"맞아, 샬리. 귀로 들을 수 있는 노래가 아니었어. 인어는 말을 할 수 없으니까."

"하지만 귀뚜라미는요?"

나는 손으로 펄쩍펄쩍 뛰는 흉내를 냈다.

"아까 뭐라고 불렀더라…… 스냅? 스냅이 뭔데요?"

클로디아의 쩌렁쩌렁한 목소리는 이쯤에서 잠깐 생략하겠다. 그 빨간색 귀뚜라미의 이름이 스냅이었다. 클로디아의 설명에 따르면 작은 세상의 왕이었다. 처음에 나는 곤충들의 세상을 말하는 줄 알았지만 (피터킨도 그냥 벌래라고 했던 것처럼) 나중에는 내가 보았던 수많은 생물들을 다스리는 통치자일지 모른다고 믿게 됐다. 그리고 인어 엘사처럼 스냅도 인간들과 소통할 수 있었기에 레이더와 함께 클로디아의 집에 가서 그녀에게 말을 건넸다. 클로디아의 설명에 따르면 스냅은 레이더에게 계속 업혀서 간 거나 다름없었다고 했다. 그 장면이 상상이 잘 안 되기는 했지만 왜 그랬는지 이유는 알 수 있었다. 다친 뒷다리가 아직 낫지 않았던 것이다.

스냅은 클로디아에게 개 주인이 살해당했거나 릴리마르에 갇힌 것 같다고 전했다. 또 개를 안전하게 데려온 것 말고 자기가 할 수 있는 일이 있느냐고 물었다. 그 청년이 자기 목숨을 구해 주었는데, 그런 빚은 갚아야 되는 거라며. 청년이 아직 살아 있으면 딥 말린에 갇혀 있을 텐데 자기가 가는 길을 안다고 했다.

아이오타가 경이로워하는 목소리로 말했다.

"스냅. 내가 스냅을 몰라봤다니. 환장하겠네."

"스냅이 *저한테*는 아무 말도 하지 않았어요."

내 말을 듣고 우디는 미소를 지었다.

"귀를 기울이고 있었니?"

당연히 나는 귀를 기울이지 않았다. 머릿속이 나만의 생각들로 가득했다. 엘사의 앞을 숱하게 지나쳤지만 너무 바빠서 그녀의 노래를 들을 생각을 하지 않았던 수많은 사람들처럼. 그건 내가 사는 세상의 노래와 이야기에도 해당이 된다. 마음에서 마음으로 전해지지만 귀를 기울이는 경우에만 그렇다.

내가 꿈속에서 엄마의 헤어드라이어를 본 것뿐 아니라 귀뚜라미에게 호의를 베푼 덕분에 목숨을 구할 수 있었다는 생각이 들었다. 내가 이 원고의 도입부에서 아무도 내 이야기를 믿지 않을 거라고 했던 것을 기억하는가.

4

우디와 클로디아는 피곤한 기색이 역력했고 심지어 이제는 레이더마저 꾸벅꾸벅 졸고 있었지만 파악해야 하는 부분이 남아 있었다.

"아까 리아가 두 달이 서로 입을 맞추고 어쩌고 한 건 뭐예요?"

우디가 대답했다.

"그건 아마 네 친구한테 설명을 들을 수 있을 거다."

아이오타가 냉큼 자매지간인 두 달 이야기를 꺼냈다. 어렸을 때 들은 이야기라는데, 독자 여러분도 알겠지만 어렸을 때 들은 이야기의 기억이 가장 선명하고 가장 오랫동안 지워지지 않는 법이다.

"그 둘은 서로 쫓고 쫓기는 사이야. 아니, 이렇게 짙은 구름이 수시로 끼기 전까지는 그랬지. 그걸 모르는 사람은 없겠지만."

그는 잠깐 하던 얘기를 멈추고 우디의 흉터를 흘끗 확인했다.

"앞을 볼 줄 아는 사람이라면 말이야. 벨라가 앞장설 때도 있고 아라벨라가 앞장설 때도 있었어. 대개는 두 달이 멀찌감치 떨어져 있다가 간격이 점점 좁아지기 시작해."

나도 구름이 흩어졌을 때 몇 번 본 적이 있었다.

"그러다 한쪽 달이 다른 쪽 달 위를 지나치면 그런 날 밤에는 두 달이 한데 합쳐져서 서로 입을 맞추는 것처럼 보여."

우디가 말했다.

"예전에 어떤 학자들이 언젠가는 그 둘이 서로 부딪쳐서 박살 날 거라고 한 적이 있었지. 부딪칠 필요도 없을지 몰라. 서로 끌어당기는 힘만으로도 박살이 나기에 충분할 테니까. 살다 보면 그런 일이 가끔 벌어지듯이."

아이오타는 그런 철학적인 논의에는 관심이 없었다.

"하늘의 두 자매가 입을 맞추는 날 밤에는 온갖 악령들이 깨어나서 나쁜 짓을 저지른다고 들었어."

그는 말을 하다 말고 잠깐 멈췄다.

"내가 어렸을 때는 두 자매가 입을 맞추는 날 밤에는 외출 금지령이 내려졌다. 늑대들도 울부짖고 바람도 울부짖었지만, 늑대와 바람만 그런 게 아니었거든."

그는 엄숙한 표정으로 나를 보았다.

"온 *세상이* 울부짖었지. 마치 고통스러워하는 것처럼."

"그런데 그때가 되면 엘든이 이 깊은 우물을 열 수 있게 된다고요? 전설에 따르면?"

우디도 아이도 대답을 하지 않았지만, 표정을 보면 그들에게는 이것이 전설이 아니라는 것을 알 수 있었다.

"그리고 어떤 존재가 이 깊은 우물 속에 살고 있어요? 엘든을 플라이트 킬러로 변신시킨 존재가?"

우디가 대답했다.

"맞아. 너는 그 존재의 이름을 알지? 그걸 알면 그 이름을 내뱉는 자체만으로도 위험하다는 것을 알 테고."

두말하면 잔소리였다.

"내 말 잘 들어라, 샬리!"

높낮이 없는 클로디아의 목소리가 사방을 쩌렁쩌렁하게 울리자 레이더가 눈을 뜨고 고개를 들었다가 다시 내렸다.

"내일 밤의 병사들의 힘이 제일 약해져 있을 때 쳐들어가서 그 도시를 탈환하자! 리아가 선봉장을 맡겠지만, 그리고 그것이 그 아이의 도리지만, 네가 엘든을 찾아서 처단해야 해! 그 아이가 우물을 열기 전에! 리아가 해야겠지만, 적법한 왕위 계승자답게 그 아이가 책임지고······ 그 부담을 짊어져야 하겠지만······."

그녀는 말끝을 흐렸다. 깊은 우물 속에 숨어 있는 고그마고그의 이름만큼이나 입에 담고 싶지 않은 사연이었던 것이다. 사실 그녀는 말문을 맺을 필요가 없었다. 리아는 함께 인어의 노래를 들었던 사랑하는 오빠가 플라이트 킬러일 리 없다고 굳게 믿었다. 그 많은 이야기를 듣고 그 많은 일을 몸소 겪었음에도 엘든은 죽었고 그를 사칭하는 괴물이 폐허가 된 릴리마르와 몇 안 되는 남은 주민들을 다스리고 있다고 믿는 편을 선택했다. 그자가 실제로 엘든이라는 것을 알게 되면 미궁과도 같은 터널과 지하 묘지 깊은 곳에서 그와 맞닥뜨렸을 때 머뭇거릴 수 있었다.

그랬다가는 지금까지 수많은 친척들이 그랬던 것처럼 죽임을 당할 수 있었다.

클로디아가 말했다.

**"너는 예언 속의 왕자야. 너는 우리가 빼앗긴 감각을 모두 갖추고 있어.
너는 마법의 세계에서 건너온 에이드리언의 후계자야. 엘든이 그 지옥문
을 열기 전에 네가 그 아이를 죽여야 해!"**

아이오타는 눈을 휘둥그레 뜨고 입을 떡 벌린 채 듣고만 있었다.
정적을 깬 사람은 우디였다. 그의 목소리는 나지막했지만 한 마디,
한 마디가 몽둥이처럼 나를 강타했다.

"최악의 상황은, 최악의 가능성은 이거야. 전에는 깊은 우물 속으로
돌아갔던 그것이 이번에는 돌아가지 않을지 모른다는 거. 엘든이 그
문을 열면 이 세상이 회색으로 변하는 정도가 아니라 완전히 멸망할
수 있어. 그러고 나면 그다음 단계는 뭐가 될지 누가 알 수 있겠니?"

그는 허리를 숙여서 눈이 없는 얼굴을 내 얼굴 바로 앞으로 바짝
들이밀었다.

"엠피스…… 벨라…… 아라벨라…… 여기 말고 다른 세상도 있어,
찰리."

두말하면 잔소리였다. 나도 그 다른 세상에서 건너오지 않았던가.

그때를 기점으로 나의 냉혹한 면이 발현되지 않았나 싶다. 버티
버드와 함께 가장 끔찍한 비행을 저질렀을 때처럼. 폴리의 양쪽 손
목을 차례대로 부러뜨렸을 때처럼. 그리고 클라에게 닭다리를 던지
며 *허니, 내가 제대로 조져 줄게,* 라고 했을 때처럼. 나는 그렇게 했
던 것을 후회하지 않았다. 나는 디즈니 왕자님이 아니었고 어쩌면
그래서 다행이었다. 엠피스 국민들에게 필요한 사람은 디즈니 왕자
님이 아니었다.

5

클로디아와 우디는 잠이 들었다. 그 둘과 함께 온 회색 인간들도 마찬가지였다. 그들은 힘든 하루를 보냈고 앞으로도 고된 하루가(아니면 며칠이) 기다리고 있었다. 반면에 나는 이보다 더 말똥말똥할 수가 없었다. 낮밤이 완전히 바뀌어서 그런 것만은 아니었다. 해답을 찾지 못한 질문들이 너무 많았다. 그중에서도 가장 끔찍한 건 고그마고그가 우물에서 빠져나오면 어떤 짓을 저지를지 모른다는 것이었다. 예전의 초대형 바퀴벌레처럼 우리 세상으로 건너올지 모른다는 생각이 머릿속에서 떠날 줄 몰랐다.

이 모든 일이 그 바퀴벌레로부터 시작됐잖아. 이런 생각이 들자 하마터면 웃음이 터질 뻔했다.

밖으로 나갔다. 잠이 든 사람들이 투덜거리고 끙끙대고 가끔 방귀를 뀌는 소리가 들리자 딥 말린에서 보낸 밤이 생각났다. 나는 차고 벽에 기대고 앉아 하늘을 올려다보며 구름 사이로 별이 한두 개만이라도, 아니면 벨라와 아라벨라라도 보이길 바랐지만 백지뿐이었다. 지금이 낮이었다면 좀 더 회색에 가까웠을 것이었다. 킹덤 로드 저편에서는 팔라다가 교회 앞에서 계속 풀을 뜯고 있었다. 꺼져 가는 모닥불이 그쪽에서 자는 사람들을 비췄다. 모인 사람들이 아무리 못해도 100명은 될 것 같았다. 아직 대군은 아니었지만 대군에 점점 가까워지고 있었다.

내 옆쪽에서 그림자가 움직였다. 고개를 돌려보니 아이와 레이더였다. 아이가 땅바닥에 쭈그리고 앉았다. 레이더는 그 옆에 앉아서 코를 조심스럽게 움직이며 밤의 향기를 음미했다.

"잠이 안 와요?"

내가 물었다.

"아냐, 아냐. 낮밤이 완전히 바뀌어서."

나랑 똑같네.

"달이 하늘을 몇 번 지나가요?"

그는 곰곰이 생각했다.

"하룻밤에 최소 3번, 어떨 때는 10번."

도무지 이해가 되지 않았다. 내가 살던 세상에서는 우주의 시계가 항상 일정했다. 달이 뜨고 지는 시각을 10년, 50년, 100년 뒤까지 정확하게 예측할 수 있었다. 여긴 그런 세상이 아니었다. 여긴 인어와 스냅이라 불리는 빨간색 귀뚜라미가 귀를 기울이는 사람들에게 노래를 불러 주고 생각을 전하는 그런 세상이었다.

"달을 볼 수 있으면 좋겠어요. 얼마나 가까워졌는지 궁금한데."

"뭐, 달은 보지 못하겠지만 머리 위를 지나갈 때 구름 사이로 달빛은 볼 수 있어. 달빛이 밝을수록 둘 사이가 가까운 거야. 하지만 왜 굳이? 공주님이 아까 거짓말을 했다고 생각해?"

나는 고개를 저었다. 리아의 놀란 표정은 착각의 여지가 없었다.

아이오타가 불쑥 물었다.

"너 진짜 다른 세상에서 왔어? 마법의 세계에서? 그럴 줄 알았다. 네가 허리춤에 차고 있는 그런 무기는 본 적이 없거든."

그는 말을 하다 말고 잠깐 멈췄다.

"너 같은 애도 본 적이 없고. 페어 원 1라운드 때 너를 상대하지 않은 게 얼마나 다행인지 모르겠네. 그랬다면 지금 이 자리에 내가 없었을 거 아냐."

"1라운드 때 만났으면 당신이 나를 때려눕혔을 거예요."

"아냐, 아냐. 너는 왕자님이잖아. 처음에는 절대 상상조차 하지 못했는데, 너 왕자님 맞아. 아주 단단한 구석이 있어."

그리고 어두운 구석도 있고요. 내 안에는 조심해야 하는 어둠의 우물이 있거든요.

그가 흉터가 있는 큼지막한 손으로 레이더의 머리를 쓰다듬으며 물었다.

"그를 찾아낼 수 있겠어? 나머지는 우리가 처치할 수 있어, 확실해. 대낮에는 밤의 병사들이 힘이 없어서 그들을 보호해 주지 못할 테니까 엘든 옆에서 알랑방귀를 뀌던 몇 안 되는 놈들이 토끼처럼 도망칠 거야. 그럼 우리가 토끼처럼 사냥하면 돼. 하지만 플라이트 킬러는! 그가 깊숙한 데 숨으면 찾을 수 있겠어? 어떤…… 뭐랄까……."

내가 생각한 단어는 *스파이더 센스*(위험을 감지하는 스파이더맨의 능력을 지칭하는 용어 ─ 옮긴이)였지만 내 입에서 나온 건 다른 말이었다.

"어떤 왕자님의 감각 같은 게 있느냐, 이 말이죠?"

그는 그 말을 듣고 웃음을 터뜨렸지만 그렇다고, 그게 궁금했던 것 같다고 말했다.

"없어요."

"퍼시는? 우리 도와준 그 친구 말이야. 퍼시는 어둠의 우물로 가는 길을 알까?"

나는 곰곰이 생각하다가 고개를 저었다. 퍼시가 살아 있길 간절히 빌었지만 그럴 가능성이 희박하다는 건 알았다. 우리의 탈출을 도운 사람이 있다는 걸 켈린도 알아차릴 것이다. 물 양동이라는 치명적인 무기는 내가 생각해 낸 것으로 치더라도 키 큰 장으로 막혀 있던 문의 존재는 내부인이 흘린 정보인 게 분명했다. 그리고 퍼시가 죽음과 고문을 면했다 하더라도 그가 어둠의 우물로 가는 길을 알 가능성은 낮았다.

우리가 희미하게 꺼져 가는 모닥불 불빛이 미치지 않을 만큼 깊숙한 그림자 속에 앉아 있었기 때문에 나는 양말 속에 숨겨 두었던 성냥을 건물 벽면에 대고 그었다. 머리칼을 올리고 성냥불을 내 눈앞에 갖다댔다.

"어때요? 아직 적갈색이에요?"

아이오타는 허리를 숙였다.

"아니. 파란색이야. 밝은 파란색, 왕자님."

예상했던 바였다. 나는 성냥을 흔들어서 끄며 말했다.

"그냥 찰리라고 불러요. 그리고 내가 살고 있던 세상에 대해서 이야기하자면…… 나는 모든 세상에 마법이 있다고 생각해요. 익숙해져서 의식하지 못하는 것일 뿐."

"이제 어떻게 할 거야?"

"지금요? 기다릴 거예요. 당신은 나랑 같이 여기서 기다려도 되고, 들어가서 눈 좀 붙여도 돼요."

"같이 있을게."

"우리도."

누군가가 말했다. 고개를 돌려 보니 에리스와 자야, 이렇게 두 여자가 있었다. "우리도."라고 말한 사람은 에리스였다.

"뭘 기다리는 건데, 왕자님?"

아이가 말했다.

"찰리라고 불러 달래. 그게 더 좋다고. 겸손하지 뭐야. 동화 속의 왕자님처럼."

"뭘 기다리는지 두고 보면 알아요. 끝까지 안 나타날 수도 있지만. 이제 조용히 해 주세요."

우리는 입을 다물었다. 잡초 밭과 도시 외곽으로 얼기설기 뻗어나 간 근교의 잔해 안에서 귀뚜라미들이 울었다. 아마도 빨간색 귀뚜라 미는 아니었을 것이다. 우리는 상쾌한 공기를 들이마셨다. 기분이 좋 았다. 시간이 지났다. 풀을 뜯어 먹던 팔라다가 졸음이 쏟아지는지 고개를 숙이고 그냥 서 있었다. 레이더는 쌔근쌔근 잠이 들었다. 잠 시 후에 자야가 하늘을 가리켰다. 빽빽한 구름 뒤에서 환한 달빛 2개 가 엄청난 속도로 지나갔다. 달빛이 서로 맞닿지는 않았지만(그러니 까 입을 맞추지는 않았지만) 구름에 가렸어도 둘의 간격이 아주, 아주 가 깝다는 것을 알 수 있었다. 달빛은 왕궁의 3개의 첨탑 뒤로 사라졌 다. 스타디움을 뱅 두른 가스등도 꺼졌다. 도시는 어둠에 휩싸였지 만 남은 밤의 병사들이 성벽 안쪽에서 순찰을 돌고 있을 것이었다.

1시간, 그리고 2시간이 지났다. 나도 아이오타처럼 낮밤이 바뀌었 지만 내가 기다렸던 순간, 내 마음속의 어두운 부분에서 바라던 순 간이 찾아온 것은 아마 동틀 무렵이었을 것이다. 리아 공주가 교회 에서 나왔다. 바지와 부츠와 짧은 칼로 보았을 때 의심의 여지가 없 었다. 아이가 똑바로 앉으며 뭐라고 말을 하려고 했다. 나는 그의 가 슴에 손을 얹고 한 손가락을 입술에 갖다 댔다. 우리는 리아가 팔라 다를 묶어 놓은 줄을 풀고, 말발굽 소리에 잠귀 밝은 사람들이 깨어 나지 않게 자갈이 깔린 곳을 멀찌감치 피해 가며 성문 쪽으로 팔라 다를 끌고 가는 것을 지켜보았다. 말 위에 올라탔을 때 그녀는 어둠보다 더 짙은 그림자에 불과했다.

나는 자리에서 일어났다.

"나랑 같이 가지 않아도 돼요. 하지만 지금까지 함께 겪은 일도 있고 하니 같이 가겠다고 하면 말리지는 않을게요."

"바로 옆에서 따라갈게."

아이가 말했다.

"나도."

에리스가 말했다.

자야는 고개만 끄덕였다.

나는 말했다.

"레이더, 너는 안 돼. 너는 클로디아랑 같이 있어."

레이더는 귀를 늘어뜨렸다. 꼬리를 흔들다가 말았다. 누가 봐도 희망이 어린, 애원하는 눈빛을 짓고 있었다.

"안 돼. 너는 릴리까지 한 번 다녀온 걸로 충분해."

아이가 말했다.

"그분이 이제 출발했어. 성문이 코앞이라 따라잡고 싶으면……."

"걸어가요. 하지만 천천히. 시간은 많아요. 날이 밝기 전에 진입하려고 하진 않을 거예요. 플라이트 킬러가 자기 오빠가 아니라는 걸 두 눈으로 직접 확인하고 싶은 거고, 엘든이 아직 살아 있으면 구할 생각이겠지만 공주님도 바보는 아니니까요. 안으로 들어가기 전에 붙잡아서 우리랑 같이 가자고 설득할게요."

"무슨 수로?"

에리스가 물었다.

"모든 수단을 총동원해서요."

그 말에 아무도 토를 달지 않았다.

"엘든이 이미 어둠의 우물에서 두 달이 서로 입을 맞추길 기다리고 있을지 몰라요. 우리가 그 전에 가서 그를 막아야 해요."

"모든 수단을 총동원해서."

에리스가 나지막이 중얼거렸다.

"리아 공주님이 가는 길을 모른다고 하면?"

아이오타가 물었다.

"그럼 망하는 거죠."

"왕자님. 아니, 찰리."

자야가 몸을 돌려서 손가락으로 가리켰다.

레이더가 뒤에서 터벅터벅 따라오고 있었다. 나와 시선이 마주치자 옆으로 달려왔다. 나는 무릎을 꿇고 앉아서 두 손으로 녀석의 머리를 붙잡았다.

"이렇게 말을 안 들으면 어떡해? 안 돌아갈 거야?"

녀석은 나를 가만히 쳐다보기만 했다.

나는 한숨을 쉬며 일어났다.

"알았어. 그럼 같이 가자."

레이더는 내 옆에 바짝 붙어서 걸었다. 이렇게 우리 넷은(레이더까지 치면 다섯이었다) 악마가 사는 도시를 향해 전진했다.

6

성문이 어렴풋이 보이기 시작했을 때 도로 왼편의 폐허가 된 건물에서 뭔가가 튀어나왔다. 나는 보디치 씨의 45구경을 꺼냈지만, 총을 조준하기는커녕 아직 위로 들지도 못했을 때 그것이 (아직 살짝 절뚝거리며) 펄쩍 뛰어서 레이더의 등 위로 올라갔다. 스냅이었다. 우리는 깜짝 놀랐지만 레이더는 아니었다. 그 녀석은 전에도 스냅을 태우고 간 적이 있었고 이번에도 얼마든지 등을 내어 줄 생각이 있었다. 스냅은 망보는 사람처럼 레이더의 목덜미에 자리를 잡았다.

성문 앞에 리아와 팔라다가 진을 친 흔적이 없었다. 어째 예감이 좋지 않았다. 나는 걸음을 멈추고 다음 행보를 고민했다. 스냅이 바닥으로 폴짝 뛰어내려 거의 성문 앞까지 갔다가 오른쪽으로 방향을 틀었다. 레이더는 따라가 귀뚜라미의 냄새를 맡고 (스냅은 상관하지 않는 눈치였다) 뒤를 돌아보며 우리도 따라오는지 확인했다.

과거에는 유지보수용으로 쓰였을 포장도로가 돌무더기 사이로 성벽 근처까지 이어졌는데, 이쪽 성벽은 무성한 담쟁이덩굴로 뒤덮여 있었다. 스냅이 깡충깡충 잡초를 헤치고 바닥에 떨어진 벽돌을 날렵하게 넘으며 앞장섰다. 100걸음 정도 갔을 때 어둠 속에서 희끄무레한 형체가 보였다. 그 형체가 히히힝 하고 나지막이 울었다. 리아 공주가 그 옆에 책상다리를 하고 앉아서 동이 트길 기다리고 있었다. 그녀는 귀뚜라미에 이어서 나머지 우리에게 시선을 줬다. 일어나 맞서 싸울 준비라도 하는 듯 칼자루에 손을 얹고 다리를 벌리고 우리를 마주 보았다.

팔라다가 이번에는 3인칭 대명사를 생략해 가며 말했다.

"그래. 스냅 경이 내가 있는 곳을 안내해 주었군. 내가 어디 있는지 알았으니 이제 그만 돌아가."

"공주 마마께서 이렇게 나와 있는 동안 거위는 누가 돌봅니까?"

내 입에서 이런 말이 튀어나올 줄은 몰랐고, 일리노이 주 센트리에 사는 찰리 리드가 씀 직한 말투도 아니었다.

그녀의 눈이 동그래졌다가 눈가에 살짝 주름이 잡혔다. 입이 없으니 확실하지는 않았지만 놀란 동시에 재밌어하는 표정인 듯했다. 팔라다가 말했다.

"내 주인님을 섬기는 휘트와 딕슨이 잘 돌보고 있어."

『딕 위팅턴』(늙고 병들고 오갈 데 없는 동물들을 보살피는 할머니, 할아버지가 등장하는 어린이 책이다 — 옮긴이)에서처럼 말이지.

자야가 말문을 뗐다.

"저 말이 지금……."

리아가 조용히 하라는 듯이 손을 흔들었다. 자야는 몸을 움츠리며 뒤로 물러나 시선을 떨어뜨렸다.

"이제 바보 같은 질문에 답을 했으니까 떠나 줘. 우리 둘이서 긴히 해야 할 일이 있어."

나는 고개를 꼿꼿이 들고 있는 그녀를 보았다. 입이 있어야 하는 자리에 생긴 흉터와 그 옆의 흉측한 상처가 옥에 티였다.

"뭐 좀 먹었어요? 기운이 있어야 일도 할 수 있을 텐데요, 공주님."

"필요한 건 챙겼어."

팔라다가 말했다. 목소리를 내느라 리아의 목이 꿈틀거리는 것이 보였다.

"이제 가. 명령이야."

나는 그녀의 손을 잡았다. 작고 차가웠다. 겉으로는 침착하기 그지없는 콧대 높은 공주님인 척하고 있었지만, 속으로는 무서워서 바들바들 떨고 있을 것 같았다. 그녀는 손을 빼려고 했지만, 내가 잡고 놓지 않았다.

"아니에요. 리아. 명령할 사람은 나예요. 내가 예언 속의 왕자님이 잖아요. 당신도 알 거라고 보는데요."

"이 세상의 왕자는 아니잖아."

팔라다가 말했다. 이제는 리아의 목구멍에서 쯧쯧대고 웅얼거리는 소리가 들렸다. 그녀의 깍듯한 말투는 원해서라기보다 필요에 의한 것이었다. 엄청 애를 써 가며 백마를 통해 말을 전해야 하는 상황이 아니었다면 나를 갈기갈기 찢어발겼을 것이다. 이제 그녀의 눈빛에 재밌어하는 기미는 없었다. 오로지 분노뿐이었다. 앞치마에 모이를 담아서 거위를 먹이던 이 여자는 군소리 없이 복종하는 사람들만을 상대해 왔다.

"맞아요. 이 세상의 왕자도 아니고 내가 속한 세상의 왕자도 아니에요. 하지만 나는 지하 감옥에서 오랜 시간을 보냈고 어쩔 수 없는 상황에서 사람도 죽여 봤고 내 동지들이 죽는 것도 봤어요. 알겠어요, 공주님? 내가 당신에게 명령을 내릴 *권리*가 있다는 걸 알겠어요?"

팔라다는 아무 말도 하지 않았다. 리아의 왼쪽 눈에서 나온 눈물 한 방울이 보드라운 뺨을 타고 천천히 흘러내렸다.

"나랑 같이 좀 걸어요."

그녀는 머리칼이 날릴 정도로 세게 고개를 저었다. 다시 손을 빼려고 했지만 내가 손을 잡고 놓지 않았다.

"동이 트기 전까지 최소 1시간은 남아 있는데, 우리가 나누는 대화에 따라 이 세상의 운명이 달라질 수 있어요. 어쩌면 내 세상의 운명도 달라질 수 있고요. 그러니까 *부탁할게요.*"

나는 잡았던 손을 놓았다. 양말 속에 숨겨 둔 성냥을 하나 꺼냈다. 담쟁이덩굴을 옆으로 치우고 거칠거칠한 돌에 성냥을 그어서 아이오타를 앞에 두고 그랬던 것처럼 내 얼굴 앞에 갖다 댔다. 그녀는 까치발을 하고, 위로 치든 이마에 입을 맞출 수도 있을 만큼 가까운 거리에서 나를 빤히 쳐다보았다.

"파란색이네."

팔라다가 말했다.

"쟤가 *진짜로* 말을 하네?"

에리스가 중얼거렸다.

"아냐, 아냐, 공주님이 말을 하는 거야."

아이오타가 똑같이 나지막한 목소리로 소곤거렸다. 그들은 경이로워했다. 나도 마찬가지였다. 왜 아니겠는가? 이곳은 마법의 세상이었고 이제는 나도 그 마법의 일부였다. 내가 온전히 내가 아니라 겁이 났지만 또 한편으로는 짜릿했다.

"가요, 공주님. 우리 둘이 대화를 나누어야 해요. 부탁할게요."

그녀는 나를 따라나섰다.

7

우리는 담쟁이덩굴로 덮인 성벽을 왼쪽에, 와르르 무너진 근교의 잔해를 오른쪽에 두고 오솔길을 조금 걸어갔다. 머리 위는 어두컴컴한 하늘이었다.

내가 말했다.

"우리가 막아야 해요. 그가 끔찍한 재앙을 불러일으키기 전에."

레이더가 스냅을 목덜미에 태우고 우리 둘 사이를 걷고 있었고, 내 말에 대답한 쪽은 스냅이었다. 팔라다를 통해서 말을 했을 때보다 이번이 목소리가 훨씬 맑았다.

"내 오빠 아니야. 플라이트 킬러는 엘든이 *아니야*. 오빠가 그런 끔찍한 짓을 저지를 리 없어. 얼마나 착하고 정이 많았다고."

사람들은 변하기 마련이지. 아빠가 그랬고, 나도 버티와 함께 있을 때는 그랬어. 나처럼 착한 애가 왜 그렇게 형편없는 짓을 저질렀는지 의아했던 기억이 나.

스냅이 말했다.

"오빠가 살아 있다면 인질로 붙들려 있을 거야. 하지만 나는 아닐 거라고 생각해. 다른 가족들처럼 죽었을 거야."

"나도 그렇게 생각해요."

나는 이렇게 말했고, 거짓말이 아니었다. 그녀가 알았던 엘든, 같이 손을 잡고 왕궁의 은밀한 구석구석을 탐험하고, 인어가 부르는 노래를 함께 들었던 엘든은 죽었다. 남은 건 고그마고그의 꼭두각시였다.

우리는 걸음을 멈췄다. 그녀의 목이 꿀렁거렸고 스냅이 말을 꺼냈다. 스냅이 가장 이상적인 전달자일지라도 복화술을 그렇게 계속 쓰면 목이 아플 테지만 그녀는 가슴속에 너무나 오랫동안 담아 두었던 이야기를 쏟아 내야 했다.

"오빠가 죄수로 붙들려 있다면 내가 구해 낼 거야. 죽었다면 복수할 거고. 그럼 이 슬픈 땅에 내려진 저주가 사라질지 몰라. 이건 내 일이지, 에이드리언 보디치의 아들인 네 일이 아니야."

나는 그의 아들이 아니라 상속인에 불과했지만 지금은 그걸 밝힐 때가 아닌 듯했다.

"플라이트 킬러는 이미 어둠의 우물로 갔을 거예요, 공주님. 거기서 2개의 달이 입을 맞추고 문이 열리길 기다리고 있을 거예요. 거기까지 가는 길을 알아요?"

그녀는 고개를 끄덕였지만 자신 없어 하는 눈치였다.

"거기까지 앞장서 줄래요? 우리끼리는 길을 절대 찾을 수가 없을 거예요. 플라이트 킬러를 맞닥뜨리더라도 그의 운명을 공주님에게 맡기겠다고 약속하면 앞장서 줄래요?"

그녀는 한참 동안 아무 대답이 없었다. 내가 약속을 지킬지 확신할 수 없기 때문이었는데, 그럴 만도 했다. 그녀가 플라이트 킬러가 엘든이라는 걸 인정하고 지금 이렇게 달라진 것을 보고도 차마 죽이지 못하면 그녀의 뜻을 존중해서 살려 두어야 할까? 나는 도라의 망가진 얼굴과 진솔한 성품을 떠올렸다. 퍼시의 용감한 선택을 떠올렸다. 그는 이미 엄청난 대가를 치렀을 가능성이 컸다. 시프런트를 떠나 어쩌면 존재하지도 않을 피난처로 향해 가던 회색 인간들을 떠올렸다. 이렇듯 망가지고 저주를 받은 사람들을 저울의 이쪽에 올리고 공주의 고운 마음씨를 저편에 올리면 추가 한쪽으로 기울 수밖에 없었다.

갤리언의 리아에게 진심으로 그렇게 약속할 수 있겠어?

내가 보기에 그건 3인칭으로 돌아간 게 아니었다. 그때만큼은 스냅이 자기 생각을 밝힌 것일지 몰랐다. 하지만 리아도 분명 같은 생각을 하고 있었을 것이다.

"약속할게요."

그녀가 말했다.

"엄마의 영혼을 걸고 약속할 수 있어? 네가 그 약속을 어기면 엄마가 지옥 불구덩이 속에서 화형을 당하게 될 텐데?"

"네."

나는 일말의 망설임도 없이 대답했고 진심으로 그 약속을 지킬 작정이었다. 자기 오빠가 어떻게 변했는지 확인하면 리아가 자기 손으로 직접 그를 죽일 수도 있었다. 그것이 내가 바라는 결말이었다. 바라는 대로 되지 않으면 보디치 씨의 총을 아이오타에게 주면 됐다. 그는 총을 쏴 본 적이 없었지만 아무 문제가 없을 것이다. 총은 싸구려 카메라와 같아서 조준하고 방아쇠를 당기기만 하면 된다.

너랑 네 친구들도 리아를 따라갈 거고 리아의 명령에 복종할 거야?

"그럴게요."

그녀는 나를 막을 수 없다는 것을 이미 알았을 것이다. 다른 사람들은 엠피스의 차기 여왕의 명령에 복종할지 몰라도 나는 아니었다. 그녀도 팔라다를 통해 얘기했다시피 나는 이 세상의 왕자가 아니었으니 그녀의 명령에 따를 의무가 없었다.

위에서 하늘이 환해졌다. 우리 인간들은 위를 올려다보았다. 레이더도 그랬다. 심지어 스냅까지 그랬다. 2개의 동그라미가 구름을 환하게 비췄다. 이제 두 달의 간격이 워낙 가까워서 숫자 8이 옆으로 쓰러진 것처럼 보였다. 아니면 무한대 기호 같아 보였다. 두 달은 몇 초 만에 왕궁 첨탑 뒤편을 지나갔고 하늘은 다시 어두워졌다.

스냅이 말했다.

"좋아. 네 조건을 수락할게. 이제 말은 그만하자. 아파."

"알아요. 미안해요."

레이더가 낑낑대며 리아의 손을 핥았다. 리아는 허리를 숙여서 녀석을 쓰다듬었다. 이렇게 협정이 맺어졌다.

28장.

릴리마르 안으로. 곡하는 소리. 해나.
전에는 노래를 불렀던 그녀. 금. 주방. 알현실.
내려가려면 올라가야 해.

1

리아는 나머지 일행이 기다리고 있는 곳으로 앞장서 갔다. 팔라다나 스냅을 통해 한 마디도 하지 않고 다시 바닥에 앉았다. 아이오타가 나를 쳐다봤다. 나는 고개를 끄덕였다. 합의를 보았다는 뜻이었다. 우리는 그녀와 함께 앉아서 동이 트길 기다렸다. 다시 비가 내리기 시작했다. 폭우는 아니지만 꾸준히 내렸다. 리아는 팔라다의 안장주머니에서 판초를 꺼내 어깨에 걸치고 레이더를 불렀다. 레이더는 나를 보고 허락을 구한 다음 리아에게로 갔다. 리아가 판초를 같이 덮어 주었다. 스냅도 따라갔다. 그 셋은 비를 맞지 않았다. 그 나머지는 탈출했을 때 입었던 누더기 옷 그대로 비를 맞았다. 자야가 몸을 떨기 시작했다. 에리스가 안아 주었다. 나는 그들에게 돌아가도 된다고 했다. 두 여자 다 고개를 저었다. 아이오타는 아무렇지도 않은지, 고개를 숙이고 손깍지를 낀 채 가만히 앉아 있었다.

시간이 지났다. 고개를 들었을 때 리아가 보인 적이 있었다. 내가 손을 들어 보이자 그녀는 고개를 저었다. 마침내 희미하게 날이 밝았다. 리아는 자리에서 일어나 돌무더기 사이에 남은 벽돌 담벼락 앞으로 갔고 거기서 튀어나온 철근에 팔라다를 묶고 길을 나섰다. 우리가 따라오는지 확인하지는 않았다. 스냅이 다시 레이더의 등에 올라탔다. 리아는 가끔 울창한 담쟁이덩굴을 옆으로 치우고 들여다본 다음 다시 걸음을 옮겨 가며 천천히 걸었다. 5분쯤 지났을 때 걸음을 멈추고 덩굴을 뜯기 시작했다. 내가 도우려고 했지만 그녀가 고개를 저었다. 나와 합의를 보고 협정을 맺기는 했지만 누가 봐도 못마땅하게 여기고 있었다.

그녀가 담쟁이덩굴을 좀 더 뜯어내자 그 뒤에 숨어 있던 조그만 문이 보였다. 자물쇠도 문고리도 없었다. 그녀가 나를 손짓해 부르더니 문을 가리켰다. 나는 처음에는 어쩌라는 건지 영문을 몰라하다가 알아차렸다.

"갤리언의 리아의 이름으로 열려라."

내가 외치자 문이 휙 열렸다.

2

길쭉한 헛간처럼 생긴 건물 안으로 들어가자 해묵은 보수용 장비가 즐비했다. 삽, 괭이, 손수레들이 짙은 먹구름과도 같은 먼지를 뒤집어쓰고 있었다. 바닥도 먼지투성이였고, 우리가 들어오면서 남긴 발자국 말고는 아무 흔적도 없었다. 버스와 골프 카트를 한데 버무린 듯한 차량이 여기에 또 있었다. 안을 들여다보니 배터리가 부식이 너무 심해서 그냥 초록색 덩어리였다. 이 아담한 차량(최소 2대였고 그중 1대는 계속 쓰이고 있었다)의 출처가 어딘지 궁금해졌다. 보디치 씨가 우리 세상에서 부품을 하나씩 가져다가 여기서 조립했을까? 알 수 없었다. 한 가지 분명한 게 있다면 현 정권은 릴리마르의 미관 유지에 전혀 관심이 없다는 것이었다. 관심 있는 건 오로지 유혈 스포츠뿐이었다.

리아가 앞장서 반대편에 달린 문밖으로 나갔다. 분해된 트램과 전봇대가 쌓여 있고 트램 전선이 거대하게 똬리를 틀고 있는 폐차장 비슷한 곳이 나왔다. 이 못쓰게 된 장비 사이를 지나 나무 계단을 올라가자 나와 다른 탈옥수들이 아는 곳이 나왔다. 트램 역이었다.

메인 터미널을 지나는데 아침 종소리가 **댕** 하고 울려퍼졌다. 리아는 그 소리가 사라질 때까지 기다렸다가 다시 걸음을 옮겼다. 우리가 따라오는지 확인하지 않고 여전히 앞만 보고 걸었다. 우리 발소리가 울렸다. 시커먼 구름처럼 천장을 덮은 초대형 박쥐들이 위에서 날개를 퍼덕였지만 동요하지는 않았다.

에리스가 나지막하게 말했다.

"지난번에는 여기로 빠져나갔는데 이번에는 여기로 들어가고 있네. 그년이랑 해결해야 하는 묵은 빚이 있는데."

나는 아무 대꾸도 하지 않았다. 그런 데에는 관심이 없었다. 내 관심사는 오로지 하나였다.

다시 비가 내리는 밖으로 나섰다. 레이더가 갑자기 트램 역 계단을 달려 내려가 꼭대기에 나비 석상이 얹힌 빨간색과 하얀색 기둥 하나를 지나갔다. 그러더니 가시덤불에 대고 코를 킁킁거렸다. 내가 내던진 배낭의 한쪽 끈이 보였고 잠시 후에 상상도 못 했지만 단박에 알아들을 수 있는 소리가 들렸다. 레이더가 찍찍 소리가 나는 원숭이 장난감을 물고 종종걸음으로 돌아왔다. 그걸 내 발 앞에 떨어 뜨리고 꼬리를 흔들며 나를 올려다보았다.

"잘했어."

나는 말하고 장난감을 아이에게 주었다. 그의 옷에는 주머니가 있지만 내 옷에는 없었다. 왕궁으로 향하는 대로에 인기척은 없어도 아무것도 없지는 않았다. 레드 몰리의 시신은 자취를 감추었지만 우리를 쫓아오다가 죽은 밤의 병사들의 유골이 40미터에 걸쳐 이리저리 흩뿌려졌고 수북이 쌓인 제왕나비의 시체가 대부분의 유골을 덮고 있었다.

리아는 계단 발치에서 걸음을 멈추더니 고개를 모로 꼬고 귀를 기울였다. 우리는 그 옆으로 다가갔다. 내 귀에도 그 소리가 들렸다. 겨울 밤바람이 처마를 훑고 지나가는 소리 비슷한, 고음의 구슬픈 소리였다. 오르락내리락하며 카랑카랑한 비명이 되었다가 다시 나지막한 신음소리가 되길 반복했다.

"높으신 하느님 맙소사, 저게 뭐야?"

자야가 조그맣게 속삭였다.

"곡하는 소리예요."

내가 말했다.

"스냅은 어디 있지?"

아이오타가 물었다.

나는 고개를 저었다.

"비 맞기 싫은가 보죠."

리아가 왕궁 쪽으로 갤리언 로드를 걸어가기 시작했다. 나는 그녀의 어깨에 손을 얹어서 붙잡아 세웠다.

"뒤로 들어가서 경기장 근처로 나와야 해요. 피터킨이라는 생쥐 같은 놈이 보디치 씨의 이니셜을 지워 버려서 나는 길을 못 찾지만 당신은 거기로 가는 길을 알지 않아요?"

리아는 여리여리한 허리춤에 두 손을 얹고 부아가 치민 표정으로 나를 빤히 쳐다봤다. 해나가 자기 딸의 죽음에 슬퍼하는 소리가 들리는 쪽을 가리켰다. 그런 다음 내가 너무 멍청해서 못 알아들을 것 같은지 두 손을 머리 위로 높이 들었다.

아이오타가 말했다.

"공주님 생각이 맞아, 찰리. 앞문으로 들어가도 저 거인을 피할 수 있는데 굳이 그쪽으로 갈 필요가 없잖아."

그의 말에도 일리가 있었지만 내가 보기에는 그보다 더 중요한 부분이 있었다.

"왜냐하면 그녀가 인육을 먹거든요. 거인들이 사는 땅을 여기서는 뭐라고 부르는지 모르겠지만, 거기서 쫓겨난 이유도 분명 그 때문일 거예요. 알겠어요? *그녀는 인육을 먹어요. 그리고 그의 신하이고요.*"

리아는 내 눈을 올려다보았다. 그러더니 아주 천천히 고개를 끄덕이며 내가 차고 있는 총을 가리켰다.

"맞아요. 그리고 이유가 하나 더 있어요, 공주님. 공주님께 보여 드릴 게 있어요."

3

리아는 갤리언 로드를 좀 더 걸어가다가 왼쪽의 샛길로 꺾어져 들어갔다. 뒷골목이라고 할 수 있을 만큼 좁은 길이었다. 그녀는 조금의 망설임도 없이 앞장서서 미궁을 헤쳤다. 길을 제대로 알고 있기만을 바라는 수밖에 없었다. 여길 떠난 뒤로 오랜 세월이 흘렀지 않은가. 물론 해나의 울부짖는 소리를 길잡이 삼을 수는 있었지만.

자야와 에리스가 내 옆으로 바짝 붙었다. 에리스는 험상궂고 단호한 표정을 짓고 있었다. 자야는 겁에 질린 표정으로 이렇게 말했다.

"건물들이 가만히 있질 않아. 정신 나간 소리처럼 들리겠지만 진짜야. 내가 다른 데로 눈을 돌릴 때마다 달라지는 게 곁눈으로 보여."

이번에는 에리스가 말했다.

"그리고 무슨 소리가 계속 들리는 것 같아. 여기는…… 뭐랄까…… 악마가 사는 느낌이야."

내가 말했다.

"맞아요. 우리가 퇴마사처럼 그 악마를 내쫓을 거예요. 그러다 죽을 수도 있지만."

"퇴마사?"

에리스가 반문했다. 해나의 울부짖는 소리가 조금씩 커졌다.

"아니에요. 한 번에 하나씩만 생각하기로 해요."

리아가 어느 골목길로 앞장섰다. 건물들이 하도 다닥다닥 붙어 있어서 마치 크레바스를 지나는 느낌이었다. 어느 건물의 벽돌과 다른 건물의 석조가 숨을 쉬는 것처럼 천천히 나왔다 들어갔다 하는 것을 볼 수 있었다.

골목길에서 빠져나오자 내가 아는 곳이 등장했다. 중앙분리대는 잡초로 덮였고 예전에는 왕족과 왕족의 측근들을 상대했을 고급 상점들이 양옆으로 늘어선 넓은 길이었다. 아이오타가 노란색의 큼지막한 꽃을 만져 보려고 (아니면 꺾으려고) 손을 내밀자 내가 손목을 붙잡았다.

"그러지 말아요, 아이. 무는 꽃이에요."

그는 나를 빤히 쳐다봤다.

"진짜?"

"네."

대로에 걸쳐진 해나의 대저택 지붕 꼭대기가 보였다. 리아는 오른쪽으로 이동해 쇼윈도가 박살 난 상점 앞을 게걸음으로 걸으며 마른 분수대가 있는 광장을 빗줄기 사이로 내다보았다. 이제 해나의 흐느끼는 소리가 비명으로 바뀔 때마다 듣고 있기 괴로울 지경에 이르렀다. 리아가 마침내 뒤를 돌아보고 수신호로 나를 부르며 한손으로 허공을 토닥였다. *조용히, 조용히.*

나는 허리를 숙여 레이더에게 조용히 있으라고 속삭인 다음 그녀의 옆으로 갔다.

해나가 보석이 박힌 왕좌에 앉아 있었다. 딸의 시신을 무릎 위에 올려놓고 있어서 왕좌 이쪽으로는 레드 몰리의 머리가, 저쪽으로는 다리가 축 늘어졌다. 해나가 오늘 아침에는 조 어쩌고 하는 노래를 부르지 않았다. 몰리의 삐죽삐죽한 주황색 머리칼을 쓰다듬고 울퉁불퉁한 얼굴로 비가 내리는 하늘을 올려다보며 다시 울부짖었다. 두툼한 한쪽 팔로 딸의 목을 받치고 머리를 들어서 이마와 피로 범벅이 된 입에 키스 세례를 퍼부었다.

리아가 그녀를 가리키고는 내 쪽으로 손바닥을 펼쳐 보였다. *이제 어떻게 하지?*

이렇게 하죠. 나는 생각하고 해나가 앉아 있는 쪽으로 광장을 가로지르기 시작했다. 한손은 보디치 씨의 권총 개머리에 얹었다. 레

이더가 따라온 줄도 몰랐는데 가슴 속 저 깊은 곳에서부터 끌어올려 목이 터져라 짖는 소리가 들렸다. 녀석은 숨을 마실 때마다 으르렁거렸다. 해나가 고개를 들고 우리를 보았다.

나는 말했다.

"흥분하지 마, 레이더. 나랑 같이 가."

해나가 시체를 옆으로 던지고 왕좌에서 일어났다. 레드 몰리의 한쪽 손이 이리저리 흩어진 조그만 뼈 사이로 떨어졌다.

"너!"

그녀가 큰 너울이 치듯 가슴을 들썩이며 비명을 질렀다.

"너어어어!"

"맞아, 나야. 내가 예언 속의 그 왕자님이니까 내 앞에서 무릎을 꿇고 운명을 받아들이도록 해."

나는 그녀가 명령에 복종할 리 없다고 생각했고 예상은 틀리지 않았다. 그녀가 성큼성큼 나를 향해 다가왔다. 다섯 걸음이면 될 거리였다. 나는 빗맞히지 않도록 세 걸음을 허락했다. 두렵지는 않았다. 그 어둠이 나를 감쌌다. 서늘하지만 선명했다. 앞뒤가 맞지 않는다는 건 알지만 말을 바꾸지 않겠다. 그녀의 이마 정중앙을 가로지르는 빨간색 실금이 보였다. 그녀가 내 머리 위 하늘을 시커멓게 가리고서 뭐라고 비명을 지르자(뭐라고 했는지는 모르겠다) 나는 그 실금을 향해 방아쇠를 2번 당겼다. 폴리의 22구경이 어린애 장난감이라면 45구경 리볼버는 엽총과도 같았다. 종기로 뒤덮인 그녀의 이마가 묵직한 부츠에 밟힌 눈더미처럼 움푹 들어갔다. 한데 뒤엉킨 갈색 머리칼이 뒤로 날렸고, 피가 부채 모양으로 뿜어져 나왔다. 입이 벌어지면서 다시는 어린애의 살을 찢어서 씹을 수 없는 뾰족한 이빨이 드러났다.

그녀의 두 팔이 회색 하늘 위로 펄럭였다. 손가락 사이로 비가 쏟아졌다. 진한 화약 냄새가 내 코를 찔렀다. 그녀는 사랑하는 딸을 다시 한번 쳐다보려는 듯 반원을 그리며 비틀거리다 쓰러졌다. 쿵 하고 돌바닥에 부딪히자 진동이 내 발을 타고 느껴졌다.

해시계와 연못과 릴리마르 왕궁 뒤편의 황제 경기장을 지키던 거인 해나가 이렇게 쓰러졌다.

4

아이오타는 해나의 집 중에서도 오른쪽, 그러니까 부엌이 있는 쪽 앞에 서 있었다. 얼굴이 거의 남지 않은 회색 남자가 그의 옆에 있었다. 마치 얼굴 살이 뼈에서 떨어져 나와 아래로 흘러내리며 한쪽 눈과 코 전부를 삼킨 것 같았다. 피가 묻은 흰색 블라우스와 흰색 바지를 입고 있었다. 예전에 해나가 고자 새끼라고 불렀던 요리사인 것 같았다. 나는 그에게 볼일이 없었다. 내 관심사는 왕궁이었다.

하지만 리아는 해나와 볼일이 남아 있었는지 칼을 뽑아 들며 쓰러진 거인을 향해 걸어갔다. 해나의 머리에서 흘러나온 피가 주변에 고이고 돌 사이로 흘렀다.

에리스가 앞으로 나서 리아의 팔을 잡았다. 리아는 고개를 돌렸고 표정으로 말했다. *어디서 감히 내 몸에 손을 대?*

"아뇨, 갤리언의 공주 마마. 불경을 저지르겠다는 것이 아니라 잠깐만 여기 계셔 주세요. 부탁드릴게요. 저를 봐서라도."

리아는 고민하는 눈치를 보이다 뒤로 물러났다.

에리스는 거인에게 다가가 다리를 벌리고, 밖으로 향한 거대한 한쪽 다리를 따라 올라갔다. 지저분한 치마를 추켜올리고, 하얗고 흐물흐물하게 늘어진 해나의 허벅지에 대고 오줌을 쌌다. 그리고 일어났을 때 눈물이 그녀의 뺨을 타고 흘러내리고 있었다. 그녀는 고개를 돌려서 우리를 마주 보았다.

"나는 웨이바라는 남쪽 마을 출신이야. 아무도 들어 본 적 없고 앞으로도 들을 일이 없는 곳이지. 이 못돼 처먹은 년이 싹 쓸어 버리고 수십 명을 죽였거든. 그중 한 명이 우리 할아버지였어. 또 다른 한 명은 우리 엄마였고. 이제 마음대로 하세요, 공주 마마."

에리스는 한쪽 다리를 뒤로 살짝 빼고 무릎을 구부려서 절을 했다.

나는 아이오타와 온몸을 부들부들 떨고 있는 요리사 옆으로 가서 섰다. 아이가 나를 보고 손바닥을 이마에 갖다 대자 요리사도 따라 했다. 아이오타가 말했다.

"네가 거인을 한 명도 아니고 두 명이나 쓰러뜨렸네. 내가 할아버지가 될 때까지 살더라도, 그럴 가능성은 낮다는 건 알지만, 그건 잊지 못할 거야. 에리스가 저 위에 대고 오줌을 싼 것도. 네 개는 따라 하지 않은 게 신기하네."

리아가 거인의 옆쪽으로 다가가 칼을 높이 들었다가 내리꽂았다. 그녀는 공주고 왕위계승자였지만 망명 후 농장에서 일하며 시간을 보냈기 때문에 힘이 셌다. 그래도 3번을 내리친 다음에서야 해나의 목을 벨 수 있었다.

그녀는 무릎을 꿇고 거인의 자주색 드레스에 칼날을 닦은 다음 다시 칼집에 넣었다. 그녀가 다가오자 아이오타는 허리를 숙이고 절을 했다. 그가 허리를 펴자 그녀는 6미터짜리 죽은 거인과 마른 분수대를 차례대로 가리켰다.

"분부대로 거행하겠습니다, 공주님. 기꺼이요."

그는 시체 앞으로 갔다. 그렇게 힘이 세고 덩치가 컸어도 두 손을 써야 머리를 들 수 있었다. 그는 머리를 좌우로 흔들어 가며 분수대까지 들고 갔다. 에리스는 그쪽을 보지 않았다. 자야의 품에 안겨서 흐느껴 울기만 했다.

아이오타가 "웃짜!" 하는 요란한 신음 소리와 함께 머리를 들어 올리자 티셔츠 옆 솔기가 뜯어졌다. 머리는 분수대 안으로 떨어져 비가 퍼붓는 하늘을 뜬 눈으로 멍하니 올려다보았다. 내가 지난번에 여기로 들어오면서 보았던 가고일 같았다.

5

이번에는 내가 앞장서 바람개비 길 중에서 하나를 따라갔다. 왕궁 뒷면이 앞에서 불길하게 등장했고 나는 그것이 살아 있는 듯한 느낌을 받았다. 꾸벅꾸벅 졸고 있을지 몰라도 한쪽 눈을 뜨고 있었다. 망루의 위치가 달라졌다고 장담할 수 있었다. 십자로 교차하는 계단과 난간도 마찬가지였다. 처음에는 돌로 만들어진 것처럼 보였다가도 눈을 한 번 깜빡이면 안에 검은색의 꿈틀거리는 무언가가 담긴 짙은 초록색 유리로 바뀌었다. 에드거 앨런 포가 악령이 사는 궁전을 주제로 쓴 시에서 끔찍한 무리들이 영원히 돌진하는데, 웃지만 미소는 결코 짓지 않는다고 했던 구절이 생각났다.

이곳에는 보디치 씨의 이니셜이 남아 있었다. 그 이니셜을 보자 친구를 좋지 않은 데서 만난 느낌이었다. 우리는 망가진 마차로 정체 현상을 빚고 있는 하역장의 빨간색 문과 짙은 초록색 공중 부벽을 지났다. 내가 앞장서는 바람에 시간이 좀 더 걸리긴 했지만 아무도 반발하지 않았다.

아이오타가 나지막이 중얼거렸다.

"속삭임이 또 들리네. 너도 들리니?"

"네."

"누가 내는 소리일까? 악귀? 시체?"

"뭔지 몰라도 우리를 해치지는 못해요. 하지만 여기에 어떤 기운이 있는 건 맞아요, 그것도 좋지 않은 기운이."

내가 쳐다보자 리아는 오른손을 빠르게 돌렸다. 얼른 *가자*는 뜻이었다. 나도 알아들었다. 이 귀한 햇빛을 허투루 낭비할 수는 없었다. 하지만 나는 그녀에게 뭔가를 보여 주어야 했고, 그녀는 보아야 했다. 보는 것이 이해하는 것의 첫걸음이니까. 오랫동안 부인했던 진실을 받아들이는 첫걸음이니까.

6

둥그스름한 길을 지나자 비를 맞고 잎이 축 늘어진 야자수로 에워싸인 연못이 나왔다. 해시계 정중앙에 꽂힌 우뚝한 기둥이 보였지만 그 꼭대기에 태양은 없었다. 레이더가 해시계를 타고 내려왔기 때문에 태양은 반대편으로 돌아가고 이제는 엠피스를 비추는 2개의 달이 우리를 내려다보고 있었다. 2개의 달에도 얼굴이 달렸고 눈이 움직였지만…… 둘 사이의 간격을 가늠하기라도 하는 듯 서로를 향해 움직였다. 보디치 씨가 마지막으로 남긴 A.B.가 보였다. A의 꼭대기에 달린 화살표가 바로 앞의 해시계 쪽을 가리키고 있었다.

그리고 연못.

나는 조촐한 일행을 돌아보았다.

"리아 공주님은 저랑 같이 가요. 나머지 분들은 내가 부를 때까지 여기 있어 주세요."

나는 레이더를 향해 허리를 숙였다.

"너도. 여기 가만히 있어."

아무도 질문이나 항의를 하지 않았다.

리아는 나와 나란히 걸었다. 나는 그녀를 연못 앞으로 데려가 보라고 손짓했다. 그녀는 이제 썩어서 고약한 냄새를 풍기는 물속에 누워 있는 인어의 잔해를 보았다. 엘사의 몸통에 꽂힌 창자루와 거기서 구불구불 빠져나와 물 위에 둥둥 떠 있는 내장을 보았다.

리아는 뭉개지는 신음 소리를 냈다. 아마 입이 있었다면 비명이 터져 나왔을 것이다. 그녀는 손으로 눈을 가리고 한 벤치 위로 주저앉았다. 예전에는 작은 도시나 시골에서 여행 온 엠피스 국민이 거기 앉아서 연못에서 헤엄치는 아름다운 존재를 보며 감탄하고 노래를 들었을지도 모를 일이었다. 그녀는 허벅지 위로 몸을 숙이고 계속 뭉개지는 신음소리를 냈다. 나에게는 흐느껴 우는 것보다 그 소리가 더 끔찍하고 구슬프게 느껴졌다. 나는 그녀의 등에 손을 얹었다가 상심한 마음을 소리로 완전히 표현하지 못하는 것 때문에 죽을 수도 있겠다는 생각이 들자 덜컥 겁이 났다. 사람이 재수가 없으면 삼킨 음식이 기도에 걸려서 죽을 수도 있지 않은가.

마침내 그녀는 고개를 들어서 칙칙한 회색으로 변한 엘사의 잔해를 보고 하늘을 향해 고개를 들었다. 빗물과 눈물이 보드라운 뺨을 타고 흉터로 변한 입을 지나, 뭐라도 먹으려면 통증에도 불구하고 계속 헤집을 수밖에 없는 벌건 상처 위로 흘렀다. 그녀가 회색 하늘로 주먹을 들어서 흔들었다.

나는 그 손을 가만히 잡았다. 마치 돌멩이를 쥐는 것 같았다. 마침내 그녀가 주먹을 풀고 나와 손깍지를 꼈다. 나는 그녀가 나를 볼 때까지 기다렸다.

"플라이트 킬러가 인어를 죽였어요. 자기 손으로 직접, 아니면 명령을 내려서. 인어는 아름다운데 그를 지배하고 있는 것은 아름다운 모든 것을 증오하거든요. 제왕나비, 도라처럼 예전에는 온전했던 좋은 사람들, 당신이 다스려야 할 이 땅. 그가 사랑하는 건 폭력과 고통과 살인이에요. 그가 사랑하는 건 회색이에요. 찾을 수 있을지 모르겠지만 우리가 그를 찾았을 때 내가 실패하면 공주님이 나 대신 죽여 줄래요?"

그녀는 눈물이 그렁그렁 맺힌 눈으로 미심쩍어하는 표정을 지으며 나를 계속 쳐다보다가 마침내 고개를 끄덕였다.

"그자가 엘든이라 하더라도요?"

그녀는 전처럼 격하게 고개를 젓고 손을 홱 뺐다. 죽은 인어가 누워 있는 연못에서 애절하게 떨리는 리아의 목소리가 들렸다.

"오빠가 엘사를 죽였을 리 없어. 오빠는 엘사를 사랑했어."

나는 생각했다. *흠. 그래도 싫다고는 하지 않는군.*

시간이 흘러가고 있었다. 아직 해가 지려면 몇 시간이 남아 있었지만 두 달이 엠피스의 위에서 입을 맞추지 않아도 어둠의 우물이 열릴 수 있을지 몰랐다. 두 달이 다른 곳을 지나는 동안 입을 맞추어도 똑같이 끔찍한 결과가 초래될 수 있었다. 나의 이런 짐작을 뒷받

침이라도 하는 듯 해시계의 우뚝한 기둥에 달린 벨라와 아라벨라의
눈이 좌우로 똑딱거렸다.

나는 몸을 돌려서 나머지 일행을 불렀다.

7

우리는 해시계를 빙 돌아갔지만 예외가 있었다. 레이더는 정중앙
으로 가로질러 가서 기둥 옆에 오줌을 쌌다. 에리스와 쓰러진 거인
이 연상되는 대목이었다.

바람개비 길은 널찍한 중앙의 통로로 한데 모아졌다. 그 통로의
끝에는 문이 7개 있었다. 가운데 문을 열어 보려고 했지만 잠겨 있었
다. 내가 엠피스의 *열려라 참깨*에 해당하는 갤리언의 리아의 이름으
로 열려라, 를 외치자 문이 열렸다. 거기까지는 예상했던 수순이지
만 다른 예상치 못했던 일이 하나 벌어졌다. 공주의 이름을 듣고 그
건물이 움찔하는 것 같았던 것이다. 250에서 300킬로그램에 달하는
해나가 쓰러졌을 때 쿵 하는 진동이 발을 통해 전해졌던 것처럼 나
는 그걸 보았다기보다 느꼈다.

귀가 아니라 머리에서 한데 뒤엉켜 들리던 속삭임이 갑자기 멎었
다. 내가 왕궁 전체가 깨끗해졌다고(에리스에게 쓴 단어를 빌자면 퇴마되
었다고) 믿을 만큼 어리석지는 않았지만 플라이트 킬러에게만 능력
이 있는 게 아니라는 사실이 분명해졌다. *리아가 말을 할 수 있다면
더 막강한 능력을 발휘할 수 있을 텐데.* 이런 생각이 들었지만 당연
히 그녀는 말을 할 수 없었다.

문을 열자 어마어마하게 넓은 로비가 나왔다. 트램 역처럼 원형

벽화로 장식됐지만 검은색 페인트가 끼얹어져 천장 근처를 고공비행하는 제왕나비 몇 마리 말고는 아무것도 남지 않았다. 과거의 문명이 남긴 문화 유물의 파괴를 일삼는 ISIS 광신도들이 다시금 생각났다.

로비 중앙에 빨갛게 칠한 키오스크가 있었다. 아빠와 함께 시카고 삭스 경기를 보러 시카고의 개런티드 레이트 필드를 숱하게 찾았을 때 지나친 키오스크와 별반 다르지 않았다.

"여기 어딘지 알겠다."

아이오타가 중얼거리며 손가락으로 가리켰다.

"잠깐만, 찰리. 1분만."

그는 어느 경사로를 쿵쾅거리며 달려 올라가 살펴보고 다시 내려왔다.

"관람석에 아무도 없어. 경기장도 그렇고. 모두 사라졌어. 시신들도 그렇고."

리아는 당연한 거 아니냐고 묻는 듯한 짜증 섞인 눈빛으로 그를 쳐다보고는 왼쪽으로 앞장서 갔다. 우리는 원형 통로를 따라갔다. 셔터가 내려진 여러 개의 부스는 매점일 수밖에 없었다. 레이더가 터벅터벅 옆에서 걸었다. 무슨 문제가 생기면 녀석이 먼저 알아차릴 텐데 아직까지 경계 태세를 갖추고는 있지만 침착했다. 마지막 부스 앞을 지나는 순간 나는 걸음을 멈추고 빤히 쳐다봤다. 다른 일행들도 마찬가지였다. 리아만 아무 관심도 보이지 않고 좀 더 걸어가다가 우리가 따라오지 않고 있다는 것을 알아차렸다. 그녀는 손을 다시 돌리며 얼른 *가자*고 했지만 우리는 모두 그 자리에서 얼어붙었다.

여기에는 석조 측벽 대신 길이가 아무리 못해도 10미터는 되는 둥그스름한 유리가 달려 있었다. 먼지가 꼈지만(왕궁 안의 모든 것이 그랬다) 안에 뭐가 들어 있는지 보였다. 스포트라이트 역할을 하도록 갓을 씌우고 위에 일렬로 달아놓은 가스등 불빛이 비추고 있는 그곳은 내가 보디치 씨의 금고에서 본 황금 알갱이가 잔뜩 쌓여 있는 보물 창고였다. 미국 돈으로 환산하면 수십 억 달러어치였다. 그 사이에 오팔, 진주, 에메랄드, 다이아몬드, 루비, 사파이어 같은 보석들이 아무렇지 않게 흩뿌려져 있었다. 다리를 절던 그 늙은 보석상 하인리히 씨가 보았다면 심장 마비를 일으켰을 것이다.

"맙소사."

나는 속삭였다.

에리스, 자야, 아이오타도 호기심을 보였지만 나처럼 놀라서 정신을 못 차리지는 않았다.

아이오타가 말했다.

"이런 게 있다고 얘기 들었어. 여기가 국고죠, 공주님? 엠피스 국고요."

리아는 짜증 섞인 투로 고개를 끄덕이고 얼른 가자고 손짓했다. 그녀의 생각이 옳았다. 어서 움직여야 했다. 하지만 나는 잠깐 더 머물며 그 막대한 보물을 눈에 담았다. 직접 관람한 화이트 삭스의 수많은 경기와 솔저 필드로 베어스 경기를 보러 갔던 그 특별했던 일요일이 생각났다. 양쪽 야구장 모두 유리 케이스를 씌운 기념품 진열대가 있었는데, 내가 보기에는 이것도 그 비슷했다. 경기를 보러 온 평민들은 갤리언 왕조 때는 근위대가, 최근에는 해나가 지킨 왕국의 재산을 보고 입을 떡 벌렸을 것이다. 보디치 씨가 무슨 수로 여기에 손을 댈 수 있었는지 모르겠지만 그가 허락을 받고서 또는 허락 없이 들고 간 분량은 새 발의 피였다. 말하자면 그랬다.

리아가 양손을 어깨 위로 던지며 더 세게 손을 흔들었다. 우리는
그녀를 따라갔다. 나는 마지막으로 뒤를 돌아보며 그 안으로 뛰어
들면 목까지 금에 잠기겠다는 생각을 했다. 그러자 건드리는 것마다
금으로 변해서 굶어 죽었다는 미다스 왕의 전설이 생각났다.

8

통로를 조금 더 걸어가자 딥 말린에서의 불쾌했던 기억을 자극하
는 희미한 냄새가 풍겼다. 바로 소시지 냄새였다. 우리는 열려 있는
왼쪽의 쌍여닫이문 앞으로 갔다. 그 너머는 거대한 주방이었다. 벽
돌 안에 설치된 오븐이 즐비했고 스토브가 3개, 고기를 돌려 가며 굽
는 쇠꼬챙이, 안에 들어가서 목욕을 할 수도 있을 만큼 널찍한 개수
대가 있었다. 경기가 열리는 날 관객들을 위해 음식을 준비하는 곳
이었다. 오븐은 문이 열려 있고 스토브 화구는 불이 꺼져 있고 쇠꼬
챙이는 비었지만 소시지 냄새가 희미하게 남아 있었다. *죽을 때까지
다시는 소시지를 먹지 않을 거야. 어쩌면 스테이크도.*

회색 인간 4명이 저쪽 벽에 몸을 웅크리고 있었다. 모두 퍼시와 비
슷하게 헐렁한 바지와 블라우스를 입었지만 그중에 퍼시는 없었다.
우리를 보자 그 딱한 인간들 중 한 명은 앞치마를 들어서 남아 있는
얼굴을 가렸다. 나머지 셋은 이목구비가 반쯤 지워진 얼굴로 각기 정
도가 다른 경악과 공포의 표정을 지으며 빤히 쳐다보기만 했다. 나
는 내 손을 붙잡고 그냥 데려가려는 리아를 뿌리치고 안으로 들어갔
다. 주방 담당들이 한 명씩 무릎을 꿇고 손바닥을 이마에 갖다 댔다.

"아뇨, 아뇨, 일어들 나세요."

나는 이렇게 말해 놓고, 그들이 벌떡 일어나자 살짝 당황했다.

"당신들을 해칠 생각은 없어요. 하지만 퍼시 어디 있어요? 퍼시벌 말이에요. 여기에서 근무했던 걸로 아는데."

그들은 서로 쳐다보았다가 나와 내 개와 내 옆을 우람하게 지키고 있는 아이오타에게로 차례대로 시선을 옮겼다가…… 두말하면 잔소리지만 성이라는 자기 집으로 돌아온 공주를 흘긋 훔쳐보았다. 마침내 앞치마로 얼굴을 가렸던 사람이 앞치마를 내리고 앞으로 나섰다. 그는 부들부들 떨고 있었다. 뭐라고 하는지 충분히 알아들을 수 있었기에 뭉개진 발음을 그대로 옮기지는 않겠다.

"밤의 병사들이 와서 그를 잡았어요. 그는 몸을 부르르 떨다가 기절했어요. 그들이 데려갔어요. 죽었을 것 같아요. 그들의 손에 닿으면 죽으니까요."

그건 나도 아는 바였지만 그런다고 반드시 죽는 건 아니었다. 그랬다면 나는 몇 주 전에 죽었을 것이다.

"그들이 그를 어디로 데려갔나요?"

그들은 고개를 저었지만 나는 알 것 같았다. 사령관이 퍼시(퍼시벌)를 심문하려고 했다면 그가 아직 살아 있을 수도 있었다.

한편 리아는 뭔가를 보았는지 주방 한가운데 놓인 큼지막한 아일랜드 조리대 앞으로 쌩하니 달려갔다. 그 위에 끈으로 묶인 종이 더미와 깃펜이 있었다. 깃털에는 기름이, 펜촉에는 잉크가 묻어서 거무스름했다. 그녀는 그 2개를 모두 챙겨 들고 이제 그만 가야 한다고 다급하게 손을 돌렸다. 물론 그 말이 맞았지만 내가 전에 한 번 다녀온 적 있는 방에 잠시 들러야 했다. 나는 퍼시벌에게 진 빚이 있었다.

우리 모두 마찬가지였다. 그리고 켈린 사령관에게 진 빚도 있었다.

나는 그에게 갚아야 할 것이 있었는데, 우리 모두 알다시피 복수
는 잔인해야 제맛이다.

9

주방을 지나서 조금 더 걸어가자 어마어마한 쇠 띠가 열십자로 가
로지르는 높은 문이 복도를 가로막았다. 문 위에 1미터 크기의 글
자로 적힌 팻말이 달려 있었다. 똑바로 쳐다보면 **출입 금지**라고 적
힌 것을 읽을 수 있었다. 고개를 돌려서 안타깝게도 클라에게는 없
었던 주변 시력을 동원해 곁눈질하면 한데 뒤엉킨 룬 문자로 보였지
만…… 내 동지들은 읽는 데 아무 문제가 없었을 것이다.

리아가 나를 가리켰다. 나는 문 앞으로 다가가 마법의 주문을 외
웠다. 안쪽에서 빗장이 덜컹거리며 풀렸고 문이 끼이익 소리를 내며
살짝 열렸다.

에리스가 말했다.

"말린에서도 그 방법을 써 보지 그랬어. 그럼 우리가 고생을 많이
덜 수 있었을지 모르는데."

나는 그럴 생각을 해 보질 못했다고 대답할 수도 있었고 사실 그
렇긴 했지만 그게 다는 아니었다.

"그때는 내가 왕자가 아니었어요. 그때는 아직……."

"아직 뭐?"

자야가 물었다.

아직 변신이 끝나지 않았지. 딥 말린이 내 고치였어.

다행히 설명을 마칠 필요가 없었다. 리아가 한 손으로 나를 부르더니 다른 손으로 넝마가 된 내 티셔츠를 잡아당겼다. 물론 그녀의 말이 맞았다. 우리는 대재앙을 막으러 나선 길이었다.

문을 열자 훨씬 넓은 복도가 등장했다. 으리으리한 왕가의 결혼식과 무도회에서부터 사냥하는 장면, 산과 호수의 풍경에 이르기까지 모든 것이 담긴 태피스트리가 걸려 있었다. 그중에서도 가장 인상적인 태피스트리는 범선이 거대한 바닷속 갑각류의 집게발에 붙들린 작품이었다. 800미터쯤 걸어가자 높이가 3미터에 달하는 쌍여닫이문이 등장했다. 한쪽 문에는 빨간색 가운으로 목에서부터 발끝까지 덮은 노인의 깃발이 달려 있었다. 머리에는 플라이트 킬러가 썼던 왕관을 쓰고 있었다. 틀림없이 그 왕관이었다. 다른 쪽 문에는 훨씬 젊은 여자의 깃발이 걸려 있는데, 그녀 역시 곱슬곱슬한 금발 위에 왕관을 쓰고 있었다.

"잰 폐하와 코바 왕비님이셔."

자야가 경이로워하는 목소리로 조용히 말했다.

"우리 엄마 베개에 두 분의 얼굴이 있었는데. 우리는 그 위에 눕기는커녕 건드리지도 못하게 하셨지."

여기에서는 내가 리아의 이름을 외칠 필요도 없었다. 그녀가 손을 대기만 해도 안에서 문이 열렸다. 우리는 널찍한 발코니로 나섰다. 아래편 공간은 넓은 것 같았지만 하도 어두컴컴해서 확실하지는 않았다. 리아가 왼쪽으로 게걸음 쳐서 그림자 속으로 거의 완전히 몸을 숨겼다. 희미하게 끽끽대는 소리에 이어 가스 냄새가 났고 우리 위쪽과 주변 어둠 속에서 나지막한 쉿소리가 들렸다. 잠시 후 처음에는 하나씩, 그다음에는 두 개, 세 개씩 가스등이 환하게 불을 밝혔다. 이 거대한 공간을 뱅 두른 가스등이 100개도 넘는 것 같았다. 가지가 많은 엄청나게 커다란 샹들리에도 불이 들어왔다. *거대하고 으리으리하고 엄청나다*는 단어를 남발하고 있다는 것을 나도 안다. 하지만 모든 *게* 그랬다. 조만간 폐소공포증 환자에게는 악몽과도 같은 사건이 벌어지겠지만.

리아가 바퀴 모양의 조그만 밸브를 돌리고 있었다. 가스등 불빛이 더 환해졌다. 그 발코니는 사실상 등받이가 높은 의자들이 일렬로 놓인 관람석이었다. 아래로 보이는 동그란 공간은 바닥에 밝은 빨간색 판석이 깔려 있었다. 그 한복판의 연단 비슷한 곳에 왕좌가 2개 놓여 있는데, 한쪽이 다른 쪽보다 조금 컸다. 그 주변에 의자(발코니 의자보다 훨씬 고급스러웠다)와 2인용 소파처럼 생긴 긴 의자가 군데군데 놓여 있었다.

그리고 악취가 코를 찔렀다. 냄새가 어찌나 진하고 고약한지 거의 육안으로 볼 수 있을 것만도 같았다. 여기저기에 썩은 음식이 쌓여 있고 어떤 곳에서는 구더기가 득시글거렸지만 그게 다가 아니었다. 판석 위에, 그리고 두 왕좌 위에는 더욱 큼지막하게 똥이 쌓여 있었다. 벽 위에 뿌려진 핏자국은 이제 적갈색으로 말라붙었다. 샹들리에 아래에 머리가 사라진 시신이 2구 누워 있었다. 샹들리에 양쪽에는 마치 균형을 유지하려는 듯 세월이 지나 얼굴이 뒤틀리고 쭈글쭈글해진(거의 미라가 된) 시신이 2구 매달려 있었다. 목이 섬뜩하리만치 길게 늘어났지만 머리와 분리되지는 않았다. 끔찍한 집단 살인 현장을 목도하는 느낌이었다.

아이오타가 쉰 목소리로 조그맣게 속삭였다.

"여기서 무슨 일이 벌어진 걸까? 도대체 무슨 일이 벌어진 거지?"

공주가 내 팔을 톡톡 두드렸다. 입이 사라진 얼굴이 피곤한 동시에 슬퍼 보였다. 그녀는 주방에서 들고 나온 종이 중 한 장을 내밀고 있었다. 한쪽 면에는 누군가가 읽기 힘든 꼬불꼬불한 글씨체로 복잡한 레시피를 적어 놓았다. 다른 쪽 면에 리아가 또박또박 이렇게 적어 놓았다. *여기가 우리 아버지와 어머니의 알현실이었어.* 그러고는 샹들리에에 매달린 미라 중 한쪽을 가리키고는 이렇게 적었다. *러덤인 것 같아. 우리 아버지 밑에서 수상으로 일했던.*

나는 한팔로 그녀의 어깨를 감싸 안았다. 그녀는 내 팔에 잠깐 머리를 기댔다가 다시 뗐다.

"그들을 죽이는 걸로는 부족했던 거예요? 여길 훼손해야만 했던 거예요?"

리아는 지친 표정으로 고개를 끄덕이고는 나를 지나 계단을 가리켰다. 계단을 내려가자 그녀가 이번에는 높이가 최소 10미터에 달하는 쌍여닫이문으로 앞장섰다. 해나도 고개를 숙이지 않고 지나갈 수 있을 만큼 높은 문이었다.

리아가 아이오타에게 손짓했다. 그가 문 위에 손을 얹고 앞으로 체중을 싣자 보이지 않는 레일을 따라 문이 열렸다. 문이 열리는 동안 리아는 한때는 어머니와 아버지가 앉아서 백성들의 요청에 귀를 기울였지만 이제는 똥덩어리가 놓인 왕좌를 마주 보았다. 한쪽 무릎을 꿇고 손바닥을 이마에 갖다 댔다. 지저분한 빨간색 판석 위로 눈물이 떨어졌다.

고요하게, 고요하게.

10

알현실 옆방은 노트르담 대성당의 신도석도 빛을 잃을 만큼 으리으리했다. 우리 다섯 명이 대형을 이루어 행진하자 발소리가 울려 퍼졌다. 그리고 악의로 가득한, 예의 한데 뒤엉킨 속삭임도 다시 들리기 시작했다.

우리 위로 우뚝 솟은 3개의 첨탑은 어슴푸레하게 반짝이던 초록색이 새까만 흑단 색으로 짙어져 거대한 수직 터널 같았다. 우리가 밟고 걸어가는 바닥은 수십만 개의 조그만 타일로 덮여 있었다. 예전에는 거대한 제왕나비 무늬였는지, 타일을 뜯어 없애 버렸는데도 형태가 남아 있었다. 중앙의 첨탑 아래에 황금색 승강대가 있었다. 중앙에 매달린 은색 케이블이 어둠 속으로 솟구쳤다. 옆면에 커다란 바퀴가 툭 튀어나오게 달린 받침 기둥이 그 옆에 있었다. 리아가 아이오타에게 손짓하고 그 바퀴를 가리키며 돌리는 흉내를 냈다.

아이가 다가가 손바닥에 침을 뱉고 바퀴를 돌리기 시작했다. 기운이 장사라 제법 오랫동안 지친 기색 없이 계속 돌렸다. 한참 만에 그가 뒤로 물러나자 내가 배턴을 넘겨받았다. 바퀴가 꾸준히 돌아가기는 했지만 힘에 부쳤다. 10분 정도 지나자 끈적끈적한 접착제를 헤치며 그 망할 것을 돌리고 있는 것처럼 느껴졌다. 누군가가 내 어깨를 두드렸다. 에리스가 배턴을 넘겨받았다. 그녀는 가까스로 한 바퀴를 돌렸고 그다음은 자야의 차례였다. 그녀의 시도는 시늉에 불과했지만 그래도 팀에 조금이나마 기여를 하고자 했다. 안 될 것도 없었다.

"지금 우리 뭐하는 거예요?"

나는 리아에게 물었다. 황금색 승강대가 중앙의 첨탑 위로 올라가는 엘리베이터인 게 분명한데 꼼짝하지 않았다.

"그리고 플라이트 킬러는 지하로 내려갔을 텐데, 우리가 왜 이러고 있어요?"

허공에서 거의 단어에 가까운, 꺽꺽대는 소리가 들렸다. *해야 하니까,* 인 것 같았다. 리아는 이제는 복화술로 말을 하기가 너무 힘든지, 목에 두 손을 얹고 고개를 저었다. 그러고는 자야의 등에 대고 레시피 종이에 다시 뭐라고 끼적였다. 그녀가 글을 다 썼을 무렵에는 깃펜의 잉크가 거의 남아 있지 않았지만 그래도 뭐라고 썼는지 알 수 있었다.

내려가려면 올라가야 해. 나를 믿어 봐.

달리 선택의 여지가 없었다.

29장.

엘리베이터. 나선형 계단. 제프. 사령관.
"엠피스의 여왕은 본분을 다할 거야."

1

다시 아이오타가 배턴을 넘겨받았다. 이제는 바퀴가 너무 뻑뻑해서 아이오타도 끙끙대야 간신히 4분의 1바퀴씩 돌릴 수 있었다. 바퀴가 대여섯 번 움직이긴 했지만 막판에는 겨우 십몇 센티미터였다. 그때 머리 위 어딘가에서 나지막한 차임벨 소리가 들리더니 메아리치며 사라졌다. 리아가 아이에게 뒤로 물러나라고 손짓했다. 그녀는 승강대와 우리를 차례대로 가리킨 다음 두 팔을 들어 포옹하는 흉내를 냈다.

내가 물었다.

"우리 다요? 지금 그 뜻이에요? 바짝 붙어서 저 위에 올라타라고요?"

리아는 고개를 끄덕이고, 목을 움켜쥐며 마지막으로 목소리를 쥐어짰다. 고통의 눈물이 그녀의 뺨을 타고 흘러내렸다. 그녀의 목 안에 가시철사가 들어 있다는 상상은 하고 싶지 않았지만 어쩔 수가 없었다.

"개. 가운데. 얼른."

인간들이 먼저 올라탔다. 레이더는 불안한 표정으로 쭈그리고 앉아서 머뭇거렸다. 우리의 체중이 실리자마자 승강대가 올라가기 시작했다.

나는 고함을 질렀다.

"레이더! 점프, 점프!"

그 잠깐의 시간 동안 레이더 혼자 남겨지는 것 아닌가 생각이 들었다. 하지만 녀석이 궁둥이에 단단히 힘을 주더니 펄쩍 뛰어올랐다. 목줄은 오래전에 없어졌지만 목걸이를 아직까지 하고 있었다. 아이오타가 그 목걸이를 잡고 레이더를 끌어 올렸다. 우리는 이리저리 몸을 움직여 한가운데에 녀석의 자리를 마련했다. 녀석은 앉아서 나를 올려다보며 낑낑거렸다. 나는 녀석의 심정을 알 수 있었다. 우리는 서로 몸을 딱 붙이고 서 있는데도 여유 공간이 거의 없었다.

바닥이 멀어졌다. 2미터에서는 점프해도 다치지 않을 수 있었다. 4미터에서는 점프해도 목숨을 부지할 수 있었다. 그러다 6미터가 되자 모두 다 부질없게 됐다는 생각이 들었다.

한쪽 가장자리에 선 아이는 발가락이 밖으로 삐져나갔다. 다른 쪽 가장자리에 선 나도 발의 최소 4분의 1이 밖으로 걸쳐져 있었다. 에리스, 자야, 리아가 레이더를 에워싸고 옹기종기 모여 있는데, 녀석은 사실상 리아의 다리 사이에 앉아 있었다. 이제 바닥까지 20미터였다. 공기 중에 먼지가 떠다녔지만 재채기를 했다가는 굴러떨어질 수도 있었다. 예언 속의 왕자님이 굴러떨어지면 이 얼마나 불명예스러운 죽음일까.

소곤대는 목소리들이 한데 뒤엉켰다. *너희 아버지의 뇌가 자기 자*

신을 갉아먹고 있어. 이런 속삭임이 또렷하게 들렸다.

자야가 휘청거리며 눈을 감았다.

"나는 높은 데 싫어. 어렸을 때부터 헛간 다락도 싫어했어. 아, 못 견디겠어. 나 내릴래."

그녀가 몸부림치며 팔을 들어 에리스를 밀치자 에리스가 아이오타와 부딪쳐 하마터면 그를 떨어뜨릴 뻔했다. 레이더가 한 번 짖었다. 녀석이 겁에 질려서 난동을 부리기 시작하면 리아가 아래로 떨어질 것이다. 나도 그렇고.

아이오타가 으르렁거렸다.

"저 여자 좀 잡아 줘, 에리스. 꼼짝 못 하게 해. 이러다 우리 전부 떨어져 죽겠어."

에리스가 레이더를 지나 엉거주춤하게 무릎을 구부린 리아 위로 팔을 뻗어서 자야를 감싸 안았다.

"눈 감아. 눈 감고 이게 다 꿈인 척해."

자야는 눈을 감고 에리스의 목을 끌어안았다.

위는 공기가 더 차가웠고 온몸이 땀범벅인 나는 오한이 나기 시작했다. *멀미 나지?* 이런 속삭임이 아주 얇은 스카프처럼 한들한들 나를 스치고 지나갔다. *멀미 나서 휘청하고, 휘청해서 떨어지고.*

아래로 보이는 돌바닥이 이제는 어둠 속의 조그만 정사각형에 불과했다. 바람이 불자 어떨 때는 첨탑의 석조 부분이, 또 어떨 때는 유리 부분이 삐걱거렸다.

멀미 나지? 여기저기서 속삭였다. *멀미 나서 휘청하고, 휘청해서 떨어지고. 분명히 그럴 거야.*

우리는 계속 올라갔다. 플라이트 킬러가 저 아래 어딘가에 있는데 이러고 있다니 미친 짓 같았지만 이제는 엎질러진 물이었다. 리아가 뭘 제대로 알고 일을 벌이는 것이길 바라는 수밖에 없었다.

돌을 깎아서 만든 굵은 버팀대(먼지가 몇 센티미터 쌓여 있었다) 사이를 지나자 이제는 양옆이 초록색 유리였다. 검은 형체들이 그 안에서 꾸불꾸불 한데 뒤엉켰다. 양옆의 간격이 점점 좁아졌다.

그러다 승강대가 갑자기 멈췄다.

위에서 첨탑이 어둠 속으로 점점 오므라들었다. 그 어둠 속에서 승강장 비슷한 것이 어렴풋이 보였지만 멈춰 선 승강대에서 거기까지는 최소 10미터였고, 우리는 지금 당장이라도 뛰쳐나갈 태세를 갖춘 내 개를 가운데 두고 다닥다닥 붙어 서 있었다. 우리 아래는 까마득한 허공이었다.

에리스가 물었다.

"무슨 일이지? 왜 멈춰 섰을까?"

목소리가 겁에 질려서 가늘었다. 자야가 그녀의 품 안에서 움찔거리다가 아이오타와 다시 부딪쳤다. 아이오타는 팔을 미친 듯이 내저으며 균형을 잡았다.

그가 으르렁거렸다.

"어떻게 하면 여기서 내릴 수 있겠는지를 고민하는 편이 낫지 않을까? 이야말로 뭣되기 직전인 상황인데."

리아는 은색 케이블을 따라 시선을 옮기며 불안한 표정으로 위를 올려다보았다.

"이런 식으로 이야기를 끝내는 건 정말 아니잖아. 소처럼 다닥다닥 붙어서 120미터 허공에 떠 있다니."

아이는 이렇게 말하고 웃음을 터뜨렸다.

나는 *갤리언의 리아의 이름으로 올라가라*, 라고 외쳐 볼까 고민했다. 황당한 발상이라는 건 알았지만 그래도 외쳐 보려고 했을 때 승강대가 다시 갑자기 움직이기 시작했다. 이번에는 내가 아래로 떨어지지 않으려고 팔을 내저었다. 그러거나 말거나 떨어졌을 텐데, 리아가 내 목을 붙잡았다. 손아귀 힘이 어찌나 센지 잠깐 숨이 턱 막혔지만 이런 상황에서 투덜대는 것은 막 나가자는 거나 다름없었다.

레이더가 끙끙대며 몸을 일으키자 우리는 일제히 휘청거렸다. 승강대가 점점 줄어드는 것처럼 느껴졌다. 첨탑의 둥그스름한 벽면이 이제는 손을 내밀면 닿을 수 있을 만큼 가까워졌다. 나는 점점 다가오는 승강장을 보며 엘리베이터가 다시 멈추거나 추락하기 전에 거기 도착할 수 있길 빌었다.

걱정했던 일은 벌어지지 않았다. 승강대가 가볍게 쿵 하며 승강장 앞에서 멈추어 섰고 다시 차임벨이 울리자(이 위에서는 소리가 더 컸다) 레이더가 잽싸게 내리느라 궁둥이로 리아를 세게 들이받았다. 리아가 에리스와 자야와 부딪쳤고 그들의 몸이 어둠 속으로 쏠렸다. 나는 한 손으로는 리아를, 다른 손으로는 자야를 떠밀었다. 아이오타가 에리스를 뒤에서 밀었고 우리는 좁은 차에서 쏟아져 나오는 서커스 쇼의 피에로처럼 서로 겹쳐지며 승강장 위로 우당탕탕 쓰러졌다. 아이오타가 웃음을 터뜨렸다. 나도 덩달아 웃었다. 에리스와 자야도 웃음을 터뜨렸지만 자야는 울고 있기도 했다. 한참 동안 서로 요란하게 끌어안았다.

리아가 레이더의 등에 얼굴을 묻고 한 손을 내밀었다. 나는 그 손을 잡고 꾹 눌렀다. 그녀도 따라서 꾹 눌렀다.

아이오타가 말했다.

"궁금한 게 있는데. 여기는 도대체 어디고, 우리가 여기에 온 이유가 도대체 뭐냐는 거."

나는 리아를 가리키며 어깨를 으쓱했다. *나는 몰라요, 리아가 알지.*

2

승강장은 작고 난간이 없었지만 일렬로 설 수 있었다. 순금으로 된 가로세로 2미터짜리 승강대에 다닥다닥 붙어 있는 것보다는 훨씬 안전했다. 그런데 그 승강대가 이제 우리만 여기 남겨 두고 바닥으로 다시 내려가기 시작했다.

리아가 오른쪽을 가리켰다. 선두인 아이오타부터 발 아래의 어둠과 하강 중인 엘리베이터를 내려다보며 그쪽으로 게걸음을 옮기기 시작했다. 나머지 우리도 따라갔다. 자야는 첨탑의 반대편에 결연하게 시선을 고정했다. 우리는 종이 인형처럼 서로 손을 잡고 있었다. 한 명이 중심을 잃으면 모두 떨어질 수 있으니 현명한 판단이 아닐 수 있었지만 그래도 개의치 않았다.

승강장 끝에 야트막한 아치가 있었다. 아이오타는 에리스의 손을 놓고 허리를 숙여서 오리걸음으로 지나갔다. 그다음에는 레이더가, 그다음에는 자야와 리아가 따라갔다. 나는 맨 마지막으로 따라가며 바닥으로 내려가고 있는 승강대를 마지막으로 흘끗 확인했다. 이제는 거의 보이지도 않았다.

아치를 지나자 둥그스름하고 좁은 통로가 다시 등장했고 그 너머는 다시 깊은 구멍이었다. 우리는 가운데 첨탑의 거의 꼭대기까지 올라와서 이제 오른쪽 첨탑의 꼭대기로 건너왔다. 리아가 이 조촐한 행렬의 선두로 나섰다. 우리 각자가 지나가는 그녀의 허리춤을 잡아주었다. 그녀의 콧구멍에서 가쁜 숨소리가 들렸다. 그런 식으로 말을 하려면 얼마나 힘이 드는지, 그녀가 마지막으로 뭐라도 먹은 게 언제였을지 궁금해졌다. 이제 그녀는 오로지 배짱 하나만으로 버텨야 했는데…… 따지고 보면 우리 모두 마찬가지였다.

"따라오길 잘했다 싶죠?"

나는 이 두 번째 첨탑의 꼭대기를 주춤주춤 이동하며 자야에게 조그맣게 속삭였다.

"입 닥치세요, 왕자님."

자야도 소곤소곤 맞받아쳤다.

통로가 끝나는 곳에서 다시 아치가 등장하는데, 이번에는 높이가 1.5미터 밖에 안 되는 나무 문이 달려 있었다. 마법의 주문을 외울 필요가 없었다. 리아가 꼭대기에 달린 빗장을 풀고 두 손으로 이중 걸쇠를 해제했다. 전에도 여기까지 올라온 적이 있는 게 분명했다. 형제들 중에서 제일 어렸고 대체로 방치됐던 그녀와 엘든이 30만에서 40만 제곱미터에 달하는 왕궁 곳곳을 누비며 오래된 비밀을 캐어내고, 목숨을 걸고서 엘리베이터에 올라타고(그 바퀴는 둘이 무슨 수로 돌렸을까?), 어딘지 모를 수많은 위험한 곳을 찾아다니는 광경이 눈앞에 선했다. 그러다 죽지 않은 게 놀라울 정도였다. 결론적으로 엘든이 죽었다면 우리 모두를 위해 훨씬 좋았겠지만.

문을 열자 밖에서 부는 바람 소리가 들렸다. 그 나지막한 신음 소리에 해나가 죽은 자기 딸을 안고 냈던 소리가 생각났다. 문 너머의 통로는 한 번에 한 사람씩만(조그맣고 호기심 많은 어린애 둘은 몸을 바짝 붙이면 나란히) 지나갈 수 있을 너비였다.

리아가 앞장섰다. 나도 따라나서 보니 우리가 있는 곳이 지면까지 연결돼 있는 듯한 좁은 원통의 꼭대기였다. 왼쪽은 깎은 돌을 쌓아서 만든 벽이었다. 오른쪽은 그 시커먼 모세혈관 같은 것이 위로 꾸물꾸물 피어오르는, 둥그스름한 초록색 유리였다. 유리는 두툼하고 색이 짙었지만 유리를 통과한 햇빛으로 아래를 볼 수 있었다. 좁은 계단이 급커브를 그리며 빙글빙글 이어졌다. 난간은 없었다. 나는 팔을 뻗어 손끝으로 유리를 건드렸다. 그러자 놀라운 현상이 벌어졌다. 그 시커먼 덩굴들이 구름처럼 한데 모여 내 손끝을 향해 다가왔다. 내가 얼른 손을 떼자 시커먼 실들은 다시 느릿느릿하게 부유했다.

하지만 저것들은 우리를 보거나 느끼고 있어. 그리고 굶주려 있고.

나는 다른 일행에게 말했다.

"유리 벽 건드리지 마세요. 저것들이 벽을 통과할 수 있을 것 같지는 않지만 긁어 부스럼 만들 필요는 없으니까요."

"부스럼이 뭔데?"

자야가 물었다.

"아무것도 아니에요. 그냥 유리 벽 건드리지 마세요."

대여섯 걸음 앞서가던 리아가 홈런 수신호를 보내는 주심처럼 다시 손을 뱅글뱅글 돌렸다.

우리는 계단을 내려가기 시작했다.

3

계단이 엘리베이터보다 덜 무섭긴 했지만 그래도 위험하긴 마찬가지였다. 가팔랐고 계속 빙글빙글 돌아가다 보니 (레이더는 예외일 수도 있겠지만) 머리가 어지러웠다. 그 나선의 한복판을 내려다보는 건 어리석은 선택이었다. 그러면 현기증이 더 심해졌다. 리아와 내 뒤를 레이더, 아이오타, 자야가 따라왔다. 에리스가 맨 마지막이었다.

계단을 100개쯤 내려가자 야트막한 문이 또 나왔다. 리아는 그 앞을 그대로 지나갔지만 나는 호기심이 생겼다. 길쭉한 방 안을 들여다보니 먼지투성이에 퀴퀴한 냄새를 풍겼고, 어둑어둑한 형체들로 가득한데 그중 일부는 시트로 덮여 있었다. 거대한 다락인가 보다는 생각이 들자 처음에는 신기했지만 왕궁마다 이런 게 하나씩 있을 거라는 생각이 들었다. 동화책에서는 굳이 소개하지 않을 뿐.

좀 더 내려가자(유리 벽은 점점 두꺼워졌고 빛은 점점 침침해졌다) 문이 다시 하나 나왔다. 그 문을 열어 보니 펄럭이는 가스등 몇 개로 불을 밝힌 복도가 보였다. 꺼져 있는 가스등이 더 많았다. 쭈글쭈글한 태피스트리가 먼지를 뒤집어쓴 채 바닥에 방치돼 있었다.

"리아, 잠깐만요."

그녀가 나를 돌아보며 손바닥을 들어 보였다.

"내려가면 계속 문이 나와요? 왕궁의 여러 곳으로 들어가는? 아마도 생활하는 공간으로?"

그녀는 고개를 끄덕이고, 얼른 가자는 뜻에서 다시 손목을 돌렸다.

"잠깐만요. 가스등이 아니라 전깃불을 쓰는 방이 어딘지 알아요?"

내 입에서 실제로 나온 말은 *전깃불을 쓰는 공간이 어딘지 알아요,* 였던 것 같다. 하지만 그녀가 어리둥절한 표정을 지은 이유는 그것 때문이 아니었다. 자야가 부스럼을 몰랐던 것처럼 그녀는 *전깃불*이 뭔지 몰랐던 것이다.

"마법의 등이요."

설명하자 그녀는 알아들었다. 손가락을 3개 올렸다가 고민하고는 1개를 더 올렸다.

자야가 물었다.

"우리 왜 안 가고 이러고 있어? 얼른 *내려가고* 싶은데."

"있어 봐. 나는 찰리가 무슨 생각을 하는지 알겠어. 아니, 알 것 같아."

나는 보디치 씨가 그 마법의 등과 거기에 전력을 공급하는 발전기를 설치했느냐고 리아에게 물어볼까 했지만 답을 이미 알고 있었다. *겁쟁이는 선물만 가져다주고 그만이지만.* 하지만 발전기가 구닥다리였던 걸 보면 오래전에, 그가 하워드가 아니라 에이드리언이었던 시절에 설치한 것일 수 있었다.

노예들이 전기를 대는 방 중에 지금은 고인이 된 왕과 왕비의 거처가 있겠지만 거긴 내 관심사가 아니었다.

리아는 급격하게 꺾이는 나선형 계단을 그냥 가리키는 게 아니라 그쪽을 손가락으로 계속 찔렀다. 그녀가 생각하는 건 딱 2개뿐이었다. 플라이트 킬러가 어둠의 우물을 열기 전에 그를 찾아내는 것, 그리고 그 왕위 찬탈자가 자기 오빠가 아님을 확인하는 것. 나도 그녀 못지않게 거기에 관심이 많았지만 다른 관심사가 하나 더 있었다. 내게는 우리를 자진해서 따라나선 아이오타와 두 여자와 함께 딥 말린이라는 그 지옥에서 보낸 시간이 있었다.

"서두르지 말고 내 말 좀 들어 봐요, 리아. 마법의 등이 설치된 방 중에 파란색 길쭉한 벨벳 소파가 놓인 곳 기억나요?"

그녀는 전혀 모르는 눈치였지만 내가 다른 것을 기억해 냈다.

"그럼 타일이 깔린 테이블은요? 타일이 춤을 추는 것처럼 보이는 유니콘 무늬인데. 기억나요?"

그녀는 눈을 휘둥그레 뜨며 고개를 끄덕였다.

"이 계단을 내려가다 보면 그쪽 구역으로 들어가는 문이 있어요?"

그녀는 한쪽에는 칼을, 다른 쪽에는 단검을 찬 허리춤에 손을 얹고 화가 난 표정으로 나를 보았다. 손가락으로 아래쪽을 찔렀다.

나는 말린에서 익힌 말투를 썼다.

"아뇨, 아뇨, 공주님. 여기서 거기로 들어갈 방법이 있어요? 대답해요!"

그녀는 마지못한 듯 고개를 끄덕였다.

"그럼 거기로 우리를 데려다줘요. 해가 지려면 아직 멀었고……."

나는 어쩌면 일몰 *시각까지*, 라고 했을 수도 있다.

"……공주님의 일 말고도 처리해야 하는 다른 일이 있거든요."

"무슨 일?"

뒤에서 자야가 물었다.

"거기 가면 사령관을 찾을 수 있을 것 같아서요."

에리스가 말했다.

"그럼 가야지. 묻고 싶은 게 한두 가지가 아닌데."

두말하면 염병할 입만 아프지.

4

우리는 계단을 내려가며 문을 3개 더 지나쳤다. 켈린의 아늑한 보금자리(*전기가 들어오는 아늑한 보금자리*)를 그냥 건너뛰려나 보다는 의심이 들기 시작했을 때 리아가 어떤 문 앞에서 걸음을 멈추고 문을 열었다가 화들짝 놀라며 뒤로 한 발 물러섰다. 나는 한 손으로 그녀를 진정시키고 다른 손으로는 보디치 씨의 45구경을 꺼냈다. 내가 그 안에 뭐가 있는지 아직 보지도 못했을 때 레이더가 꼬리를 흔들며 옆을 쌩하니 지나갔다. 리아는 이마에 손바닥을 갖다 댔다. 경례를 하는 것이 아니라 골치 아픈 일이 사라질 줄 모른다는 데 심란해진 여자의 제스처였다.

복도에, 스윙 도어가 열리면 맞아서 뒤로 벌러덩 쓰러질 만한 지점에 스냅이 웅크리고 있었다. 레이더가 꼬리를 흔들며 녀석의 더듬이 사이에 코를 대고 킁킁거렸다. 그러다 배를 납작 대고 엎드리자 스냅이 등 위에 홀짝 올라탔다.

아이오타가 넋이 빠진 표정으로 내 어깨 너머를 보았다.

"참 잘 돌아다니네, 스냅 경. 우리가 어디 있는지 어떻게 알아냈어?"

그건 내가 답을 알 것 같았다. 클로디아는 스냅이 하는 말을 머리로 들을 수가 있는데, 그 능력이 양쪽 모두에게 적용될지 몰랐다. 그렇다면 스냅이 일종의 텔레파시 GPS 같은 것으로 우리를 추적하고 있었을지 모른다. 황당한 발상일지 모르지만 그 비슷한 능력을 갖춘 인어보다 더 황당할까? 젊음을 되찾아 주는 해시계보다 더 황당할까?

에리스가 물었다.

"저게 왜 여기 있어? 우리를 안내하려고?"

그렇다면 괜한 수고였다. 애런은 다른 길로 데려왔지만 나는 여기가 어딘지 알았다. 고급스러운 유리 등피가 가스등을 감싸고 있는 그 넓은 복도였다. 태피스트리도 같았고 대리석상들도 같았다. 크툴루를 생각나게 했던 석상은 바닥으로 떨어져 두 동강이 났는데……내가 보기에 뭐 그리 아깝지는 않았다.

나는 무릎 위에 손을 얹고 스냅과 얼굴이 거의 맞닿을 정도로 허리를 숙였다. 녀석은 레이더의 목덜미 위에서 당당하게 나를 마주보았다.

"왜 여기 있어? 우리를 기다리고 있었어? 무슨 일로?"

클로디아가 머릿속을 비워야 한다는 둥 한 말이 있었다. 나는 머릿속을 비우려고 했고 당시 상황과 시간적인 압박에도 불구하고 제법 잘했다고 보는데, 스냅이 텔레파시로 메시지를 보냈다 한들 나와 주파수가 겹치지는 않았다.

하지만 주파수와 겹친 다른 사람이 있었다.

자야가 말했다.

"찰리 왕자, 스냅이 잘됐으면 좋겠다고, 성공하길 바란대."

나는 그녀가 없는 말을 지어냈다고 생각하지는 않았지만 하도 듣고 싶어 하다 보니 없는 소리가 들리는 것일지 모른다고 생각했다. 하지만 그녀가 이어서 한 말을 듣고 내 생각이 바뀌었다.

귀를 쫑긋 세우고 있던 아이오타가 심하게 구멍이 뚫린 치열을 드러내며 서서히 함박웃음을 지었다.

"진짜? 환장하겠네!"

(그가 이렇게 말한 게 아니라 내 귀에 그렇게 들렸다.)

"이 일은 내가 맡을게, 찰리. 그래도 되지? 너보다 훨씬 오랜 세월 동안 딥 말린에 갇혀 지냈던 사람의 부탁이니까 들어주라."

나는 그에게 허락을 내렸다. 그걸 무를 수만 있다면 무르고 45구경을 쓰겠지만 나는 몰랐다. 스냅도 몰랐다. 알았더라면 자야에게 얘기했을 것이다. 그 생각을 하면 마음을 달래는 데 도움이 되지만 충분하지는 않다. 세상 역사를 통틀어, 온 *세상* 역사를 통틀어 몰랐다는 것으로 만회가 되는 실수는 없다.

5

촉수 달린 끔찍한 석상이 서 있던 받침대 뒤편의 벽판에 제법 커다란 구멍이 뚫려 있었다. 딥 말린의 불량 가스등을 떠올리게 하는 구멍이었다. 벽 뒤편의 빈 공간에서 구슬픈 소리와 함께 찬바람이 흘러나왔고 고약한 냄새가 풍겼다.

"우리 조그만 나리께서 저기로 빠져나오셨네. 두말하면 잔소리지."

아이오타가 말했다. 그가 앞장서기 시작했고 리아가 그의 뒤를 바짝 따랐다. 내가 옆에서 같이 걸으려고 했지만 그녀는 내 쪽을 한 번 쳐다보지도 않고 앞으로 나섰다. 레이더가 스냅을 태우고 그녀의 자리를 대신 차지했다. 자야와 에리스가 맨 뒤에서 따라왔다. 나도 기억하는 금테 거울을 지나 마침내 사령관의 거처로 들어가는 마호가니 문 앞에 다다랐다. 전력이 공급되는 몇 안 되는 곳인 걸 보면 잰 왕의 수상이었다는 러덤의 방이었을 것도 같지만 확실하지는 않았다.

리아는 단검을, 나는 45구경을 꺼냈지만 우리 둘 다 아이오타의 앞으로 나서지는 않았다. 그는 자야를 보고 입 모양으로 말했다. *문 뒤라고 했지?*

그녀는 고개를 끄덕였다. 아이오타는 큼지막하고 지저분한 손마디로 문을 두드렸다.

"아무도 안 계세요? 들어가도 될까요?"

그는 대답을 기다리지 않고 문고리(당연히 금이었다)를 돌리고는 어깨로 문을 밀쳤다. 문이 획 열렸고 그 뒤에서 끙 하는 소리가 들렸다. 아이오타는 문고리를 잡아당겼다가 문을 다시 벽에 대고 쾅 부딪쳤다. 다시 끙 하는 소리가 들렸다. 세 번…… 네 번…… 끙 하는 소리가 멈췄고…… 그리고 다섯 번. 레이더가 계속 짖었다. 아이가 문을 다시 잡아당기자 문 뒤에 서 있던 남자가 현관 바닥에 깔린 두툼한 빨간색 카펫 위로 털썩 쓰러졌다. 이마, 코, 입에서 피가 났다. 한 손에는 긴 칼을 들고 있었다. 그가 우리 쪽으로 고개를 돌리자 VIP석에서 본 사람이라는 것을 알 수 있었다. 뺨에 흉터가 있고 페트라에게 뭐라고 속삭이던 남자였다. 그가 칼을 들고 마구 휘둘러 털이 수북한 아이오타의 정강이를 얕게 베었다.

"아냐, 아냐, 그러면 안 되지, 꼬맹아."

아이는 흉터가 있는 남자의 손목에 올라가 그가 손을 펴고 칼을 카펫 위로 떨어뜨릴 때까지 체중을 실어서 밟았다. 나는 칼을 집어서 권총집과 반대편 방향으로 보디치 씨의 징이 박힌 벨트에 꽂았다.

리아가 흉터 있는 남자 옆에 무릎을 꿇고 앉았다. 그는 그녀를 알아보고 미소를 지었다. 찢어진 입술에서 피가 스며 나왔다.

"리아 공주님! 저 제프입니다. 공주님이 팔을 베었을 때 제가 붕대를 감아 드렸는데…… 기억하시나요?"

그녀는 고개를 끄덕였다.

"그리고 공주님의 조랑말 마차가 진흙 구덩이에 빠졌을 때 밀어 드린 적도 있고요. 그때 세 명이 있었는데 제가 공주님을 워낙 사랑했기 때문에 제일 열심히 밀었죠. 그것도 기억하시나요?"

그녀는 다시 고개를 끄덕였다.

"저는 이 일에 자의로 가담한 게 아닙니다, 공주님. 진짜예요. 옛정을 생각해서 놓아주시겠습니까? 공주님은 어렸고 릴리마르는 평탄했던 그 시절을 생각해서?"

그녀는 놓아주겠다며 고개를 끄덕이고는 자신을 올려다보고 있던 그의 눈에 단검을 자루가 닿는 곳까지 꽂았다.

6

오늘은 그 방에 전깃불이 없었지만 흉터 있는 남자(이름의 철자가
Jeff인지 Geoff인지는 모르겠다)가 비열한 작업을 준비하느라 가스등을
일부 켜 놓았다. 아마 그는 우리의 등장을 예상하지 못했거나 자기
가 숨어서 기다리고 있는 걸 우리가 모르는 줄 알았을 것이다. 내 개
의 등에 귀뚜라미 카우보이 스냅이 타고 있는 건 물론이고 말이다.

에리스가 가스등을 조절하는 조그만 놋쇠 레버를 찾아서 불을 최
대로 밝혔다. 칼린은 옆방에서 캐노피가 달린 거대한 침대에 누워
있었다. 방 안은 어두웠다. 그는 가슴에 깍지 낀 손을 얹고 있었다.
머리는 뒤로 빗어 넘겼고 나를 심문할 때 입었던 빨간색 벨벳 스모
킹 재킷을 입고 있었다. 희미한 파란색 아지랑이가 주변에서 어른거
렸다. 마치 감은 눈꺼풀에 아이섀도를 칠한 것 같았다. 우리가 다가
가 누군가에게서 훔친 그 침대를 에워싸도 꿈쩍하지 않았다. 이렇게
시체나 다름없어 보이는 늙은이는 처음이었는데, 어차피 그는 곧 시
체로 전락할 운명이었다. 방 왼쪽으로 보이는 화장실에 수도가 있는
지는 모르겠지만 없더라도 펌프는 있을 것이다. 내 친구인 사령관에
게 시원하게 목욕을 시켜 주어도 좋을 것이다.

자야와 에리스가 동시에 물었다. 자야는 "스냅 어디 갔지?"라고,
에리스는 "저 소리 뭐야?"라고 했다.

조잘대는 소리와 찍찍거리는 소리가 한데 섞였고, 빠르고 날카로
운 쉿소리가 간간이 쉼표와 마침표처럼 끼어들었다. 그 소리가 점점

다가오자 레이더가 짖기 시작했다. 내가 무슨 소리인지 확인하려고 거실로 고개를 돌렸을 때 아이오타의 얼굴이 얼마나 하얗게 질렸는지 알아차렸을까? 그랬던 것 같지만 확실하지는 않다. 내 관심은 온통 방문에 쏠려 있었다. 스냅이 경중경중 두 걸음 만에 들어와 옆으로 점프했다. 그 뒤를 따라 왕궁의 벽과 어두컴컴한 곳에 숨어 있던 거대한 회색 쥐 떼가 파도처럼 밀려왔다. 자야와 에리스는 비명을 질렀다. 리아는 비명을 지르지 못했지만 눈을 동그랗게 뜨고 두 손으로 흉터만 남은 입을 가리며 벽까지 뒷걸음질 쳤다.

그들은 부른 장본인은 스냅이었을 것이다. 어쨌거나 녀석은 작은 세상의 왕이었다. 쥐들은 대부분 작다고 볼 수 없었지만.

나는 침대에서 물러났다. 아이오타가 비틀거리자 내가 잡아 주었다. 그는 가쁜 숨을 몰아쉬고 있었다. 그걸 보고 이상한 낌새를 알아차렸어야 하는데, 나는 쥐에 정신이 팔려 있었다. 그들이 아래로 늘어진 침구를 타고 사령관의 몸 위로 올라갔다. 그가 눈을 번쩍 떴다. 눈빛이 너무 환해서 제대로 쳐다볼 수가 없을 정도였다. 사령관을 감싼 오라가 옅은 파란색에서 더 짙고 쨍한 파란색으로 바뀌었다. 첫 번째 쥐의 물결이 그 안으로 들어가자마자 튀겨졌다. 고기 구워지는 냄새와 털 타는 냄새가 끔찍하기 그지없었지만 그럼에도 녀석들은 멈추지 않았다. 새로운 부대가 찍찍대고 덥석거리며, 죽은 동지들의 시체를 밟고 꿈틀꿈틀 진군했다. 지글거리는 시체 더미에서 팔 하나가 튀어나와 녀석들을 치기 시작했다. 쥐 한 마리가 꼬리로 뼈가 다 드러난 그의 손목을 감싸고 엄지손가락에 매달려 진자처럼 앞뒤로 흔들렸다. 켈린의 몸에는 피가 없었으니 피가 나지는 않았다. 그를 뒤덮은 쥐들 사이로 파란색 빛이 가끔 깜빡거리는 것이 보였다. 그가 비명을 지르자 다 자란 수고양이만 한 쥐가 윗입술을 뜯어 악물고 있는 이빨을 드러냈다. 그런데도 쥐들이 문지방을 타고 계속 넘어와 침대 위로 파도처럼 밀려갔다. 결국 사령관은 살아 꿈틀거리며 물어뜯는 털과 꼬리와 이빨의 담요로 뒤덮였다.

세 여자가 웅크리고 있는 곳과 마주 보는 쪽 구석에서 아이오타가 쿵 하는 소리와 함께 쓰러졌고 레이더가 짖었다. 리아가 레이더의 목걸이를 두 손으로 잡고 있었다. 아이오타의 입가에서 하얀 거품이 흘러나와 뺨을 타고 뚝뚝 흘러내렸다. 그는 나를 올려다보며 애써 미소를 지었다.

"독……."

나는 그가 끝내지 못한 단어가 뭔지 알아차렸다.

둔탁한 폭발음과 함께 불빛이 번쩍거렸다. 일부는 불이 옮겨 붙고 일부는 그슬리기만 한 쥐들이 사방으로 튀었다. 한 마리가 내 가슴을 때리고 너덜너덜한 티셔츠 위에 내장 자국을 남긴 채 아래로 미끄러져 내려갔다. 목소리를 낼 수 있는 여자들이 다시 비명을 질렀다. 스냅의 날개가 특유의 귀뚜라미 소리를 내기 시작하는 것이 들렸다. 쥐들은 당장 명령에 따라 수백 개의 시체를 둔 채 왔던 길을 되짚어 썰물처럼 빠져나갔다. 켈린의 침대는 내장이 흩뿌려졌고 쥐들이 흘린 피로 흠뻑 젖었다. 켈린 본인도 실크 베개 위에 삐딱하게 누워서 씩 웃고 있는, 해체된 해골이 되었다.

나는 아이오타를 일으켜 세우려고 했지만 너무 무거웠다.

"에리스! 아이가 쓰러졌어요! 도와줘요! 상태가 심각해요!"

에리스가 점점 사라져 가는 쥐의 물결을 헤치고 깡충깡충 건너오다가 녀석들이 발 위로 지나가자 비명을 질렀지만…… 한 마리도 그녀나 우리를 물지 않았다. 리아가 뒤따라왔다. 자야는 뒤에서 망설이다가 잠시 후에 건너왔다.

내가 아이오타의 겨드랑이를 받쳤다. 에리스가 이쪽 다리를, 리아가 저쪽 다리를 맡았다. 우리는 마지막 남은 몇 마리 안 되는 쥐를 밟지 않으려고 조심하며 그를 옮겼다. 그중에는 뒷다리가 없어졌지만 그래도 투지만만하게 친구들을 따라가는 녀석도 한 마리 있었다.

"미안."

아이오타가 걸걸한 목소리로 말했다. 급속도로 막혀 가는 목구멍에서 나는 소리였다. 거품이 튀었다.

"미안. 끝까지 함께 하고 싶었는데……."

"입 다물고 숨을 아껴요."

우리는 그를 길쭉한 파란색 소파에 눕혔다. 그가 기침을 하기 시작하자, 무릎을 꿇고 앉아 땀으로 범벅이 된 이마에서 머리를 쓸어 넘겨 주던 리아의 얼굴 위로 거품 덩어리가 튀었다. 자야가 유니콘 테이블에서 도일리인가 뭐 그런 걸 집어서 거품을 조금이나마 닦아 주었다. 리아는 그런 줄도 모르는 눈치였다. 다정과 연민과 애정이 어린 눈빛으로 아이오타의 눈만 계속 들여다보고 있었다.

그는 그녀에게 애써 미소를 지어 보이고 내게로 시선을 옮겼다.

"그의 칼날에 묻어 있었어. 고전적인…… 수법이랄까."

나는 고개를 끄덕이며 그 칼을 무심하게 벨트에 꽂았던 것을 생각했다. 칼날에 스치기만 했어도 입에 거품을 물고 쓰러진 사람이 한 명 더 생겼을 것이다.

그는 다시 리아에게 시선을 돌렸다. 그리고 팔이 100킬로그램이라도 되는 듯 천천히 들어 손바닥으로 이마를 건드렸다.

"나의…… 여왕님. 때가 되면…… 본분을 다해 주세요."

그의 손이 떨어졌다.

맨 처음 만났을 때 원숭이처럼 철창에 매달려 있었던 아이오타가 이렇게 떠났다. 그 많은 일을 겪은 거한이 정강이가 살짝 베인 것으로 유명을 달리했다.

그는 눈을 뜨고 있었다. 리아가 눈을 감기고 허리를 숙여서 흉터만 남은 입을 수염이 까칠하게 자란 뺨에 갖다 댔다. 그것이 최선이었다. 잠시 후에 그녀는 일어나 문을 가리켰다. 우리는 쥐 몇 마리의 시체를 피해 가며 뒤따라갔다. 그녀는 복도로 나가려다 말고 뒤를 돌아보더니 목에 두 손을 얹었다.

팔라다와 스냅이 그랬던 것처럼 아이오타가 마지막으로 그녀의 말을 대변했다.

"엠피스의 여왕은 본분을 다할 거야. 이것만큼은 맹세할 수 있어."

30장.

들러야 할 곳. 지하 감옥. 결심. 의연하게.
이럴 수는 없어. 고그마고그. 물리다.

1

우리는 죽고 부상을 입은 쥐의 행렬을 따라 벽판에 뚫린 구멍 앞에 다다랐다. 에리스는 다리 3개짜리 부상자를 구멍 안으로 넣어 주고는 우거지상을 쓰며 티셔츠에 손을 닦았다(티셔츠도 흙과 핏자국으로 뒤덮였으니 별 도움은 되지 못했다). 우리는 나선형 계단과 연결된 문 앞으로 갔다. 유사시에 왕족이 쓰던 비상 대피로가 아닌가 싶었다. 나는 리아의 어깨를 건드렸다.

"플라이트 킬러를 찾으러 가기 전에 들러야 할 곳이 한 군데 더 있어요. 딥 말린과 고문실이 있는 층이요. 거기로 가 줄래요?"

그녀는 반발하지 않고 지친 표정으로 고개만 끄덕였다. 뺨에 피가 섞인 거품 덩어리가 아직 묻어 있었다. 내가 그걸 닦아 주려고 손을 내밀자 이번에는 그녀가 뒤로 피하지 않았다.

"고마워요. 우리를 도와주었던 사람이 거기 있을지 몰라서……."

그녀는 내 말이 끝나기도 전에 몸을 돌렸다. 왕궁 밖에서는 우디와 클로디아와 추종자들이(지금쯤은 손색없이 부대로 불릴 정도로 인원이 불어났을지 몰랐다) 성문 안으로 들어왔을 것이다. 남은 밤의 병사들이 잠을 자는 막사 같은 곳이 있었다면 회색 인간들이 지금 그들을 학살하고 있을 수도 있었고 그건 만세를 부를 일이었지만, 이곳에서는 쏜살같이 흘러가는 시간을 거꾸로 돌려놓을 마법의 해시계가 없었다.

우리는 계단을 빙글빙글 내려가고 또 내려갔다. 아무도 말을 하지 않았다. 아이오타의 죽음이 납덩이처럼 가슴에 얹혔다. 심지어 레이더마저 그걸 느꼈다. 계단 폭이 너무 좁아서 나와 나란히 걷지는 못했지만, 귀를 늘어뜨리고 꼬리를 내리고 코로 계속 내 종아리를 건드리며 걸었다. 공기가 점점 차가워졌다. 수백 년 전부터 이 자리를 지킨 돌덩이에 낀 이끼에서 물이 스며 나왔다.

아니야. 수백 년이 아니라 수천 년은 됐을 거야.

잠시 후 어떤 냄새가 아주 희미하게 느껴지기 시작했다.

"높으신 하느님 맙소사."

에리스가 말하고 웃음을 터뜨렸다. 명랑한 웃음이 전혀 아니었다.

"바퀴까지 돌려 가며 우리가 탈출한 곳으로 다시 돌아왔네."

내려가는 길에 크고 작은 문을 몇 개 더 지났다. 리아가 어떤 작은 문 앞에서 걸음을 멈추고 손가락으로 가리키더니 계단을 몇 칸 내려가 내게 자리를 마련해 주었다. 문고리를 돌려 보았다. 문이 열렸다. 내 몸을 거의 반으로 접어야 안으로 들어갈 수 있었다. 다시 주방인데, 우리가 오는 길에 지났던 다른 주방에 비하면 여긴 벽장이나 다름없었다. 오븐은 없고 스토브 한 개와 길쭉하고 야트막한 그릴 한 개뿐이었다. 가스 그릴일 텐데 꺼져 있었고 그 위에 시커멓게 탄 소시지가 줄줄이 놓여 있었다.

자야가 기침과 구역질이 반씩 섞인 소리를 냈다. 우리가 감방에서 먹었던 모든 음식, 특히 '플레이타임'과 페어 원 1라운드 전에 먹었던 음식이 떠올랐기 때문일 것이다. 나도 외상 후 스트레스 장애에 대해 읽은 적이 있었지만, 뭔가에 대해 읽은 것과 마음으로 이해하는 것은 전혀 차원이 다른 문제다.

그릴 옆 선반에 우리가 감옥에서 쓰던 것과 비슷한 양철 컵이 있는데, 바닥이 멀쩡해서 구멍을 손가락으로 막을 필요가 없었다. 퍼시가 내게 주었던 것과 비슷한 성냥이 가득 담겨 있었다. 나는 컵을 집어서 리볼버를 벨트의 다른 데로 옮기고 성냥이 담긴 컵을 권총집에 쑤셔 넣었다.

리아가 문 앞으로 앞장서 빼꼼 내다보더니 전처럼 손가락을 빙글빙글 돌리며 따라오라고 손짓했다. 얼른, 얼른. 시간이 얼마나 지났을지 궁금해졌다. 아직 해가 지지 않은 건 분명했지만, 벨라와 아라벨라가 세상의 다른 곳에서 입을 맞춘다면 상관없는 것 아닐까? 플라이트 킬러는 이미 어둠의 우물로 내려가 있을 것이다. 거기서 문이 열리길 기다리고 있을 것이다. 얼마나 끔찍한 결과가 초래될지 모르고서 아니면 상관하지 않고서, 거기 사는 뭔지 모를 것과 다시한번 흥정을 하기 위해. 내가 보기에는 상관하지 않는 것일 가능성이 더 컸다. 갤리언의 엘든, 플라이트 킬러는 뒤룩뒤룩하고 욕심이 많은 초록색의 악귀였고 다른 세상에서 이 세상으로…… 그런 다음에는 어쩌면 내 세상으로까지 뭔가를 끌어들이려고 기다리는 중이었다. 나는 리아에게 고문실은 됐다고 말할까 고민했다. 퍼시(퍼시벌)는 거기 없거나 죽었을지 몰랐다. 플라이트 킬러를 막는 것이 누가 봐도 더 중요한 문제였다.

에리스가 내 어깨를 건드렸다.

"찰리 왕자…… 이게 정말 맞는 걸까? 이게 현명한 판단일까?"

아니다. 그렇지 않았다. 하지만 퍼시벌이 없었다면, 말도 제대로 할 수 없을 만큼 회색 병이 진행된 그가 없었다면 우리 모두 이 자리에 있을 수 없었다.

"가요."

나는 무뚝뚝하게 말했다.

에리스는 손바닥으로 자기 이마를 건드리고 더는 아무 말도 하지 않았다.

2

리아가 이 발에서 저 발로 체중을 옮기고 칼자루를 쥐었다 놓았다 하며 기다리고 있는 곳은 나도 아는 통로였다. 보조 주방 오른쪽이 지하 감옥으로 가는 길이었다. 왼쪽으로 그리 멀지 않은 곳에 고문실이 있었다.

나는 다른 일행을 뒤에 두고 달려갔다. 레이더만 입가로 늘어뜨린 혀를 펄럭이며 옆에서 천천히 달렸다. 기억보다 길이 훨씬 멀었다. 열려 있는 고문실 문 앞에 다다랐을 때 나는 걸음을 멈추고 속으로 중얼거렸다. 기도는 아니고 그냥 *제발, 제발*이라고 되뇌고는 안으로 들어갔다.

처음에는 안에 아무도 없는 줄 알았다. 퍼시벌이 아이언 메이든 안에 갇혀 있다면 거기서 피가 스며 나오고 있었을 텐데 그렇지도 않았다. 잠시 후 저쪽 구석에 포개어져 있던 넝마가 꿈틀거렸다. 그

것이 고개를 들고 나를 보더니 남은 입으로 애써 미소를 지었다.

"퍼시!"

나는 외치며 달려갔다.

"퍼시벌!"

그는 끙끙대며 경례하려고 했다.

"아니에요, 아니에요, 경례해야 할 사람은 나예요. 일어설 수 있겠어요?"

퍼시벌은 나의 부축을 받아 가며 일어나서 섰다. 그가 입고 있던 지저분한 블라우스를 찢어서 손을 싸맨 줄 알았는데, 자세히 들여다보니 그게 아니었다. 지혈을 하려고 손목을 동여맨 것이었다. 그가 누워 있던 돌바닥 위에 시커멓게 굳은 자국이 있었다. 그의 한쪽 손이 사라졌다. 어떤 개자식이 잘라 버린 것이었다.

다른 일행이 도착했다. 자야와 에리스는 문 앞에 섰지만 리아는 안으로 들어왔다. 그녀를 본 퍼시벌이 남은 손을 이마에 갖다 대고 흐느낌을 터뜨렸다.

"경두니."

공주님에 제일 가깝게 발음한 것이 그것이었다.

퍼시벌은 무릎을 꿇으려고 했지만 내가 붙잡아 주지 않았다면 고꾸라졌을 것이다. 그는 지저분하고 피투성이인 데다 흉측했지만 리아는 그의 목을 두 팔로 끌어안았다. 나로서는 그것만으로도 그녀를 사랑하기에 충분했다.

내가 물었다.

"걸을 수 있겠어요? 천천히, 잠깐씩 쉬엄쉬엄 걸으면 갈 수 있겠어요? 우리가 지금 서둘러야 하거든요. 엄청요."

그는 고개를 끄덕였다.

"그리고 나가는 길도 알고요?"

그는 다시 고개를 끄덕였다.

"자야! 여기서 헤어져야겠어요. 퍼시벌이 나가는 길을 가르쳐 줄 거예요. 필요할 때마다 쉬어 가며 퍼시벌이랑 같이 가요."

"하지만 나는⋯⋯."

"당신 생각은 관심 없고 내가 시키는 대로 해 줬으면 좋겠어요. 이⋯⋯ 이 *지옥*에서 그를 데리고 나가 줘요. 지금쯤이면 다른 사람들이 성벽 안으로 들어와 있을 거예요."

그래야 할 텐데.

"클로디아나 우디한테 데려가서 *의료 조치*를 받게 해요."

내가 의료 조치라고 하지는 않았지만 자야는 고개를 끄덕였다.

나도 리아처럼 퍼시벌을 끌어안았다.

"고마웠어요. 이번에 성공하면 당신 석상을 세워야 할 거예요."

어쩌면 양쪽 팔을 뻗어서 그 위에 나비를 앉힌 포즈로. 나는 이렇게 생각하며 문 쪽으로 갔다. 리아가 이미 그 앞에서 기다리고 있었다.

자야가 한쪽 팔로 그를 감쌌다.

"내가 한 걸음, 한 걸음 같이 갈게요, 퍼시. 어느 쪽으로 가면 되는지 말만 해요."

"*앙자니!*"

퍼시벌이 외치자 나는 뒤를 돌아보았다. 그는 또박또박 발음하려고 갖은 애를 썼다.

"*흐라이트 일러!*"

그가 문을 가리켰다.

"*더른 매 명! 구 망알 면도! 구 망알 면도!*"

이제 그는 리아를 가리켰다.

"*경두니미 바는 빌 마라요!*"

이제 그는 위를 가리켰다.

"*멜라바고 마라벨라 봇! 봇!*"

나는 리아를 보았다.

"무슨 말인지 알아들었어요?"

그녀는 고개를 끄덕였다. 얼굴이 시체처럼 창백했다. 양분을 섭취하는 통로인 상처가 모반처럼 도드라졌다.

나는 에리스를 돌아보았다.

"알아들었어요?"

"플라이트 킬러. 다른 네 명. 그 망할 년도 아니면 그 마녀도. 페트라 말하나 봐요. 박스석에서 그의 옆에 앉아 있던, 얼굴에 점이 있는 그 여자요. 공주님이 길을 아신대요. 그리고 벨라하고 아라벨라 어쩌고 하고요."

"곧 입을 맞출 거라고."

자야가 말하자 퍼시벌이 고개를 끄덕였다.

"퍼시벌을 부탁해요, 자야. 잘 데리고 나가 줘요."

"퍼시가 정말로 길을 알면 별문제 없겠죠. 꼭 다시 만나요. 세 사람 모두."

그녀는 허리를 숙여서 레이더의 머리를 마지막으로 얼른 쓰다듬었다.

3

리아가 나선형 계단에서 빠져나와 다른 복도로 앞장섰다. 그녀는 어떤 문 앞에서 걸음을 멈추고 문을 열어 보고는 고개를 젓더니 다시 걸음을 옮겼다.

"뭘 제대로 알고 저러시는 거라고 생각해?"

에리스가 조그맣게 물었다.

"아마도요."

"그러길 *바라는* 게 아니고?"

"하도 오랜만에 와서 그렇겠죠."

다른 문이 나왔다. 허탕이었다. 다시 다른 문이 나왔다. 리아가 이 방 안을 빼꼼 들여다보더니 우리를 향해 손짓했다. 안이 어두컴컴했다. 리아가 내가 주방에서 들고 온 성냥 컵을 가리켰다. 나는 바지 엉덩이에 대고 성냥을 그어 보았다. TCM 영화에서 어떤 고릿적 카우보이가 선보인 적 있는 멋진 기술이었다. 잘되지 않아 문 옆의 거친 돌에 대고 불을 켜서 들었다. 이 방은 벽면이 돌이 아니라 나무였고 제복, 조리복, 작업복, 울 셔츠와 같은 옷들로 가득했다. 좀먹은 갈색 드레스가 일렬로 박힌 나무 못 아래에 쌓여 있었다. 한쪽 구석에는 누레져 가는 하얀 장갑이 상자에 담겨 있었다.

리아는 이미 방을 가로지르고 있었고, 레이더는 그녀를 쫓아가면서 나를 돌아보았다. 나는 성냥을 다시 하나 켜서 들고 따라갔다. 리아는 까치발을 하고 서서 나무 못 2개를 잡고 당겼다. 아무 일도 멀어지지 않았다. 그녀는 뒤로 물러나 나를 손가락으로 가리켰다.

나는 성냥 컵을 에리스에게 건네고 못을 잡아서 당겼다. 아무 일도 벌어지지 않았지만 뭔가가 약간 움직이는 게 느껴졌다. 좀 더 세게 당기자 벽이 밖으로 돌아가면서 아주 오래된 공기가 우리를 훅 덮쳤다. 보이지 않는 경첩에서 비명 소리가 들렸다. 에리스가 다시 성냥을 켜자 찢어져서 너덜너덜하게 된 회색 거미줄이 보였다. 여기에 못에 걸려 있던 원피스가 바닥에 쌓여 있었던 것을 더하면 무엇을 의미하는지 분명해졌다. 우리보다 먼저 이 문을 통과한 사람이 있다는 것이었다. 나는 다시 성냥을 켜서 들고 허리를 숙였다. 먼지위에 어지럽게 찍힌 발자국이 있었다. 셜록 홈즈 같은 명탐정이었다면 그걸 보고 이 비밀의 문을 통과한 사람이 몇 명이었고 심지어 그들이 어디까지 갔는지 유추할 수 있었을지 모르지만 나는 셜록 홈즈가 아니었다. 발자국이 흔들린 걸 보면 뭔가 무거운 걸 들고 간 것 같긴 했다. 걸어갔다기보다 발을 질질 끌고 간 느낌이었다. 플라이트 킬러의 멋들어진 가마가 생각났다.

왼쪽에서 구불구불한 계단이 아래로 이어졌다. 먼지 위로 발자국이 계속 찍혀 있었다. 멀리 아래에서 침침한 빛이 보였지만 가스등 불빛이 아니었다. 초록색이었다. 예감이 별로 좋지 않았다. 앞에서 들리는 속삭임은 더욱 느낌이 좋지 않았다. *너희 아버지는 자기가 싸 놓은 똥오줌 위에서 죽어 가고 있어*, 라고 했다.

에리스가 헉 하고 숨을 들이마셨다.

"속삭임이 다시 들리네."

"듣지 말아요."

내가 말했다.

"차라리 숨을 쉬지 말라고 하지 그래, 찰리 왕자?"

리아가 우리를 향해 손짓했다. 우리는 계단을 내려가기 시작했다.

레이더가 불안해하며 낑낑거렸다. 어쩌면 녀석의 귀에도 속삭임이 들릴지 몰랐다.

4

계속 계단을 내려갔다. 초록색 빛이 점점 더 강해졌다. 벽에서 나오는 빛이었다. 벽에서 스며 나오고 있었다. 속삭임도 점점 강해졌다. 불쾌한 말들을 내뱉었다. 주로 버티 버드와 함께 저지른 참담한 장난에 대해서였다. 에리스는 내 뒤에서 들릴락 말락 하게 울었고 한 번은 이렇게 중얼거리는 소리가 들렸다.

"제발 그만해 줄래? 나도 일부러 그런 거 아니야. 제발 그만해."

차라리 해나나 레드 몰리를 다시 상대하는 게 낫겠다는 생각이 들 정도였다. 그 둘도 끔찍했지만 그래도 실체가 있었다. 상대해서 싸울 수가 있었다.

리아는 그 속삭임을 들었는지 몰라도 전혀 티를 내지 않았다. 허리를 꼿꼿하게 펴고 묶은 머리로 견갑골 사이를 쓸어 가며 일정한 속도로 계단을 내려갔다. 나는 그녀가 플라이트 킬러가 자기 오빠라는 걸 고집스럽게 인정하지 않는 건 싫었지만(페어 원에서 그 패거리들이 그의 이름을 외치는 것을 우리가 들었지 않은가) 그 용기는 사랑했다.

그녀를 사랑했다.

이끼와 뜯긴 거미줄이 무성하게 덮인 아치 앞에서 계단이 끊겼을 무렵에는 딥 말린보다 못해도 150미터는 더 지하였다. 어쩌면 그보다 더 아래였을 수도 있었다. 속삭임이 희미해졌다. 그 대신 이제는 축축한 돌 벽 아니면 훨씬 환해진 초록색 빛에서 음울하게 웅웅거리는 소리가 흘러나오는 것 같았다. 우리는 지금 뭔지 모를 어마어마한 존재를 향해 다가가고 있었다. 전에는 악이 실재하는 에너지라는 것을, 평범한 남자와 여자들의 마음과 머리에 들어 있는 것과 별개의 에너지라는 것을 의심한 적이 있었을지는 몰라도 이제는 아니었다. 아직은 그 에너지의 진원지의 가장자리에 있었지만 한 걸음 내디딜 때마다 점점 더 가까워지는 셈이었다.

나는 손을 내밀어 리아의 어깨를 건드렸다. 그녀는 움찔했다가 나라는 걸 알고 긴장을 풀었다. 눈이 동그랗고 까맸다. 의연한 등이 아니라 얼굴을 보았더니 그녀도 우리만큼 무서워하고 있다는 것을 알 수 있었다. 어쩌면 아는 것이 더 많은 만큼 더 무서워하고 있을 수도 있었다.

나는 조그맣게 물었다.

"여기 왔었어요? *어렸을 때* 엘든이랑 같이 여기 왔었어요?"

그녀는 고개를 끄덕였다. 손을 내밀어 허공을 잡았다.

"둘이 손을 잡고서?"

그녀는 고개를 끄덕였다. 응.

손을 잡고 온 사방을 뛰어다니는 그들의 모습이 그려지는 듯했지만…… 그건 아니었다. 그들이 뛰어다녔을 리 없었다. 리아라면 모를까 엘든은 발이 굽었다. 그녀는 다음 탐험지, 다음 비밀의 공간을 향해 쌩하니 달려가고 싶더라도 그를 사랑했기에 같이 걸어갔을 것이다.

"그는 지팡이를 짚었어요?"

그녀는 손을 들어서 V자를 그려 보였다. 그러니까 지팡이를 2개 짚었다는 뜻이었다.

모든 곳을 같이 다녔지만 딱 한 군데만 예외였다. 우디는 이렇게 말했다. *리아는 책은 좋아하지 않아서. 둘 중에서는 엘든이 책을 좋아했지.*

"그는 옷을 넣어 놓은 방에 비밀의 문이 있다는 걸 알았죠? 도서관에서 본 책에 쓰여 있어서. 아마 다른 곳에 대해서도 알았겠죠."

응.

고서. 러브크래프트가 즐겨 언급했던 가상의 책 『네크로노미콘』과 같은 금서. 엘든이 그런 책을 열심히 들여다보는 광경이 그려졌다. 발은 굽었고 얼굴은 얽었고 곱사등이었던 못난이, 잔인한 장난(나도 암흑기에 버티와 이런 장난을 칠 만큼 쳤다)을 칠 때 말고는 잊혔던 아이, 여동생 말고는 모두에게 무시당했던 아이. 잘생긴 형이 결국에는 왕위를 차지할 테니 그는 무시당할 수밖에 없는 운명이었다. 게다가 로버트가 왕위에 오를 무렵이면 심각하게 다리를 저는 엘든, 책벌레 엘든은 아마 죽고 없을 것이었다. 그런 아이는 오래 살지 못했다. 병에 걸려서 기침을 하고 열이 나다가 죽었다.

엘든은 책꽂이 꼭대기 칸에 꽂혀 있거나 억지로 문을 딴 수납장 안에 들어 있었던 먼지투성이 고서를 읽었다. 처음에는 자길 괴롭히는 형과 못되게 말을 하는 누나들에게 대적할 방법을 찾기 위해서 그랬을지 몰랐다. 복수할 생각은 나중에 찾아왔을 것이다.

"여기 와 보자고 한 건 당신 생각이 아니었죠? 성의 다른 곳이라면 모를까, 여긴 아니었죠?"

응.

"당신은 여기가 싫었죠? 비밀의 방과 위로 올라가는 승강대는 괜찮고 재밌었지만 여긴 나쁜 곳이고 당신은 그걸 알았어요. 그렇죠?"

그녀의 눈빛이 어둡고 심란해졌다. 그녀는 부정도 긍정도 하지 않았지만…… 눈물이 고였다.

"하지만 엘든은…… 여기에 매료됐어요. 그렇죠?"

리아는 몸을 돌려서 *어서 가자*고 한 손을 뱅글뱅글 돌리며 다시 걷기 시작했다. 허리를 꼿꼿하게 펴고.

의연하게.

5

조금 앞장서 가던 레이더가 바닥에 떨어진 뭔가를 킁킁거렸다. 초록색 실크 조각이었다. 나는 그걸 집어서 쳐다보고 성냥 컵과 함께 권총집에 쑤셔 넣고는 더는 생각하지 않았다.

이 길은 넓고 높아서 터널이라기보다 통로에 가까웠다. 길이 세 갈래로 나뉘는 지점이 나왔다. 세 곳 모두 그 벌떡이는 초록색 빛이 환하게 비추고 있었다. 각 입구마다 두 동강 나서 생활관 바닥을 나뒹굴던 것과 같은 모양으로 깎은 이맛돌이 있었다. 둥지 같은 촉수로 흉측한 얼굴을 가린 오징어처럼 생긴 괴물이었다. 제왕나비는 은혜였다면 이건 신성 모독이었다.

동화가 또 하나 등장하네. 어린애가 아니라 어른용 동화가. 못된 늑대도 거인도 럼펠스틸트스킨도 아니야. 아치 위의 저건 일종의 크툴루야. 고그마고그의 정체가 저것일까? 폐허가 된 리예(크툴루 신화 속 태평양 아래에 가라앉아 있는 고대 도시로 르뤼에, 를리에 등으로도 알려져 있다—옮긴이)*에서 사악한 꿈을 꾸고 있는 고대 신들의 대사제? 엘든이 그것에게 다시 부탁을 하려는 걸까?*

리아는 멈춰 섰다가 왼쪽 통로를 향해 걸음을 옮겼다가 멈춰 섰다가 가운데 통로를 향해 걸음을 옮겼다가 다시 망설였다. 그녀는 앞을 쳐다 보고 있었다. 바닥을 내려다보니 먼지 위에 남은 발자국이 오른쪽 구멍으로 이어졌다. 플라이트 킬러와 수행단은 그쪽으로 갔을 것이다. 하지만 나는 그녀가 길을 기억하고 있는지 알아보기 위해 가만히 있었다. 그녀는 기억해 냈다. 리아는 오른쪽 통로로 들어가 다시 걷기 시작했다. 우리는 그 뒤를 따라갔다. 냄새, 그러니까 유독성 악취가 이제 더 심해졌고 웅웅거리는 소리는 더 시끄러워지지는 않았지만 더 집요해졌다. 축 늘어졌고 생김새가 흉측하며 죽은 사람의 손가락처럼 하얀 버섯이 벽의 틈새에서 자라나고 있었다. 버섯들이 고개를 돌려 가며 지나가는 우리를 구경했다. 처음에는 내가 잘못 본 줄 알았지만 아니었다.

"여기 끔찍해."

에리스가 말했다. 목소리가 낮고 우울했다.

"말린이랑…… 우리가 싸워야 하는 경기장이 끔찍하다고 생각했는데…… 여기에 비하면 아무것도 아니었어."

그 말이 맞았기 때문에 뭐라고 할 말이 없었다.

우리는 걷고 또 걸었다. 길이 계속 내리막이었다. 냄새가 더 심해졌고 웅웅거리는 소리는 점점 커졌다. 이제는 벽에서만 나는 것이 아니었다. 내 머릿속 한가운데에서 소리가 아니라 검은빛으로 자리 잡고 있는 것이 느껴졌다. 여기가 지상의 어디쯤인지 전혀 모르겠지만 왕궁 경내는 분명히 지났다. 훨씬 지났다. 발자국이 희미해지다가 사라졌다. 이 먼 데까지 먼지가 쌓이지는 않았고 거미줄이 매달려 있지도 않았다. 여긴 거미들에게마저 버림당한 황량한 곳이었다.

벽이 바뀌었다. 군데군데 돌 대신 짙은 초록색의 거대한 유리 블록이 박혀 있었다. 그 깊은 곳에서 시커멓고 두툼한 덩굴이 한데 뒤엉켜 소용돌이쳤다. 덩굴 하나가 우리를 향해 달려들었고 머리가 없는 정면을 접어서 벌리자 입이 되었다. 에리스가 힘없이 비명을 질렀다. 레이더는 이제 어찌나 내 옆에 바짝 붙어서 걸어가는지, 내가 걸음을 옮길 때마다 녀석의 옆구리에 다리가 스쳤다.

드디어 짙은 초록색 유리로 이루어졌고 둥그스름한 천장이 달린 거대한 공간이 나왔다. 시커먼 덩굴이 벽의 온 사방에서, 괴상야릇한 형태의 조각품을 넘나들며 이리 번쩍, 저리 번쩍했다. 그 조각품들은 쳐다보면 달라졌고 덩굴들은 휘고 꼬여서 형체를 만들고……얼굴을 만들고…….

"저거 쳐다보지 말아요."

나는 에리스에게 말했다. 리아는 이미 알고 있었을 것이다. 여기까지 오는 길을 기억해 냈으니 계속 바뀌는 해괴한 형체에 대해서도 기억하고 있었을 것이다.

"보고 있으면 최면에 걸릴 거예요."

"나는 안 되겠어."

에리스가 떨리는 목소리로 속삭였다.

"찰리, 미안하지만 나는 안 되겠어."

"안 되겠으면 안 해도 돼요."

웅웅거리는 소리 때문인지 내 목소리가 밋밋하고 이상했다. 버드맨이 생각해 낸 온갖 비열한 장난에 동조하고…… 거기다 양념을 가미한 찰리 리드의 목소리 같았다.

"가는 길을 찾을 수 있겠으면 돌아가요. 못 찾겠으면 여기서 우리를 기다리고요."

리아는 각 통로를 일일이 확인하며 완벽하게 한 바퀴를 돌았다.
그러더니 나를 보며 두 손을 들고 고개를 저었다.

모르겠어.

"여기까지 온 게 다였군요. 이 뒤로는 엘든 혼자 갔고요."

응.

"하지만 결국에는 그도 돌아왔죠."

괴상야릇한 조각품이 있고 시커먼 것들이 벽에서 춤을 추는 이 희
한한 초록색 방에 그녀를 두고 나 혼자 다녀올까 하는 생각이 들었
다. 스멀스멀 잠식해 오는 웅웅거리는 소리에 불구하고 꿋꿋하게,
의연하게 버티고 있는 꼬마 아가씨를 여기에 혼자 두고 떠난다?

"전에는 당신이 같이 왔어요?"

응. 그러고는 위를 가리켰는데, 무슨 뜻인지 이해하지 못했다.

"그러다가 그 혼자 왔고요?"

한참 동안 아무 반응이 없다가…… *응.*

"그러더니 그가 내려갔다가 돌아오지 않는 때가 찾아왔죠?"

응.

"당신은 그를 따라가지 않았죠? 여기까지라면 몰라도 그 이상은.
무서워서."

그녀는 손으로 얼굴을 가렸다. 그걸로 충분한 대답이 됐다.

에리스가 불쑥 내뱉었다.

"나는 갈래. 미안, 찰리. 하지만 나는…… 나는 *안 되겠어.*"

그녀는 그 길로 도망쳤다. 레이더가 우리가 들어온 입구까지 그녀
를 따라갔다. 에리스와 함께 갔더라도 나는 돌아오라고 녀석을 부르

지 않았을 것이다. 웅웅거리는 소리가 이제는 뼛속으로 스며들었다. 리아 공주도 나도 다시는 바깥 세상을 보지 못할 것 같은 강한 예감을 느꼈다.

레이더가 내 곁으로 돌아왔다. 나는 무릎을 꿇고 녀석을 한 팔로 끌어안아 어떻게든 위안을 얻었다.

"당신은 오빠가 죽었다고 생각했죠."

응. 그녀가 잠시 후에 목을 부여잡자 쉰 목소리가 입에서 흘러나왔다.

"죽은 거 맞아. *진짜야.*"

지금의 나는(아직까지도 계속 변신하는 중이었다) 양귀비밭에 등장한 그 고등학생보다 더 나이가 많고 더 현명했다. 이 찰리는, 이 찰리 왕자는 그렇게 믿을 수밖에 없는 리아의 심정을 이해했다. 그렇게 믿지 않으면 그를 구하려고 하지 않았다는 죄책감을 감당하지 못했을 것이다.

하지만 그즈음에는 그녀도 알아차렸을 것이다.

6

바닥은 윤기가 흐르는 초록색 유리였고 깊이를 알 수 없을 듯했다. 시커먼 그것들이 아래에서 득시글거렸고 굶주린 상태라는 것을 부인할 도리가 없었다. 여기에는 먼지가 없었고 발자국도 전혀 없었다. 발자국이 남았더라도 추격에 나선 사람(예를 들면 우리 같은)이 있을 경우에 대비해 플라이트 킬러의 패거리가 지웠을 것이다. 리아가 기억을 하지 못하니 그들이 12개의 길 중에서 어디로 갔을지 알 방법이 없었다.

그런데 잠깐만.

입가에 애교점이 있는 여자가 *무릎을 꿇어라, 구시대 혈통아!* *무릎을 꿇어라, 구시대 혈통아!* 라고 했던 것이 기억났다. 그녀의 이름은 페트라였고 초록색 실크 드레스를 입고 있었다.

나는 오다가 주운 천 조각을 꺼내 레이더에게 내밀었다. 녀석은 심드렁하게 냄새를 맡았다. 콧노래와 유리블록 안의 시커먼 형체가 녀석에게도 영향을 미치고 있는 것이었다. 하지만 내게 있는 것이, *우리에게 있는 것이* 녀석뿐이었다.

"어느 길이야?"

나는 물으며 터널을 가리켰다. 레이더는 꿈쩍하지 않고 나만 올려다보았다. 나는 이 공간의 끔찍한 분위기 때문에 내가 바보가 돼 버렸음을 알아차렸다. 레이더가 알아듣는 여러 가지 명령이 있었지만 *어느 길이야*는 그중에 없었다. 나는 드레스 조각을 녀석의 코에 다시 갖다 댔다.

"찾아, 레이더, 찾아!"

레이더가 코를 바닥에 납작 댔다. 그 시커먼 형체가 달려드는 것처럼 보이자 녀석은 뒤로 펄썩 물러났다가도 다시 코를 댔다. 착한 개, 용감한 개였다. 레이더는 한 터널로 다가갔다가 되짚어 나와 오른쪽 바로 옆 터널로 다가갔다. 그러더니 나를 돌아보며 짖었다.

리아는 망설이지 않고 그 터널 안으로 달려 들어갔다. 나도 뒤따라갔다. 이 길의 초록색 유리 바닥은 좀 더 가팔랐다. 그보다 조금만 더 심했다면 우리는 미끄러져 넘어졌을 것이다. 리아와의 간격이 점점 멀어졌다. 그녀는 발이 빨랐다. 나는 1루수밖에 못 보는 어중이였다.

"리아, 같이 가요!"

하지만 그녀는 내 말을 듣지 않았다. 나는 기우뚱한 바닥이 허락하는 한도 안에서 최대한 빨리 달렸다. 레이더는 바닥과 가깝고 다리가 4개라 나보다 나았다. 누군가가 거대한 앰프의 볼륨을 줄이고 있기라도 한 것처럼 웅웅거리는 소리가 희미해지기 시작했다. 다행이었다. 벽에서 나는 초록색 빛도 희미해졌다. 그 대신 우리가 통로 입구에 다다르자 살짝 환해지는, 좀 더 밝은 빛이 비쳤다.

거기서 맞닥뜨린 광경은 그 많은 일을 겪은 뒤에도 믿기지가 않았다. 눈에서 전달하는 정보에 머리가 반항했다. 통로가 많았던 그 방도 거대했지만 지하의 이 방이 훨씬 더 넓었다. 펄떡거리는 누르스름한 별들이 흩뿌려져 있는 밤하늘이 머리 위로 보이는데 어떻게 방일 수 있을까?

이럴 수는 없어. 나는 생각했다가 얼마든지 이럴 수 있다는 것을 깨달았다. 계단을 내려옴으로써 또 다른 세상으로 건너온 것이었다. 여기는 엠피스가 아니었다. 세 번째 세상이었다.

단단한 바위로 향하는 거대한 수직 통로를 감싸고 계단이 좀 더 이어졌다. 리아가 그 계단을 전속력으로 달려 내려가고 있었다. 150미터보다 조금 먼 밑바닥에 플라이트 킬러의 가마가 있었다. 금테를 두른 자주색 휘장이 닫혀 있었다. 그걸 들고 온 4명의 남자가 둥그스름한 벽에 기대 몸을 움츠리고, 이 세상 밖의 별들을 올려다보고 있었다. 플라이트 킬러를 여기까지 태우고 오다니 힘이 세고 용감할 수밖에 없을 텐데, 내가 레이더와 함께 서 있는 이쪽에서 보기에는 왜소하고 겁에 질린 듯했다.

돌바닥의 한복판에 100미터는 쉽게 넘길 듯한 거대한 데릭 크레인이 있었다. 내 고향의 건설 현장에서 보았던 것과 비슷하지만 이 크레인은 나무로 만들어진 것 같았고 해괴하게 교수대를 닮았다. 여러 마디로 이루어진 기둥과 팔이 완벽한 삼각형을 이루고 있었다. 크레인의 갈고리는 내가 어둠의 우물을 떠올렸을 때 상상했던 우물 덮개가 아니라 역겨운 초록색 빛과 함께 펄떡거리는, 경첩 달린 거대한 뚜껑에 연결돼 있었다.

카프탄처럼 생긴 자주색 가운을 입고 산발한 백발에 갤리언의 황금 왕관을 어처구니없도록 삐딱하게 쓴 플라이트 킬러가 그 옆에 서 있었다.

나는 비명을 질렀다.

"*리아! 같이 가요!*"

그녀는 들은 체도 하지 않았다. 클로디아처럼 소리를 못 듣게 된 것일 수도 있었다. 그녀는 다른 세상에서 희미하게 반짝이는 섬뜩한 별빛 아래에서 계단의 마지막 바퀴를 달려 내려갔다. 나는 보디치 씨의 총을 꺼내 들며 뒤따라 달려갔다.

7

가마꾼들이 계단을 올라와 그녀와 마주했다. 그녀는 전투 자세로 다리를 벌리고 칼을 뽑았다. 레이더는 탈출 가능성이 없어 보이는 이 끔찍한 공간에 대한 공포 때문인지 그들이 리아를 위협하고 있다는 것을 알아차렸기 때문인지 히스테릭하게 짖어 댔다. 아마 둘 다였을 것이다. 플라이트 킬러가 위를 올려다보자 왕관이 떨어졌다. 그는 왕관을 집었지만 자주색 가운 안에서 나온 건 팔이 아니었다.

나는 뭔지 보지 못했고 (또는 보고 싶지 않았고) 그 순간에는 관심도 없었다. 어떻게든 리아의 곁으로 달려가야 한다는 생각뿐이었지만, 가마꾼들의 손에서 그녀를 구하기에는 늦었다는 것을 이미 알고 있었다. 그들은 리아의 코앞에 있었고, 내 쪽에서 총을 쏘기에는 거리가 너무 먼 데다 리아가 총알의 궤적을 막고 있었다.

그녀는 칼자루를 배에 대고 눌렀다. 앞장선 가마꾼이 뭐라고 외치는 소리가 들렸다. 그는 팔을 휘저으며 계단을 올라갔고 다른 셋이 그 뒤를 따랐다. 나는 *아니에요, 아니에요!* 까지는 들었지만 그 뒤는 듣지 못했다. 그녀는 칼을 휘두를 필요도 없었다. 당황한 그가 달려오던 속도 그대로 칼을 덮쳤다. 칼날이 칼자루와 만나는 곳까지 꽂혀 사방으로 피를 뿜어내며 반대편으로 뚫고 나왔다. 그의 몸이 바닥으로 기울었다. 그녀는 칼을 빼려고 했지만 꿈쩍도 하지 않았다. 간단하고 냉혹한 선택지가 그녀의 앞에 놓였다. 손을 놓고 목숨을 구하든지 그 남자와 함께 아래로 떨어지든지 둘 중 하나였다. 그녀는 손을 놓았다. 칼에 찔린 남자는 30여 미터를 추락해 자기가 매고 온 가마 근처로 떨어졌다. 그는 금이나 여자나 시골의 땅이나 아니면 이 세 가지 모두를 약속받았을지 모르지만, 그에게 주어진 것은 죽음이었다.

다른 셋이 들이닥쳤다. 나는 (어쩌면 내 반려견에) 발이 걸려서 떨어져 죽을 수도 있었지만 아랑곳하지 않고 달리는 속도를 높였다. 그래도 늦을 것 같았다. 그들이 먼저 도착하게 생겼는데, 그녀에게는 보호 장비가 단검뿐이었다. 그녀는 단검을 뽑아 들고 벽을 등지고서 죽음으로 맞서 싸울 준비를 했다.

하지만 싸움도 죽음도 없었다. 그녀의 손에 죽은 남자도 아마 그녀와 대적할 생각이 없었을 것이다. 칼에 찔리기 전에 외쳤던 말도 *아니에요, 아니에요,* 였다. 이들은 더는 참을 수가 없었다. 여기서 도망치고 싶은 생각뿐이었다. 그래서 그녀를 쳐다보지도 않고 그대로 지나쳤다.

엘든이 외쳤다.

"돌아와! 돌아와, 이 겁쟁이들아! 국왕의 명령이다!"

그들은 들은 체도 하지 않고 돌계단을 두세 개씩 성큼성큼 올라왔다. 나는 레이더의 목걸이를 잡고 내 옆으로 바짝 당겼다. 처음 두 가마꾼은 우리 옆을 무사히 지나갔지만 세 번째 가마꾼은 레이더에 발이 걸려서 휘청거렸다. 레이더가 더는 못 참겠는지 고개를 불쑥 내밀어 가마꾼의 허벅지를 덥석 물었다. 그는 다시 균형을 찾으려고 두 팔을 허우적거리다 계단통으로 떨어졌다. 그의 몸이 바닥에 부딪치자 점점 희미해져 가던 비명 소리가 뚝 끊겼다.

나는 계단을 다시 달려 내려가기 시작했다. 리아는 그 자리에 그대로 서서 펄럭이는 자주색 가운을 입은 흉측한 인간을 뚫어져라 쳐다보며, 머리 위의 그 말도 안 되는 심연 속에서 희미하게 반짝이는 별빛에 비춰 이목구비를 확인하려고 애를 썼다. 내가 그녀의 곁에 거의 도착했을 때 주위가 환해지기 시작했다. 하지만 별빛 때문에 그런 건 아니었다. 웅웅거리는 소리가 다시 시작됐다. 이번에는 아까보다 소리가 굵고 낮았고, *음음음음음음음음*이 아니라 *아아아아아아아*였다. 어마어마하고 정체를 알 수 없는 이 세상 밖의 존재가 맛있는 냄새를 맡고 내는 소리였다.

나는 위를 올려다보았다. 리아도 위를 올려다보았다. 레이더도 위를 올려다보았다. 별빛이 반짝이는 그 어두컴컴한 하늘에서 헤엄치고 있는 그것은 끔찍했지만, 정말로 소름 끼쳤던 부분은 뭔가 하면 또 한편으로는 아름다웠다는 것이다.

　내 시간 감각이 완전히 망가지지 않았다면 지상에서는 아직 해가 지지 않았다. 벨라와 아라벨라는 엠피스가 속한 세상의 반대편을 돌고 있었지만, 있어서는 안 될 이 시커먼 공동에서도 여전한 모습으로 파르스름하고 귀기 어린 빛으로 이 지옥 같은 소굴을 비추고 있었다.

　큰 달이 작은 달을 향해 다가가고 있었고 앞이나 뒤로 지나갈 궤적이 아니었다. 몇천 년인지 모를 기간 만에 처음으로 두 달(여기서 보이는 것과 실제로 어딘가에서 행성을 돌고 있는 것, 양쪽 모두)이 충돌하기 직전이었다.

　그 둘이 소리 없이 서로 부딪치자(그러니까 실은 투영된 허상이었다) 눈이 부시도록 환한 빛이 번쩍하고 폭발했다. 파편이 온 사방으로 날아가 반짝이는 사기그릇이 산산조각 난 것처럼 검은 하늘을 가득 채웠다. 밋밋하게 *아아아아아아아아* 하는 그 듣기 싫은 소리가 점점 더 커졌다. 귀가 먹먹할 정도였다. 크레인의 팔이 올라가기 시작하자 팔과 기둥 사이의 각도가 좁아졌다. 기계가 움직이는 소리는 나지 않았고 났더라도 나는 듣지 못했을 것이다.

　두 달이 붕괴되자 작렬하는 섬광이 별빛을 완전히 덮었고 이 아래 바닥을 환하게 적셨다. 크레인의 갈고리가 어둠의 우물의 뚜껑을 들어 올리기 시작했다. 자주색 가운을 입은 흉측한 인간도 위를 쳐다보고 있었고, 리아가 아래를 내려다보았을 때 둘의 시선이 만났다. 그의 눈은 늘어진 초록색의 살 속으로 움푹 들어가 있었다. 그녀의 눈은 동그랗고 파랬다.

그 오랜 세월과 숱한 변화에도 불구하고 그녀는 그를 알아보았다. 그녀가 느낀 경악과 공포가 고스란히 전해졌다. 내가 붙잡으려고 했지만 그녀 쪽에서 휙 몸을 빼는 바람에 하마터면 계단통으로 떨어질 뻔했다. 나는 눈앞에서 펼쳐진 광경 때문에 충격을 받은 상태였다. 하늘에서 두 달이 충돌하다니 있어서는 안 될 일이었다. 깨진 조각들이 사방으로 흩어지며 희미해지기 시작하고 있었다.

어둠의 우물을 덮고 있던 뚜껑 가장자리로 초승달처럼 등장한 어둠이 시커먼 함박웃음으로 금세 커졌다. 누군가가 만족스러워하며 길고 거칠게 울부짖는 소리가 점점 더 요란해졌다. 플라이트 킬러가 비틀비틀 우물을 향해 다가갔다. 자주색 가운이 동시에 여러 방향으로 올라갔다. 뒤룩뒤룩한 그 끔찍한 얼굴이 잠깐 가려지는가 싶더니 가운이 한쪽으로 벗겨져 돌바닥 위로 떨어졌다. 그 아래에 숨겨져 있던 남자는 엘사가 그랬듯이 반인반수였다. 다리 대신 울퉁불퉁한 검은색 촉수를 딛고 좌우로 뒤뚱거리며 총총히 움직였다. 주머니처럼 늘어진 배에 달린 촉수가 점점 위로 들리는 뚜껑을 향해 움직이자 마치 발기한 성기를 보는 듯했다. 팔을 대체하는 뱀처럼 생긴 끔찍한 것이 급류에 휩쓸린 해초처럼 얼굴을 감싼 채 출렁거렸다. 나는 우물 속에 있는 것이 뭔지 몰라도 크툴루는 아니라는 사실을 알아차렸다. 도라가 신발 속에서 사는 할머니고 리아가 구스 걸이듯 엘든이 이 세상의 크툴루였다. 그는 기형인 발과 굽은 등(척추후만증)을 그보다 끔찍한 것과 바꿨다. 이것이 그에게 공평한 거래였을까? 복수를 하고 왕국을 천천히 파괴할 수 있었으니 그걸로 저울의 균형이 맞춰졌을까?

리아가 계단을 다 내려갔다. 머리 위에서는 벨라와 아라벨라의 조각들이 계속 번져 나가고 있었다.

내가 외쳤다.

"리아! 리아, 제발 멈춰요!"

그녀는 휘장을 힘없이 늘어뜨린 가마 옆을 지나자마자 달리기를 멈췄지만 내가 외친 소리를 듣고 그런 건 아니었다. 아마 그 소리를 듣지도 못했을 것이다. 그녀의 관심사는 오로지 자기 오빠였던 흉물이었다. 이제 그가 얼굴 살을 밀가루 반죽처럼 늘어뜨리고 점점 열리는 뚜껑 위로 간절하게 허리를 숙이고 있었다. 쓰고 있던 왕관이 다시 떨어졌다. 목과 허리와 엉덩이 틈새에서 그 시커먼 촉수가 몇 개 더 뻗어나왔다. 그가 내 눈앞에서 고대 신들의 대사제인 크툴루로 변신하고 있었다. 끔찍한 동화가 현실로 이루어지고 있었다.

하지만 진짜 괴물은 저 아래에 있었다. 그것이 조만간 등장할 것이었다.

고그마고그.

8

이후에 벌어진 일은 가슴이 아플 정도로 선명하게 기억이 난다. 버려진 가마에서 열두어 계단 떨어진 곳에 서서 보았는데, 아직까지도 꿈속에서 그 광경이 펼쳐진다.

레이더가 짖고 있었지만 어둠의 우물에서 계속 흘러나오는, 사람을 미치게 만드는 웅웅거리는 소리 때문에 거의 들리지가 않았다. 리아가 단검을 들어 일말의 주저함도 없이 양분 보급로 역할을 하던 입가의 상처에 푹 꽂았다. 그러고는 두 손으로 상처를 좌우로 헤집었다.

"*엘든!*"

그녀가 비명을 질렀다. 다시 생긴 입에서 피가 고운 물보라처럼 뿜어져 나왔다. 목소리가 거칠었지만(여러 번 복화술을 쓰느라 그랬을 것이다) 목구멍 깊숙한 곳에서 남에게 투사할 필요 없이 처음으로 내뱉은 그 단어는 웅웅거리는 소리를 뚫고 가련한 오빠의 귀에 들릴 만큼 우렁찼다. 그가 고개를 돌렸다. 처음으로 그녀를 *제대로* 보았다.

"엘든, 늦기 전에 멈춰!"

그는 빽빽한 촉수(이제는 숫자가 훨씬 많아졌다)를 흔들며 머뭇거렸다. 그 게슴츠레한 눈에서 내가 무엇을 보았을까? 사랑? 후회? 슬픔? 남들과 다르게 처음부터 그를 사랑했던 유일한 사람에게 저주를 내렸다는 부끄러움? 아니면 너무 짧게 끝나 버린 (하지만 우리 모두에게는 모든 결말이 그렇게 느껴지지 않나?) 재위 기간에 이어 사라져 가는 것을 지키고 싶은 욕망?

모르겠다. 나는 계단을 마저 달려 내려가 가마 옆을 지났다. 아무 계획도 없었다. 그저 저 아래 있는 뭔지 모를 것이 등장하기 전에 그녀를 피신시킬 생각뿐이었다. 보디치 씨의 창고로 피신했던 거대한 바퀴벌레와 보디치 씨가 그걸 총으로 쐈던 게 기억이 나면서 내가 그의 총을 들고 있다는 데(드디어) 생각이 미쳤다.

리아는 미친 듯이 넘실거리는 촉수 안으로 걸어 들어갔다. 얼마나 위험한지 모르는 눈치였다. 촉수 하나가 그녀의 뺨을 어루만졌다. 엘든은 계속 그녀를 바라보고 있었다. 눈물을 흘리는 게 맞았을까?

그가 꺽꺽거렸다.

"돌아가. 아직 그럴 수 있을 때 돌아가. 나는 못 해……."

촉수 하나가 핏자국이 남은 그녀의 목을 감쌌다. 그가 무엇을 못 한다는 건지 알 수 있었다. 저 아래에 있는 뭔지 모를 것에게 썰 자기 몸의 일부분을 어쩔 수 없다는 것이었다. 그가 왕궁 도서관에서 읽은 그 수많은 책 중에…… 악마는 악마의 거래만을 한다는, 모든 문화권의 가장 기본적인 사실을 설명한 책은 한 권도 없었던 걸까?

나는 그녀의 목을 감싼 촉수(엘든이 맨 처음 거래를 했을 때는 한쪽 팔의 일부분이었을지도 몰랐다)를 잡고 휙 당겨서 풀어냈다. 억셌고 끈적끈적한 점액 같은 것으로 덮여 있었다. 나는 리아의 목이 안전해지자 촉수를 잡았던 손을 놓았다. 다른 촉수가 내 손목을, 또 다른 촉수가 내 허벅지를 감쌌다. 그러고는 나를 엘든 쪽으로, 뚜껑이 열린 우물 쪽으로 끌고 갔다.

나는 그를 쏘려고 보디치 씨의 총을 들었다. 하지만 촉수 하나가 총신을 감싸고 휙 낚아챘다. 거칠거칠한 돌바닥으로 떨어진 총은 버려진 가마 쪽으로 빙글빙글 미끄러졌다. 레이더가 엘든과 우물 사이에 서서 뒷덜미 털을 세우고 턱에서 거품이 튀길 정도로 맹렬하게 짖어 댔다. 녀석이 엘든을 물려고 달려들었다. 엘든의 왼쪽 다리였던 촉수가 채찍처럼 녀석을 후려쳐 대자로 뻗게 만들었다. 나는 계속 앞으로 끌려갔다. 그 괴물이 여동생을 보고 눈물을 흘렸을지 몰라도 지금은 현실이 됐건 가상이 됐건 섬뜩한 승리를 기대하며 씩 웃고 있었다. 이번에는 작은 촉수 2개가 웃음 짓는 그 입 속에서 나와 허공을 더듬었다. 크레인이 계속 뚜껑을 들어 올리고 있었지만 안에서도 뭔가가 뚜껑을 밀어서 틈새를 넓히고 있었다.

저 아래에는 또 다른 세상이 있어. 절대 보고 싶지 않은 암흑의 세상이.

뒤룩뒤룩하고 얼굴이 초록색인 괴물이 비명을 질렀다.

"너도 저들과 한패였어! 너도 저들과 한패였다고! 안 그랬다면 나랑 같이 갔겠지! 내 왕비가 됐겠지!"

플라이트 킬러의 촉수가 리아의 다리와 허리와 목을 감싸고 그녀를 앞으로 질질 끌고 왔다. 뭔가가 우물에서 나왔다. 길고 하얀 가시가 점점이 박혔고 시커멓게 번들거리는 무언가였다. 그것이 철퍼덕 바닥을 때렸다. 이제 보니 날개였다.

리아가 울부짖었다.

"내가 **여왕**이야! 너는 내 오빠가 아니야! 내 오빠는 착했어! 너는 살인자고 사기꾼이야! 오빠를 사칭하는 괴물이야!"

그녀는 자기 피가 묻은 단검을 오빠의 눈에 꽂았다. 촉수가 그녀를 놓았다. 그는 휘청휘청 뒷걸음질 쳤다. 날개가 위로 한 번 푸드덕거리자 구역질 나는 바람이 내 얼굴 위로 쏟아졌다. 날개가 엘든을 감쌌다. 가시들이 그의 몸을 찔렀다. 그는 우물 입구로 질질 끌려갔다. 그것이 구부러진 가시를 그의 가슴에 꽂고 우물 안으로 끌고 들어가자 엘든은 마지막으로 비명을 질렀다.

그것은 꼭두각시를 데려가는 것으로 만족하지 않았다. 이 세상의 것이 아닌 살덩이가 부글부글 우물에서 올라왔다. 거대한 황금색 눈(얼굴인가 싶은 곳에 달린 것이 그것뿐이었다)이 우리를 물끄러미 응시했다. 어딘가에 스치고 긁히는 소리에 이어 가시로 뒤덮인 두 번째 날개가 등장했다. 그것이 시험 삼아 날개를 퍼드덕거리자 썩은 내가 다시 나를 강타했다.

"다시 들어가!"

리아가 외쳤다. 너덜너덜하게 뜯긴 입가의 구멍에서 피가 뿜어져

나왔다. 핏방울이 우물에서 기어 나오던 그것에 닿자 지글거렸다.

"나, 엠피스의 여왕의 명령이다!"

그것은 우물에서 계속 꿈틀꿈틀 빠져나와 이제는 가시로 덮인 날개를 양쪽 다 퍼드덕거렸다. 뭔지 모를 역겨운 액체가 그것에게서 뿜어져 나왔다. 산산조각 난 달의 파편에서 나오는 빛이 점점 희미해지고 있었기에 옆구리를 풀무처럼 부풀렸다 꺼뜨렸다 하며 올라오는, 혹이 달렸고 일그러진 그것이 거의 보이지 않았다. 엘든의 머리가 그 이상한 살덩이 속으로 사라져 가고 있었다. 경악한 마지막 표정 그대로 숨이 끊긴 그의 얼굴이 유사 속으로 빨려 들어가는 남자처럼 우리를 바라보았다.

레이더의 짖는 소리가 이제는 비명에 더 가까웠다.

용이었을 수도 있지만 어떤 동화책에서도 본 적 없는 종류의 용이었다. 출처가 내 세상 밖이었다. 리아의 세상 밖이기도 했다. 어둠의 우물을 통해 인간은 이해할 수 없는 다른 우주가 열린 것이었다. 그리고 리아의 명령으로는 그걸 막을 수가 없었다.

그것이 우물에서 빠져나왔다.

계속 빠져나왔다.

2개의 달이 입을 맞췄으니 그것이 조만간 풀려날 것이었다.

9

리아는 다시 명령을 내리지 않았다. 소용없는 짓이라고 결론을 내렸는지, 목을 길게 빼고 그것이 우물 밖으로 점점 커지는 것을 지켜보기만 했다. 이제 레이더 혼자 짖고 또 짖으며 경이롭고 용감하게 자기 자리에서 버텼다.

나는 내가 죽게 됐다는 사실을 깨달았다. 차라리 고마운 일이 될 것이다. 나와 리아와 레이더가 이 세상 밖의 저 존재 안으로 끌려 들어가 *아아아아아아아* 하는 그 끔찍하고 섬뜩한 소리를 들으며 계속 살아가지 않아도 될 테니까.

내가 읽기로는 이런 순간이 찾아오면 지난날의 기억이 눈앞에 스치고 지나간다고 했다. 촤르륵 넘긴 책 속의 삽화처럼 내 눈앞에 스치고 지나갔던 것은 신발 아주머니와 구스 걸에서부터 세 명의 망명객이 사는 집과 예쁜 여동생을 (또는 기형인 남동생을) 절대 무도회에 데리고 가지 않았던 못된 자매들에 이르기까지 엠피스에서 맞닥뜨린 온갖 동화였다.

그것은 점점 커지고 또 커졌다. 가시로 덮인 날개가 퍼드덕거렸다. 엘든의 얼굴은 어디 있는지 알 수 없는 그것의 배 속으로 이미 사라졌다.

바로 그때 또 다른 동화가 생각났다.

옛날 옛날에 보디치 씨의 금을 훔치러 온 크로스토퍼 폴리라는 못된 난쟁이가 있었다.

옛날 옛날에 칼로 스냅을 괴롭힌 피터킨이라는 못된 난쟁이가 있었다.

옛날 옛날에 엄마는 시카모어 다리에서 배관공의 트럭에 치이는 바람에 다리 기둥에 부딪쳐 돌아가셨다. 엄마의 몸은 대부분 다리 위에 남았지만 머리와 어깨는 리틀 럼플 강 속에 빠졌다.

계속 럼펠스틸트스킨이었다. 처음부터 지금까지. 그러니까 오리지널 버전. 거기서 왕비의 딸이 그 성가신 요정을 어떻게 해치웠던가?

"나는 네 이름을 알아!"

나는 큰소리로 외쳤다. 내 목소리가 아니었다. 이 이야기에 등장하는 생각과 통찰이 맨 처음 엠피스로 건너왔을 때 17살이었던 그 아이의 것이 아니었듯, 이건 왕자의 목소리였다. 이 세상의 것도, 내 세상의 것도 아니었다. 나는 엠피스를 '다른 세상'이라고 부르고 있었지만 *내가* 다른 사람이었다. 여전히 찰리 리드이기는 했지만 그와 동시에 다른 누구이기도 했고, 내가 이곳으로 보내진 이유가 지금 이 순간을 위해서였다고, 몇 년 전에 엄마가 치킨 윙을 먹으며 그 다리를 건너던 순간부터 여기에 내 시계의 태엽이 감기고 알람이 맞춰져 있었다고 확신하지 않을 수가 없었다. 나중에, 그 지하 세계에서 내가 맡은 역할에서 빠져나오기 시작했을 때에는 의구심이 *생겼지만 그때는?* 절대 아니었다.

"나는 네 이름을 알아, 고그마고그, 이제 내가 명령한다, 네 소굴로 돌아가!"

그것은 비명을 질렀다. 돌 바닥이 흔들렸고 쩍쩍 금이 갔다. 저 위에서는 무덤이 다시 열리며 시체들이 기어 나왔고 황제 경기장이 지그재그로 갈라지며 엄청난 크레바스가 생겼다. 그 거대한 날개가 펄럭이자 냄새가 코를 찌르고 산성 용액처럼 화끈거리는 액체 방울이 비처럼 쏟아졌다. 하지만 비밀을 공개하자면 나는 그 비명 소리가 좋았다. 나는 어둠의 왕자고 그건 고통에 겨운 비명이었다.

"고그마고그, 고그마고그, 네 이름은 고그마고그지!"

그것은 내가 이름을 부를 때마다 비명을 질렀다. 그 비명 소리는 천지에 울렸고, 웅웅거리는 소리가 그랬던 것처럼 내 머릿속 깊숙한 데로도 꽂혔다. 머리가 터질 것 같았다. 날개가 미친 듯이 퍼덕거렸다. 그 커다란 눈이 나를 노려보았다.

"네 소굴로 돌아가, 고그마고그! 나중에, 고그마고그, 10년이나 1000년 뒤에 다시 와, 고그마고그, 하지만 오늘은 안 돼, 고그마고그!"

나는 두 팔을 벌렸다.

"나를 데려가면, 고그마고그, 네 이름을 계속 불러서 내장을 터뜨려 버릴 거야!"

그것은 날개를 접어서 그 섬뜩한 눈을 덮고 후퇴하기 시작했다. 우물을 내려가는 동안 추르륵 하는 축축한 소리가 들리자 토가 나올 것 같았다. 어떻게 하면 그 거대한 크레인으로 뚜껑을 덮을 수 있을지 나로서는 알 길이 없었지만 그건 리아가 알았다. 그녀의 목소리가 거칠고 갈라지긴 했지만…… 짓이긴 흉터만 있던 곳에서 입술이 생겨나기 시작하는 것이 보이는 것만도 같았다. 확실하지는 않았지만 지금까지 억지로 삼킨 가공의 현실이 워낙 많았으니 그것도 기쁜 마음으로 받아들였다.

"갤리언의 리아의 이름으로 닫혀라."

크레인의 팔이 천천히(내가 느끼기에는 너무 천천히) 뚜껑을 내리기 시작했다. 케이블이 팽팽해졌고 마침내 갈고리가 뚜껑에서 풀려났다. 나는 숨을 토했다.

리아가 내 품으로 달려와 있는 힘껏 끌어안았다. 헤집어진 상처에서 난 피가 따뜻하게 목을 적셨다. 뭔가가 뒤에서 나를 들이받았다. 레이더가 뒷발로 바닥을 딛고 앞발을 내 엉덩이에 얹고 미친 듯이 꼬리를 흔들고 있었다.

"어떻게 알았어?"

리아가 갈라진 목소리로 물었다.

"엄마한테 들은 이야기가 있거든요."

나는 대답했다. 어떻게 보면 진짜였다. 엄마는 그때 죽음으로써 지금의 내게 알려 주었다.

"이제 그만 가요, 리아. 안 그러면 해가 떨어진 뒤에 길을 찾아야 해요. 그리고 말도 그만 해요. 얼마나 아픈지 알겠으니까."

"응. 하지만 기분 좋게 아파."

리아가 가마를 가리켰다.

"램프를 하나는 들고 왔을 텐데. 성냥 남은 거 있어?"

놀랍게도 있었다. 우리는 레이더를 가운데 두고 서로 손을 잡고 버려진 가마 앞으로 갔다. 리아가 가던 도중에 허리를 한 번 숙였지만 나는 그런 줄도 몰랐다. 산산조각 난 달의 파편에서 나는 빛이 완전히 꺼지기 전에 불을 밝힐 만한 것을 찾느라 여념이 없었다.

가마 휘장을 젖히자 그때까지 잊고 있었던 엘든의 측근이 반대편 구석에 몸을 웅크리고 있었다. 퍼시벌은 이렇게 말했다. *플라이트 킬러. 다른 네 명. 그 망할 년도 아니면 그 마녀도.*

페트라의 머리칼이 얼기설기한 진주 끈 사이로 흘러내렸다. 새하얀 화장은 갈라지고 번졌다. 그녀가 공포와 증오가 한데 뒤섞인 눈빛으로 나를 보았다.

"너 때문에 다 망가졌잖아, 이 짜증 나는 애새끼야!"

*애새끼*라는 단어에 미소가 지어졌다.

"아냐, 아냐, 자기야. 몽둥이와 돌로는 내 뼈를 부러뜨릴 수 있겠지만 말로는 절대 내게 상처를 줄 수 없어."

가마 앞쪽의 조그만 황동 고리에 내가 찾던 것이 걸려 있었다. 어뢰 모양의 램프였다.

"나는 그의 배우자였어! 그에게 선택받은 여자였다고! 나는 그가 팔이었던 그 징그러운 뱀으로 내 몸을 만져도 가만히 있었어! 침을 흘았고! 그가 오래 살지 못할 운명이라는 걸 바보라도 알 수 있었으니까. 그럼 내가 왕위에 앉을 수 있을 테니까!"

감히 내 의견을 밝히자면 대꾸할 가치도 없었다.

"내가 엠피스의 여왕이 될 수 있었다고!"

나는 램프를 향해 손을 내밀었다. 그녀가 입술을 까뒤집어 뾰족하게 간 이빨을 드러냈다. 플라이트 킬러의 생지옥 같은 왕실에서는 그게 유행이었던 모양이다. 그녀가 앞으로 달려들어 그 뾰족한 이빨로 내 팔을 깨물었다. 곧바로 엄청난 통증이 엄습했다. 꽉 다문 그녀의 입술 사이로 피가 스며 나왔다. 그녀의 눈이 앞으로 튀어나왔다. 나는 팔을 빼려고 했다. 살점이 뜯어져도 그녀의 이빨은 내 팔을 물고 놔주지 않았다.

"페트라."

리아가 말했다. 나지막이 으르렁거리는 쉰 목소리였다.

"이거나 먹어라, 더러운 할망구야."

리아가 오던 길에 주운 보디치 씨의 45구경에서 귀가 먹먹할 정도의 굉음이 터졌다. 페트라의 오른쪽 눈 바로 위, 갈라진 새하얀 화장 사이로 구멍이 생겼다. 그녀가 머리를 뒤로 꺾으며 가마 바닥으로 쓰러지기 전에 나는 보지 않아도 될 것을 보고 말았다. 문고리만 한 내 팔뚝 살점이 그 뾰족하게 간 이빨에 매달려 있었다.

리아가 당장 가마의 옆면에 달린 휘장을 뜯고 아래에서부터 길게 찢어서 그걸로 내 상처를 싸맸다. 이제 사방이 거의 어두컴컴했다. 나는 어둠 속으로 멀쩡한 쪽 팔을 뻗어 램프를 집었다가 (페트라가 살아나 그쪽 팔도 물어뜯을지 모른다는 황당한 생각이 끈질기게 나를 괴롭혔다) 하마터면 떨어뜨릴 뻔했다. 왕자님이거나 말거나 충격으로 온몸이 벌벌 떨렸다. 페트라가 물어뜯기만 한 게 아니라 상처에 휘발유를 붓고 불을 붙인 것 같은 느낌이었다.

내가 말했다.

"당신이 불을 붙여요. 성냥은 권총집에 있어요."

그녀가 내 허리춤을 뒤지는 느낌에 이어 가마 옆면에 대고 성냥을 긋는 소리가 들렸다. 나는 램프의 유리 등피를 뒤로 젖혔다. 그녀는 옆면에 달린 조그만 손잡이를 돌려 심지를 키우고 불을 붙였다. 그런 다음 내게서 램프를 건네받았다. 다행이었다. 내가 계속 들고 있었다면 떨어뜨렸을 것이다.

내가 나선형 계단을 올라가려고 하자 (다시는 이런 계단을 보지 않으면 좋겠다는 생각이 들었다) 그녀가 나를 붙잡고 아래로 당겼다. 리아가 내 귀에 대고 속삭이자 너덜너덜한 입이 느껴졌다.

"페트라는 내 고모할머니였어."

할머니라고 하기에는 너무 젊었는데. 나는 이런 생각을 하다가 여행을 떠났다가 아들이 돼서 돌아온 보디치 씨를 떠올렸다.

"이제 여길 떠나서 다시는 오지 말아요."

나는 말했다.

10

우리는 아주 천천히 계단을 올라갔다. 나는 50걸음마다 쉬어야 했다. 심장이 뛸 때마다 팔이 욱신거렸고 리아가 임시방편으로 묶어준 붕대가 피로 점점 젖어 가는 것이 느껴졌다. 내 살점을 입에 물고 뒤로 쓰러져 죽은 페트라가 계속 눈앞에서 어른거렸다.

계단 꼭대기에 다다르자 앉아서 숨을 돌려야 했다. 이제는 팔뿐 아니라 머리까지 욱신거렸다. 어딘가에서 읽은 바에 따르면 위험한, 어쩌면 치명적인 세균을 옮길 수 있는 감염원으로 건강해 보이는 인간보다 위험한 것은 광견병에 걸린 동물밖에 없다고 했다. 엘든과 오랫동안 동침했을 (실제로 살을 섞었을 거라고 믿고 싶지는 않았다) 페트라가 얼마나 건강했을지 무슨 수로 알 수 있을까? 그녀의 독이 팔을 타고 어깨로, 어깨에서 심장으로 번지는 것이 느껴지는 것만도 같았다. 허튼 상상이라고 나를 다독여 보았지만 별 도움이 되지는 않았다.

리아는 내가 불안해하며 옆얼굴에 대고 코를 비비는 레이더와 잠깐 앉아 있도록 내버려 두었다가 램프 기름통을 가리켰다. 거의 바닥이었고 벽에서 새어 나오던 빛은 엘든이 죽고 고그마고그가 철수하자 함께 사라졌다. 그녀의 메시지는 분명했다. 어둠 속을 헤매고 싶지 않으면 이제 그만 움직여야 한다는 것이었다.

12개의 통로와 빙 둘러서 연결된 그 거대한 방으로 가는 가파른 길을 반쯤 올라갔을 때 램프의 불빛이 가물가물하다가 꺼졌다. 리아가 한숨을 쉬고 내 성한 쪽 손을 잡았다. 우리는 천천히 걸음을 옮겼다. 어둠이 불쾌하기는 했지만 웅웅거리는 소리와 속삭임이 더는 들리지 않았으니 뭐 그리 나쁘지는 않았다. 팔은 그렇지 않았다. 피가 멎지 않아서 손바닥과 손가락 사이로 따뜻한 피가 흐르는 게 느껴졌다. 레이더가 킁킁 냄새를 맡으며 낑낑거렸다. 독이 묻은 칼에 살짝 베이는 바람에 죽은 아이오타가 떠올랐다. 페트라의 뾰족한 이빨에 매달려 있던 내 살점만큼이나 그의 얼굴도 생각하고 싶지가 않은데 어쩔 방법이 없었다.

리아가 걸음을 멈추고 손가락으로 어딘가를 가리켰다. 그녀가 뭘 말하고 싶은 건지 알 수 있었다. 통로에 불빛이 다시 등장한 것이었다. 반은 유리, 반은 돌로 이루어진 벽에서 스며나오는 기분 나쁜 초록색 빛이 아니라 따뜻하고 누르스름한 불빛이 커졌다 작아졌다 했다. 그 불빛이 환해지자 레이더가 격하게 짖으며 불빛을 향해 달려갔다.

"안 돼!"

나는 외쳤다. 소리를 질렀더니 두통이 더 심해졌다.

"가만히 있어, 공주님!"

녀석은 들은 체하지 않았다. 짖는 것도 우리가 떠나온 (하지만 완전히 벗어나지는 못했다. 완전히 벗어나려면 아직 멀었다) 그 암흑의 세계에서 겁에 질려 미친 듯이 짖던 것과는 소리가 달랐다. 이번에는 흥분해서 짖는 거였다. 잠시 후에 점점 커져 가는 불빛 속에서 뭔가가 나왔다. 불쑥 튀어나왔다.

레이더가 꼬리와 엉덩이를 흔들며 납작 엎드리자 스냅이 등 위에 올라탔다. 반딧불이 떼가 스냅을 따라오고 있었다.

"작은 세상의 왕. 어련하겠어."

나는 말했다.

적어도 1000마리는 되어 보이는 반딧불이들이 내 개와 그 등 위에 올라탄 빨간색의 커다란 귀뚜라미 위를 눈부시게 환한 구름처럼 덮었고, 형체가 계속 바뀌는 그 나지막한 불빛에 비친 두 녀석은 아름다웠다. 레이더가 일어났다. 등에 타고 있던 귀뚜라미가 인간의 귀에는 들리지 않는 명령을 내린 것 같았다. 레이더가 오르막길을 걸어가기 시작했다. 반딧불이가 두 녀석 위에서 소용돌이치며 왔던 길을 되짚어 이동했다.

리아가 내 손을 꼭 잡았다. 우리는 반딧불이를 따라갔다.

11

에리스가 12개의 통로가 있는 대성당만 한 방에서 기다리고 있었다. 스냅이 반딧불이 1개 대대를 데리고 우리를 마중 나왔지만 에리스 옆에도 1개 소대를 남겨 두었다. 우리가 통로를 빠져나간 순간 그녀가 달려와서 나를 끌어안았다. 아파서 내 몸이 딱딱하게 굳자 그녀는 포옹을 풀고, 흠뻑 젖은 것을 넘어 피를 뚝뚝 흘리고 있는 임시 붕대를 보았다.

"높으신 하느님 맙소사, 어쩌다 이렇게 됐어?"

그러다 그녀는 리아를 보고 헉 소리를 냈다.

"아니, 공주님!"

"얘기하자면 너무 길어요."

너무 길어서 나중에도 다 할 수가 없을 것 같았다.

"왜 여기 있어요? 돌아가지 않고."

"스냅이 데리고 와 줬어. 불이랑 같이. 보다시피. 공주님도 너도 치료를 받아야겠는데, 프리드 상태가 너무 안 좋아서 어쩌지?"

그럼 클로디아한테 부탁해야겠네. 클로디아라면 방법을 알 거야. 방법이 있는지 모르겠지만.

"얼른 여기서 빠져나가요. 지하라면 지긋지긋해요."

나는 레이더의 등에 타고 있는 빨간색 귀뚜라미를 보았다. 녀석도 유난히 진지해 보이는 작고 까만 눈으로 나를 마주보았다.

"스냅 경께서 앞장서 주시면 감사하겠습니다만."

이렇게 해서 스냅이 앞장섰다.

12

마침내 옷 방으로 빠져나와 보니 몇 명이 옹기종기 모여 있었다. 반딧불이 떼는 반짝이는 현수막처럼 그들의 머리 위로 줄을 지어 날아갔다. 자야도 있었고 퍼시벌도 있었고 딥 말린에 함께 유폐됐던 다른 사람들도 있었지만, 누구누구였는지는 기억이 나지 않는다. 그 무렵에는 정신이 점점 몽롱해졌고, 두통이 너무 심해서 하얀 공이 내 눈과 약 10센티미터 거리를 두고 허공에 매달려 펄떡거리는 것 같았다. 선명하게 기억하는 두 가지가 있다면 레이더의 등에 타고 있던 스냅이 사라졌다는 것과 퍼시벌의 상태가 아까보다 괜찮아 보였다는 것이다. 하얀 공이 내 눈앞에서 왔다 갔다 하고 물어뜯긴 팔이 뼛속 깊이 욱신거렸으니 어떻게 된 영문인지 파악할 수 없었지만, 분명 괜찮아 보였다. 장담할 수 있었다. 공주가 등장하자 마중 나온 사람들이 무릎을 꿇고 고개를 숙이고 이마에 손을 갖다 댔다.

"일어나라."

그녀가 쉰 목소리로 말했다. 목소리가 거의 들리지 않았지만 너무 많이 써서 그런 거였고 때가 되면 다시 돌아올 것이었다. 성대를 완전히 못 쓰게 됐을지 모른다는 생각은 너무 끔찍해서 하고 싶지도 않았다.

사람들이 일어났다. 리아와 에리스가 나를 양옆에서 부축하고 북적대는 옷 방에서 나갔다. 첫 번째 계단까지 거의 다 갔을 때 다리에서 힘이 풀렸다. 딥 말린의 친구들 아니면 회색 인간들 아니면 양쪽 모두가 나를 업고 갔다. 기억이 나지 않는다. 업혀서 알현실을 지나가는데, 플라이트 킬러에게 충성을 맹세했던 잰 왕실의 신하들이 만들어 놓은 난장판을 30명도 넘는 회색 인간들이 치우고 있는 것을 본 기억은 난다. 빨간 수건을 머리에 두르고 멋들어진 노란색 캔버스 운동화를 신은 도라도 그중에 있었던 것 같다. 그녀는 손을 입에 대고, 오리발이 아니라 예전의 모습을 되찾기 시작한 손가락으로 내게 손 키스를 날렸다.

도라가 여기 있을 리 없어. 너 지금 정신 착란을 일으킨 거야, 찰리 왕자. 그리고 도라가 여기 있다 한들 손가락이 다시 생기고 있을 리 없어. 그런 건……

그런 건 음…… 이런 소설 속에서나 벌어지는 일이었다.

나는 전실 비슷한 옆방으로 업혀 가는 동안 목을 길게 빼고 그녀가 맞는지 다시 한번 확인했다. 밝은색 머릿수건과 그보다 더 밝은색 운동화가 보였지만 도라라고 단정할 수는 없었다. 그녀는 내 쪽을 등지고 무릎을 꿇고 앉아서 바닥을 닦고 있었다.

몇 개의 방과 긴 복도를 더 지났지만 그 무렵 나는 정신이 오락가락했고, 터질 것 같은 머리와 크리스마스이브에 때는 장작처럼 이글대는 팔에서 벗어날 수만 있다면 정신을 잃어도 대환영일 것 같았다. 하지만 나는 버텼다. 죽을 때가 얼마 남지 않았다면(분명 그렇게 느껴졌다) 밖에서, 자유로운 공기를 마시며 죽고 싶었다.

눈부시게 환한 빛이 나를 강타했다. 덕분에 두통이 더 심해졌지만, 그래도 릴리마르 지하 세계의 그 소름 끼치는 빛이 아니라 좋았다. 이건 심지어 그보다 훨씬 따뜻했던 반딧불이 불빛도 아니었다.

단순한 빛이 아니었다.

무려 햇빛이었다.

나는 앉은 것도 아니고 누운 것도 아닌 자세로 그 햇빛 속으로 옮겨졌다. 구름이 흩어지고 있었고 왕궁 앞의 거대한 광장 위로 파란 하늘이 보였다. 멜빵 청바지를 한 벌 만들 수 있을 만한 면적이 아니라 수백 제곱미터였다. 아니, 수천 제곱미터였다. 햇살은 또 얼마나 눈이 부신지! 아래를 내려다보니 내 그림자가 보였다. 그러자 마치 사라진 아이들의 왕자인 피터 팬이 된 것 같았다.

어마어마한 환호성이 터졌다. 성문이 열렸고 회색으로 변한 엠피스 주민들이 광장을 가득 채웠다. 그들이 리아를 보고 무릎을 꿇는 요란한 소리가 들리자 내 몸에서 소름이 돋았다.

그녀가 나를 쳐다보고 있었다. 표정을 보니 좀 도와 달라고 말하고 싶어 하는 것 같았다.

"내려 줘요."

어찌어찌 서 있을 수 있었다. 통증은 여전했지만 다른 뭔가가 있었다. 다른 누군가의 음성으로 고그마고그의 이름을 외쳤을 때 있었던 그것이 지금 여기에도 있었다. 나는 성한 오른쪽 팔과 다친 왼쪽 팔 모두를 들었다. 자야가 중간에 붕대를 바꿔 주었지만 피가 멈추질 않아서 다시 새빨갛게 물이 들었다. 도라의 조그맣고 깔끔한 집 뒤편 언덕에 핀 양귀비 색이었다.

아래에서 사람들이 무릎을 꿇고 조용히 기다리고 있었다. 바로 그때 어떤 능력이 온몸을 관통하는 것이 느껴졌지만 그들이 나를 위해 무릎을 꿇은 게 아님을 기억했다. 여긴 내 세상이 아니었다. 내 세상은 다른 곳이었다. 하지만 여기서 해야 할 일이 하나 더 남아 있었다.

"엠피스 주민 여러분! 플라이트 킬러는 죽었습니다!"

그들이 함성으로 인정과 감사를 전했다.

"이제 어둠의 우물은 닫혔고 그 안에 사는 괴물은 갇혔습니다!"

다시 함성이 터졌다.

이제 그 능력이, 내가 아닌 다른 누군가가 점점 희미해지며 거기에 결부됐던 힘도 사라지는 것이 느껴졌다. 나는 조만간 예전의 그 평범한 찰리 리드로 돌아갈 것이다…… 죽지 않고 목숨을 부지한다면.

"엠피스 주민 여러분, 열렬한 환호성과 함께 리아를 맞이해 주시기 바랍니다! 갤리언의 리아를! *여러분의 여왕님을!*"

아빠가 들었다면 떠나기 전에 남기는 인사로 제격이라고 했겠지만 확실하게는 알 수가 없는 것이, 바로 그 순간 무릎이 꺾이면서 내가 정신을 잃었다.

31장.

손님들. 하얀 드레스를 입은 여왕. 하늘의 선물.
우디와 클로디아. 엠피스를 떠나다.

1

나는 하얀 커튼이 펄럭이는 예쁜 방에서 오랫동안 신세를 졌다. 커튼 뒤편의 창문이 열려 있어서 산들바람이 불 때마다 상쾌한 공기가 함께 들어왔다. 내가 그 방에서 보낸 기간이 3주였나? 4주였나? 엠피스에서는 주를 따지지 않아서, 아무튼 우리 식으로 따지지는 않아서 잘 모르겠다. 해가 뜨고 졌다. 밤이면 산산조각 난 달의 파편에서 나오는 빛이 가끔 이 커튼을 비출 때도 있었다. 벨라와 아라벨라의 남은 조각들이 하늘에 목걸이 비슷한 모양으로 남았다. 그때는 그걸 보지 못했다. 아주 얇은 거즈 커튼 사이로 이동하는 달빛만 보았다. 간병인(여러 간병인 중에서도 신발의 여왕 도라가 최고였다)이 안 그래도 불안한 병세가 '밤안개' 때문에 악화되지 않게 창문을 닫으려고 할 때도 있었지만 내가 허락하지 않았다. 공기가 너무 상쾌했다. 그들은 내 뜻에 따랐다. 내가 왕자님이었으니 내 말이 곧 법이었다. 그들에게 내가 예전의 평범한 찰리 리드로 돌아가고 있다고 밝히지 않았다. 말해 봐야 믿지도 않았을 것이다.

커튼이 펄럭이는 그 방으로 여럿이 나를 만나러 왔다. 그중에는 죽은 사람도 있었다.

어느 날에는 아이오타가 찾아왔다. 나는 그때를 또렷하게 기억한다. 그는 한쪽 무릎을 꿇고 손바닥을 이마에 댄 다음, 회색 간병인들이 습포제를 떼어 내고(아팠다) 상처를 소독하고(이건 더 아팠다) 새 습포제를 붙일 때 앉는 야트막한 의자에 앉았다. 클로디아가 만든 초록색의 그 습포제는 냄새가 하늘을 찔렀지만 진정 효과가 있었다. 그래도 애드빌을 먹을 수 있었으면 더 좋았을 것이다. 퍼코셋(진통제의 한 종류 — 옮긴이)이면 그보다 더 좋았을 테고.

"얼굴이 아주 엿같네."

아이가 말했다.

"위로 고마워요."

"나는 말벌 독에 당했어. 칼에 묻어 있었던 거 말이야. 그 칼 기억하지? 문 뒤에 숨어 있던 남자가 들고 있었던 거."

기억했다. 남자의 이름은 미국에서 많이 쓰이는 제프(Jeff)였다. 아니면 영국에서 많이 쓰이는 제프(Geoff)였을 수도 있다.

"그는 페트라가 엘든이 죽고 자기가 이 왕국의 여왕이 되면 자기 배우자로 삼으려고 점찍어 둔 남자였던 것 같아요."

"회색 인간을 시켜서 그 칼을 벌집에 한참 동안 꽂아 놓게 했을 거야. 독이 잘 발리게. 그 딱한 인간은 벌에 쏘여서 죽었겠지."

엠피스의 말벌이 바퀴벌레만 하다면 그랬을 가능성이 컸다.

아이오타는 말을 이었다.

"그랬다 한들 그 새끼가 상관이나 했을까? 아냐, 아냐, 그럴 리 없지. 예전엔 말벌이 별로 위험하지 않았지만……."

그는 어깨를 으쓱했다.

"플라이트 킬러가 정권을 잡은 뒤로 많은 게 달라졌죠. 안 좋은 쪽으로."

"안 좋은 쪽으로, 맞아."

그는 무릎을 귀 근처에 대고 그 야트막한 의자에 앉아서 재밌어하는 표정을 지었다.

"우리를 구원할 사람이 필요했는데 네가 등장했어. 아무도 없는 것보다는 나았던 것 같아."

나는 성한 쪽 손을 들어 넷째와 새끼손가락을 위로 내밀었다. 내 예전 친구 버티가 이런 식으로 손가락 욕을 했다.

아이오타가 말했다.

"페트라의 독이 그 새끼의 칼에 발라져 있던 것만큼은 아니었을지 몰라도 네 꼴을 보아하니 위험하긴 했나 보네."

두말하면 잔소리였다. 그 엘든의 탈을 쓴 괴물의 침을 핥았으니 나를 깨물었을 때 그 침이 입 안에 남아 있었을 것이다. 생각만 해도 소름이 끼쳤다.

"이겨 내."

아이오타는 이렇게 말하며 자리에서 일어났다.

"이겨 내, 찰리 왕자."

나는 그가 들어오는 것은 보지 못했지만 나가는 것은 보았다. 펄럭이는 커튼 사이로 사라졌다.

회색 간병인이 걱정하는 표정으로 들어왔다. 이제는 그들의 표정을 읽을 수 있었다. 최악의 후유증은 남을지 몰라도 그 병(또는 *저주*)

의 진행이 멈췄다. 단순히 멈추기만 한 게 아니라 속도는 느려도 꾸준하게 호전됐다. 수많은 사람들의 회색 얼굴에 혈색이 돌아오기 시작했고 오리발처럼 붙었던 손가락과 발가락이 서서히 떨어졌다. 하지만 완벽하게 예전으로 돌아가지는 못할 것이다. 클로디아는 다시 (살짝) 들을 수 있게 됐지만 우디는 영영 눈을 뜨지 못할 것 같았다.

간병인은 내 말소리를 듣고 다시 섬망을 일으킨 줄 알았다고 했다.

"그냥 혼자 중얼거리고 있었어요."

어쩌면 정말 그랬을 수도 있었다. 레이더가 고개를 들지도 않았으니 말이다.

클라가 잠깐 들렀다. 그는 손바닥을 이마에 붙이는 경례를 하지도 않고 의자에 앉지도 않고 그냥 침대 위로 허리를 숙였다.

"넌 속임수를 썼어. 정정당당하게 붙었으면 왕자님이었거나 말거나 내가 널 때려눕혔을 텐데."

"당연한 거 아니에요? 당신이 나보다 몸무게가 못해도 50킬로그램은 더 나가고 빨랐잖아요. 입장이 바뀌었으면 당신은 안 그랬겠어요?"

그는 웃음을 터뜨렸다.

"할 말이 없구만. 인정. 하지만 네가 상대방의 목을 후려쳐 대련용 막대를 부러뜨릴 수 있는 날은 끝난 모양이네. 몸이 괜찮아질 것 같아?"

"염병할, 난들 알겠어요."

그는 다시 웃음을 터뜨리고 펄럭이는 커튼 앞으로 갔다.

"너는 참 겁머리가 없단 말이지. 그거 하나는 인정한다."

그 말을 끝으로 그는 사라졌다. 다만 그가 정말로 찾아왔었는지는 알 수가 없다. *너는 참 겁머리가 없단 말이지*는 아빠가 술을 마시던 시절에 둘이서 같이 본 TCM의 옛날 영화에 나온 대사였다. 제목은 기억이 나지 않는데, 폴 뉴먼이 출연했고 인디언 역할이었다. 내 이야기 속에 믿기지 않는 부분들이 더러 있다고? 인디언 역할을 맡은 폴 뉴먼을 상상해 보라. 그 정도는 돼야 신빙성의 한계를 시험한다고 할 수 있다.

그날 밤에(아니면 다른 날 밤이었을 수도 있다) 레이더가 으르렁거리는 소리를 듣고 깨어 보니 사령관 켈린이 그 멋들어진 빨간색 스모킹 재킷 차림으로 침대맡에 앉아 있었다.

"너는 지금 상태가 점점 나빠지고 있어, 찰리. 사람들은 물린 데가 낫고 있다고 하고 실제로 그럴지도 모르지만 세균이 깊숙이 파고들었거든. 조만간 그것 때문에 열이 나고 심장이 부어서 터질 거야. 기다리고 있으마. 밤의 병사들과 함께."

"숨을 죽이면서까지 기다리지는 말고."

나는 이렇게 말했지만 실없는 소리였다. 그는 숨을 마실 수도 죽일 수도 내뱉을 수도 없었다. 그는 쥐들에게 물어뜯기기 전부터 죽어 있었다.

"나가, 이 배신자야."

그는 나갔지만 레이더가 계속 으르렁거렸다. 녀석의 시선을 쫓아가 보니 페트라가 어둠 속에서 뾰족한 이를 드러내고 나를 보며 씩 웃고 있었다.

종종 옆방에서 잠을 자던 도라가 내 비명 소리를 듣고 오다리로 달려왔다. 가스등을 켜지는 않았지만 어뢰 모양의 램프를 들고 있었다. 나더러 괜찮으냐고, 심장은 일정하게 뛰고 있느냐고 물었다. 간병인 모두에게 심장 박동에 변화가 있는지 주시하라는 지시가 내려진 상태였다. 나는 괜찮다고 대답했지만 그래도 그녀는 내 맥박을

재고 습포제를 체크했다.

"유령을 봤니?"

나는 방 한쪽 구석을 가리켰다.

도라는 멋들어진 캔버스 운동화를 터벅이며 그쪽으로 다가가 램프를 들었다. 아무도 없었다. 하지만 레이더가 다시 잠이 들었으니 굳이 확인할 필요가 없었다. 도라는 허리를 숙이고 뒤틀린 입술이 허락하는 한도 안에서 최대한 열심히 내 뺨에 입을 맞췄다.

"괜찮아, 괜찮아, 아무 일 없어. 이제 그만 자, 찰리. 푹 자야 낫지."

2

살아 있는 사람들도 문병을 왔다. 캐밋과 퀼리. 스툭스는 그 방의 주인이 자기라도 되는 양 으스대며 등장했다. 길게 베인 뺨을 까만 실로 열 몇 바늘 꿰매서 아빠와 같이 TCM에서 본 프랑켄슈타인 영화가 생각났다.

그가 꿰맨 자리를 문지르며 말했다.

"그 쉐리 때문에 엄청난 흉터가 생겼어. 다시는 예전처럼 미모를 뽐내지 못할 거야."

"원래도 뽐낼 미모가 없었거든요?"

클로디아는 자주 찾아왔고 내가 그래, 이제 살 수 있을지도 모르겠어, 라는 생각이 들기 시작했을 무렵의 어느 날에는 닥터 프리드를 대동했다. 한 간병인이 그가 탄 휠체어를 밀고 왔는데, 왕이나 뭐 그런 사람이 타던 휠체어인지 바퀴살이 순금인 것 같았다. 내 철천지원수 크리스토퍼 폴리가 봤다면 부러워서 발광했을 것이다.

프리드는 이지러져서 썩어 가던 다리를 절단했고 누가 봐도 엄청난 통증에 시달리고 있었지만 살 사람의 얼굴이었다. 나는 그를 만나서 기뻤다. 클로디아가 조심스럽게 습포제를 떼어 내고 상처를 소독했다. 그러고는 프리드와 둘이 거의 머리가 맞닿을 정도로 허리를 숙여서 내 상처를 들여다보았다.

프리드가 선언했다.

"나아지고 있네요. 그래 보이지 않습니까?"

"맞아!"

클로디아가 고함을 질렀다. 그녀는(조금이나마) 다시 들을 수 있게 됐지만 죽을 때까지 그렇게 높낮이 없이 쩌렁쩌렁하게 소리를 지를 것 같았다.

"새 살! 습포제의 과부 이끼 냄새 말고는 냄새도 나지 않고!"

"어쩌면 아직 세균이 남아 있을지 모르잖아요. 몸속 깊숙이 파고 들었을지 모르잖아요."

클로디아와 프리드는 놀란 표정으로 서로 흘끗 쳐다봤다. 의사는 너무 아파서 그럴 수가 없었기에 클로디아가 그의 몫까지 웃음을 터뜨렸다.

"어쩌다 그렇게 바보 같은 생각을 하게 됐어?"

"그럼 아니에요?"

닥터 프리드가 말했다.

"질병은 몸속에 숨을 수 있지만 감염은 겉으로 드러나게 되어 있어. 냄새가 나고 농포가 생기는 식으로."

그는 클로디아를 돌아보았다.

"주변 살을 얼마나 도려내셨어요?"

"위로는 팔꿈치, 아래로는 거의 손목까지! 그년이 얼마나 끔찍하게 물어 놓았는지 몰라. 근육이 자라나지 않는 곳은 움푹 꺼진 채로 남을 거야. 네가 운동선수로 뛰던 시절은 끝난 것 같다, 샬리."

"하지만 코는 두 손으로 후빌 수 있을 거야."

프리드의 말에 웃음보가 터졌다. 웃었더니 기분이 좋았다. 어둠의 우물에 다녀온 뒤로 악몽은 많이 꾸었지만 웃을 일은 부족했다.

나는 의사에게 말했다.

"선생님은 누워서 그 진통제를 좀 드세요. 씹어 먹는 조그만 이파리 말이에요. 선생님 상태가 저보다 더 안 좋아 보여요."

"나아지고 있어. 그리고 찰리야…… 덕분에 우리가 목숨을 구했다."

맞는 말이긴 했지만 100퍼센트 진실은 아니었다. 예컨대 스냅의 지분도 있지 않은가. 녀석은 스냅들이 사는 어딘지 모를 곳으로 사라졌지만 때가 되면 등장할 것이었다(그게 녀석의 주특기였다). 그런데 퍼시벌은 달랐다. 제 발로 찾아오지 않길래 불러 달라고 했더니 조리복을 입고 베레모처럼 생긴 모자를 가슴에 대고 일그러뜨려 가며 숫기 없는 얼굴로 커튼이 펄럭이는 그 방을 찾아왔다. 엠피스에서는 셰프들이 그런 모자를 쓰는 모양이었다.

그는 90도로 절을 하고 경례를 하며 손을 떨었다. 자리에 앉으라고 하고 시원한 차를 한 잔 권할 때까지 나를 감히 쳐다보지 못했다. 나는 퍼시벌에게 그동안 감사했다고, 이렇게 볼 수 있어서 정말 기쁘다고 말했다. 그 말에 그의 이야기보따리가 처음에는 조금씩, 나중에는 왕창 풀렸다. 그는 아무도 전하지 않고 지나간 릴리마르의 여러 가지 소식을 알려 주었다. 일꾼의 관점에서 본 색다른 소식이었다.

거리는 청소가 이루어졌고 쓰레기와 돌무더기는 치워졌다. 엘든의 타락한 정권을 타도하기 위해 릴리마르로 모였던 수백 명의 사람들은 각자의 집과 농장으로 돌아갔지만, 다른 수백 명이 그들을 대신해 리아 여왕에게 의무를 다하고 시프런트나 디스크와 같은 고향으로 돌아갔다. 듣자 하니 학교에서 배운 WPA 프로젝트(1929년에 시작된 경제 대공황으로 미국인의 3분의 1이 실업자로 전락하자 정부에서 일거리를 주선해 생활하게 했던 뉴딜 정책의 일부 — 옮긴이) 비슷했다. 유리창을 닦고, 마당에 다시 꽃을 심고, 배관에 대해 잘 아는 사람이 분수대를 하나씩 다시 가동했다. 시신은 편히 쉴 수 있게 다시 묻었다. 일부 상점은 다시 문을 열었다. 앞으로 그 숫자가 점점 늘어날 것이었다. 퍼시벌은 발음이 여전히 뭉개지고 잘 알아들을 수가 없었지만 어떤 식이었는지 이 자리에서 소개하지는 않겠다.

"첨탑의 유리가 날마다 바뀌고 있어요, 찰리 왕자님! 그 보기 싫던 짙은 초록색이 예전의 파란색으로요! 우리가 어떻게 살았는지 기억하는 슬기로운 사람들이 트램 전선을 복구하고 있어요. 트램이 다시 운행되려면 오랜 시간이 걸릴 테고 그 망할 것은 잘살던 시절에도 계속 고장 났지만 있으면 좋겠죠."

"트램이 무슨 수로 운행이 되는지 이해가 안 돼요. 왕궁 지하에 있는 조그만 발전소 말고는 전기를 공급받을 수 있는 곳이 없는데. 그것도 내 친구 보디치 씨가 가져다준 것 같고요."

퍼시벌은 어리둥절해하는 표정을 지었다. 전기라는 단어를 이해하지 못했기 때문인데, 그게 내 입에서 엠피스어가 아니라 영어로 나왔던 모양이다.

"동력이요. 트램이 어디에서 동력을 공급받아요?"

"아!"

여전히 울퉁불퉁하지만 그래도 나아지고 있는 그의 얼굴이 환해졌다.

"당연히 발전소에서 공급받죠. 그러니까……."

이번에는 *내가* 못 알아듣는 단어가 등장했다. 그는 내 표정을 보고 한 손을 흔들었다.

"강에 발전소가 설치돼 있어요, 찰리 왕자님. 넓은 시내에도 있고, 바다에도 있고. 아, 그리고 시프런트에는 엄청 큰 발전소가 있어요."

수력 발전소를 말하는 것 같았는데, 그렇다 한들 전력을 무슨 수로 저장하는지는 절대 알 수가 없었다. 엠피스의 많은 부분이 내게는 여전히 수수께끼로 남아 있었다. 그 나라의 존재 방식에 비하면, 그리고 *위치*에 비하면 전력 저장의 문제는 시시하게 느껴졌다. 거의 무의미하게 느껴졌다.

3

해가 뜨고 졌다. 사람들이 오고 갔다. 죽은 사람도 있고 산 사람도 있었다. 가장 보고 싶었던 사람, 나와 함께 우물에 다녀온 사람은 오지 않았다.

그러던 어느 날 그녀가 찾아왔다. 이제는 여왕이 된 구스 걸이.

내가 커튼 너머의 발코니에 앉아서 왕궁의 중앙 광장을 내려다보며 지우고 싶은 기억들을 떠올리고 있었을 때 하얀 커튼이 방 안이 아니라 바깥으로 펄럭였고 그녀가 그 사이로 등장했다. 흰색 드레스를 입고 가는(아직도 너무 가늘었다) 허리에 금색의 얇은 체인을 매고 있었다. 왕관은 쓰지 않았지만 보석으로 장식한 나비가 달린 반지를 끼고 있었다. 황금 왕관을 쓰고 다니기 번거로울 때 그 역할을 대신하는 이 왕국의 인장 반지가 아닐까 싶었다.

나는 일어나 허리를 숙였다. 하지만 손을 이마에 대려고 하자 그녀가 그 손을 잡아서 꼭 쥐고 자기 가슴 사이로 가져갔다.

"아냐, 아냐, 그러지 마."

평민의 억양을 어찌나 완벽하게 구사하는지 웃음보가 터질 정도였다. 목소리가 여전히 허스키했지만 쉰소리는 아니었다. 사실 예뻤다. 저주가 씌기 전 목소리는 아니겠지만 그래도 듣기 좋았다.

"다친 팔만 괜찮으면 대신 안아 줘."

나는 그녀를 힘껏 끌어안았다. 인동 비슷한 향수 냄새가 희미하게 느껴졌다. 영원히 그렇게 안고 있을 수도 있을 것 같았다.

"오지 않는 줄 알았어요. 나를 버린 줄 알았어요."

"너무 바빴어."

그녀는 이렇게 말했지만 내 시선을 피했다.

"같이 좀 앉자. 너를 제대로 보고 얘기도 좀 하게."

4

플라이트 킬러가 쓰러지고 몇 주 동안 일이 워낙 많았기 때문에 나를 보살피던 대여섯 명의 간병인은 다른 데로 배치됐지만 도라는 남았다. 그녀가 엠피스의 차가 담긴 큼지막한 물병을 들고 왔다.

리아가 말했다.

"내가 엄청 많이 마실 거야. 이제는 말을 해도 아프지 않지만……

음…… 많이 아프지는 않지만 계속 목이 마르거든. 그리고 보다시피 내 입도 그렇고."

이제는 붙었던 입도 떨어졌지만 흉터가 심하게 남았다. 없어지지 않을 흉터였다. 입술에 나아지고 있긴 하지만 암적색 딱지가 길게 앉았다. 양분 공급 통로였던 보기 싫은 상처는 거의 없어졌지만 입을 예전처럼 완벽하게 움직이지는 못할 것이다. 우디가 다시 앞을 보게 되거나 클로디아가 청력을 완벽하게 회복할 일은 없듯이. 스툭스가 *다시는 예전처럼 미모를 뽐내지 못할 거야*, 라고 했던 게 생각났다. 갤리언의 리아 여왕도 그렇겠지만 상관없었다. 그래도 아름다웠으니까.

"너한테 이런 모습을 보이기 싫었어. 다른 사람들이랑 같이 있을 때(하루 종일 그러는 느낌이지만) 입을 가리고 싶지만 꾹 참아야 해. 거울을 보면……."

리아가 손을 들었다. 그걸로 입을 가리기 전에 내가 붙잡아서 그녀의 무릎 위에 단단히 올려놓았다.

"거기에 입을 맞추고 싶어요. 아프지만 않다면."

그 말을 듣고 그녀는 미소를 지었다. 한쪽으로 삐딱한 미소였지만 그래도 매력적이었다. 어쩌면 *삐딱해서* 매력적이었을 수도 있었다.

"사랑의 입맞춤을 하기에는 네가 좀 어려 보이는데."

그래도 사랑하는데요.

"나이가 어떻게 되는데요?"

여왕에게 나이를 묻다니 불손한 질문이었지만 어떤 식으로 마음의 준비를 해야 할지 알아야 했다.

"너보다 두 배 많아. 어쩌면 더 될 수도 있고."

나는 보디치 씨를 떠올렸다.

"해시계에 올라갔다 온 건 아니죠? 100살이거나 그런 건 아니죠?"

그녀는 재밌어하는 동시에 경악하는 표정을 지었다.

"그럴 리가. 해시계에는 아무도 올라가지 않아, 아주 위험하거든. 황제 경기장에서 경기와 시합이 열리던 시절에는(다시 열릴 거야, 먼저 엄청난 보수 공사를 거쳐야겠지만) 꼼짝 못 하게 잠가 놓고 삼엄하게 지켰어. 경기를 보러 온 사람들 수천 명이 유혹을 느끼지 않게. 해시계는 역사가 아주 길어. 엘든 말로는 릴리마르가 건설되기 전부터, 심지어 고안되기 전부터 있었다고 해."

그 말을 듣자 불안해졌다. 나는 허리를 숙여서 내 발 사이에 웅크리고 누워 있던 레이더를 쓰다듬었다.

"*레이더*는 거기 올라갔다 왔어요. 내가 여길 찾아온 이유도 그게 가장 컸어요, 레이더가 많이 아팠거든요. 여왕님도 클로디아에게 들어서 알겠지만."

"응."

리아는 말하고 허리를 숙여서 레이더를 토닥였다. 레이더는 졸린 눈으로 고개를 들었다.

"하지만 이 아이는 동물이잖아. 모든 남자와 여자의 가슴속에 사는 그 못된 병으로부터 자유로운. 내 오빠를 파괴한 그 병 말이야. 너희 세상에도 그 병이 있을 거라고 보는데."

아니라고 할 수가 없었다.

"그 시계에 올라탈 왕족은 없을 거야, 찰리. 머리와 가슴이 바뀌거든. 그것만 바뀌는 것도 아니고."

"내 친구 보디치 씨는 거기에 올라탔었는데 나쁜 사람 아니었어요. 사실 좋은 사람이었어요."

맞는 말이었지만 돌이켜 보면 *100퍼센트* 진실은 아니었다. 보디치 씨의 분노와 은둔자 본능은 감당하기가 쉽지 않았다. 아니, 거의 불가능했다. 하느님(*아빠의 AA 모임 사람들은 항상 내가 아는 하느님이라고 했다*)과 약속한 게 없었다면 나도 포기했을 것이다. 그리고 그가 사다리에서 떨어져 다리가 부러지는 사고를 당하지 않았다면 내가 보디치 씨와 안면을 익히는 일도 없었을 것이다. 보디치 씨에게는 아내도 아이도 친구도 없었다. 그는 외돌토리이자 저장 강박증이 있었고, 금고의 양동이에 황금 알갱이를 쌓아 놓았고 묵은 것들을 좋아했다. 가구, 잡지, TV, 고이 모셔 놓은 빈티지 스튜드베이커. 보디치 씨는 그의 표현을 빌자면 나서지 못하고 선물만 가져다준 겁쟁이였다. 잔인하게 평가하자면(*나는 그럴 생각이 없지만 여러분 가운데 누군가는 그럴지도 모르겠다*) 크로스토퍼 폴리와 닮은 구석이 있었다. 그러니까 럼펠스틸트스킨과 닮은 구석이 있었다. 나는 원치 않는 결론이지만 인정할 수밖에 없었다. 내가 등장하지 않았다면, 그가 자기 개를 사랑하지 않았다면, 보디치 씨는 언덕 꼭대기의 그 집에서 아무도 모르게, 아무도 기억하지 않는 존재로 죽었을 것이다. 그리고 지키는 사람이 없어서 두 세계를 잇는 통로가 분명 들통났을 것이다. 그는 이런 생각을 해 본 적이 없었을까?

리아가 인장 반지를 돌리고 삐딱한 미소를 살짝 머금은 채 나를 보고 있었다.

"그가 그 자체로 좋은 사람이었을까? 아니면 찰리 왕자, 네가 그를 좋은 사람으로 만들었을까?"

"그렇게 부르지 말아요."

그녀의 왕자님이 될 수 없다면 어느 누구의 왕자님도 되고 싶지 않았다. 내가 선택할 수 있는 문제도 아니긴 했다. 머리 색이 다시 짙어지고 있었고 눈도 원래의 색으로 돌아가고 있었으니까.

그녀는 손으로 입을 가렸다가 억지로 다시 무릎 위에 올려놓았다.

"그 자체로 좋은 사람이었을까, 찰리? 아니면 네가 하늘의 선물이었을까?"

뭐라고 대답하면 좋을지 알 수가 없었다. 엠피스에서 지내는 동안 내가 실제보다 더 어른스럽게 느껴졌고 가끔은 더 강인하게 느껴졌는데, 이제는 다시 나약하고 자신 없는 예전의 모습으로 돌아간 것 같았다. 추억이라는 필터 없이 대면한 보디치 씨의 민낯은 충격적이었다. 내가 환기하기 전까지 시카모어 1번지의 그 집에서 어떤 냄새가 났는지 기억이 났다. 시큼하고 퀴퀴한 냄새, 답답한 냄새가 났었다.

그녀가 담담하게 물었다.

"너도 올라탄 건 아니지?"

"네. 그냥 레이더만 내리게 했어요. 레이더가 알아서 점프를 했고요. 하지만 해시계의 힘을 느낄 수 있었어요. 뭐 하나 물어봐도 돼요?"

"응, 물론이지."

"금색 승강대 말이에요. 우리가 그걸 타고 올라갔잖아요. 그 나선형 계단을 내려가기 위해서."

그녀는 살짝 미소를 지었다. 미소를 지을 수 있는 한계가 거기까지였다.

"그랬지. 위험했지만 해냈어."

"벽 사이 계단도 지하의 그 방까지 연결돼 있나요?"

"응. 엘든은 길을 2개 알았어. 거기랑 옷 방에서 가는 길. 다른 길도 있었을지 모르지만 엘든이 알려 준 곳은 거기 2개뿐이야."

"그런데 먼 길로 돌아간 이유가 뭐예요?"

추락사의 위험을 감수해 가면서, 라고 덧붙이지는 않았다.

"플라이트 킬러가 걸음을 몇 발짝밖에 걷지 못한다는 얘기를 들었거든. 그래서 벽 사이 계단으로 가는 편이 더 안전하겠구나 싶었어. 그의 일행과 맞닥뜨리고 싶지 않았거든. 막판에는 어쩔 수 없었지만."

"사령관의 방에 들르지 않았더라면…… 아이오타가 죽지 않았을 텐데!"

"우리는 해야 할 일을 했을 뿐이야, 찰리. 네 말이 맞아. 그건 내가 잘못했어. 내가 잘못한 게 많았지. 너한테 그 말을 전하고 싶었어. 그리고 전하고 싶은 말이 하나 더 있어. 내가 이제 코 아래로는 못생겨졌지만……."

"그렇지 않아요……."

그녀는 한 손을 들었다.

"그만! 너는 친구의 시선으로 봐서 그래. 그래서 고맙고 앞으로도 그 마음은 변함이 없을 거야. 다른 사람들은 너처럼 그렇게 보지 않을 테지만 내가 여왕이다 보니 더 나이가 들기 전에 결혼을 해야 하거든. 못생겼거나 말거나 컴컴한 데서는 나를 안아 주겠다는 사람이 많을 테고 꼭 입을 맞춰야 후계자를 낳을 수 있는 건 아니니까. 하지만 해시계를 타고 한 바퀴라도 돈 사람은 불임이 돼. 남자든 여자든. 해시계는 생명을 주기도 하고 앗아 가기도 하거든."

보디치 씨의 자식이 없었던 이유가 이로써 밝혀졌다.

"하지만 페트라는……."

리아는 경멸조로 웃음을 터뜨렸다.

"페트라! 페트라는 오빠가 창조한 폐허의 여왕이 되고 싶은 욕심밖에 없었어. 그리고 어차피 불임이었고."

그녀는 한숨을 쉬고 잔을 비운 다음 차를 다시 따랐다.

"페트라는 제정신이 아니었고 잔인했어. 릴리마르와 엠피스가 그녀의 손에 넘어갔다면 페트라는 해시계를 몇 번이고 타고 또 탔을 거야. 너도 페트라가 어떤 인간인지 봤잖아."

그렇다, 나는 보았다. 그리고 느꼈다. 아직까지도 느끼고 있었다. 그녀의 독은 내 몸에서 빠져나갔고, 통증은 도라가 시간이 지나면 없어질 거라고 장담하는 심한 가려움으로 바뀌었지만.

"엘든 때문에 이제야 너를 찾아온 것도 있었어. 너에 대한 생각은 머릿속에서 떠난 적이 없었고 앞으로도 영영 그럴 테지만 말이야."

나는 하마터면 내 나이가 너무 어린 게 확실하냐고 물을 뻔했지만 묻지 않았다. 일단 나는 왕은커녕 여왕의 배우자조차 될 만한 재목이 아니었다. 또 내 생사 여부를 두고 애를 태우는 아버지가 있었다. 그리고 돌아가야 하는 세 번째 이유도 있었다. 고그마고그가 (당분간은) 우리 세상을 위협하지 않을지 몰라도 우리 세상이 엠피스에게 위협이 될 수 있었다. 일리노이 주의 어느 집 창고를 통해 어떤 곳에 가면 어마어마한 부자가 될 수 있다고 우리 세상에 소문이 나 버리면 말이다.

"내가 오빠를 죽였을 때 네가 옆에 있었지. 나는 예전의 오빠를 사랑했고 그래서 예전의 오빠로 보려고 했지만 어떤 괴물로 변해 버렸는지 네가 직면하게 했어. 너를 볼 때마다 오빠가 생각이 나고 내가 저지른 짓이 생각이 나. 그로 인해 내가 어떤 대가를 치렀는지 생각이 나. 무슨 말인지 알겠지?"

"나쁜 짓도 아니었잖아요, 리아. 좋은 일을 한 거잖아요. 당신이 이 왕국을 구했어요. 여왕이 되기 위해서가 아니라 구해야 했기 때문에."

"그건 맞는 말이고, 그 모든 일을 함께 겪은 마당에 네 앞에서 가식적으로 겸손한 척할 필요는 없겠지만, 너는 그래도 무슨 말인지 이해를 못 하나 봐. 나는 알았어, 찰리. 플라이트 킬러가 내 오빠라는 걸. 클로디아에게 오래전에 들었는데, 거짓말하지 말라고 했지 뭐야. 너랑 같이 있으면 내가 진작 칼을 뽑았어야 했다는 생각이 계속 들 거야. 내가 그러지 못했던 건 오빠와의 추억을 간직하고 싶은 이기적인 욕심 때문이었어. 왕국이 고통을 겪는 동안 나는 거위들에게 모이를 주고 마당을 가꾸면서 신세 한탄만 하고 있었어. 너는……. 미안해, 찰리. 하지만 너를 볼 때마다 나는 부끄러워져. 온 사방에서 내 땅과 내 백성들이 서서히 죽어 가는데, 나는 말 못 하는 농부로 살기로 했던 거야. *처음부터 알고 있었으면서*."

리아는 눈물을 흘리고 있었다. 나는 손을 내밀었다. 그녀는 내게 눈물을 보여 주기 싫은지, 고개를 저으며 얼굴을 돌렸다.

"당신이 들어오기 직전에 내가 예전에 저질렀던 나쁜 짓을 생각하고 있었거든요. 부끄러운 짓을. 뭐였는지 들려줄까요?"

"그러든지."

여전히 내 쪽을 보지 않았다.

"예전에 버티 버드라는 친구가 있었어요. 친하게 지냈지만 좋은 친구는 아니었어요, 무슨 뜻인지 알겠지만. 엄마가 돌아가신 뒤에 힘든 시간을 보낸 적이 있거든요. 아빠도 그랬는데, 그때는 내가 아직 어려서 아빠의 힘든 시간에 대해서는 별로 생각을 하지 못했어요. 아빠가 필요한데 내 옆에는 아빠가 없다는 생각만 했을 뿐. 당신도 그 심정을 이해할 거라고 보지만요."

"이해하지, 너도 알다시피."

리아는 말하고 차를 좀 더 마셨다. 물병이 워낙 컸는데 그녀가 그 물병을 거의 비웠다.

"버티하고 나는 못된 짓을 저지르고 다녔어요. 하지만 내가 곱씹고 있었던 장난은 뭐였는가 하면…… 우리가 학교에 갈 때 지름길로 썼던 공원이 있었거든요. 캐버너 공원. 하루는 장애인이 거기서 비둘기한테 먹이를 주고 있었어요. 반바지를 입고 다리에 보조기를 차고. 버티하고 나는 그걸 보고 바보 같다고 생각했어요. 버티는 그 남자를 로봇 인간이라고 불렀고요."

"로봇…… 인간?"

"신경 쓰지 말아요. 중요한 거 아니니까. 아무튼 그 장애인이 벤치에 앉아서 햇볕을 쪼이고 있었는데, 버티하고 나는 서로 마주 보았고, 그때 버티가 말했어요. 목발을 훔치자고. 당신이 얘기한 병이 그거일 거라고 생각해요. 못된 마음. 우리는 달려들어 목발을 낚아챘고 그 남자가 돌려 달라고 소리를 질렀지만 못 들은 체했어요. 그걸 공원 끝까지 들고 가서 오리 연못에 던졌어요. 버티가 한쪽, 내가 한쪽을. 계속 깔깔대고 웃으면서. 우리가 목발을 연못에 던져 버렸으니 그 장애인이 무슨 수로 집으로 돌아갔을지 모르겠어요. 연못에서는 풍덩 소리가 났고 우리는 깔깔대고 웃었어요."

나는 남은 차를 따랐다. 반 잔밖에 남지 않아서 다행이었다. 내 손이 벌벌 떨리고 눈에서는 눈물이 쏟아지고 있었던 것이다. 딥 말린에서 아버지를 생각하며 울었을 때 이후로 처음 흘린 눈물이었다.

"나한테 이 얘기를 하는 이유가 뭐야, 찰리?"

얘기를 처음 시작했을 때는 이유를 몰랐지만(이 얘기는 어느 누구에게도 하지 않을 줄 알았던 것이다) 이제는 알 것 같았다.

"내가 당신의 목발을 훔쳤어요. 변명을 하자면 어쩔 수 없었다고밖에는 할 말이 없어요."

"아, 찰리."

그녀는 내 뺨에 손을 얹었다.

"어차피 너는 여기서 경쟁자가 되지 못했을 거야. 여기가 아니라다른 세상 사람이잖아. 그리고 얼른 돌아가지 않으면 어느 쪽에서도살 수 없게 될 거야."

그녀는 자리에서 일어났다.

"이제 그만 가야겠다. 할 일이 많거든."

나는 문 앞까지 그녀를 배웅했다. 8학년 때 영어 시간에 배운 하이쿠가 생각났다. 나는 딱지가 앉은 그녀의 입술에 한 손가락을 아주조심스럽게 얹었다.

"사랑하는 자의 눈에는 흉터도 보조개처럼 예쁘게 보이나니. 사랑해요, 리아."

그녀도 나처럼 내 입술 위에 손가락을 얹었다.

"나도 사랑해."

그녀는 문밖으로 사라졌다.

5

다음 날에는 에리스와 자야가 문병을 왔다. 둘 다 멜빵 청바지에 큼지막한 밀짚모자를 쓰고 있었다. 이제 야외에서 일을 하는 사람들은 모두 모자를 썼다. 구름이 자욱했던 몇 년의 세월을 보상이라도 하려는 듯 날마다 해가 비쳤는데, 오랫동안 불법 감금을 당한 사람들뿐 아니라 모두의 피부가 생선 배처럼 새하얬던 것이다.

우리는 즐거운 시간을 보냈다. 에리스와 자야는 어떤 일을 하고 있는지 조잘조잘 늘어놓았고 나는 몸이 거의 다 나은 것에 대해 이야기했다. 딥 말린이나 페어 원이나 탈주극이나 밤의 병사들에 대해서는 아무도 언급하지 않았다. 두고 온 죽은 사람들에 대해서도 마찬가지였다. 스툭스가 어떤 식으로 으스대며 들어왔는지를 듣고 그들은 웃음을 터뜨렸다. 한밤중에 켈린과 페트라가 찾아왔더라는 얘기는 하지 않았다. 그건 재밌는 얘기가 아니었다. 나는 크래치에서 거인 일당이 새롭게 등극한 여왕에게 충성을 맹세하기 위해 찾아왔다는 소식을 전해 들었다.

자야는 내 배낭을 훔쳐보고 그 앞에 무릎 꿇고 앉아서 빨간색 나일론으로 된 몸통과 검은색 나일론으로 된 끈을 쓰다듬었다. 에리스는 레이더 옆에 무릎을 꿇고 앉아서 털을 만졌다.

자야가 말했다.

"우와. 이거 훌륭하다, 찰리. 네가 사는 세상에서 만들어진 거야?"

"네."

아마도 베트남에서 만들어졌을 것이다.

"이런 가방 하나 있으면 진짜 좋겠다."

그녀는 끈을 잡고 배낭을 들었다.

"게다가 엄청 무거워! 이거 들 수 있겠어?"

"어찌어찌 들 수 있을 거예요."

나는 이렇게 말하고 미소를 지었다. 무거울 수밖에 없었다. 내 옷과 레이더의 원숭이 장난감 말고도 클로디아와 우디가 고집을 부리며 넣어준 순금 노커가 들어 있었으니까.

"언제 떠나?"

에리스가 물었다.

"도라가 그러는데 내일 기절하지 않고 성문까지 걸어갔다가 오면 그다음 날 가도 된대요."

자야가 말했다.

"그렇게나 빨리? 아쉽다! 하루 일과가 끝나면 저녁에 파티가 열리거든."

"당신이 우리 둘을 대신해서 파티를 열심히 즐겨야겠네요."

나는 말했다.

그날 저녁에 에리스가 다시 찾아왔다. 혼자였고 머리를 풀어서 내렸고 작업복 대신 예쁜 드레스를 입었고 쓸데없이 시간을 끌거나 사족을 늘어놓지 않았다.

"나랑 같이 잘래, 찰리?"

나는 기꺼이 그러고 싶지만 아직 경험이 없기 때문에 어설프더라도 이해해 줄 수 있겠느냐고 했다.

"좋아."

그녀는 말하고 드레스 단추를 풀기 시작했다.

"나한테 배워서 남한테 가르쳐 주면 되겠네."

이후에 우리가 보낸 뜨거운 밤은…… 고마움의 표현이었다 한들 상관없었다. 연민의 표현이었다고 한다면 연민이라는 감정을 향해 만세를 부르고 싶을 뿐이다.

6

릴리마르를 떠나기 전에 만난 손님이 두 명 더 있었다. 클로디아가 검은색 알파카 코트를 입은 우디의 팔꿈치를 잡고서 길을 안내해 가며 찾아온 것이었다. 우디의 눈을 덮었던 흉터는 느슨하게 벌어졌지만 그 사이로는 흰자위만 보였다.

"잘 가라고, 고마웠다고 인사하려고 왔어!"

클로디아가 쩌렁쩌렁하게 외쳤다. 우디의 왼쪽 귀에 대고 그러는 바람에 그가 살짝 움찔하며 뒤로 물러났다.

"고맙다는 말은 아무리 해도 부족하겠지, 샬리. 엘사의 연못 근처에 네 동상이 세워질 거야. 내가 도안을 봤는데 어찌나……."

"엘사는 배에 창이 찔려서 죽었어요."

나는 이렇게 말하는 내 목소리를 들은 다음에서야 그들에게 화가 났다는 사실을 깨달았다.

"수많은 사람들이 죽었어요. 제가 알기로는 수천 명, 수만 명이. 두 분이 손을 놓고 있는 동안. 리아는 이해해요. 사랑으로 눈이 멀었으니까. 자기 오빠가 이런…… 이런 *개떡* 같은 짓을 저질렀다고 믿을 수가 없었을 테니까. 하지만 두 분은 믿었고 알았으면서도 손을 놓고 있었어요."

그들은 아무 말도 하지 않았다. 클로디아는 내 시선을 피했고 우디는 어차피 앞을 보지 못했다.

"두 분은 왕족이었잖아요. 서열상 의미가 있는 왕족 중에서 리아 말고 목숨을 부지한 사람은 두 분밖에 없었잖아요. 왕족 두 분이 앞장섰으면 다들 따라나섰을 거라고요."

우디가 말했다.

"아니. 그건 네 착각이다, 찰리. 그들을 집결시킬 수 있는 사람은 리아뿐이었어. 네가 등장한 덕분에 그 아이가 여왕으로서의 의무를 할 수 있게 된 거야. 통치라는 의무를 말이다."

"리아를 찾아가지 않으셨어요? 아무리 가슴이 아프더라도 의무를 다해야 한다고 설득하지 않으셨어요? 두 분이 리아보다 나이도 많고 더 현명했을 텐데, 아무 조언도 하지 않았어요?"

다시 침묵이 이어졌다. 그들은 회색 병의 저주를 면한 온전한 인간이었지만 자기들만의 고충이 있었다. 그로 인해 약해지고 두려움이 생겼을 거라고 이해할 수 있었다. 그래도 화가 났다.

"리아에게는 두 분이 필요했다고요!"

클로디아가 팔을 뻗어 내 손을 잡았다. 나는 잡아 빼려다 참았다. 그녀가 자기 귀에는 들리지 않을 법한 조용한 목소리로 말했다.

"아냐, 찰리. 그 아이에게 필요했던 사람은 너였어. 네가 예언 속의 왕자님이었고 이제 그 예언이 실현됐잖니. 네가 한 말은 맞아. 우리가 나약했고 용기가 없었지. 하지만 화를 내면서 우리 곁을 떠나지는 말아 줘. 부탁할게."

나는 인간이 화를 내지 않기로 마음먹을 수 있다는 걸 전부터 알고 있었을까? 그건 아니었던 것 같다. 다만 그런 상태로 그들과 헤어지고 싶지 않다는 건 알았다.

나는 그녀도 들을 수 있게 큰 소리로 말했다.

"알았어요. 하지만 그건 오로지 제가 클로디아의 세발자전거를 잃어버렸기 때문이에요."

그녀는 웃으며 뒤로 기대고 앉았다. 레이더가 우디의 신발에 코를 갖다 댔다. 그는 허리를 숙여서 녀석을 쓰다듬었다.

"우리가 너의 용기에 보답할 길은 없겠지만 뭐든 원하는 게 있으면 말만 하려무나."

뭐, 2킬로그램은 됨직한 그 노커가 내 수중에 있었고 내가 센트리를 떠났을 때의 시세로 계산하면 약 84000달러에 해당했다. 여기에 양동이에 담긴 그 알갱이를 더하면 아주 든든했다. 그 일대에서 떵떵거리며 살 수 있었다. 하지만 생각나는 것이 하나 *있긴* 했다.

"대형 망치 있을까요?"

내 입에서 이 단어가 나온 건 아니었지만 그들은 알아들었다.

7

어둠의 우물에서 기어나오려고 했던 그 날개 달린 끔찍한 괴물을 죽을 때까지 잊지 못할 것이다. 그건 끔찍한 기억이다. 그걸 상쇄할 수 있는 좋은 기억도 있다. 다음 날 릴리마르를 떠났을 때의 기억이다. 아니, *좋다*는 말로는 부족하다. 따뜻한 말을 건네는 사람이 아무도 없고 사는 게 오래된 빵처럼 퍽퍽할 때 떠올리고 싶을 만큼 훌륭한 기억이다. 엠피스를 떠나는 길이라 훌륭했다기보다 (아빠를 다시 만날 날을 손꼽아 기다린 적 없다고 하면 새빨간 거짓말이겠지만) 환송식이 성대했기 때문인데…… 하마터면 *왕에* 걸맞은 환송식이라고 할 뻔했지만 일리노이 주 근교에 사는 평범한 고등학생으로 돌아가기 위해 길을 나서는 왕자에게 걸맞은 환송식이었다고 해야겠다.

나는 하얀 노새 한 쌍이 끄는 마차의 조수석에 앉았다. 빨간색 머릿수건을 두르고 멋들어진 캔버스 운동화를 신은 도라가 고삐를 잡았다. 레이더는 뒤에 앉아서 귀를 쫑긋 세우고 꼬리를 천천히 좌우로 흔들었다. 갤리언 로드 양옆으로 회색 인간들이 줄지어 섰다. 그들은 마차가 다가오자 무릎을 꿇으며 손바닥을 이마에 갖다 댔고 마차가 지나가자 일어나 환호성을 질렀다. 딥 말린에서 살아남은 동지들이 옆에서 같이 걸었다. 금색으로 포인트를 준 닥터 프리드의 휠체어는 에리스가 밀었다. 그녀가 한 번 위를 올려다보며 윙크를 날렸다. 나도 윙크로 화답했다. 위에서는 제왕나비들이 하늘을 시커멓게 덮을 정도로 빽빽하게 떼를 지어 날았다. 몇 마리는 내 어깨 위에 내려앉아 날개를 천천히 펄럭였고 한 마리는 레이더의 머리 위에 가서 앉았다.

열린 성문 옆에 리아가 서 있었다. 짙은 파란색으로 바뀐 첨탑과 같은 색 드레스를 입고 갤리언 왕관을 쓰고 있었다. 어둠의 우물 위 돌계단에서 그랬듯 두 다리를 벌리고 칼을 뽑아 든 결연한 자세였다.

도라가 마차를 세웠다. 우리를 따라오던 군중이 침묵했다. 리아는 핏빛의 양귀비로 엮은 화환을 들고 있었다. 회색으로 점철된 세월을 견딘 유일한 꽃이었다. 엠피스 국민들이 그 꽃을 붉은 희망이라고 부른다는 걸 알았을 때 나는 놀라지 않았다(여러분도 그럴 거라고 보지만).

리아가 우리 뒤편의 도로를 메운 인파가 모두 들을 수 있을 만큼 언성을 높여서 외쳤다.

"이제 찰리 왕자가 집으로 돌아가기 위해 길을 나섰다! 그는 우리의 감사와 나의 영원히 변치 않을 사의를 품고 돌아갈 것이다! 엠피스의 백성이여, 사랑으로 그를 배웅하라! 이것이 나의 명령이다!"

그들은 환호성을 질렀다. 나는 화환을 쓰기 위해…… 그리고 눈물을 감추기 위해 고개를 숙였다. 동화 속의 왕자님은 절대 눈물을 보

이지 않으니까. 리아 여왕이 내게 입을 맞추었다. 입술은 거칠었지
만 엄마가 돌아가신 이후로 그렇게 달콤한 입맞춤은 처음이었다.

그때 느낌은 아직까지도 남아 있다.

32장.
여러분이 기다리던 해피 엔딩

1

내가 엠피스에서의 마지막 날 밤을 보낸 곳은 첫날 밤을 보낸 곳과 같았다. 세상의 우물 근처에 있는 도라의 조그만 오두막집이었다. 우리는 스튜를 먹고 밖으로 나가서 벨라와 아라벨라가 하늘에 만들어 놓은 금색의 거대한 결혼반지를 구경했다. 깨진 것들이 가끔 그렇듯 정말 아름다웠다. 나는 이 세상의 정체를 다시 한번 궁금해하다가 중요한 문제가 아니라는 결론을 내렸다. 정체가 무엇이건 지금 이대로 충분했다.

이번에도 나비가 아플리케로 수놓아진 베개를 베고 도라의 벽난로 앞에서 잠을 청했다. 밤 손님도 찾아오지 않았고 엘든이나 고그마고그가 등장하는 악몽도 꾸지 않았다. 푹 자고 눈을 떠 보니 오전 나절이었다. 도라는 고쳐야 할 신발은 왼쪽에, 고친 신발은 오른쪽에 쌓아 놓고 보디치 씨가 선물한 재봉틀 앞에 앉아서 열심히 일을 하고 있었다. 그 일을 언제까지 할 수 있을지 궁금해졌다.

우리는 마지막 식사를 함께했다. 베이컨, 집에서 구운 두툼한 빵, 거위 알로 만든 오믈렛이었다. 식사가 끝나자 나는 마지막으로 보디치 씨의 권총 벨트를 찼다. 그런 다음 한쪽 무릎을 꿇고 손바닥을 이마에 갖다 댔다.

"아냐, 아냐, 찰리야, 일어나."

도라는 여전히 꺽꺽대며 뭉개진 발음으로 말을 했지만 날이 갈수록 좋아지고 있었다. 아니, 시시각각으로 좋아지고 있었다. 나는 일어났다. 그녀가 두 팔을 벌렸다. 나는 그냥 끌어안은 게 아니라 도라를 번쩍 들어서 빙글빙글 돌렸다. 그녀는 깔깔대며 웃다가 무릎을 꿇고 앉아서 앞치마에 담아 둔 베이컨 2조각을 레이더에게 먹였다.

"레이. 사랑해, 레이."

그녀는 녀석을 끌어안았다.

입구에 덩굴이 드리워진 터널을 향해 언덕 허리까지 둘이서 같이 걸어갔다. 그 덩굴이 이제는 초록색으로 변해 가고 있었다. 등에 짊어진 배낭이 무거웠고 오른손에 든 망치는 그보다 더 무거웠지만 얼굴을 적시는 햇볕은 좋았다.

도라가 마지막으로 나를 끌어안고 마지막으로 레이더를 토닥였다. 눈에 눈물이 고였지만 미소를 짓고 있었다. 이제 그녀는 미소를 지을 수 있었다. 남은 길을 나 혼자 올라가 보니 빨간색의 다른 친구가 점점 파래지는 덩굴에 매달려 우리를 기다리고 있었다. 레이더가 당장 납작 엎드렸다. 스냅은 경쾌하게 녀석의 등으로 뛰어 올라가 더듬이를 움찔거리며 나를 올려다보았다.

나는 그 둘 옆에 앉아서 배낭을 내려놓고 덮개 버클을 풀었다.

"어떻게 지냈어, 스냅 경? 다리는 다 나았어?"

레이더가 한 번 짖었다.

"다행이다, 정말 다행이야. 하지만 여기까지만 같이 가는 거야, 알 았지? 우리 세상의 공기가 너하고는 잘 맞지 않을 수도 있어."

힐뷰 고등학교 티셔츠로 감싼 어떤 물건이 노커 위에 놓여 있었 다. 도라는 그 물건을 가리켜 오아 우올이라고 했는데 꼬마 등불이 라는 뜻인 듯했다. 그녀는 아직도 자음을 발음하는 데 어려움이 있 었지만 때가 되면 나아질 것이었다. 꼬마 등불은 동그란 유리 안에 들어 있는 양초 토막이었다. 나는 배낭을 다시 메고 등피를 젖혀서 성냥으로 양초에 불을 붙였다.

"자. 이제 그만 가자, 레이더."

레이더가 일어났다. 스냅은 폴짝 뛰어내려서 잠깐 멈추고 그 진지 한 까만 눈으로 우리를 다시 한번 보고는 풀숲 사이로 깡충깡충 뛰 어갔다. 양귀비는 움직이지 않는 정지된 공간을 가르며 사라졌다.

언덕 아래에 있는 도라의 집을 마지막으로 내려다보았다. 햇볕 덕 분에 훨씬 근사하고 아늑해 보였다. 레이더도 뒤를 돌아보았다. 도 라가 신발을 걸어놓은 빨랫줄 아래에서 손을 흔들었다. 나도 마주 손을 흔든 다음 망치를 들고 매달린 덩굴을 옆으로 치워 그 너머의 어둠을 드러냈다.

"이제 집에 갈까, 공주님?"

내 개가 앞장서서 안으로 들어갔다.

2

두 세상의 경계에 다다르자 전처럼 머릿속이 아득해졌다. 나는 살짝 비틀거렸다. 바람이 불지 않았는데도 꼬마 등불이 꺼졌다. 나는 레이더에게 잠깐 기다리라고 하고 권총 벨트의 빈 탄창에서 성냥을 꺼냈다. 거칠거칠한 돌에 대고 성냥을 그어서 촛불을 다시 켰다. 위에서 대형 박쥐들이 날개를 퍼덕이며 찍찍거리다 잠잠해졌다. 우리는 다시 걸음을 옮겼다.

디딤판의 폭이 좁은 나선형 계단이 등장하자 나는 촛불을 가리고 위를 올려다보며 빛이 보이지 않길 바랐다. 빛이 보인다면 내가 위장용으로 쌓아놓은 널빤지와 잡지를 누군가가 치웠다는 뜻이었다. 그러면 조짐이 안 좋은 거였다. 아주 희미하게 빛이 보이는 것도 같았지만 그 정도면 안심해도 될 것 같았다. 원래부터 위장이 완벽하지 않았다.

레이더가 계단을 네댓 칸 올라갔다가 뒤를 돌아보며 내가 따라오는지 확인했다.

"안 돼, 안 돼, 멍멍아. 내가 먼저 가야 해. 너를 앞세울 수는 없지."

녀석은 내 명령에 따랐지만 아주 내키지 않아 했다. 개는 후각이 인간에 비해 최소 40배 발달했다고 한다. 어쩌면 녀석은 위에서 기다리는 예전 세상의 냄새를 느낄 수 있었을지 모르고 그랬다면 분명 짜증이 났을 것이다. 내가 낫긴 했지만 완전히 나은 건 아니라 계속 걸음을 멈추고 쉬어야 했으니 말이다. 프리드가 쉬엄쉬엄 다니라고 했으니 의사의 지시를 따르는 중이었다.

꼭대기에 도착했을 때 나는 빨래처럼 머리에 이고 옮겼던 마지막 잡지 더미가 아직 그 자리를 지키고 있는 걸 보고 안도했다. 그 아래에서 최소 1분, 어쩌면 2분이나 3분쯤 가만히 있었다. 이번에는 쉬려고 그런 게 아니었다. 얼른 집에 가고 싶었고 그 마음은 여전했지만 두려운 마음도 있었다. 그리고 두고 온 것에 대한 일말의 향수도 있었다. 그 세계에는 왕궁과 아름다운 공주와 용감무쌍한 영웅이 존재했다. 어딘가에는, 어쩌면 시프런트 해안에는 서로 노래를 불러 주는 인어들이 아직 남아 있을지 몰랐다. 저 아래 세상에서 나는 왕자였다. 이제 위로 올라가면 대입 원서를 쓰고 쓰레기를 버려야 했다.

레이더가 내 무릎 뒤쪽에 주둥이를 부딪치며 두 번 날카롭게 짖었다. 누가 개는 말을 할 줄 모른다고 했나?

"알았어, 알았어."

잡지 더미를 머리로 밀며 올라가 옆으로 치웠다. 양옆의 잡지 더미를 치우는데, 왼팔이 성치 않았기 때문에 속도가 더뎠다(지금은 나아졌지만 미식축구와 야구를 하던 시절로는 절대 돌아갈 수 없을 것이다. 페트라, 그 망할 년 덕분에). 레이더가 재촉하는 뜻에서 몇 번 더 짖었다. 내 몸이 우물 입구를 덮은 널빤지 사이로 빠져나오는 데에는 아무 문제가 없었지만(엠피스에 있는 동안, 특히 딥 말린에서 살이 많이 빠졌다) 배낭을 먼저 올려서 바닥 저편으로 밀어 놓아야 했다. 나까지 빠져나갔을 무렵에는 왼쪽 팔이 욱신거렸다. 레이더는 질투가 날 정도로 수월하게 나를 따라서 뛰쳐나왔다. 나아 가던 상처가 다시 벌어지는 건 아닌가 싶어 페트라가 남긴 깊은 구멍을 살폈지만 괜찮아 보였다. 그보다 놀란 건 창고 안이 너무 춥다는 것이었다. 입김이 보일 정도였다.

창고는 내가 마지막으로 보았던 그대로였다. 아래에서 본 빛은 옆면의 틈새로 들어온 햇빛이었다. 문고리를 돌려 보니 밖에서 잠겨 있었다. 앤디 첸이 내 부탁을 들어준 것이었다. 나를 (또는 내 시신을) 찾겠답시고 버려진 뒷마당 창고를 뒤질 사람은 없겠거니 했지만 그래도 다행이었다. 하지만 이 말은 곧, 망치를 써야 한다는 뜻이었다.

나는 망치를 휘둘렀다. 그것도 한손으로.

다행히 벽널이 오래 됐고 건조했다. 첫 방에 금이 갔고 두 번째 만에 깨지며 일리노이의 햇빛과…… 고운 눈발이 쏟아져 들어왔다. 레이더의 왈왈왈 응원을 받아가며 두 장을 더 깨부쉈다. 녀석은 틈새로 겅충 뛰쳐나가 당장 바닥에 쭈그리고 앉아서 오줌을 쌌다. 나는 다시 한번 망치를 휘둘러 벽널을 다시 길게 한 조각 뜯어냈다. 먼저 배낭을 밖으로 던지고 옆으로 몸을 돌려서 빠져나가자 햇살과…… 10센티미터 높이로 쌓인 눈이 나를 맞이했다.

3

레이더는 뒷마당을 깡충깡충 뛰어다니며 이따금 주둥이로 눈을 떠서 허공으로 던졌다. 강아지나 할 법한 행동을 보고 내 웃음보가 터졌다. 나는 나선형 계단을 올라오고 망치를 휘두르느라 땀을 흘렸기 때문에 뒤 베란다에 도착했을 무렵에는 몸이 덜덜 떨렸다. 기온이 최소 영하 4도였다. 그런데 강풍이 불고 있었으니 체감 기온은 그보다 2배쯤 낮았다.

나는 현관 앞 매트(보디치 씨는 웰컴 매트가 아니라 언웰컴 매트라고 불렀다) 아래에서 보조 열쇠를 꺼내 문을 열고 들어갔다. 안에서 퀴퀴한 냄새가 났고 썰렁했지만 배관이 얼지 않게 누가(아빠일 가능성이 거의 100퍼센트였다) 난방을 살짝 틀어 놓았다. 앞쪽 벽장에 낡은 작업용 외투가 걸려 있는 것을 본 기억이 나는데 여전히 그 자리를 지키고 있었다. 그리고 빨간색 모직 양말이 걸쳐진 장화도 있었다. 장화가 내 발에는 작았지만 어차피 오래 신지 않을 것이었다. 언덕만 내려가면 됐다. 권총 벨트와 리볼버는 벽장 선반에 넣었다. 나중에 금고로 옮길 작정이었다. 보물이 든 금고가 아직 무사하다면.

다시 뒷문으로 나가 집을 뱅 돌아서 대문 앞으로 갔다. 레이더의 짖는 소리와 보디치 씨의 도와 달라는 희미한 외침을 듣고 맨 처음 그 문을 타고 넘었던 때로부터 최소 100년은 지난 느낌이었다. 시카모어 언덕 쪽으로 몸을 돌리려고 했을 때 무언가가 내 눈에 들어왔다. 아니, *내가* 내 눈에 들어왔다. 시카모어와 파인이 만나는 네거리 전봇대에 내 얼굴이 붙어 있었던 것이다. 2학년 때 학교에서 단체로 찍은 사진이었는데, 맨 처음 느껴진 것은 사진 속의 내가 정말 어려 보인다는 것이었다. *아무것도 모르는 어린애 얼굴이네. 자기는 뭘 좀 안다고 생각했겠지만 아냐, 아냐.*

사진 위에 빨간색으로 큼지막하게 이렇게 적혀 있었다. **아이를 찾습니다.**

그 아래에는 밝은 빨간색으로 이렇게 적혀 있었다. **찰스 맥지 리드, 17세.**

그리고 그 아래에는. **찰스 '찰리' 리드가 2013년 10월에 실종됐습니다. 신장 193센티미터, 체중 105킬로그램. 마지막으로 목격된 곳은……**

어쩌고저쩌고. 두 가지 사실이 인상적이었다. 전단지가 온갖 풍상을 겪은 것처럼 보인다는 것과 체중이 지금과 전혀 다르다는 것. 좌우를 두리번거렸다. 리치랜드 부인이 손으로 햇빛을 가리며 나를 쳐다보고 있을 것만도 같았는데, 레이더와 나만 소금을 뿌린 인도에 서 있었다.

집까지 반쯤 갔을 때 나는 걸음을 멈췄다. 돌아가고 싶은 갑작스러운 충동이, 황당하지만 강렬하게 느껴졌다. 시카모어 1번지 대문을 지나 그 집을 뱅 돌아가서 창고 안으로, 나선형 계단을 내려가 마침내 엠피스로. 거기서 나는 기술을 배워 생계를 꾸릴 수 있을지 몰랐다. 프리드에게 의술을 배울 수 있을지 몰랐다.

하지만 아빠와 밥 삼촌과 아빠의 후원자 린디가 이 도시와 이 카운티 전역에 붙였을 그 전단지가 생각났다. 다른 AA 친구들도 동원됐을 것이다. 아빠가 다시 술을 입에 대지 않았다면.

하느님, 제발. 그건 안 돼요.

나는 다시 걸음을 옮기기 시작했다. 죽은 사람이 신던 장화의 버클이 덜거덕거렸고 죽은 사람이 키웠던 회춘한 개가 내 발뒤꿈치를 쫓아왔다. 빨간색 누빔 재킷에 스노팬츠를 입은 어린 남자애가 반대편에서 언덕을 터벅터벅 올라왔다. 썰매를 타려고 캐버너 공원 언덕으로 가는 길일지 몰랐다.

"꼬맹아, 잠깐만."

아이는 의심스러워하는 눈빛으로 나를 보았지만 걸음을 멈췄다.

"오늘 무슨 요일이니?"

아무렇지 않게 내 입에서 흘러나왔지만 이 말은 모서리가 뾰족했다. 무슨 소린지 이해가 되지 않겠지만 그렇게 느껴졌다. 그리고 나는 이유를 알았다. 다시 영어를 쓰고 있기 때문이었다.

아이는 태어날 때부터 바보였냐고 아니면 살다 보니 바보가 됐느냐고 묻는 듯한 표정으로 나를 보았다.

"토요일이요."

그러니까 아빠가 AA 모임에 참석하지 않았다면 집에 있을 거라는 말이었다.

"지금 몇 월인데?"

이제는 *뭐야*, 하는 표정이었다.

"2월이요."

"2014년?"

"네. 이제 그만 갈게요."

아이는 언덕 꼭대기로 올라가다 말고 의심스러워하는 눈빛으로 나와 내 개를 어깨 너머로 흘끗 돌아보았다. 우리가 나쁜 마음을 먹고 자기를 따라오고 있지는 않은지 확인하기 위해서였을 것이다.

2월. 4개월 만의 복귀였다. 기분이 이상했지만 그동안 내가 보고 겪은 것만큼 이상하지는 않았다.

4

집 앞에 1분 정도 서서 마음의 준비를 하며, 아빠가 TCM에서 방영되는 「황야의 결투」나 「죽음의 키스」를 틀어 놓고 소파에 쓰러져 있지는 않기만을 빌었다. 집 앞 진입로는 쟁기로, 인도는 삽으로 눈을 치워 놓았다. 좋은 징조였다.

나를 기다리다 지친 레이더는 계단을 달려 올라가 현관문 앞에 앉아서 문을 열어 주길 기다렸다. 옛날 옛적에는 내가 열쇠를 들고 다녔는데 중간에 잃어버렸다. *클로디아의 세발자전거처럼. 내 총각 딱지처럼.* 그런데 상관없었다. 문이 열려 있었다. 나는 안으로 들어가 텔레비전 소리를 확인했다. TCM이 아니라 뉴스 채널이었다. 잠시 후 레이더가 인사차 짖으며 복도를 달려갔다.

거실로 들어가 보니 녀석이 뒷발을 딛고 서서 아빠가 읽고 있던 신문에 앞발을 올려놓고 있었다. 아빠는 녀석을 보았다가 내게로 시선을 옮겼다. 처음에는 문 앞에 서 있는지 사람이 누군지 알아보지 못했다. 그러다 알아보았을 때 충격으로 얼굴에서 힘이 풀렸다. 나를 알아본 순간 아빠가 60대나 70대라도 된 것처럼 늙어 보이는 동시에 내 또래만큼 어려 보였던 것을 죽을 때까지 잊지 못할 것이다. 마치 아빠 몸속에 들어 있는 해시계가 양쪽으로 동시에 돌아가는 것 같았다.

"찰리?"

아빠는 일어나려고 했다가 다리에서 힘이 풀리자 다시 풀썩 주저앉았다. 레이더는 의자 옆에 앉아서 꼬리로 바닥을 쳤다.

"찰리? 너 맞니?"

"저 맞아요, 아빠."

이번에는 아빠가 제대로 일어섰다. 아빠는 울고 있었다. 나도 눈물이 터졌다. 아빠는 나를 향해 달려오다가 작은 테이블에 발이 걸렸다. 내가 잡아 주지 않았다면 넘어졌을 것이다.

"찰리, 찰리, 하느님 감사합니다, 나는 네가 죽은 줄로만 알았어, 다들 네가 죽은 줄로만 알았어……."

아빠는 더 이상 아무 말도 하지 못했다. 나도 할 얘기가 많았지만 그 순간에는 아무 말도 할 수가 없었다. 우리는 비집고 들어와 꼬리를 흔들며 짖어 대는 레이더를 사이에 두고 부둥켜안았다. 나는 여러분이 원하는 게 무엇일지 알 것 같고, 이렇게 여러분은 원하는 것을 손에 얻었다.

이것이 여러분이 기다리던 해피 엔딩이다.

에필로그.

질문과 대답(일부에 불과하겠지만).
엠피스로 떠난 마지막 여행.

1

여러분이 이 글을 읽으며 17살짜리 어린애가 쓴 것 같지 않은 부분이 더러 있다는 생각이 들었다면 제대로 본 거다. 내가 엠피스에서 돌아온 것이 9년 전 일이니까. 이후로 나는 책을 많이 읽고 글을 많이 썼다. 뉴욕대학교를 우등으로 졸업했고(최우등을 간발의 차로 놓쳤다) 영문학을 전공했다. 현재는 시카고의 인문대학에서 학생들을 가르치며 신화와 동화라는 인기 만점의 세미나 수업을 진행하고 있다. 대학원에서 쓴 것을 발전시켜 「세계 융 심리학 저널」에 실은 논문 덕분에 상당히 재기발랄하다는 평가를 받고 있다. 그걸로 받은 고료는 얼마 되지 않았지만 돈 주고 살 수 없는 학계의 신임을 얻었다. 그리고 그 논문에는 별이 가득 담긴 깔때기가 표지에 그려진 어떤 책이 인용되어 있다.

여러분은 이런 생각이 들 수도 있겠다. *잘 풀렸다니 다행이지만 몇 가지 궁금한 게 있는데.*

여러분만 그런 게 아니다. 나도 어진 리아 여왕이 그 나라를 잘 다스리고 있는지 궁금하다. 회색 인간들이 아직도 회색인지 궁금하다. 갤리언의 클로디아가 여전히 우렁차게 고함을 지르고 있는지 궁금하다. 그 끔찍한 지하 세계, 그러니까 고그마고그의 소굴로 가는 길이 폐쇄됐는지 궁금하다. 남은 밤의 병사들은 누가 처리했는지, 딥 말린의 내 동지들 중에 그들을 처단하는 데 관여한 사람이 있는지 (아마 없겠지만 상상은 자유니까) 궁금하다. 밤의 병사들이 팔을 내밀면 우리 감방 문을 열 수 있었던 게 어떤 원리에 의해서였는지까지도 궁금하다.

여러분은 레이더가 어떻게 지내고 있는지도 궁금할지 모르겠다. 물어봐 줘서 고맙다고, 아주 잘 지내고 있다고 대답해야겠지만 조금 기력이 쇠하긴 했다. 녀석의 입장에서도 9년이 지났으니 저먼 셰퍼드치고 제법 오래 산 셈이다. 견생 1회 차와 2회 차를 합하면 더욱 그렇다.

여러분은 내가 아버지에게 그 4개월 동안 어디에 다녀왔는지 솔직하게 얘기했는지 궁금할 수도 있겠다. 썰매를 끌고 가던 어느 꼬맹이의 표정을 동원해 가며 대답하자면 당근이다. 어떻게 얘기를 하지 않을 수가 있겠는가. 시카고에서 입수한 기적의 치료제 덕분에 관절염으로 고생하며 죽음의 문전까지 갔던 노견이 4살처럼 보이고 4살처럼 행동하는 건강하고 원기왕성한 저먼 셰퍼드가 되었다고 했어야 할까?

이야기가 너무 길어서 그 자리에서 모든 걸 설명하지는 못했지만 기본적인 부분에 대해서는 솔직하게 말했다. 이 세상과 다른 세상을 잇는 터널이 있었다고. (엠피스라고 하지는 않고 그냥 다른 세상이라고만 했다. 내가 맨 처음 거기 다녀왔을 때 그렇게 불렀듯이.) 보디치 씨의 창고를 통해 다녀왔다고. 아빠는 진지하게 듣더니 (여러분도 짐작했겠지만) 어디에 있었는지 솔직히 말해 보라고 했다.

나는 팔을 내밀어 죽을 때까지 없어지지 않을 손목 위의 깊은 구멍을 보여 주었다. 그래도 아빠는 믿지 않았다. 나는 배낭을 열어서 황금 노커를 보여 주었다. 아빠는 노커를 이리저리 살피고 들어 보더니 납 위에 도금한 벼룩시장 물건 아니냐고 (조심스럽게) 물었다.

"깨서 직접 확인해 보세요. 어차피 녹여서 팔 거니까 그래도 상관없어요. 보디치 씨의 금고에는 거기서 들고 온 황금 알갱이가 담긴 양동이도 있어요. 아빠가 마음의 준비가 됐다 하면 보여 드릴게요. 보디치 씨가 그걸로 생활비를 충당했어요. 제가 스탠턴빌의 보석 가게로 직접 들고 가서 판 적도 있고요. 보석가게 주인인 하인리히 씨가 이제는 저세상 사람이 돼서 거래할 다른 사람을 찾아봐야 하지만."

이 말을 듣고 아빠의 마음이 믿는 쪽으로 살짝 움직였지만 결정적인 역할을 한 주인공은 레이더였다. 녀석이 우리 집에서 자기가 좋아했던 곳을 모두 알고 있는 데다 결정적으로 주둥이에 점점이 박힌 조그만 흉터가 남아 있었던 것이다. 어렸을 때 고슴도치와 유감스럽게 충돌했을 때 생긴 것인데, 평생 같은 실수를 반복하는 개도 있지만 레이더는 한 번으로 충분했다. 아빠는 보디치 씨의 다리가 부러져서 녀석을 우리 집에 데리고 왔을 때, 그리고 보디치 씨가 세상을 떠나고 녀석도 눈을 감기 직전이었을 때 그 흉터를 봐서 알고 있었다. 내가 코에 가시가 박힌 나이가 되기 전에 녀석을 해시계에서 끌어내렸기 때문인지, 젊어진 녀석의 주둥이에도 똑같은 위치에 그 흉터가 있었다. 아빠는 그 흉터를 한참 동안 쳐다보다가 눈을 동그랗게 뜨고 나를 보았다.

"이건 말도 안 돼."

"그렇게 보일 거라는 건 저도 알아요."

"보디치 씨의 금고에 정말 황금 양동이가 있단 말이냐?"

"보여 드릴게요. 마음의 준비가 되시면요. 받아들여야 하는 정보가 너무 많다는 거, 저도 알아요."

나는 같은 말을 반복했다.

아빠는 책상다리를 하고 바닥에 앉아서 레이더를 쓰다듬으며 생각에 잠겼다. 잠시 후에 아빠가 말했다.

"네가 다녀왔다는 거긴 마법의 세상이냐? 네가 중학교 때 읽었던 그 피어스 앤서니의 시리즈에 나오는 잰스처럼? 고블린, 바실리스크, 켄타우로스, 그런 것들이 사는?"

"그렇지는 않아요."

나는 엠피스에서 켄타우로스는 본 적 없었지만 인어와…… 거인들이 사는 곳이라면…….

"나도 갈 수 있어?"

"가 보셔야 한다고 생각해요. 적어도 한 번은."

왜냐하면 엠피스는 사실 잰스와 달랐다. 피어스 앤서니의 시리즈에는 딥 말린이나 고그마고그가 없었다.

우리는 일주일 뒤에 엠피스에 다녀왔다. 이제는 왕자가 아닌 왕자와 리드 보험사의 조지 리드가 함께. 그 전 일주일 동안 나는 그리웠던 미국 음식을 먹고 그리웠던 미국 침대에서 잠을 청하며 그리웠던 미국 경찰의 질문에 대답했다. 밥 삼촌, 린디 프랭클린, 앤디 첸, 여러 학교 관계자, 심지어 그 동네의 참견대장 리치랜드 부인까지 질문 세례에 가세했다. 그 무렵 아빠는 황금 양동이를 보았다. 내가 꼬마 등불도 보여 주자 엄청난 관심을 보이며 꼼꼼히 살폈다.

내가 아빠의 도움 아래 어떤 스토리를 날조했는가 하면…… 여러분도 기억하겠지만 아빠가 보험 사기 담당이라 거짓말하는 사람들이 빠지기 쉬운 함정과 그걸 피하는 방법에 대해 빠삭했다. 간단하게 요약하자면 기억상실이 일익을 담당했고 여기에 내가 시카고에서 기억나지 않는 사고(머리를 세게 얻어맞은 건 기억이 나지만)를 당하기 전에 보디치 씨의 개가 어떤 식으로 죽었는지가 첨가됐다. 아빠와 내가 이제 키우게 된 개는 레이더 2세였다. 자기 아들인 양 센트리로 복귀했던 보디치 씨가 그 스토리를 들었다면 마음에 들어 했을 것이다. 「위클리 선」의 빌 해리먼 기자가 인터뷰를 요청했지만 (아무래도 경찰에 정보원이 있는 것 같았다) 나는 거절했다. 제일 피하고 싶은 것이 매스컴의 관심이었다.

여러분 중에 크리스토퍼 폴리, 나를 죽이고 보디치 씨의 보물을 훔치려고 했던 그 왜소한 럼펠스틸트스킨이 어떻게 됐는지 궁금한 사람도 있을까? 나는 궁금했는데, 인터넷을 검색해 보니 답이 나왔다.

이야기의 도입부에서 내가 모든 소지품을 쇼핑카트에 담고 고가 다리 아래에서 지내는 노숙자 신세가 될까 불안해했던 것을 여러분도 기억할 것이다. 우리에게는 그런 사태가 벌어지지 않았지만 폴리에게는 벌어졌다(쇼핑카트 부분은 잘 모르겠지만). 그의 시신은 스코키의 트라이스테이트 고속도로 다리 아래에서 발견됐다. 흉기에 수차례 찔린 채로. 수중에 지갑도 신분증도 없었지만, 10대 시절로 거슬러 올라가는 기나긴 전과 기록에 그의 지문이 남아 있었다. 신문 기사에 인용된 스코키 경찰서장 브라이언 베이커의 발언에 따르면 피해자는 양쪽 손목이 부러졌기 때문에 공격에 대응할 수가 없었다고 했다.

체구도 왜소했고 내게 총도 뺏겼으니 손목이 멀쩡했어도 범인의 공격을 당할 재간이 없었을 거라고 스스로를 설득할 수도 있겠지만 잘 모르겠다. 죽임을 당한 이유가 보석가게에서 훔친 장물 때문이었는지도 잘 모르겠다. 그가 장물을 팔려고 엄한 사람에게 얘기를 꺼냈다가 그 대가로 목숨을 잃게 된 걸까? 모르겠고 알 수도 없지만 내 짐작으로는 분명 그랬을 것 같다. 레드 몰리가 거치적거리는 피터킨을 후려쳐 그 짜증 나는 난쟁이의 몸을 두 동강 냈을 때와 비슷한 시점에 그가 죽었는지, 그건 확실히 모르겠지만 그랬을지도 모른다는 생각이 든다.

폴리가 자초한 일이라고 나를 설득할 수도 있고 그게 사실이기도 하지만, 쓰레기가 나뒹구는 고가도로 아래에서 자기 위에 걸터앉아 칼을 휘둘러 대는 사람을 막으려고 그 아무짝에도 쓸모없는 손을 들었을 상상을 하면 미안하고 부끄러워지는 건 어쩔 도리가 없다. 여러분은 부끄러워할 것 없다고, 내 목숨과 창고의 비밀을 지키기 위해 해야 할 일을 했을 뿐이라고 말할 수도 있겠지만, 부끄러움은 웃음과도 같다. 영감과도 같다. 문을 두드리지 않는다는 점에서.

2

내가 집으로 돌아오고 다음 주 토요일에 로키 산맥에서 엄청난 눈보라가 몰려왔다. 아빠와 나는 보디치 씨의 집으로 걸어올라 가(나는 이번에는 발에 맞는 부츠를 신었다) 뒤편으로 집을 돌아갔다. 아빠는 박살난 창고 옆면을 보고 못마땅해했다.

"저거 손을 봐야겠네."

"알아요. 하지만 나오려면 방법이 없었어요. 앤디가 밖에서 문을 잠갔거든요."

손전등을 2개 들고 왔기 때문에 꼬마 등불을 켤 필요는 없었다. 레이더는 집에 두고 왔다. 터널에서 빠져나오자마자 신발의 집으로 직행할 텐데, 나는 도라를 만나고 싶지 않았다. 거기서 알고 지냈던 어느 누구도 만나고 싶지 않았다. 그냥 다른 세상의 존재를 아빠에게 확인시키고 곧바로 나오고 싶었다. 그뿐 아니라 이상하고 어쩌면 이기적인 이유도 있었다. 아빠가 엠피스어로 말하는 걸 듣고 싶지 않다는 것. 그건 나만의 것이었다.

나는 앞장서서 나선형 계단을 내려갔다. 아빠는 계속 믿기지가 않는다는 말을 반복했다. 이 사건으로 인해 아빠에게 정신적인 트라우마가 생기지는 않기만을 바라는 수밖에 없었지만 당시 상황을 감안했을 때 선택의 여지가 없었다.

지금도 그 생각에는 변함이 없다.

터널 입구가 나오자 나는 아빠에게 손전등으로 바닥을 비추라고 말했다.

"박쥐가 있거든요. 그것도 엄청 큰 박쥐가. 개네들 날아다니지 않게요. 그리고 가다 보면 중간에 유체이탈하는 것처럼 현기증이 날 수도 있어요. 거기가 경계예요."

아빠가 소곤소곤 물었다.

"이 터널은 누가 만든 거냐? 맙소사, 찰리야, *이 터널은 누가 만든 거냐?*"

"차라리 세상을 누가 만들었느냐고 묻는 편이 나을지 몰라요."

우리 세상도 다른 세상들도. 밤하늘의 별만큼 많은 세상이 있을 것이다. 우리는 다른 세상의 존재를 감지하며 살아간다. 무수한 옛날이야기를 깔때기 삼아 전수되는 그것들을.

경계선에 다다르자 아빠가 비틀거렸지만 내가 준비하고 있다가 넘어지지 않게 한팔로 허리를 감쌌다.

아빠가 말했다.

"이제 그만 돌아가자. 속이 메슥거려."

"조금만 참으세요. 저기 저 앞에 환한 빛이 보이죠?"

덩굴 앞에 다다랐다. 그걸 한쪽 옆으로 치우고 엠피스로 나섰다. 위에서는 구름 한 점 없이 파란 하늘이, 언덕 아래에서는 도라의 집이 우리를 맞았다. 열십자로 맨 빨랫줄에 신발이 걸려 있지는 않지만 킹스 로드 근처에서 말 한 마리가 풀을 뜯고 있었다. 거리가 너무 멀어서 장담할 수는 없었지만 내가 아는 말인 것 같았다. 그럴 만도 했다. 여왕은 이제 팔라다를 통해 의사를 전달할 필요가 없었고 도시는 말이 지내기에 알맞은 환경이 아니었다.

아빠는 눈을 동그랗게 뜨고 입을 떡 벌리고 좌우를 두리번거렸다. 귀뚜라미들이(빨간색은 아니었다) 풀밭에서 깡충거렸다.

"맙소사, 귀뚜라미가 저렇게 크다니!"

"토끼는 더 심해요. 앉으세요, 아빠."

기절하시기 전에, 라고 덧붙이지는 않았다.

우리는 앉았다. 나는 아빠가 적응할 때까지 잠시 기다렸다. 아빠는 어떻게 지하에 하늘이 있을 수 있느냐고 물었다. 나는 모르겠다고 대답했다. 아빠는 나비가 왜 이렇게 많으냐고, 게다가 전부 제왕나비라고 했지만 나는 이번에도 모르겠다고 대답했다.

아빠는 도라의 집을 가리켰다.

"저 집에는 누가 사니?"

"도라요. 성은 모르겠어요."

"지금 집에 있을까? 만날 수 있을까?"

"팬 미팅 하자고 아빠를 여기까지 모시고 온 거 아니에요. 진짜 이런 세상이 있다는 걸 보여 드리려고 모시고 온 거지. 앞으로 두 번 다시 여길 찾지 않을 거예요. 우리 쪽 세상에서는 아무도 이 세상에 대해서 알면 안 돼요. 알려졌다가는 큰일 날 거예요."

"우리가 수없이 많은 선량한 원주민은 물론이고 기후에 어떤 짓을 저질렀는지를 감안하면 네 말이 더할 나위 없이 맞다."

아빠는 이제 상황을 파악하기 시작했다. 다행이었다.

"앞으로 어쩔 생각이냐, 찰리?"

"보디치 씨가 예전에 했었어야 하는 일을 실행에 옮기려고요."

그런데 그는 왜 그걸 실행에 옮기지 않았을까? 내가 생각하기에는 해시계 때문이었다. 리아가 한 말도 있지 않은가. 모든 *남자와 여자의 가슴 속에 사는 그 못된 병.*

"자, 아빠. 이제 그만 가요."

아버지는 자리에서 일어났지만 내가 덩굴을 한쪽 옆으로 치우는 동안 다시 한번 아래를 내려다보았다.

"아름답다. 그치?"

"지금은요. 그리고 앞으로도 계속 이럴 거예요."

우리는 우리 세상으로부터 엠피스를 보호하고 우리 세상도 엠피스로부터 보호할 것이다. 적어도 그러기 위해 노력할 것이다. 엠피스의 아래에는 고그마고그가 살며 다스리는 어둠의 세상이 있다. 벨라와 아라벨라가 마지막으로 입을 맞추고 산산이 부서졌으니 영영 거기서 갇혀 지내야 할지 모르지만 정체를 알 수 없는 괴물을 다룰 땐 조심이 상책이다. 아무튼 최대한 조심하는 편이 좋다.

그해 봄에 나는 아버지와 함께 구멍이 뚫린 창고 옆면을 손봤다. 그해 여름에는 크레이머 건설사로 출근했다. 팔 때문에 대부분 사무를 보았지만 안전모를 쓰고 나가서 콘크리트의 모든 것에 대해 배운 시간도 제법 됐다. 요즘은 유튜브에 훌륭한 정보가 차고 넘치지만 중요한 일을 처리해야 할 때는 현장 경험만 한 게 없다.

뉴욕대학교로 첫 학기 수업을 받으러 떠나기 2주 전에 아빠와 함께 우물 입구를 강판으로 덮었다. 1주 전에 강판과 창고 바닥 위에 콘크리트를 부었다. 아직 다 굳지 않았을 때 레이더에게 그 위에 발자국을 남기게 했다.

솔직히 고백하자면 강판으로 우물 입구를 막고 20센티미터의 콘크리트로 덮으려니 마음이 아팠다. 그 아래 어딘가에 마법과 내가 사랑했던 사람들로 가득한 세상이 있었다. 특히 그중 한 사람. 나는 크레이머에서 빌려 온 믹서에서 콘크리트가 꾸물꾸물 흘러나오는 동안 칼을 꺼내 들고 다리를 벌리고 계단에 전투 자세로 서 있었던 리아를 계속 떠올렸다. 그리고 오빠의 이름을 부르려고 붙어 버린 입술을 찢었던 것도.

나는 방금 거짓말을 했다. 그냥 마음이 아픈 정도가 아니라 심장에서 *아냐, 아냐, 아냐,* 라고 외쳤다. 어떻게 경이로운 세상을 등지고 마법을 저버릴 수 있느냐고 했다. 별이 쏟아져 들어오는 깔때기를 정말 막을 참이냐고 했다.

나는 그래야만 했기에 그 길을 선택했다. 아빠는 그 선택을 이해했다.

3

내가 꿈을 꾸느냐고? 물론이다. 가끔은 우물에서 기어 나오던 그
것이 꿈에 나타나 비명을 지르지 않으려고 손으로 입을 막으며 깨어
날 때도 있다. 하지만 시간이 지날수록 이런 악몽을 꾸는 횟수도 줄
고 있다. 요즘은 꿈에서 양귀비로 뒤덮인 벌판, 붉은 희망이 보이는
경우가 더 많다.

우리는 옳은 선택을 했다. 유일한 선택을 했다. 아버지는 지금도
시카모어 1번지의 그 집을 주시한다. 나도 종종 고향에 내려가 그 집
을 주시한다. 결국에는 센트리로 돌아가서 살게 될 것이다. 어쩌면
결혼을 할 테고 아이를 낳으면 언덕 위의 그 집을 물려줄 것이다. 아
이들이 아직 어릴 때, 경이로운 세상밖에는 모를 때, 나는 이렇게 시
작되는 옛날이야기를 읽어 줄 것이다. 옛날 옛날 아주 먼 옛날에.

〈끝〉

감사의 글

자료 조사를 담당한 로빈 퍼스가 없었다면 이 작품은 탄생될 수 없었을 것이다. 그녀가 엠피스(그리고 찰리 리드)에 대해 아는 것이 나보다 더 많다. 그렇기에 로빈과, 내게 이런 황당한 짓을 저지르고 황당한 꿈을 꿀 시간을 허락하는 아내 태비에게 고맙다는 말을 전하고 싶다. 에이전트 척 베릴과 리즈 다핸소프에게도. 개브리얼 로드리게스와 니컬러스 딜로의 근사한 삽화 덕분에 이 책이 『보물섬』에서부터 『드라큘라』에 이르기까지 미스터리와 모험을 다룬 옛날의 고전소설 같은 분위기를 풍길 수 있게 되었다. 두 삽화가의 어마어마한 재능은 각 장의 첫 페이지를 참고하시길. 그리고 이번에도 나의 이야기에 시간과 상상력을 할애한, 변함없는 독자 여러분. 다른 세상으로의 여행을 재밌게 즐기셨길 바란다.

그리고 여기에 하나 더 추가하자면 나는 내 이름에 구글 알리미를 설정해 놓았는데, 지난 1년 동안 코로나로 사망한 내 애독자들의 부고가 많았다. 너무 많았다. 그분들을 추모하며 유족분들께 심심한 위로를 전한다.

옮긴이 | 이은선

연세대학교에서 중어중문학을, 국제학대학원에서 동아시아학을 전공했다. 편집자, 저작권 담당자를 거쳐 전문 번역가로 활동 중이다. 옮긴 책으로는 스티븐 킹의 『11/22/63』, 『닥터 슬립』, 『리바이벌』, 빌 호지스 3부작 (『미스터 메르세데스』, 『파인더스 키퍼스』, 『엔드 오브 왓치』), 『악몽을 파는 가게』, 『자정 4분 뒤』, 『악몽과 몽상』, 『아웃사이더』, 『인스티튜트』, 『피가 흐르는 곳에』를 비롯하여 『실크하우스의 비밀』, 『모리어티의 죽음』, 『맥파이 살인 사건』, 『그레이스』, 『도둑 신부』, 『아킬레우스의 노래』, 『키르케』 등이 있다.

페어리 테일 2

1판 1쇄 펴냄 2023년 9월 8일
1판 2쇄 펴냄 2023년 11월 28일

지은이 | 스티븐 킹
옮긴이 | 이은선
발행인 | 박근섭
편집인 | 김준혁
책임편집 | 정미리
펴낸곳 | 황금가지

출판등록 | 2009. 10. 8 (제2009-000273호)
주소 | 06027 서울 강남구 도산대로 1길 62 강남출판문화센터 5층
전화 | 영업부 515-2000 **편집부** 3446-8774 **팩시밀리** 515-2007
홈페이지 | www.goldenbough.co.kr

도서 파본 등의 이유로 반송이 필요할 경우에는 구매처에서 교환하시고
출판사 교환이 필요할 경우에는 아래 주소로 반송 사유를 적어 도서와 함께 보내주세요.
06027 서울 강남구 도산대로 1길 62 강남출판문화센터 6층 민음인 마케팅부